La proie du silence

KAREN ROSE

La proie du silence

BestSellers

Titre original : SILENT SCREAM

Traduction française de PHILIPPE MORTIMER

HARLEQUIN®
est une marque déposée par le Groupe Harlequin

BEST-SELLERS®
est une marque déposée par Harlequin S.A.

Photo de couverture

Croix en feu : © PLAINPICTURE / ARCANGEL / ROBERT JONES

83/85, boulevard Vincent-Auriol, 75646 PARIS CEDEX 13.

Tél : 01 42 16 63 63

Service Lectrices — Tél. : 01 45 82 47 47

www.harlequin.fr

ISBN 978-2-2802-2437-6 — ISSN 1248-511X

A Martin, mon cœur.

Au lieutenant Kate Czaja et à tous les pompiers : merci pour votre courage et pour vos sacrifices.

A Karen Kosztolnyik, merci.

Prologue

Minneapolis, Minnesota,
dimanche 19 septembre, minuit

Ils approchaient… Leurs visages étaient bien visibles à la lumière de la lune, et même s'ils croyaient être discrets, ils marchaient en faisant assez de bruit pour réveiller un mort. Ils étaient venus, finalement… Il ne pensait pas qu'ils en auraient le cran. Surtout la fille. Il ne pensait pas qu'elle irait jusqu'au bout.

Quatre étudiants, tout de noir vêtus. Quatre étudiants qui avaient beaucoup trop de temps libre, à son avis, dont deux qui recevaient en outre beaucoup trop d'argent de leurs papas. Et si tout se passait comme prévu, une bonne partie de cet argent atterrirait bientôt dans ses poches.

Telle était la règle numéro un, dans son monde : si les gens ne voulaient pas être soumis à ses chantages, ils ne devaient pas commettre d'actes répréhensibles. Règle numéro deux : s'ils commettaient des actes répréhensibles, il leur fallait être assez malins pour ne pas se faire prendre sur le fait. Or ces quatre-là n'étaient vraiment pas très malins…

Tapi dans l'ombre des arbres que le promoteur de la résidence en construction s'était évertué à préserver, il les regardait s'approcher du bâtiment, à travers l'objectif de sa petite caméra numérique.

— Attendez…, fit l'un d'eux, en s'immobilisant.

Joel… Celui des trois garçons qui s'était montré jusqu'à présent le plus enthousiaste à proposer et à préparer le forfait qu'ils s'apprêtaient à commettre.

— Si on réfléchissait deux secondes avant ?

Intéressant, cette hésitation… Un scrupule tardif ?

— Pas question d'attendre ! répondit la fille.

Elle s'appelait Mary et c'était une vraie garce.

— On était bien d'accord, ajouta-t-elle. Tous, Joel ! Cette résidence doit être détruite. Il faut qu'on fasse passer notre message !

— Elle a raison !

Celui qui venait de parler, c'était Eric… Le prétendu cerveau de la bande.

— C'est une occasion unique de faire quelque chose pour sauver ces zones humides !

Voilà, c'était ça, son argument, au cerveau…

— Si nous ne faisons rien, les abords du lac tout entier seront bientôt défigurés par des résidences comme celle-ci.

Il se tourna vers la grosse brute qui se tenait derrière lui et ajouta :

— Le gardien va commencer sa ronde dans deux minutes. Il va sortir de l'immeuble par la porte de service. Tu sais ce que tu dois faire. Allez, c'est le moment !

La brute se prénommait Albert, prononcé à la française. Un Québécois qui avait obtenu une bourse de l'université de Minneapolis en tant que hockeyeur sur glace de haut niveau. Il jouait au poste d'ailier droit où il faisait preuve, il faut bien le reconnaître, d'une efficacité remarquable. Albert partit docilement vers l'arrière de l'immeuble.

Au cours de ses recherches sur les membres de cette

petite bande, il avait appris qu'Albert avait un passé de délinquant juvénile. Nul doute qu'il saurait s'y prendre, avec le vigile !

Le spectacle allait bientôt commencer. *Dépêchez-vous, les petits,* songea-t-il, en sortant une deuxième caméra numérique de son sac. Il la fixa rapidement sur un court trépied qu'il enfonça dans le sol meuble. Il dirigea l'objectif juste à temps pour prendre un instantané de Mary, Eric et Joel au moment où ils franchissaient la porte de l'escalier de secours, située sur le côté de l'immeuble.

Cette porte avait été laissée entrouverte à l'aide d'un caillou. Sans doute par un ouvrier du chantier désireux de gagner un peu de temps dans ses déplacements. Les meilleurs systèmes de sécurité du monde peuvent être ainsi neutralisés par des ouvriers négligents. Apparemment, ils avaient bien révisé, tous les quatre : ils savaient exactement quelle porte serait ouverte.

Bien joué, les enfants…

Laissant la caméra fixe filmer l'immeuble, il marcha dans les traces d'Albert, arrivant juste au moment où le vigile, avec une parfaite ponctualité, sortait de la résidence. Cinq secondes plus tard, l'homme était étendu, inconscient, sur le sol, tandis qu'Albert, content de lui, rangeait une petite matraque dans sa poche.

La famille d'Albert était pauvre ; il n'y avait donc pour l'heure aucun argent à se faire de ce côté-là. Mais il y avait de fortes chances pour qu'Albert devienne un jour une vedette de hockey sur glace, avec le compte en banque idoine.

Je ne suis pas pressé…

En attendant, les parents d'Eric et de Joel pourvoiraient. Quant au père de Mary… Certains comptes ne se règlent pas avec de l'argent.

Non, Mary, il s'agissait uniquement de se venger d'elle.

Moins d'une minute plus tard d'ailleurs, elle sortait par la porte de côté et rejoignait Albert. Tous deux levèrent les yeux vers les fenêtres des étages, d'où les premières volutes de fumée s'échappaient.

Mary leva le poing, en murmurant :

— *Yes !*

Quelques minutes plus tard, une épaisse fumée sortait par toutes les ouvertures. Mais la porte de côté ne s'était pas rouverte sur les deux autres acolytes. Elle fit un pas vers l'immeuble, l'air moins triomphant tout à coup. Albert l'empêcha de s'approcher davantage, en lui serrant le bras de sa main épaisse.

— Ils sont encore dedans, dit-elle, en s'efforçant de dégager son bras. Lâche-moi !

Albert secoua la tête.

— Donne-leur encore une minute.

A cet instant, la porte s'ouvrit en grand, et Eric et Joel surgirent en suffoquant.

— Espèce de crétin ! cria Eric d'une voix rageuse. On a failli y passer à cause de toi !

Joel tomba à genoux sur le sol, secoué d'une toux qui faisait vibrer son corps tout entier. Il leva les yeux vers Albert et Mary, l'air terrifié, bouleversé.

— Elle va mourir !

— Qui va mourir ? lui demanda Albert avec circonspection.

Joel se releva tant bien que mal.

— Une fille. Elle est prise au piège. Il faut qu'on la sorte de là !

Il voulut repartir vers l'immeuble, mais deux paires de bras l'en empêchèrent.

— Non ! cria-t-il. Lâchez-moi !

Mary lui empoigna le visage et demanda :

— Il y a quelqu'un dans l'immeuble ?

Puis elle adressa un regard paniqué à Eric.

— Tu nous avais assuré qu'il n'y aurait personne ! Tu nous avais dit qu'on ne mettrait la vie de personne en danger !

— Il n'y a personne là-dedans, répondit Eric d'un ton sec. Joel n'a rien vu du tout. Barrons-nous d'ici avant que quelqu'un n'aperçoive la fumée et n'appelle les pompiers !

— Elle est dans l'immeuble ! insista Joel, hystérique maintenant. Je l'ai vue. Regardez !

D'un même mouvement, les trois autres tournèrent la tête et un cri collectif leur échappa.

Lui, de sa cachette, leva la tête à son tour, puis pointa l'objectif de sa caméra vers les étages. Il y avait bien une fille… Elle martelait de ses poings la vitre d'une fenêtre conçue pour offrir une superbe vue sur le lac, mais qui ne s'ouvrait pas et dont le verre était incassable. Elle paraissait très jeune. Une adolescente encore.

La bouche grande ouverte, elle poussait un cri d'horreur qu'ils n'entendaient pas.

Elle frappait, frappait, le visage collé à la vitre, avec une force qu'ils sentaient tous déclinante. Puis ses mains s'aplatirent contre le verre et son visage glissa lentement hors de leur vue.

— Elle va mourir ! cria encore Joel. Vous vous en fichez ? Personne n'était censé mourir. Lâchez-moi ! Il faut que je la sorte de là !

Mary le retint par les cheveux.

— Arrête, imbécile ! Si tu retournes là-dedans, tu vas mourir comme elle !

Joel sanglotait, à présent.

— Alors, appelez Police Secours. Je vous en prie, merde !

— Ecoute-moi, lui dit Mary, d'une voix grave et pressante. Si on appelle Police Secours, on ira tous en prison. En prison, Joel, tu entends ? Alors, arrête ! Calme-toi, là, tout de suite !

Mais Joel ne l'écoutait pas. Il se débattait, cherchait à se dégager, comme un possédé. Derrière lui, Eric fit un signe de tête à Albert, qui sortit sa matraque et en asséna un coup sur le crâne de Joel.

— Allons-y ! ordonna Eric d'une voix crispée.

Ils soulevèrent leur camarade et le portèrent à travers bois, jusqu'à leur voiture.

Mary jeta un dernier regard à la fenêtre où le visage de la fille leur était apparu.

— Merde !

Puis elle tourna les talons et se mit à courir. Elle dépassa ses deux complices lestés de leur fardeau et atteignit avant eux la clôture grillagée qu'ils avaient cisaillée en arrivant.

— Dépêchez-vous ! Faites-le passer de l'autre côté, dit-elle, écartant le grillage pour leur faciliter le passage.

Ça alors ! S'il s'attendait à un truc pareil !

Il baissa sa caméra et regarda les feux arrière du véhicule disparaître dans la nuit. Voilà qui devenait très très excitant, ma foi ! Un simple incendie aurait suffi à lui fournir la matière de longues années de chantage. Mais un meurtre… Jackpot !

Il rangea rapidement ses deux caméras et le trépied dans son sac. La fumée s'élevait maintenant en tourbillons dans le ciel et il entendit le bruit sec du verre des fenêtres qui éclatait à la chaleur. Les pompiers et les policiers n'allaient pas tarder à arriver.

Et moi, je serai parti depuis longtemps.

Il se mit à courir à petites foulées pour contourner l'immeuble et atteindre la rive du lac et le quai, où il avait amarré son bateau.

— Vous, là ! Arrêtez-vous ! Plus un geste !

Le cri avait été faible et poussif, mais il l'avait entendu.

Il fit volte-face et se retrouva face au vigile qui avançait vers lui en titubant, encore hébété. Un filet de sang coulait de son cuir chevelu. Albert n'avait visiblement pas frappé assez fort. L'homme tenait son émetteur-récepteur d'une main et un pistolet de l'autre.

— Arrêtez-vous ou je tire !

Pas aujourd'hui, gars…

Calmement, il sortit son propre pistolet et fit feu. Sous le choc, la bouche du vigile s'ouvrit, béante. Il tomba à genoux, puis s'effondra, face contre sol.

— T'aurais pas dû te relever, mon vieux !

Il courut vers son bateau et y jeta son sac. Le moteur se mit à ronfler doucement. Il ôta précipitamment la cagoule qui lui masquait le visage. A partir de ce moment, si quelqu'un le croisait et allait le dire aux flics, il pourrait toujours prétendre qu'il avait vu la fumée et qu'il venait se porter à l'aide. Mais personne ne le vit. Personne ne le voyait jamais.

C'est d'ailleurs cela qui lui facilitait la tâche et lui permettait de surprendre les secrets chuchotés. C'était grâce à cela qu'il pouvait délester ses victimes avec une telle aisance. Il caressa les caméras au travers de la toile du sac.

J'adore mon boulot !

Oh mon Dieu ! Mon Dieu ! Mon Dieu !

Austin Dent regardait le petit bateau s'éloigner sur les eaux du lac, la main plaquée sur sa bouche. Le gardien était mort. Ce type l'avait tué. Il était *mort* !

Ils vont dire que c'est moi qui l'ai tué ! Fuir ! Fuir maintenant !

Il recula de quelques pas chancelants, leva les yeux vers l'immeuble en flammes une dernière fois.

Tracey…

Elle était juste derrière lui au moment où ils s'étaient précipités vers la sortie. Mais quand il s'était retrouvé dehors, elle n'y était plus. Et quand il s'était retourné… Il n'avait vu que de la fumée. Un sanglot angoissé lui serra la gorge.

Tracey…

Il aperçut au loin des gyrophares qui déchiraient l'obscurité. Les flics étaient en route.

Ils m'emmèneront. Me mettront en cage… Non. Plus. Plus jamais ça ne doit m'arriver !

Il recula de quelques pas encore, puis tourna les talons et se mit à courir.

1

Minneapolis, Minnesota,
lundi 20 septembre, 0 h 40

— Plus haut, Zell, fit David Hunter dans sa radio, d'une voix étouffée par le masque à oxygène qui lui couvrait le visage.

Le vent s'était levé, propageant la fumée dans le ciel nocturne. Suspendue au niveau du troisième étage, la nacelle restait stable. Bien que sanglé à l'engin par une ceinture de sécurité, David restait fermement sur ses appuis, face à l'immeuble.

— O.K. ! lui répondit Jeff Zoellner, alias Zell, en actionnant la nacelle du bas de la grande échelle.

David ajusta l'angle de la lance à incendie, visant les flammes qui avaient déjà consumé les deux niveaux inférieurs du bâtiment, avant que son équipe n'arrive sur les lieux. Aucun d'entre eux n'avait encore pénétré à l'intérieur. Trop dangereux. Leur unique espoir consistait à contrôler le feu, afin qu'il ne s'étende pas aux arbres qui environnaient ce qui avait été la promesse d'une résidence de luxe de cinq étages.

Par bonheur, l'immeuble était encore en construction, songea David. Quelques semaines plus tard, et il aurait été habité. Il y aurait eu des victimes. Il y en avait peut-être déjà, d'ailleurs. Le gardien était porté disparu. S'il était resté coincé au rez-de-chaussée ou au premier étage, il était déjà mort. S'il avait réussi à se réfugier dans les étages supérieurs, il restait une chance de lui sauver la vie.

La nacelle s'éleva un peu plus dans les airs.

Incendie volontaire. Pas de doute...

Il avait déjà vu de près les conséquences de ces actes criminels ; il avait même été personnellement touché par l'un d'eux. Le vent tourna une nouvelle fois, chassant les flammes vers lui, menaçantes. Pendant une fraction de seconde, il perdit l'équilibre.

Concentre-toi, mon vieux ! Mort, tu ne serviras à personne et surtout pas à ce pauvre gars de vigile, s'il est encore là-dedans !

— David ?

La voix de Jeff, dans le récepteur, était pressante.

— Tout va bien ?

— Ouais !

La nacelle s'éleva d'un autre mètre, le plaçant face à une baie vitrée. Chaque appartement de la résidence en avait une. Pas de flammes à cet étage, mais la fumée s'échappait en volutes épaisses et noires des fenêtres de moindre dimension, dont le vitrage avait éclaté sous l'effet de la chaleur.

Toutes les baies vitrées, en revanche, étaient intactes, constituées de verre antichoc, résistant aux plus hautes températures. Elles n'éclataient pas. Elles ne s'ouvraient pas, non plus. Elles étaient destinées à offrir une vue imprenable sur le lac. Pas à s'échapper.

Mais... Qu'est-ce que...

Son cœur se mit à battre plus vite.

— Arrête, dit-il dans l'émetteur.

Il se pencha par-dessus le rebord de la nacelle pour se rapprocher de la baie vitrée. Impossible ! Personne n'était censé être à l'intérieur !

— Qu'est-ce qui se passe ? lui demanda Jeff, en activant le frein.

La nacelle vibra, puis s'immobilisa.

Des empreintes de mains… Le contour ténu de petites empreintes de mains qui luisait étrangement à la lumière de son projecteur.

— Des empreintes de mains, fit-il encore dans l'émetteur.

Et des traînées, laissées par des doigts griffant la vitre — les doigts de quelqu'un qui avait cherché à s'échapper.

— Il y a quelqu'un là-dedans, Zell !

— Hunter ?

La voix du capitaine Tyson Casey se fit entendre dans l'appareil.

— Vous voyez un corps ? demanda-t-il.

Utilisant les manettes de contrôle dont était équipée la nacelle, David se rapprocha un peu plus, jusqu'à venir heurter le mur. Il s'efforça de percer du regard le nuage de fumée.

— Je vois des bras…

Des bras minces et nus. Un dos svelte. De longs cheveux blonds… Ce n'était pas le vigile.

— C'est une jeune femme. Elle semble inconsciente. La vitre est en verre antichoc.

— Ne bougez pas ! lui ordonna Casey. Sheridan, arrêtez la lance ! Hunter… Zell va vous rejoindre avec la scie électrique.

David sentit la pression de l'eau diminuer dans le tuyau, tandis qu'au sol, son collègue Gabe Sheridan fermait la valve. Il baissa les yeux : au-dessous de lui, Jeff gravissait avec précaution les barreaux de la grande échelle.

Dépêche-toi ! eut-il envie de lui crier, mais il se souvint que Jeff savait ce qu'il faisait et qu'il le faisait toujours dans les règles de l'art. Il fut un instant tenté d'attaquer le vitrage avec sa propre hache. Mais il savait que la scie électrique serait beaucoup plus rapide et efficace, et il économisa son énergie.

Il jeta un nouveau coup d'œil sur la jeune femme. Elle n'avait pas bougé d'un millimètre. Probablement morte.

Non, ne sois pas morte !

Il scruta autant que possible la pièce au travers de la vitre, en se demandant s'il y avait quelqu'un d'autre avec elle. Est-ce que c'était elle qui avait allumé le feu ?

Jeff le rejoignit dans la nacelle. David désigna l'encadrement de la baie vitrée, détournant son regard de la jeune femme et des traces de mains, s'efforçant de ne pas penser à la terreur qu'elle avait dû ressentir, frappant désespérément la vitre, hurlant, cherchant à échapper à cet enfer. Ils devaient laisser intactes les traces sur la vitre, afin que les flics puissent les examiner.

Sa bouteille d'oxygène était presque vide. Il la ferma pendant que Jeff sciait la vitre. Quand l'ouverture fut assez large, David enjamba le bord de la nacelle, mais Jeff le retint une seconde par l'épaule.

— C'est peut-être elle qui a mis le feu ! Fais gaffe !

— T'en fais pas, lui répondit-il.

Il pénétra dans la pièce en sautant par l'ouverture, prenant soin d'atterrir le plus près possible du mur, au cas où le plancher aurait été fragilisé par l'incendie. Il s'accroupit et scruta les lieux en quête d'une autre victime.

Mais il n'y avait personne d'autre.

Vas-y. Sors-la de ce piège à rats et tire-toi de là…

Elle était légère, au point qu'il sentit à peine son poids lorsqu'il la hissa sur ses épaules. Il la tendit à Jeff et remonta dans la nacelle. Puis il demanda à Gabe Sheridan de les faire redescendre.

La nacelle s'éloigna du mur, loin des flammes qui continuaient à dévaster le premier étage. L'équipe médicale attendait au sol.

David enleva son masque à l'instant où ses pieds touchèrent le sol et Jeff l'imita aussitôt. Puis, pendant un instant, il ferma les yeux, laissant la brise lui rafraîchir le visage. L'air nocturne, d'habitude vivifiant, était encore chaud tout autour de l'immeuble, mais par contraste avec ce masque étouffant, il sembla à David aussi frais qu'une pièce climatisée.

Le Dr Scotty Schooner leva les yeux vers lui d'un air sinistre.

— Elle est morte ?

Scotty hocha la tête.

— Oui.

Jeff posa sa main sur l'épaule de David.

— Désolé, mon pote.

— Moi aussi, désolé…

David se souvint des traces de mains sur la vitre.

— Examinez ses mains.

Scotty était agenouillé près d'une civière, sur laquelle était étendu le corps. David put constater que c'était une adolescente, vêtue d'un jean tout râpé et d'un T-shirt.

Quel gâchis…

Scotty fronça les sourcils, en inspectant les mains de la fille.

— Elle a les mains couvertes d'une sorte de gel.

Le capitaine et deux policiers en uniforme se joignirent à eux. Tous trois se penchèrent, pour regarder les mains de la jeune fille.

— C'est quoi, cette saloperie qu'elle a sur les mains ? demanda l'un des policiers.

— Je ne sais pas, mais c'est un produit qui réfléchit la lumière. J'ai vu ses empreintes de main luire sur la vitre, dit David. Quand j'ai braqué le projecteur dessus, je les ai vues briller. L'inspecteur qui va enquêter sur cet incendie va vouloir les faire prélever. Si c'est elle qui a mis le feu, elle a dû rester bloquée et a paniqué. Il y avait des traces de poings, comme si elle avait tambouriné contre la vitre, comme si elle avait cherché à la casser pour s'échapper.

— Si ce n'est pas elle l'incendiaire, il s'agit d'un homicide, dit l'autre policier. Je vais appeler la brigade des incendies.

— Dites-leur que c'est un double homicide, fit une voix de femme derrière eux.

Carrie Jackson se tenait à quelques pas d'eux. Son équipe s'était déployée à l'ouest de l'immeuble, du côté du lac.

— J'étais en train de dérouler un tuyau et j'ai failli trébucher sur le corps du vigile. Il a pris une balle en pleine poitrine.

Scotty se releva.

— Je vais voir s'il est encore en vie.

Carrie haussa les épaules.

— Allez-y. Mais il est mort, aucun doute là-dessus. Et ça fait un moment, apparemment…

— Je vous crois sur parole, Carrie. Mais c'est la procédure. Montrez-moi où est le corps.

Tous deux s'éloignèrent, escortés par l'un des deux policiers.

L'autre se redressa en soupirant.

— Et moi, je vais appeler la brigade des homicides, le médecin légiste et l'unité de scène de crime, dit-il. Les collègues voudront vous interroger. Surtout vous, Hunter, puisque c'est vous qui avez trouvé la victime.

La brigade des homicides…

La gorge de David se serra. La brigade des homicides comptait de nombreux inspecteurs et il y avait une certaine probabilité pour que ce ne soit pas *elle* qui soit chargée de l'enquête. Mais si c'était elle ?

J'aviserai…

Il ne voulait pas y penser. Pas encore. Il se racla la gorge et hocha la tête.

— Bien sûr, répondit-il au policier. Je suis à leur disposition.

— Dès qu'on en aura fini avec ce feu, rectifia le capitaine Casey. Il faut d'abord que nous contrôlions le premier étage. Hunter, vous allez y retourner avec Zell. Fouillez les étages supérieurs. Essayez de voir si d'autres personnes s'y trouvent et assurez-vous qu'il n'y a pas de feu dans les cloisons.

— A vos ordres ! dit Jeff.

David lança un dernier regard à la jeune fille sur la civière. Que faisait-elle donc dans cet immeuble ?

— Je vais retourner à l'endroit où je l'ai trouvée. Il y aura peut-être un sac, une carte d'identité… C'était une gamine. Il faut bien qu'elle ait de la famille.

— Ne touchez à rien, dit le policier.

David dut se retenir pour ne pas lever les yeux au ciel. Les flics traitaient les pompiers comme des enfants parfois.

— Pigé ? insista l'homme.

— Pigé. Ne vous inquiétez pas.

*
* *

Lundi 20 septembre, 1 h 15

L'inspecteur Olivia Sutherland, de la brigade des homicides, montra son insigne au policier en faction devant l'entrée du chantier et franchit le portail au volant de son véhicule de service. Elle passa sans s'arrêter devant les camionnettes de la télé en stationnement et les cameramen qui s'affairaient. C'est à peine si elle remarqua les flashs et le crépitement des appareils photo dans son sillage. On lui criait des questions qui montraient que les journalistes avaient déjà connaissance de l'origine criminelle de l'incendie.

Son estomac barbouillé se noua un peu plus. Ils allaient forcément revenir sur sa dernière enquête majeure. C'était inévitable. Elle le savait, mais n'en trouvait pas moins la chose déplaisante.

— Comment allez-vous, inspecteur ? cria un journaliste qu'elle connaissait et n'avait pas toujours méprisé.

Il courut à côté de sa voiture, tendant son micro, jusqu'à ce qu'un policier lui barre le passage.

— Avez-vous surmonté l'affaire de la Fosse aux cadavres ? hurla-t-il derrière elle, sans se laisser démonter. Consultez-vous toujours la psychiatre de la police ?

Olivia sentit une bouffée de colère monter en elle. Elle était allée consulter cette psychiatre trois fois, sur ordre de sa hiérarchie, et voilà que ce pisse-copie en parlait comme si elle était sous traitement pour troubles mentaux !

Elle referma sa vitre, gratifiant l'homme d'un regard glacial, sans ralentir jusqu'à ce qu'elle ait atteint l'endroit où étaient alignés les véhicules officiels. Elle se gara, soulagée de reconnaître la Ford de son partenaire.

Kane était là.

Il saurait ce qu'il faut faire, lui.

Cette pensée la fit sursauter.

— Moi aussi, je sais…, dit-elle à haute voix d'un ton ferme.

Domine-toi, Liv…

Mais elle craignait que ce soit au-dessus de ses forces. Sa respiration s'était altérée, et son cœur battait à une vitesse anormale. Ces trois visites obligatoires chez la psy ne lui avaient fait aucun bien. Elle n'avait toujours pas surmonté le traumatisme de la Fosse aux cadavres — cette fosse commune secrète qu'elle avait découverte dans la cave d'un tueur en série, quelques mois auparavant.

Au cours des quatre années qu'elle avait passées à la brigade des homicides, elle avait vu quantité de cadavres, pourtant… Mais aucun meurtrier ne pouvait se comparer, en la matière, avec le tueur en série qu'elle avait traqué avec ses collègues en février. Surnommé « le Tueur aux robes rouges » par la presse — en référence à la manière dont il habillait ses victimes —, il avait impunément assassiné des dizaines de femmes pendant trente ans. Il les enterrait dans une fosse à chaux vive, creusée dans sa cave. Ce n'est que lorsqu'il s'était mis à accélérer le rythme de ses meurtres qu'il avait fini par commettre des erreurs. Et il s'était fait prendre…

C'était elle et Kane, son partenaire, qui avaient été chargés de décompter et d'identifier les corps, d'informer les familles. Ils avaient passé des heures et des heures, dans cette fosse infernale. Durant des jours et des jours… La chaux vive laisse des traces atroces sur la chair humaine. Pire que dans les plus affreux cauchemars…

Pour Olivia, le tueur restait « le Cinglé de la Fosse », quels que soient les autres sobriquets que la presse avait pu lui donner, parce que c'était cette fosse qui hantait ses nuits — cette fosse sans fond, ténébreuse et remplie de cadavres.

Elle massa son volant en inspirant profondément à plusieurs reprises, afin de conjurer la panique. Sept mois après avoir comptabilisé ces dizaines de cadavres, elle perdait encore ses moyens, chaque fois qu'elle arrivait sur une scène de crime.

Un problème de rien du tout, vraiment, quand on est inspecteur à la brigade des homicides ! ironisa-t-elle.

— Allez, Liv ! Sors de cette voiture ! marmonna-t-elle. Et fais ton boulot.

Elle serra les dents, ouvrit la portière, descendit de voiture et s'obligea à mettre un pied devant l'autre et à respirer normalement. Puis elle s'efforça d'adopter une expression sereine et nonchalante. Comme si elle n'était pas sur une scène de crime. Comme s'il n'y avait pas de victimes.

Pense à cet homme et à cette jeune fille. Ils réclament justice. Fais ton putain de boulot !

Elle inspira une nouvelle fois. L'odeur de la fumée était toujours aussi âcre, suffocante. Cet incendie avait été dévastateur : deux compagnies de pompiers avaient dû intervenir, avec deux pompes, un camion à grande échelle, et deux équipes paramédicales, dont la présence s'était avérée inutile, hélas !

Il n'y aurait que le camion de la morgue qui serait mis à contribution. Les ambulances repartiraient à vide.

En avançant vers le lieu du sinistre, elle se surprit à lire les numéros de caserne sur les camions des pompiers, une autre habitude qu'elle avait prise, au cours des sept derniers mois. Et qu'elle trouvait aussi troublante que sa phobie des cadavres. Rien que le simple fait de savoir quel était le numéro de *son* camion était profondément humiliant. Comme si elle devait se soucier de la présence de cet homme ! Elle s'en souciait, pourtant.

Tu es vraiment nulle, ma pauvre…

Elle aperçut bientôt le numéro L21, peint sur l'aile du camion à grande échelle, celui qui était équipé d'une nacelle. Il était donc là. Ou du moins y avait-il des pompiers de sa compagnie.

Pourvu qu'il ne soit pas là ce soir… Retrouve Kane. Fais ton travail.

Elle retrouva sans difficulté son coéquipier dans la petite foule. Kane était un grand costaud. Il dépassait de la tête et des épaules toutes les autres personnes présentes, même les pompiers, pourtant pas réputés pour être des demi-portions. Il était également le seul à être coiffé d'un feutre noir. Celui qu'il portait toujours, en cas d'incendie criminel.

Ce chapeau sentait tellement la fumée que sa femme Jennie l'obligeait à le ranger dans leur garage. Tous ses autres feutres étaient conservés avec le plus grand soin dans leur chambre d'amis, alignés sur des têtes en polystyrène expansé. Tous les hommes de la brigade des homicides portaient un feutre au travail, une coutume sympathique qui remontait à une époque lointaine, bien avant qu'Olivia ne rejoigne leurs rangs. C'était un lien symbolique avec le passé, une tradition qui s'était instaurée comme allant de soi. La brigade des homicides était d'ailleurs surnommée dans la région « la brigade des chapeaux ».

Après avoir résolu leur première affaire de meurtre, les nouveaux inspecteurs se voyaient offrir solennellement leur premier feutre par leurs collègues. C'était Kane qui lui avait présenté le sien, mais elle s'était sentie un peu ridicule lorsqu'elle s'en était coiffée. Il demeurait donc sur son bureau, dans les locaux de la brigade, ornant le buste d'une déesse grecque qu'elle avait déniché dans un vide-grenier.

Kane les aimait, ses chapeaux, lui. Et il les portait bien volontiers. Il aimait avoir l'air chic ; il devait en posséder une douzaine.

Quand elle le rejoignit, il avait l'air perplexe. Il se tenait près d'une civière, en compagnie d'un policier en uniforme. Le médecin légiste, accroupi au chevet du corps, était en train d'envelopper les mains de la victime, et le cœur d'Olivia se mit à battre à toute allure. Elle sentit la nausée monter en elle.

Je ne veux plus voir de cadavre ! Si, regarde-la ! s'ordonna-t-elle avec rudesse. *Au moins, celle-là doit être… entière.*

Elle inspira un grand bol d'air et se força à baisser les yeux vers la civière. Puis elle exhala un long soupir. Le soulagement se lisait sur ses traits. La victime était intacte. Il y avait de la chair autour de ses os. Et elle avait tous ses os.

Le pire était passé. Maintenant, elle allait pouvoir se mettre au boulot.

La fille paraissait âgée de seize ans. Son visage cireux et ses longs cheveux blonds étaient maculés de suie et de crasse, tout comme le T-shirt délavé qu'elle portait. Son jean était en loques, mais seulement pour obéir aux canons de la mode, non pour avoir été trop porté ou lacéré. Elle était déchaussée. La plante de ses pieds était sévèrement brûlée. Les ongles de ses orteils étaient peints en orange vif.

Luttant contre les tremblements qui suivaient immanquablement, chez elle, la phase de soulagement, Olivia attendit qu'elle puisse se fier à sa voix et demanda :

— Alors, de qui s'agit-il ?

— D'une femme de race blanche, lui répondit le policier

en uniforme. Pas de carte d'identité. On l'a retrouvée au troisième étage. Elle était déjà décédée.

— Cause du décès ?

Isaac Londo, l'un des assistants du médecin légiste, interrompit sa tâche et leva les yeux vers elle.

— Probablement par inhalation de fumée. Je n'ai pas vu de trace de blessure récente. Même si elle en a de plus anciennes…

— Quel genre de blessures ? demanda Kane.

— Certains doigts me paraissent fracturés et il y a des signes très nets d'entorse au niveau de son avant-bras droit.

Olivia plissa les yeux. Les derniers relents de panique se dissipèrent, remplacés par une colère froide. *Une fugueuse*, lui souffla son instinct. Elle avait fait de son travail bénévole de soutien aux adolescents fugueurs une mission personnelle depuis plusieurs années — depuis qu'elle avait rencontré ses deux demi-sœurs. Mia était flic comme elle, brillante et décorée… Mais Kelsey était en prison, après avoir été, elle aussi, une fugueuse.

Quant aux blessures de la victime, elles étaient éloquentes.

— Quelqu'un l'a maltraitée, fit-elle.

— C'est aussi mon avis, dit Londo, en se calant sur ses talons. Mais le vigile, c'est une autre histoire. Il a d'abord été frappé au crâne avec un objet contondant, puis il a pris une balle dans la poitrine.

— Où se trouve-t-il ?

— De l'autre côté du bâtiment, près du lac. Dale et Micki sont déjà sur place.

Dale était le partenaire de Londo et Micki Ridgewell dirigeait l'unité de scène de crime.

— Et ce type, c'est qui ? demanda encore Olivia.

Elle désigna du menton un homme vêtu d'un survêtement et âgé d'environ quarante ans, qui faisait les cent pas derrière le ruban délimitant la scène de crime et semblait plongé dans les affres de l'inquiétude.

— Sammy Sothberg. C'est le chef de chantier. Il nous a dit que le vigile se nommait Henry Weems et qu'il était âgé de cinquante-sept ans. C'était un gars du coin.

— Tu lui as parlé, à ce Sothberg ? demanda-t-elle à Kane.

— Oui. Brièvement. Il est bouleversé. Il a un alibi… Il faudra le vérifier, bien sûr. Il nous a donné les coordonnées de Weems. Et… il y a une Mme Weems, à qui il va falloir apprendre la nouvelle…

Olivia leva les yeux et remarqua un gros trou aux contours dentelés dans l'une des baies vitrées du troisième étage.

— C'est là-haut qu'on l'a trouvée ?

— Oui.

Cette fois, c'était Micah Barlow qui avait répondu. Ce sergent était chargé spécialement des incendies criminels, au sein de la brigade des homicides. Il venait de se joindre à eux.

Olivia se hérissa aussitôt.

— Merde, marmonna Kane, assez haut cependant pour que Barlow l'entende. Pas lui !

— Kane ! le réprimanda-t-elle à voix basse.

Micah Barlow et elle avaient fait l'académie de police ensemble. Ils avaient été amis, autrefois. A présent, elle le tenait pour un salaud arrogant, qui se mêlait de ce qui ne le regardait pas.

Barlow les regarda tour à tour, puis secoua la tête d'un air conciliant.

— On est ici pour bosser, d'accord ? Les pompiers ont vu des traces de mains sur une vitre. Elle est en verre antichoc, et ils ont dû la découper à la scie pour pénétrer dans la pièce où se trouvait la jeune fille. Le type qui l'a sortie de là a fait en sorte que l'ouverture soit pratiquée à l'autre bout de la baie. Il tenait à laisser les empreintes intactes pour la police.

— Bien anticipé de sa part, commenta Olivia, sans excès d'enthousiasme. Il faudra qu'on l'interroge.

— Il est encore dans l'immeuble. Je te l'amène dès qu'il en sortira.

— Parfait…

Décidément, la présence de Barlow avait le don de l'agacer prodigieusement !

— Comment l'incendiaire a-t-il mis le feu ? lui demanda-t-elle cependant d'une voix égale.

— D'après les premières constatations, le ou les incendiaires ont ouvert plusieurs pots de colle pour moquette. Ils les ont renversés sur le plancher du rez-de-chaussée et du premier étage. Les extincteurs automatiques ont été sabotés et rendus inopérants. Quelqu'un a coupé la chaîne qui protège la valve du système anti-incendie, puis a fermé la valve.

Olivia n'ignorait pas que c'était grâce à cette valve que le système anti-incendie était alimenté par l'eau courante.

— Il manque un coupe-boulon dans la cabane à outils ? demanda-t-elle.

— A première vue, non. On va se procurer la liste complète des outils du chantier, mais on dirait bien que les incendiaires sont venus avec leur propre matériel.

— C'était donc prémédité. Par quels moyens ont-ils allumé le feu ? demanda Kane.

— On ne le sait pas encore… On n'a pas encore eu le temps de se pencher sérieusement sur la question. Ça m'étonnerait qu'ils aient utilisé une simple allumette. Le produit utilisé est hautement inflammable. Dès l'instant où le premier pot a été vidé par terre, des émanations se sont propagées dans l'air ambiant. S'ils avaient balancé une allumette enflammée, ils n'auraient pas eu le temps de sortir… Ils auraient été piégés par les flammes.

— La moquette allait être posée ?

— Oui, demain, d'après le chef de chantier… C'est-à-dire aujourd'hui, vu l'heure qu'il est. La moquette, l'isolant pour sol et les pots de colle étaient déjà répartis sur les trois premiers niveaux de l'immeuble. Les sols des appartements des deux niveaux supérieurs sont pour la plupart couverts de lames de parquet de bois massif, dont la pose est achevée.

— Ils savaient donc que ces produits étaient là…, dit Kane d'un air songeur. On a les enregistrements des caméras vidéo ?

Barlow fronça les sourcils.

— Les caméras ont été rendues inopérantes cinq minutes avant minuit. Le gardien était censé faire sa ronde à l'extérieur à minuit cinq.

— Complicité intérieure, observa Olivia. Ou, pour le moins, renseignements obtenus en interne.

Barlow hocha la tête.

— Nous avons demandé la liste du personnel de l'entreprise de construction.

— Où se trouve le local de surveillance ?

Barlow leur désigna la plus proche des deux baraques de chantier.

— Jusqu'au mois dernier, il y avait un veilleur de nuit en permanence dans cette baraque, qui contrôlait ce que filmaient les caméras. Des dépassements de budget ont forcé l'entreprise à réduire son personnel et à ne conserver qu'un seul gardien : le vigile qui a été abattu. Il se rendait régulièrement dans la baraque de chantier, où se trouvent les moniteurs de contrôle.

— Quand allez-vous envoyer les pots de colle vides au labo pour une recherche d'empreintes ? lui demanda Olivia.

— On les a déjà donnés aux collègues de l'unité de scène de crime. Le chef de chantier a l'air complètement bouleversé. Weems était son ami. Il avait deux emplois à la fois, pour payer des études universitaires à son fils.

Olivia soupira.

— Nous vérifierons quand même l'état de ses finances, dit-elle. Quelqu'un va bénéficier de la prime de l'assurance-vie. Mais sa mort n'était peut-être pas prévue, pas plus que celle de…

Elle baissa les yeux vers la civière, et ajouta :

— Les choses ont peut-être mal tourné…

— Regarde ses mains, Liv…, lui fit remarquer Kane. Elles sont enduites d'une sorte de gel.

Le médecin légiste souleva la main gauche de la victime et Olivia put constater que le produit visqueux dont les paumes de la fille étaient enduites avait déjà souillé le sac en plastique qui les recouvrait.

— Un accélérateur ?

— Non, dit Barlow. Nous avons passé la victime à l'olfactomètre, sans pouvoir identifier ce produit. Par ailleurs, l'olfactométrie n'a pas permis de déceler de traces de colle sur ses vêtements ni sur sa peau. Si elle a participé à l'affaire, elle a pris grand soin de ne pas entrer en contact avec la moindre goutte de produit.

L'olfactomètre permettait de mesurer la densité d'hydrocarbures dans les produits accélérateurs de feu. L'hypothèse de Barlow tenait la route.

— Est-ce que les pompiers ont trouvé des objets près du corps ? lui demanda-t-elle.

— Pour l'instant, ils n'ont rien découvert de spécial. Ils viennent juste d'éteindre le feu. Ils sont en train d'inspecter les étages en ce moment, à la recherche d'autres victimes éventuelles. Nous vous donnerons le feu vert pour y aller, à vous et aux collègues de l'unité de scène de crime, dès que nous serons certains qu'il n'y a plus aucun danger.

Olivia ne doutait pas que c'était ce qu'il allait faire. Elle avait beau le trouver odieux sur le plan personnel, elle savait que Micah Barlow connaissait son travail sur le bout des doigts et l'accomplissait toujours en professionnel.

Comme nous tous. Alors fais le tien ! Regarde la victime, Liv. Regarde-la bien…

— Merci, dit-elle à Barlow, avant de s'accroupir tout près de la civière.

Elle examina la main que le légiste avait emballée. Le vernis à ongles était du même orange vif que celui des orteils.

— Tu as terminé, Londo ?

Il hocha la tête, et elle n'hésita qu'un bref instant avant de prendre la main et de la soulever vers la lumière.

— Regarde les décalcomanies qu'elle a sur les ongles, dit-elle. Elle n'est pas d'ici…

— V-I-V-A-G, déchiffra Kane, avant de passer à la main droite. A-T-O-R-S. Viva Gators…

— Bon choix, marmonna Londo. Moi, j'ai perdu un paquet en pariant contre eux sur leur dernier match.

— Les Gators, c'est le surnom de l'équipe de basket de l'université de Floride, leur fit remarquer Olivia. Elle n'a pas l'air assez âgée pour être une étudiante. Elle habitait peut-être en Floride ?

— Elle est peut-être un simple supporter de l'équipe.

Olivia haussa les épaules.

— Il faut bien commencer quelque part… On va voir si ses empreintes digitales nous apprennent quelque chose. Si elle a un casier judiciaire, il doit être accessible. Si elle a fugué, l'un de ses proches a peut-être déclaré sa disparition à la police, ou au Service des enfants disparus et exploités.

— Si c'est une fugueuse, il y a peu de chances pour que sa famille ait pris la peine de déclarer sa disparition ! dit Kane.

— Je sais. Mais son jean est presque neuf, et pas bon marché. C'est de la marque savamment déchirée... Ça ne fait pas longtemps qu'elle est partie de chez elle. On va faire circuler sa photo et on aura peut-être de la chance...

Elle reposa délicatement la main de la jeune fille sur la civière avant de se lever. Elle regarda son visage, saisie de pitié.

Si jeune.

— A-t-on la moindre idée de ce qu'elle faisait là ?

Barlow fit non de la tête.

— Pour l'instant, nous n'avons pas trouvé d'indices de la présence d'une autre personne qu'elle. Dès que les pompiers en ont fini avec leur inspection, je te les envoie.

— Si vous avez terminé, je vais l'emmener à la morgue, dit Londo.

Kane acquiesça.

— Liv, dit-il, allons examiner le corps du vigile...

Quand ils se furent un peu éloignés du groupe, il se tourna vers elle.

— Ça va, fillette ? Tu avais l'air un peu verdâtre en sortant de ta voiture.

Les joues d'Olivia s'empourprèrent.

— En effet, dit-elle un peu sèchement, embarrassée d'apprendre que son trouble avait été aussi évident, même aux yeux bienveillants de son partenaire.

— Faisons juste ce qu'on a à faire, ajouta-t-elle. Et finissons-en.

Sauf que ce n'était jamais fini. Il y aurait toujours une

autre gamine qui se trouverait au mauvais endroit au mauvais moment. Une autre gamine couverte de bleus. Une autre fugueuse. Un autre brave type tué d'une balle dans le cœur et son épouse à informer de sa mort.

— Allez, viens, Kane… Il nous reste un autre cadavre à examiner, cette nuit.

Lundi 20 septembre, 1 h 20

— Tu as trouvé quelque chose ?

Jeff et David avaient mis leur masque et changé de bouteille d'oxygène. Les émanations créées par la combustion des matériaux de construction sont le plus souvent toxiques, et David connaissait bien des pompiers retraités atteints de maladies des voies respiratoires. Il détestait les masques à gaz, mais il tenait à ses poumons.

— Non, répondit-il à son collègue.

Il balaya le mur central du faisceau de sa caméra thermique. Derrière ce mur se trouvait la colonne de ventilation, un endroit idéal pour un foyer d'incendie caché. Mais rien de tel ce jour-là. Ils étaient montés en gravissant l'escalier de secours, et avaient déjà inspecté les trois premiers niveaux. A présent, ils étaient de retour au troisième, là où ils avaient trouvé la jeune fille. Pas de foyer persistant. Pas d'autre victime.

Dieu merci…

David examina la baie vitrée qu'ils avaient découpée pour pénétrer dans la pièce. A présent que la fumée s'était dissipée, il pouvait voir très clairement les empreintes palmaires que la fille avait laissées dessus. Il dirigea sa lampe torche vers le sol dans l'espoir de trouver un sac à main, un sac à dos ou quelque autre objet permettant de connaître son identité.

Il fut ébloui par un reflet de sa propre lampe.

— Zell, regarde ! dit-il, en éclairant une petite boule qui brillait de la même manière que les traces de mains.

L'objet avait un diamètre d'une dizaine de centimètres et gisait à moins d'un mètre de l'endroit où il avait découvert le corps de l'adolescente. Il s'en approcha de quelques pas et sentit que le parquet était dangereusement friable sous ses pieds.

Il recula, retenant son souffle, jusqu'à ce que le sol lui paraisse solide de nouveau.

— David ?

Zell s'était lui aussi figé, inquiet.

— Tout va bien, le rassura David.

Sous l'effet d'une bouffée d'adrénaline, son cœur s'était mis à battre en accéléré. Il n'en tint pas compte et éclaira la boule luisante.

— Tu vois ça ?

— Oui. C'est quoi, à ton avis ?

— Je ne sais pas, mais c'est couvert de gel.

— Comme les mains de la fille… Il faut la laisser là, pour que les flics la récupèrent.

— Bonne idée.

David se tourna vers l'escalier de secours, mais soudain, le sol s'effondra sous lui.

— Zell !

Par réflexe, il écarta les bras le plus possible, agrippant dans sa chute ce qu'il restait du plancher. Ses pieds pendaient dans le vide. Il baissa les yeux et son regard ne rencontra sous lui qu'une insondable obscurité. Les flammes qui avaient dévasté le deuxième étage en avaient également brûlé le plafond. S'il se laissait tomber, il allait peut-être atterrir sur un plancher ayant résisté au feu, mais il était plus probable qu'il passe au travers…

Jeff se baissa, lui tendant sa hache par la lame.

— A trois !

De la main gauche, David empoigna le manche de la hache, laissant pour faire levier son bras droit appuyé sur les lattes de bois, qui menaçaient de céder à leur tour. Il compta jusqu'à trois et se hissa en quelques secondes sur le béton solide du palier.

Complètement essoufflé, il ferma les yeux et inspira profondément. Une autre partie du plancher s'était détachée, au moment où il s'appuyait dessus pour se hisser sur le palier, et le gouffre s'était élargi. Il s'en était fallu de peu qu'il y laisse la vie. De vraiment très peu.

Il roula sur le flanc, rouvrit les yeux au moment où la boule luisante vint rouler le long d'une des lattes brisées, droit vers le trou. Il tendit le bras au-dessus du trou et la boule atterrit dans la paume de sa main gantée.

— Je l'ai, marmonna-t-il.

Il entendit Jeff éclater de rire derrière lui.

— J'espère que ce truc en vaut la peine, mon pote !

David regarda sa main, puis le trou noir, s'efforçant de ne pas penser à la mort qu'il venait de frôler.

— Merde, dit-il. Qu'est-ce que j'en fais, moi, maintenant ?

— Remets-la où tu l'as trouvée. Les flics font un caca nerveux quand on déplace des preuves sur une scène de crime.

— Mais je ne peux pas la remettre où je l'ai trouvée ! Je l'ai trouvée sur le plancher et le plancher n'existe plus.

— Alors, emporte-la avec toi. Ça n'empêchera pas les flics de faire un caca nerveux…

Jeff alluma son émetteur.

— Le plancher du troisième étage vient de s'effondrer,

informa-t-il le capitaine. Hunter et moi sommes indemnes. Nous redescendons par l'escalier de secours.

— C'est noté, fut la réponse.

David se mit à genoux, tenant toujours la boule dans le creux de sa main. Ils descendirent précautionneusement les marches et ne se sentirent pleinement rassurés que lorsqu'ils eurent remis les pieds sur le sol.

David ôta alors son masque de sa main libre, avalant goulûment l'air de la nuit. Ses genoux étaient encore tout flageolants, mais il s'efforçait de ne rien laisser paraître de son émotion.

— Hunter ?

Il reconnut le policier chargé des incendies criminels. Il le tenait pour un homme franc et direct.

— Salut, Barlow…

— Je viens d'apprendre que le plancher s'était effondré sous vos pieds. Vous allez bien ?

— Oui, ça va.

Il lui tendit sa main gantée, dans le creux de laquelle se trouvait toujours la boule.

— J'ai trouvé cet objet à côté de l'endroit où la fille est morte.

Barlow haussa les sourcils.

— Vous avez déplacé une preuve sur la scène de crime ? demanda-t-il, avec une pointe de réprobation dans la voix.

— Il n'y a plus de scène de crime, lui répondit David d'un ton sec. Le plancher où j'ai trouvé cette boule s'est entièrement effondré. Elle allait tomber dans le trou, lorsque je l'ai rattrapée au vol.

— Vous auriez dû voir ça ! intervint Jeff. Un joli coup, digne des meilleurs joueurs de base-ball. Ensuite, j'ai dû empêcher David de tomber. Il me doit une fière chandelle !

David leva les yeux au ciel.

— Bon, Barlow, vous la voulez, cette boule, ou pas ?

Barlow secoua la tête.

— Venez avec moi. Vous la remettrez vous-même à ma collègue des homicides. Mais je vous préviens : elle va faire la gueule parce que vous avez déplacé une preuve…

Sa collègue des homicides ? Pour la deuxième fois en quelques minutes, David sentit le sol se dérober sous ses pieds. Il n'y avait, à sa connaissance, qu'une seule femme inspecteur à la brigade : *elle*. Il se mit à marcher derrière Barlow.

Merci, mon Dieu !

Lundi 20 septembre, 1 h 25

Mary rentra dans la pièce en se séchant les cheveux avec une serviette de bain. Elle se renfrogna à la vue de Joel, dont les yeux étaient toujours fermés et qui était étendu, immobile, sur le canapé de l'appartement d'Eric.

— Il n'est toujours pas revenu à lui ? Merde, Albert, tu as frappé trop fort !

— Il s'est réveillé, pendant que tu vidais tranquillement le ballon d'eau chaude.

Elle le fusilla du regard.

— Va te faire foutre ! Mes colocs me poseraient toutes sortes de questions, si je rentrais à l'appartement en puant la fumée.

Elle s'assit délicatement sur le canapé, frôlant de sa hanche celle de Joel.

— Allez, mon cœur, lui dit-elle doucement. Il faut que tu te remettes.

— On l'a tuée ! geignit Joel.

Mary haussa une épaule.

— Oui, c'est vrai. Et il va falloir vivre avec. Mais il ne faut le dire à personne. Il faut se comporter comme si de rien n'était. Ou bien on ira tous en taule.

Joel hocha la tête, d'un air pitoyable.

— Je revois son visage. Aplati contre la vitre…

Eric aussi était hanté par cette vision. Chaque fois qu'il fermait les yeux, il revoyait sa bouche béante. Hurlante. Ils ne l'avaient pas vue pendant qu'ils déversaient le contenu des pots. Elle devait se cacher quelque part. Elle dormait peut-être là clandestinement.

— Elle occupait les lieux illégalement, dit-il.

Le rire de Joel frôla l'hystérie.

— *Illégalement ?* Alors, ce n'est pas notre faute ? C'est ça que tu veux dire ?

— Oui, c'est ça que je veux dire. Exactement ça, répondit Eric.

Il fallait affronter la réalité. Et la réalité, c'était qu'il n'avait aucune envie d'aller en prison.

— On est tous dans la même barque, Joel, ajouta-t-il.

— Mais on l'a tuée ! On l'a tuée !

— Sois un homme, Fischer ! grogna Albert. Eh oui, on l'a tuée. Passe à autre chose, maintenant.

Mary plissa les yeux.

— Fous-lui la paix. Il est sous le choc. Et il a mal au crâne. Tu n'avais pas besoin de le taper si fort !

Le visage d'Albert se fit sombre et menaçant.

— J'aurais dû le taper plus fort, au contraire… Comme ça, on n'aurait pas à supporter ses pleurnicheries. « On l'a tuée », minauda-t-il d'une voix moqueuse et cruelle, pour imiter Joel. Et alors ? On ne peut rien y changer ! Dis à cette lavette de la fermer ou sinon, je me charge de le faire taire.

— Calmez-vous, tous les deux ! leur intima sèchement

Eric. Nous avons voulu agir pour notre cause, et nous avons décidé d'envoyer un message à tous les promoteurs qui ravagent la nature : Ne touchez pas aux zones humides. Et ce message, nous l'avons envoyé.

Joel se redressa, se massant mollement la base du crâne, à l'endroit où Albert l'avait matraqué.

— Ne te fais pas d'illusions, mon vieux. Personne ne va prêter attention à notre message. Les gens ne se souviendront que de la mort de la fille… La fille que nous avons tuée. La fille qui a cessé de vivre à cause de nous !

— C'est une perte regrettable, dit Mary, en caressant les cheveux de Joel. Mais, toi-même, tu as dit qu'on était en guerre…

Joel ferma les yeux.

— Je sais très bien ce que j'ai dit. Mais ça, c'était avant… Entre-temps, nous avons tué un être humain, Mary. Et les flics ne vont pas rester les bras croisés. Ils vont nous traquer sans répit.

— Ils n'auront pas besoin de nous traquer longtemps, si on te laisse nous dénoncer ! maugréa Albert.

— Albert ! gronda Mary. Ta gueule !

Eric eut l'envie puérile d'appuyer sur le bouton « nouvelle partie ». Mais au jeu de la vie, il n'y avait aucun moyen de remonter le temps et d'abolir le passé. Ce qui était fait ne pouvait être défait. Ou, si nouvelle partie il y avait, la règle en était de ne pas se faire prendre.

— Taisez-vous tous autant que vous êtes ! Il faut qu'on se calme, sinon va tous se retrouver en prison.

Il alluma le téléviseur et se mit à zapper. La scène de l'incendie apparut bientôt sur l'écran de cent vingt-sept centimètres de diamètre.

— Commençons par voir ce qu'en disent les médias. Ensuite, nous réfléchirons à ce qu'il faudra faire.

2

Lundi 20 septembre, 1 h 30

— Liv, attends !

Olivia marchait à grandes enjambées, presque au pas de course, pour contourner l'immeuble incendié. Elle réalisa soudain qu'elle venait d'être sèche avec Kane, alors qu'il ne cherchait qu'à se montrer attentif.

— Je suis désolée, Kane… Je n'aurais pas dû réagir comme ça.

— Oh, j'ai l'habitude, dit-il, de cette voix faussement plaintive qui rappelait à Olivia celle de Bourriquet dans *Winnie l'ourson*.

Cela la fit sourire et il lui rendit son sourire.

— Je préfère te voir comme ça, Liv. Je savais bien que tu étais encore capable de faire risette ! Même si c'est bien rare, ces derniers temps… Ecoute, je ne voulais vraiment pas remuer le couteau dans la plaie…

Les épaules d'Olivia s'affaissèrent.

— Je fais mon boulot, Kane.

— Je sais bien, dit-il d'une voix apaisante, sans nulle trace de condescendance. Les séances chez la psy ne t'ont pas fait du bien ?

— Je n'ai pas besoin de psy !

Le ton de sa propre voix lui parut puéril et elle soupira.

— J'ai juste besoin d'un peu de temps pour me retrouver, tu comprends ?

— Prends tout le temps qu'il te faudra. Mais promets-moi une chose : si tu as encore des problèmes à la veille du jour de l'an, n'hésite pas à m'en parler. Je connais un psy qui pourrait t'aider. Un type qui te plaira, j'en suis sûr.

Elle savait pourquoi il avait choisi cette date. Il approchait de la retraite et, après trente années de bons et loyaux services dans la police, il devait effectuer son dernier jour de travail à la Saint-Sylvestre. Elle préférait ne pas y penser. Ni au nouveau partenaire qu'elle devrait initier aux ficelles du métier. Mais comme elle savait que Kane se faisait du souci pour elle, elle hocha la tête et lui dit :

— D'accord. Et maintenant, allons voir ce malheureux vigile.

Ils firent le tour du bâtiment et tombèrent sur le corps de Henry Weems, illuminé par les projecteurs de l'unité de scène de crime. L'homme était étendu sur le ventre, un bras sous le torse et l'autre étendu, le dos de son uniforme noirci par le sang. Son pistolet gisait à quelques centimètres de ses doigts écartés. La blessure de sortie était plus large que le poing de Kane.

A côté du corps se trouvait une civière sur laquelle était posée une housse mortuaire, dont la fermeture à glissière était ouverte. Le partenaire de Londo, Dale Eastman, attendait patiemment que Micki Ridgewell, de l'unité de scène de crime, ait fini de prendre des photos.

— Une balle tirée à bout pourtant ? s'enquit Olivia.

— Probablement, répondit Micki. Mais on n'a toujours pas retrouvé le projectile. Dès qu'on aura évacué le corps, on passera les lieux au détecteur de métal. Avec tout le matériel de construction qui traîne dans les parages, ça risque de prendre un certain temps… On a trouvé du sang sur le sol, près de la porte qui donne sur le lac. C'est sans doute là qu'il a été frappé à la tête. A en juger par la quantité de sang, il a dû rester à cet endroit quelques minutes. Bon, allez, on peut l'emballer…

Kane et Dale s'en chargèrent. La blessure d'entrée était petite, située en plein cœur.

— Le meurtrier a tiré pour tuer, fit remarquer Kane. Il est mort depuis combien de temps ?

— Deux heures, tout au plus, répondit Dale. Le médecin légiste déterminera une fourchette plus précise.

Olivia ramassa le pistolet du vigile et le renifla.

— Il n'a pas servi, mais Weems était prêt à faire feu. La sécurité est ôtée. Il a été assommé, puis a repris connaissance et surpris l'incendiaire, juste après son forfait…

— Cet incendiaire se trouvait donc entre le lac et lui quand le coup a été tiré, continua Kane, en désignant la rive. Il n'y a que deux moyens de partir d'ici en vitesse : dans une voiture garée juste à l'entrée de la résidence, ou en bateau. Micki, allons examiner la clôture, pour voir si elle n'a pas été découpée.

— C'est déjà fait. On a trouvé trois ouvertures : l'une près du quai, une deuxième de l'autre côté de l'immeuble, près de l'entrée…

Elle pointa le doigt vers le bâtiment dévasté.

— Et une troisième du côté où on a retrouvé la fille. Nous allons analyser l'oxydation du grillage pour déterminer à quel moment chaque ouverture a été pratiquée.

Olivia leva les yeux. Une caméra de sécurité était perchée sur un poteau, à l'angle de la clôture.

— Tu es au courant, pour les caméras ?

— Oui. Complicité intérieure…

— On est en train de se renseigner sur le personnel,

l'informa Kane. Est-ce qu'il est facile de neutraliser ce genre de caméras ?

— Je ne le sais pas encore. Il faudrait que je demande à Sugar de vérifier le système de surveillance de la société de construction pour vous en dire plus.

Sugar était le gourou électronique de Micki.

— Vous vouliez parler au pompier qui a sorti le corps de la fille, je crois ?

C'était Micah Barlow, qui venait de passer le coin de l'immeuble, accompagné d'un pompier. Les espoirs qu'Olivia avait pu nourrir, quant au conducteur du camion L21, s'évanouirent instantanément.

Peu d'hommes avaient une telle démarche. Peu d'hommes avaient un tel physique. Et aucun n'avait le droit d'être aussi séduisant.

Il était grand, ce pompier — près de dix centimètres de plus que Barlow, qui frôlait lui-même le mètre quatre-vingt-dix. Les projecteurs de l'unité de scène de crime illuminaient son visage noirci et ruisselant de sueur, mais rien ne pouvait changer quoi que ce soit au fait que c'était l'homme le plus beau qu'elle ait jamais vu.

Comme de bien entendu, il était de service, cette nuit-là. Comme de bien entendu, il avait trouvé la victime, avait essayé de la sauver et avait eu la présence d'esprit de conserver l'intégrité d'indices de première importance.

Et comme de bien entendu, c'était le seul homme au monde qu'elle ne voulait pas voir, ni cette nuit ni toute autre nuit. Pendant sept mois, il avait tout fait pour l'éviter. Il était venu s'installer à Minneapolis, mais il ne lui avait pas adressé le moindre courriel, il ne lui avait pas passé un seul coup de téléphone. Au début, elle s'était demandé ce qu'il était venu faire ici. A présent, elle s'en moquait.

Elle se blinda ; ça au moins, elle savait encore le faire.

Adoptant un ton qu'elle espérait cordial mais formel, elle s'avança vers lui.

— David… Ça fait un bail. Comment vas-tu ?

Pendant un instant, la démarche souple de David parut se raidir, mais lorsqu'il répondit, il ne laissa paraître qu'une légère surprise.

— Olivia… Ça fait plaisir de te revoir…

Barlow haussa les sourcils et Olivia n'eut pas besoin de regarder Kane pour savoir qu'il avait fait de même.

— Vous vous connaissez ?

— Nous avons des amis communs, s'empressa d'expliquer Olivia, affichant un calme de pure façade.

Son cœur battait si fort qu'elle n'entendait plus que ses pulsations, comme chaque fois qu'elle s'était trouvée en présence de David.

— Kane, tu te souviens de David Hunter ? C'est l'ami d'Eve, continua-t-elle.

Eve était son amie. C'était elle qui lui avait appris que David s'était installé à Minneapolis, et qu'il avait été embauché dans le corps des pompiers. Et c'était encore Eve qui avait cessé de lui parler de David, lorsque Olivia lui avait fait comprendre qu'elle ne s'en souciait plus.

— Oui, bien sûr…, dit Kane avec circonspection.

— Le sergent Barlow nous a dit que c'est toi qui as trouvé la jeune fille ?

Son ton était plus sec qu'elle ne l'aurait voulu.

David tressaillit légèrement.

— Nous sommes arrivés trop tard, malheureusement. Elle était déjà morte.

Et il en souffrait, c'était facile à voir. Malgré ses bonnes résolutions, Olivia le regarda dans les yeux et y décela une grande tristesse. Son cœur s'emplit de compassion pour lui. Il ne voyait pas la mort en face tous les jours, contrairement à elle.

— Tu ne pouvais rien faire, murmura-t-elle. Elle n'aurait jamais dû se trouver là. L'immeuble aurait dû être vide…

L'espace d'un instant, il y eut un contact, une forme de symbiose entre eux. Du même ordre que leur fusion, cette nuit où il lui avait fait oublier à peu près tout. Mais il ferma les paupières, à peine eut-il croisé son regard, comme pour la rejeter une nouvelle fois.

— C'est vrai, dit-il calmement. Mais elle y était, je ne sais pour quelle raison. J'ai cherché s'il y avait une carte d'identité ou un sac à main, mais je n'ai rien vu. Il faut dire qu'il fait très sombre là-dedans. A la lumière du jour, vous trouverez peut-être quelque chose dans les autres étages…

Barlow suivait avidement leur dialogue et Olivia réalisa, consternée, qu'elle fixait le visage de David comme une adolescente énamourée. Mais n'était-ce pas exactement ce qu'elle avait été, avec lui ?

— Quand est-ce qu'on pourra y aller, pour inspecter la scène de crime ? demanda-t-elle d'un ton glacial.

— Pas cette nuit, lui répondit Barlow. Une partie du troisième étage s'est effondrée. L'endroit n'est pas sécurisé. Il va falloir que vous attendiez que la structure soit renforcée. Mais les pompiers ont rapporté quelque chose qui vous intéressera certainement, n'est-ce pas, David ?

Ce dernier tendit vers eux sa main toujours gantée.

— Je l'ai trouvée sur le plancher, à côté de la fille…

Tous purent voir la boule de verre, de la taille d'un poing. Elle était recouverte d'une substance luisante et gélatineuse.

Olivia fronça les sourcils.

— Tu as altéré une scène de crime ?

— Hunter était sur le plancher quand il s'est effondré, dit Barlow d'un ton égal.

Les yeux soudain alarmés d'Olivia se tournèrent vers David.

— C'est grâce à ses réflexes qu'on dispose de cet indice. Tu devrais le remercier.

— On s'en est bien sortis, reprit David sobrement. La boule allait rouler dans le trou qui venait de s'ouvrir. J'étais en pleine montée d'adrénaline et je m'en suis emparé par réflexe. Mais je n'ai pas pu la remettre là où je l'ai trouvée, parce que cet endroit n'existe plus.

Olivia força ses muscles à se détendre. La pensée qu'il avait failli tomber du troisième étage faisait battre son cœur à un rythme endiablé.

— C'est le même gel qu'on a trouvé sur les mains de la fille ?

— C'est probable, dit Barlow. Le labo nous le confirmera.

Kane se pencha par-dessus l'épaule de sa coéquipière pour examiner le globe de verre.

— A quoi sert ce gel ?

— Ça, c'est à vous de le découvrir, dit David.

Olivia se tourna vers Micki et sursauta lorsqu'elle constata que la jeune femme se tenait à quelques centimètres à peine derrière elle.

— Tu peux la mettre en sachet, Micki ?

Le regard de Micki alla du globe au visage d'Olivia.

— Absolument, répondit-elle.

— Prends son gant aussi, au cas où on aurait besoin de prélever des résidus. Tu en as un autre ? demanda-t-elle à David, en prenant bien garde, cette fois, de le regarder de manière impersonnelle.

— J'en ai une paire de rechange dans le camion. Si

tu en as fini avec moi, j'y retourne. Il me reste encore pas mal de boulot.

« Si tu en as fini avec moi »...

Je n'en aurai jamais fini avec toi, David... Mais quelle importance, puisque toi, tu en as fini avec moi...

Et après une seule nuit, encore. Quelle idiote elle avait été ! Une adolescente énamourée, oui, une midinette...

Elle s'imposa de le regarder dans les yeux, comme une épreuve secrète, un challenge à relever, arborant un sourire aussi froid que son regard.

— Merci. Je te contacterai si nous avons besoin de te poser d'autres questions. Kane, il faut que nous allions voir Mme Weems, avant qu'elle n'apprenne la mort de son mari par la télé.

Kane secoua la tête.

— Pas avant que nous puissions aller faire un tour à l'intérieur de l'immeuble. Vous avez nos numéros de portable, Barlow ?

— Oui. Je vous appellerai dès qu'il n'y aura plus de danger.

Micki ensacha le globe de verre, puis elle enleva le gant de la main de David et le fourra dans un sac en papier.

— Je vous le rendrai le plus tôt possible, lui dit-elle.

— Aucun problème.

Il tourna les talons, sans ajouter un mot, et disparut au coin du bâtiment avant qu'Olivia ne se rende compte qu'elle retenait son souffle depuis un bon moment.

Merde.

— Micki, tu peux faire une recherche sur les empreintes de la fille ? Surveille bien ce qui peut venir de Floride. Elle a des décalcomanies de supporter des Gators sur les ongles. Appelle-nous quand tu en sauras plus sur la nature de ce gel. Merci.

— Aucun problème, répondit Micki nonchalamment.

Mais Olivia comprit à son regard qu'elle lui demanderait des explications dès qu'elle en aurait l'occasion.

Comme si j'en avais, moi, des explications…

— Abbott voudra certainement nous voir dans son bureau à 8 heures, dit-elle encore, pour changer de sujet.

Le capitaine était un adepte invétéré des réunions à 8 heures du matin.

— J'y serai, répondit Micki. J'essaierai d'avoir terminé la recherche d'empreintes avant. Ensuite, on pourrait aller boire un café ensemble. A plus tard !

— A plus…, fit Olivia sans grand enthousiasme.

Puis elle se tourna vers Micah Barlow. Il l'observait d'un peu trop près, celui-là, et elle sentit l'irritation monter en elle. Si elle avait été mise en présence de David, même aussi brièvement, c'était en partie la faute de Barlow — *ce fouineur qui fourre son nez dans les affaires des autres.*

— Abbott s'attendra à ce que tu viennes aussi, lui dit-elle. Tu sais où est son bureau ?

— J'ai déjà travaillé avec lui. Je serai ponctuel.

Elle esquissa un hochement de tête avant de se diriger vers sa voiture, accompagnée de Kane. Il ne prononça pas un mot avant qu'elle n'ait déverrouillé la portière.

Il s'adossa ensuite au capot, croisant les bras.

— Et ça, c'était quoi ? demanda-t-il.

Elle ouvrit la portière d'un geste sec.

— Quoi *ça* ?

Kane repoussa doucement la portière du plat de la main.

— Olivia…

Elle soupira.

— Bon, admit-elle. Un jour, j'ai fait une erreur colossale… Une erreur que je ne veux pas répéter et dont je ne tiens pas à parler.

Kane parut déçu. Il ne crachait pas sur les potins et avait de toute évidence flairé quelque chose de croustillant.

— A ta guise, grommela-t-il. Voici l'adresse de Weems... Tu préfères que ce soit moi qui aille parler à sa veuve ?

— Non, tu t'y es collé la dernière fois. C'est mon tour d'être la messagère du malheur.

Contrairement à d'autres policiers, ils ne choisissaient pas à pile ou face qui se chargerait de cette tâche terrible. Ils partageaient toutes les corvées à parité. Il en était toujours allé ainsi, même quand elle était débutante et qu'il guidait ses premiers pas dans la profession.

— On se retrouve là-bas, ajouta-t-elle.

Kane s'éloigna vers sa voiture.

En rouvrant sa portière, Olivia aperçut David qui se tenait près de son camion et la regardait. Un frisson lui parcourut l'échine. Un frisson qui n'était pas de bien-être. Pendant une fraction de seconde, leurs regards se croisèrent, et il pointa le menton vers elle comme pour lui lancer un défi. Puis il enfila une nouvelle paire de gants et repartit vers l'immeuble.

Toute tremblante, Olivia s'installa au volant de sa voiture. Elle n'avait vraiment pas besoin de ça. Surtout en ce moment ! Il avait eu sept mois pour se manifester. Sept longs mois pour donner signe de vie, pour prendre l'initiative. Elle avait attendu. Patiemment, au début. Ne doutant pas de ce qui allait se produire. Puis, les jours et les semaines passant, son attente s'était faite plus douloureuse, emplie de doutes, jusqu'à ce qu'elle n'attende plus rien et renonce à lui.

Deux ans et demi, pas moins, s'étaient écoulés depuis la soirée où ils s'étaient rencontrés, à l'occasion du mariage de la sœur d'Olivia à Chicago. Depuis cette nuit où ils avaient... *Merde !*

Le souvenir de leurs ébats n'était pas censé faire naître en elle le désir de recommencer. Mais c'est pourtant bien ce qui lui arrivait. Et c'était cela qui la rendait aussi pitoyable, aussi nulle à ses propres yeux.

Il avait eu deux ans et demi pour la revoir et ne l'avait pas fait…

Peut-être qu'il attendait que je fasse le premier pas ?

Ou peut-être que je suis la reine des pommes. Je sais bien qui est la femme que David attend vraiment. Et ce n'est certainement pas moi.

En se maudissant pour avoir ne serait-ce que caressé l'espoir qu'un type comme lui puisse s'intéresser à une fille comme elle, elle démarra et se mit à rouler derrière Kane. Elle ignora une fois encore les journalistes et leurs questions, qui fusèrent au passage de la voiture. Il y aurait bien assez tôt une conférence de presse pour satisfaire leur curiosité. Pour l'heure, elle s'apprêtait à informer Mme Weems qu'elle était veuve et que sa vie allait être bouleversée à jamais.

En conduisant, elle répéta à plusieurs reprises les formules qu'elle ne s'était toujours pas accoutumée à prononcer au bout de quatre ans à la brigade.

Olivia lui avait paru fatiguée. Inquiète. Et pas contente de le revoir. Il avait lu dans ses grands yeux bleus une réelle irritation. Mais il y avait décelé quelque chose d'autre : de la compassion, de l'inquiétude, aussi. Et puis de la honte. Et cette honte le chagrinait, car il savait qu'il en était responsable.

Mais, par-dessus tout, il avait perçu chez elle une lassitude extrême qui semblait peser lourdement sur ses épaules. Au cours des sept mois qui venaient de s'écouler, il n'avait cessé de s'informer sur elle et sur sa vie. Il savait donc que son humeur ne s'était pas arrangée, ces derniers temps. Qu'au contraire, elle ne cessait de s'assombrir.

Elle avait changé, aussi. Elle avait renoncé à sa tresse pour une queue-de-cheval, et ses cheveux, ainsi coiffés en arrière, étaient si tendus qu'il en avait eu mal au crâne pour elle. Il imaginait que quand elle ne travaillait pas, elle devait laisser ses longs cheveux flotter sur ses épaules. Il conservait un vague souvenir de leur douceur soyeuse.

Les défaillances de sa mémoire, relatives aux moments passés avec Olivia, le maintenaient dans une cruelle incertitude. Et même si ce n'était vraiment pas le moment d'y penser, il ne pouvait s'en empêcher.

Combien de fois, au cours des sept derniers mois, avait-il failli aller frapper à sa porte, depuis qu'il avait compris qu'elle ne ferait pas le premier pas ? Et voilà qu'il l'avait croisée, en chair et en os !

— Alors ? fit une voix derrière lui.

Il pivota brusquement et Micah Barlow recula instinctivement, les yeux rivés sur la hache à pic que David tenait fermement de la main droite.

— Ne me surprenez pas comme ça, Barlow, fit-il entre ses dents serrées, avant de se détendre. Que voulez-vous ?

Le regard de Micah passa de la hache au portail, qu'un policier en faction venait de refermer derrière la voiture d'Olivia, puis revint au visage de David.

— Elle ne vous aime vraiment pas, on dirait… Pourquoi ?

David sentit rosir ses joues.

— Ça ne vous regarde pas.

— En fait, ça me regarde plus que vous ne le croyez… Mais nous en reparlerons plus tard. Pour l'instant, j'aimerais que vous me relatiez dans le détail tout ce que vous avez fait et vu depuis le moment où vous êtes arrivé ici jusqu'à votre sortie de l'immeuble avec cette boule gélatineuse à la main.

Contrarié, David fut pris d'une envie subite de lui dire de se tenir à distance d'Olivia.

Mais ça, ça ne me regarde pas non plus… Enfin, pas encore.

Pour l'heure, il fallait qu'il fasse son boulot.

— Ce n'était pas une boule gélatineuse, dit-il. C'était un globe de verre, recouvert d'une sorte de gel.

— Voilà un premier point éclairci. Maintenant, racontez-moi le reste…

Lundi 20 septembre, 2 heures

Il alluma la télé et se cala dans son fauteuil, tenant à la main la bière qu'il s'accordait rituellement, après avoir ferré un nouveau « client ». Cette nuit-là, il avait gagné un pack de quatre bouteilles… Mais il ne s'autorisait jamais plus d'une canette. Sous l'emprise de l'alcool, les gens commettent des erreurs stupides. Il était bien placé pour le savoir : les erreurs stupides commises sous l'emprise de l'alcool alimentaient en grande partie son fonds de commerce.

Télécommande en main, il visionna le DVD qu'il venait de graver, souriant au fur et à mesure que la fumée emplissait l'écran. Chaque mot prononcé par les quatre étudiants était parfaitement audible. Le volume sonore était certes un peu inégal, mais l'enregistrement impeccable, car son matériel était de haute qualité. Lésiner sur le matériel aurait nui, à long terme, à ses activités.

Or c'était le long terme qui l'intéressait.

Il jeta un regard circulaire à son petit appartement.

L'endroit était austère et purement fonctionnel. Mais bientôt, ses comptes en banque seraient suffisamment garnis pour qu'il s'achète une villa aux Caraïbes et se fasse servir par des domestiques discrets. Il savait déjà quelle villa il choisirait. Elle était présentement la propriété d'un politicien fortuné qui avait une très fâcheuse inclination pour les mineures. Ce politicien croyait qu'il en serait quitte après les versements initiaux sur un compte bancaire que lui-même avait ouvert à cet effet dans un paradis fiscal.

Ses victimes espéraient toujours se libérer un jour de ses chantages.

Ils s'imaginent que je vais me contenter de ce qu'ils me donnent et que je vais les oublier.

Mais il ne les oubliait jamais et ne les laissait jamais en paix. Au contraire, il augmentait ses tarifs ; les autres finissaient toujours par payer.

Car il les choisissait judicieusement. Comme il venait de le faire. Trois des quatre étudiants avaient des parents prêts à faire de gros sacrifices, pour épargner la prison à leurs rejetons. Quant au quatrième, il saurait, le moment venu, lui rappeler une erreur de jeunesse. Car c'était bien la prison qui les attendait, tous, s'ils n'obtempéraient pas. Ils avaient fait une grosse bêtise : ils avaient provoqué un incendie mortel. Deux personnes y avaient laissé la vie. Bien sûr, c'est lui qui avait abattu le vigile. Mais il était bien décidé à leur faire porter le chapeau. Ils avaient fui, au lieu de porter secours à la jeune fille, ils l'avaient laissée mourir, piégée dans le bâtiment qu'ils avaient incendié. Quelque chose lui disait que les flics seraient tout disposés à croire qu'ils avaient de surcroît tué le gardien.

Captivé par l'écran du téléviseur, il regarda, avec une petite grimace jubilatoire, Albert frapper de sa matraque ce pleurnichard de Joel. Il devait avoir une sacrée migraine à l'heure qu'il était !

Il se demanda s'ils avaient déjà commencé à s'entre-déchirer. La zizanie serait inévitable, lorsqu'ils prendraient pleinement conscience de la gravité de leur acte. Il fallait que sa première prise de contact avec eux obéisse à un timing bien avisé. Ils devaient mijoter dans leur jus assez longtemps pour être terrifiés à l'idée de se faire prendre, mais pas assez cependant pour faire quelque chose d'irréversible. Comme se livrer à la police et passer aux aveux. A cet égard, le danger venait surtout de Joel.

Et s'il devenait trop incontrôlable, il faudrait vite y remédier…

Il revint en arrière, au moment où Eric-le-cerveau avait ordonné à Albert-la-brute-épaisse d'assommer Joel. Il y avait chez cet Eric un sang-froid et un empressement à faire le nécessaire qui pouvaient s'avérer tout à fait exploitables.

Les sommes qu'il avait investies en Bourse avaient quelque peu fondu, en raison de la crise financière et au train où allaient ses affaires, il atteindrait la quarantaine avant d'avoir suffisamment reconstitué son portefeuille d'actions pour mener le train de vie qu'il entendait mener. Mais il ne comptait pas du tout attendre si longtemps. Il voulait être encore jeune, lorsqu'il serait en mesure de jouir sans retenue de ses biens mal acquis.

Un temps, il avait songé à embaucher un associé. A développer sa petite entreprise, en quelque sorte. Mais à qui se fier ?

Il exerçait le métier de maître chanteur depuis assez longtemps pour savoir qu'on ne pouvait faire confiance à personne, en définitive. Et cela valait pour les femmes comme pour les hommes. Surtout pour les femmes, en fait. Il fallait leur tenir, à tous et à toutes, la bride bien serrée, afin qu'ils ne puissent se libérer de son emprise.

Il regarda Albert et Eric transporter Joel sans connaissance, Mary sur leurs talons. Incendie criminel... Meurtre... Une prise extraordinaire sur eux et il ne les laisserait pas lui échapper !

Il leva sa bouteille de bière comme pour porter un toast.

— A mes nouveaux employés ! Puissiez-vous me rapporter beaucoup d'argent !

Il éjecta le DVD du lecteur et le glissa dans une pochette en papier. Grâce au flux de lecture en continu, Eric-le-cerveau allait bientôt apprendre qu'il était dans une sale situation.

Il déposa un baiser sur le DVD et murmura, satisfait :

— Vous êtes tous en mon pouvoir, mes agneaux.

Lundi 20 septembre, 2 h 15

Eric ouvrit la fenêtre de son salon et laissa la brise nocturne lui rafraîchir l'épiderme. L'aube n'allait pas tarder. Mais il doutait que la lumière du jour lui apporte de nouvelles options. Il fixa le feu qu'il avait allumé dans la cheminée. Le spectacle des flammes qui dansaient en crépitant dans l'âtre le tourmentait.

Il lui semblait qu'elles se moquaient de lui et l'accusaient : « Meurtrier ! Meurtrier ! Meurtrier ! »

Vingt-quatre heures plus tôt, la vie lui semblait magnifique. Il s'apprêtait à accomplir un exploit. Un acte qui alimenterait les conversations et les commentaires. Pour une fois, c'était lui qui allait se distinguer, et non le brillant Joel. Il allait changer la vie des gens.

Il fut pris d'un rire amer. Pour ça, il y était parvenu !

Sa vie et la vie des trois autres étaient bouleversées, en effet… Ils ne seraient plus jamais les mêmes.

Mais aussi, que faisait cette fille dans l'immeuble en construction ?

Arrête de te poser cette question !

La réponse ne variait pas, même au bout de la centième fois qu'il se la posait. Elle avait été au mauvais endroit au mauvais moment, c'était tout.

Mais qu'est-ce qui m'a pris ? Je n'aurais pas dû écouter Joel. Je n'aurais pas dû me soucier de ces maudites zones humides. Il va parler. Il va tout gâcher. Il va ruiner ma vie. Je n'aurais jamais dû le laisser rentrer chez lui.

Mais c'est pourtant ce qu'il avait fait. Ils s'étaient tous douchés pour se débarrasser autant que possible de l'odeur de l'incendie. Puis chacun était parti de son côté.

« Ne changez rien à vos habitudes, leur avait-il recommandé. Rentrez chez vous. Comportez-vous normalement. Allez en cours aujourd'hui, comme si rien ne s'était passé. »

Ils étaient partis et, à présent, son appartement était désert, plongé dans un silence que seul le grésillement des flammes venait troubler.

Il avait allumé un feu dans la cheminée pour masquer l'odeur qu'ils avaient rapportée de la résidence incendiée. A présent, il pourrait prétendre que l'odeur de fumée qui persistait dans son appartement venait de sa cheminée, au cas où quelqu'un lui ferait une remarque à ce sujet.

Tu veux dire, si on se fait prendre ?

Non, c'était improbable. Personne ne les avait vus. Il avait lui-même neutralisé les caméras. Pénétrer dans ce système de surveillance assistée par ordinateur avait été un jeu d'enfant pour lui. Afin d'économiser sur la main-d'œuvre, Rankin and Sons, l'entreprise de construction, avait automatisé le système tout entier. En quoi elle avait commis une première erreur. Erreur numéro deux : télécharger sur leur serveur le chemin de ronde du gardien de nuit. Erreur numéro trois : ne pas avoir embauché le premier gamin venu pour vérifier la sécurité de leur système, dont le piratage s'était avéré d'une incroyable facilité — presque insultante, en fait, pour un élève ingénieur aussi doué que lui en informatique.

On a pris toutes les précautions. Personne ne nous a vus.

Sauf la fille, bien sûr. Mais elle était morte. Il revoyait son visage chaque fois qu'il fermait les yeux. Son cri muet, ses mains qui glissaient le long de la vitre.

Le vigile était un incapable ! Il aurait dû se rendre compte de la présence de cette fille.

Ce n'est pas notre faute. Elle n'aurait jamais dû se trouver là.

— C'est pas notre faute, répéta-t-il à haute voix.

Mais même en se le répétant un million de fois, il savait qu'il aurait du mal à s'en convaincre…

Nous l'avons tuée. Voilà la vérité. Mais personne n'en saura rien. Sauf si Joel se met à parler.

Il songea aux mots qu'avait chuchotés Albert, en quittant l'appartement : « J'aurais dû frapper plus fort. Je peux toujours le faire. »

Il lui avait exprimé son désaccord, sans équivoque. Mais si Joel ne se ressaisissait pas ? L'estomac barbouillé, il s'affala dans le fauteuil qui faisait face au téléviseur.

Quel horrible merdier ! Tout ça à cause d'une espèce d'oiseau d'eau menacée !

— Au diable les oiseaux, marmonna-t-il, en allumant le téléviseur.

« Les pompiers en sont au stade de l'assainissement, disait la présentatrice. Les dégâts matériels causés à cette résidence en construction sont estimés à plus de cinquante millions de dollars. Mais la perte la plus cruelle, l'irréparable perte, c'est le décès de deux personnes… »

Eric tressaillit et tendit l'oreille. *Deux ? Comment ça ?*

« D'après nos sources, l'une des victimes est une jeune fille dont le corps a été découvert au troisième étage… »

Un plan de la baie vitrée vint alors occuper l'écran. C'était derrière cette vitre que la fille leur était apparue, hurlant son désespoir et sa terreur. Il remarqua qu'une large ouverture aux contours irréguliers avait été pratiquée dans un coin de la vitre.

« La seconde victime est un homme âgé d'une cinquantaine d'années. La police ne révélera son identité que lorsque sa famille aura été informée. Selon nos sources, cet homme a été abattu d'un coup de revolver. »

Pendant un instant, Eric, stupéfait, demeura totalement immobile, fixant l'écran d'un œil vide. *Un coup de revolver ?* Impossible ! Albert s'était contenté d'assommer le vigile. Aucun d'entre eux n'avait emporté d'arme à feu. Qu'est-ce qui s'était passé ?

Il sursauta lorsque son téléphone portable se mit à sonner sur la table basse, juste devant lui. Il le regarda fixement, sans décrocher. Qu'attendait-il, au juste ? Il n'en savait rien. Mais son cœur battait lourdement, lentement, et ses mains étaient engourdies. Il finit par ouvrir le téléphone et son cœur s'arrêta de battre un instant, lorsqu'il lut le SMS qui s'affichait sur le minuscule écran :

Je sais ce que tu as fait.

Il continua de fixer le téléphone sans réagir. Celui-ci se remit à sonner et un nouveau texte apparut :

Besoin de preuves ?

Aussitôt un lien s'afficha et, la peur au ventre, Eric cliqua dessus. C'était une vidéo. Il se vit en compagnie de ses complices en train de regarder la résidence enflammée. Puis il y eut un zoom sur la fille de la baie vitrée, bouche grande ouverte sur ce cri muet qui l'assourdissait encore. Puis il y eut un nouveau plan de leur petite bande, et il se vit en train de faire signe à Albert, pendant qu'ils maîtrisaient Joel qui se débattait. Aussitôt après, Albert frappait Joel et ils le portaient tous les deux vers la clôture. La vidéo ne durait que trente secondes.

Mais cela suffisait amplement. Ils avaient été épiés, surpris et filmés en flagrant délit. Ils étaient foutus !

D'une main tremblante, Eric parvint tant bien que mal à appuyer sur les bonnes touches.

> Qui êtes-vous ?

La réponse s'afficha aussitôt :

> Ton maître.

A présent, son corps tout entier tremblait violemment.

> Que voulez-vous ?

> Ne t'en fais pas pour ça. Je te le dirai bien assez vite. Je t'enverrai une adresse quand je serai prêt et je t'y attendrai. N'en parle à personne. Tu dis oui ou tu dis non ?

Eric ne pouvait plus penser. Il ne pouvait plus respirer. Il était tétanisé.

Une minute plus tard, un nouveau SMS apparut sur l'écran :

> Je perds patience. Tu crois sans doute que tu vas bien te marrer en taule ? C'est mignon, ça. Mais à la douche ne te baisse pas pour ramasser le savon ou gare à ton cul. Tu dis oui ou tu dis non ?

Eric inspira profondément plusieurs fois de suite, sentant

la nausée monter à chaque contraction des poumons. Il n'y avait qu'une réponse possible.

Après avoir tapé « oui », il referma le téléphone. Il se leva et reposa délicatement l'appareil sur la table. Puis il courut aux toilettes et vomit.

Il se cala dans son fauteuil en souriant, quand la réponse d'Eric apparut sur l'écran. Parfait !

— Et voilà, cher fils à papa. Tu es devenu mon esclave...

Lundi 20 septembre, 3 h 30

Austin Dent s'immobilisa, une jambe par-dessus le rebord de la fenêtre, aveuglé par le faisceau de la lampe de poche.

— Arrête ! dit-il à Kenny.

Il finit d'enjamber le rebord et referma la fenêtre derrière lui. Il n'était pas d'humeur à supporter les questions idiotes de son camarade de chambre. Mais Kenny n'avait pas l'air de vouloir le laisser en paix.

Son doigt balaya l'air pour dire : « Où étais-tu ? »

Austin monta dans son lit, ignorant la question, mais Kenny n'était pas disposé à le lâcher. Il renifla l'air en disant :

— C'est quoi, ça ? Une odeur de fumée ? De feu ?

— Tais-toi !

Austin enfouit sa tête dans son oreiller. L'odeur âcre de la fumée imprégnait sa peau. Le personnel qui s'occupait du dortoir allait la sentir aussi, au matin. Ils sauraient. Tout le monde saurait.

Quelle importance ? Tracey était morte.

Oh, mon Dieu !

Un sanglot grossissait dans sa poitrine et il s'efforça de le contenir. Mais il finit par le lâcher, en tremblant de tout son corps.

Elle est morte. Oh, mon Dieu ! Je lui ai promis de l'aider et elle est morte !

Kenny se laissa glisser sur le sol et vint tapoter son épaule en un geste de réconfort. Austin leva la tête et le regarda droit dans les yeux. Il avait l'air effrayé.

— Qu'est-ce que tu as fait ?

Austin se tourna sur le côté afin de dégager ses mains.

— Tu ne dois le dire à personne.

— Dire quoi ?

— Que je suis sorti. Que je suis rentré par la fenêtre. Que je pue la fumée.

Kenny avait l'air plus apeuré encore, à présent.

— Mais qu'est-ce que tu as fait ?

Austin secoua la tête avec véhémence.

— Tu es mon ami. Il faut que tu m'aides !

Kenny le fixa un instant avant d'ouvrir la fenêtre en grand.

— Débarrassons-nous de l'odeur de fumée pour commencer, dit-il.

— Ils la sentiront quand même, demain.

Le cœur lourd, Austin ajouta :

— Que faire ?

Kenny souleva son matelas et en sortit un paquet de cigarettes aplati.

— Ce que tu as fait, c'est pire que de se faire choper en train de fumer ?

Austin songea à Tracey, piégée dans l'immeuble. Il songea aussi au vigile assassiné et à l'homme qui l'avait froidement abattu.

D'un air malheureux, il hocha la tête et vit Kenny tressaillir dans la pénombre.

— Fumes-en une. Souffle la fumée dehors, sinon ça risque de déclencher l'arrosage anti-incendie. Demain matin, fumes-en une autre. Ils croiront que l'odeur vient du tabac. Tu te feras choper pour avoir fumé une clope, mais personne ne saura que tu as fait le mur cette nuit.

Kenny sortit la boîte d'allumettes qu'il avait dissimulée avec ses cigarettes.

— Je vais t'en allumer une et te la passer ensuite. Tes mains tremblent. Tu risquerais de faire tomber l'allumette par terre et de foutre le feu à l'école.

Il frotta le bout de l'allumette contre le grattoir et ajouta :

— Tout va bien se passer, tu vas voir. Tout ira bien…

Non, pensa Austin, l'air hébété, en tressaillant lorsque l'allumette s'enflamma. *Plus rien n'ira jamais bien.*

3

Lundi 20 septembre, 4 h 30

« Je vous présente mes condoléances, madame… » C'était sur ces mots qu'Olivia avait quitté Mme Weems, la laissant sanglotant sur le pas de sa porte. Et ils résonnaient encore dans sa tête, ces mots, insupportables, malgré les grands coups de poing dont elle frappait le sac de sable pour se soulager, se meurtrissant les phalanges. Mais qu'était cette douleur, en comparaison du hurlement de révolte qu'elle retenait ?

Le culturiste qui ahanait à ses côtés en effectuant ses tractions ne lui accordait aucune attention. C'était justement la raison pour laquelle elle préférait venir de bon matin à la salle de sport. Les gens qu'elle y croisait, à une heure aussi matinale, étaient là pour faire de l'exercice, pas pour se montrer ou papoter. Et cela lui garantissait tranquillité et anonymat.

Oui, *anonymat*… Il y avait des jours où elle en avait soif, où elle aurait voulu tout oublier. Surtout lorsqu'elle venait d'annoncer une triste nouvelle à une famille endeuillée. Et elle l'avait beaucoup trop fait, ces derniers temps. Annoncer la perte d'un être cher à tant de mères et de pères, à tant de frères et de sœurs, à tant d'époux et d'épouses…

« Nous avons trouvé les restes de votre fille dans un ossuaire. Non, vous ne pouvez pas l'identifier. Toutes mes condoléances. » Toutes ces paroles, si peu adaptées à l'horreur de la situation ! Et cela n'en finissait jamais. « Votre mari est mort. Il a été abattu par un incendiaire. Toutes mes condoléances, madame. »

La colère montait en elle, dévoratrice comme les flammes d'un incendie, et elle se mit à martyriser le sac de plus belle.

— Toutes mes putains de condoléances ! grommela-t-elle enfin, épuisée.

— Vas-y mollo, tigresse…

Olivia reconnut la voix calme et posée de Paige Holden.

— Qu'est-ce que tu fais ici, toi ? lui demanda-t-elle d'un ton las.

Paige était censée commencer son service à 8 heures.

— Je m'assure simplement que tu vas laisser un bout de Jasper pour les autres, lui dit Paige d'un ton pince-sans-rire.

Olivia s'éloigna du sac de sable, lequel était régulièrement rebaptisé du nom des ex-amants de Paige, après chaque rupture.

— Ah ? Le sac s'appelle Jasper en ce moment ?

Elle avait perdu le compte des noms qu'avaient portés les punching-balls de Paige au fil de leurs quinze années d'amitié.

— Et qu'est-ce qu'il a fait, ce Jasper ?

— Il m'a laissée payer l'addition, en filant voir un client. Je ne l'ai jamais revu.

Olivia s'émerveilla une fois de plus de la propension qu'ont les femmes intelligentes à se montrer idiotes dans les affaires de cœur, bien consciente que la remarque valait aussi pour elle.

— Filet Rossini et bouteille de vin à cent dollars ? s'enquit-elle.

Paige haussa les épaules.

— Quelque chose dans ce genre-là, oui… A propos de dîner, c'est quand la dernière fois que tu as fait un repas, espèce d'anorexique ?

Olivia lui adressa un regard mauvais.

— Hier soir. J'ai dîné.

— Et on peut savoir ce que tu as mangé ?

— Une salade.

Paige sortit une barre énergétique de sa poche et la lui tendit.

— Tiens, tu as besoin de protéines…

Olivia prit la barre, sachant très bien qu'elle aurait un goût de carton. D'ailleurs, tous les aliments avaient le goût du carton, depuis la Fosse. Et elle était incapable de manger de la viande. Le simple fait d'y penser faisait resurgir les horribles souvenirs du charnier.

La chair qui se détachait de l'os…

Elle secoua la tête pour chasser cette pensée.

— Qu'est-ce que tu fais là ? Ce n'est pas ton heure…, demanda-t-elle de nouveau à Paige.

— Mon petit doigt m'a dit que tu y étais, en train de massacrer ce pauvre Jasper.

Olivia regarda par-dessus son épaule : le petit doigt de Paige se tenait derrière le comptoir, sous l'apparence d'un culturiste bardé de muscles proéminents. Il était en train de les observer. Se voyant repéré, il se replongea dans le registre des présences.

— Sale petite fouine ! marmonna Olivia.

— Je préfère voir en Rudy mon informateur confidentiel, corrigea Paige d'un ton malicieux.

Elle renifla et ajouta :

— Tu sens la vieille cheminée… Qu'est-ce qui s'est passé ?

— Un incendie. Deux morts, lui répondit Olivia laconiquement.

Elle ne voulait rien lui dire de plus que ce que les journalistes savaient déjà.

Mais Paige, qui la connaissait depuis longtemps, savait à quoi s'en tenir.

— Et c'est toi qui as dû informer les familles, c'est ça ?

— Une seule. Jusqu'à présent, en tout cas.

— L'autre est un inconnu ?

— *Une* inconnue.

Elle déglutit, en se souvenant du visage livide de la fille.

— Une gamine, ajouta-t-elle.

Paige lui serra le bras affectueusement.

— Je suis désolée, ma chérie.

— Moi aussi. Et comme je n'aurai certainement pas le temps de faire mes exercices dans la journée, je me suis arrêtée sur le chemin du retour, histoire de me défouler un peu. J'allais t'appeler…

— « Je te rappellerai »… C'est aussi ce que Jasper m'a dit, avant de disparaître…

Paige désigna les machines à tractions Nautilus, à l'autre bout de la salle.

— Bon, dit-elle, comme tu t'es déjà échauffée, tu peux t'y mettre direct.

— Tu n'es pas obligée de rester, Paige… Je peux me débrouiller toute seule.

— Je sais. Mais si je ne reste pas avec toi, tu vas continuer à m'éviter comme tu le fais depuis des mois. Allez, hop, inspecteur ! Direction le Leg Press !

Olivia obtempéra d'un air boudeur.

En passant devant Rudy, elle lui jeta un regard noir.

— Traître !

— Fiche-lui la paix, Liv. Il s'inquiète pour toi. Moi aussi, d'ailleurs.

Olivia s'installa dans la première machine.

— Ce n'est qu'un mauvais moment à passer, dit-elle, en s'allongeant.

Paige n'évoqua plus de sujets personnels et se contenta de compter les tractions. Elles effectuèrent leurs mouvements ainsi qu'elles l'avaient fait ensemble des centaines de fois. Olivia ne disait rien, absorbée par l'exercice, puis soudain :

— Elle nous attendait…

Allongée sur le dos, elle fixait le plafond carrelé. Paige s'était accroupie à côté d'elle.

— Qui ça ?

— La veuve.

Olivia ne donnait jamais de nom et Paige savait qu'il ne fallait pas qu'elle en demande.

— Leur fille a compris, en regardant les infos à la télé. Elle savait que son père était de service, cette nuit, et elle en a déduit que c'était lui, l'homme abattu. Elle a couru chez sa mère pour lui tenir compagnie en nous attendant… Nous, qui sommes censés apporter joie et réconfort à la population… Il avait été flic avant d'être vigile.

— Oh, non !

— Si… Il a servi pendant vingt-cinq ans dans la police, avant de prendre sa retraite. Il n'avait jamais été blessé par balle, figure-toi. Pas la moindre éraflure… Mais hier soir, il en a pris une en plein cœur. Et moi, tout ce que je suis fichue de dire à sa femme et à sa fille, c'est : « Toutes mes condoléances. »

— Mais que pouvais-tu dire d'autre ? demanda Paige, toujours rationnelle.

— Je ne sais pas. Mais ce que je sais, c'est que j'en ai marre de répéter cette phrase !

— Tu es fatiguée, voilà tout. Ton patron t'a proposé de prendre des vacances. Pourquoi n'en profites-tu pas ?

— J'ai essayé. J'ai pris un congé. Je n'avais rien à faire et je voyais sans cesse…

— Les cadavres de la Fosse ?

Olivia se redressa et jeta un regard perçant à son amie.

— Et puis voilà qu'*il* débarque !

C'était de cela, en fait, qu'elle voulait parler depuis le début.

Réellement surprise, cette fois, Paige haussa les sourcils.

— Qui ça ?

— Ce garçon… Celui que j'ai rencontré au mariage de Mia…

Paige était la seule à connaître cet épisode, qu'Olivia lui avait confié, un soir, après avoir un peu forcé sur la tequila.

— Lui ? Incroyable ! C'était il y a deux ans, à Chicago… Et il est réapparu ? Après tout ce temps ?

Olivia se remit à contempler le plafond.

— Deux ans et demi, très exactement. Et il habite en ville, maintenant. Il est venu s'installer à Minneapolis il y a sept mois.

— Il s'est passé beaucoup de choses il y a sept mois… Pourquoi est-ce qu'il est venu vivre ici ?

— Il a une amie qui habite Minneapolis. Tu l'as rencontrée… Eve.

— Celle que tu as sauvée du Cinglé de la Fosse ? Bon, fin de la pause. On se fait une nouvelle série. Allez !

Olivia grimaça, en effectuant ses tractions.

Le Cinglé de la Fosse avait tué trente-cinq personnes, pour la plupart des femmes. Eve avait bien failli être sa trente-sixième victime.

— Non, c'est un autre policier qui l'a sauvée. Moi, je suis arrivée après, pour nettoyer la fosse.

Paige soupira.

— Encore deux autres… Encore une… Voilà, c'est fini. Bon, et alors ? Quel est le problème, avec ce garçon que tu as rencontré au mariage de Mia ?

— Il est venu rendre visite à Eve, puis il a décidé de s'installer ici. Il a acheté une maison. C'est elle qui me l'a dit. Lui, il ne s'est jamais manifesté.

— Jamais ? Et il a un nom, ce goujat ?

Olivia sentit sa gorge se contracter et elle dut déglutir pour répondre :

— David.

— Et qu'est-ce qu'il fait dans la vie, ce David ?

— Il est pompier.

Du coin de l'œil, elle vit battre la paupière de Paige.

— Qu'est-ce qu'il y a ?

— C'est quand même une drôle de coïncidence que ce soit lui qui ait été envoyé sur cet incendie et que ce soit toi qui aies été chargée de l'enquête, non ? Alors, comme ça, il est à Minneapolis depuis tout ce temps ? Et il ne s'est jamais manifesté ? Il ne t'a jamais appelée ?

— Pas une seule fois.

Et elle en souffrait. Beaucoup.

— Quel cochon !

— Je sais, je sais… Sauf que…

Olivia ferma les yeux.

Sois honnête, ne serait-ce qu'avec toi-même.

— Sauf que, reprit-elle, c'est quelqu'un de bien. Il aime les dessins animés et les chiens, et il adore sa mère. Il fait la cuisine et sait réparer les voitures. Il lit les mêmes bouquins que moi, il aime la même musique, rêve de visiter les mêmes endroits. Je sais qu'il a été bénévole dans des refuges pour femmes battues et adolescentes fugueuses : il y faisait de la plomberie, des réparations. Il pratique le karaté, aussi. Comme toi.

— Ah bon ?

Olivia hocha la tête.

— Il était ceinture marron, quand je l'ai rencontré. Il s'entraînait pour passer l'épreuve de la ceinture noire. Il donnait aussi des cours dans des foyers de jeunes, à Chicago. Bénévolement. Quand il m'a raconté tout ça, je me suis dit que c'était trop beau pour être vrai. Personne ne peut être aussi parfait… Mais Mia m'avait déjà dit que c'était un chic type.

— Eh bé ! fit Paige, l'air épaté. Je croyais que tu ne l'avais vu qu'une seule nuit ?

— Deux en fait. On s'est rencontrés au dîner de répétition, la veille des noces. C'était au printemps et je me sentais d'humeur amoureuse… Une aventure d'un week-end… Comme c'est original !

— Tu venais de te faire plaquer par ton fiancé… Celui-là, j'aimerais bien m'en servir de punching-ball, pour lui faire payer ce qu'il t'a fait, d'ailleurs ! Te plaquer pour se remettre avec sa première fiancée. Une vraie garce, en plus !

— Je suis au courant, dit Olivia d'un ton pince-sans-rire. J'y étais, figure-toi.

Une fois n'est pas coutume, le sac de sable de Paige avait été baptisé Doug pendant un temps.

— Et puis, moins d'une semaine après cette rupture, tu as retrouvé ton père, que tu croyais mort… Et tu as appris que tu avais deux demi-sœurs…

— Oui, la flic et l'arnaqueuse ! dit Olivia, attendrie. Ma rencontre avec Mia et Kelsey a été la seule conséquence heureuse de toute cette histoire.

— Ce que je voulais souligner, Liv, c'est que tu avais passé un hiver tumultueux. Dans de telles conditions, tomber sous le charme d'un type aussi sexy et aussi parfait aurait pu arriver à n'importe qui ! De toute évidence, il en a profité…

Olivia haussa les épaules.

— Sans doute. La veille du mariage de Mia, j'étais dans tous mes états. Je suis arrivée en retard à la répétition. Je venais de rencontrer Kelsey pour la première fois…

— Au parloir de la prison, murmura Paige.

Dans la centrale pour femmes où Kelsey purgeait une peine de prison de huit à vingt-cinq ans* pour vol à main armée.

— Oui… Et j'étais plutôt bouleversée de rencontrer ma sœur comme ça, derrière un panneau vitré. Bref, je suis arrivée à l'église en retard pour la répétition et c'est en gravissant les marches du parvis que je suis tombée nez à nez avec lui…

— David…

— Oui.

Elle ferma les yeux un instant et reprit :

— J'ai eu un choc. J'étais fascinée. Son visage… Il a un visage, Paige… Et des épaules. Et tout le reste… Impossible à oublier. J'avais les yeux rivés sur lui et j'ai trébuché en marchant. Je suis tombée droit dans ses bras. J'étais trop envoûtée pour me sentir gênée.

— Je ne crois pas t'avoir jamais vue « envoûtée »…, observa Paige.

— Je ne l'avais jamais été avant. Pas par Doug en

* Aux Etats-Unis, il est fréquent que les peines de prison prononcées par les tribunaux en matière criminelle soient variables et que leur durée soit conditionnée par le comportement du condamné au cours de sa détention (NdT).

tout cas ! Ni par personne d'autre… Il m'a conquise au premier coup d'œil. C'est un miracle que j'aie pu tenir bon pendant la répétition à l'église et le dîner, ensuite. Toutes les femmes avaient l'air de vouloir m'arracher un œil, parce que David ne me quittait pas. Après, on a causé… On a causé toute la nuit.

— Il était au courant, pour Doug ?

— Non, pas du tout. Et je ne voulais surtout pas avoir l'air d'être à plaindre. Je n'en avais d'ailleurs parlé à personne. Même pas à Mia. Et, franchement, j'étais tellement bien, à bavarder avec lui, que je ne pensais plus du tout à Doug… David ne m'a pas quittée des yeux une seule fois. Je me sentais… importante. Je sais, ça a l'air très bête, maintenant…

— Ça me paraît parfaitement normal, au contraire, protesta Paige d'une voix pleine de sympathie.

— Je crois que je ne cherchais qu'à me sentir importante aux yeux de quelqu'un, tu vois ce que je veux dire ?

Paige lui prit la main et la serra fort.

— Oui, ma belle, je vois très bien ce que tu veux dire.

Olivia sentit les larmes lui monter aux yeux.

— Ce n'est pas qu'un mauvais souvenir, en fait. Je lui ai parlé de Kelsey. Il connaissait Mia depuis longtemps. J'étais si triste de voir Kelsey dans cette prison… Même si elle est coupable, malheureusement. C'est David qui m'a conseillé de me lancer dans l'aide bénévole aux adolescents en fugue, pour qu'ils aient une seconde chance. Pour les aider à ne pas devenir comme ma sœur.

— Et c'est ce que tu fais. Et tu le fais bien, Liv. Tu leur apportes vraiment quelque chose, à ces gosses.

— Merci… Donc, ce que je disais, c'est qu'il est sorti au moins quelque chose de positif de cette rencontre avec David… Le dîner de répétition s'est merveilleusement bien passé. C'est pendant la nuit qui a suivi le mariage que tout s'est dégradé.

— Alors que tout allait encore mieux que la veille ?

— J'aimerais ne l'avoir jamais rencontré, parce que je ne peux pas imaginer que ça puisse être aussi bon avec quelqu'un d'autre.

— Mais tu n'as pas…

— Non, pas jusqu'au bout, reconnut Olivia.

Elle lâcha un soupir et poursuivit :

— Mais si j'en juge par ce qui s'est passé, je crois qu'aller jusqu'au bout m'aurait tuée…

Paige resta silencieuse un instant, avant de hasarder :

— Peut-être qu'il t'a menti, quand il t'a raconté toutes ces merveilles sur son compte. Peut-être que c'est un baratineur et un profiteur.

— J'aurais préféré. Mais depuis qu'il s'est installé ici, il consacre son temps libre à de bonnes œuvres. Il s'occupe d'une association, Habitat pour l'humanité, qui répare gratuitement les équipements des foyers et refuges de la ville. Je le sais par Eve, qui ne tarit pas d'éloges sur son compte. Non, le pire, c'est que c'est vraiment un homme bien. Et le malheur, c'est tout simplement qu'il ne me désire pas !

Nous y voilà, Liv… Tu t'es enfin confiée à quelqu'un. Tu devrais te sentir mieux, maintenant…

Sans doute… mais ce n'était pas du tout le cas.

— Liv, as-tu jamais songé qu'il s'attend peut-être à ce que tu fasses le premier pas ?

— Oui, dans mes rêves les plus fous.

— Liv… Si j'étais un homme et qu'on se soit quittés dans les conditions que tu as décrites…

— Je ne me suis confiée à toi que parce que tu m'avais

fait boire un coup de trop, objecta Olivia, en fronçant les sourcils.

— Comme si tu ne m'en aurais jamais parlé, autrement... Allons, allons... C'est vrai que je t'ai fait boire ce soir-là... Mais, bon, ce que je voulais te dire, c'est que si j'étais ce David, je m'attendrais à ce que ce soit toi qui fasses le premier pas.

Olivia se souvint alors du mouvement de menton de David, juste avant qu'elle ne monte dans sa voiture. Elle avait interprété ce geste comme une sorte de défi. Mais elle se souvenait aussi très bien de la nuit qu'ils avaient passée ensemble. Elle se souvenait surtout de ce mot, de ce nom qu'il avait prononcé...

— Non, dit-elle.

— Pourquoi pas ? demanda Paige, exaspérée. Qu'est-ce que tu risques ?

— La même mésaventure que la dernière fois, lui répondit Olivia d'une voix lugubre.

Et elle sentit son cœur palpiter, tout en sachant que cette réaction n'avait rien à voir avec les exercices.

— Et ce serait vraiment catastrophique ? Tu n'as couché avec personne depuis cette nuit... Tu subis un tel stress en ce moment que tu es sur le point de craquer complètement. Quel mal y aurait-il à avoir des aventures passagères ? S'il s'est servi de toi, rends-lui la monnaie de sa pièce : sers-toi de lui, de son corps. Je ne vois pas ce que tu risques...

Olivia se redressa et s'essuya la nuque avec une serviette de bain.

Moi, je vois, Paige : je deviendrais comme toi, tout simplement. J'aurais tant de petits copains que je serais obligée de les lister sur un tableur pour m'y retrouver.

— J'y penserai, dit-elle. Et si on terminait par quelques

extensions ? Après, je rentre un moment chez moi. Il faut que je dorme un peu avant la réunion.

Lundi 20 septembre, 7 h 10

Du rez-de-chaussée, Jeff Zoellner fixait la trouée de la taille d'une pièce, qui s'élevait jusqu'au troisième étage.

— Tu l'aurais sacrément sentie passer, cette chute ! dit-il à David.

D'un œil sombre, celui-ci suivit le regard de son collègue avant de regarder vers le sous-sol. Le plancher du rez-de-chaussée s'était, lui aussi, partiellement effondré.

— Oui, et je te dois une fière chandelle…

Jeff se remit à arpenter le sol, le tapotant du manche de sa hache, en quête de points faibles. David fit de même avec sa pince-monseigneur. Chacun des niveaux comprenait six appartements, mais c'étaient ceux qui se trouvaient en façade qui avaient subi les plus gros dégâts.

— Je crois que le plancher est solide à partir de là, dit Jeff. On peut laisser le champ libre à Barlow, maintenant.

Micah attendait dans l'entrée de l'appartement où se trouvaient les deux pompiers. Il était coiffé d'un casque de chantier, mais habillé en tenue de ville. Le bout de sa cravate jaune était fiché dans la poche de sa veste. Il tenait d'une main une caméra vidéo et de l'autre une rampe lumineuse. Il avait travaillé en compagnie des deux hommes avec diligence et efficacité, inspectant l'un après l'autre les endroits que ceux-ci avaient déclarés sûrs.

Il n'avait pas reparlé d'Olivia, et David lui en était reconnaissant. Le danger était partout présent dans le bâtiment et mieux valait que chacun se concentre sur sa tâche.

Il ne pouvait cependant s'empêcher de se demander

pourquoi Barlow lui avait affirmé qu'Olivia le concernait aussi. Avaient-ils eu, par le passé, une liaison ? Cette idée le contrariait particulièrement et le rendait mal à l'aise.

S'il y avait eu autrefois de l'affection entre eux, il était clair, en tout cas, qu'il n'en subsistait plus rien à présent. David avait observé la jeune femme assez attentivement pour en être certain.

Mais elle avait peut-être un homme dans sa vie ?

Dans ce cas, je n'insisterai pas...

Et si elle n'avait personne, mais ne voulait pas de toi ?

— Je peux marcher, par là ? demanda Micah.

— Le sol est compact là où vous êtes, lui répondit David, en se forçant à se concentrer sur le moment présent. Mais il devient friable à un mètre de la trouée. Faites attention...

Micah baissa les yeux vers le sous-sol béant, puis les leva vers les étages, exactement comme David l'avait fait avant lui.

— Merde alors... On peut dire que vous avez eu de la chance, vous !

— Oui, on peut dire ça. Tenez... Regardez... C'est ce que je voulais vous montrer...

Il désigna des traces qui zigzaguaient de la porte d'entrée vers le trou et repartaient vers les chambres à coucher, à l'arrière de l'appartement.

— Les incendiaires ont versé la colle à moquette le long de cette ligne. Ce sont les mêmes traces qu'on a trouvées au premier étage. Apparemment, ils étaient deux. Il y en a un qui est parti de la porte d'entrée et l'autre du fond de l'appartement, et ils se sont rejoints ici, dans le salon.

— Ça semble logique, dit Micah, tout en filmant les lieux. Ils ont dû finir de vider les pots à l'endroit où le plancher a cédé, ce qui explique pourquoi le feu y a été plus intense. Le chef de chantier nous a dit que des rouleaux de moquette étaient stockés dans le salon, au même endroit à chacun des trois premiers niveaux. Imprégnés de l'eau des lances, ils ont dû atteindre un poids suffisant pour passer au travers des planchers du premier et du deuxième étage. Et quand le plancher du rez-de-chaussée s'est effondré à son tour, tous ces rouleaux ont chuté dans le sous-sol.

Pendant un instant, David craignit que Micah ne s'approche trop près du bord de la trouée pour filmer, mais il s'arrêta juste avant la zone dangereuse. Du coin de l'œil, il vit Jeff ouvrir la bouche puis la refermer, renonçant apparemment à crier à Micah l'avertissement qui lui brûlait les lèvres. A force de travailler avec lui, David avait eu tout loisir de remarquer combien les initiatives parfois périlleuses des policiers le rendaient nerveux.

— Après avoir déversé la colle, ils ont jeté les pots vides vers ce côté, dit David, en désignant l'endroit du bout de sa pince-monseigneur.

Micah dirigea sa caméra vers les pots calcinés.

— Deux pots là, deux autres au premier étage, à peu près au même endroit. Avec celui que nous avons retrouvé à l'entrée de l'immeuble, ça fait cinq. Un pot par étage aurait largement suffi. Mais on dirait qu'on a affaire à des amateurs.

— Je crois que vous avez raison, dit Micah, en baissant sa caméra. Vous voyez autre chose de notable, ici ?

— Non, il ne nous reste plus qu'à sortir, dit Jeff, en tâtant le terrain à chaque pas.

David le suivit, imitant sa prudence. Il s'arrêta net lorsqu'il heurta quelque chose de mou du bout de sa pince-monseigneur.

— Regarde ça…

Jeff soupira.

— Je te rappelle que la dernière fois que tu as dit ça, j'ai dû te tirer du gouffre.

Mais David s'était agenouillé et pointait sa lampe vers sa trouvaille.

— C'est un sac à dos, enfin ce qu'il en reste…

— Nous le remettrons au labo, dit Micah. Peut-être arriveront-ils à en tirer quelques indices.

Jeff titilla doucement l'objet du manche de sa hache et une partie du tissu carbonisé s'effrita.

— Eh bien, je vous souhaite bonne chance ! Qu'est-ce que tu regardes, David ?

Un petit amas noirâtre dépassait du sac calciné.

— Je ne sais pas. Une sorte d'étui, grand ouvert. Ce qu'il y avait dedans a fondu à l'intérieur.

Un bout de plastique rosâtre pointait hors de l'étui.

— Je vais prendre quelques photos pour les montrer aux collègues des homicides, dit Micah, en soupirant d'un air impatient. Merde, ça me rappelle que je suis en retard pour la réunion de ce matin !

Il prit une dizaine de clichés avec son appareil numérique.

— L'unité de scène de crime viendra l'ensacher et le transmettra au labo. Je repasserai plus tard dans la matinée. Ne touchez à rien.

— On n'est pas complètement idiots, grommela Jeff, lorsque Micah fut parti.

— Lui non plus…, dit David d'un ton distrait, sans quitter du regard le contenu fondu de l'étui.

— C'est un flic, et tous les flics rêvent d'être pompiers. Les imbéciles… Ils brûleraient si nous n'étions pas là. Ils se rendent sur les sites sans équipement, avec des extincteurs inutiles. Toujours prêts à intervenir avant même de savoir à quel genre de feu ils ont affaire !

David le laissa fulminer, sachant bien qu'aucun argument

ne pourrait convaincre Jeff du contraire. Ce mépris de son collègue pour les policiers devait trouver son origine dans un épisode de sa vie professionnelle, une réminiscence persistante, et David se dit qu'un jour Jeff la lui confierait.

Il fixa l'étui calciné, tandis qu'un vieux souvenir lui revenait à la mémoire. Il était tout petit, assis sur les genoux de sa grand-mère. Il était bien plus fasciné par les gadgets que par les histoires qu'elle lui racontait — surtout le gadget qui était fiché derrière son oreille. Il avait voulu l'attraper, mais elle avait gentiment repoussé sa main. « Non, David, avait-elle dit. Ne touche pas à ça, ce n'est pas un jouet. »

— On aurait dû dire à Barlow de nous apporter à manger, fit Jeff, en soupirant. Je suis affamé. Prenons une pause et allons voir s'il n'y a rien à grignoter dans le camion. David ? Tu m'entends ? Allez, viens !

— Je sais ce que c'est, ce truc en plastique.

— Ne me dis pas, laisse-moi deviner… Bon, d'accord, donne-moi un indice…

Ils jouaient parfois à ce jeu des devinettes, histoire de se distraire un peu, quand ils fouillaient dans les cendres d'existences ruinées par le feu.

— Ça émet un petit sifflement quand ça fonctionne.

Il se redressa, espérant que Micah n'avait pas encore quitté le site et qu'il n'était pas trop tard pour lui montrer sa trouvaille. Mais, au travers d'une fenêtre brisée, il aperçut les feux arrière de la voiture du policier qui franchissait le portail.

Il entendit dans son dos le gros soupir que lâcha Jeff. Il sut alors qu'il avait deviné.

— Merde, David… Cette fille n'avait aucune chance de s'en tirer, pas vrai ?

— Faut croire… Je sors un moment pour appeler

Micah sur son portable. Il faut qu'il parle de l'appareil auditif à Olivia.

— Olivia ? s'étonna Jeff. Tu parles de l'inspecteur Sutherland ? Elle avait l'air en colère. Et elle ne te lâchait pas des yeux…

— N'en parle pas, lui dit David sèchement. Et ne me pose surtout pas de questions sur elle !

Jeff avait beau être taquin de nature, il connaissait les limites à ne pas franchir.

— Reste zen, mec… Je sors avec toi. Il faut absolument que je trouve quelque chose à manger.

Lundi 20 septembre, 8 heures

— Bon lundi, vous tous !

Le capitaine Bruce Abbott entra dans la pièce, et posa sur une table un bol en plastique plein de petits gâteaux secs.

— Ça, c'est de la part de Lorna…

Olivia examina d'un œil sceptique le contenu du bol.

— C'est Lorna qui les a faits ?

Abbott s'assit à son bureau et dit d'un ton las :

— Sa prof de cuisine lui a promis que si elle suivait de nouveau le stage cette année et obtenait une bonne note, elle annulerait le zéro de l'année dernière.

— Ils sont vraiment si mauvais que ça ? demanda Micki.

— Certaines personnes ne devraient jamais cuisiner, prophétisa Kane d'une voix sinistre.

— Je vois, dit Micki.

— Laissons Barlow les tester, suggéra Olivia, en échangeant un regard complice avec Micki. S'ils sont immangeables, ça lui apprendra à arriver en retard.

Elle se tourna vers Abbott et ajouta :

— Sans vouloir vous offenser, chef…

Les lèvres d'Abbott frétillèrent sous sa moustache.

— Je vous en prie, fit-il.

Il jeta aux chaises vides un regard qui en disait long et ajouta :

— Où sont Barlow et Gilles ?

— Ian ne viendra pas. Il s'apprêtait à commencer l'autopsie de la fille, quand je me suis arrêtée à la morgue.

— Quand est-ce que tu t'es arrêtée à la morgue ? lui demanda Kane, alors qu'il aurait surtout aimé savoir pourquoi elle n'était pas rentrée chez elle pour dormir un peu, comme il le lui avait conseillé.

— En venant ici. Je voulais prendre une photo de la fille.

Ce qui n'était pas entièrement faux. Après sa séance à la salle de sport, elle était effectivement rentrée chez elle, mais n'avait pas réussi à trouver le sommeil. Alors, elle avait fait ce qu'elle faisait toujours dans ces cas-là : elle s'était remise à travailler.

— Je ne sais pas où est Barlow, reprit-elle. Je lui ai pourtant dit 8 heures tapantes.

— Me voilà ! Me voilà !

L'intéressé pénétra, tout essoufflé, dans le bureau et s'affala sur l'une des chaises vides.

Aussitôt, chacun eut un mouvement de recul.

— Désolé, marmonna-t-il. J'arrive de la scène de crime. Je n'ai pas eu le temps de prendre une douche.

— Ça se sent, dit Micki, avant de lui sourire gracieusement, lui présentant le bol. Tiens, prends un petit gâteau…

Kane dut toussoter pour couvrir un gloussement.

— Merci beaucoup. Ça tombe bien, je n'ai pas eu le temps de petit-déjeuner.

Il en prit toute une poignée et Olivia sentit sa conscience la titiller.

— Je les goûterais d'abord si j'étais toi, lui dit-elle.

Barlow plissa les yeux et lui demanda d'un air soupçonneux :

— C'est toi qui les as faits ? Tu essaies de m'empoisonner ?

Olivia roula de gros yeux.

— Puisqu'on est au complet, on va commencer, dit-elle.

Elle se leva pour aller fermer la porte du bureau, mais Abbott l'en dissuada d'un geste de la main.

— Laissez-la ouverte. Le Dr Donahue doit se joindre à nous…

Les épaules d'Olivia se raidirent. Donahue était la psychiatre de la police locale. Celle dont les soins, au bout de trois séances, ne lui avaient fait aucun bien. Elle se rassit.

— Il nous faut un profil psychologique de ce ou ces incendiaires, poursuivit Abbott. Et Donahue en a une longue expérience. D'ailleurs, la voilà…

La psychiatre franchit la porte, vêtue d'un tailleur bleu impeccable qui semblait avoir été taillé sur mesure pour elle.

— Bonjour, dit-elle. Excusez-moi de vous avoir fait attendre.

— Docteur Donahue, reprit Abbott, tandis qu'elle s'asseyait, vous connaissez tout le monde ?

— Tout le monde sauf vous, dit-elle en souriant à Barlow. Je suis Jessica Donahue.

— Micah Barlow, chargé des incendies.

— Bien, mettons-nous au boulot, si vous le voulez bien, proposa Jessica. Commençons par faire le point sur ce qu'on sait… Micki, a-t-on réussi à identifier la jeune fille ?

— Pas pour l'instant. Ses empreintes ne figurent pas dans l'AFIS*. Ce qui veut dire qu'elle n'a pas de casier judiciaire

* L'AFIS, ou Système d'identification automatique intégré des empreintes digitales, est un fichier géré par le FBI qui contient à ce jour plus de cinquante-cinq millions d'empreintes digitales (NdT).

et n'a jamais commis d'infraction pénale, à moins que ce ne soit un casier confidentiel. Pas de nouvelles, jusqu'à présent, de la base de données des enfants portés disparus, mais j'attends une réponse d'ici une heure ou deux. Pas de disparition signalée non plus au niveau fédéral. Donc, pour l'instant, pas d'identité.

— J'ai envoyé la photo du corps, celle que j'ai prise à la morgue, à la police routière de Floride, dit à son tour Olivia. J'espère que c'est bien de là qu'elle vient, comme semblent l'indiquer les décalcomanies qu'elle a sur les ongles. Ça donnera peut-être quelque chose, même si sa disparition n'a pas été signalée là-bas. Et pour le gel ?

— Je n'aurai pas les résultats des analyses avant le début d'après-midi, dit Micki. Mais j'ai déjà du nouveau sur le globe de verre. On voulait le préserver en l'état jusqu'à ce qu'on sache avec certitude de quel type de gel il s'agit. On a donc pris des photos de ce qu'il y a en-dessous de la couche de gel. J'ai reçu ça juste avant de venir ici…

Elle posa une photographie sur la table. La boule était en fait un petit globe terrestre. Les continents étaient gravés dans le verre.

— On dirait un presse-papiers…, observa Olivia avec circonspection.

Mais dans son esprit les mots « globe terrestre » et « incendie criminel » s'articulaient déjà entre eux, engendrant un mauvais pressentiment.

A côté d'elle, Micah laissa échapper un juron et s'empara de la photo, avant de la fixer avec consternation.

— Non, c'est une signature… Une signature qu'on n'avait pas vue depuis dix ans.

— Douze, rectifia Micki. J'ai fait une recherche à partir des termes « globe de verre » et « incendie criminel ».

Micah se frotta les yeux d'un geste las.

— Et vous êtes tombée sur SPOT : *Societus Patronus Orbis Terra*.

— La confrérie des protecteurs de la Terre, murmura Jessica Donahue.

Olivia se cala sur son siège en fronçant les sourcils. Son mauvais pressentiment ne cessait de s'accroître.

— Des écoterroristes ?

— Pas très calés en grammaire latine, en tout cas, chuchota Jessica, comme si elle se parlait à elle-même.

Elle releva les yeux et se tourna vers les policiers.

— C'est une indication intéressante sur le profil.

— A part la grammaire, dit Abbott, à qui avons-nous affaire ?

— A un groupe de militants écologistes avec lequel nous pensions en avoir fini depuis longtemps. Ils ont été très actifs au début des années 1990. SPOT fonctionnait sur le modèle de la résistance libertaire : de petites cellules autonomes qui semblent sans relation entre elles et n'obéissent à aucun chef ni à aucune direction centrale. Ils prenaient pour cible les entreprises chargées de l'urbanisation et de l'exploitation des zones peuplées d'animaux sauvages, comme le site lacustre sur lequel a été construite la résidence incendiée cette nuit.

Abbott s'était penché vers Barlow, le menton dans les mains.

— Leur mode opératoire ? lui demanda-t-il.

— Généralement bien pensé et efficace. Ils utilisaient des minuteurs électroniques pour déclencher leurs incendies à distance. Ils laissaient toujours un presse-papiers de verre, en forme de globe terrestre, mais jamais recouvert de gel. Ils l'emballaient dans un morceau de tissu ignifugé, la plupart du temps récupéré sur des vestes de protection de pompier.

— Ils voulaient qu'on retrouve ces globes, murmura Olivia. Intacts.

— Absolument, acquiesça Barlow. Mais ils contactaient toujours, je dis bien *toujours*, les journalistes locaux avant que les pompiers soient appelés sur les lieux de l'incendie.

— Or la nuit dernière, ils n'en ont rien fait, observa Kane. Pourquoi ?

Barlow secoua la tête.

— Je ne sais pas. Les gens de SPOT n'utilisaient jamais d'armes à feu, non plus.

— Leur mode opératoire apparaît-il comme élaboré, cette fois aussi ? demanda Olivia.

— Par certains aspects seulement. Il leur a fallu une certaine expertise et une certaine préparation pour neutraliser les systèmes de surveillance et d'arrosage automatique anti-incendie. Ils ont également eu accès à l'emploi du temps du gardien de nuit. Et ils ont pris soin d'ouvrir toutes les portes coupe-feu. Si la fille a essayé de s'enfuir par l'escalier de secours, elle a dû en être empêchée par la fumée et la chaleur. Mais sur d'autres points, ils ont agi bêtement. Ils ont utilisé une quantité excessive de colle, un produit extrêmement inflammable. Le feu a dû se propager très rapidement. C'est même un miracle qu'ils aient pu sortir de l'immeuble vivants. Bref, c'est un mode opératoire très différent de celui de SPOT.

— Que faut-il en déduire ? demanda Olivia. Que SPOT se serait reconstitué avec de nouveaux membres ? Pour renaître de ses cendres, si j'ose dire…

Barlow haussa légèrement les épaules.

— Peut-être. Ou peut-être que cette piste n'est qu'une diversion. Si quelqu'un avait entendu parler de SPOT et voulait détourner l'attention de son vrai mobile, il aurait pu laisser le globe en guise de signature, dans le but de nous induire en erreur et de nous faire perdre du temps sur l'enquête.

— Ou peut-être que ce raisonnement est un peu tordu, et qu'il s'agit réellement d'écoterroristes, dit Kane.

— Ce qui nous obligerait à appeler le FBI à la rescousse, conclut Abbott calmement.

Les mâchoires d'Olivia se contractèrent.

— J'ai dû annoncer à Mme Weems que son mari ne rentrerait plus jamais à la maison, dit-elle. Weems a fait une carrière complète dans la police de Minneapolis. C'était l'un des nôtres. C'est donc à nous de retrouver et d'arrêter son meurtrier !

— Je suis d'accord avec vous, acquiesça Abbott sans trop d'enthousiasme. Mais pour l'instant, il faut que nous fassions appel au FBI, ne serait-ce que pour en savoir plus sur ce groupe, sur lequel ils ont sans doute davantage de données que nous. S'il s'agit bien d'écolos cinglés, je ne veux pas risquer ma place pour l'avoir caché au FBI. Le terrorisme est un crime fédéral. Et si SPOT revendique cet incendie, il faudra bien coopérer avec les fédéraux. Ce n'est pas négociable.

Il avait raison, Olivia le savait, tout comme elle savait qu'elle réagissait de manière trop émotionnelle.

— C'est indiscutable, en effet, reconnut-elle. Et à première vue, il y a davantage de différences que de similitudes entre les deux modes opératoires.

Barlow paraissait songeur.

— Peut-être pas, dit-il. Lors du dernier incendie déclenché par SPOT, il y a douze ans, une femme est morte. Personne n'était censé se trouver dans le bâtiment, mais cette femme était restée travailler tard et avait fini par s'endormir dans son bureau. Après cet événement tragique, le groupe a cessé d'agir. On a pensé qu'il s'était dissous et que chacun de ses membres était parti de son côté.

— Oui, ça me revient, en effet..., fit Abbott.

— Je trouve cette coïncidence pour le moins troublante, déclara Jessica. Si les incendiaires savaient que cette fille était dans la résidence la nuit dernière et y ont quand même mis le feu, c'est qu'on a affaire à de tout autres personnages.

— Trouvons-les d'abord, on saura alors s'ils avaient conscience de la présence de la fille ou non, dit Abbott.

Il se tourna vers Barlow et ajouta :

— Les groupes autonomes ont souvent une figure dirigeante symbolique. Etait-ce le cas de SPOT ?

— Oui, mais je suis trop fatigué pour me souvenir de son nom.

— Preston Moss, dit Micki. J'ai trouvé quelques articles sur lui, en me servant de Google. Moss a grandi ici, à Minneapolis. Mais dans les années 1990, il était prof dans une université privée de l'Oregon. Il a signé quelques livres sur la protection de la faune et de la flore des zones forestières. Ses premiers bouquins étaient modérés. Mais il s'est radicalisé. Il est le fondateur supposé de SPOT et à l'époque, docteur Donahue, la grammaire latine était respectée dans l'énoncé du sigle. Ses adeptes en ont corrompu la syntaxe, lorsqu'ils ont créé leurs propres cellules autonomes dans le Nord-Ouest, de la côte au Wisconsin. Plus tard, Moss est revenu enseigner dans le Minnesota. La protection de la biodiversité dans les zones humides faisait partie des causes qu'il défendait. On pense qu'il a été directement impliqué dans le dernier incendie attribué au groupe. Il a complètement disparu depuis la mort de cette femme, et nul ne l'a jamais revu.

Barlow lui sourit d'un air fatigué.

— Je vois que tu as bien révisé, Micki. J'ai oublié autre chose ?

— Non, tu as dit l'essentiel, Micah. Tu as une bonne mémoire.

— Comment vous souvenez-vous de tout ça, sergent ? demanda Jessica, intriguée. SPOT a cessé de sévir avant même que vous n'intégriez la police.

— Lors d'un de mes stages de formation à l'académie de police, j'ai assisté à des conférences données par des agents spéciaux du FBI et de l'ATF*. L'un des types du FBI a traqué Preston Moss pendant des années. Un peu comme le capitaine Achab à la poursuite de Moby Dick, si vous voyez ce que je veux dire. Il m'a paru un peu trop passionné par son sujet, mais il est bien placé pour avoir des informations qu'on ne trouvera pas dans les archives. Le nom de cet agent spécial est Angus Crawford. A l'époque, il officiait à l'agence locale du FBI à Minneapolis.

— Je l'appellerai, dit Abbott. Barlow, est-ce que vous avez suffisamment de moyens pour cette enquête ? A-t-on besoin de faire appel au FBI pour un soutien matériel ?

— Pour l'instant, ça devrait aller. Les enquêteurs du corps des pompiers sont sur les lieux, et l'un des pompiers m'a beaucoup aidé, cette nuit…

Disant cela, il jeta un regard en coin à Olivia, avant de préciser :

— Celui qui a trouvé le corps de la fille… Un certain David Hunter. Il a d'excellents yeux.

Olivia sentit ses joues s'empourprer. *Les yeux de David*

* L'ATF est un organisme policier américain chargé spécialement de la lutte contre les trafics illicites d'alcool, de tabac, d'armes à feu et d'explosifs. Cette agence dépend du département fédéral de la Justice. A ce titre, et à l'instar du FBI, sa juridiction s'étend sur tout le territoire américain (NdT).

ne sont pas la seule chose qui soit excellente chez lui, songea-t-elle, tandis que le conseil de Paige lui revenait à la mémoire, comme pour la narguer.

Concentre-toi, Liv !

Elle regarda Barlow droit dans les yeux.

— Qu'avez-vous trouvé ? lui demanda-t-elle, soulagée de constater que sa voix avait conservé son allure professionnelle.

— Hunter et son collègue ont trouvé un sac à dos dans les décombres du rez-de-chaussée, juste avant que je ne vienne ici. Le sac était carbonisé. Il a pu se trouver au troisième étage, et quand celui-ci s'est effondré, tomber dans la trouée et atterrir au rez-de-chaussée, avant même que le feu ne soit entièrement éteint. Une partie du contenu s'est déversée et a fondu.

Il sortit son appareil photo et le passa à Olivia pour qu'elle puisse faire défiler les images numériques qu'il contenait.

— Je n'ai pas eu le temps d'imprimer les photos. On a trouvé cet objet, là…

Sur l'écran, on pouvait voir ce qui ressemblait à un étui à lunettes noir. L'objet qui s'y trouvait était impossible à identifier, tant il était déformé par la chaleur.

— C'est quoi ?

— Une prothèse auditive, dit Barlow. C'est Hunter qui a compris ce que c'était. Le petit bout rose, là, c'est l'écouteur. Je pense qu'il appartenait à la fille.

— Si c'est le cas, ça va nous permettre de concentrer considérablement les recherches, dit Olivia.

— Elle avait du gel sur les mains, et Hunter a dit avoir trouvé le globe tout près de l'endroit où il l'a découverte. Elle a tenu la boule en main, c'est certain. C'est peut-être elle qui l'a placée là. Elle est peut-être venue avec les incendiaires. Et quand le feu s'est propagé trop vite, elle s'est retrouvée prise au piège.

— C'est une hypothèse que nous ne pouvons pas négliger, approuva Abbott. Et si elle appartenait à leur groupe, son identification pourrait nous mener à ses complices.

— Elle a peut-être été forcée de les suivre, objecta Kane, en désignant le bras meurtri de la fille sur la photo. Ses blessures sont sérieuses. Visiblement, quelqu'un lui a fait passer un très mauvais quart d'heure.

— Elle était peut-être là par hasard. Elle n'a peut-être rien à voir avec l'incendie. Elle a juste ramassé la boule, suggéra Olivia. Dans ce cas, on serait revenus à la case départ.

— Vous n'avez pas trouvé de carte d'identité dans le sac à dos ?

Barlow secoua la tête.

— Non. Le contenu est calciné. J'ai demandé aux techniciens de scène de crime de l'ensacher. Il y avait des feuilles de papier, des livres… Tout ce papier a subi de gros dégâts en raison de l'eau utilisée pour éteindre le feu… Mais le labo pourra peut-être en tirer quelque chose : un nom, un indice, une piste…

— On peut accéder au bâtiment, maintenant ? demanda Kane.

Barlow secoua la tête de nouveau.

— Pas encore. On est toujours en train de sécuriser le quatrième et le cinquième étage. Les dégâts provoqués par l'effondrement du troisième étage sous les pas de Hunter ont créé une trouée qui va jusqu'au sous-sol. Cependant, le camion à échelle télescopique est toujours sur place et le capitaine Casey m'a assuré que Hunter ou son coéquipier pouvait vous accompagner dans la nacelle. Ainsi, vous pourrez jeter un coup d'œil à travers les fenêtres. J'ai également filmé quelques endroits pendant qu'on inspectait les décombres. Je vais télécharger le fichier vidéo sur mon PC et je vous l'enverrai par courriel, dès que la réunion sera terminée.

Olivia ne put réprimer le frisson qui lui glaça les entrailles à la pensée de la chute de trois étages qu'avait failli faire David. Mais elle parvint à surmonter sa peur rétrospective — ainsi que son envie de partager l'exiguïté d'une nacelle avec lui. Elle allait se contenter de faire son boulot, tout comme lui.

— Bon, on se contentera de la vidéo, pour l'instant, dit-elle. Mais je veux voir la scène de crime de plus près. Si j'ai bien compris, la meilleure manière de le faire, pour l'instant, c'est d'utiliser la nacelle. Allons-y alors, avant que les pompiers ne s'en aillent. Ça fait huit heures déjà qu'ils sont sur place.

— Ils vont sans doute y rester encore deux bonnes heures, dit Barlow. Pas la peine de vous précipiter.

Il sortit de sa poche une enveloppe maculée de suie et la tendit à Kane.

— Tu m'as demandé la liste des employés de Rankin and Sons, la voilà.

— Merci. On va vérifier tout ça. Il y a quelqu'un qui mérite une attention particulière ?

— Tu veux dire un employé qui aurait eu accès à l'emploi du temps du veilleur de nuit et au système de surveillance vidéo ? demanda Micki d'un ton sarcastique. Ça concerne presque tous les noms qui figurent sur la liste, auxquels tu peux ajouter tous les pirates informatiques débutants de la région.

Olivia fit la grimace.

— C'est si facile que ça de pénétrer par effraction dans ce système ?

— Quand on a essayé, on n'a même pas eu besoin d'effraction ! L'informaticien de Rankin a laissé leur serveur ouvert à tout vent. Je commencerais par me renseigner sur ce type, moi, à votre place. S'il n'est pas complice, alors c'est l'ingénieur le plus incompétent que j'aie jamais vu !

— Donc, n'importe qui aurait pu neutraliser la surveillance vidéo ? demanda Kane d'un ton sombre.

— Désolée, mais oui..., répondit Micki. J'aimerais pouvoir vous donner de meilleures nouvelles. On est en train d'essayer de trouver d'où est venue la commande pour débrancher les caméras. Mais ça va prendre un peu de temps. Comme l'a souligné Micah, cette partie de l'opération a été effectuée avec une réelle efficacité.

Jessica Donahue se cala sur son siège.

— Sergent Barlow, cet incendie aurait-il pu être allumé par un seul individu ? demanda-t-elle.

Barlow hésita un instant avant de répondre :

— Peut-être. Mais si on a vraiment affaire à SPOT, il s'agit plus vraisemblablement d'un groupe de deux à quatre personnes. Si c'est un incendie commandité ou qui a été provoqué pour d'autres raisons que l'engagement politique, ça pourrait très bien être, techniquement, une seule personne. Une personne ayant soigneusement planifié son coup aurait très bien pu agir en solitaire.

— Nous avons donc affaire à quatre personnes maximum, parmi lesquelles au moins quelqu'un de familier avec le piratage informatique, reprit Jessica. Mais le ou les incendiaires maîtrisaient visiblement mal l'art de la mise à feu... Par ailleurs, au moins l'un d'entre eux s'est montré capable d'abattre de sang-froid le vigile. Ils avaient donc apporté au moins une arme à feu, ce qui indique qu'ils étaient prêts à user de violence, ne serait-ce que pour se défendre. Est-ce qu'on a déterminé le nombre de coups de feu ?

— A priori, il n'y en a eu qu'un seul, dit Micki. On a retrouvé la balle qui a tué Weems. Elle a été tirée à bout portant. Du calibre 38. Nous n'avons repéré aucune autre trace de coups de feu. Mais à la lumière du jour, nous allons pouvoir effectuer des recherches plus approfondies.

— Ainsi, pour l'instant, nous devons supposer qu'ils n'ont pas tiré pour faire peur mais pour tuer, puisqu'il n'y a eu qu'un seul coup de tiré, celui qui a été fatal à M. Weems. Quelle partie du corps a été touchée ?

— Le cœur, répondit Kane.

— C'est intéressant, ça, continua Jessica. La tête aurait été une cible plus sûre. Je veux dire qu'un vigile comme Weems aurait pu porter un gilet pare-balles. Tirer au cœur, ça a quelque chose de très personnel.

— Weems représentait l'autorité, même s'ils ne savaient sans doute pas qu'il avait été flic avant d'être vigile, dit Olivia. La plupart de ces groupes sont anarchistes. Leur haine pour un type en uniforme comme Weems n'aurait rien d'étonnant.

— Cependant, objecta Jessica, d'après ce que le sergent nous a dit, ces écoterroristes n'ont pas pour habitude de se servir d'armes à feu, et encore moins de chercher à tuer.

Elle griffonna quelques mots dans son calepin, puis ajouta :

— Je vais me renseigner sur SPOT, et essayer de savoir si des confrères ont établi des profils de ses membres dans les années 1990.

— Nous, on va continuer à chercher à identifier la fille, dit Olivia. Ian est censé nous appeler dès qu'il aura terminé son autopsie. Pour l'instant, on va éplucher la liste des employés de Rankin.

— Quant à moi, je vais contacter l'agent spécial Crawford par l'intermédiaire de l'agence locale du FBI, dit Abbott. Pas un mot à la presse au sujet du globe de verre. Peut-on faire confiance à ce pompier pour rester discret et ne rien dire aux journalistes ?

— Oui, s'empressa de dire Olivia.

Lorsqu'elle vit tous les regards converger vers elle, elle se rendit compte qu'elle avait répondu un peu trop vite.

Elle fit mine de hausser les épaules.

— C'est un vieil ami de ma famille, crut-elle bon d'expliquer. Il n'aime pas les journalistes et ne parlera pas, j'en suis sûre.

Abbott hocha la tête.

— Tant mieux, dit-il. Barlow, si vous avez besoin d'aide, n'hésitez pas à me le faire savoir. Je peux mettre quelques inspecteurs sur l'affaire, si nécessaire. On se retrouve tous ici à 17 heures. Allez ! Chacun sait ce qu'il doit faire d'ici là…

4

Lundi 20 septembre, 8 h 55

Eric aurait pu réciter par cœur le contenu du journal télévisé. Cinq heures durant, il était resté assis devant l'écran, attendant d'autres nouvelles, mais depuis l'annonce que la deuxième victime avait été abattue avec une arme à feu, il n'avait rien appris de plus. Le reportage sur l'incendie tournait en boucle, les mêmes images, les mêmes informations, les mêmes commentaires de la part des journalistes…

Qu'est-ce que je vais faire, maintenant ?

Il ne cessait de jeter des coups d'œil anxieux à son téléphone portable, attendant qu'il se remette à sonner et qu'un nouveau message de son « maître » vienne s'afficher sur l'écran.

Salopard…

Et si ce type le laissait poireauter des jours et des jours ? Il allait bien lui falloir sortir de chez lui, aller en cours. Il devait aussi s'alimenter — même si, à la seule pensée d'un repas, il avait envie de vomir.

Il ne niait pas, pour la fille. Mais ce n'était pas eux qui avaient abattu le vigile ! Quelqu'un d'autre l'avait fait. Et la seule autre personne présente était forcément ce maudit maître chanteur. C'est lui qui avait tiré.

Mais qui les croirait ? Le type les avait filmés. Ils étaient cuits.

Il ne cessait de se creuser les méninges, pour tenter de comprendre comment cet homme avait eu connaissance de leur projet, de la date, de l'heure… Il avait passé en revue les endroits où ils s'étaient retrouvés, tous les quatre, pour discuter de leur action. Mais jusque-là, ses cogitations étaient restées vaines. A moins que l'un d'entre eux n'ait été trop bavard…

Il ferma les yeux. On approchait de 9 heures du matin. Il y aurait, dans quelques minutes, un nouveau flash d'information à la télé, un reportage sur l'incendie sans doute identique aux précédents. Il se mit à réciter la même litanie en chœur avec le présentateur, avant de se figer dans son fauteuil lorsque celui-ci annonça :

« Il y a du nouveau dans cette affaire. »

L'image se scinda alors en deux parties. Le présentateur apparut à droite, tandis qu'à gauche s'affichait une photo du veilleur de nuit. En uniforme de la police. La gorge d'Eric s'assécha subitement, tandis qu'il fixait avec consternation l'insigne de l'homme, pendant que le présentateur continuait de parler.

« La police de Minneapolis a confirmé l'identité du vigile abattu au cours de l'incendie volontaire de la nuit dernière. La victime, M. Henry Weems, a pris sa retraite l'année dernière, après une carrière de vingt-cinq ans dans la police de la ville. Vous allez maintenant entendre sa fille, Brenda Weems. »

Un plan de Brenda Weems vint remplacer la photo de son père. Elle se tenait sur le perron d'une modeste maison, dans une modeste banlieue, les bras croisés, le visage marqué par le chagrin et les larmes.

« Mon père était un bon policier, un bon mari et un bon père. Il a été assassiné la nuit dernière, ainsi qu'une autre victime. Je sais que les enquêteurs traqueront sans répit son meurtrier, jusqu'à ce qu'il soit traduit en justice et jugé pour son crime. Pas parce que mon père a été policier, mais parce qu'il appartenait à notre communauté, qu'il a toujours servie avec dévouement. Ma mère et moi demandons à ce que notre intimité soit respectée, afin que nous puissions le pleurer en paix. Je vous remercie. »

Le buste du présentateur occupa de nouveau seul la surface de l'écran.

Un flic ! Ce gars était un flic et il était mort !

Et nous, on est foutus. Pour sûr, la police ne lâchera jamais l'affaire — parce que c'était un des leurs...

Ils allaient remuer ciel et terre pour retrouver son meurtrier.

Joel l'avait bien dit la nuit dernière, alors qu'ils croyaient que leur pire problème venait de la mort de la fille. Il se leva brusquement. Il fallait qu'il contacte Joel avant qu'il n'apprenne la nouvelle par les médias. Il craignait, plus que tout, sa réaction. Il pouvait craquer et se mettre à parler, à tort et à travers.

Et nous irons tous en prison.

Il ne fallait pas que ça se passe comme ça.

Son téléphone portable se mit à sonner, sur la table basse. Pendant un moment, il le fixa d'un air hébété, avant de se décider à le prendre du bout des doigts, comme s'il était contaminé. Ce n'était pas un SMS. C'était un appel d'Albert.

— Tu as vu les infos ? Ce n'est pas moi ! Je n'ai fait que le frapper. Qui lui a tiré une balle dans le cœur ? Qui ?

— Je… Je ne sais pas, balbutia Eric.

— C'était un ancien flic, en plus. Si Joel ne la ferme pas, on est morts !

Eric songea à la vidéo, aux messages du maître chanteur. *Si tu savais à quel point on est déjà morts, Albert !*

— Je sais, dit-il.

Puis, prenant une brusque décision, il ajouta :

— Il faut l'empêcher de parler.

Et empêcher le maître chanteur de diffuser la vidéo qui les condamnait tous les quatre.

— Ne le fais pas souffrir, d'accord ?

— On n'en reparlera plus jamais, déclara Albert très calmement.

— Non, plus jamais.

Il referma son téléphone. Et c'est sans la moindre surprise qu'il constata qu'il venait de recevoir un SMS.

> Va au coin de la 11e rue et de l'avenue Nicollet. Assieds-toi sur le banc de l'arrêt de bus. Tu trouveras une enveloppe scotchée sous le banc. Viens seul. N'en parle à personne. Tu dis oui ou tu dis non ?

Subitement très calme, il répondit « oui ». Puis il se rendit dans sa chambre à coucher et prit le sac en plastique dans lequel il avait fourré ses vêtements puant la fumée. Il ne fallait pas que la femme de ménage tombe dessus. Il projetait de les jeter dans une benne à ordures.

Il glissa ensuite une main derrière la pile de jeux vidéo sur l'étagère de son placard et sortit son pistolet de sa cachette. Il vérifia le chargeur, le trouva plein, le replaça et empocha l'arme. Si le maître chanteur finissait par se montrer, il voulait être prêt à le supprimer.

*
* *

Il gloussa silencieusement en refermant son téléphone portable jetable. Puis il leva les yeux d'un air sombre vers le téléviseur fixé au mur, mimant une consternation attristée. Le reportage sur l'incendie se terminait par des informations déjà connues de lui, mais les premières minutes l'avaient comblé de joie.

Ainsi, le veilleur de nuit était un ancien flic. De mieux en mieux ! Ou plutôt de mal en pis, pour la bande des Quatre. *Le meurtre d'un vigile, c'est déjà grave, mais quand le vigile en question est un flic à la retraite...* A ses yeux, cette nouvelle valait de l'or.

Il se demanda si Eric avait prévenu ses petits copains. Il se demanda aussi ce qu'il comptait faire pour tenter de le contrer. Mais cela n'avait aucune importance.

C'est moi qui ai toutes les cartes en main. Comme d'habitude.

— S'il vous plaît..., fit une voix féminine.

Son regard passa du téléviseur au visage légèrement impatient de la cliente, dont c'était le tour.

— Excusez-moi, dit-il d'un ton ému. C'est cet incendie... Ces pauvres gens... Ce policier assassiné...

La cliente soupira. Toute impatience avait déserté le ton de sa voix.

— Je sais. C'est horrible. On risque sa vie chaque fois qu'on sort de chez soi, de nos jours.

— Ça, vous avez bien raison, acquiesça-t-il. Qu'est-ce que je vous sers, aujourd'hui ?

Lundi 20 septembre, 9 h 20

Olivia avala la dernière bouchée du sandwich qu'elle s'était acheté en guise de petit déjeuner, puis plia soigneusement l'emballage en papier. Sans dire un mot, Kane ôta ses mains du volant pour lui passer une grande tasse de café.

— Merci, Kane. Tu sais, j'aurais pu conduire. C'est mon tour aujourd'hui.

Il lui adressa un regard qui voulait dire : « Et puis quoi, encore ? »

— J'ai dormi. Pas toi, fit-il en guise de justification.

— J'ai essayé. Je suis allée me fatiguer à la salle de sport. Ensuite je suis allée promener le chien, j'ai pris une douche bien chaude, j'ai même bu une tasse de cette tisane que tu m'as recommandée… Et qui est vraiment imbuvable, à propos. Rien de tout ça n'a marché. Alors j'ai déposé Mojo chez Brie et je suis allée bosser. Tu aurais fait la même chose…

— Peut-être, concéda-t-il. Sauf confier mon chien à une garderie pour animaux de compagnie…

En fait, Brie Franconi, une amie d'Olivia, possédait un chenil spécialisé dans le dressage des chiens policiers. Elle permettait aux policiers de sa connaissance de déposer leurs chiens au chenil, quand ils avaient un long service à assurer. Olivia lui était très reconnaissante de prendre soin de Mojo.

— Comme ça, Mojo peut jouer avec d'autres chiens pendant que je travaille, et je ne me sens pas coupable. Mojo me tient compagnie, dit-elle avec une pointe de mélancolie dans la voix.

Elle l'avait acheté juste après sa rupture avec Doug.

— Tu sais, je me sens un peu seule, parfois, ajouta-t-elle.

Kane la regarda du coin de l'œil.

— Ça te fait du mal de revoir Barlow ?

Elle haussa les épaules. Revoir David lui paraissait encore plus difficile.

— Micah a choisi son camp. Mais je ne lui en veux

pas vraiment ; je suppose qu'il avait de bonnes raisons de rester fidèle à son vieux copain Doug.

Elle but une gorgée de café, heureuse de constater qu'il était fort et corsé.

— J'ai repensé à la jeune fille, reprit-elle. Si elle était de mèche avec les incendiaires, les raisons de sa présence dans l'immeuble sont limpides.

— Je suis d'accord avec toi. Mais si ce n'était pas le cas, si sa présence était purement fortuite, il faut qu'on détermine ce qui l'a amenée dans l'immeuble.

— Si elle n'est pas d'ici, comment pouvait-elle en connaître l'existence ? On ne le voit pas de la route…

— Mais de la rive opposée du lac, si.

— Tu as encore raison.

Elle sortit une feuille de papier de la serviette posée à ses pieds.

— J'ai imprimé une carte du lac… Il est bordé d'habitations. Des petites maisons, beaucoup de cabanes de vacances, de chalets de pêche…

— Bien. On peut aller montrer la photo de la fille aux riverains. Peut-être l'un d'entre eux l'a-t-il croisée dans les parages. Et peut-être y en aura-t-il qui ont remarqué quelque chose d'inhabituel la nuit dernière. C'est dur de voir quoi que ce soit, avec cette clôture, mais qui sait… Et puis, on ne peut pas faire l'impasse sur la possibilité de complicités internes.

— J'ai lancé une recherche sur Rankin and Sons, ce matin. Je voulais savoir si la société était au bord de la faillite ou si elle était confrontée à des problèmes pouvant constituer un mobile pour cet incendie volontaire.

— Et alors ?

— Jusqu'à hier soir, l'entreprise allait bien. Une bonne partie des propriétés riveraines du lac a été rachetée par une société de promotion immobilière, la KRB, qui projette de faire construire six résidences au total. Elle prévoit de bâtir toute une ville nouvelle et a passé un contrat avec Rankin pour réaliser la première tranche du projet : cette résidence de luxe. La deuxième tranche consistera en la construction de deux autres immeubles, ciblant la classe moyenne supérieure. Elle devait démarrer au printemps prochain.

Elle examina la carte et ajouta :

— Une grande partie de ces cabanes sera démolie.

— Certains riverains ne doivent pas aimer la perspective de se retrouver avec de grosses résidences dans leur paysage, fit remarquer Kane. Ils doivent être en colère.

— Oui, mais le sont-ils assez pour déclencher un incendie ?

— Ça se pourrait… Renseignons-nous pour savoir si certains d'entre eux ont protesté contre le projet d'urbanisation. C'est Rankin qui est censé réaliser la deuxième tranche ?

— C'est possible, mais pas certain. J'ai lu dans un article que KRB prévoyait de réévaluer ses relations avec Rankin au terme de la première tranche de travaux, en se fondant sur la manière dont le budget serait géré.

— Barlow a dit qu'ils avaient licencié l'autre vigile parce qu'ils avaient dépassé leur budget.

— Oui. Il se peut donc qu'ils aient des problèmes de trésorerie. L'incendie a pu sembler une bonne idée à l'un des dirigeants de la boîte… Quoi qu'il en soit, la troisième tranche consistera en deux résidences pour retraités avec équipements gériatriques. Ensuite, ils ont prévu de bâtir, sur le même site, un centre commercial, une clinique… Bref, une vraie ville nouvelle, planifiée de A à Z. Il y a fort à parier que l'incendie de la nuit dernière va faire capoter le projet tout entier, ou du moins le suspendre pour un sacré bout de temps !

— Qui possède KRB ?

— J'allais me renseigner à ce sujet, lorsque la morgue m'a appelée. J'ai donc transmis tout ce que j'avais trouvé jusque-là à Faye et je lui ai demandé d'achever la recherche.

Faye, la secrétaire d'Abbott, était un as de la recherche en ligne.

— J'ai quand même eu le temps de me renseigner sur le chef de chantier, poursuivit Olivia. Blanc comme neige.

— Est-ce qu'il a une arme à feu ?

— Il n'a pas d'autorisation de détention, en tout cas. Micki a pratiqué un test de résidus sur ses mains, la nuit dernière. Il n'a pas tiré de coup de feu, a priori. Ou alors, il a été assez malin pour porter des gants.

— Il faudra qu'on vérifie l'état de ses finances, ainsi que celles de KRB. Quand on aura fait ça, on pourra demander des mandats.

— Sauf si SPOT revendique l'incendie… Dans ce cas, il faudra bien faire appel au FBI.

Kane haussa les épaules.

— J'ai déjà travaillé dans des détachements conjoints avec des agents du FBI. Ce n'est pas si terrible que ça. Alors arrête de t'inquiéter. Tu vas te faire des rides.

— J'ai déjà des rides !

J'ai trente et un ans et je tombe en ruine.

Kane tendit la main vers elle.

— Tu peux me faire passer un autre sandwich, s'il te plaît ?

Elle fouilla dans un sac posé entre eux, tout en se renfrognant.

— A ce rythme-là, il ne va plus en rester pour les pompiers.

Elle lui en glissa un dans la main, le prévenant :

— C'est ton dernier !

Ils avaient fait un saut au Deli en sortant du centre-ville. Cette sandwicherie avait une clientèle de policiers, d'étudiants et de professeurs — et de tout amateur de casse-croûte bien nourrissants. Comme c'était le tour d'Olivia de s'occuper des achats, elle avait commandé le sandwich préféré de Kane — pain de seigle, œuf et saucisson — puis, sur un coup de tête, elle en avait commandé une douzaine d'autres pour les pompiers. Elle savait qu'ils ne chipoteraient pas. Lorsque Kirby, le gérant du Deli, avait appris pour qui étaient tous ces sandwichs, il lui avait offert gratuitement un Thermos de bon café.

— Il en reste encore dix, dit Kane. Combien tu crois qu'un pompier à gueule d'ange peut en avaler ?

Le rouge monta aux joues d'Olivia.

— Kane !

Il la regarda d'un œil narquois.

— On va bientôt arriver. Tu devrais faire quelque chose pour ces valises que tu as sous les yeux. Un peu de fond de teint, peut-être…

Elle inspira profondément et redit, d'un ton de menace cette fois :

— Kane !

Ils s'arrêtèrent à un feu rouge. Il en profita pour se pencher, sortir le sac à main d'Olivia de la boîte à gants et le poser sur les genoux de sa partenaire.

— Un peu de rouge à lèvres ne te ferait pas de mal non plus.

Le feu passa au vert et il franchit le carrefour sans ajouter un mot. Furieuse, Olivia abaissa le pare-soleil et se regarda dans le petit miroir.

— Mon Dieu ! laissa-t-elle échapper.

— Tu vois le problème, commenta Kane d'une voix pleine de gravité.

Elle lui jeta un regard mauvais et dit :

— Au moins, je suis bien coiffée.

Kane haussa les épaules.

— Si ça te rassure de le dire…

Ses longs cheveux étaient tirés en arrière pour former un chignon impeccable, mais elle dut bien admettre que cela donnait à ses yeux fatigués un air encore plus hagard. Elle soupira.

— Je te déteste vraiment, des fois, tu sais, Kane.

— Mais non… Mais non…

Il se tourna vers elle et ajouta :

— Pas plus que tu ne le détestes, *lui*. Tu ne t'es pas vue, tout à l'heure, Liv. Tu n'as pas vu ton visage… Quand Barlow a dit que Hunter avait failli faire une chute de trois étages, tu es devenue pâle comme un linge.

— Je suis toujours pâle comme un linge. Je ne bronze jamais.

Mais elle n'en ouvrit pas moins sa trousse de maquillage et se poudra en hâte le visage. Il y avait pire que d'arriver avec une tête de déterrée : être surprise en train de se refaire une beauté. Elle avait sa fierté, quand même !

Kane lui tendit son peigne.

— Défais-moi ce chignon, poulette. Fais-toi une tresse, si tu veux, mais, pour l'amour de Dieu, renonce à ce chignon ! Ça te fait ressembler à…

Il fit semblant de frémir d'horreur.

— A une bibliothécaire !

Elle éclata de rire. C'était le but recherché et Kane ne put réprimer un sourire satisfait. Son épouse était une bibliothécaire à la retraite et Olivia savait qu'il l'aimait tendrement.

— Jennie te botterait le cul, si elle était là !

— Pas si elle voyait que ça te fait rire. Grouille-toi, on est presque arrivés.

Lundi 20 septembre, 9 h 45

Eric trouva sans peine le banc et l'enveloppe rembourrée qui était scotchée en dessous. Il se pencha en avant, comme pour refaire ses lacets, attrapa l'enveloppe et la glissa dans son blouson, frôlant des doigts l'acier froid de son pistolet. Le cœur battant, il se cala ensuite sur le banc, persuadé que tous les passants le regardaient avec suspicion, persuadé qu'ils savaient tous qu'il était armé.

Mais personne ne s'intéressait à lui, en fait. Chacun vaquait à ses affaires, tandis qu'il était assis sur ce banc, à la vue de tout le monde, avec son pistolet glissé dans la ceinture de son pantalon, après avoir rusé pour récupérer un paquet comme dans un film d'espionnage.

Je suis élève ingénieur. Je figure sur la liste des meilleurs étudiants de la fac. Je suis destiné à faire partie de l'élite de la société. Ce qu'il m'arrive en ce moment n'est qu'un mauvais rêve…

Mais il ne rêvait pas. Au bout d'un moment, il se releva, marcha jusqu'à sa voiture, qu'il avait garée à quelques centaines de mètres de là et s'installa au volant.

Il fixa un instant l'enveloppe avant de la déchirer. Il en sortit un téléphone portable et un lecteur MP3 pourvu d'un minuscule écran et d'une paire d'écouteurs. Il ne put réprimer un petit rire crispé. Le type se croyait dans *Mission impossible* ou quoi ? Il n'aurait pas été surpris si une voix était sortie du lecteur pour lui annoncer que cet enregistrement allait bientôt s'autodétruire.

Mais il ne jouait pas un rôle dans une série TV. Un homme, bien réel, détenait un enregistrement vidéo qui pouvait les expédier en prison pour le restant de leurs jours.

Un « 1 » était inscrit au vernis rouge sur le lecteur MP3 et un « 2 » au dos du téléphone portable.

Se sentant un peu idiot, il s'enfonça les écouteurs dans les oreilles et mit en route le lecteur MP3. Aussitôt le thème musical de *Mission impossible* lui martela les tympans. Il serra les dents et sentit son estomac se nouer : la vidéo de l'incendie se mit à défiler sur l'écran. Pris d'un accès de fureur, il voulut jeter le lecteur par la fenêtre. Mais il se contint et, lorsque la musique cessa, une voix, déformée par ordinateur, se fit entendre. Il lui fut impossible de savoir s'il s'agissait d'une femme ou d'un homme.

« Tu as suivi mes instructions. C'est bien. Il est temps pour toi de passer ta première épreuve. Si tu réussis, tu continueras de bénéficier de ma bienveillance. Si tu refuses ou si tu échoues, cette vidéo sera remise à la police et à la presse, et tu passeras le reste de ta vie dans une petite cellule, entouré d'énormes malabars qui te trouveront certainement à leur goût. »

La photo d'une prison vint s'afficher sur l'écran, suivie de celle d'un homme en train de se faire sodomiser. La nuque d'Eric se raidit douloureusement et il se rendit compte qu'il serrait les dents à se les broyer.

« Voici ta cible. »

Une nouvelle photo s'afficha, celle d'une sorte d'usine.

« Je t'ai envoyé l'adresse par SMS sur le téléphone. Il faut que tu ailles avec tes trois potes mettre le feu à cet entrepôt, ce soir. Je ne veux pas qu'il en reste une brique. »

Quoi ? Il n'exigeait pas d'argent ?

« Le patron de cet entrepôt a un chien de garde, poursuivit la voix électronique. Je vous laisse le soin de vous débarrasser de cet animal. Si tu veux dire la vérité à tes collègues, ne t'en prive pas. Mais si tu as le sentiment qu'ils ne t'obéiront pas, je te laisse le soin d'inventer quelque chose pour les y contraindre ou les entraîner. Sache bien que si un seul d'entre vous refuse de participer à cette action, la vidéo sera diffusée et vous irez tous en prison. »

Pas le moindre soupçon d'émotion dans la voix métallique.

« Si quelqu'un se met en travers de votre chemin, tuez-le. Si, pour une raison ou pour une autre, votre cible semble avoir été prévenue, ou si la moindre partie de son stock de marchandises est subitement déplacée ailleurs, je diffuserai la vidéo. Quand vous aurez fini, utilise le téléphone portable pour immortaliser votre action et envoie les photos au numéro indiqué. De nouvelles instructions te parviendront à ce moment-là. Bonne chance, Eric… Et si par malheur tu te faisais arrêter… »

De froide et impersonnelle, la voix se fit soudain amusée, et cruelle.

« … Je ferais connaître au monde entier ce que tu as fait la nuit dernière. »

La photo de l'usine disparut de l'écran, faisant place à un plan fixe tiré de la vidéo de l'incendie. Celui de la fille, les mains plaquées contre la vitre, la bouche béante sur ce cri affreux qu'elle avait dû pousser, mais qui, même dans l'imagination d'Eric, restait parfaitement insonore.

L'écran devint tout noir. Eric ouvrit le téléphone portable, et prit connaissance du seul SMS qui s'y trouvait. C'était, comme il s'y attendait, une adresse. Il se demanda ce que le patron de cette usine avait fait pour s'attirer la colère du maître chanteur et ce que lui-même allait bien pouvoir faire.

Pour l'heure, il allait se rendre à son cours de maths de 10 heures. Et il allait réfléchir. Se creuser les méninges. Il trouverait une solution. Il fallait qu'il y en ait une !

Il démarra et venait de passer la première vitesse, lorsque le téléphone jetable se mit à sonner, le faisant sursauter. Il prit une seconde pour rassembler ses pensées. Et son courage.

Il ouvrit le téléphone. Un SMS s'affichait sur l'écran :

Tu dis oui ou tu dis non ?

Fébrile, Eric regarda partout autour de lui, se demandant si son correspondant l'avait suivi et était en train de l'épier. Son regard alla des fenêtres des maisons environnantes aux badauds qui traînaient dans la rue, en passant par les voitures en stationnement. L'autre pouvait être n'importe qui et se trouver n'importe où.

Qui êtes-vous ?

L'homme invisible.

Quelques secondes passèrent et le téléphone se remit à sonner doucement.

Alors c'est oui ou c'est non ?

A côté de ces mots se trouvait un lien et avant même de cliquer dessus, Eric sut ce qu'il allait voir. Le visage de la fille, collé à la fenêtre. Il était si contracté qu'il pouvait à peine respirer. Il répondit à contrecœur :

Oui.

Espèce de salaud…

Le téléphone se mit à sonner une nouvelle fois.

Choix judicieux. J'attendrai donc tes photos cette nuit.

Eric ferma le téléphone et le fixa d'un air hagard. Comment ce salaud avait-il su qu'il avait déjà écouté le fichier MP3 et lu le message ? Soit il se trouvait tout près de là, observant ses moindres faits et gestes, soit il avait trafiqué l'appareil de quelque manière. Il fouilla des yeux l'habitacle de sa voiture.

Ou alors, il a installé une caméra-espion dans ma voiture et il me surveille à distance sur l'écran d'un ordinateur...

Il devait bien y avoir un moyen de remonter jusqu'à ce type.

Et si je n'y parviens pas ? Pas avant ce soir ?

Alors il faudra que tu fasses ce qu'il exige...

Lorsqu'il déboîta pour se mêler au trafic, son esprit était déjà absorbé par la logistique requise pour l'incendie de l'usine. Juste au cas où...

Lundi 20 septembre, 9 h 55

Elle est revenue !

Les mains de David se crispèrent sur le tuyau qu'il était en train d'enrouler. Il regarda la Ford franchir le portail d'entrée du chantier. Son cœur battait et son estomac le tiraillait autant que ce jour de bal où, âgé de treize ans, il s'apprêtait à inviter, pour la première fois de sa vie, une fille à danser.

Cette réminiscence lui fit éprouver une pointe de regret. Il songea avec amertume à la conclusion tragique de cette amourette. Plus de vingt années consacrées au service de ses concitoyens ne lui avaient pas suffi, pour racheter cette faute terrible. Une vie entière d'abnégation et de sacrifices n'y suffirait pas, d'ailleurs. Il ne lui restait plus qu'à faire son devoir, et à s'y livrer corps et âme. Il lui appartenait de faire en sorte, cette fois — avec cette femme-là —, que cela se termine autrement.

— Elle est là, lui dit Jeff, en hissant les derniers mètres de tuyau dans le camion.

Ils venaient de passer une heure à enrouler cet interminable engin de quinze centimètres de diamètre, le purgeant de la moindre goutte d'eau au fur et à mesure. Ce faisant, David avait levé la tête toutes les cinq minutes vers le portail, guettant les arrivées. Et voilà qu'Olivia était enfin revenue.

Le petit sourire entendu qu'il surprit sur les lèvres de Jeff lui fit comprendre qu'il feignait assez mal l'indifférence.

Il regarda Olivia sortir côté passager. Le soleil matinal donnait à sa chevelure l'éclat de l'or. Elle se pencha pour prendre quelque chose sur le siège avant, lui offrant une vue parfaite sur ses fesses rondes. Une vague de souvenirs vint lui peupler l'esprit, et il détourna son regard.

Elle avait la peau incroyablement douce Il n'avait pas oublié la manière exquise dont ses courbes avaient empli ses mains, lorsqu'il les avait caressées. Il aurait dû tout oublier, mais il s'en souvenait, pourtant. Et il n'avait qu'une envie : éprouver de nouveau ces sensations exquises. Il réprima un frisson et expira bien fort pour dissiper le désir qui montait en lui.

— Je te comprends, mon vieux, fit Jeff à voix basse. Elle est vraiment canon, cette fille.

— Kayla t'arracherait les yeux, si elle t'entendait.

Le sourire de Jeff s'élargit.

— Elle n'a rien à dire. Je l'ai surprise en train de te reluquer le derrière !

— Barlow a appelé pour dire qu'ils voulaient jeter un coup d'œil au troisième étage, parvint à dire David d'un ton neutre. File-moi un coup de main avec ce tuyau, qu'on en finisse avec cette corvée.

Mais Jeff persistait à regarder la voiture des deux inspecteurs.

— Hé, regarde ! Ta copine nous a apporté à manger ! Ça vient du Deli… Prends une pause, David. Reconnais que tu en as envie.

Jeff se dirigea vers la voiture et David le suivit mollement. Olivia referma sa portière du bout du pied. « Ta copine »… Ce n'était pas sa copine, hélas ! Elle aurait pu l'être, si leur dernier tête-à-tête s'était passé autrement. *Si je n'avais pas…* Bref… Elle était là. *Oui, mais à cause de son boulot, pas pour tes beaux yeux, crétin !*

Elle leur avait apporté des casse-croûte, ce qui était déjà bon signe.

Voilà l'occasion que tu attendais. Ne la gâche pas comme tu l'as gâchée la dernière fois.

Car de toute évidence, c'était lui qui avait tout gâché, mais comment ? Il ne s'en souvenait que très vaguement. C'était à ce sujet que sa mémoire lui faisait le plus cruellement défaut. Il se redressa, se mit à avancer d'un pas plus assuré, sachant qu'elle le regardait. Elle serrait un sac en papier d'une main et un Thermos de l'autre, et le fixait, immobile comme une statue. Il retint son souffle pendant trois lourdes pulsations de son cœur affolé.

Elle détourna le regard, lorsque Jeff la rejoignit et lui prit le sac des mains.

— Il y a du café chaud dans le Thermos, leur dit-elle, tandis que David les rejoignait enfin.

Jeff était déjà en train de s'empiffrer.

— Bacon, œuf et fromage ! lui annonça-t-il, la bouche pleine. Mon Dieu, encore un peu et je tombais d'inanition… Merci beaucoup ! En plus, il y en a plein ! Tiens, David, sers-toi…

Olivia s'efforçait maintenant qu'il était tout près d'elle

d'éviter son regard et David eut l'impression fugace de se retrouver dans une boum d'adolescents timides.

— Il y a du nouveau au sujet de la fille ? demanda-t-il.

Olivia finit par le regarder dans les yeux. Des yeux ronds et bleus comme l'azur, abritant un regard très sérieux.

— Pas encore. Mais la découverte de la prothèse auditive devrait nous être utile. Elle va nous permettre de rétrécir le champ des recherches.

— Barlow m'a dit que vous vouliez jeter un coup d'œil au troisième étage. Je peux vous accompagner dans la nacelle et vous pourrez faire des observations, mais de l'extérieur seulement. L'intérieur n'est pas encore sécurisé, et il y a trop de risques, surtout sans bottes.

Elle hocha la tête.

— D'accord. Est-ce qu'il y a assez de place dans la nacelle pour Kane et moi ?

Kane sortit de la voiture, protestant avec véhémence :

— Moi, dans la nacelle ? Pas question ! Vas-y, toi… Tiens, prends l'appareil photo. Et les jumelles…

Il les lui fourra d'autorité dans les mains.

— Tu ne viens pas ? Pourquoi ?

Un léger embarras fut perceptible dans le regard de Kane.

— J'ai le vertige…

— Mauviette, va…

Elle leva les yeux vers David d'un air résolu.

— Bon, alors, allons-y. Tu veux manger quelque chose avant ?

Il ne pensait pas pouvoir avaler la moindre miette.

— Non, merci. Allez, Zell, viens… Je vais avoir besoin de toi pour manœuvrer le camion et l'échelle.

— Je pourrais monter avec l'inspecteur pendant que toi, tu manœuvrerais l'échelle, suggéra Jeff d'un ton malicieux.

Voyant David plisser les yeux, menaçant, il s'empressa d'ajouter :

— Mais je ne préfère pas, finalement.

Puis, un sourire jovial aux lèvres, il s'essuya les mains sur le bandana qui ne quittait jamais le fond de sa poche et passa le sac de sandwichs au capitaine, qui venait de se joindre à eux.

— Laissez m'en un ! dit Jeff.

Casey adressa un grand sourire reconnaissant à Olivia.

— Merci, inspecteur, lui dit-il. C'est vraiment sympa de votre part.

— Tout le plaisir est pour moi. Je me suis dit que vous auriez faim après une nuit comme celle que vous venez de passer… Nous allons faire de notre mieux pour que vos hommes puissent rentrer chez eux assez vite, maintenant.

Elle regarda autour d'elle et demanda :

— Où est le sergent Barlow ?

— Il avait un rapport à rédiger, dit Casey. Il m'a assuré qu'il serait de retour cet après-midi. Mais il y a deux autres policiers de son service. Ils sont déjà en train de quadriller les étages, avant de les passer au peigne fin.

Leur fouille serait méticuleuse, David le savait. Ils passeraient les cendres au crible, en quête du moindre indice, de la moindre trace, du moindre objet ou bout d'objet…

— Barlow nous a demandé de vous montrer quelque chose, ajouta Casey, faisant un geste de la main vers le bâtiment. Vous pouvez voir le rez-de-chaussée à travers cette fenêtre…

David mena Olivia et Kane à la fenêtre en question.

— Cette fenêtre était en verre normal et le vitrage a éclaté dans les premières minutes de l'incendie, leur expliqua-t-il. Nous avons trouvé le sac à dos et la prothèse auditive de l'autre côté de ce gouffre.

Il était derrière elle et se pencha de sorte que sa joue n'était qu'à quelques centimètres des tempes d'Olivia.

— Regardez, c'est là… Vous voyez ? Les techniciens de scène de crime ont laissé une marque.

Il désigna un point de la pièce ravagée.

— Je la vois, murmura Olivia.

David avait senti la jeune femme se raidir un peu, lorsqu'il s'était penché, mais elle n'avait pas eu de mouvement de recul, et il y vit un bon signe.

— L'unité de scène de crime a déjà emporté ces indices ?

— Il y a une heure environ.

Il aurait dû s'écarter d'elle. Ne serait-ce que parce qu'il empestait la fumée et la sueur. Mais les cheveux d'Olivia sentaient le chèvrefeuille, exactement comme dans ses souvenirs, et il fit durer le plaisir une seconde de plus, s'emplissant discrètement les narines de leur parfum.

Kane s'était penché par la fenêtre pour examiner l'intérieur. Il laissa échapper un petit sifflement.

— C'est un sacré trou, ça, Hunter ! dit-il, en désignant le gouffre qui s'ouvrait sur le sous-sol.

— A qui le dites-vous…

Olivia se forçait à scruter ce qui subsistait des cloisons intérieures.

— Le gel qui enrobait le globe de verre… Tu en as trouvé aussi au rez-de-chaussée ? lui demanda-t-elle.

— Non. Et ce n'est pourtant pas faute d'avoir cherché. Mais ces décombres sont difficiles à fouiller. S'il y avait du gel ici, il serait mélangé à la cendre, à l'heure qu'il est. L'eau de nos tuyaux l'aurait agrégé aux autres résidus. S'il y en a, tes collègues le trouveront en tamisant la cendre. C'est plus épais que de la pâte à modeler, cette saloperie…

— Ne parle à personne de ce gel et du globe, pour le moment. C'est très important. Qui d'autre est au courant ?

— Jeff. Et Barlow. Et le capitaine…

— Et Carrie, et Gabe, compléta Jeff derrière son dos.

Il haussa les épaules, lorsque Olivia lui jeta un regard étonné.

— Personne ne m'a dit de ne pas en parler, se défendit-il. Et cette prise était trop belle pour ne pas être racontée aux copains.

— Carrie et Gabe font partie de notre équipe, précisa David. Et ils savent tenir leur langue, eux.

— Moi aussi, dit Jeff, indigné par cette allusion à son indiscrétion. Quand on me dit de le faire, évidemment…

— Pouvons-nous nous entretenir avec Carrie et Gabe ? demanda Kane à Casey. Il faut vraiment que ça ne s'ébruite pas.

— Certainement. Ils sont en train d'enrouler des tuyaux. Je vais les appeler pour leur dire de regagner leur camion.

— Je m'occupe d'interroger les autres pompiers, dit Kane à Olivia. Pendant que tu grimpes là-haut… Amuse-toi bien !

Le regard carrément furibond qu'elle jeta à Kane n'échappa pas à David. Il lui était facile de voir qu'elle était agacée, et qu'une fois de plus, elle ne semblait guère contente de se retrouver en sa présence. Ce qui ne laissait rien présager de bon.

David grimpa sur la plate-forme du camion et fit descendre la nacelle jusqu'à ce qu'elle ne soit plus qu'à une cinquantaine de centimètres du sol. Le visage d'Olivia paraissait dénué d'expression, mais elle tapa du pied avec impatience tout au long de la lente descente de l'appareil. Il lui tendit la main qu'elle prit sans le regarder, après une très brève hésitation.

Il la hissa dans la nacelle et ne la lâcha que lorsqu'elle se fut remise sur ses appuis.

— Il faut se harnacher, lui dit-il.

Sans dire un mot, elle leva les bras et il enroula la ceinture de sécurité autour de sa taille fine, en s'efforçant tant bien que mal de surmonter la soudaine gaucherie qui s'empara de lui, tandis qu'il manipulait les mousquetons. Il prenait bien garde de ne pas laisser traîner son regard sur les seins d'Olivia qui pointaient, tentants, juste au-dessus de ses mains. Il tira sur la sangle pour tester la solidité du lien et se releva, détournant toujours les yeux du corps charmant autour duquel il s'affairait, conscient du petit sourire narquois de Jeff et du regard attentif de Kane.

— Voilà, tu es prête…

— Parfait, dit-elle d'une voix légèrement voilée. Alors allons-y… Fais-moi monter là-haut.

Oh oui, bien volontiers ! Jusqu'au septième ciel, même…

Il ne savait pas quand cela surviendrait, ni comment, mais les douces réminiscences qui peuplaient son esprit étaient assez claires : il fallait qu'il la possède de nouveau.

— Pas de problèmes de vertige ? lui demanda-t-il.

— Non.

Toute l'attention d'Olivia allait maintenant au mur de l'immeuble, tandis que David appuyait sur des interrupteurs à bascule pour que la nacelle s'élève dans les airs. Ils grimpèrent ainsi de deux ou trois mètres, puis Olivia leva un œil surpris vers lui.

— Je croyais qu'il y aurait des cahots.

— Non, cette nacelle est très stable.

Ils étaient seuls à présent, dans cet espace exigu. Debout derrière elle, David laissa brièvement son esprit fantasmer : il s'imagina tendre les bras pour agripper la rambarde, l'envelopper ainsi… La presser contre lui. Sentir son corps palpiter contre le sien. Mais, bien sûr, ce n'était ni le lieu, ni le moment. Et rien ne lui disait qu'Olivia aurait apprécié l'initiative. Il ne fit donc pas le moindre geste et se contenta de humer son parfum de chèvrefeuille.

Il avait tant de questions à lui poser. *Qu'y a-t-il eu entre Barlow et toi ? Est-ce que tu as un homme dans ta vie ?* Et la question à un million de dollars : *Pourquoi es-tu sortie de mon lit sans crier gare ?*

Mais il n'était pas temps encore pour cette discussion. Alors il lui posa l'unique question non personnelle qui le préoccupait :

— Cette boule que j'ai trouvée, qu'est-ce qu'elle a donc de si particulier qu'il ne faille en parler à personne ?

Pendant un instant, il crut qu'elle n'allait pas répondre.

— De toute façon, finit-elle par dire dans un soupir, tu vas te renseigner sur Google, dès que tu seras rentré chez toi.

— Avant même que je ne sois rentré chez moi, répliqua-t-il. J'ai laissé mon ordinateur portable à la caserne.

— Tu ne dois parler à personne de ça, pas même à ton partenaire, d'accord ?

— Zell ?

David se surprit à sourire.

— C'est un chic type, mais incapable de garder un secret ! Je ne lui en soufflerai pas un mot. Je te le jure.

Et il se signa en prononçant ce serment.

Les yeux d'Olivia s'étaient baissés vers sa main, s'y attardant un peu trop avant de revenir à son visage. Ses joues avaient très visiblement rosi.

— C'est la signature probable d'un attentat écologiste… Cette boule est en fait un globe terrestre de verre. Un groupe d'écoterroristes s'en est servi pour signer des incendies criminels, il y a plus de dix ans.

— Merde alors ! fit David. Et le vigile ? Je croyais que

ce genre de groupes ne s'en prenait qu'aux biens et jamais aux personnes ?

— Oui. C'est bien ce qui cloche, dans l'affaire... Bien que ce même groupe ait involontairement causé la mort d'une femme, une fois.

Il songea à la fille, à son visage cireux. Au vain combat qu'elle avait dû mener, pour échapper à une mort atroce.

— Comme la nuit dernière...

— Peut-être, dit Olivia. La fille a tenu la boule en main, en tout cas. Et pour l'instant, elle fait partie des suspects.

Il secoua la tête.

— Elle n'était pas habillée pour aller mettre le feu quelque part, objecta-t-il. Elle ne portait même pas de chaussures ! Barlow l'a passée à l'olfactomètre, et ça n'a rien donné... Aucune trace d'hydrocarbures sur ses mains.

— C'est vrai. Mais elle a eu la boule entre les mains. C'est incontestable. A nous de comprendre pourquoi...

— Est-ce que l'incendie a été revendiqué ?

— Pas encore. Alors que le groupe terroriste en question le faisait immédiatement, dans les années 1990.

— C'est peut-être parce que, cette fois, ils ont tué deux personnes...

— Peut-être. Il va sans doute falloir qu'on fasse appel au FBI. Les agents spéciaux vont vouloir t'interroger. Juste pour récapituler ce que tu nous as déjà dit.

— Merci de m'avertir.

Ils étaient arrivés au niveau du troisième étage à présent et leur ascension s'interrompit.

— C'est ici que je l'ai trouvée, dit David.

Olivia se pencha, en clignant des yeux.

— Je ne vois pas de traces de mains...

David alluma le projecteur et le dirigea vers la baie vitrée.

— Et maintenant ? demanda-t-il.

Elle scruta la pièce pendant un moment avant de secouer la tête.

— Non, toujours pas.

Merci, murmura-t-il en son for intérieur. Puis il se plaça derrière elle et posa ses mains sur ses épaules. Il baissa ensuite la tête jusqu'à ce que son menton frôle les cheveux de la jeune femme, et il la fit pivoter légèrement pour diriger son regard vers la lueur.

— Là…, murmura-t-il. Tu la vois, maintenant ?

Elle se raidit au contact de ses mains, et il se rendit compte qu'elle retenait son souffle. Une manifestation d'émoi, constata-t-il non sans espoir…

— Tu as réussi à voir *ça* ? lui demanda-t-elle d'une voix devenue rauque.

David sentit un frisson d'excitation lui parcourir l'épiderme. Olivia se racla la gorge et lorsqu'elle se remit à parler, ce fut de nouveau d'un ton brusque et sec. Mais David sentit qu'il y perçait une pointe d'émotion. C'était suffisant. Au-delà même de ce qu'il avait espéré.

— Barlow avait raison, dit-elle. Tu as vraiment une très bonne vue !

— Ces empreintes étaient plus faciles à voir dans la nuit, expliqua-t-il modestement.

Elle se pencha un peu plus et David la lâcha, se replaçant à côté d'elle.

— On ne peut pas s'approcher un peu plus ? Vers cette tache, là ? demanda-t-elle, en désignant une traînée noirâtre.

David manœuvra la nacelle de manière à la positionner à deux centimètres de l'endroit qu'elle lui avait montré du doigt.

— On est assez près comme ça ?

Elle leva des yeux narquois vers lui.

— Tu fais le beau, hein ?

Avant qu'il n'ait eu le temps de songer à une réplique, elle sortit son appareil numérique du sac qu'elle portait autour du cou.

— Il faut absolument que le labo examine cette vitre, dit-elle, en prenant rapidement quelques clichés.

David se pencha pour voir ce qu'elle montrait du doigt : une minuscule entaille dans le verre antichoc, entourée d'un réseau de fines fêlures, le tout à peine perceptible à l'œil nu.

— Tu as réussi à voir *ça* ? dit-il, admiratif à son tour.

— Moi aussi, j'ai de bons yeux, fit-elle d'un ton dégagé. Et puis je savais aussi ce que je cherchais…

— Comment ça ?

— Je me suis demandé pourquoi la fille ne portait pas de chaussures. Si elle était venue avec les incendiaires, elle aurait porté des chaussures faciles à enfiler. Des bottes. Ou des baskets, au moins. Mais elle ne portait pas de chaussures, et elle a tenu la boule en main… Pourquoi ? Elle mesurait à peu près un mètre soixante-cinq, comme moi…

Elle brandit l'appareil photo, faisant mine de heurter la baie vitrée.

— L'entaille se trouve exactement au bon endroit.

David comprit aussitôt.

— Elle a essayé de se servir de la boule de verre pour briser la vitre ! Il n'y avait pas de meubles, pas de chaises, rien dont elle puisse se servir, autrement. Mon Dieu ! Pauvre gosse…

— Barlow a dit que les incendiaires avaient répandu de la colle à moquette sur le sol du rez-de-chaussée et du premier étage.

— C'est exact. Je peux te montrer les traces, si tu veux.

— On verra ça, quand on sera redescendus.

Elle croisa les bras, laissant pendre l'appareil photo à son poignet et fronça les sourcils, en regardant la baie vitrée.

— Si les incendiaires ne sont pas montés dans les étages supérieurs, et qu'elle-même se trouvait au troisième — en supposant qu'elle n'était pas leur complice —, comment cette boule est-elle arrivée entre ses mains ?

— Nous pensons qu'ils ont versé la colle sur les sols des deux premiers niveaux et qu'ils ont allumé le feu au rez-de-chaussée, en repartant. C'était la seule manière pour eux de sortir indemnes de l'immeuble. S'ils avaient allumé deux feux — un au rez-de-chaussée et l'autre au premier étage —, l'incendie se serait propagé avant qu'ils n'aient le temps de sortir.

— On a une idée de la manière dont ils sont entrés et sortis, d'ailleurs ?

— Pas à ma connaissance, répondit David. Il faut que tu demandes ça à Barlow.

Il repensa à la nuit précédente et ajouta :

— On est arrivés sur les lieux à peu près cinq minutes après avoir été appelés. On a été obligés de forcer le portail, ce qui nous a retardés de deux minutes. Les deux premiers niveaux étaient déjà un brasier, et il était trop dangereux de pénétrer dans l'immeuble par les portes. On a dû combattre l'incendie de l'extérieur. C'est comme ça que je me suis retrouvé dans la nacelle.

— D'accord… Et ensuite ?

— Les portes coupe-feu des deux premiers niveaux étaient ouvertes. La fumée a donc rapidement empli la cage de l'escalier de secours. Si la fille se planquait…

Il songea à la prothèse auditive et poursuivit :

— Et si elle n'entendait rien…

— Elle était peut-être endormie, hasarda Olivia. La

fumée l'a réveillée, elle a essayé de descendre l'escalier, s'est vue piégée par la fumée…

Elle leva les yeux vers David et lui demanda :

— A ton avis, est-ce qu'elle aurait pu sortir de la cage d'escalier et regagner le hall d'entrée de l'immeuble ?

— C'est possible. Mais la chaleur devait être déjà très forte…

— Assez forte pour lui faire des cloques aux pieds ?

Il se souvint de la plante des pieds de l'adolescente.

— Oui.

Olivia avait l'air très concentrée et David sentait qu'elle faisait fonctionner ses méninges à plein régime.

— Elle devait être extrêmement paniquée, murmura-t-elle. Ses idées ne devaient pas être très claires. Elle suffoquait. Elle s'est peut-être mise à ramper sous la fumée en suspension et c'est comme ça qu'elle a trouvé la boule…

— Elle n'aurait pas pu la voir, en tout cas.

A l'idée de la terreur qu'avait dû éprouver la jeune fille, son sang se glaçait.

— La fumée s'est propagée au rez-de-chaussée et dans la cage d'escalier en quelques minutes. Mais elle a pu trébucher sur la boule, elle a pu la trouver en marchant dessus…

— Ou bien les incendiaires se sont servis de la boule pour empêcher une porte de se refermer…, continua Olivia.

David avait déjà eu l'occasion d'admirer sa vivacité d'esprit lors de leur première rencontre.

— C'est possible, admit-il. Bon… Elle ramasse la boule, mais ne peut plus avancer car la chaleur est trop intense et la fumée trop dense. Alors elle fait demi-tour et remonte l'escalier…

— Elle va jusqu'au troisième étage. Le feu ne s'y est pas encore propagé. Elle a toujours la boule, s'y accroche comme à une planche de salut. Les gens ont des réactions étranges lorsqu'ils sont paniqués…

— Elle n'aurait jamais réussi à briser une telle vitre avec, même si elle avait eu le temps de donner plus que quelques coups contre la baie vitrée. Ce dont je doute. Ses poumons devaient déjà être atteints par la fumée de la cage d'escalier, si c'est bien par là qu'elle a essayé de s'échapper tout d'abord.

— Tu l'as trouvée où, exactement, cette boule ?

— A moins d'un mètre des traces de mains qu'elle a laissées. La fille était étendue sur le ventre, les bras en croix.

— Son corps se trouvait à quel angle, par rapport au mur ?

— De trente à quarante degrés, je dirais…

— Donc elle a jeté la boule contre la vitre, sans résultat… Puis elle s'est mise à frapper la vitre à mains nues. Elle était désespérée, à ce moment-là.

Elle examina les empreintes de paume et les autres traces qui maculaient la baie vitrée et ajouta :

— Elle a utilisé le plat de la main et a tambouriné avec ses poings…

— Plus probablement dans l'ordre inverse, dit David. Ses mains étaient à plat contre la vitre quand elle s'est effondrée au sol. On ne les voit pas très bien, mais il y a des traces de doigts qui l'indiquent.

— Pauvre gosse…

Olivia demeura silencieuse un instant et David en profita pour admirer son profil. Cela faisait longtemps qu'il ne s'était pas retrouvé ainsi, seul avec elle — deux ans et demi, s'il faisait abstraction des quelques minutes pendant lesquelles elle s'était assise à son chevet, à l'hôpital, après son accident. C'était en février. Il se trouvait dans la vieille Mazda d'Eve, quand une voiture l'avait percuté, le faisant sortir de la route. Le conducteur était ce tueur en série, qui avait essayé de s'en prendre à son amie… Il avait cru que c'était Eve qui conduisait l'auto. Mais à l'hôpital, cela ne comptait pas, puisque ses yeux tuméfiés ne lui avaient pas permis d'y voir clair. Il n'avait eu d'elle qu'une vision floue et brumeuse, tout en sentant que c'était bien elle qui le veillait ainsi. Il avait reconnu le parfum du chèvrefeuille.

Brusquement, elle leva vers lui ses yeux d'un bleu intense.

— Ce gouffre…, dit-elle. Je… Je suis heureuse que tu ne te sois pas blessé…

Cette déclaration, précipitée, presque bourrue, lui fit chaud au cœur. Mais avant qu'il n'ait pu articuler le moindre mot, Olivia était passée à autre chose.

— Cette nacelle, lui demanda-t-elle, elle peut monter jusqu'à quelle hauteur ?

— Trente-cinq mètres. Là, on est à un peu plus de quinze mètres.

— Tu peux la faire monter plus haut ?

— Oui. Pourquoi ?

— On se demandait comment la fille connaissait l'existence de ce chantier. On pense qu'elle n'est pas de la région. Or, de la route, on ne peut pas voir la résidence… Mais on peut la voir des rives du lac.

Il hissa la nacelle au-dessus du toit.

— Qu'est-ce que tu cherches, exactement ?

— Je ne sais pas…

Elle plaça l'appareil photo à hauteur de ses yeux et prit plusieurs clichés, en se servant du zoom.

— Un chemin parmi les arbres qui entourent la résidence…, reprit-elle. Un bateau amarré dans un endroit caché… Quelque chose qui nous indique comment elle a pu tomber sur ce chantier. Il va falloir qu'on fouille aussi les bois environnants.

— Avec des chiens ?

Elle baissa l'appareil et le regarda.

— Des chiens pourraient peut-être retrouver sa piste. Comme ça, vous sauriez de quel côté elle venait.

— Oui, ça pourrait marcher, admit-elle.

Elle eut un léger sursaut.

— Mon portable vibre… Il faut que je réponde. Tu peux me tenir ça ?

Elle lui tendit le sac noir contenant les jumelles et sortit son téléphone.

— Sutherland, dit-elle.

David vit son petit sourire s'évanouir, tandis qu'elle écoutait son interlocuteur.

— On arrive dans une demi-heure, dit-elle.

— Un problème ? demanda-t-il, lorsqu'elle eut raccroché.

— C'était le médecin légiste. Il y a du nouveau au sujet de la fille. Tu peux nous faire redescendre ?

— Bien sûr.

Il se remit aux manettes et activa la descente.

— Olivia…

Il n'était pas sûr des mots qu'il lui fallait dire.

Elle se raidit et il se rendit compte que c'était la première fois qu'il prononçait son prénom, ce matin-là.

— Oui ? fit-elle, sans quitter le lac des yeux.

Regarde-moi. Accorde-moi un peu d'attention. Je t'en prie.

Elle inspira profondément, expira, puis tourna la tête vers lui et le regarda droit dans les yeux.

— Je…, commença-t-il.

Vas-y, dis-le ! Bon sang !

— Il faut que je te parle, parvint-il à articuler. Mais pas ici…

Elle le fixa d'un œil crispé pendant ce qui parut à David une éternité, avant de hocher gravement la tête.

— Je t'appellerai quand j'aurai une minute de libre. Quand auras-tu fini ton service ?

Elle n'avait pas dit non !

— En principe, il est terminé depuis plus de deux heures. Là, je fais des heures supplémentaires…

La nacelle se posa sur le sol et Olivia déboucla son harnais elle-même, cherchant déjà son coéquipier du regard. Il était à quelques mètres du camion, en grande conversation avec le capitaine Casey.

— Kane ! Ian a appelé, lui cria-t-elle. Il veut qu'on le retrouve au plus vite à la morgue. Je lui ai dit qu'on y serait dans une demi-heure.

Elle enjamba la rambarde de la nacelle, fléchit les genoux et bondit avec la souplesse et la grâce d'une gymnaste accomplie.

— Merci pour la vue, David… Je te rappelle.

Demeuré dans la nacelle, il la regarda s'éloigner à grands pas, Kane sur ses talons. Elle ne se retourna pas — pas une seule fois. Ce ne fut que lorsque la Ford eut disparu de son champ de vision qu'il se rendit compte qu'elle avait oublié de récupérer le sac contenant les jumelles.

Il les empocha, tout content. Un bon prétexte pour la revoir ! En fait, les choses s'étaient beaucoup mieux passées que ce qu'il pensait…

5

— Vous avez une question, monsieur Marsh ?

Eric se redressa, stupéfait de constater que la salle de cours s'était vidée et que le professeur le dévisageait d'un air perplexe.

— Non, monsieur, désolé…

— Monsieur Marsh, quand vous dormez, vous ronflez. Quand vous êtes éveillé, vous participez au cours. Mais aujourd'hui, vous n'avez fait ni l'un ni l'autre, et vous êtes arrivé avec un quart d'heure de retard… Quelque chose qui ne va pas ?

— Euh… Un problème avec une fille…, dit Eric, en feignant l'embarras. Je demanderai ses notes à un camarade.

— Parfait. Et soyez à l'heure pour la conférence de mercredi prochain !

— Oui, monsieur…

Eric s'éclipsa, énervé contre lui-même. Si la police en venait à le soupçonner, son professeur témoignerait qu'il avait l'air triste et préoccupé. Il devait faire très attention. Il devait se contrôler à tous les instants. Et surtout, il devait parler aux autres, leur dire.

Cela les concernait tous. Joel piquerait une crise, à tous les coups. Il était capable de faire n'importe quoi, cet imbécile !

Albert, lui, ne serait pas surpris. Il savait que quelqu'un d'autre se trouvait sur les lieux, et que cette personne avait tué le vigile.

Mais qui croirait qu'ils n'avaient pas commis ce meurtre ?

On est vraiment foutus !

Il s'accroupit contre un mur, et sortit son téléphone portable. Le téléphone du maître chanteur se trouvait dans la poche de son pantalon, réglé sur le vibreur. Il tapa sur son clavier :

> Retrouvez-moi devant la porte de la bibliothèque à midi.

Puis il entra le numéro de ses destinataires : Albert, Joel et Mary. Mais avant qu'il n'appuie sur la touche d'envoi, l'appareil se mit à vibrer. C'était Mary.

— Oui, Mary ?

— Oh, Eric !

La voix de la jeune fille était mal assurée, rauque. Apeurée.

— C'est Joel…

— Quoi, Joel ?

Elle renifla et il se rendit compte qu'elle était en train de pleurer.

— Il n'est pas venu en cours.

Eric laissa échapper un soupir de soulagement.

C'est tout ?

Voilà que Mary en rajoutait, comme d'habitude. Il n'avait pas été d'accord pour l'inclure à leur groupe d'action, mais Joel avait insisté. La présence de Mary le rendait nerveux. Il n'avait jamais compris pourquoi Joel s'était entiché d'elle. Elle devait sans doute être bonne au lit.

— Il doit se terrer dans sa piaule.

— Non. Il est mort. Joel est mort ! répondit-elle d'une voix brisée.

Eric sentit ses poumons se dilater.

Albert a été sacrément rapide !

— Mort ? Mais qu'est-ce que tu racontes ?

— Il conduisait sa voiture, pour venir en cours…

Elle sanglotait, à présent.

— Et il a fait une sortie de route. Il est rentré dans un arbre. Il est passé au travers du pare-brise. Il a perdu tout son sang.

— Merde !

Il avait pourtant demandé à Albert de faire en sorte que Joel ne souffre pas. Or cette mort était carrément atroce ! Enfin, c'était fait. Et il allait falloir vivre avec ce meurtre aussi.

Mais mieux valait être rongé par les remords et libre, que de passer toute sa vie derrière des barreaux, la conscience apaisée de payer sa dette à la société.

Son soulagement à l'idée que Joel ne pourrait plus les dénoncer fut cependant de courte durée. Le maître chanteur avait dit qu'ils devaient tous participer, le soir même. Sans quoi l'existence de cette maudite vidéo serait révélée.

J'aurais dû en parler à Albert, songea-t-il, maussade. *On a besoin de Joel.*

Peut-être le maître chanteur se contenterait-il d'un message d'explication du genre : « Joel ne sera pas avec nous ce soir. Il est mort. »

Il ferma les yeux. Tout cela lui paraissait trop incroyable.

— Qui te l'a dit ? demanda-t-il à Mary.

— Sa petite sœur… Elle m'a appelée. Les parents de Joel ne savaient pas qu'on était ensemble, mais sa sœur oui. Elle m'a prévenue. Mais n'en parle pas à ses parents. Je ne veux pas mettre la sœur de Joel dans l'embarras.

La famille de Joel était juive orthodoxe. Mary était une

catholique d'origine irlandaise. Rien d'étonnant à ce qu'ils aient choisi de cacher leur liaison…

Je devrais me mettre à pleurer, songea-t-il. Il connaissait Joel depuis la maternelle. *Je devrais ressentir de la tristesse.* Mais il n'éprouvait qu'une profonde angoisse, une peur atroce. C'était Joel qui les avait mis dans ce pétrin. Et d'une certaine manière, c'était donc sa propre faute, s'il était mort.

— Il faut qu'on se voie, Mary. Tous les trois. A la bibliothèque. A midi.

— Je ne peux pas, dit-elle d'une voix hébétée. J'ai un cours à cette heure-là.

— Eh bien sèche-le ! C'est super-important.

Il raccrocha. Il avait des choix à faire. Des choix difficiles. Incendier l'entrepôt ou risquer la prison ? Parler du maître chanteur aux deux autres ou se taire ? Mais dans ce cas, comment justifier auprès d'eux l'incendie de l'entrepôt ?

Ils pouvaient fuir. Quitter le pays. Ils pouvaient se rendre au Canada en moins de trois heures. De là… ils pourraient aller là où vont les gens qui sont en cavale. Dans un pays qui n'est pas lié aux Etats-Unis par un traité d'extradition. Mais ils auraient besoin d'argent, d'une nouvelle identité. Or, il ne restait que treize heures… Il leur fallait donc gagner du temps.

Peut-être que le maître chanteur n'irait pas jusqu'au bout de ses menaces.

Ah bon, et pourquoi donc ? Il n'a rien à perdre. Mais toi, tout !

Eric fouilla dans la poche de son pantalon, ouvrit le téléphone jetable et vérifia l'adresse de l'entrepôt, alors qu'il s'en souvenait parfaitement.

A qui appartenait cet endroit ? Des voyous ou des honnêtes gens ? Peut-être que le propriétaire avait fait quelque chose d'horrible. De si horrible que l'incendie de son entrepôt serait un service rendu à la société.

Gagner du temps…

Mettre le feu à l'entrepôt de cet inconnu lui en ferait gagner. Il ne s'agissait pas de tuer… Personne n'y laisserait la vie, cette fois. Ce n'étaient que des biens, des objets.

Les objets peuvent être remplacés. C'est à ça que servent les assurances.

Ne s'était-il pas dit exactement la même chose, la veille ? Lorsqu'ils étaient encore des redresseurs de torts écologistes, et non des assassins.

Comment les choses ont-elles pu tourner aussi mal ?

Il n'était plus temps d'y songer. Pour l'heure, il lui fallait se renseigner sur l'inconnu qui possédait l'entrepôt. Et trouver le moyen de convaincre Albert et Mary que c'était pour la bonne cause.

Gagner du temps…

Lundi 20 septembre, 10 h 55

Olivia avait retrouvé tout son calme, lorsqu'elle entra dans la morgue en compagnie de Kane, mais la voix de David résonnait encore dans sa tête. « Il faut que je te parle. » A quel sujet ? *Pour me dire pourquoi il m'évite depuis sept mois ?* Allait-il lui resservir le classique refrain : « Ce n'est pas ta faute, c'est la mienne » ?

Elle avait réussi à masquer ses émotions dans la nacelle. Le sentir si près d'elle tenait à la fois du rêve et du cauchemar. Mais elle ne s'était pas laissé attendrir, même quand il avait posé ses mains sur ses épaules, chuchoté quelques mots à son oreille, et prononcé son nom de sa voix sensuelle… Elle était restée imperturbable, alors qu'il représentait un véritable piège à femmes ! Elle s'en était plutôt bien tirée. Elle était restée stoïque.

— Liv ?

Kane la regardait d'un air amusé.

— Soit tu arrêtes de penser à lui, soit tu rentres chez toi prendre une douche froide.

Olivia se sentit rosir.

— Désolée…

Il lui tapota l'épaule.

— Demande à Ian de te mettre quelques minutes dans son congélo. Ça te refroidira un peu les idées… et le reste !

— Qui a besoin d'un petit séjour au congélo ? fit une voix derrière eux.

Ian Gilles venait de sortir de son bureau.

— Personne, dit Olivia d'un ton catégorique. Alors, quoi de neuf, docteur ?

— De l'or. Venez jeter un coup d'œil.

Il les conduisit devant un tableau lumineux, sur lequel était fixée une radiographie.

— C'est le crâne de la fille.

Le cœur d'Olivia se mit à battre un peu plus vite, tandis qu'elle comprenait de quoi il s'agissait. Il y avait, juste derrière l'oreille de la victime, une tache sombre et très distincte, de la taille d'une pièce de monnaie.

— C'est bien ce que je crois que c'est ? demanda-t-elle.

— Ça dépend… A quoi pensez-vous, au juste ?

— Ce n'est pas une prothèse auditive que David Hunter et son collègue ont trouvé. Enfin, pas exactement. Cette fille avait un implant cochléaire. Ce qu'ils ont trouvé, c'est le microprocesseur sonore de cet appareillage.

— C'est quoi, un microprocesseur sonore ? demanda Kane.

— C'est… euh… un appareil.

Olivia ne trouvait pas les mots pour expliquer.

— Ça convertit les sons… Expliquez-lui, Ian, finit-elle par dire.

Ian démarra au quart de tour, ravi d'étaler sa science :

— Le microprocesseur se porte derrière l'oreille et convertit les sons en signaux électriques. Ces signaux sont transmis à l'implant qui a été greffé là.

Il tapota du doigt la base de l'os, sur la radio.

— Ces implants, qui stimulent les nerfs auriculaires, offrent une meilleure qualité d'écoute que les prothèses auditives classiques. C'est un grand progrès. Comment en avez-vous entendu parler, Liv ?

— J'ai une amie qui en porte un. Tu la connais, Kane… Brie Franconi. On parlait d'elle tout à l'heure.

— Cette personne qui a un chenil ?

— Oui. Elle était policière, mais elle est devenue sourde. Elle a dû quitter la police pour démarrer une nouvelle carrière. Elle s'est fait greffer un implant de ce type il y a deux ans.

Elle se tourna vers Ian et ajouta :

— Il doit y avoir un numéro de série sur l'implant, si je ne me trompe. Comme le microprocesseur a complètement fondu, on n'a rien pu lire dessus.

— Voici le numéro…

Ian lui tendit un bout de papier poisseux, sur lequel étaient inscrits le nom du fabricant et le numéro de série.

— Moi qui pensais vous épater avec ma découverte…, dit-il, avec une pointe de déception dans la voix.

Olivia lui tapota le bras.

— Je suis désolée de vous avoir fait rater votre effet. Mais, en tout cas, c'est vraiment une précieuse découverte. Merci beaucoup.

— De rien. Mais j'ai autre chose à vous montrer…

Ils le suivirent dans la salle d'autopsie. Les corps qui s'y trouvaient ne troublaient pas autant Olivia que ceux qu'elle avait à examiner sur le terrain. Le temps qu'ils arrivent à la morgue, elle avait en général surmonté sa phobie.

Couverte d'un drap des pieds au cou, l'adolescente était allongée sur la table d'autopsie. Ses cheveux avaient été lavés et ne portaient plus la moindre trace de suie. Son visage était d'une pâleur spectrale sous les néons.

— Si jeune, murmura Kane.

— Probablement seize ans, dit Ian. Cause du décès : inhalation de fumée. Londo m'a dit qu'il avait décelé des traces de violences récentes. Sur les radiographies, on voit en effet une fracture au bras droit et quelques lésions à la main gauche. Elle a également bu de l'alcool, hier soir. Son alcoolémie était de 0,9 gramme. Elle a mangé des tacos peu avant l'incendie.

— Si elle a acheté de la nourriture dans la région, dit Olivia, on arrivera peut-être à reconstituer son emploi du temps des dernières heures.

— Ou celui de son compagnon, dit Ian. Elle a eu un rapport sexuel très peu de temps avant le moment de sa mort. Moins d'une heure avant, selon toutes les probabilités.

Olivia fronça les sourcils.

— Il y avait quelqu'un d'autre avec elle dans l'immeuble ? Et ils ont eu un rapport sexuel ?

— Je crois que vous n'avez pas découvert d'autres corps dans le bâtiment incendié, dit Ian.

— Pas encore… Mais les deux premiers niveaux sont un amas de décombres, lui répondit Kane.

— Et si c'était avec le vigile qu'elle avait eu ce rapport sexuel ? hasarda-t-il.

Ian secoua la tête.

— Son groupe sanguin est différent. En plus, Henry

Weems s'est fait faire une vasectomie, il y a dix ans. J'ai lu ça dans son dossier médical… La fille n'a pas utilisé de préservatif et le prélèvement de sperme indique que son partenaire avait un taux de spermatozoïdes très élevé.

— Tant mieux ! dit Olivia. Je n'aurais pas voulu devoir annoncer ça à Mme Weems…

— Mais ça veut dire, intervint Kane, qu'il faut chercher un autre corps, ou que…

— Que son compagnon a réussi à s'échapper, lui, compléta Olivia.

Son cœur se mit à battre plus vite.

— S'il s'est vraiment sauvé, ça nous fait un témoin oculaire. Encore faut-il le retrouver…

— Quand la fille est tombée, elle s'est fait mal aux genoux, aussi…

Ian ôta le drap, révélant des hématomes.

— Le corps présente aussi une légère entorse à la cheville. Elle a peut-être chuté dans sa fuite, ce qui l'a séparée de son compagnon, qui ne s'en est peut-être pas aperçu immédiatement.

— David a dit que la fumée était si dense qu'elle ne pouvait rien voir. Et comme elle ne pouvait pas entendre non plus, puisqu'elle n'avait pas son microprocesseur… Oui, cette séparation est très plausible…

— Serait-il possible que le garçon avec qui elle a eu un rapport sexuel soit l'incendiaire ? demanda Kane. Il aurait pu la retenir dans l'immeuble contre son gré et y mettre le feu, exprès, pour se débarrasser du cadavre ?

Ian haussa les épaules.

— Tout est possible, mais la victime ne présente aucune trace de lésions vaginales, pas le moindre déchirement. Il ne semble donc pas que le rapport sexuel ait été contraint. Les premières analyses d'urine n'ont pas permis de trouver trace des drogues qu'utilisent certains violeurs, et elle n'avait pas assez bu pour être complètement amorphe. Bien sûr, les analyses sanguines toxicologiques, dont nous n'avons pas encore les résultats, pourraient révéler l'ingestion d'autres produits… Je les aurai demain matin.

— Et celui qui a eu un rapport sexuel avec elle ?

— De race blanche, brun. Il a laissé quelques poils pubiens. En outre, s'ils étaient ensemble lorsque l'incendie a commencé, il a dû subir des dommages pulmonaires — légers ou sévères, en fonction du laps de temps pendant lequel il a été exposé aux gaz toxiques contenus dans la fumée. Vous devriez vous renseigner sur toutes les personnes admises dans les hôpitaux de la région et présentant des symptômes d'œdème aigu du poumon. C'est une réaction habituelle, après une exposition excessive à la fumée.

— Au minimum, il doit être bien secoué, fit remarquer Olivia.

— S'il est encore en vie, rectifia Kane. S'il a été pris dans le brasier, les pompiers ont pu marcher sur ses cendres sans s'en rendre compte.

— Et le vigile ? demanda Olivia. Est-ce qu'il avait bu de l'alcool…

— Pas une goutte. L'alcoolémie était nulle. Les analyses d'urine n'ont pas permis non plus de déceler de traces de substances toxiques. Je ferai son autopsie après le déjeuner.

— C'est lui, là ? demanda encore Olivia, en désignant un autre corps recouvert d'un drap, étendu sur un lit à roulettes à l'autre bout de la salle.

— Non, c'est une victime d'accident de la route, qu'on vient d'amener. Un jeune homme qui n'avait pas attaché sa ceinture de sécurité… Il est passé à travers son pare-brise et il ne reste plus grand-chose de son visage… Mais ne vous en faites pas, je m'occupe d'abord de votre vigile.

Puis, prévenant la question qu'ils ne manqueraient pas de lui poser :

— Je vous appellerai, dès que j'en saurai davantage.

Olivia empocha le bout de papier poisseux où figurait le numéro de série de l'implant auditif.

— Merci beaucoup, Ian… A présent, on va pouvoir identifier cette jeune fille.

Lundi 20 septembre, 11 h 30

David aurait dû être fatigué, mais il ne l'était pas. Il se sentait au contraire plein d'une énergie diffuse n'ayant rien à voir avec les bouffées d'adrénaline qui le galvanisaient, quand il avait à combattre un incendie, ou le rendaient euphorique, quand il en sortait indemne. Il était persuadé d'être sur le point de vivre un moment crucial de son existence et c'était cette perspective qui le grisait et le rendait quelque peu fébrile.

S'il s'y prenait bien, il pouvait en effet espérer trouver ce qu'il cherchait en vain depuis toujours. Un don du ciel qu'il ne méritait sans doute pas encore…

Mon propre foyer. Ma propre famille…

Une femme, des enfants… Un bonheur que ses proches avaient fini par trouver, l'un après l'autre, quand lui devenait, au fil des ans, l'exception dans son petit cercle d'amis et de familiers. Le dernier célibataire. Le dernier solitaire.

Il était resté à Chicago trop longtemps ; il n'avait rien fait pour empêcher la femme dont il avait rêvé pendant des années d'épouser un autre homme. Il s'était mis en quête d'un autre amour, mais n'avait rencontré aucune femme qui puisse rivaliser, même de loin, avec l'objet de tous ses désirs d'alors.

Jusqu'à cette nuit d'avril, deux ans et demi auparavant, où Olivia lui était tombée dans les bras.

Et moi, j'ai réussi à tout gâcher.

Or, par un heureux coup du hasard, il tenait l'occasion de se racheter et de gommer l'impair qu'il avait commis — car il en avait forcément commis un —, même s'il ne s'en souvenait pas. Et cette fois, il ne ferait pas de gaffe.

En rentrant chez lui et en inspectant les lieux du regard comme à son habitude, il se rappela que les murs du hall figuraient en priorité sur la liste des travaux de peinture qu'il lui restait à effectuer.

Il avait acheté cette vieille bâtisse sur un coup de tête, sept mois auparavant, à son amie Eve. La jeune femme y avait vécu, avant de trouver son prince charmant, qu'assurément elle méritait. Elle lui avait demandé son aide pour réparer le toit qui fuyait, afin de la mettre en vente. Il avait réparé les fuites, puis avait décidé d'y rester, pour toutes sortes de raisons. La plus forte étant sa rencontre inopinée avec Olivia, dans une chambre d'hôpital, après que ce tueur psychopathe l'eut agressé au volant de sa voiture, le poussant dans un ravin. Ce jour-là, cela faisait deux ans qu'il ne l'avait pas revue et il avait fini par se convaincre que sa rencontre avec elle n'avait été qu'un rêve.

Mais aux premiers effluves de son parfum de chèvrefeuille, il avait su qu'il n'avait pas rêvé.

Alors, il avait décidé de rester et de refaire sa vie dans cette ville. D'y bâtir quelque chose qui soit pleinement à lui. En sept mois de travaux ininterrompus, il avait transformé cet immeuble un peu délabré de dix appartements en un petit bijou que bien des bobos auraient tout donné pour posséder. C'était d'ailleurs son projet, au départ. Retaper cet immeuble pour le revendre avec un bénéfice, puis recommencer la même opération ailleurs. En regardant les noms soigneusement peints au pochoir sur la rangée de boîtes à lettres en chêne, il ne put réprimer un sourire.

Les choses ne s'étaient pas exactement passées comme prévu. Mais il préférait ainsi. Il gravit au trot les marches qui le séparaient de son loft au deuxième étage, réfléchissant au carrelage de sa cuisine, qu'il avait laissé en plan. Il avait le temps de s'y remettre, en attendant le coup de fil d'Olivia. Il éprouvait un besoin impérieux de s'occuper, sous peine de perdre la tête.

— David ? appela une petite voix qui ressemblait plus à celle d'une enfant qu'à celle d'une mère de famille.

Malheureusement, Lacey était l'une et l'autre.

Il se pencha par-dessus la rambarde, vers le palier du premier étage où se tenait la jeune fille, un bébé dans les bras.

— Salut, Lacey ! Quoi de neuf ?

— C'est le frigo. Il ne marche plus. Je sais que tu reviens du boulot et je ne t'aurais pas dérangé, mais Mme Edwards a insisté pour que je te prévienne. Désolée…

— Ça ne me dérange pas.

Il redescendit l'escalier et pénétra dans l'appartement. Il n'avait pas tout à fait fini de le rénover, même s'il était vivable. Des jouets jonchaient le sol et des boîtes de lait maternisé étaient empilées dans un coin. Mais l'endroit était propre, même si, à ce moment, il y régnait une odeur persistante de vomi de bébé. Mme Edwards dirigeait sa maisonnée d'une main ferme, et chacune des jeunes mères célibataires qu'elle hébergeait devait faire sa part de tâches ménagères. Mais même Mme Edwards ne pouvait empêcher un bébé de rendre son repas.

David ouvrit le réfrigérateur et soupira. Il était en panne, effectivement.

— Vos aliments vont se gâter.

Lacey baissa la tête et demanda humblement :

— Tu peux le réparer ?

— Non. Ce frigo est bon pour la casse. J'en ai un tout neuf en réserve, mais j'aurais préféré terminer le carrelage du sol d'abord. Mais, bon… J'apporterai le nouveau frigo demain. En attendant, on va transporter vos denrées périssables dans le mien, là-haut. Où est Mme Edwards ?

— Elly avait rendez-vous chez le médecin et comme Tiffany n'a pas encore passé son permis de conduire, Mme Edwards a dû l'accompagner avec sa voiture.

Elle lâcha un soupir théâtral et ajouta :

— Tiffany a encore loupé l'examen du permis !

David tressaillit.

— Quoi ? Encore ? Et Elly, qu'est-ce qu'elle a ?

— Rien de spécial. Ce n'est qu'une consultation pédiatrique de routine. Le médecin doit aussi lui faire quelques vaccins…

— Tant mieux.

Il tendit les bras et, sans la moindre hésitation, Lacey y déposa son bébé. C'était un petit garçon vraiment mignon.

— Tu as décroché ce boulot, chez Martino ?

— Oui, répondit la jeune fille, avec un large sourire. Il faut que je travaille le soir, mais les pourboires sont élevés et comme ça, pendant la journée, je pourrai préparer mon bac en candidate libre. Merci de m'avoir recommandée ! Je crois que ça a bien servi.

Comme si la bonne humeur de sa mère était contagieuse, le bébé se mit à rire de bon cœur, ce qui arracha un sourire attendri à David. Le bambin lui rappelait combien ses neveux et ses nièces lui manquaient. Il déposa un baiser sur la joue dodue du bébé et le rendit à Lacey.

— Ils seront corrects avec toi, dans ce resto…

Martino était un restaurant italien géré par la famille d'un collègue de la caserne.

— Je vais monter la nourriture qu'il y a dans votre frigo. Mme Edwards a la clé de chez moi, au cas où je m'absenterais.

Quelques minutes plus tard, les bras chargés de sacs remplis d'aliments divers et variés, David dut jongler avec sa clé pour l'introduire dans la serrure. Il poussa la porte de l'épaule, trébucha lorsqu'elle s'ouvrit en grand, révélant une femme assise à la table de la salle à manger, une tasse de café à la main. David la fixa un instant, avant de sentir un sourire lui fendre le visage.

— Maman ?

Sa mère reposa sa tasse brusquement, se leva d'un bond et traversa la pièce pour l'accueillir à bras ouverts.

— Tu m'as manqué, chuchota-t-elle, en l'enlaçant vigoureusement.

— Toi aussi, tu m'as manqué !

Elle fit un pas en arrière, en tamponnant ses yeux humides.

— Laisse-moi te regarder…

Il posa les sacs de nourriture sur la table et ouvrit obligeamment les bras. Elle le toisa de la tête aux pieds et hocha la tête, satisfaite.

— Que fais-tu ici ? lui demanda-t-il. Je suis content de te voir, mais je ne t'attendais pas avant deux semaines. Je ne suis pas prêt pour la décoration. Je comptais t'appeler dès que j'aurais eu terminé les sols.

Sa mère avait un don pour le choix des couleurs, et elle mourait d'envie de l'aider à rénover l'immeuble. Il lui avait promis qu'elle pourrait choisir les tapis, les rideaux, les meubles et les bibelots, comme elle l'avait fait avec tant de goût dans la maison où David avait grandi.

— Grace a fait ses débuts à la maternelle, dit-elle. Et maintenant que le plus jeune de mes petits-enfants va à l'école, je ne sais plus quoi faire de mes matinées. Alors je suis venue voir ce que tu devenais.

— Tu aurais dû appeler. Je t'aurais laissé une clé ou je serais allé te chercher à l'aéroport…

Elle fronça légèrement les sourcils.

— Je suis venue en voiture de Chicago. Qu'est-ce que tu crois ? Je ne suis pas si vieille !

— Ça, c'est bien vrai, fit une voix dans le coin cuisine.

David se retourna.

— Glenn ? Qu'est-ce que tu fais chez moi ?

— David ! le réprimanda sa mère. M. Redman a la clé de ton loft et c'est grâce à lui que j'ai pu entrer.

— Je ne lui reproche pas d'être entré chez moi, mais d'être à cet endroit-là…

David passa de l'autre côté du bar et découvrit Glenn Redman, accroupi sur le sol, en train d'aligner méticuleusement des carreaux sur une couche de colle fraîche. La lumière crue d'une ampoule nue se reflétait sur son crâne chauve.

— Tout va bien ? lui demanda David.

Glenn lui lança un regard mauvais.

— Je vais très bien, merci, bougonna-t-il. Et je sais très bien aussi ce que je suis capable de faire !

David examina les carreaux que le vieil homme avait disposés sur le sol, en un motif géométrique élaboré.

— Pas mal, approuva-t-il.

— Tu veux dire que c'est un sacré bon boulot, fiston ! grogna Glenn. C'est mieux que ce que tu étais en train de faire. Reconnais-le !

— C'est vrai. Je le reconnais… Merci.

— Ah, quand même ! C'était donc si dur à dire ?

Glenn lui tendit la main et David l'aida à se relever, ne le lâchant que lorsqu'il le sentit bien stable sur ses appuis. Son locataire arrivait au terme d'une longue série de séances de chimiothérapie et son pronostic vital était favorable, mais il n'avait pas encore recouvré l'énergie dont il faisait montre lorsque David l'avait rencontré à la caserne, sept mois auparavant — une semaine ou deux seulement avant que les médecins ne diagnostiquent une tumeur et juste un mois avant qu'il ne devienne son premier locataire payant. D'ailleurs, la question du loyer était toute relative.

Proche de l'hôpital où Glenn suivait son traitement, le petit immeuble était idéalement situé, alors que le petit chalet lacustre où Glenn vivait depuis son départ à la retraite était trop éloigné du centre-ville. Ils avaient donc conclu un arrangement : tant que Glenn habiterait dans l'immeuble, David pourrait utiliser son chalet et avoir accès au lac, où abondaient les perches.

— Mais non, je n'ai aucun mal à le reconnaître, protesta David. Je déteste poser du carrelage, en fait.

Il se tourna vers sa mère et ajouta :

— Ne crois pas un mot de ce qu'il dit. C'est un fieffé menteur !

Elle était en train d'inspecter les sacs de nourriture.

— Que fais-tu avec tous ces biberons ?

Glenn tendit la main, jubilant.

— Dix !

Les yeux mi-clos, David sortit son portefeuille et fit claquer un billet de dix dollars dans la main du vieil homme.

— Il n'y a vraiment pas de quoi prendre cet air triomphant ! Glenn a parié avec moi que le vieux frigo du 2A ne durerait pas plus d'une semaine, expliqua-t-il à sa mère. J'espérais qu'il tienne le coup jusqu'à ce que j'aie terminé de carreler le sol.

Elle le repoussa doucement et entreprit de ranger les aliments dans le réfrigérateur.

— Il y en a, des bébés, au 2A, à ce que je vois ! dit-elle.

— C'est une vraie pouponnière là-dedans, fit Glenn. Mme Edwards héberge des filles mères, vous savez…

— Et Glenn joue avec les bébés quand il croit que personne ne le regarde, se moqua gentiment David.

— Eh bien, la maison est bien remplie ! Tous ces noms, sur les boîtes à lettres, ça m'a un peu étonnée, David. Je ne croyais pas qu'il y aurait déjà des locataires.

David haussa les épaules.

— Ce n'était pas mon projet, au départ. Mais ces gens avaient besoin d'un toit. Et moi, j'ai plein de place. J'aurais trouvé honteux de refuser.

— Ce garçon est trop bon, marmonna Glenn.

Sa mère lui adressa un large sourire.

— Où puis-je dormir ? Tu n'as pas beaucoup de meubles, apparemment.

Un lit, et rien de plus.

— J'attendais que tu les choisisses. Mais tu peux coucher dans mon lit. J'ai un matelas pneumatique et…

— David ? David, tu es là ?

C'était une nouvelle voix, provenant de la porte d'entrée, restée ouverte. Une voix qui semblait pleine de reproche. Un instant plus tard, une grande et belle femme aux cheveux noirs fit son entrée.

— Il faut que je te parle… Maintenant. S'il te plaît.

La mère de David consulta Glenn du regard, lequel se contenta de hausser les épaules d'un air perplexe.

— Je ne l'ai jamais vue, celle-là, murmura-t-il.

— Maman, je te présente Paige Holden. Paige, voici ma mère et mon locataire, Glenn Redman. Paige est une habituée du dojo… Et, normalement, elle est très polie, ajouta-t-il, en fronçant les sourcils en direction de la jeune femme. Que me vaut cette entrée intempestive ?

Paige inspira profondément, pour se calmer.

— C'est un plaisir de vous rencontrer tous les deux, dit-elle. Excusez mon irruption. Je ne savais pas que David avait de la visite.

La mère de David semblait fascinée.

— Je suis toujours heureuse de rencontrer les amis de mon fils…

— Et c'est tout ce qu'elle est, maman, intervint David, avant que sa mère ne s'imagine des choses. Une amie. C'est aussi ma partenaire d'entraînement au karaté. Elle me casse la figure tous les jeudis et tous les mardis, quand je ne suis pas de service.

— Alors, vous aussi, vous êtes ceinture noire ? demanda sa mère.

Paige hocha la tête.

— Oui, madame. Et je donne des cours d'autodéfense aussi… David est mon assistant. C'est notre *uke*.

— Celui qui subit l'exercice, en japonais, traduisit David. Paige me casse la figure en guise de démonstration et ensuite, ses élèves me cassent la figure à tour de rôle !

Il espérait ainsi détendre un peu l'atmosphère.

— Il faut pouvoir accorder la plus grande confiance à son *uke*, reprit Paige d'un ton plein de sous-entendus. On doit pouvoir s'en remettre entièrement à son sang-froid. Et on attend de lui qu'il soit *honnête*.

— Hum, dit la mère de David. Je vois que vous avez des choses à vous dire… Je vais finir de ranger ces aliments avec Glenn, et ensuite on vous laissera causer tranquillement tous les deux.

— Merci.

Quand ils furent seuls, il demanda, sans la moindre trace de politesse dans la voix :

— Qu'est-ce qui se passe, Paige ?

Les poings sur les hanches, elle répliqua :

— Tu t'es servi de moi, espèce de faux jeton !

— Comment ça ?

— Olivia est venue à la salle de sport, ce matin…

David tressaillit.

— Ça faisait longtemps qu'elle n'y était pas allée.

— Ce que tu sais bien, puisque tu as lu le registre ! Rudy m'a tout raconté. Il m'a aussi avoué que tu lui parlais souvent d'Olivia et que tu lui posais des questions à son sujet. Il t'a dit qu'elle et moi étions de vieilles amies.

— Rudy est une fouine, marmonna David.

Paige esquissa un imperceptible sourire.

— Olivia m'a dit exactement la même chose. Pourquoi tu ne m'as pas parlé d'elle, David ? Pourquoi tu ne m'as pas dit que tu la connaissais ? Tu savais que c'était mon amie et tu ne m'en as jamais dit un mot. Tu t'es servi de moi en espérant l'atteindre.

— Ce n'est pas du tout ce que tu crois…

Il lâcha un soupir accablé et ajouta :

— J'ai rencontré Olivia à un mariage.

— Je sais. Au mariage de sa sœur Mia, il y a deux ans et demi. Et vous avez passé une nuit ensemble. Elle m'en a vaguement parlé, une fois, mais sans me donner ton nom.

Elle haussa le ton pour demander :

— Pourquoi est-ce que tu ne l'as jamais rappelée ?

— Pas si fort, Paige ! Ma mère a de grandes oreilles. J'ai rencontré Olivia à un dîner de répétition, la veille du mariage. J'étais assis sur le parvis de l'église, en train de me dire que je n'assisterais ni à la répétition, ni au mariage lui-même…

Paige plissa les yeux d'un air soupçonneux.

— Pourquoi ?

— Parce que c'était encore un mariage d'où je repartirais seul. Encore plus seul…

— Tu veux me faire croire que tu as du mal à trouver des femmes ? Toi ? Je t'en prie…

Il éclata d'un rire sans joie.

— Et toi… regarde-toi ! Tu es ravissante. Sympa comme tout. Enfin, le plus souvent… Tu t'es trouvé un mec bien, peut-être ?

Les épaules de Paige s'affaissèrent.

— O.K. ! O.K. ! Un à un, balle au centre…

— Eh bien, ma chère, tu n'es pas la seule, dit-il avec une pointe d'amertume dans la voix. Nous avons tous nos petits défauts…

Elle soupesa le bien-fondé de cette assertion.

— Soit… Mais pourquoi t'es-tu servi de moi ? Pourquoi moi ?

— Eve suivait tes cours d'autodéfense, au dojo. Elle m'a dit que tu étais douée. Alors j'y suis allé et je t'ai rencontrée. L'ambiance du club m'a plu, et je me suis inscrit. Je ne savais pas que tu connaissais Olivia, à l'époque.

— C'est Olivia qui a recommandé mon cours à Eve.

— Un jour, j'ai vu le nom d'Olivia sur le registre de la salle de sport. Comme ça m'a un peu surpris, j'en ai parlé à Rudy. Il m'a appris qu'elle venait régulièrement et que vous étiez amies. A partir de là, j'ai laissé les choses se faire. Je regardais le registre de temps en temps et Rudy me renseignait sur Olivia.

Paige haussa les sourcils, en soupirant.

— C'est vraiment une fouine, celui-là !

— Je préfère le terme d'« informateur confidentiel ».

Cette remarque fit naître un sourire sur les lèvres de Paige.

— Qu'est-ce qui te fait sourire comme ça ?

— Figure-toi que c'est exactement ce que j'ai dit à Olivia ce matin ! Donc, tu l'as rencontrée à un mariage, elle t'a plu, vous avez fait la bête à deux dos… Et ensuite, tu ne l'appelles pas, tu fais le mort… Ce n'est pas très sympa, ça, David. Pas très digne de l'homme que je connais…

— C'est elle qui est partie pendant que je dormais ! Je me suis réveillé et elle n'était plus là. Sans me laisser un mot d'explication, rien. Et puis je l'ai appelée, contrairement à ce que tu dis. Mais le numéro que j'ai trouvé sur l'annuaire électronique n'était plus valide.

— C'est à cette époque qu'elle a déménagé, en effet. Mais tu aurais pu demander son numéro à sa sœur…

David songea à Mia. C'était l'une des rares personnes qui savaient qu'il avait été amoureux d'une autre femme.

— Ça aurait été… compliqué…

— Parce que tu as couché avec Mia aussi ?

L'indignation perçait dans la voix de Paige.

— Mais non ! Où est-ce que tu vas chercher tout ça ? Je n'ai pas couché avec Mia. Et je n'ai peut-être même pas couché avec Olivia, à proprement parler. Ce qui s'est passé entre elle et moi ne regarde que nous, quoi qu'il en soit. J'espérais qu'elle m'appellerait. Comme elle ne m'a jamais donné aucun signe de vie, j'imagine qu'elle regrette ce qui s'est passé.

— C'est ce qu'elle dit, elle aussi.

— Et tu crois que c'est vrai ?

— Ça, il faudra que tu lui demandes toi-même. Pourquoi es-tu venu à Minneapolis ? Je veux la vérité, David…

— Eve a eu besoin de moi pour réparer son toit. J'attendais une sorte de… je ne sais pas… un signe du destin… Juste après mon arrivée ici, Eve se fait agresser. Et moi, je manque d'être tué par un tueur en série… Et c'est Olivia qui est chargée de l'enquête…

— Pour un signe du destin, c'en est un, fit observer Paige.

— Tu l'as dit ! J'aurais dû quitter Chicago longtemps avant. Mais il y avait là-bas une femme… Dana…

— Elle est morte ?

— Non. Elle a rencontré quelqu'un d'autre.

Paige soupira.

— Je sais ce que c'est, dit-elle. Ça m'est arrivé aussi… Ensuite ?

— Ensuite, rien. Dana est heureuse avec son mari. Elle n'a jamais su ce que je ressentais pour elle. Elle n'a d'ailleurs jamais partagé mes sentiments… Je me suis éloigné d'elle. Mais pas assez. Nos familles sont liées. Les anniversaires, les vacances, autant d'occasions de la revoir, que je ne pouvais éviter.

— Ce prénom me dit quelque chose. Elle était au mariage, elle aussi, non ?

— Oui. C'était la demoiselle d'honneur de Mia. J'étais content de ne pas connaître le fiancé de Mia assez bien pour qu'il me demande d'être son garçon d'honneur.

— Oui, ça t'aurait fait bizarre.

— C'est le moins qu'on puisse dire. Ça faisait donc un certain temps que je voulais quitter Chicago, mais j'y avais mon boulot, ma famille. Eve m'a fourni l'occasion que j'attendais pour sauter le pas.

Elle l'avait mis au défi de cesser de se terrer, d'arrêter d'assister en spectateur au bonheur d'autrui. Et elle avait eu raison.

— Donc, tu as emménagé à Minneapolis… Mais ce que je ne comprends pas, c'est pourquoi tu n'as pas appelé Liv, depuis sept mois que tu y habites.

— Dès mon arrivée, j'ai su par Eve qu'Olivia était en train d'exhumer par dizaines les cadavres qu'un tueur en série avait enterrés dans une fosse à chaux. Elle devait aussi informer une à une les familles des victimes… Eve m'a confié qu'Olivia devenait de plus en plus sombre et renfermée. Alors j'attendais qu'elle se sente mieux, qu'elle soit moins stressée. J'aurais voulu me présenter à sa porte et…

Il inspira profondément, comme s'il était sur le point de se jeter à l'eau.

— Reprendre les choses là où nous les avions laissées. Mais au fil des semaines, elle paraissait sombrer de plus en plus dans la déprime et ça ne semblait jamais le bon moment pour que je me manifeste… Eve lui avait appris que j'avais acheté cet immeuble. Olivia en connaît parfaitement l'adresse… Je me suis dit qu'elle saurait où me trouver, quand elle serait prête. Si, bien sûr, elle en avait envie. J'attends. Je peux être très patient, tu sais…

— Sept mois ? Je ne te crois pas. Dis-moi la vérité, David !

Il ferma les yeux. Il n'était pas certain de pouvoir affronter la vérité.

— La vérité, c'est que je ne me souviens pas bien de ce qui s'est passé entre nous, cette nuit-là.

— J'ai du mal à te croire. Tu as une excellente mémoire. Tu te souviens de tout ce que tu vois et de tout ce que tu lis. Comment se fait-il que tu ne te souviennes pas de cette nuit ?

— J'avais trop bu. Tu sais que je ne me soûle jamais, d'habitude. Jamais !

Depuis cette nuit fatale, près de vingt ans auparavant… Cette nuit où de nombreuses vies avaient été dévastées.

Mais une vie entière de rédemption n'avait le pouvoir de ramener les défunts à la vie…

— Je ne sais pas pourquoi Olivia est partie comme ça, en catimini. Je ne sais pas ce que j'ai pu faire ou dire de déplaisant.

— Je peux te donner un conseil ?

Le regard de Paige s'était adouci.

— Pourquoi pas ?

— Olivia est capable d'encaisser tout ce que tu viens de me dire. Elle peut t'aider à affronter les démons qui te rongent. Dis-lui la vérité. Et laisse-la décider si vous pouvez reprendre les choses où vous les avez laissées. David, tu ne peux pas te charger de toute la misère du monde… En essayant de la protéger, tu es parvenu à l'inverse. Tu l'as blessée.

— Ce n'était pas mon intention, bien au contraire. Elle vient d'ailleurs d'accepter de me parler.

— C'est bien.

Elle se dressa sur ses talons et déposa un baiser sur sa joue.

— Bonne chance ! Aie confiance en toi !

Il secoua la tête.

— Je n'y arrive pas. L'enjeu est trop important…

— Il va pourtant bien falloir que tu t'y mettes. On se voit demain au dojo. Et ne t'inquiète pas…

Elle posa son index dressé sur ses lèvres et ajouta :

— … Je n'en parlerai à personne. Il faut que je rentre, maintenant. Ma pause déjeuner est terminée.

6

Lundi 20 septembre, 12 h 15

— Tu es complètement dingue ou quoi ?

Albert recula d'un pas, les mains tendues en avant, comme s'il voulait se protéger d'une attaque.

Les yeux rougis par les larmes, Mary était assise sur l'herbe, devant la bibliothèque.

— Eric… Joel est mort, dit-elle d'une voix affaiblie par le chagrin. Comment oses-tu suggérer une chose pareille, en un tel moment ?

La mort de Joel avait fourni l'argument dont Eric avait besoin pour convaincre ses acolytes d'incendier l'entrepôt.

Juste ce coup. Pour gagner du temps, endormir la méfiance du maître chanteur… Et demain, on se tire !

Il avait prévu de leur parler de la vidéo, après l'incendie.

Il s'était renseigné. L'usine appartenait à un dénommé Tomlinson, qui vendait des équipements de plomberie. Il devait avoir fait quelque chose de grave pour s'attirer ainsi la vengeance du maître chanteur.

— Albert, arrête de faire les cent pas comme un forcené et reviens par ici ! Tu vas finir par nous faire remarquer !

Eric s'assit à côté de Mary et lui prit doucement la main.

— Ecoute-moi, Mary… Sur la liste de cibles qu'avait

dressée Joel, l'entrepôt de Tomlinson venait immédiatement après la résidence du lac.

Ce qui était parfaitement faux, mais Joel n'était plus là pour démentir.

— Il vend du matériel de plomberie. Quel rapport avec les zones humides et la faune sauvage ? Joel ne m'en a jamais parlé.

— Il m'en a parlé, à moi, et plein de fois..., mentit encore Eric, d'un ton doucereux. Tomlinson est l'un des actionnaires de KRB. Le plus gros, en fait.

C'était faux, bien entendu. Mais il tablait sur l'incapacité des deux autres à le vérifier.

— Si KRB poursuit son projet, ce sera avec le fric qu'il leur donne.

— Tu es vraiment cinglé, marmonna Albert. Recommencer tout de suite ? Comme ça ? Après ce qui s'est passé la nuit dernière ?

— C'est le meilleur moment, au contraire ! Qui sait ce que Joel a bien pu raconter à ses parents, ou ce qu'ils sont allés s'imaginer... Il revient chez lui, complètement bouleversé. Il parlait souvent de sauver les zones humides, et voilà que la nouvelle de l'incendie passe en boucle à la télé. On a tous pris des douches, mais nos vêtements continuaient à puer la fumée. Les Fischer ne sont pas stupides. Si on ne met pas en œuvre immédiatement une autre action, ils comprendront que c'est Joel qui a mis le feu à la résidence. Mais si on frappe de nouveau, ils en déduiront que leur fils n'avait rien à voir là-dedans.

— Mais toi, ils te soupçonneront, fit remarquer Albert d'un ton glacial. Tu étais son ami...

Tu parles d'un ami... Un ami qui a donné l'ordre à cette brute d'Albert de l'éliminer.

— Non, ils ne me soupçonneront pas, dit-il d'un ton

catégorique. M. Fischer dit que je n'ai aucune imagination. Aucune passion. Que je suis un matheux sans âme. L'hypothèse lui paraîtra parfaitement saugrenue. Il dira au contraire que j'étais la seule personne un peu saine à fréquenter Joel. Et il ajoutera même que c'est grâce à moi, si Joel ne fonçait pas tête baissée au service des diverses causes qu'il a embrassées.

— Je me demande ce qui s'est passé, gémit Mary. Joel était bouleversé, la nuit dernière, c'est vrai… Mais il n'avait pas l'air… Tu sais bien…

— Non, je ne sais pas, s'impatienta Albert. Il n'avait pas l'air quoi ?

— Suicidaire. La chaussée n'était pas mouillée et il faisait jour. Je crois qu'il a foncé dans cet arbre délibérément. Si j'avais su qu'il voulait se supprimer, je ne l'aurais jamais laissé seul…

Eric n'osait pas regarder Albert.

— C'était un accident, Mary, comme pour la fille de la résidence, dit-il doucement. Aucun de nous ne voulait lui faire de mal. C'était un accident…

Mary se prit la tête à pleines mains.

— Je n'arrive pas à regarder les infos : je ne supporterai pas d'apprendre le nom de cette fille. J'ai beau essayer de l'oublier, je n'arrête pas de la revoir, en train de hurler derrière la vitre.

Un frisson parcourut l'échine d'Eric. Lui aussi était obsédé par cette vision. Mais la bonne nouvelle, c'était que si Mary ne regardait pas les infos, elle n'avait pas pu entendre parler de la mort du vigile.

— Ecoute, Mary. Pense à ce qui révoltait Joel. Ce qui te révoltait tant, toi aussi. Ces zones humides où la faune et la flore sauvages sont menacées d'extinction… Notre biosphère qui risque de disparaître à jamais…

Il exhalait la sincérité, parlait avec des trémolos dans la voix. La veille encore, il aurait cru jusqu'au moindre mot de son discours altruiste. Il aurait vibré d'enthousiasme. Aujourd'hui, il ne cherchait qu'à se dépêtrer d'une situation qui risquait de lui coûter très cher.

— Nous avons mis un coup d'arrêt à leurs ravages, mais ce n'est qu'un coup d'arrêt temporaire ! Avec les fonds versés par Tomlinson, KRB reconstruira. En plus grand peut-être. Ce qui voudrait dire que tous nos sacrifices auront été vains. Que Joel sera mort pour rien. C'est ce que tu veux ?

Mary secoua la tête.

— Non, murmura-t-elle.

— Il aurait voulu qu'on le fasse, ce coup. Tu le sais. Nous lui devons bien ça.

Mary se figea.

— Que faut-il faire, au juste ?

Eric réprima un soupir de soulagement et répondit :

— On se retrouve au parking, au même endroit que la dernière fois. Tomlinson a un chien de garde. Il faudra apporter des steaks imprégnés de somnifère.

Eric vit Mary tressaillir. Il s'empressa d'ajouter :

— Pour l'endormir, Mary, pas pour le tuer… J'ai bien des décontractants musculaires assez puissants, mais ces cachets sont périmés depuis longtemps…

— J'ai des somnifères, moi. Mais on est bien d'accord… Juste pour le faire dormir ?

— Absolument, lui assura Eric.

Elle redressa les épaules.

— L'enterrement de Joel aura lieu demain, annonça-t-elle.

— Demain ? Déjà ? Ah oui… C'est le rite juif orthodoxe, c'est ça ?

— Oui, le corps doit être enterré dans les vingt-quatre

heures qui suivent le décès. J'aimerais bien y aller, mais si j'y vais seule, ses parents vont piquer une crise. Tu viendras avec moi ?

Si je suis encore dans ce pays...

— Bien sûr. Va te reposer, maintenant. Et ne regarde pas les infos. Inutile de retourner le couteau dans la plaie.

Il la regarda s'éloigner, puis se tourna vers Albert.

— Tu en es ?

Albert regarda droit devant lui.

— Qu'est-ce qu'il sait, au juste ? demanda-t-il.

— Qui ça ?

— Le mec qui a tué le vigile. Il nous a vus. C'est lui qui veut nous obliger à commettre cet acte absurde...

Son accent québécois s'était fait plus prononcé, comme toujours quand il se laissait gagner par l'émotion. Eric trouvait ça plutôt attendrissant, habituellement. Mais pas ce jour-là.

— Je ne vois pas d'autre explication à ta proposition ridicule. Alors, qu'est-ce qu'il sait ? insista Albert.

Que lui répondre d'autre que la vérité ?

— Il a une vidéo. Tout est filmé. Il y a des gros plans sur nos visages et sur celui de la fille, à la fenêtre. On te voit aussi en train d'assommer Joel et on nous voit tous les deux en train de le porter vers la sortie...

— Alors on est à sa merci ?

— C'est ça ou la cavale...

— Mais où irions-nous ? Le monde est devenu un village !

Eric tenta de sourire, mais ne parvint qu'à afficher un pâle rictus.

— En France, par exemple... La justice française refuse d'extrader, lorsque le fugitif risque la peine de mort. Et puis, tu parles français...

— Ici, on est dans le Minnesota. Il n'y a pas de peine

de mort. On risque seulement la prison à vie. Quand donc comptais-tu me mettre au courant, *mon ami* ?

Il prononça ces deux derniers mots en français, d'un ton plein de mépris.

— Cette nuit… Après l'incendie. J'avais besoin de temps. Je savais que, si on refusait de lui obéir, il aurait envoyé la vidéo aux flics et aux médias. J'aurais été piégé.

— Tu ne penses qu'à toi, murmura Albert. Tu as pris tes décisions tout seul… Et mon libre arbitre ?

— Tu aurais agi de la même manière.

Pendant un moment, Albert ne dit rien. Lorsqu'il se remit à parler, ce fut d'un ton glacial.

— Moi, je ne t'aurais jamais caché un truc aussi grave ! Et sache que je n'ai pas l'intention de me mettre en cavale. Ce type, comment est-ce qu'il te contacte ?

Eric sortit le téléphone jetable et le MP3 de sa poche.

— Il m'a envoyé un SMS sur mon téléphone perso, et ensuite il m'a indiqué où récupérer ce lecteur et ce portable jetable.

— Tomlinson n'est pas actionnaire de KRB…

— Non.

— Ce n'était pas une question, Eric. Tu crois que je suis assez con pour ne pas avoir vérifié ? Avant d'accepter de participer à cette expédition, j'ai consulté la liste des actionnaires de KRB. Je voulais m'assurer que ton père ne figurait pas sur cette liste et ne subirait pas de dommages financiers. J'avais peur qu'emporté par ton zèle écolo, tu ne mordes la main qui te nourrit.

— Et qui te nourrit aussi !

Le visage d'Albert demeura impassible.

— Tu ne t'es jamais demandé pourquoi j'ai accepté ?

— J'ai cru que tu y croyais…

— A quoi ? A la sauvegarde d'un lac et de quelques

nids d'oiseaux ? Mon pauvre ! Tu es vraiment à côté de la plaque ! Je croyais en ton avenir, Eric. Je pensais que si tu surmontais cette… obsession, tu serais capable de passer à autre chose. Et je voulais être sûr qu'il ne t'arrive rien de grave… Alors j'ai fait ce qu'il fallait faire.

— Je suis désolé… Je ne voyais pas les choses comme ça…

— Non, évidemment ! Maintenant, c'est à mon tour de réfléchir. Dis-moi tout ce que tu sais. Il faut absolument démasquer ce maître chanteur.

— Et ensuite ?

Albert haussa les épaules, désabusé.

— On le tue. Ça ne fera qu'un cadavre de plus…

— Et ensuite ? demanda Eric une nouvelle fois.

— Ensuite, je me casse. Tu te trouveras un autre jouet. Ça ne m'intéresse plus d'être avec toi.

Lundi 20 septembre, 12 h 45

— Alors ? Vous avez du nouveau sur ce numéro de série ?

Abbott entra dans la pièce et vint poser une fesse sur le bureau d'Olivia.

— La fille se nommait Tracey Mullen.

Elle déplaça le buste de déesse sur lequel elle conservait son feutre, pour empêcher Abbott de faire tomber l'ensemble par terre.

— Tracey avait seize ans. Son père vit dans l'Iowa, à Council Bluffs et sa mère à Gainesville, en Floride.

— Vous aviez donc raison, pour les Gators…

Il désigna Kane, lequel était en train de tapoter impatiemment sur le téléphone qu'il avait plaqué contre l'oreille.

— Et lui, qu'est-ce qu'il fait ?

— Il est en train de parler avec le père de Tracey. Sourd, lui aussi. Ils utilisent un service relais destiné aux malentendants. Un employé des télécommunications saisit ce que Kane dit et transmet le texte à M. Mullen. Ce dernier saisit sa réponse et l'employé la lit à Kane. Ça prend du temps…

— Qu'est-ce qu'elle faisait à Minneapolis, alors, cette Tracey Mullen ?

— On est en train de chercher. J'ai appelé sa mère en Floride. Elle n'est pas malentendante et c'est elle qui avait la garde de sa fille. Tracey voulait aller vivre avec son père dans l'Iowa et y fréquenter une école pour sourds-muets. Elle assure qu'elle l'a mise dans un avion pour l'Iowa la veille de la fête du Travail*. Elle pensait que sa fille était avec son père. Et le père croyait qu'elle était avec sa mère… Les raisons de la fugue de Tracey ne sont pas très claires, pour l'instant. Personne ne l'a revue, depuis qu'elle est montée dans cet avion. Hier matin, elle a envoyé un SMS à son père pour lui dire qu'elle était avec sa mère, et un autre à sa mère dans lequel elle prétendait être avec son père.

— L'un des deux parents a-t-il signalé des actes de maltraitance de la part de l'autre ?

— La mère n'a parlé de rien, mais si vous voulez mon avis, les parents n'ont pas l'air de communiquer très souvent. Tracey leur servait d'intermédiaire. Nous ne leur avons pas encore parlé des hématomes ni de la fracture du bras. On va interroger les enseignants et les services sociaux, en Iowa et en Floride, pour savoir si quelqu'un a remarqué quelque chose de suspect. Mais ça risque de prendre pas mal de temps.

* La fête du Travail (*Labor Day*), est célébrée chaque année aux Etats-Unis le premier lundi de septembre par un jour férié (NdT).

— Comment vous a paru la mère ?

— Bouleversée… Stupéfaite… Furieuse… Son mari et elle arriveront par le premier avion.

Kane raccrocha à ce moment-là, laissant échapper un long soupir.

— C'est usant, ce système ! Bon, le père va venir. Il devrait être ici en début de soirée. Il avait l'air ravagé par le chagrin. Et il en voulait à son ex-femme d'avoir « foutu Tracey à la porte ». Ce sont ses mots. Mais avec ce système de communication indirecte, j'ai du mal à juger de sa sincérité.

— *Foutu Tracey à la porte ?* répéta Olivia. Ce n'est pas du tout ce que m'a dit sa mère. Elle affirme au contraire que Tracey a insisté pour aller vivre avec son père.

— Le père m'a dit qu'elle détestait la Floride, mais il ne m'a pas dit qu'elle avait demandé à vivre avec lui. Ce serait intéressant de les confronter. Je vais tâcher de trouver un interprète qui signe.

— Et le garçon avec qui elle a eu un rapport sexuel ? demanda Abbott. Une piste ?

— La mère m'a assuré que Tracey n'avait pas de petit copain et qu'elle se concentrait sur ses études. Reste à savoir si c'est exact, ou si c'est ce qu'elle préfère prétendre… Ou encore si elle est naïve…

— Le père m'a dit que Tracey n'avait pas de petit ami parce que sa mère l'obligeait à fréquenter le collège de Gainesville, où elle était la seule sourde et se trouvait complètement isolée, dit Kane à son tour.

Abbott soupira. Décidément, cette enquête n'allait pas être simple !

— Je vais appeler Jessica Donahue. Il me faut l'avis d'une psy sur cette famille. Je croyais que la jeune fille avait un implant qui lui permettait d'entendre ?

— La mère dit que l'implant ne donnait pas de très bons résultats, ce qui arrive assez souvent, apparemment. Tracey n'a été opérée qu'à l'âge de dix ans, après le remariage de Mme Mullen. C'est le beau-père qui a payé l'opération.

Abbott lissa sa moustache broussailleuse d'un air pensif.

— Notre priorité, dit-il, c'est de déterminer l'identité de l'homme avec qui elle était, quand l'incendie s'est déclaré. Je veux que vous vous concentriez sur ce volet de l'enquête pour l'instant.

— Allons interroger les riverains du lac, proposa Olivia. L'un d'entre eux a peut-être vu quelque chose.

— Et du côté du FBI, comment ça se passe ? demanda Kane.

— J'ai appelé l'agent spécial Crawford, mais il n'était pas dans son bureau. J'ai essayé de joindre son chef, auquel j'ai laissé un message.

Cela dit, Abbott se leva et se dirigea vers la porte. Micki sortit alors en trombe de l'ascenseur et s'engouffra dans le bureau, lui barrant le passage.

— Ça fait une heure que j'essaie de vous joindre sur vos portables ! Vous foutez quoi ?

— On a identifié la fille, pour commencer, lui répondit posément Olivia. Et on a parlé à ses parents, aussi. Et toi, tu as du nouveau ?

— J'ai identifié le gel.

Micki tira une chaise vers elle et se laissa pesamment tomber dessus.

— C'est un polymère superabsorbant, à base de polyacrylates de sodium.

— Tu peux traduire ?

— C'est un gel qu'on utilise dans les garnitures de couches pour bébés. On dit aussi SAP… Il s'agit de cristaux dont on garnit les couches-culottes pour les rendre plus absorbantes.

Olivia commençait à sentir les effets de la fatigue. Cela faisait plus de vingt-quatre heures qu'elle n'avait pas fermé l'œil.

— Mais pourquoi ? demanda-t-elle.

— Pourquoi en recouvrir le globe de verre ? Eh bien, parce que ce polymère est également un excellent retardateur de flammes.

— Ça absorbe l'urine et ça éteint les feux. Ça ne guérit pas le cancer, aussi, des fois ? demanda Kane d'un ton ironique.

— Gros malin ! Je n'ai pas trouvé, dans les archives, de cas d'incendiaires qui recouvraient des globes de verre de gel absorbant. SPOT, au temps où ce groupe sévissait, utilisait des morceaux de vêtements ignifugés pour empêcher que les globes n'éclatent ou ne fondent à la chaleur, comme nous l'a rappelé Barlow.

— Donc, nous n'avons pas affaire à une résurrection de SPOT, en conclut Kane.

— Ça ne veut rien dire, objecta Micki. A l'époque, les couches-culottes superabsorbantes existaient déjà, mais on n'avait pas encore découvert que ce polymère était aussi un retardateur de flammes. Cette ignorance peut expliquer qu'ils ne l'aient pas utilisé.

— Ce gel est-il traçable ? demanda Olivia. On peut savoir d'où il vient ?

— Non, hélas ! C'est ce que je voulais vous dire. Ce produit est aussi accessible que n'importe quel paquet de couches-culottes. C'est un article de consommation courante qui se vend dans tous les supermarchés. Sa traçabilité est donc impossible. Beaucoup plus facile à trouver de nos jours, et beaucoup moins cher, qu'un blouson de pompier.

— En voilà une bonne nouvelle, marmonna Abbott.

— Navrée, chers collègues, mais c'est comme ça. Bon, je retourne sur les lieux de l'incendie. On est en train de passer les alentours de la scène de crime au peigne fin et de donner un coup de main aux collègues de la brigade des incendies.

— Quant à Kane et moi, annonça Olivia, on va faire la tournée des riverains avec la photo de Tracey. Je propose qu'on se retrouve tous ici à 17 heures.

Lundi 20 septembre, 13 heures

Son ordinateur portable était caché sous le comptoir. Il y jeta discrètement un coup d'œil. Le téléphone jetable qu'il avait fourni à Eric lui permettait de suivre à la trace ses moindres mouvements. Le jeune homme avait beaucoup circulé dans la matinée, mais il n'avait pas pris la fuite. Il se trouvait toujours en ville. Il était notamment allé chez un boucher. Sans doute pour acheter les steaks dont il se servirait pour endormir le chien de garde de Tomlinson.

Il était déçu par leur manque de prudence et de réflexion. Eric n'avait même pas eu l'idée de vérifier si le téléphone jetable n'était pas bidouillé. Or il l'était et il avait pu, ainsi, entendre toute leur conversation… Il aurait cru Eric plus malin et plus averti, pour un élève ingénieur que l'on disait brillant. Mais il était sans doute trop effrayé, en ce moment, pour agir intelligemment.

La mort de Joel l'avait pris de court. Il se demandait si Joel s'était vraiment suicidé ou s'ils l'avaient aidé à rentrer dans cet arbre… C'était Albert, à tous les coups, qui avait dû se salir les mains.

Ainsi, ils envisagent de me tuer..., songea-t-il. *Encore faudrait-il qu'ils découvrent qui je suis...*

Il dut tout de même rendre justice à Albert : il avait sous-estimé l'intelligence de cette brute. Son plan ne marcherait jamais, bien sûr. Mais c'était quand même plus judicieux que ce qu'avait proposé Eric. Se réfugier en France... Quelle idée !

Mais enfin, ils allaient lui obéir et incendier l'entrepôt.

Entre deux clients, il activa une commande sur son ordinateur et fit apparaître à l'écran le compte bancaire d'Eric. Ce dernier venait de retirer mille dollars à la succursale la plus proche de l'université. Il avait eu la présence d'esprit de retirer cette somme directement auprès de sa banque, ce qui n'avait pas dû intriguer le caissier. Eric retirait régulièrement mille dollars. Lorsqu'il s'en était aperçu, il s'était demandé ce que le jeune homme pouvait bien faire de tout ce liquide.

Puis il avait appris le rôle qu'Albert jouait dans sa vie, et il avait compris où passait tout cet argent. Albert lui avait pourtant annoncé qu'il souhaitait mettre fin à leur liaison, mais il aurait sans doute du mal à renoncer à une rente pareille.

Il vérifia le téléphone-espion qu'il avait remis à Barney Tomlinson. Le dernier message qu'il lui avait adressé était fort simple :

Paie ou je te balance.

Tomlinson comptait parmi les rares victimes de ses chantages qu'il avait mal jaugées au départ. Il avait cru que l'industriel le prendrait au sérieux. Mais ses chantages ne donnaient rien avec lui et il lui avait bien fallu changer d'avis à son sujet. A l'évidence, Barney n'avait pas cru qu'il mettrait ses menaces à exécution et révélerait sa liaison extraconjugale à son épouse. Barney Tomlinson avait amassé une modeste fortune au cours des dernières années et, selon ses sources, Mme Tomlinson n'avait pas signé de contrat de mariage.

Il fut un peu surpris de constater que cette fois, Tomlinson avait répondu à son message.

> Ma femme est au courant. Elle demande le divorce. Que pouvez-vous faire de plus.

Il sourit d'un air mauvais.

Oh, mais bien des choses, mon petit Barney… Je peux encore te nuire d'une autre manière. Tu vas voir…

Il se fondait dans le paysage depuis tant d'années qu'il s'était habitué à ce qu'on ne prête aucune attention à sa présence. Il se servait d'ailleurs à son avantage de cette sorte d'invisibilité.

Si Tomlinson avait payé, lorsqu'il l'avait sollicité initialement, il aurait gardé le gros de sa fortune — du moins, dans un premier temps. A présent, non seulement Mme Tomlinson allait recevoir la moitié de cette fortune grâce à son divorce, mais, en outre, elle aurait tout le reste. Plus les dix millions de prime de l'assurance sur la vie que Tomlinson avait souscrite au nom de sa femme.

Quant à moi, pour une fois, je ne toucherai pas un centime.

Mais cela ne le dérangeait pas. Car il obtiendrait de solides compensations… *Primo :* la satisfaction que lui procurerait la mort de Tomlinson dans d'affreuses souffrances. *Deuzio :* la satisfaction de voir Mme Tomlinson vengée des infidélités de son mari. *Tertio :* une vidéo qui servirait d'incitation aux pigeons réticents. Et *quarto* : un moyen de pression accru sur Eric, Albert et surtout Mary. La douce Mary… Et cette perspective lui réchauffait le cœur !

*
* *

Lundi 20 septembre, 14 h 10

Phoebe Hunter se tenait à la porte de la cuisine. Elle regardait son fils David finir le motif en carreaux que son voisin avait commencé. Glenn avait fini par admettre qu'il était épuisé et il était rentré chez lui, la laissant seule avec son fils — celui de ses enfants pour lequel elle se faisait le plus de souci.

— Pas mal, fit-elle.

David leva les yeux et lui sourit.

— C'est Glenn qui a presque tout fait, tu sais.

— Il travaille bien.

— C'est vrai. Je n'arrête pas de lui dire de se reposer… Mais il faut qu'il s'active, c'est plus fort que lui !

— J'ai remarqué. Il n'est resté assis avec moi qu'une minute avant de se lever en râlant au sujet du carrelage que tu avais laissé en plan.

— Toute une minute ? Mais c'est déjà énorme, de sa part. Je lui ai dit que je ne m'étais pas encore décidé sur la forme du motif, et il m'a rabroué, en me reprochant de vouloir quelque chose de trop raffiné. En fait, il mourait d'envie de le faire lui-même. C'est un sacré frimeur ! Mais je l'aime bien…

— Lui aussi, on dirait qu'il t'a à la bonne.

David remplit deux tasses de café et ils allèrent s'asseoir à la table.

— Je l'ai rencontré à la caserne, le jour de mon arrivée. C'est un de ces retraités qui ne peuvent pas s'empêcher de traîner sur leur ancien lieu de travail.

— Oui, il m'a raconté. Il m'a d'ailleurs beaucoup parlé de cette caserne. Il m'a aussi parlé de toi. Il m'a raconté comment tu avais trouvé tes locataires et comme tu étais aux petits soins pour eux. Il m'a dit aussi que tu aimais bercer les bébés pour les endormir, le soir, afin de laisser souffler un peu leurs mères et Mme Edwards. Il m'a raconté comment tu allais chercher le chat des sœurs Gorski, chaque fois qu'il se perchait sur un arbre. Et puis il m'a dit aussi que tu t'occupais de lui, quand il revenait d'une séance de chimio.

Ce Glenn, quel bavard, songea David, mal à l'aise devant tant d'indiscrétions.

— Ce n'est rien, maman. N'importe qui ferait la même chose. Parle-moi plutôt de ce qui se passe à Chicago…

Il changeait toujours de conversation, lorsque sa mère abordait le sujet de son travail bénévole. Or c'était précisément pour cela qu'elle était venue lui rendre visite — pour en apprendre plus sur la vie qu'il menait.

— Oh, rien de spécial, dit-elle.

Mais elle lui fit cependant un rapport complet. Elle lui donna des nouvelles de ses frères et sœurs, de ses nièces et neveux qui allaient tous très bien, rien que de très banal, en somme. Tout en bavardant, elle vit que David l'observait, un peu comme il aurait observé le sol. Il était le plus bricoleur de ses enfants. Il avait toujours aimé les outils et les gadgets, les démonter et les remonter pour qu'ils fonctionnent mieux. Combien de fois avait-elle espéré qu'il ferait de même avec sa propre existence ?

— Qu'est-ce que tu regardes comme ça ? lui demanda-t-elle. J'ai de nouvelles rides ?

Il sourit et son œil pétillant rappela à Phoebe son défunt mari, très bel homme en son temps. Tous leurs fils avaient hérité de sa beauté, surtout David.

— Tu n'as pas du tout changé, lui dit-il. Je pensais

seulement au long trajet en voiture que tu viens de faire. C'était un peu aventureux, tu ne crois pas ?

— Tu parles de moi comme si j'étais une vieille femme, s'indigna-t-elle.

— Non, maman, c'est ton sens de l'orientation qui m'inquiète…

Elle avait une propension hors normes à se tromper de chemin. C'était un fait. Elle ne s'en formalisa donc pas et changea de sujet.

— Les travaux ont drôlement avancé dans ton immeuble. J'espérais que ton loft serait un peu mieux équipé, mais bon… Je vois que tu n'as pas chômé.

— Merci, c'est gentil. J'ai installé des fenêtres, j'ai mis de nouvelles moulures de bois, j'ai refait la plomberie. Il me reste à faire les sols du rez-de-chaussée et du premier étage. En tout cas, tu peux d'ores et déjà te plonger dans les échantillons de moquette et de tissus pour les rideaux.

Elle hocha la tête, contente d'avoir obtenu son feu vert, et but une petite gorgée de café.

— A propos de sols, reprit-elle, il paraît que tu as eu un problème avec un plancher cette nuit ?

— C'est Glenn qui t'a raconté ça ? Qui lui en a parlé ?

— Un type qui s'appelle Raz l'a entendu de la bouche d'un dénommé Gabe, qui le tient lui-même d'un certain Zell. Je pense que je n'ai oublié personne !

— Je suis sûr qu'ils ont tous exagéré et que l'histoire n'avait plus rien à voir avec la vérité, quand elle est arrivée à l'oreille de Glenn. C'est toujours comme ça. Chacun y va de sa petite affabulation…

— Sans doute, acquiesça-t-elle prudemment.

Mais son instinct de mère lui disait qu'il lui cachait quelque chose. Les choses s'étaient toujours passées ainsi, avec lui comme avec tous ses enfants. David avait beau paraître le plus franc de la fratrie, il était aussi le plus compliqué. Et le moins heureux.

— Bon, fit-il d'un ton nonchalant. Qu'est-ce qu'il t'a dit, Glenn ?

— Que tu étais à la recherche de victimes dans cette résidence incendiée dont on parle sans arrêt aux infos, quand un plancher s'est effondré sous tes pieds. Et que tu as failli faire une chute de trois étages.

Elle en était encore troublée. Il le devinait à la très légère altération de sa respiration.

— Il m'a dit aussi que tu avais trouvé une sorte de boule, et que tu l'avais récupérée *in extremis*, juste avant qu'elle ne tombe dans le trou.

Il fronça les sourcils.

— J'espérais que cette version serait beaucoup plus éloignée de la vérité… La découverte de cette boule est censée rester secrète, pour le moment. Il ne faut en parler à personne !

— Je sais tenir ma langue, moi. Si j'étais toi, je me méfierais plutôt de mes collègues…

— Ça, j'ai compris… Il faut que j'appelle l'inspecteur.

Il composa le numéro d'Olivia de mémoire, retenant son souffle en attendant qu'elle décroche.

Phoebe entendit une voix féminine répondre, avant que David n'ait eu le temps de plaquer le récepteur contre son oreille.

— Sutherland…

Les yeux baissés sur sa tasse de café, elle écouta sans vergogne et en toute indiscrétion ce que disait son fils. Sutherland… Ce nom lui disait quelque chose… Sutherland… Olivia ! Olivia Sutherland ! La demi-sœur de Mia. Une fille sympathique, bien qu'un peu triste, qu'elle avait rencontrée au mariage de Mia. Elle lui avait fait très bonne impression. Très polie. Et très jolie. Bien plus liée à son fils, apparemment, qu'on aurait pu le croire. Paige avait parlé un peu trop fort, lorsqu'elle s'était enfermée avec David pour lui dire ses quatre vérités, et elle avait compris sans mal de quoi il retournait.

— Bonjour, c'est David Hunter. Je voulais juste te faire savoir que la nouvelle de la découverte du globe s'était propagée.

Au travers de ses cils baissés, Phoebe le vit tressaillir et faire la grimace. La sœur de Mia semblait en colère.

— Même ma mère est au courant, disait-il d'une voix ironique. Elle est venue me rendre visite de Chicago et un pompier à la retraite lui a déjà tout raconté ! Lui-même l'avait appris par le téléphone arabe. Qu'est-ce que tu veux que je fasse ?

Il écouta un moment, jeta un regard inquiet de l'autre côté de la table et se tourna pour répondre.

— Tu arrives quand, exactement ? demanda-t-il à voix plus basse.

La tête toujours baissée, Phoebe ne put réprimer un mouvement de surprise. Olivia allait-elle venir ici ?

David se leva brusquement et quitta le loft, laissant la porte entrouverte derrière lui.

— Ma mère habite à la maison, en ce moment, l'entendit-elle dire sur le palier. Mais je dispose d'un endroit où on peut se retrouver. Je t'envoie l'adresse par SMS.

Il y eut un silence. Puis elle l'entendit demander, visiblement étonné :

— Vous l'avez identifiée ? Déjà ?

Un nouveau silence s'ensuivit, puis il dit doucement :

— Dis à son père qu'on a vraiment essayé de la sauver. Et que je suis désolé…

Phoebe soupira. Glenn lui avait également raconté

comment David avait retiré de l'immeuble le corps sans vie d'une jeune fille. Elle savait qu'il ressasserait inlassablement la scène, qu'il se demanderait s'il n'aurait pas pu agir autrement, faire plus vite, mieux, et sauver cette fille. Il se reprocherait ce qu'il considérerait comme un échec personnel. Parce que c'était cela qui tenait David, dans l'existence : réparer des maisons, aider des gens en détresse, sauver des vies.

Il était temps qu'il songe à se sauver lui-même. Et s'il n'en était pas capable…

Alors, je m'en chargerai, se dit Phoebe.

David raccrocha et tendit la main vers la poignée de la porte d'entrée, s'apercevant seulement qu'elle ne s'était pas refermée correctement derrière lui.

Il faut vraiment que je la répare…

Quand cette porte était ouverte, les sons qui provenaient du palier portaient loin, jusque dans sa salle à manger… Il était donc raisonnable de supposer que sa mère avait entendu tout ce qu'il avait dit.

Elle leva les yeux lorsqu'il revint dans la pièce, les sourcils dressés.

— Comment va Olivia ?

Il prit un air détaché pour lui répondre.

— Les victimes de l'incendie de cette nuit ont été assassinées. C'est elle qui est chargée de l'enquête.

— Où la retrouves-tu, ce soir ?

Elle leva la main pour le faire taire, lorsqu'elle vit qu'il s'apprêtait à protester.

— Je te demande ça, lui dit-elle, parce que je peux très bien aller dormir chez Eve, si ça t'arrange.

— Maman…

— Je sais tenir ma langue, David. Et garder des secrets… Même ceux dont tu ne me parles pas.

Il n'aima pas beaucoup ce que cela sous-entendait.

— A quels secrets fais-tu allusion ?

Elle se cala sur son siège, dressa le cou, croisa les bras et l'observa. Il connaissait par cœur cette posture. C'était celle qu'elle adoptait chaque fois qu'il avait des ennuis, depuis qu'il était tout petit. Et il savait que ce qu'il allait entendre serait embarrassant pour lui.

— Eh bien, pour commencer, je sais que tu étais fou amoureux de Dana Dupinsky…

Il détourna le regard et sentit ses joues s'empourprer.

— Tu étais au courant depuis le début ?

— Oui. J'avais compris que tu l'aimais, et aussi qu'elle ne voyait en toi qu'un très bon copain… Tu travaillais sans répit pour l'assister dans son action en faveur des femmes battues, alors que tu étais déjà impliqué dans je ne sais combien de bonnes œuvres à Chicago. Et je n'ignore pas que tu as eu le cœur brisé, quand tu as appris qu'elle allait épouser un autre homme.

Pris d'une soudaine lassitude, il ferma les yeux et lui demanda :

— Qui d'autre est au courant, pour Dana ?

— Ceux qui ont compris par eux-mêmes. Max et Caroline.

Son frère aîné et son épouse. Dans un passé lointain maintenant, Dana avait aidé Caroline à échapper à la maltraitance familiale. Rien que pour cela, elle faisait à jamais partie de la famille Hunter.

— Les jumeaux, aussi, ajouta Phoebe.

Peter et Cathy étaient toujours « les jumeaux » pour elle, même s'ils allaient sur leurs quarante-cinq ans.

David rouvrit un œil.

— Elizabeth aussi ?

— Oui… Ta petite sœur est plus maligne qu'elle n'en

a l'air. On a toujours espéré que tu trouverais une autre femme, et que tu serais heureux avec elle. Mais ce n'est pas arrivé, et nous ne savons plus quoi faire. Alors on ne t'a jamais parlé de Dana… On a eu tort ?

Il secoua la tête.

— Non, pas du tout. Vous n'auriez pas pu m'aider, en dépit de toute votre bonne volonté et votre amour.

— Je sais. Une mère se sent toujours impuissante quand l'un de ses enfants est triste, et qu'elle ne peut rien y changer. Quand tu m'as dit que tu quittais Chicago pour Minneapolis, je n'ai pas été surprise. Ce qui m'a étonnée, en fait, c'est que tu sois resté aussi longtemps à Chicago. Quand tu m'as parlé de Minneapolis, je me suis dit que tu avais choisi cette ville pour être proche d'Eve et de Tom.

Vieille et fidèle amie de David, Eve avait quitté Chicago pour échapper à ses propres démons. Quant à Tom, le fils de sa belle-sœur Caroline, il étudiait à l'université de Minneapolis, tout en étant une star locale du basket-ball.

— Il y avait un peu de ça, admit-il. Mais je ne les vois pas beaucoup, ni l'un ni l'autre. Ils ont tant à faire. Ils mènent leurs propres vies. Tom à la fac… Et puis maintenant, Noah est là pour s'occuper d'Eve…

Sa mère sourit.

— Ce qui est dans l'ordre des choses. Ce que je ne savais pas, jusqu'à ce jour, c'est que tu avais eu une aventure avec Olivia. Il a fallu que j'attende que ton amie Paige vienne te faire des reproches aujourd'hui.

Elle haussa les sourcils et ajouta, d'un air narquois :

— Tu sais que j'ai de grandes oreilles…

— Maman !

— David ! rétorqua-t-elle, en imitant son ton excédé. Je suis bien obligée d'écouter aux portes… Tu ne me dis jamais rien ! Grâce à Paige, j'en ai appris un peu plus aujourd'hui sur ce mystère qu'est mon fils.

— Je ne suis pas un mystère. Puisque tu sais tout…

Elle secoua la tête.

— Pas tout, en fait. Il y a une partie de ta personnalité que je n'ai jamais réussi à comprendre. Je l'ai admirée, j'en ai été fière et je m'en suis même vantée, parfois. Mais je ne l'ai jamais vraiment comprise.

— Mais de quoi parles-tu, au juste ?

— De ce qui te pousse à servir les autres, à te dévouer à eux. Quand tu étais petit, tu étais narcissique, impétueux et têtu ; tu ne pensais qu'à toi… Et puis tu es devenu un homme qui ne vit que pour les autres, un homme plein d'abnégation et de dévouement, tel qu'il ne m'a jamais été donné d'en rencontrer dans le cours de ma longue existence. Et le plus étrange, c'est que c'est arrivé subitement, presque du jour au lendemain…

David réprima un tressaillement, sachant qu'elle l'observait attentivement.

Que Dieu me garde le jour où tu comprendras pourquoi, maman…

Des images du passé affluèrent dans sa tête. Des corps disloqués, et tout ce sang… Dix-huit années s'étaient écoulées, et sa gorge se serrait toujours autant lorsqu'il repensait à Megan, blottie contre le corps de son petit frère, le protégeant, en exhalant son dernier soupir.

Tout ça parce qu'il avait été un crétin impétueux, têtu et narcissique, qui ne pensait qu'à lui. Ses mains étaient souillées de leur sang.

Il se rendit compte qu'il était en train de fixer ses mains et il leva les yeux. Sa mère le considérait d'un œil inquiet. Il se força à sourire.

— Ça n'a rien de bien mystérieux, tu sais. Quand papa

est mort, Max suivait son traitement et vous aviez tous les deux besoin de mon aide. Ça m'a aidé à changer.

Il ne lui mentait pas vraiment. L'accident de voiture dans lequel son père avait trouvé la mort, et qui avait rendu son frère paralysé, avait en effet été l'autre événement déterminant dans sa vie. Aider son frère était devenu sa manière de chercher la rédemption, le moyen de s'extirper de l'abîme au fond duquel il était tombé, après la mort de Megan. A la suite de ces deux tragédies, le dévouement envers autrui lui était devenu… nécessaire.

— Il fallait bien que je devienne adulte, ajouta-t-il.

— Et c'est ce que tu as fait. Je sais combien Max t'en est reconnaissant. Tu as quitté la fac au bout de six mois, tu as renoncé à ton rêve de devenir un grand sportif… Tout ça pour l'aider à se rééduquer, à marcher de nouveau.

Il tressaillit encore en entendant cette légende dorée qu'elle lui avait tressée. Il avait déjà quitté la fac lorsque son père avait eu son accident fatal, mais il l'avait caché à tous. Il n'arrivait pas suivre à les cours, il était incapable de se concentrer sur ses études. Il n'arrivait plus à dormir. Il ne parvenait pas à chasser les visions atroces qui peuplaient son esprit. Les soins qu'il avait prodigués à son frère jusqu'à sa guérison lui avaient surtout permis de cacher à sa famille les troubles qui l'agitaient.

— Il avait besoin de moi, parvint-il à articuler.

Sa gorge était sèche, ses poumons douloureusement contractés. Il n'avait jamais compris les gens — si nombreux, pourtant — qui mentaient en toute décontraction. Dix-huit ans avaient passé et la honte de ce mensonge-là, entretenu, lui tordait encore les entrailles.

— Oui, ça, c'est vrai, approuva sa mère.

Son regard était toujours rivé sur lui et il souffrait le martyre de devoir contrôler son visage.

— Mais, reprit-elle, cela n'explique pas pourquoi tu as choisi de t'impliquer à fond dans des refuges pour femmes battues et dans toutes ces bonnes œuvres. Même avant que tu ne rencontres Dana, tu passais ton temps à te dévouer pour ceux qui souffrent. Tu n'arrêtais jamais de t'activer. Toujours prêt à donner un coup de main, toujours disponible…

— C'était pour la bonne cause.

— Oui, mais quelle cause, au juste ? Je sens confusément qu'il y a autre chose… J'ai eu tant de chagrin quand ton père est mort… Les événements qui sont survenus à ce moment-là m'ont un peu échappé… Mais les années ont passé et j'ai commencé peu à peu à me rendre compte que ton obsession pour les bonnes œuvres n'était pas une lubie passagère, ni un simple passe-temps utile et gratifiant. C'était devenu le fil conducteur de toute ta vie ! Et tu en excluais délibérément tout ce que les autres adultes recherchent. Pas de petite amie, pas d'ambition personnelle… Alors j'ai fouillé dans ma mémoire pour essayer de comprendre à quand remontait cette vocation. Je me suis mise à penser à cette année-là. Il y a eu une tragédie dans le voisinage, peu de temps avant la mort de ton père.

Une tragédie… Et quelle tragédie ! Une tragédie qui aurait pu être évitée s'il n'avait pas été si égoïste.

— Tu avais une amie et elle est morte, dit-elle doucement. Elle s'appelait Megan…

Il déglutit. Puis il hocha la tête.

— Son beau-père était un monstre.

Il déglutit de nouveau, tandis que la scène se mettait à défiler avec la plus grande netteté dans son esprit.

— Oui, chuchota-t-il.

— Il a tué toute sa famille. Je me souviens qu'on était tous horrifiés et qu'on regrettait de ne pas avoir compris qu'il était aussi dangereux. Je n'avais jamais vraiment saisi combien la mort de Megan t'avait marqué. J'aurais dû, pourtant. Vous vous entendiez bien au collège. Je suis vraiment désolée de ce peu de clairvoyance, David. Mais j'avais alors tant de mal à surmonter la mort de ton père. Et toi, tu paraissais si fort, si solide... Je n'ai jamais compris à quel point tu souffrais. Pardonne-moi...

Il la regarda droit dans les yeux. Elle lui demandait de lui pardonner ? Mais elle n'avait rien fait de mal.

— Pourquoi reparler de tout ça, maintenant ? lui demanda-t-il.

— Parce que ça fait longtemps que j'y pense et que je veux t'en parler. Mais ce n'était jamais le bon moment, alors j'ai attendu. Je suppose que tu as du mal à me comprendre...

Il songea à Olivia, à la manière dont lui-même n'avait cessé de reporter à plus tard une nouvelle prise de contact.

Elle se pencha vers lui et posa ses mains sur les siennes.

— Pendant des années, je t'ai vu consacrer ton temps et tes talents à des causes louables, et je n'ai rien dit. Pourtant je te sentais si seul, au fond de toi, que ça me fendait le cœur. Mais je me disais que tu étais un adulte, que tu savais ce que tu faisais, que c'étaient tes choix, et je gardais mes conseils pour moi...

— Et maintenant ?

— Maintenant... J'ai l'impression que tu es prêt à redémarrer une nouvelle vie. C'est pour ça que je suis venue te rendre visite... J'espérais te trouver apaisé et bien dans ta peau. Au lieu de ça, je trouve cet appartement vide et un fils qui est toujours seul. Et qui continue de consacrer tout son temps aux autres.

— Ce n'est quand même pas un mal...

— Pas quand un tel dévouement obéit à de bonnes raisons. Or je suis loin d'être sûre que tes raisons soient entièrement bonnes. On croirait que tu t'infliges une pénitence…

Il la regarda d'un œil désespéré. Il aurait voulu démentir, mais il ne le pouvait pas.

— C'est bien ce que je pensais, dit-elle. Parfois, quand tu crois que personne ne te regarde, il y a une drôle de lueur dans ton regard. Comme si tu portais tout le poids du monde sur tes épaules. Pourquoi, David, pourquoi ?

Je ne peux pas lui dire la vérité. Pas toute la vérité, en tout cas…

Il décida de lui en révéler une partie, la moins déshonorante, pour que la douleur s'efface du visage de sa mère.

— J'ai tout vu, dit-il.

Troublée, Phoebe cligna des yeux, et deux grosses larmes coulèrent le long de ses joues.

— Comment ça ?

— Je rentrais de chez un copain. Vous étiez tous à la messe. J'ai vu des voitures de police devant la maison de Megan. Je suis entré pour voir ce qui se passait. Et je les ai vues… Elles étaient mortes.

Sa mère blêmit, horrifiée.

— Doux Jésus. Megan… Sa mère… Elles avaient été…

Il hocha la tête et parvint à dire d'une voix égale :

— Battues à mort… Massacrées par cette brute…

Elle se pencha de nouveau vers lui.

— Pourquoi ne m'en as-tu jamais parlé ?

Parce que j'avais honte. J'ai toujours honte. Et je ne veux pas que tu apprennes ce que j'avais fait juste avant. Jamais.

Il haussa les épaules, en signe d'ignorance.

— J'étais sous le choc. Et puis j'avais dix-huit ans, maman. Les garçons de cet âge ne s'émeuvent pas facilement.

C'était encore un mensonge. Il s'en était si fortement ému qu'il avait failli perdre la raison.

— Mais ce souvenir n'a cessé de me hanter. Et j'ai décidé d'agir pour que de telles tragédies ne se reproduisent pas. Même si je ne peux rien faire directement pour aider les femmes battues à se défendre, je peux au moins aider les associations qui les épaulent ou les foyers qui les accueillent.

— David, tu aurais dû m'en parler. Je préfère ne pas imaginer ce que tu as vu… On t'aurait aidé à surmonter ce traumatisme. Il y a des thérapies…

— J'avais dix-huit ans, maman. Je n'aurais pas accepté de suivre une thérapie, j'aurais refusé d'aller voir un psy…

Il n'avait même pas confessé sa faute au prêtre de leur paroisse, alors un psy…

— C'est comme ça, reprit-il. Tu n'y es pour rien !

Elle hocha la tête, pas vraiment convaincue.

— Eh bien, voilà qui explique beaucoup de choses, en effet, dit-elle.

Puis elle le regarda avec une grande intensité et ajouta :

— Tu sais que quoi que tu aies fait ou que tu fasses, je t'aimerai toujours.

Et David se rendit compte qu'elle savait qu'il lui avait caché une partie de la vérité.

— Oui, je sais, maman.

— Je suis fière de toi. Ne l'oublie jamais.

Puis, changeant de ton, presque bourrue :

— Bon, au sujet de l'endroit où je vais dormir…

— Tu vas dormir ici ! Il vaut mieux que tu sois sur place et que tu puisses visiter les appartements de l'immeuble, pour commencer à réfléchir à la décoration.

— Oui, ce serait mieux, en effet. Je vais faire le tour

des magasins de moquette et de tapis. Si tu comptes sortir ce soir, tu devrais te reposer un peu avant.

— Sois prudente au volant, lui recommanda-t-il, en l'embrassant. Je suis content que tu sois là, maman. Je t'aime aussi, tu sais.

Il la regarda s'éloigner, puis s'affala sur une chaise et ferma les yeux, épuisé. Il sentait cependant qu'il ne parviendrait pas à trouver le sommeil. Il était trop tendu, comme chaque fois qu'il se remémorait le jour où Megan était morte.

Et c'est bien pire aujourd'hui, parce que en plus j'ai dû mentir à ma mère.

Il se leva avec lassitude, songeant qu'il avait le temps de poser le carrelage dans l'appartement 2A. Il pouvait en outre installer le nouveau frigo des filles dans leur salon, en attendant que les sols soient prêts. Mais, avant toute chose, il envoya un SMS à Olivia pour lui communiquer l'adresse du chalet de pêche de Glenn.

Là-bas, sur les rives du lac, régnait le plus grand calme. Ils pourraient s'expliquer en toute quiétude.

J'aurais dû la contacter plus tôt. J'ai été lâche.

Il espérait qu'au terme de cette soirée, il y aurait un mystère de moins dans sa vie.

Au moins saurait-il exactement quel impair il avait commis, pendant la nuit qu'il avait passée avec Olivia Sutherland.

7

Lundi 20 septembre, 14 h 25

L'endroit dont David venait de communiquer l'adresse par SMS à Olivia se trouvait en zone rurale, à vingt minutes de route de la ville. *Pourquoi si loin ?* s'étonna la jeune femme.

— Tu as un problème ? lui demanda Kane.

— Non, rien…

Elle rangea son téléphone portable et se remit à étudier la carte du lac et de ses abords.

— Aucun des riverains occupant des cabanes ou des chalets avec vue sur la résidence n'a pu nous dire quoi que ce soit à propos de Tracey Mullen…

— Peut-être n'ont-ils rien *voulu* nous dire. Tiens, on dirait qu'il se passe quelque chose dans la résidence… Passe-moi les jumelles.

Olivia fouilla dans sa poche et fit entendre un grognement.

— Zut, je ne les ai plus… Je les ai confiées à David et j'ai oublié de les lui reprendre. Je les récupérerai ce soir…

Kane fut tenté de faire un commentaire, puis se ravisa.

— Je crois que le chien est arrivé, annonça-t-il.

Olivia plissa les yeux, pour mieux distinguer ce qui se passait sur la rive opposée du lac.

— Je me demande si c'est le chien de la brigade des incendies criminels ou si c'est celui des sauveteurs.

Ils avaient informé Barlow du fait que Tracey Mullen était en compagnie d'un homme, juste avant l'incendie. Micah avait déjà fait appel à un maître-chien de sa brigade et leur avait dit qu'il demanderait la constitution d'une équipe de sauveteurs pour effecteur les recherches.

— Comme on n'a pas de jumelles, dit Kane, je propose qu'on aille sur place pour savoir ce qu'il en est.

Lorsqu'ils parvinrent à la résidence, l'équipe de sauveteurs s'y trouvait, prête à se mettre au travail. Leur chien était un berger allemand et sa propriétaire une grande rousse à la chevelure de feu. Olivia ne connaissait qu'une rousse aussi flamboyante…

— Barlow a fait appel à Brie, indiqua-t-elle à Kane, avec satisfaction. Je n'étais pas sûre qu'il le ferait.

— Ta copine du chenil ?

— Oui. Son vrai métier, c'est de dresser les chiens à la recherche, au sauvetage et à la détection.

Elle accéléra le pas, tout en poursuivant :

— Barlow et Brie étaient avec moi à l'académie de police. On est tous les trois de la même promotion. Pendant longtemps, on a été très proches.

Eux trois et Doug, pour être parfaitement exact.

— Barlow et Brie étaient fiancés à l'époque et ils devaient se marier.

— Eux aussi ? demanda Kane avec circonspection.

Il n'évoquait que rarement les fiançailles rompues d'Olivia et ne prononçait jamais le nom de Doug, ce qui convenait très bien à la jeune femme.

— Eux aussi, oui…, dit-elle. Et leurs fiançailles ont aussi été un fiasco. Mais sur le plan professionnel, Barlow sait qu'il peut compter sur Brie. Elle a été formée aux missions de sauvetage quand elle était dans la police. Son père est vétérinaire. Il s'occupe des chiens du centre de dressage de sa fille, en plus de sa clientèle habituelle. Mojo l'adore et lui fait la fête, même quand le père de Brie lui fait une injection !

— Brie ! cria-t-elle, en faisant un grand signe de la main.

Brie Franconi lui rendit son salut.

— Viens par ici, Liv. Gus est intenable, aujourd'hui…

Olivia fit les présentations et Brie serra la main de Kane en lui souriant chaleureusement.

— Olivia m'a beaucoup parlé de vous, Kane. Je suis contente de vous rencontrer enfin.

— Tout le plaisir est pour moi, répondit Kane. Liv m'a beaucoup parlé de vous, aussi.

— Notre victime avait un implant cochléaire, expliqua Olivia à Brie.

— C'est intéressant…

Sa diction était nette, en dépit de son handicap, principalement parce qu'elle était devenue sourde à l'âge adulte, mais aussi parce que son implant auditif lui permettait d'entendre correctement. Pas aussi bien qu'autrefois, cependant, mais assez nettement pour vivre et travailler dans le petit monde qu'elle s'était bâti, après son départ de la police.

Renoncer à son insigne de policière avait été un crève-cœur pour elle. Olivia n'osait pas penser à ce que Brie avait ressenti, lorsque sa carrière s'était interrompue. Mais elle ne l'avait pas laissée tomber et l'avait soutenue dans cette épreuve, tout comme Paige, qui fréquentait déjà Olivia et ses amis du temps de l'académie de police. *J'ai de la chance,* se dit Olivia, en songeant à Paige et à leur conversation du petit matin. *J'ai de vraies amies.* Elles s'étaient toujours épaulées les unes les autres, et leur amitié leur avait permis de surmonter bien des moments difficiles. Elle pensa à son rendez-vous avec David, dans la soirée. Si les retrouvailles tournaient mal, elle aurait peut-être besoin du réconfort que seules ses meilleures amies pouvaient lui procurer.

— C'est comme ça qu'on l'a identifiée, lui expliqua Kane. Par le numéro de série de son implant. C'est pratique…

— C'est bon à savoir, en effet, ironisa Brie. Juste au cas où on me retrouverait morte sans carte d'identité…

— Excusez-moi, bredouilla Kane, sincèrement gêné. Je ne voulais pas… Je suis vraiment désolé…

Olivia donna un coup de coude à son amie.

— Arrête de l'embêter ! Elle te taquine, Kane…

— Excusez-moi, inspecteur, dit Brie, en souriant malicieusement. Je n'ai pas pu m'en empêcher…

Barlow fit son apparition et le visage de Brie s'assombrit immédiatement. Aux yeux des autres, ils se comportaient l'un avec l'autre en professionnels, mais Olivia savait que même si Brie feignait l'indifférence, elle nourrissait encore bien du ressentiment à l'égard de son ex-fiancé.

— Le sergent Barlow m'a dit qu'il y avait peut-être une autre victime dans les décombres, dit-elle brusquement. Un homme…

— C'est une possibilité. On n'est pas sûrs que cette personne ait réussi à échapper aux flammes. Si elle a survécu, nous la rechercherons en tant que témoin oculaire. Si elle a péri dans l'incendie, il faut que l'on puisse l'identifier, lui confirma Kane.

— Si cet homme s'en est sorti et qu'on arrive à pister d'où venait la fille, vous arriverez peut-être à mettre la main sur ce témoin.

— Exactement, dit Olivia.

Elle se tourna vers Barlow et lui demanda :

— Tu as rapporté ses vêtements de la morgue ?

Barlow brandit un sac à indices réglementaire.

— J'aimerais que l'on commence par rechercher les restes éventuels du compagnon de la victime, dit-il. L'un des enquêteurs est dans l'immeuble, Brie. Il va te guider… Je ne voudrais pas que Gus ou toi, vous tombiez dans un trou…

— C'est gentil, marmonna Brie, en se relevant les cheveux en queue-de-cheval.

Puis elle tira sur la laisse de son chien et ordonna :

— Allez, Gus, au boulot !

Elle se dirigea vers l'immeuble, tandis que Kane regardait Olivia d'un air étonné.

— Il s'appelle vraiment Gus ?

Olivia sourit.

— Oui. Comme la souris dans *Cendrillon*. Il est homologué comme détecteur de cadavres et chien de sauvetage. Et il sait faire plein d'autres choses…

— Elle aussi, c'est une fan de dessins animés ? Mais qu'est-ce qu'ils mettaient dans la bouffe, à la cantine de l'académie, quand vous y étiez ?

— Certains dessins animés peuvent être de brillantes satires de la vie sociale, affirma Olivia, d'un ton faussement docte.

Elle savait que Kane la taquinait, même si ce goût qu'il jugeait puéril le laissait perplexe.

— Mais la plupart du temps, s'empressa-t-elle d'ajouter, ils permettent tout simplement de s'évader de la réalité.

— Ça, ça me paraît plus vraisemblable.

Certaines femmes ne peuvent se passer de crèmes glacées ou de chocolat. Quand elle était stressée, Olivia préférait regarder quelques épisodes de *Bip Bip et Vil Coyote* pour se délasser.

Quand Vil Coyote essayait de se protéger de la chute d'une enclume avec son parapluie, elle ne pouvait s'empêcher d'éclater de rire et ne s'en lassait jamais.

Elle avait beaucoup regardé *Bip Bip et Vil Coyote* ces sept derniers mois. C'était devenu une habitude pendant les semaines qu'elle avait passées à informer les familles des victimes du Cinglé de la Fosse. Quand elle rentrait chez elle, après cette pénible tâche, elle commençait par promener Mojo puis elle glissait dans son lecteur vidéo le DVD qu'elle chérissait entre tous : *Le Meilleur de Bip Bip et Vil Coyote.* Ensuite, captivée par l'incessante et surréaliste course-poursuite entre ces deux personnages, elle restait rivée à l'écran jusqu'à s'endormir.

Le Cinglé de la Fosse avait conservé les permis de conduire de ses victimes en guise de trophées, ce qui avait grandement facilité l'identification des corps. Cela faisait des décennies que ce monstre traquait des femmes et les assassinait en toute impunité.

Dans certains cas, leurs proches étaient partis s'installer hors de l'Etat. La recherche de ces familles avait alors permis à Olivia de se concentrer sur autre chose que l'horrible et interminable exhumation des corps. Par moments, elle revoyait ces images atroces défiler en cascade dans son esprit, comme une projection de diapositives en accéléré. Des os, encore des os, toujours des os…

Mais il y avait eu pire que les ossements, dont elle avait dressé le terrible inventaire. Rien n'égalait en horreur les premiers cadavres qu'ils avaient retirés de la fosse. La chaux vive décompose les corps en quelques jours. Mais, peu avant d'être mis hors d'état de nuire, le psychopathe, pris d'une brusque frénésie, s'était mis à tuer à un tel rythme que les corps ensevelis commençaient à se décomposer.

Elle ferma les yeux, repensant aux chairs putréfiées qui se détachaient des os, lorsqu'on déplaçait les corps.

S'il y avait un cadavre dans la résidence incendiée, il n'en resterait pas grand-chose… Et il *leur* ressemblerait. Une nouvelle vague d'angoisse la submergea, faisant naître en elle une puissante envie de fuir. Mais elle n'en fit rien et se força à garder son calme. Les choses finiraient bien par s'arranger, dans sa tête…

Elle se demanda comment Kane avait fait pour ne pas sombrer dans la déprime. Il ne partageait guère ses émotions avec elle, et elle ne lui avait jamais posé la question. Il s'était contenté de faire son travail.

Comme moi. C'est ça, notre métier.

— Nous savons par où sont partis les incendiaires, annonça tout à coup Barlow. Le chien de la brigade a détecté une piste qui mène à cette porte.

Il désigna la porte de l'escalier de secours, qui se trouvait du même côté de l'immeuble que la baie vitrée sur laquelle David avait repéré les traces des mains luisantes de Tracey Mullen.

— Vous avez trouvé des empreintes de pieds ? lui demanda Olivia.

Barlow secoua négativement la tête.

— Non, juste quelques traînées. Ils ont marché dans la colle qu'ils ont répandue et ils ont laissé des traces en revenant sur leurs pas. Malheureusement, l'adhésif qui leur collait aux semelles s'est mélangé à la terre, et les traces ne sont pas nettes. On ne distingue pas de dessin. On ne peut même pas déterminer la taille de leurs chaussures. Cependant, grâce à ces traces, on sait maintenant qu'ils étaient au moins deux.

— Et si on retrouve leurs chaussures ?

— On y trouvera des traces de colle. S'il y a de la terre

ou des cendres mélangées avec, on pourra comparer le mélange à ce qu'on a trouvé ici et déterminer si ceux qui les portaient étaient présents sur la scène de crime. Le chien a traversé tout le chantier pour remonter la piste et il est arrivé à la clôture. Vous voyez, là où le grillage est découpé…

Il désigna l'une des trois ouvertures dans le grillage dont avait parlé Micki, celle qui se trouvait le plus près de la route.

— Ils sont donc repartis par la route, dit Kane, en fronçant les sourcils. Pas par le lac. Or, quand Henry Weems a été abattu, son meurtrier se tenait entre lui et le lac.

— J'y ai pensé aussi. Le maître-chien a fait le tour de l'immeuble avec son animal. Il est donc allé à l'endroit où Weems a été abattu, mais le chien n'a senti aucune trace d'adhésif sur le sol dans ce coin-là. Il est possible que son meurtrier se soit enfui par le lac. Mais il est tout aussi possible qu'il ait fait le tour de l'immeuble pour rejoindre les autres et repartir avec eux par la route.

— Donc, résuma Olivia, le meurtrier de Weems n'a pas marché dans la colle… Il n'est peut-être même jamais entré dans l'immeuble.

— Il aurait pu tirer sur le gardien avant d'entrer dans l'immeuble pour y mettre le feu, hasarda Kane.

— Si Weems n'a pas inhalé de fumée, c'est une possibilité, concéda Barlow. Mais si Ian trouve des traces de fumée dans ses poumons, cela voudra dire qu'il a été tué après le déclenchement de l'incendie.

— Ian va faire son autopsie cet après-midi. Si Weems a été tué après le début de l'incendie et qu'il y avait deux incendiaires dans l'immeuble, alors ça nous fait au moins trois incendiaires. Le tout, c'est de savoir si Tracey et son partenaire sexuel étaient leurs complices…

— Et de déterminer si ce partenaire est toujours en vie, compléta Barlow.

— Les incendiaires sont sortis par cette porte de secours… Mais sont-ils entrés par là aussi ? Et Tracey Mullen, comment s'est-elle introduite dans l'immeuble ?

— La porte de secours n'a pas été forcée et la serrure est intacte, dit Barlow. Mais ça ne veut rien dire… Sur les chantiers, les ouvriers ont tendance à laisser les portes ouvertes pour circuler plus facilement.

— Ce n'est pas le genre de détail que le vigile était censé vérifier, justement ? demanda Olivia.

— Si, ça faisait partie de sa ronde. Il devait d'abord s'arrêter dans la cabane de chantier, où sont installés les moniteurs des caméras de surveillance. Puis il devait vérifier que toutes les portes extérieures étaient bien fermées. Ensuite, il achevait son parcours en effectuant un tour complet du site. Mais il a été assommé, alors qu'il sortait par la porte de derrière. Il n'a pas eu le temps de vérifier quoi que ce soit.

Olivia consulta Kane du regard et dit :

— Il faut qu'on se renseigne à fond sur Weems.

Kane hocha tristement la tête.

— Je sais. On ne peut pas écarter la possibilité qu'il ait été soudoyé pour laisser entrer les incendiaires… Et tué ensuite pour ne pas parler. Examinons son compte bancaire. Mais discrètement.

— Pas la peine d'ajouter inutilement du chagrin à celui qu'éprouve déjà la famille, murmura Barlow. Vous avez vu sa fille, aux infos ?

Olivia lut dans ses yeux la compassion qu'il éprouvait, et qu'elle avait si souvent lue, jadis, dans le regard de son ancien ami.

Sauf quand j'ai vraiment eu besoin de lui : au lieu de

me soutenir, il s'est comporté comme un vrai salaud, impitoyable et arrogant.

— Non, qu'est-ce qu'elle a dit ? demanda-t-elle.

Pendant un instant, ce fut comme s'ils étaient de nouveau amis.

— Elle a chanté nos louanges, Liv.

Il la regarda droit dans les yeux et soutint son regard sans ciller.

— Elle s'est montrée plus forte que je ne l'aurais été à sa place. Elle vient de perdre son père, quand même…

Olivia hocha la tête. Elle avait perdu son père au cours de la nuit où son amitié avec Micah Barlow avait volé en éclats. La nuit où il s'était comporté de manière ignoble, la nuit où il s'était mêlé de ce qui ne le regardait pas. Les mots qu'il venait de prononcer semblaient indiquer qu'il s'en repentait.

— On fera attention, dit-elle. Il s'agit surtout d'écarter toute possibilité de *complicité* de sa part.

Elle vit qu'il avait compris le double sens de sa phrase, tout comme elle avait saisi son allusion.

— Alors, très bien…

Micah détourna les yeux.

— Le chien de Brie va mettre pas mal de temps à parcourir tout le bâtiment. Les dossiers des employés de Rankin and Sons sont dans ma voiture. Je vous propose d'aller y jeter un coup d'œil en attendant. On trouvera peut-être quelque chose d'intéressant.

*
* *

Lundi 20 septembre, 14 h 40

— Merci d'être venue, Mme Dent…, dit M. Oaks, le principal, en signant, tout en lançant un regard sévère à Austin.

Ils étaient tous trois sourds et s'exprimaient par signes avec une grande vivacité, surtout la mère d'Austin qui paraissait furieuse.

— Ta mère est venue de loin, Austin…

— Trois heures de route, répondit Mme Dent. Mais il doit y avoir erreur. Austin ne fume pas.

— Après que l'alarme antifumée s'est déclenchée, la femme de ménage a senti une odeur de fumée dans sa chambre, ce matin, dit encore M. Oaks. Quand elle y est entrée, votre fils tenait une cigarette allumée à la main.

Le visage de Mme Dent pâlit.

— Pourquoi, Austin ? Dis-moi juste pourquoi…

Parce que je suis allé avec Tracey dans cette résidence en construction. Je voulais l'aider et la protéger.

Maintenant, elle est morte. Et c'est ma faute. La cage d'escalier était pleine de fumée. Elle était derrière moi, je sais qu'elle était juste derrière moi…

Lui s'en était sorti, mais pas Tracey.

— Désolé maman, dit Austin.

Mais ses regrets ne ressusciteraient pas Tracey. Elle était morte. Il ne la reverrait jamais.

M. Oaks fronça les sourcils et annonça :

— Austin est exclu pour cinq jours. Il ne pourra revenir que lundi prochain.

Austin ferma les yeux. Il détestait mentir à sa mère. Mais s'il lui disait la vérité… Il gardait un souvenir très précis de l'homme qui s'était enfui en bateau, après avoir abattu le veilleur de nuit.

S'il savait que je l'ai vu…

Il avait été tenté de dire la vérité. Mais plus son état de choc s'amenuisait, plus il se remémorait l'expression du vigile, quand ce dernier, touché au cœur, s'était effondré. Il revoyait encore les dents du tueur luire au clair de lune, tandis qu'il souriait, content de son crime.

Et il se rappelait dans le détail ses traits, au moment où il l'avait vu ôter sa cagoule.

Il aurait bien voulu en parler. Mais il savait que s'il se manifestait comme témoin oculaire auprès de la police, le meurtrier chercherait à l'éliminer, lui aussi.

Les gens qui se mêlent de ce genre d'affaire et disent la vérité ne font pas de vieux os…

Sa mère se leva, les épaules basses.

— Va chercher ton sac à dos, lui dit-elle.

Son sac à dos… Il l'avait laissé dans l'immeuble, en proie aux flammes. Il contenait certains de ses livres de classe, des papiers. Et quelques affaires appartenant à Tracey.

Et ma prothèse auditive…

Il espérait que le feu avait détruit ses papiers et tout ce qui aurait permis de l'identifier. Il ne voulait pas qu'on sache qu'il était sur les lieux. Mais il avait besoin de sa prothèse. Sa mère n'était pas assez riche pour lui en racheter une neuve, et cela faisait longtemps qu'ils n'avaient plus de mutuelle.

Il se leva à son tour.

— Je l'ai perdu, fit-il, en remuant négligemment les doigts.

Sa mère le regarda, abattue. Il savait qu'elle aurait voulu crier, hurler même : « Encore ! » Mais elle se contenta de secouer la tête d'un air las et de dire avec ses doigts :

— Rentrons à la maison.

*
* *

Lundi 20 septembre, 15 h 25

Brie alla jusqu'à la voiture de Barlow, dans laquelle ce dernier, Olivia et Kane étaient en train de compulser les dossiers des employés de Rankin and Sons.

— Il a dû réussir à s'en sortir, leur annonça-t-elle. Il n'y a aucun reste humain dans les décombres.

— Il existe donc au moins un témoin oculaire de cet incendie, dit Olivia.

Cette piste était plus concrète que tout ce qu'ils avaient pu apprendre en consultant les dossiers des employés. Ces dossiers contenaient essentiellement des rapports d'entretiens d'évaluation et quelques résultats de contrôles antidrogue. Ils n'avaient rien trouvé de louche. Aussi, la nouvelle que le compagnon de Tracey n'était pas mort dans l'incendie constituait la principale avancée depuis le début de l'enquête.

Barlow tendit à Brie le sac qui contenait les vêtements de la jeune fille.

— On peut remonter la piste de la fille, maintenant ? lui demanda-t-il.

— Bien sûr, répondit Brie d'un ton froid.

Olivia rangea les dossiers dans une caisse métallique, à l'arrière du véhicule.

— Je peux venir avec vous ?

Brie lui adressa un grand sourire.

— Bien sûr !

Elle était, cette fois, beaucoup plus chaleureuse.

— Je viens aussi, dit Kane.

Brie sortit du sac le T-shirt de Tracey et le colla sous la truffe de Gus qui se mit à le renifler vivement.

— Allez, Gus, au boulot.

La truffe collée au sol, le chien se mit en mouvement, traînant derrière lui sa maîtresse.

Olivia et Kane les suivirent de près, ainsi que Barlow, qui marchait quelques mètres en arrière, caméra numérique à la main. Gus les mena de l'autre côté de la résidence, non loin de l'endroit où l'on avait découvert le corps de Weems. Il suivit la piste, louvoyant entre les arbres, et s'arrêta devant la clôture grillagée. C'était là qu'avait été pratiquée l'une des trois ouvertures que l'unité de scène de crime avait repérées.

— On peut continuer, si vous voulez, proposa Brie.

— Oui, ce serait bien, dit Barlow. J'aimerais comprendre comment ils ont accédé au chantier. D'ici, on ne peut pas approcher du quai. Il y a trop de broussailles.

Brie hocha la tête.

— Ecarte la brèche, Liv, qu'on puisse passer.

Olivia s'exécuta. Brie et Gus se faufilèrent dans l'ouverture et poursuivirent leur course, toujours suivis des trois policiers. Le chien perdit la piste à plusieurs reprises, mais chaque fois que Brie lui faisait renifler le vêtement, il la retrouvait immanquablement.

Soudain Gus s'immobilisa.

Ils se trouvaient au bord du lac, sur une sorte de petite grève boueuse. Une large traînée fendait la boue jusqu'à l'eau.

— Ils sont venus en bateau, dit Kane, en s'accroupissant pour examiner la trace dans la boue.

— Une petite embarcation… Un peu plus large qu'un canoë… Sans doute une petite barque.

— Il faut bien connaître ce lac pour savoir qu'il y a une petite plage à cet endroit, fit remarquer Olivia. Le rivage qui nous sépare du quai est couvert de broussailles, comme tu l'as dit, Barlow. Nous sommes ici au plus proche endroit où l'on puisse amarrer un bateau, en dehors du quai.

— Tracey n'était pas de la région. Mais le garçon avec lequel elle était connaissait probablement les parages. Il vit peut-être même dans le coin…

— Ou peut-être a-t-il seulement séjourné dans une des cabanes qui bordent le lac.

Olivia plissa les yeux pour mieux observer la rive opposée.

— Pour l'instant, reprit-elle, supposons qu'il habite la région. Pour le retrouver, on peut élargir la recherche aux locataires de ces cabanes, qu'ils soient à l'année ou seulement pour les vacances.

Brie fixa la boue un moment et dit :

— Il a forcément poussé son bateau pour le mettre à flot, mais je ne vois pas de traces de pas. Nous avons une belle empreinte de la quille de la barque. Nous devrions donc avoir aussi des empreintes de pieds bien nettes…

Elle tendit la laisse du chien à Olivia et fit le tour de la petite grève boueuse.

— Venant de là, acheva-t-elle.

Elle écarta précautionneusement les buissons et leva les yeux vers les policiers en souriant.

— Là, il y a une empreinte de chaussure !

Kane la rejoignit et regarda par-dessus son épaule.

— Une chaussure taille quarante-trois. Bien nette. Bravo !

Ce dernier mot était le comble de l'éloge dans la bouche de Kane.

Brie se tourna pour fouiller des yeux les alentours.

— Regardez ces traces, les brindilles et les feuilles piétinées. Elles s'arrêtent à trois mètres du bord de l'eau.

— Il avait peur, dit calmement Olivia. Il fuyait un bâtiment en flammes. Je me demande s'il avait compris que Tracey était restée coincée à l'intérieur.

— Oh, la peur n'était pas son seul handicap..., fit Barlow, en baissant sa caméra pour regarder Brie de profil.

Il marcha jusqu'à elle et se pencha légèrement en fixant son oreille.

Brie se raidit et eut un mouvement de recul.

— Qu'est-ce qu'il y a ? demanda-t-elle d'une voix crispée.

Barlow se redressa et se tourna vers Olivia.

— Les microprocesseurs des implants cochléaires qu'on porte derrière l'oreille ne comportent pas d'embout moulé, dit-il. Dire que je l'avais oublié !

Intriguée, Olivia fronça les sourcils. Puis elle comprit.

— Mon Dieu, tu as raison ! Combien de fois t'ai-je vue accrocher ton appareil à l'oreille, Brie... C'est incroyable que j'aie oublié, moi aussi... Le microprocesseur de Brie tient en place grâce à un petit crochet qu'on fixe là, expliqua-t-elle à Kane, en touchant le pli supérieur du pavillon de sa propre oreille. Pas par un embout moulé rose, comme celui que David a trouvé dans les décombres.

— Ces embouts moulés font partie des prothèses auditives classiques, mais les implants en sont dénués, confirma Brie. Vous avez trouvé un embout rose ?

— Dans les décombres, oui. On peut encore distinguer sa forme caractéristique.

— Elle aurait pu avoir un implant et une prothèse externe ? demanda Kane.

— Ça arrive, dit Brie qui venait de comprendre l'importance de ce détail. Certaines personnes se servent des deux, en fonction du type de perte d'audition dont elles souffrent. Quel était le degré de surdité de la victime ?

— Selon sa mère, Tracey était complètement sourde. Mais son père ne voulait pas qu'elle se fasse greffer d'implant cochléaire. Ils ont essayé de lui faire porter des prothèses auditives, mais sans réelle amélioration.

— Il est sourd aussi, le père ? demanda Brie. Il y a eu une controverse sur l'opportunité de greffer des implants sur des enfants. Elle s'est calmée ces dernières années, mais elle subsiste néanmoins. Beaucoup de sourds ne considèrent pas leur surdité comme une panne qu'il faut « réparer ». Ils sont attachés à leur culture, à la langue des signes. Certains considèrent même les implants comme une menace.

— J'ai eu cette impression en parlant avec le père de Tracey, dit Kane. Malgré le service relais, c'était net. Il était en colère, et en voulait tout particulièrement à son ex-épouse. Bien sûr, il était sous le coup du chagrin. Et puis, avec ce système d'interprétation à distance, j'avais du mal à distinguer ses émotions.

Brie ne put réprimer un sourire.

— Il faut un peu d'entraînement pour s'y faire, dit-elle. La prochaine fois, utilisez plutôt un service de vidéophonie, si possible. Quand un sourd dispose d'un vidéophone, il peut parler par signes avec l'interprète, au lieu de taper ses réponses sur son clavier. De cette manière, la voix de l'interprète vous indiquera mieux les émotions qu'il aura perçues dans la gestuelle du locuteur et sur son visage. Je vous montrerai comment vous connecter à ce genre de service.

— J'en serai ravi, dit Kane.

— Revenons à l'embout moulé, suggéra Barlow, avec une pointe d'impatience dans la voix. Est-ce que ça pourrait être celui de la fille, oui ou non ?

— Si elle était profondément sourde de naissance, continua Brie, et qu'elle n'en portait pas avant son opération, il y a de fortes chances pour que cet embout ne soit pas à elle. Mais ça reste à confirmer auprès de ses parents.

— Si ce n'était pas le sien, alors ça veut dire que le sac

à dos qu'on a trouvé près de son corps n'était pas forcément à elle non plus, fit remarquer Kane. La prothèse auditive pourrait donc très bien appartenir à l'homme avec qui elle était, au moment où l'incendie s'est déclenché.

— Nous savons, grâce aux poils que nous avons retrouvés sur le corps de Tracey, qu'il est blanc et qu'il a des cheveux bruns. Nous savons également que c'est sans doute un habitant de la région… et qu'il est probablement sourd ou malentendant, résuma Olivia. Ce qui restreint considérablement la recherche.

— Et si l'on part de l'hypothèse qu'il a l'âge de Tracey, poursuivit Brie, il devrait être inscrit dans un établissement scolaire et son handicap devrait être répertorié par l'administration.

— Par où commencer ? lui demanda Olivia.

— Par l'école des sourds.

Brie consulta sa montre et ajouta :

— A cette heure, les cours sont terminés, mais certains élèves sont pensionnaires… Vous pourriez commencer par là. Il faut que vous vous adressiez au principal. Il s'appelle Oaks, et je l'ai trouvé très serviable, quand j'ai eu affaire à lui.

— Vous avez suivi des cours dans cette école ? lui demanda Kane. Je croyais que vous aviez perdu l'audition à l'âge adulte…

— En effet… Et je n'ai donc pas fréquenté cet établissement en tant qu'élève. En fait, je collabore au programme d'orientation professionnelle de cette école. J'y donne des cours de soins vétérinaires. Quand ils ont achevé ces stages, les gamins ont acquis une qualification.

— Vous les connaissez, ces gamins, alors ?

— Certains d'entre eux… Il y a encore des stages de restauration, de mécanique et d'agriculture. Beaucoup d'élèves qui rêvaient de devenir vétérinaires y renoncent, quand on leur fait nettoyer des écuries. Ils se tournent alors vers la restauration, dit Brie en souriant. Ils préfèrent le sucre à la merde…

Kane émit un petit gloussement avant de demander :

— Vous pourriez nous aider à les interroger ?

Brie hésita avant de répondre :

— Je ne maîtrise pas assez la langue des signes, je suis trop lente. Vous devriez vous adresser à un interprète. Il est possible que le garçon que vous recherchez ne soit pas du coin ou ait déjà quitté l'école. Mais la communauté des sourds est un petit monde assez fermé. S'il habite toujours dans la région, l'un des élèves le connaîtra forcément. Mais il vous faudra faire preuve de patience avec eux… Les sourds se montrent souvent très protecteurs à l'égard de leurs semblables.

— Un peu comme les flics.

— Exactement.

Brie se tourna vers Barlow et lui demanda :

— Tu as encore besoin de moi ?

— Non. Merci d'être venue.

— C'est tout naturel. Appelle-moi, Liv. On pourrait aller boire un coup avec Paige au Sal's Bar.

Elle prit la laisse des mains d'Olivia, lui adressa un regard lourd de sous-entendus et ajouta :

— Comme au bon vieux temps.

Comme au bon vieux temps. Avant le Cinglé de la Fosse. Avant que je ne me mette à éviter mes amies.

— C'est promis, dit-elle.

— J'ai des témoins, l'avertit Brie. Allez, Gus, viens, on rentre à la maison.

Olivia se tourna vers Barlow, qui faisait une tête d'enterrement. Il avait l'air aussi épuisé qu'elle l'était elle-même. Il lui avait tendu un rameau d'olivier... Enfin, pas un rameau... Une brindille, plutôt. Elle décida de se montrer complaisante.

— Tu as bien fait d'appeler Brie. Je sais que ça ne doit pas être facile pour toi...

Barlow lui adressa un sourire crispé.

— Ce n'était pas mon premier choix, pour te dire la vérité... Mais les équipes de sauveteurs auxquelles je me suis adressé n'étaient pas disponibles.

Il lâcha un soupir et demanda :

— Quelle est la prochaine étape ?

— On va essayer de trouver le petit ami de Tracey, lui répondit Kane. Quant à vous, continuez à vous renseigner sur le passé des employés. Essayez de déterminer s'il y en a qu'on pourrait soupçonner de complicité interne...

— Ou qui sont sourds ou malentendants, compléta Olivia. Et si le gars avec qui se trouvait Tracey n'était pas un ado, mais travaillait pour Rankin and Sons ? Si c'était un employé qui lui avait permis de se cacher dans l'immeuble ? Un employé qui aurait facilement pu se procurer un double des clés ?

— C'est à vérifier, en effet, dit Barlow. Et le FBI ? Abbott a réussi à joindre l'agent spécial Crawford ?

— Si c'était le cas, il nous aurait appelés, je pense. J'espère qu'on en saura plus à ce sujet à 17 heures, dit Olivia. Et l'empreinte de chaussure dans la boue ?

— Je vais faire venir l'unité de scène de crime pour en faire réaliser un moulage ainsi que de la trace de la quille.

— Et d'ici à la réunion, il nous reste juste assez de temps pour passer voir où en est Ian, dit Kane. A l'heure qu'il est, il devrait avoir terminé l'autopsie de Weems.

On approchait de 16 heures. Un saut à la morgue, une réunion de fin d'après-midi, retour à la morgue pour accompagner le père de Tracey pour procéder à l'identification officielle de la jeune fille. Et ensuite…

Ensuite, elle irait voir David, qui l'attendrait dans un chalet, au bord d'un autre lac, à une demi-heure de route. *Pourquoi là ?*

Elle ne pouvait s'empêcher de songer au nom qu'il avait prononcé, cette nuit-là. Un nom qui n'était pas le sien. S'il désirait vraiment renouer avec elle, elle était loin de savoir comment elle réagirait.

Eh bien, ma fille, tu as deux bonnes heures pour te décider.

Lundi 20 septembre, 16 h 35

— Vous désirez autre chose, madame ?

De l'autre côté du comptoir, la cliente leva les yeux de son BlackBerry, un sourire rêveur aux lèvres et un billet de vingt dollars à la main.

— Non, merci. Ça ira très bien. Bonne journée.

Il lui rendit la monnaie et elle ne prit pas la peine de vérifier que le compte y était.

— Vous de même, fit-il.

Il la regarda s'éloigner, sans douter un instant de ce qui avait fait naître ce sourire béat, ni de l'endroit où elle se rendrait en sortant. Il se demanda si son mari était au courant de ses infidélités et s'il se doutait que le téléphone qu'elle tenait à la main recelait des courriels énamourés de son amant, exprimant une ferveur éternelle qu'il mettait en pratique dans un motel local, tous les lundis après le travail.

S'introduire dans son courrier électronique avait été un jeu d'enfant pour lui. Chaque fois qu'elle faisait la queue pour passer sa commande, elle consultait ses courriels, ainsi d'ailleurs que les trois quarts de ses clients.

Tout le monde semblait désormais équipé d'un de ces *smartphones*, si pratiques, et le wi-fi gratuit que proposait son établissement était une aubaine bien tentante pour eux.

Evidemment, les téléphones de toutes les personnes qui se branchaient sur ce service internet sans fil « offert par la maison » étaient automatiquement infectés par un cheval de Troie indécelable. Un logiciel-espion qui lui permettait de surveiller à sa guise les courriels de ses clients, mais aussi de connaître tous les mots de passe qu'ils utilisaient pour leurs échanges en ligne, notamment avec leurs banques, ainsi que leurs carnets d'adresses, bref toutes les données que contenaient les disques durs de leurs ordiphones ou de leurs ordinateurs portables.

Il avait ainsi réussi à épingler plusieurs de ses « clients » en espionnant leurs courriels et leurs échanges en ligne avec leurs banques. C'était incroyable ce que les gens pouvaient écrire — et *conserver* — dans leur messagerie électronique. Même lui, il en rougissait. Que de secrets d'alcôves ! Que de descriptions aussi épicées que détaillées ! Et quel terreau fertile pour son entreprise de chantage !

« Tu trompes ta femme ? Quelle honte ! Donne-moi du fric et personne n'en saura jamais rien. » C'était si facile...

En lisant les courriels d'Eric, il n'avait pas tardé à s'apercevoir qu'il était tombé sur une mine d'or. Eric et Joel échangeaient depuis longtemps des messages où ils laissaient libre cours à leur révolte et à leur indignation face au projet de construction d'une résidence de luxe sur les bords du lac, au détriment de la biodiversité locale. Eric ne lui avait pas paru, de prime abord, se soucier excessivement du sort des zones humides de la région, mais les courriels enflammés de Joel avaient suffi à faire de lui un militant déterminé.

Joel était une bonne âme, pétrie d'enthousiasme et de bonne volonté, et il avait su comment motiver Eric. « Pour une fois dans ta vie, lui avait-il écrit, prends un risque. Sois un champion. Accomplis quelque chose qui te distinguera du commun des mortels. Même mon père dit que tu es ennuyeux et que tu ne penses qu'à ton petit confort. Est-ce ainsi que tu veux vivre ? Veux-tu devenir comme nos pères ? »

Lesquels étaient tous deux incroyablement riches. Pleins aux as.

Dommage que Joel ait eu une conscience. Il aurait pu devenir un excellent vendeur. Eric, de son côté, n'était guère imaginatif, mais il avait un esprit extrêmement méthodique. Une fois convaincu, il allait jusqu'au bout. Et c'est ainsi qu'ayant épousé la glorieuse perspective d'être un héros pour une fois dans sa vie, il s'était impliqué à fond.

S'imposant par son pragmatisme et son savoir-faire, il était devenu le chef de la petite bande, et le plan n'avait pas tardé à prendre forme. Il s'était acquis les services d'Albert, son amant. Ce dernier avait accepté de prêter la main, pour toutes sortes de raisons, la plupart égoïstes. Et puis Joel avait entraîné sa propre petite amie dans cette folle équipée.

Et quand j'ai vu son nom, j'en suis resté baba !

Mary… Un nom qu'il n'avait pas entendu depuis longtemps. Et il se serait bien volontiers passé de l'entendre jusqu'à la fin de ses jours.

Il l'aurait peut-être laissée en paix, si elle s'était tenue tranquille. Si elle s'était contentée de faire son petit boulot à la noix et de suivre ses cours inutiles à la fac. Mais elle ne s'était pas tenue tranquille. Elle avait rencontré Joel et s'était engagée à fond dans cette désastreuse aventure. Dès l'instant où il avait vu le nom de Mary dans un courriel de Joel, il avait su que ce serait bien mieux que du chantage : ce serait une vengeance.

Et la mort de la fille dans l'incendie n'avait fait que rendre cette vengeance plus délectable.

Malheureusement, la mort imprévue de cette fille nuit à mes affaires, aujourd'hui.

Certes, la clientèle n'avait pas tari dans sa boutique et le tiroir-caisse n'avait cessé de sonner, mais l'incendie et la mort de la fille étaient le sujet de toutes les conversations « privées ».

Lorsqu'ils croyaient que personne ne les entendait, les gens se laissaient aller aux plus extravagants commentaires.

Mais moi, je les entends. Je suis toujours à l'écoute. C'est pour ça que je vais être riche.

Il sortit sa télécommande de sa poche d'un geste nonchalant. Elle ressemblait à un iPod : même molette de défilement, même oreillette.

Ce n'était cependant pas un appareil aussi frivole, même si ce qu'il captait résonnait agréablement à ses oreilles.

Il fit tourner la molette du bout du pouce, déplaçant ainsi le spectre de réception d'un endroit à l'autre de la boutique. Il avait placé sur écoute le local tout entier et, grâce à son gadget, pouvait espionner toutes les conversations. Cet appareil était un véritable studio d'enregistrement miniature ! C'était un outil indispensable pour tout maître chanteur digne de ce nom. Et il l'avait acquis pour une bouchée de pain sur eBay.

Il obtenait la plupart de ses informations en surveillant ainsi les propos qui se tenaient dans son établissement. Lorsqu'il surprenait des conversations intéressantes, il se branchait sur le courrier électronique de sa cible pour se renseigner à fond sur elle et se procurer les données permettant de monnayer son silence. Contrairement à Barney Tomlinson, la plupart de ses victimes acceptaient de payer.

En revanche, et Tomlinson n'allait pas tarder à l'apprendre à ses dépens, tous ceux qui refusaient de payer s'exposaient à des représailles. Radicales et définitives.

Son service allait bientôt s'achever, ce qui lui donnerait tout loisir de s'occuper de Tomlinson, puis de choisir l'endroit idoine d'où il pourrait observer les étudiants passer à l'action. Il se pencha pour fermer son ordinateur portable, et tressaillit, lorsqu'il sentit l'un de ses téléphones portables vibrer dans sa poche. C'était celui qui lui servait à communiquer avec Eric. Il l'ouvrit pour lire le SMS qui s'affichait sur l'écran.

> Joel est mort. Nous ne sommes plus que trois. Le travail sera fait à l'heure dite.

Eric le prenait au mot : il craignait que la vidéo ne soit diffusée, s'ils ne participaient pas tous les quatre à l'incendie de l'entrepôt. Ce garçon avait la trouille. *Tant mieux*. Demain, il serait absolument terrifié. *Encore mieux*. Pour l'heure, il allait jouer un peu avec eux, histoire de resserrer son emprise. En réponse il écrivit :

> Comment puis-je être sûr que tu dis la vérité ? Prouve-moi que c'est vrai.

8

Lundi 20 septembre, 16 h 40

Comment prouver que Joel était mort ? Eric jeta un coup d'œil à Albert, qui était en train d'étudier sur un plan le quartier où était situé l'entrepôt de Tomlinson. Lui aurait certainement une idée, mieux encore, une preuve à fournir, mais ils étaient convenus de ne plus en parler. En outre, Albert lui en voulait toujours terriblement de son manque de franchise.

Il se brancha sur le site Web de la chaîne de télévision locale. Il l'avait déjà fait peu de temps auparavant : le bref article relatant l'« accident » qui avait coûté la vie à Joel se contentait alors d'indiquer que la victime était un étudiant de l'université de Minneapolis, sans préciser son nom. Il ne lui restait qu'à espérer une prompte actualisation de cette information.

Ce fut le cas. Un nouvel article mentionnait à présent l'identité de la victime : Joel Fischer, âgé de vingt six ans. *Vingt six ans…* Il entrait à peine dans la vie et l'avenir s'offrait à lui. Ainsi qu'à eux trois, qui lui avaient survécu, d'ailleurs.

Il s'empressa de répondre au SMS du maître chanteur, en lui envoyant le lien internet de l'article.

Voici une preuve.

Il attendit un instant avant de lire la réponse.

Mes condoléances.

C'est ça, fous-toi de moi! fulmina-t-il, en jetant le téléphone sur le canapé.

— Ça avance ? demanda-t-il ensuite à Albert.

Ce dernier leva les yeux de son plan et lui adressa un regard glacial.

— Fais ta part et je ferai la mienne…

Ils s'étaient partagé les tâches, réduisant d'un commun accord le rôle de Mary au minimum. Non pour la préserver, mais parce qu'ils se méfiaient d'elle. Ils iraient la chercher au dernier moment, afin qu'elle n'ait aucune possibilité de divulguer leur plan d'action.

Pour la résidence du lac, leur manière d'opérer avait été bien différente. Ils avaient passé ensemble en revue jusqu'au moindre détail de l'opération, dans le salon où Eric et Albert se trouvaient à présent. Eric s'était chargé de l'aspect informatique de la préparation. Il avait piraté le serveur de l'entreprise de construction pour y trouver toutes les informations nécessaires : les plans du site, l'itinéraire de ronde du veilleur de nuit, le planning des travaux, ce qui leur avait permis entre autres d'apprendre que des pots de colle à moquette étaient stockés aux trois premiers niveaux.

Pour leur seconde expédition, Eric se chargerait d'endormir le chien et de neutraliser les systèmes d'alarme et de vidéosurveillance. Albert devait se procurer de l'essence et des allumettes, puis mettre le feu à l'entrepôt, avec l'aide de Mary. Ils étaient passés devant l'endroit en voiture pour faire un repérage et avaient constaté que les caméras étaient installées en circuit fermé. Il leur suffirait donc de porter des cagoules pour se masquer le visage.

Et s'ils étaient pris ? *La belle affaire !* Qu'ajouterait un simple incendie volontaire à la peine de prison à vie qu'ils encouraient déjà pour meurtre ? Quelques années de plus que perpétuité… *Ah, oui, vraiment… La belle affaire !*

En revanche, s'ils ne se faisaient pas prendre, ils gagneraient un temps précieux. Ils trouveraient un moyen d'attirer le maître chanteur dans un guet-apens et ils le tueraient, sans autre forme de procès. C'était l'unique moyen de conserver leur liberté.

— Il n'est pas loin de 17 heures, dit Albert. L'entrepôt ne va pas tarder à fermer.

— Il est temps que je les appelle.

Eric se servit du téléphone jetable pour composer le numéro de Tomlinson. Une voix féminine lui répondit.

— Bonjour, dit-il. Je m'appelle John Davis et je travaille pour Airlight Security. Nous fabriquons des systèmes de vidéosurveillance.

— Laissez-moi votre numéro et le directeur vous rappellera, dit la femme d'une voix monocorde. Je ne suis pas autorisée à parler avec des démarcheurs.

La garce !

— Il s'agit d'une offre spéciale, insista Eric. Nous installons les caméras et nous vous équipons d'un routeur sans fil, le tout gratuitement. De plus, nous assurons le stockage et la sauvegarde des enregistrements vidéo sur notre serveur.

— Nous avons déjà un système et il fonctionne très bien. C'est de la vidéo à l'ancienne : on change de cassette tous les mois. Nous n'avons pas besoin de matériel de pointe. Ecoutez, jeune homme, laissez-moi un numéro ou je raccroche tout de suite.

— Attendez ! Ne raccrochez pas, s'il vous plaît. Je débute dans ce boulot. Vous êtes la première entreprise que je démarche. J'ai vraiment besoin d'argent pour payer mes études. Laissez-moi juste vous débiter mon boniment, pour que je le rode un peu. Soyez sympa… Je vous en prie…

Elle lâcha un soupir théâtral qui siffla dans le téléphone.

— Bon, allez-y. Je suis vraiment trop bonne.

— Merci ! Vous êtes certaine que votre système fonctionne correctement ? Avez-vous vérifié la qualité de l'image récemment ? Les variations de température peuvent endommager les capteurs…

— Le magnétoscope est à l'intérieur, dit-elle. Il n'y a donc pas de problème de température.

A l'intérieur ? Merde… Il aurait préféré un appareil installé à l'extérieur.

— C'est ce que vous croyez, mais si le magnétoscope est à proximité d'un quai de chargement ou d'une porte donnant sur l'extérieur, il doit subir les assauts du froid quand même.

— Les assauts du froid ? Ecoutez, il n'est pas près d'une porte mais dans le local électrique, juste à côté des toilettes. Votre baratin n'est pas très au point, je trouve… Je vous conseille de le perfectionner, si vous voulez garder votre place…

Elle raccrocha et Eric laissa échapper un soupir de soulagement.

— Le magnéto est dans le local électrique, à côté des toilettes. On emportera la cassette. Comme ça, pas besoin de neutraliser les caméras. Il faudra quand même porter des cagoules… On ne sait jamais ce qui peut se passer…

Albert ne daigna pas lever le nez de son plan.

— Et l'alarme ? demanda-t-il.

— Il y a un chien. Je te parie que le système d'alarme est rudimentaire.

Albert répliqua d'une voix crispée :

— Ne parie pas. Sois-en sûr.

Certes, mais comment ? Il avait essayé tout l'après-midi de s'introduire par ordinateur dans le système de Tomlinson. En vain.

— Je vais faire de mon mieux, dit-il.

Lundi 20 septembre, 17 heures

David examina son visage dans le miroir de sa salle de bains. La pose du carrelage dans la cuisine du 2A ne lui avait pas pris beaucoup de temps et, sur sa lancée, il avait posé celui de la cuisine du 2B. A présent, douché, rasé de près, il avait enfilé une chemise propre ainsi que le pantalon de son costume. Il avait même choisi une cravate. Il détestait cette sensation faite d'incertitude, d'embarras et d'appréhension. Il détestait les situations qu'il maîtrisait mal. Et dans le cas d'Olivia, « maîtriser mal » était un euphémisme. Il n'avait tout simplement rien compris à son départ précipité de sa chambre, incapable, de surcroît, de garder de sa nuit avec elle un souvenir précis. *Quoi qu'il arrive*, se dit-il fataliste, *tu seras bientôt fixé*…

Il ne se regardait pas souvent dans la glace. D'habitude, il se rasait sous la douche. Pendant longtemps, après la mort de Megan, il avait dû se forcer pour se regarder dans un miroir. Il devait toujours se forcer, d'ailleurs, pour se confronter à lui-même — à l'homme qu'il était vraiment, pas à celui que les autres croyaient voir.

Car les gens ne voient généralement que ce qu'ils veulent bien voir. Et ce qu'ils voyaient chez lui, c'était d'abord un beau visage. Un beau visage qui lui valait de la part des femmes des regards soutenus, parfois plus que soutenus, dont il se trouvait même flatté.

Mais la plupart du temps, tant d'attention l'agaçait. Les

femmes le prenaient pour un don Juan ou s'imaginaient au contraire qu'elles n'avaient aucune chance de le séduire. Rares étaient celles qui voyaient au-delà du beau gosse et prenaient le temps de découvrir qui il était vraiment, quel homme il s'était forcé à devenir.

— Alors, qui es-tu, au juste ? chuchota-t-il à son reflet.

Mais le miroir n'était pas magique et resta muet.

Il erra un moment dans son appartement presque vide. Il n'avait apporté de Chicago que l'essentiel : une table, quelques chaises à dossier droit, un seul fauteuil face au téléviseur, auxquels s'ajoutait le lit qu'il avait acheté lorsqu'il avait emménagé. Un lit tout neuf. Un grand lit double… Pour le nouveau départ qu'il suppliait de tout son cœur la providence de lui accorder.

Il aurait voulu ne pas s'inquiéter, mais il en était incapable. En quête d'une occupation qui ne le mette pas en sueur en attendant l'heure de son rendez-vous avec Olivia, il prit son ordinateur portable et alla s'installer dans le fauteuil.

Tout au long de la journée, il avait repensé au globe de verre. Il croyait au destin, à la divine providence. Et à ses yeux, le fait que le globe ait roulé directement dans sa main ouverte ne devait rien au hasard.

Il revit le visage blafard de l'adolescente, ses grands yeux écarquillés qui semblaient le fixer. Dans quelques heures, son père aurait à identifier le corps de celle à qui il avait donné la vie… Cette vie qui s'était achevée si tôt, si tragiquement.

Un peu comme celle de Megan… Cela faisait longtemps qu'il n'avait pas autant repensé à elle. Rien ne pouvait la ramener à la vie, ni la jeune fille de la résidence incendiée.

Quel gâchis… Quel gâchis absurde et maléfique !

Megan était morte à la fleur de l'âge parce qu'un salaud brutal et égoïste avait voulu exercer son pouvoir sur plus faible que lui. La jeune fille de la résidence avait péri, parce qu'un groupe d'extrémistes prétendait sauver l'environnement. Eux aussi, même si leur discours était passionné — voire pétri d'abnégation —, n'étaient au fond que des salauds égoïstes. C'était là un trait commun à ces deux tragédies.

David se demandait depuis le début si les incendiaires s'étaient aperçus de la présence de la fille. Il espérait que non. Pour leur salut. Il espérait aussi qu'Olivia les arrêterait rapidement, et qu'ils feraient un long, très long séjour en prison.

Le globe qui avait roulé dans sa main était probablement leur signature, avait dit la police. Il entra donc les termes « globe de verre » et « attentats écologistes » dans son moteur de recherche.

Il trouva un article sur le groupe SPOT, puis un autre. Il tomba sur le récit de la mort d'une femme, douze ans auparavant, survenue lors du dernier incendie que SPOT avait revendiqué, et son cœur se glaça. Il lui parut inconcevable que les incendiaires de la veille aient été conscients de la présence de la fille. Puis il songea au vigile, abattu d'une balle en plein cœur. Ça, ce n'était pas un accident. Ces incendiaires n'étaient pas des idéalistes. C'étaient des assassins.

Il apprit aussi qu'un homme avait été, sinon le chef de ce mouvement, du moins son inspirateur : Preston Moss. Cet ancien universitaire avait disparu depuis douze ans. Mais avant de s'évanouir dans la nature, il avait été un auteur prolifique.

David trouva un site qui compilait ses articles. Il commença à en lire quelques-uns.

— David ? T'es là, fiston ?

Il leva brusquement les yeux de son écran et eut un

court instant de confusion, avant de se focaliser sur la porte d'entrée qui était en train de s'ouvrir.

Glenn Redman pointa la tête par l'entrebâillement.

— David ? répéta-t-il.

— Oui Glenn, je suis là. Entre…

Glenn entra. Il avait l'air préoccupé.

— J'ai frappé trois fois. J'ai vu ta voiture garée en bas, alors je me suis dit que tu étais rentré… Tout va bien ? On dirait que tu viens de voir un fantôme.

L'esprit de David était encore tout imprégné de la rhétorique vibrante de Preston Moss. Vibrante et effrayante, aussi, car Moss se disait, en termes à peine voilés, partisan de la violence contre les personnes pour faire avancer sa cause, si les incendies n'y suffisaient pas.

Il se frotta le torse du plat de la main et constata que son cœur battait à tout rompre.

— Je lisais, dit-il d'un ton distrait. Tu as besoin de quelque chose ?

— A toi de me le dire. C'est toi qui m'as laissé un message.

Il sortit de sa poche un bout de papier dont la vue ramena aussitôt David au présent.

— Ah oui, c'est vrai… J'ai frappé à ta porte tout à l'heure, mais comme tu ne répondais pas, je me suis dit que tu devais te reposer.

Il posa son ordinateur portable sur l'accoudoir, se leva et alla chercher une chaise dans la cuisine, tout en faisant signe à Glenn de s'asseoir dans le fauteuil.

— Je voulais te parler de ce que tu as raconté à ma mère, tout à l'heure.

Glenn plissa les yeux, l'air troublé.

— C'est-à-dire ?

Le ton très vif sur lequel il avait posé la question surprit David.

— De cette boule de verre que j'ai récupérée dans les décombres, après l'incendie…

— Ah, ça…

Glenn parut se détendre, ce qui incita David à se demander ce qu'il avait bien pu raconter d'autre à sa mère.

— Il paraît que tu l'as rattrapée au péril de ta vie.

— C'est vrai… Il s'avère que cette boule est un indice important, Glenn, et les flics ne veulent pas qu'on en parle.

— A qui ?

— Eh bien, à la presse, pour commencer. Mais ils ne veulent pas qu'on en parle entre nous non plus. Motus et bouche cousue, voilà la consigne.

— Pigé !

Il toisa David des pieds à la tête et ajouta :

— Dis donc, tu t'es fait beau, à ce que je vois… Les habits du dimanche, et tout… Tu sors, ce soir ?

David sentit ses joues rosir. Il avait espéré que Glenn ne ferait pas attention à sa tenue des grands jours.

— On dirait, oui…

Il soutint le regard de son ami et lui renvoya la balle :

— Toi aussi, tu t'es fait beau, mon vieux.

— Je me suis dit que ta mère aurait peut-être envie de visiter la ville, mais si tu comptais t'en charger toi-même…

David se demanda s'il devait éclater de rire ou prendre un air réprobateur.

— Tu as des vues sur ma mère ?

— Non ! s'écria Glenn, avec une indignation comique. J'ai juste pensé qu'elle aimerait… Tu sais quoi ? Laisse tomber !

Il fit mine de se lever, mais David lui fit signe de rester assis.

— Je ne sors pas avec ma mère, ce soir. Pour l'instant, elle fait du shopping.

— Tu la laisses seule, alors qu'elle vient d'arriver ?

— Oui, un peu… Pas longtemps.

Il n'osait espérer passer un long moment avec Olivia.

— Où comptais-tu l'emmener ?

Glenn haussa les épaules d'un air gêné.

— Chez Dooley, peut-être. On y sert de bonnes ailes de poulet…

David secoua la tête, réprobateur.

— Ma mère vaut mieux que cet endroit vulgaire ! En plus, tu as changé de chemise, et tu t'es rasé. Il faut que tu l'invites dans un endroit plus chic.

— Comme si j'en avais les moyens, maugréa Glenn.

David secoua de nouveau la tête, sans rien dire, et Glenn finit par laisser échapper un soupir déconfit, avant de murmurer d'un ton gêné :

— Chez Martino, il y a des nappes en tissu…

— Oui, ce restaurant lui plaira bien plus. Et vous serez peut-être servis par Lacey. Elle travaille là-bas, maintenant, tu sais… Alors, comme ça, ma mère te plaît ?

Glenn rougit.

— C'est une dame très gentille… Et ne m'embête pas avec ça, fiston !

— C'est que… Elle n'accepte jamais de rendez-vous en tête à tête avec un homme. Pas une seule fois depuis la mort de mon père…

C'était vrai, même s'il ne s'en rendait compte qu'à présent.

— Il est mort depuis combien de temps, ton père ?

— J'avais dix-huit ans… Il y a donc dix-huit ans… Elle était si forte, si solide… Elle ne se plaignait jamais. Elle se consacrait à ses enfants. Je n'ai jamais pensé qu'elle puisse… se remettre à flirter.

— Enfin, là, il ne s'agit que d'aller manger un morceau chez Martino…

David regarda le vieil homme d'un air narquois.

— Elle est belle, hein, ma mère ? le taquina-t-il.

— Ne m'oblige pas à me lever de ce fauteuil, Hunter !

— Allons, allons… Tout ce que je te demande, c'est d'être sympa avec elle. C'est quelqu'un de bien.

— Ça, je m'en suis aperçu tout de suite. Et toi, tu vas où ? lui demanda-t-il après une brève hésitation.

— Dans ton chalet.

— Habillé comme ça ? Tu as même ciré tes chaussures !

— Il faut que je parle à quelqu'un de quelque chose qui s'est produit il y a quelques années.

— Elle s'appelle comment ?

David soupira.

— Olivia.

— Celle avec qui tu as couché et qui a une sœur avec laquelle tu as aussi couché ? Moi aussi, j'ai de grandes oreilles…

David ferma les yeux, consterné.

— Je n'ai couché ni avec l'une ni avec l'autre. Enfin, je crois…

— Tu crois ? Tu n'en es pas sûr ?

— Tu m'as bien entendu.

Il se reprochait d'en avoir déjà trop dit.

— Quelle heure est-il, au fait ?

Glenn jeta un coup d'œil à l'écran de l'ordinateur.

— Six heures moins dix.

Puis il cligna des yeux et se rapprocha de l'écran.

— Tu t'intéresses à Preston Moss ?

David se pencha vers lui.

— Tu le connais ?

— Pas personnellement. Mais je me souviens de lui. Avec sa bande, ils laissaient un globe de verre pour signer leurs incendies. Cette boule de verre que tu as rattrapée… Les flics pensent que Moss est de retour ?

— Ils n'en savent rien pour l'instant. Ils essaient surtout de ne pas ébruiter cette piste. Tu comprends pourquoi, maintenant ?

— Oui, je comprends mieux. Ce type était un être maléfique, David. Il semblait sincère, mais au fond ce n'était qu'un criminel. Un vulgaire assassin…

— Raconte-moi tout, Glenn.

— On a beaucoup parlé de la femme qui est morte, parce qu'elle s'était endormie dans cet immeuble de bureaux et s'était retrouvée piégée par les flammes. On a même vu des photos de son corps calciné à la télé. Mais on a oublié les pompiers qui ont été blessés en combattant cet incendie. Le feu allait s'étendre aux immeubles voisins, de tous les côtés. On a frôlé la catastrophe. Et on a eu de la chance de pouvoir circonscrire l'incendie aussi rapidement.

— Qui a été blessé ?

L'œil de Glenn devint soudain humide.

— Deux jeunes. L'un est resté défiguré à vie… L'autre, qui approche aujourd'hui de la quarantaine, doit se trimballer partout avec une bouteille d'oxygène, comme s'il avait fumé trois paquets de clopes par jour pendant cinquante ans. Ils se sont retrouvés coincés à l'intérieur. Ils ont épuisé leur réserve d'oxygène. Ils ont failli mourir tous les deux. La presse en a parlé un peu à l'époque, mais maintenant, ils sont bel et bien oubliés. La mort de cette femme a ému l'opinion publique, mais les pompiers ont perdu deux des leurs, ce jour-là. Et ce lâche de Preston Moss a préféré disparaître et se faire oublier, lui aussi.

— Ce lâche, comme tu dis, ne manquait pas de charisme.

— C'est vrai. Je n'arrive pas à croire qu'il soit de retour !

— Ce n'est qu'une hypothèse. Promets-moi que tu n'en parleras à personne. Pas un mot, Glenn.

Glenn pinça les lèvres.

— Tu peux compter sur moi.

La porte d'entrée de l'immeuble claqua.

— David !

David se leva d'un bond, courut sur le palier et jeta un coup d'œil dans la cage d'escalier, vers le petit hall du rez-de-chaussée où se tenait sa mère, les bras chargés de sacs de provisions.

— Je descends tout de suite t'aider, maman !

Il se tourna vers Glenn et lui dit :

— Tiens-toi bien, ce soir, le vieux… Rappelle-toi que c'est ma mère.

Il descendit les marches au trot et délesta Phoebe Hunter de ses fardeaux.

— Tu comptes nourrir une armée ? lui demanda-t-il d'un ton railleur, mesurant le poids des sacs.

— Non, juste toi. Et Glenn.

Elle le suivit dans l'escalier en ajoutant :

— Et les jeunes mères du 2A.

— Les sœurs Gorski, du 1B, cultivent un potager. Elles m'ont fourni en tomates tout l'été.

— Alors, nous les nourrirons aussi. Mais je croyais que tu sortais, ce soir ?

La porte de son loft s'étant refermée, il la poussa de la hanche.

— Oui. Mais Glenn a envie de manger italien, pas vrai, Glenn ?

Phoebe sourit, lorsqu'elle vit le vieil homme.

— Je fais d'excellentes pâtes à la carbonara. Vous allez adorer, lui dit-elle.

David secoua énergiquement la tête derrière son dos, pour mettre en garde Glenn, qui comprit immédiatement.

— Malheureusement, on ne peut pas encore utiliser la

cuisine de votre fils : il vient de poser le carrelage. Mais on peut aller chez Martino, si vous voulez…

David posa les sacs de sa mère sur la table et déposa un baiser sur sa joue.

— Les nappes sont en tissu dans ce restaurant, précisa-t-il.

Puis il prit son ordinateur portable et ajouta :

— Je te donne la permission de 11 heures. Tu veux un peu d'argent de poche pour payer l'addition, des fois que ce vieux goujat se montrerait insupportable ?

Elle lui donna une petite tape sur l'épaule en riant et en rougissant joliment.

— Hors de ma vue, toi !

Lundi 20 septembre, 18 h 10

La réunion de 17 heures dans le bureau d'Abbott avait été consacrée, pour l'essentiel, à répéter ce qu'Olivia savait déjà. La seule information nouvelle venait de Ian. Le médecin légiste avait trouvé des traces de fumée dans les poumons de Weems, mais en faible quantité, ce qui indiquait que le vigile ne se trouvait pas dans l'immeuble pendant qu'il brûlait. Ce qui invalidait donc l'hypothèse selon laquelle le tueur l'aurait abattu avant de mettre le feu.

Ils avaient donc affaire à trois incendiaires au moins. Barlow avait contrôlé les antécédents des employés de Rankin and Sons. Six d'entre eux avaient des casiers judiciaires, mais aucun n'avait jamais été jugé pour incendie volontaire. La plupart connaissaient des difficultés financières.

Ces informations ne permettaient guère de déterminer le mobile de l'incendie ou de restreindre la liste des suspects. Barlow avait demandé de l'aide pour se renseigner sur les employés et Abbott avait mis l'inspecteur Noah Webster à sa disposition. Olivia était heureuse de ce choix, car Noah était un excellent policier, avec lequel il était agréable de travailler.

L'agent spécial Crawford, du FBI, avait fini par rappeler la brigade. Il se trouvait dans une réserve indienne du nord de l'Etat, mais il était prévu qu'il rentre à Minneapolis le lendemain, à 8 heures du matin. D'après Abbott, Crawford avait semblé extrêmement excité par la découverte du globe de verre.

Après la réunion, Olivia et Kane avaient filé à la morgue en vitesse, car le père de Tracey Mullen devait venir y identifier le corps de sa fille.

A présent, ils étaient installés dans le bureau du légiste, attendant l'interprète, qui était en retard. Un retard regrettable, car ils auraient aimé pouvoir communiquer plus facilement avec M. Mullen, pour commencer l'identification.

— A qui le tour, cette fois ? demanda Kane.

— A toi… C'est moi qui ai parlé avec Mme Weems, ce matin, et nous avons eu chacun l'un des époux Mullen au téléphone. C'est donc à toi de parler avec le père…

— Je m'en doutais, dit Kane d'un air sombre. Qu'est-ce que tu fais, ce soir ?

— Je vais récupérer tes jumelles.

Kane haussa les sourcils.

— Bien, se contenta-t-il de dire.

— J'ai été en contact avec M. Oaks, le directeur de l'école des sourds, dit-elle, revenant à l'enquête. Apparemment, il se servait d'un de ces vidéophones dont Brie nous a parlé, parce que la conversation était beaucoup moins lente. Il m'a dit qu'il serait heureux de collaborer avec nous, si nous souhaitions interroger ses élèves. Mais il n'a pas su me dire quels élèves questionner en priorité.

— Il est possible que le partenaire de Tracey ne soit pas un élève de cette école…

— Certes, mais c'est un bon point de départ quand même.

— Un peu comme les décalcomanies sur les ongles de Tracey ? Je dois reconnaître, à ce propos, que tu as fait preuve de discernement.

Olivia sourit.

— Je te vois venir, toi. Tu me passes de la pommade pour que je me charge d'interroger le père, c'est ça ?

— Et ça a marché ?

— Non !

Une femme frappa à la porte.

— Bonjour. Je suis Val Leigh. Je cherche l'inspecteur Kane.

— C'est moi, dit Kane. Vous êtes l'interprète ?

C'était une femme grisonnante et trapue, toute de noir vêtue.

— Oui. Vous avez déjà travaillé avec un interprète ?

— Moi, oui, dit Olivia.

— Moi aussi, mais ça fait très longtemps, dit Kane.

— Tant mieux. Je vais donc vous faire un topo très bref. Je suis assermentée auprès du tribunal et astreinte de ce fait à la confidentialité. Rien de ce que je vois ou entends ne sera répété à qui que ce soit. Je traduirai tout ce que la personne malentendante dira en langue des signes, même si c'est un aparté qui m'est uniquement destiné. Je traduirai de même en langue des signes tout ce que vous direz, même si vos propos ne lui sont pas destinés. Vous avez des questions ?

— Oui, dit Olivia. Avez-vous déjà participé à l'identification d'un corps ?

— Oui. Et j'avoue que ça ne m'a pas beaucoup plu,

mais les interprètes assermentés ne choisissent pas leurs missions, pas plus que les policiers.

— Le corps de Tracey Mullen n'est pas trop abîmé, lui précisa Olivia, et elle vit que la femme se détendait un peu. Le plus horrible, dans son cas, c'est qu'elle est morte à seize ans…

M. Mullen se leva d'un bond lorsque les deux policiers et l'interprète entrèrent dans la salle d'attente. Son visage était hagard, ses yeux rougis par les larmes. Il se mit à agiter les mains avec véhémence, mais Val ne parut nullement décontenancée et se mit à traduire simultanément.

— Je suis John Mullen. Je suis venu voir ma fille. Où est-elle ?

— Je suis l'inspecteur Kane, et voici ma partenaire, l'inspecteur Sutherland.

Kane jeta un regard en coin à l'interprète, avant de fixer de nouveau le père ravagé par le chagrin.

— Nous sommes vraiment désolés, ajouta-t-il.

— Qu'est-ce qui s'est passé ? demanda M. Mullen par le truchement de Val. Il faut que je sache ce qui est arrivé à ma fille.

— Elle se trouvait dans un immeuble en construction lorsqu'il a été incendié, lui répondit Kane. Nous ne savons pas ce qu'elle faisait là. Elle s'est retrouvée piégée à l'intérieur et n'a pas réussi à s'échapper.

— Elle n'a pas brûlé, intervint Olivia. Elle est morte asphyxiée par la fumée.

Dès que ces propos furent traduits, les épaules de Mullen s'affaissèrent.

— Elle était seule au moment du décès, continua Kane. Mais pas juste avant. Nous voulions vous demander si vous lui connaissiez des amis dans la région.

Perplexe, Mullen ralentit ses gestes pour répondre :

— Non, pas un seul. Elle habitait en Floride. Elle était censée y être, en toute sûreté. Avec qui se trouvait-elle dans cet immeuble ?

— C'est ce que nous tentons de savoir, monsieur. Pouvez-vous nous dire si votre fille avait une prothèse auditive, en plus de son implant cochléaire ?

Toujours perplexe, l'homme secoua la tête.

Ce qui venait confirmer le fait que la prothèse appartenait au compagnon de Tracey.

— Quand avez-vous vu votre fille pour la dernière fois, monsieur ? lui demanda Olivia.

— Cet été, pendant quatre semaines. J'ai le droit…

Il serra les poings un instant avant de se remettre à signer.

— J'avais le droit, se reprit-il, de passer les vacances avec elle un Noël sur deux, aux congés d'automne et de printemps, et six semaines en été.

— Mais elle n'est restée avec vous que quatre semaines, cette année ?

Mullen hésita avant de répondre :

— Oui. Elle est partie en colonie de vacances les deux autres semaines.

Une piste peut-être…

— Quelle colonie de vacances ?

— Camp Longfellow, dans le Maryland.

Son visage baigné de larmes se fripa subitement et il se mit à sangloter.

— Je vous en prie, laissez-moi voir ma fille !

Kane consulta Olivia du regard et elle hocha la tête. Elle n'avait, pour l'instant, aucune autre question à lui poser. Dès que l'identification serait terminée, ils se renseigneraient pour savoir quels étaient les autres adolescents ayant participé à cette colonie de vacances.

Olivia effleura le bras de Mullen et le conduisit à la

salle de présentation des corps aux familles. Une lumière verte était allumée dans un coin de la pièce, indiquant que le médecin légiste était prêt, de l'autre côté d'un rideau.

Kane tira le rideau et il ne fallut que quelques secondes pour que Mullen hoche la tête d'un air hébété. Puis il ferma les yeux et se remit à pleurer, en balançant la tête en silence, comme muré dans son chagrin.

Kane referma le rideau. Il n'y avait pas eu d'identification des corps par les proches dans l'affaire du Cinglé de la Fosse. Dans l'état où ils étaient, les restes des victimes étaient trop méconnaissables et l'on avait eu recours à des analyses ADN pour les identifier. En cet instant pénible, la présence du père de Tracey fit réaliser à Olivia quel surcroît d'horreur elle aurait vécu, si cette épreuve lui avait été infligée au cours de ce long cauchemar où elle avait failli perdre la raison.

Elle effleura de nouveau le bras de Mullen, tout doucement, ainsi qu'elle avait appris à le faire avec Brie lorsque celle-ci ne portait pas son microprocesseur derrière l'oreille. Il s'efforça de reprendre contenance et la regarda dans les yeux.

— Je suis désolée, dit-elle dans la langue des signes.

C'était l'un des rares signes qu'elle connaissait : le poing serré sur le cœur, comme pour apaiser le chagrin. Puis elle s'adressa à Val, pour la traduction de la suite.

— Le pompier qui a trouvé le corps de Tracey m'a demandé de dire à M. Mullen que ses collègues et lui compatissent de tout leur cœur. Ils ont essayé de la sauver, mais il était déjà trop tard quand ils sont arrivés.

— Elle était morte depuis combien de temps, quand les pompiers sont arrivés ? demanda Mullen, en redressant le menton.

Olivia aurait perçu de l'hostilité dans cette mimique, si elle ne l'avait pas déjà vue chez de nombreux parents endeuillés. Ce n'était que la colère qui naissait du chagrin, le besoin de blâmer quelqu'un. C'était humain.

— Cinq minutes après avoir reçu l'appel, dit-elle. Le médecin légiste pense que Tracey est décédée avant même qu'ils ne reçoivent cet appel. Le pompier qui a sorti son corps des décombres a risqué sa vie.

Olivia repensa au gouffre, haut de trois étages, dans lequel David avait failli chuter. S'il avait posé le pied au mauvais endroit, lorsqu'il était passé par le trou dans la baie vitrée… Elle préféra ne pas y penser.

— Tout le monde a fait ce qu'il a pu, ajouta-t-elle.

— Merci. Quand est-ce que je pourrai la ramener chez moi ?

Lorsque Val traduisit sa question, Olivia réprima un soupir. Elle détestait toutes les affaires où les victimes étaient des enfants, mais c'était encore plus difficile, lorsque les parents se partageaient la garde d'un mineur.

— Votre ex-épouse arrive demain, dit Kane. Il faudra que vous décidiez ensemble quels arrangements il convient de prendre.

Le visage de Mullen se pétrifia.

— Je comprends, fit-il.

Puis il quitta la pièce, tout tremblant, de chagrin ou de colère, Olivia n'aurait pu le dire. Sans doute un mélange des deux.

— Vous serez disponible, demain ? demanda Olivia à Val. Nous aurons besoin de poser d'autres questions aux parents et de les confronter.

— Vous pouvez demander au tribunal de me désigner, lui répondit Val. Je vais prévenir le bureau.

— Nous aurons peut-être besoin de vous toute la matinée, ajouta Olivia, en songeant à leur visite à l'école des sourds. Nous devons également interroger des élèves malentendants.

— Je m'arrangerai. Maintenant, permettez-moi de me retirer.

Olivia comprenait ce que Val ressentait. La morgue n'était pas son endroit préféré, à elle non plus.

— Bien sûr, dit-elle.

Lorsque Mullen et Val eurent signé leurs déclarations et pris congé, Olivia se tourna vers Kane.

— Tracey est allée en colo.

— Il a hésité avant de nous le dire. C'est quoi, Camp Longfellow ?

— On va se renseigner…

Ils se rendirent dans le bureau de Ian et le virent sortir de la chambre froide, où il venait de replacer le corps de l'adolescente.

— Ian, on peut se servir de votre ordinateur un instant ?

— Pas de problème. Vous êtes sur une piste ?

Olivia se glissa sur le siège du bureau.

— Tracey Mullen est allée en colo, cet été…

Le légiste hocha la tête, comprenant à quoi ils pensaient.

— Elle aurait pu y rencontrer un garçon dont ses parents ne connaissent pas l'existence, dit-il.

— Les enfants font tant de choses sans que leurs parents le sachent ! murmura Kane.

— Je sais… Moi-même j'ai causé bien du souci à ma mère, dit Olivia d'un ton faussement repentant, en consultant les résultats du moteur de recherche pour l'entrée « Camp Longfellow ». Voilà… C'est un camp qui n'accueille que des lycéens sourds ou malentendants. Je me demande pourquoi Mullen a hésité avant de nous répondre.

— Peut-être qu'il a envoyé Tracey là-bas, sans que son ex-épouse soit au courant, suggéra Kane. J'ai l'impression qu'ils ne s'entendent pas très bien, en particulier sur la manière d'élever leur fille. Ian, à quand remontent la fracture et les autres blessures à la main gauche de Tracey ?

— A moins de trois mois, je dirais.

Olivia soupira.

— La personne qui l'a maltraitée pourrait donc être le père, la mère ou le nouveau mari de la mère, ou n'importe quel autre ado de la colo. On n'est guère plus avancé, de ce côté-là… Et on n'a toujours aucune idée de l'identité du témoin oculaire. Espérons qu'on en saura davantage demain. Ce sera peut-être une journée déterminante.

Et cette nuit sera peut-être une nuit déterminante.

La journée s'achevait. Elle attendait ce moment en le redoutant autant qu'elle l'espérait.

— Même si je sais combien vous adorez ma morgue, leur dit Ian, je vais devoir vous mettre à la porte. Il me reste une autopsie à pratiquer avant de rentrer chez moi. Alors, du balai !

— Désolée, Ian !

Kane attendit qu'ils soient tous les deux sortis pour lui dire :

— J'aimerais bien récupérer mes jumelles, tu sais… Je dis ça juste au cas où tu envisagerais d'annuler ton rendez-vous avec Hunter.

Les joues d'Olivia rosirent.

— Mais pas du tout. Qu'est-ce qui te fait croire ça ?

— Ecoute, je ne sais pas ce qui s'est passé entre vous, et je ne veux pas le savoir. Mais si tu as besoin de te confier…

Touchée, elle lui tapota affectueusement l'épaule.

— Non. Tout va bien. Je te remercie…

Elle allait atteindre sa voiture, lorsqu'elle l'entendit crier de l'autre bout du parking :

— N'oublie pas le rouge à lèvres, surtout !

9

Lundi 20 septembre, 20 h 30

La mâchoire serrée, David lança une nouvelle fois sa ligne de l'extrémité du petit quai privé. Il déroula le fil de pêche par saccades dans l'eau sombre du lac, sachant qu'il n'attraperait jamais un poisson. D'ailleurs, peu lui importait de faire ou non une prise.

Olivia n'était pas venue. Elle n'avait pas appelé, pas envoyé de SMS. Rien.

Peut-être était-ce sa manière de se venger de lui ? Si c'était le cas, il le méritait amplement.

Sa chemise était trempée de sueur, malgré la température plutôt fraîche du crépuscule. Il avait retroussé ses manches et laissé ses chaussures à l'autre bout du quai. Il était à présent pieds nus, sa canne à pêche à la main, ressassant dans son esprit tout ce qu'il pouvait se rappeler de la nuit qu'il avait passée avec Olivia, s'efforçant coûte que coûte de rester calme.

C'est alors qu'il sentit une forte secousse. Il avait ferré une perche ! Une grosse. Très grosse ! Il commença à ramener prudemment sa ligne et entendit au même moment le ronflement d'un moteur qui approchait. Il continua de remonter sa prise, tout en tendant l'oreille, se demandant si la voiture allait passer son chemin, comme l'avaient fait les précédentes.

Mais le véhicule s'arrêta devant l'entrée du chalet, moteur en marche. Les instants passèrent interminables, et le moteur continuait de ronronner.

Coupe le moteur, Olivia.

Il ne put se remettre à respirer que lorsqu'elle se décida à le faire. Il entendit aussitôt après une portière claquer dans le silence de la nuit.

Deux très longues minutes plus tard, il entendit claquer la porte de derrière. Ses mains continuaient à ramener sa ligne. Les feuilles mortes crissèrent sous des pas. Et il sentit enfin le doux parfum du chèvrefeuille.

Elle était là.

— Je ne t'attendais plus, dit-il calmement.

Il se retourna et contempla le visage qui avait captivé son imagination depuis le premier instant où il l'avait vu. Il avait été littéralement fasciné par les yeux d'Olivia. Il s'aperçut qu'il l'était toujours. Ces yeux ronds et bleus, dans lesquels il avait lu successivement, ce premier soir qu'ils avaient passé ensemble, de l'intelligence et de l'acuité, de la douceur et de la compassion… De la passion et du désir aussi, plus tard, lorsque, la tête sur l'oreiller, elle lui avait lancé un regard chaviré.

— Mais je suis content que tu aies fini par venir…

Il la vit sourire. Enfin, presque. Son regard se posa sur sa poitrine et il constata que son cœur battait vite. Elle était nerveuse, mais pas effrayée. Du moins, c'est ce qu'il espérait.

Il ne faut surtout pas qu'elle ait peur de moi.

— Désolée d'être en retard. Il a fallu que j'aille récupérer mon chien et que je le dépose chez moi. J'en ai profité pour faire un brin de toilette…

David remarqua alors seulement sa robe. Il l'avait déjà vue. C'était celle qu'Olivia portait lors de leur première rencontre, au repas de répétition du mariage de Mia. Cette nuit-là, ils avaient causé de tout et de rien jusqu'au lever du soleil. Il se demanda si elle avait choisi cette tenue en souvenir de cette nuit, ou si c'était simplement sa robe préférée.

Elle était bleue comme ses yeux. Son étoffe légère flottait au vent, laissant entrevoir les courbes élégantes de son corps. Elle avait détaché ses cheveux, ainsi qu'il la préférait. Il mourait d'envie de la toucher, mais ses mains étaient sales et il s'en garda bien, resserrant son étreinte sur sa canne à pêche.

Il baissa la tête pour considérer ses propres vêtements d'un air contrit.

— Moi aussi, j'avais fait un brin de toilette. Désolé…

— C'est ma faute. J'aurais dû t'appeler pour te prévenir. J'ai laissé filer le temps. Ça m'arrive, parfois…

Il la fixa de nouveau longuement, en se demandant comment il allait lui poser la question qui le hantait depuis deux ans et demi. *Pourquoi es-tu partie ? Qu'est-ce que j'ai fait de mal ?*

— J'ai ferré un sacré poisson, j'ai l'impression ! L'hameçon est bien enfoncé dans sa bouche. Si je coupe le fil…

— Il va souffrir. Alors, autant le remonter. C'est sympa ici, au bord du lac… C'est chez qui ?

Il remonta sa ligne, avec impatience à présent. Il avait hâte de se laver les mains pour pouvoir toucher Olivia.

— Chez un ami, qui habite en ce moment dans l'un des appartements de mon immeuble… Le petit immeuble que je suis en train de retaper.

— Je ne savais pas que tu avais déjà des locataires…

— Ce n'était pas prévu, au départ. Mais ces gens ont besoin d'un toit. L'immeuble est déjà à moitié plein.

Il vit une lueur vaciller dans les yeux d'Olivia et il aurait bien voulu comprendre ce qu'elle signifiait.

— C'est gentil de ta part, dit-elle.

— Pas autant que le travail que tu accomplis avec les jeunes fugueurs. A Chicago, tu m'as dit que tu voulais faire quelque chose pour ces mômes, que tu voulais donner aux enfants qui ont connu les mêmes problèmes que ta sœur une chance de faire quelque chose de leur vie. Il y a peu de gens qui se consacrent aux autres, Olivia, et tu en fais partie. Tu t'occupes du refuge pour fugueurs presque tous les week-ends.

C'était exact. Même au plus fort de son travail sur les victimes de la fosse, même au plus fort de son accablement personnel, elle avait tenu son engagement.

— Attends un peu… Comment est-ce que tu es au courant de ce que je fais de mon temps libre ?

— Je… me suis informé, voilà tout. Depuis que je suis ici, je m'intéresse à toi.

Elle plissa les yeux, sur la défensive.

— Tu me surveilles ?

Il se concentra sur sa prise.

Oui, Olivia, je te surveille.

— En quelque sorte…, admit-il.

— *En quelque sorte ?* répéta-t-elle. Qu'est-ce que ça veut dire ?

Elle se tenait déjà prête à en découdre, les mains sur les hanches, et le toisait, le menton pointé en avant. Ses beaux yeux bleus lançaient des éclairs.

— Une réponse un peu vaseuse, j'en conviens, Liv…

Elle pinça les lèvres, les yeux rivés sur la ligne de pêche.

— Tu n'en as pas une meilleure ? lui demanda-t-elle.

— Je crois, mais j'ai du mal à réfléchir en ce moment.

Elle grogna.

— Alors, dépêche-toi un peu. Qu'est-ce que tu comptes faire avec ?

Il supposa qu'elle voulait parler du poisson.

— Ça dépend… Tu aimes le poisson frais ?

— Ça dépend… Qui va le vider ?

Il ne put s'empêcher de sourire devant son air dégoûté.

— Moi !

— Alors, oui, j'aime le poisson. J'ai remarqué que tu as mis la table. Le poisson, c'est pour le dîner ?

Il avait fait un saut au supermarché pour acheter une nappe, des chandeliers et un service en porcelaine blanche tout simple. Rien de bien luxueux, mais c'était mieux que les vieilles assiettes ébréchées de Glenn. Il avait réussi à transformer la table de bois rustique en quelque chose de presque présentable, au cas où Olivia accepterait de dîner en tête à tête avec lui.

— Ça aussi, ça dépend… J'ai mis des steaks à mariner. Si tu as une petite faim…

Elle parut se dérider enfin.

— Je ne mange pas de viande… Mais le poisson m'ira très bien. Je n'ai pas mangé grand-chose, aujourd'hui. C'est gentil d'y avoir pensé.

Il luttait carrément avec sa prise à présent, sa canne tendue à l'extrême, ramenant à toute force sa ligne.

— La jeune fille a bien été identifiée par son père ?

— Oui. Elle s'appelait Tracey Mullen. Nous ne savons toujours pas ce qu'elle faisait dans l'immeuble. Il semble qu'elle ait menti à ses parents. Chacun d'eux pensait qu'elle était avec l'autre.

— Ils sont divorcés ?

— Oui. La mère arrive demain. Ça ne va pas être drôle. J'ai transmis ton message au père.

Elle hésita, avant d'ajouter :

— Je lui ai dit que tu avais risqué ta vie pour la sauver. Il t'en remercie.

— J'ai pensé à lui tout l'après-midi. J'ai aussi pensé au moment pénible que tu as dû passer, à la morgue, au moment de l'identification…

Le poisson était près de la surface à présent.

— Recule… Je vais le sortir de l'eau.

Elle fit quelques pas en arrière. Fournissant un dernier effort, David fit enfin atterrir une perche de belle taille sur le quai, où le malheureux poisson se mit à frétiller frénétiquement.

— C'est un gros pépère, commenta-t-il.

Il leva les yeux et vit le visage d'Olivia se décomposer.

— Je le remets à l'eau ? proposa-t-il.

— Est-ce que j'aurais l'air bête, si je disais oui ?

— Non.

Elle se détendit.

— Cette perche a vécu une longue vie… Ce serait dommage d'y mettre un terme comme ça, dit-il encore.

Il enfila des gants et ôta précautionneusement l'hameçon de la bouche du poisson, puis il le replongea dans l'eau, ne le lâchant que lorsqu'il eut recouvré assez de force pour s'en repartir à tire-de-nageoire.

— Je remets la plupart de mes prises à l'eau, de toute façon. Je ne pêche jamais plus de poisson que ce qu'un homme peut manger. Allons dans le chalet. Je vais me laver les mains, et nous pourrons discuter ensuite.

— Et j'obtiendrai de meilleures réponses ?

— Oui.

Il espérait, lui aussi, obtenir des réponses. Des réponses qui lui permettraient de revivre.

Lundi 20 septembre, 20 h 45

Assis dans son bureau, à l'arrière de son entrepôt, Barney Tomlinson fixait d'un œil trouble le bilan financier désastreux qui s'affichait sur l'écran de son ordinateur. Il attrapa le verre qui se trouvait sur la table et, constatant qu'il était vide, ouvrit le tiroir où il rangeait une bouteille d'alcool.

Elle était vide, elle aussi. Il lâcha un juron et jeta la bouteille à l'autre bout de la pièce, où elle rebondit sans se briser.

Du whisky bon marché dans une bouteille en plastique. Voilà où il en était ! Pire, même, puisque la bouteille était vide !

Je suis ruiné.

Son épouse avait bloqué tous leurs comptes. Un avocat allait se faire son beurre et empocher son argent.

Il se prit la tête entre les mains et murmura :

— Mon putain de pognon !

« J'espère que ta petite pute valait la moitié de ta fortune », avait persiflé sa femme. Elle obtiendrait sans doute ce qu'elle exigeait. La moitié de son argent… L'avocat qu'il avait consulté ne paraissait pas très optimiste. Quand en plus il y avait des photos qui prouvaient l'adultère…

Ces satanées photos. C'était cet enfoiré de maître chanteur. *C'est lui qui me ruine.* Il regarda les photos que l'avocat de sa femme avait transmises au sien. Il se souvenait très bien de cette nuit. Mais plus qu'une histoire de sexe, il y avait eu, surtout, l'attention de Shondra. Elle s'était montrée à l'écoute de ses problèmes. Avec elle, il avait eu l'impression d'être important. Et de rajeunir.

A présent que son argent s'était évaporé, Shondra était partie, elle aussi. Et sa garce de femme s'en était bien réjouie. Il aurait voulu qu'elles soient mortes, toutes les deux ! Mais il avait eu beau retourner le problème en tous sens, il en revenait toujours au même point : il aurait été le premier soupçonné. Enfin, quand tout cela serait terminé, il lui resterait encore la moitié du peu sauvegardé.

— Excusez-moi…

Barney leva les yeux. Un homme se tenait dans l'embrasure de la porte, les mains dans les poches. Son visage lui disait quelque chose, mais il ne parvint pas à le situer.

— Le démarchage est interdit, ici, monsieur. Je dois vous demander de sortir.

Il voulut se lever, mais se rassit aussitôt lorsqu'il vit le gros pistolet que l'homme pointait vers lui. Il vit les gants noirs aussi et son cœur se mit à battre la chamade. Affolé, il parcourut la pièce du regard : le téléphone, au bord de son bureau, était trop loin pour qu'il puisse s'en saisir.

Il était seul dans le bâtiment. Ses employés étaient tous rentrés chez eux. Personne ne l'entendrait appeler au secours.

— Il n'y a pas d'espèces ici, bredouilla Barney. Mais j'ai une montre.

Il entreprit de l'ôter de son poignet, mais l'homme ne fit que brandir plus fermement son arme.

— Je n'en veux pas de ta montre, Barney !

L'intrus contourna le bureau et vint planter le canon de son pistolet contre la nuque de Barney.

— Qui êtes-vous ?

Puis il comprit.

— C'est *vous* ! Vous qui avez pris ces photos… C'est vous qui avez voulu me faire chanter…

— Techniquement, ce n'était qu'une tentative de chantage. Car tu ne m'as jamais payé.

— Que voulez-vous ? Je n'ai plus un sou. Vous m'avez ruiné.

— Non, Barney. C'est toi qui t'es ruiné tout seul. Tu as trempé ton biscuit là où tu n'aurais pas dû… Il faut en accepter les conséquences, maintenant.

Il avait l'air de trouver la situation amusante.

— Tchao tchao !

Tchao tchao… Où avait-il déjà entendu ça ? Mais oui !

— Vous êtes…

Il fit un pas en arrière et regarda avec satisfaction le corps de Tomlinson, dont le visage était plaqué contre le bureau. Enfin, ce qu'il restait de son visage… Il fouilla les poches du mort, y trouva des clés, un BlackBerry et le téléphone jetable qu'il lui avait fait parvenir. Il empocha les clés ainsi que le BlackBerry et contourna le bureau, en prenant bien garde de ne pas piétiner les bouts de cervelle qui jonchaient le sol. Il marqua une pause devant la porte, prit un instantané de la scène avec le téléphone jetable et vérifia que la photo n'était pas ratée.

Elle était exactement comme il la désirait. Bien centrée sur Barney… Et le sang offrait un contraste saisissant avec les feuilles de papier éparpillées sur le bureau. Cette belle image constituerait une excellente incitation pour le prochain crétin qui se risquerait à lui tenir tête. Ou pour la bande des Quatre (moins un), s'il leur prenait l'envie de se dérober.

Il espérait que les flics trouveraient la balle qu'il avait

tirée à bout portant dans la tête de Barney et qui avait dû finir sa course quelque part dans la pièce. Ils ne manqueraient pas de faire le lien avec le meurtre du vigile, tué avec la même arme. Ce qui lui permettrait de resserrer son emprise sur la petite bande.

Il ouvrit la porte du bureau et enfila sa cagoule, avant de repartir par où il était venu. Les caméras ne l'inquiétaient pas trop. En écoutant les conversations d'Eric et d'Albert, il en avait conclu qu'ils sauraient les neutraliser. La seule vidéo qui compterait, après l'incendie, serait celle qu'il allait faire lui-même.

Avant de sortir du bâtiment, il déverrouilla la cage où était enfermé le chien de garde, ainsi que Tomlinson le faisait tous les soirs, en quittant les lieux. C'est lui qui s'occupait du molosse, qui le nourrissait et lui faisait regagner sa cage au matin, où la pauvre bête tournait ensuite en rond toute la journée. Il espérait qu'Albert et Eric n'avaient pas prévu de le tuer : c'était un animal magnifique.

Il referma le portail derrière lui, et tira de l'extérieur sur la ficelle qui bloquait l'ouverture de la cage, exactement comme Tomlinson le faisait tous les soirs. Le chien bondit en poussant un grognement féroce et se mit à tambouriner contre la clôture, en montrant les crocs. Oui, assurément, c'était une belle bête…

Tchao tchao, songea-t-il, en montant dans la voiture de Barney. Il démarra et parcourut quelques centaines de mètres, avant de se garer et de récupérer son propre véhicule. Comme ça, quand Eric et ses acolytes arriveraient à l'entrepôt, ils ne verraient pas la voiture de Tomlinson. Elle n'était pas censée s'y trouver et cette anomalie les aurait sans doute dissuadés d'agir.

Ils allaient mettre le feu aux locaux et, dès le lendemain, il les tiendrait, plus que jamais, en son pouvoir.

*
* *

Lundi 20 septembre, 20 h 57

— Ça y est… J'y suis.

Eric était penché sur son ordinateur portable, sur l'écran duquel s'affichait le serveur de la société que possédait Tomlinson.

— Il était temps, se contenta de dire Albert, sans détourner les yeux de la télévision.

Il était en train de regarder une chaîne d'info en continu pour se faire une idée des progrès de l'enquête sur l'incendie de la résidence.

Eric ne prêta aucune attention au ton sur lequel son compagnon lui avait répondu. Il n'avait pas le temps, en ce moment, de se préoccuper de la dégradation de leur relation. Il lui fallait trouver un moyen de neutraliser le système d'alarme. Et vite ! Il lui avait fallu beaucoup plus de temps que prévu pour s'introduire dans le serveur, à cause de sa nervosité croissante, qui l'empêchait de se concentrer et de réfléchir correctement à ce qu'il faisait.

Il ouvrit un dossier nommé « MAINTENANCE » et poussa un petit cri de satisfaction.

— L'alarme est ancienne. La documentation est celle d'un système qu'ils ont acheté il y a dix ans.

— Epargne-moi les détails de la marque et du modèle, s'il te plaît, répliqua Albert. Dis-moi plutôt si tu peux le neutraliser.

— Oui. Ce sera facile. Il me suffit de…

Albert leva la main pour l'interrompre.

— Chut…

Sur l'écran du téléviseur, le présentateur faisait sa tête des mauvais jours.

« Bonsoir. Du nouveau sur l'incendie qui a détruit la résidence du lac, la nuit dernière… Les enquêteurs ont identifié le corps de la victime qu'on a retrouvée à l'intérieur. Il s'agit de Tracey Mullen. Tracey venait d'avoir seize ans… »

L'écran se divisa en deux parties et la photo d'une jolie jeune fille aux grands yeux marron apparut, à côté du visage grave du présentateur.

Eric sentit subitement son estomac se retourner et il se félicita de n'avoir rien mangé depuis de longues heures. *Tracey Mullen…* En fixant le visage juvénile et gracieux qui s'affichait sur l'écran, il le revit tel qu'il l'avait aperçu la veille, aplati contre la vitre, la bouche grande ouverte, sur ce terrible cri muet. Il constata que le visage d'Albert s'était crispé et il se demanda si ce dernier était autant rongé par le remords que lui-même.

Sur l'écran défilaient à présent des images d'une femme aux cheveux roux qui portait un blouson estampillé « SECOURS » et tenait en laisse un berger allemand. La femme et le chien étaient en train d'entrer dans l'immeuble dévasté par les flammes, tandis que trois autres personnages les regardaient : une femme blonde, un homme brun et un grand costaud coiffé d'un feutre. *La brigade des chapeaux*, songea Eric. Le type au feutre était donc un inspecteur de la brigade des homicides.

« Ces images ont été tournées cet après-midi sur la scène de crime. Un chien de sauvetage a parcouru l'immeuble en quête d'autres victimes éventuelles. Heureusement, il n'en a pas trouvé. »

Eric lâcha un soupir de soulagement. Ils n'avaient tué personne d'autre, c'était déjà ça. La mort de la fille était tragique, certes, mais elle n'était pas censée se trouver dans l'immeuble.

L'image devint subitement moins nette et le plan qu'on voyait à présent sur l'écran était plus large.

« Cette vidéo a été filmée par un passant avec un téléphone portable. On y voit le chien des sauveteurs en train de suivre une piste de l'autre côté de l'immeuble, piste qui semble s'être arrêtée sur la petite plage que vous voyez sur vos écrans. Le capitaine Bruce Abbott n'a pas souhaité nous indiquer si cette piste a fait progresser l'enquête. »

Le visage du présentateur réapparut dans la lucarne.

« D'autres faits divers, maintenant… Un accident de la route a coûté la vie à un étudiant nommé Joel Fischer ce matin. La voiture de Joel a fait une sortie de route alors qu'il se rendait à l'université, où il suivait des études de droit. Il n'y a pas eu d'autres blessés. L'enterrement de la victime aura lieu demain après-midi… »

— Le chien policier a trouvé l'endroit par où le maître chanteur est reparti, commenta Albert d'une voix égale, comme si l'annonce de la mort de Joel ne lui faisait ni chaud ni froid.

— Mais les flics doivent quand même penser que c'est nous qui avons tué le vigile, dit Eric d'un ton apeuré.

— Ils ne savent rien sur nous, pour l'instant… Il faut donc faire en sorte qu'ils ne sachent jamais rien.

Lundi 20 septembre, 21 h 02

Olivia avait froid et elle était fébrile. Surtout fébrile, dut-elle admettre. Elle se trouvait dans la pièce principale du chalet, où trônait une table de bois recouverte d'une nappe en tissu, avec des chandeliers et des assiettes en porcelaine.

Ils allaient dîner tous les deux, en tête à tête. Et ensuite ?

Ensuite rien, décida-t-elle fermement. *Rien, avant que j'aie obtenu certaines réponses.*

Du coin de l'œil, elle vit une forme blanche voler dans la pièce et se tourna pour suivre son mouvement. Elle se rendit compte que c'était la chemise que David venait de jeter de la salle de bains dans un panier à linge. Ce qui voulait dire qu'il était, en cet instant, à moitié nu. Olivia inspira profondément. Ses bras n'étaient plus froids, tout à coup. Elle n'avait plus froid nulle part, d'ailleurs.

Elle entendit l'eau se mettre à couler et, mue par une irrépressible curiosité, se dirigea vers la porte ouverte de la salle de bains.

David était en train de se débarbouiller au lavabo, la tête penchée vers la vasque remplie d'eau. Il n'avait pas ôté son pantalon, et elle se dit que cela valait mieux. Elle aurait eu sinon le plus grand mal à appliquer ses bonnes résolutions.

Elle se planta dans l'embrasure, sans qu'il se rende compte de sa présence, et se contenta de le regarder. Il lui parut encore plus appétissant que lors de cette nuit où elle l'avait vu nu, deux ans et demi auparavant. Il semblait plus musclé… Mais ce n'était sans doute qu'une impression.

Ses cheveux noirs étaient mouillés au niveau de sa nuque, et légèrement bouclés. Elle eut envie de passer les doigts dedans. Elle se força cependant à ne pas tendre la main pour le caresser et resta immobile. Il ne l'avait toujours pas vue. Rasoir en main, il leva les yeux vers le miroir et découvrit enfin son reflet derrière le sien. Elle resta silencieuse. Lui ne dit rien non plus. Il se redressa seulement et entreprit de se raser. Leurs yeux se croisaient chaque fois qu'il rinçait sa lame dans l'eau du lavabo.

Rien de plus intime que de regarder un homme se raser. Elle aimait regarder Doug ainsi, du temps de leur liaison.

Cela lui manquait, cette intimité. Le sexe aussi, bien sûr… Mais l'intimité plus que tout. Ce sentiment d'appartenir à quelqu'un, qui lui-même vous appartient…

Elle inspira, se redressa. Ce n'était pas auprès de cet homme qu'elle trouverait une telle complicité. David Hunter ne lui appartiendrait jamais.

En regardant bouger ses muscles, elle croisa son regard et se sentit fondre, tenaillée par le désir. Elle se demanda alors si c'était si important que cela, ce sentiment d'appartenance, et l'exclusivité qui allait avec…

David acheva rapidement sa toilette, mais il ne se tourna pas vers elle et continua de la regarder dans le miroir.

— Pourquoi est-ce que tu m'as surveillée ? lui demanda-t-elle d'une voix rauque.

Elle vit sa pomme d'Adam se contracter.

— J'avais besoin d'être sûr que tu allais bien. Tu travaillais sur cette enquête épouvantable… Tu avais mauvaise mine, tu étais stressée. Eve m'a confié que tu ne dormais plus. Que tu ne mangeais plus. Je m'inquiétais.

— Si tu étais aussi inquiet que tu le dis, pourquoi ne m'as-tu pas tout simplement appelée ? Pourquoi n'as-tu pas cherché à venir me voir ?

Il se tourna alors vers elle, son regard d'acier perçant, quoique hésitant.

— Alors ? insista-t-elle.

Il fit un pas vers elle et passa ses doigts dans ses cheveux.

— Excuse-moi, Olivia, mais il faut que je sache, dit-il avec rudesse.

Et il colla sa bouche à la sienne. Elle en ressentit exactement la même ivresse que la dernière fois qu'il l'avait embrassée : le désir monta brusquement en elle, violent. Toutes les bonnes raisons qu'elle avait de ne pas lui rendre son baiser s'évanouirent, tandis qu'elle était dressée sur la pointe des pieds, les mains plaquées sur la poitrine de David, caressant sa peau nue.

Il est à moi. Même si c'est pour cet instant seulement.

Puis elle l'enlaça, le serrant fort contre elle.

Il lui tenait fermement la tête d'une main et de l'autre, parcourait ses reins et ses flancs, en l'embrassant avec une ardeur croissante. Et elle se souvint du plaisir qu'il lui avait donné, de ses caresses. De sa bouche, de ses mains... Mon Dieu, ce type avait des mains incroyables.

Touche-moi.

Elle aurait eu envie de hurler ces deux mots.

Sa robe se souleva, dénudant ses cuisses, lorsqu'il empoigna en la tordant l'étoffe qui ceignait sa hanche. Elle eut alors une vision de David en train de lui relever sa robe jusqu'au cou. Une vision bien tentante.

Comme la dernière fois.

Il se recula brusquement, la poitrine gonflée, le cœur battant contre les cheveux d'Olivia. Mais même s'il avait un peu desserré son étreinte, il ne lâcha pas prise. Il lui tenait toujours la nuque, plaquant sa joue contre la peau nue de son torse ; de son autre main, il lui malaxait les reins, comme pour l'empêcher de se raidir.

Comme la dernière fois.

Elle reposa les pieds à plat par terre, laissant glisser en même temps ses mains le long du dos de David, s'arrêtant elle aussi à ses reins, s'y accrochant fermement, avidement. Si elle avait cherché à se dégager, il l'aurait laissée partir, mais elle n'en fit rien. Elle en était parfaitement incapable.

— C'était bien vrai, alors, murmura-t-il d'une voix qui la fit frissonner. Je n'avais pas rêvé...

Elle songea à la manière dont elle l'avait quitté, étendu sur son lit, ronflant doucement. Il avait bu beaucoup trop de champagne, alors qu'elle-même était restée sobre toute la soirée. Pendant de longs mois, elle s'était demandé de quoi il se souvenait. S'il se souvenait d'ailleurs de ce qu'ils avaient fait. De ce qu'il lui avait dit.

— Ça dépend, répondit-elle prudemment, de ce que tu crois avoir rêvé.

— Je me souviens du vendredi. Je n'ai rien oublié de notre rencontre du vendredi. Mais, pour le samedi, j'ai comme un trou de mémoire…

Le dîner de répétition du mariage avait eu lieu le vendredi en question. C'est là qu'elle l'avait rencontré. Le mariage proprement dit avait eu lieu le lendemain. Et le samedi soir… Eh bien, c'était justement pour en parler qu'elle était venue.

David se mit à lui caresser doucement les cheveux et elle se laissa bercer, les yeux fermés.

— J'étais assis sur le parvis de l'église, dit-il. J'avais le cafard.

— Et tu m'as dit : « Encore un mariage d'où je repartirai seul… »

— Ah, je t'ai dit ça ?

— Le samedi soir après la réception… Et après deux ou trois coupes de champagne, tu m'as encore dit… pas mal de choses. Je me suis demandé si c'était vrai… Je trouvais étrange qu'un beau gosse comme toi soit aussi seul.

— Ce n'est qu'un visage, Olivia. Parmi tant d'autres.

Elle recula un peu pour lever les yeux vers lui, pour contempler justement ce visage auquel tant de femmes se montraient si sensibles. Elle y vit de la tristesse. Et de la solitude.

Elle lui caressa la mâchoire du bout des doigts, le sentit tressaillir et se rendit compte qu'il était crispé.

— Ce n'était pas seulement ton joli minois, David. Je

n'arrêtais pas de me dire : il doit avoir plein de défauts, il doit être mesquin, orgueilleux, idiot…

— J'en ai beaucoup, crois-moi.

Elle se colla de nouveau contre sa poitrine.

— Eh bien, je ne les ai pas vus.

Il se remit à la masser doucement et elle sentit qu'elle était en train de se liquéfier à son contact.

— Tu portais cette robe au dîner de répétition.

— Je me suis demandé si tu t'en souviendrais.

— Je t'ai déjà dit que je me souvenais de tout ce qui s'est passé le vendredi. J'étais assis sur le parvis, et tu m'es tombée dessus.

Elle se sentit obligée de se justifier.

— J'ai trébuché sur un caillou en passant devant toi.

— Ça me fait une raison de plus pour apprécier les talons hauts, plaisanta-t-il. Je ne me suis pas trop plaint de mon sort, j'espère ?

— Non.

Il avait été charmant et drôle en soignant le genou qu'elle s'était éraflé dans sa chute. Il l'avait accompagnée dans la sacristie, la tenant par la taille et le cœur d'Olivia battait à tout rompre. Il lui avait trouvé un siège, s'était agenouillé devant elle et avait délicatement nettoyé le sang, tandis qu'elle contemplait son beau visage. Lequel était loin, à ses yeux, de n'être « qu'un visage parmi tant d'autres ». Elle avait été tout simplement fascinée.

— Tu m'as mis un pansement…

— Ma nièce Grace s'était égratigné le genou, elle aussi, cet après-midi-là…

Il parlait encore avec une légère gêne, mais n'en était pas moins séduisant.

— Ce qui explique pourquoi j'avais ce qui fallait dans ma poche.

— C'est ce que tu as dit…

Il l'avait regardée en souriant d'un air juvénile, à la fois timide et malicieux.

Et c'est à cet instant que j'ai été subjuguée.

A priori, il n'avait aucune raison de se montrer amusant et empressé — ou même simplement poli — avec elle. Mais il avait été tout cela à la fois. Il avait été parfait.

— Oui, reprit-elle, le vendredi, nous avons passé une bonne soirée tous les deux.

Parfaite, en vérité.

— Ah oui ! renchérit-il. J'aurais voulu qu'elle ne finisse jamais.

Moi aussi, j'aurais voulu…

Après le dîner de répétition, ils s'étaient retrouvés chez Moe, un restaurant tenu par des amis, où ils avaient mangé de la tarte, bu du café, en causant en tête à tête, jusqu'à ce que les propriétaires du lieu viennent rôder autour d'eux et finissent par éteindre les lumières, pour les décider à partir.

— Je crois que c'était la première fois que je faisais la fermeture d'un restaurant, dit-elle.

— Quand Moe a appris que je quittais Chicago pour Minneapolis, il m'a demandé de te passer le bonjour.

Il ne dit plus rien, ensuite, pendant un long moment, se contentant de la serrer dans ses bras. Puis il lâcha un léger soupir.

— Salut Olivia… J'aurais dû venir te saluer il y a plusieurs mois déjà.

Elle recula, le regarda dans les yeux.

— Alors, pourquoi ne l'as-tu pas fait ? Et pourquoi es-tu venu vivre ici ?

— A cause de la nuit du samedi.

Il marqua une pause, sans cesser de la fixer, et elle sentit ses joues s'empourprer.

— J'ai oublié beaucoup de choses qui se sont passées cette nuit-là, Olivia… Mais le peu dont je me souviens me suffit pour savoir que…

Il s'interrompit et elle redressa le menton.

— Pour savoir quoi ?

Son regard se fit plus doux.

— Pour savoir ce que tu ressentais, quand on a dansé tous les deux, pendant que je te tenais dans mes bras…

Il ôta sa main de ses cheveux et suivit du bout des doigts le bord de son soutien-gorge au travers de la fine étoffe de la robe, ce qui procura à Olivia les plus agréables sensations.

— Pour savoir aussi, reprit-il, que je mourais d'envie de découvrir à quoi tu ressemblais, sans cette belle robe…

Il baissa la tête pour effleurer de ses lèvres la courbe de ses épaules, tout en caressant doucement sa poitrine rebondie.

— Mais en fait, dit-il encore tout bas, je devrais le savoir, non ?

Elle tremblait de désir à présent. *Il faut que je lui dise d'arrêter.* Mais elle en était incapable.

— Oui…

Touche-moi encore, voulut-elle l'implorer, mais elle se trouva incapable de prononcer le moindre mot.

Il fit glisser soudain ses deux mains sur ses fesses. Elle poussa un petit gémissement de plaisir, aussitôt étouffé par un nouveau baiser à pleine bouche, plus ardent, plus passionné que le précédent.

— Et je me souviens de ce que j'ai ressenti, quand je te serrais dans mes bras, murmura-t-il.

Elle se dressa sur la pointe des pieds pour mieux sentir le corps de David contre le sien et constata que son sexe était déjà raide et dur.

Elle se souvenait parfaitement de ce qu'elle avait

éprouvé, déjà, en collant son ventre contre ce sexe érigé, en le sentant palpiter au contact de sa peau brûlante. Elle désirait le sentir encore. *Maintenant.* Il la souleva, la plaquant contre l'encadrement de la porte, et elle sentit les muscles de David se raidir contre ses cuisses.

Ils y étaient presque. Exactement comme l'autre fois.

Elle se frotta contre lui et l'entendit marmonner. Puis ses mains tremblantes et caressantes se posèrent sur la chair nue de ses cuisses.

Tout frémissant, il lui embrassait le cou, lui mordillait l'oreille.

— Je me souviens du goût de ton corps, Olivia, murmura-t-il, d'une voix plus rauque que jamais.

Elle ne put réprimer un gémissement. Sa tête heurta doucement le cadre de bois. *Oui, ça...* C'est *ça* qu'elle désirait plus que tout depuis tant de mois.

— N'est-ce pas..., demanda-t-il, en lui couvrant le cou de baisers. N'est-ce pas que je connais le goût de ton corps ?

Elle hocha la tête.

— Et que je connais le son de ta voix quand tu jouis ?

— Oui, fit-elle, comme on lâche un sanglot.

— Et ensuite...

Il haletait à présent, et ses doigts creusaient la chair des cuisses d'Olivia. S'il n'y avait eu une barrière de tissu entre eux, il l'aurait déjà pénétrée. Elle se délectait de chaque coup de boutoir, entraînée dans une spirale de plaisir. Elle était sur le point d'avoir un orgasme — un orgasme provoqué par de simples mots murmurés à son oreille, par de simples caresses préliminaires.

— Et ensuite, quoi ? murmura-t-elle d'une voix râpeuse.

— Ta bouche... Mon sexe dans ta bouche... Je me souviens de cette sensation. Chaude et humide...

Il frissonna et ajouta :

— Ça, je crois que je l'ai imaginé… Dis-moi que je ne l'ai pas rêvé.

— Non, tu n'as pas rêvé.

Le souvenir de cette fellation lui revint dans toute sa force et elle eut un mouvement de recul.

— Pourquoi ? lui demanda-t-elle abruptement. Pourquoi ne m'as-tu jamais rappelée ? Si tu te souviens de tout ça, pourquoi m'as-tu évitée pendant aussi longtemps ?

Les hanches de David s'immobilisèrent.

— Je me suis réveillé le lendemain matin avec une méchante gueule de bois. Et seul. Mon dernier souvenir vraiment net remontait au moment de la réception elle-même. Je me rappelais avoir bu du champagne et avoir dansé avec toi. Et puis je me suis réveillé chez moi, dans mon lit, tout seul… Et tout nu. Sans plus savoir comment j'avais fait pour rentrer. Je n'arrivais pas à faire la part de la réalité et de mes fantasmes. C'est alors que j'ai senti ton odeur sur l'oreiller.

Il plongea son visage dans la chevelure d'Olivia.

— Je savais que tu étais vraiment venue. Et j'ai compris aussi que tu étais partie sans me dire au revoir, sans me laisser un mot.

Il lui souleva le menton et elle ouvrit les yeux. Le regard de David était intense. Elle y vit de l'embarras, de la confusion, mais aussi de la peine. Et puis quelque chose d'autre, qu'elle ne parvenait pas à définir.

— Pourquoi es-tu partie comme ça ? Il faut que je sache.

— Lâche-moi.

Il s'exécuta aussitôt. Les genoux d'Olivia étaient flageolants mais ses pieds solidement posés sur le sol, d'où, se dit-elle, ils n'auraient jamais dû décoller. Elle aurait bien voulu détourner les yeux, mais elle se força à le regarder bien en face.

— Quand… Quand j'ai joui, dit-elle, qu'est-ce que j'ai dit ?

— Tu as crié mon nom. Pourquoi ?

Comme elle restait silencieuse, il se renfrogna.

— Pourquoi ? insista-t-il. Qu'est-ce que j'ai dit, moi ?

Avant sa rencontre avec lui, elle n'avait jamais couché juste une seule nuit avec un homme. Mais David aurait du mal à la croire, si elle le lui disait. Elle avait été vraiment captivée par son charme, car elle se rappelait qu'elle avait trouvé tout naturel de le prendre dans sa bouche. Il en avait eu du plaisir et elle l'avait trouvé si beau, pendant qu'elle lui en prodiguait goulûment. Et soudain, il avait redressé la tête, les dents serrées, et au moment de jouir, avait prononcé le mot qui tue…

— « Dana », fit-elle d'une voix crispée. Tu as crié « Dana ».

La meilleure amie de ma sœur. Une femme mariée, en plus.

Les yeux bleus de David se fermèrent.

— Et alors ? demanda-t-il.

— *Et alors ?* répéta-t-elle, estomaquée. C'est tout ce que tu trouves à dire ?

Il secoua la tête vivement.

— Non… Tu m'as mal compris…, protesta-t-il. Je voulais dire…

Et alors ? Comme si cela n'avait aucune importance. Comme si je n'avais aucune importance.

— Laisse-moi partir !

— Olivia, attends…

Elle le repoussa sèchement.

— Non. Laisse-moi partir !

Elle se tortilla, replaçant sa robe sur ses cuisses.

Il lui tendit la main et elle le gifla.

— Olivia, attends !

Elle sentit un sanglot enfler dans sa gorge, mais elle préférait se damner plutôt que de pleurer devant lui. Elle fonça vers la porte d'entrée, s'emparant au passage de son sac à main, resté sur le comptoir de la cuisine, suivie de près par David. Il la dépassa avant qu'elle ne parvienne à la porte et bloqua celle-ci d'une main.

— Liv, écoute-moi…

— C'est fait. Et c'est bien ça le problème… Laisse-moi sortir ou je te jure que tu le regretteras !

Il recula lentement.

— C'est le cas. Je le regrette déjà. Je suis désolé à un point que tu n'imagines même pas…

— Tu parles ! railla-t-elle, et elle ouvrit la porte en grand.

Puis elle s'immobilisa et se força à se calmer. Prendre le volant dans cet état de fureur pouvait être périlleux. Elle regarda droit devant elle, se méfiant trop d'elle-même pour regarder David en face.

— Je ne suis pas une fille avec qui on couche une fois et puis au revoir. Tu n'es pas obligé de me croire. Je m'en fiche. Mais je vais être très claire : je ne joue pas les seconds rôles. Quand je suis avec un homme, je veux qu'il pense à moi. Et à moi seule.

— Olivia, je t'en prie… Je ne sais pas comment m'excuser… Evidemment, j'avais trop bu…

— Et alors ? fit-elle d'un ton sardonique. A partir de maintenant, arrête de me surveiller.

— Entendu. Je ne t'embêterai plus jamais.

— Tant mieux !

Elle monta dans sa voiture et roula jusqu'à la nationale. Puis elle se mit à trembler si fort qu'il lui fallut s'arrêter sur le bord de la route. Ces accès la prenaient quand elle se laissait emporter par l'émotion. Elle fouilla son sac en quête de son téléphone portable et tapa sur la touche d'appel direct numéro 1.

— Alors ? lui demanda Paige, sans prendre la peine de la saluer.

— On se retrouve au Sal's Bar, dit Olivia d'une voix lugubre. Dans une demi-heure.

— Ça ne s'est pas bien passé ? C'est ça ?

— C'est peu dire… J'envoie un message à Brie pour lui demander de se joindre à nous.

Paige soupira.

— Tu vas bien, Liv ?

— Mais bien sûr… Je pète la forme ! A tout à l'heure.

Et alors ?

Et alors, il avait gaffé.

Et alors, il l'avait blessée. Une fois de plus.

Et alors, il était le roi des crétins…

L'estomac noué, David referma la porte du chalet et entreprit de débarrasser la table. Dommage, ils auraient pu passer ensemble un très beau moment.

Son téléphone portable se mit à sonner et le nom de Paige s'afficha sur l'écran.

Evidemment.

— Oui ? fit-il d'un ton las.

— Tu sais que pour un beau mec plein d'esprit et tout, tu es vraiment le roi des cons !

Il ferma les yeux, trop fatigué pour riposter.

— Merci, Paige. On se voit demain au dojo. Tu pourras m'insulter tant que tu voudras…

— Je suis en route pour le Sal's Bar où je vais retrouver Olivia et Brie… Qu'est-ce que tu lui as fait, encore ?

— Ça ne te regarde pas.

— Je vais être obligée de lui dire qu'on se connaît, tous les deux. Je ne lui ai jamais menti. Ce n'est pas aujourd'hui que je vais commencer…

Super !

— Vas-y. De toute façon, quoi que tu lui dises, tu ne risqueras pas d'aggraver les choses…

— Parce que c'est à ce point ?

— Oui, avoua-t-il. Paige… Qui lui a fait du mal, dans le passé ?

— Tu veux dire, à part toi ?

Il tressaillit.

— Tu ne m'aides pas beaucoup, tu sais.

— Désolée… Je n'aime pas la voir triste comme ça, c'est tout. Et si, je vais certainement aggraver les choses, en lui révélant qu'on est amis, toi et moi.

— Bon, je suis content d'apprendre qu'on est toujours amis, c'est déjà ça.

— Mon Dieu, David… Je ne veux pas remuer le couteau dans la plaie. Tu veux savoir qui lui a brisé le cœur ? Avant toi, son ex-fiancé s'en est chargé.

— Micah Barlow ? hasarda-t-il.

— Tu connais Micah ? Mais oui, bien sûr, il est aux incendies criminels, maintenant… C'est normal que tu aies affaire à lui. Micah a sa part de responsabilité, mais ce n'était pas lui son fiancé, non. Mais son meilleur ami, Doug.

Second rôle.

— Il l'a quittée pour une autre, c'est ça ?

Il y eut un silence avant que Paige ne réponde :

— Oui.

Bien joué, Hunter.

— Fais ce que tu dois, advienne que pourra. Dis-lui ce que tu veux. Traite-moi de tous les noms, si ça peut lui remonter le moral ou juste la soulager. Je ne l'embêterai plus…

— David…

— A demain, au dojo. Tu me diras juste si elle va bien.

— On va trouver une solution, dit Paige, toute colère soudain fondue.

Lundi 20 septembre, 23 h 15

— C'est plus facile quand le combustible est déjà sur place, bougonna Albert.

Comme Eric, il portait un bidon d'essence dans chaque main. Mary fermait la marche en silence, un rouleau de mèche lente dans les bras. Ses yeux étaient encore gonflés et rougis par les larmes.

Je devrais être en deuil, moi aussi, songea Eric. *Joel était mon ami.* Mais il ne pensait qu'à en finir avec cette action et à organiser sa cavale ensuite.

— Hier, on a eu de la chance. La colle était dans l'immeuble. Mais là, je t'ai déjà dit que les chariots élévateurs marchent au propane et que la citerne de gaz est dehors, à l'arrière. On ne peut pas s'en servir pour mettre le feu.

Ils étaient tous les trois habillés en noir. Ils portaient des gants et des cagoules. Ils enjambèrent le chien, qui s'était endormi peu après avoir dévoré le steak imbibé d'un puissant somnifère que Mary avait conservé, à la suite d'une lombalgie.

— Il respire… Tant mieux, dit-elle, après avoir observé l'animal. Je ne veux pas d'autre mort… Je ne veux pas faire de mal à quelqu'un d'autre…

— Ce n'est qu'un chien… Ce n'est pas quelqu'un,

maugréa Eric, en posant ses bidons d'essence au pied de la porte de derrière.

Ce n'est pas une fille. Une fille dont il revoyait le visage terrifié, chaque fois qu'il fermait les yeux.

— On n'a qu'à verser l'essence à l'extérieur, suggéra Albert d'un ton pressant. Ne prenons pas le risque de déclencher l'alarme.

— Non ! Il faut détruire ce qu'il y a à l'intérieur.

Eric découpa au diamant un grand trou dans la porte vitrée et ôta précautionneusement assez de verre pour pouvoir se glisser dans le bâtiment.

— En plus, le magnétoscope est à l'intérieur. Et il faut récupérer la cassette vidéo avant de repartir... Albert, aide-moi à passer.

Albert s'exécuta en grommelant et s'apprêta à le suivre.

— Attends, lui dit Eric, en fixant le tableau d'alarme. L'alarme n'est pas enclenchée. Celui qui est parti en dernier a dû oublier de l'allumer.

— Ou alors, on est sur le point de se faire arrêter, prophétisa sombrement Albert. Ouvre la porte. J'ai hâte qu'on en finisse.

Eric ouvrit et attrapa les bidons d'essence, puis il fit un pas de côté pour laisser le passage à ses deux acolytes.

— Je vais aller chercher la cassette, puis je viderai mes bidons. Mary, commence à dérouler la mèche...

Le magnétoscope se trouvait effectivement dans le petit local dont la secrétaire avait parlé. Eric se dit qu'elle se souviendrait probablement de son appel, lorsque les flics l'interrogeraient. Mais ce n'était pas un problème. Il s'était servi du téléphone portable du maître chanteur. Au pire, cela les mettrait sur la piste du vrai méchant de l'histoire.

Il ôta la cassette du magnétoscope, puis vida ses bidons parmi les caisses et les cartons empilés près du quai de chargement. Il rejoignit ensuite Albert et Mary près de la porte de derrière.

— C'est bon, j'ai la cassette. Vas-y, Mary, allume la mèche.

— Pour Joel, dit-elle d'un ton solennel, en passant l'extrémité de la mèche à la flamme d'une allumette. Et maintenant, foutons le camp.

Ils filèrent jusqu'à leur voiture. En courant, Eric jetait des coups d'œil par-dessus son épaule, guettant le moment où les flammes seraient visibles. Lorsqu'il les vit illuminer l'intérieur de l'entrepôt, il prit une photo, en se servant du téléphone jetable du maître chanteur.

— Pourquoi cette photo ? lui demanda Mary, quand ils furent dans la voiture.

Eric et Albert échangèrent un regard embarrassé.

— Barrons-nous d'abord d'ici, lui répondit Eric. On en parlera après…

Pied au plancher, Albert parcourut un bon kilomètre avant de s'engager dans une petite rue bordée d'arbres. Ils sortirent de la voiture et remplacèrent en quelques secondes les fausses plaques d'immatriculation par les vraies. Ils remontèrent à bord et ôtèrent leurs cagoules. Albert se remit au volant, et Eric se tourna vers Mary.

— Voilà ce qui se passe, en fait…, commença-t-il.

Le visage de la jeune fille blêmissait au fur et à mesure qu'Eric lui révélait la vérité.

— Oh, mon Dieu. On a… Oh, mon Dieu… Le vigile… Il est mort ? Tu en es sûr ?

Eric hocha la tête.

— Il a été abattu d'une balle dans le cœur.

Elle ferma les yeux.

— Je ne peux plus continuer…

— Mais il le faut, dit Albert d'un ton sans appel. Jusqu'à ce qu'on ait retrouvé ce type et qu'on l'ait tué nous-mêmes.

Elle rouvrit de grands yeux écarquillés.

— Le tuer ? Nous-mêmes ?

— Comment être sûr, autrement, qu'il ne nous balancera pas aux flics ?

Elle secoua la tête vigoureusement.

— Je ne peux plus tuer. Je ne peux plus…

— Tu es déjà une meurtrière, continua Albert sur le même ton. Et ne t'avise pas de t'enfuir, sauf si c'est pour te suicider, comme Joel ! Il nous a épargné bien des tracas, en se supprimant lui-même.

Mary serra les dents.

— Je te hais !

— C'est réciproque !

Puis un silence pesant se fit dans la voiture, pendant le reste du trajet.

Il attendit que leur voiture ait disparu de son champ de vision pour démarrer et s'éloigner de l'entrepôt en flammes. Comme eux, il s'arrêta dans une petite rue pour remettre ses véritables plaques d'immatriculation. Il leur en avait substitué de fausses, sachant que les caméras de sécurité des entrepôts voisins risquaient de filmer sa camionnette.

Intéressant…, se disait-il. La zizanie s'était de toute évidence installée parmi les trois étudiants, et cependant ils semblaient vouloir se serrer les coudes. Pour l'instant, en tout cas. Il se promit de bien surveiller l'évolution de cette situation au cours des prochains jours, afin de connaître leurs intentions et leurs éventuels projets de fuite.

Il se remit au volant et prit sa caméra numérique. Il avait stationné devant l'un des entrepôts de la zone industrielle, à deux ou trois cents mètres de celui de Tomlinson. Assis à l'arrière de son véhicule, il avait guetté l'arrivée de la petite bande. Il avait filmé leur entrée puis leur sortie du bâtiment. Ils portaient des cagoules, cette fois, mais il avait zoomé sur leurs yeux, sur ceux de Mary en particulier, au moment où elle s'était retournée pour regarder le chien endormi. Il avait même filmé Eric en train de prendre une photo de l'incendie avec le téléphone portable jetable dont il l'avait pourvu.

Il savourait à l'avance les excellents clips qu'il allait tirer de cette vidéo, pour les envoyer à Eric et à ses deux complices. A présent, il lui fallait rentrer chez lui. Il lui restait du travail à accomplir. Car ces trois-là n'étaient pas son unique souci.

Loin s'en faut…

Ce n'était pas en mettant tous ses œufs dans le même panier qu'il était parvenu à sa fortune actuelle. Et il n'avait, pour s'enrichir, jamais hésité à sacrifier quelques œufs. Ce qui restait de Tomlinson lui-même était en train de griller dans l'entrepôt, à l'heure actuelle.

Il était temps de préparer une nouvelle omelette.

Lundi 20 septembre, 23 h 55

Olivia repoussa son verre vide vers le milieu du comptoir.

— Ce sera tout, pour moi, les filles…

— Moi qui croyais que tu allais noyer ton chagrin dans la tequila ! lui dit Brie, assise à sa gauche. Tu as fait durer ce verre toute la soirée…

— Peut-être que tu devrais prendre un peu de recul pour réfléchir à ce qui s'est passé, lui conseilla Paige.

Olivia lui jeta un regard agacé. D'ordinaire, son amie

était plutôt prompte à attiser les feux de sa colère contre l'iniquité et la goujaterie des hommes. Ce soir, elle était restée inhabituellement mutique.

Toutes trois installées au bar, elles regardaient d'un œil morose leurs reflets dans le grand miroir de l'autre côté du comptoir. Une rouquine, une blonde et une brune, bien alignées.

— Vous êtes toutes les deux assez belles pour poser pour des magazines, leur dit Olivia. Et pourtant, à nous trois, on n'arrive pas à tomber sur un seul petit ami potable. Pourquoi ?

— Parce que les hommes sont des porcs, répondit Brie d'un ton dégoûté. Et puis, toi, tu es belle, aussi.

Olivia sourit à son reflet.

— Et toi, tu as bu un coup de trop, ma poulette !

Brie laissa échapper un soupir.

— Il fallait bien que l'une de nous trois s'y colle…

— Ça n'a pas été facile de revoir Micah aujourd'hui, hein ?

Brie baissa les paupières.

— Non.

Paige haussa les sourcils.

— Parce que tu as vu Micah aujourd'hui ? Première nouvelle ! s'exclama-t-elle.

— Dans le cadre d'une affaire d'incendie, expliqua Olivia. Micah est chargé de l'enquête et il avait besoin de chiens détecteurs de cadavres.

— Tiens, ça m'étonne, ça… J'aurais pensé qu'il préférerait crever plutôt que de demander quoi que ce soit à Brie.

— Il a d'abord essayé de joindre d'autres maîtres-chiens, admit Olivia. Mais il connaît son métier.

— Ce n'est pas son métier, le problème avec lui, marmonna Brie. Mais on parlait de toi, Liv… Je n'arrive pas à croire que tu as couché avec un pompier de Chicago et que tu ne m'en aies jamais parlé. Je suis vraiment furieuse.

— Non, tu t'en fiches. Et je n'ai pas vraiment couché avec lui. Pas au sens *biblique* du terme.

— Alors qu'est-ce que tu as fait avec lui, exactement ?

— Peut-être qu'elle n'a pas envie d'en parler, lui fit remarquer Paige, avec une certaine gêne.

— Tu es dans quel camp, toi ?

Paige tressaillit.

— Pourquoi tu me demandes ça ?

— On ne t'a pas beaucoup entendue, ce soir… Qu'est-ce que tu as ?

Olivia se tourna à son tour vers son amie et lui posa la même question :

— Oui, qu'est-ce que tu as ?

— Rien… Je pense simplement que les apparences sont parfois trompeuses…

— Il avait visiblement l'air de trouver ça normal… hurler le nom d'une autre femme… au moment de jouir dans ma bouche.

Brie lui tapota la main.

— Tu sais, Liv… Il peut arriver que « Et alors ? » puisse vouloir dire « Et ensuite ? ».

Olivia secoua la tête.

— Toi, tu as besoin de boire un café…

— Ah non, je ne veux pas dessoûler ! protesta Brie. Je me demandais juste ce qu'il pensait avoir dit, lui, cette nuit-là…

— Ou même ce qu'il pensait avoir fait, dit Paige.

Elle fit signe au patron du bar.

— Sal, tu peux nous faire du café bien fort, pour notre amie, là ?

Brie fronça les sourcils.

— Espèce de rabat-joie ! Depuis quand tu joues les raisonnables ?

Sal posa trois tasses de café devant le trio.

— Tu veux que j'appelle un taxi, Brie ? s'enquit-il.

— Faut croire, répondit Brie d'un air sombre.

— Non, laisse tomber, Sal, je vais la raccompagner, dit Paige. Liv, je crois que tu devrais vraiment réfléchir. Ce garçon est sympa. Enfin, d'après ce que tu en dis toi-même…

— Non, il n'est pas sympa ! s'insurgea Brie. Ouvre les yeux, Paige !

— Ecoute, Liv, reprit Paige, il faudrait que je…

Le téléphone portable d'Olivia se mit à vibrer dans sa poche.

— Excusez-moi, dit-elle.

Elle consulta l'écran pour savoir qui l'appelait.

— C'est Micah. Il faut que je réponde.

Ce qu'elle fit immédiatement.

— Sutherland à l'appareil. Quoi de neuf ?

— Un nouvel incendie, Olivia. Il faut que tu viennes.

Elle descendit de son tabouret et demanda encore :

— Où ça ?

Il lui donna l'adresse.

— Et il y a mort d'homme. Un type qui a tout l'air d'avoir pris une balle dans la tête avant d'être laissé dans le bâtiment pour y brûler. Les incendiaires ont laissé une nouvelle boule de verre…

Le cœur d'Olivia s'emballa.

— J'appelle Kane tout de suite, Micah. On arrive au plus vite.

Elle raccrocha et posa assez d'argent sur le comptoir pour régler la totalité de l'addition.

— Désolée, les filles, mais il faut que j'y aille…

10

Mardi 21 septembre, 0 h 10

Le jardin qui se trouvait derrière le petit immeuble de David était son sanctuaire. Les sœurs Gorski l'entretenaient à merveille, contre un loyer pour leur appartement très modéré. Ces vraies jumelles de soixante-douze ans avaient toutes deux la main verte et les dernières roses de la saison embaumaient l'air. Au moins, ce n'était pas du chèvrefeuille. Il ne l'aurait pas supporté.

Une porte coulissante s'ouvrit derrière lui et se referma. Un instant plus tard, Glenn s'installait dans le fauteuil à côté du sien, en inspirant profondément.

— Que Dieu bénisse les sœurs Gorski !

David leva sa tasse de thé chaud.

— A leur santé ! J'espère que je ne t'ai pas réveillé, Glenn.

— Mais non. Je n'arrivais pas à dormir et j'ai vu la lumière de ton ordinateur.

Il désigna le portable que David avait posé sur ses genoux et ajouta :

— Tu lis encore les conneries de ce salopard ?

En effet, David était en train de relire un discours de Preston Moss.

— Quelqu'un a imité ce type la nuit dernière, soit pour lui rendre hommage, soit pour brouiller les pistes, dit-il.

— Et toi, tu joues les détectives ?

Glenn avait vu juste... C'était exactement ce qu'il cherchait à faire : comprendre le mobile de l'incendie qui avait coûté la vie à cette jeune fille. Comprendre, aussi, comment le vigile avait pu être abattu de sang-froid au cours d'une telle opération.

— Oui. Et je me demandais si les écolos continueraient de citer Preston Moss après avoir retiré quelques cadavres d'un immeuble en flammes. Alors, comment s'est passé le dîner avec ma mère ?

— Très bien, sauf que Martino l'a draguée de manière éhontée !

David ne put s'empêcher de pouffer.

— A quelle heure êtes-vous rentrés ?

— Un peu avant l'heure que tu avais fixée, papa poule. Je ne pensais pas que tu serais déjà rentré...

Le sourire de David s'effaça aussitôt.

— En fait, de mon côté, ça ne s'est pas trop bien passé..., admit-il.

— Désolé, fiston.

— Pas autant que moi !

Ils restèrent silencieux un moment. Puis, n'y tenant plus, Glenn demanda :

— Alors, qu'est-ce que tu lui as fait, à cette jolie fliquette blonde ?

David se pencha en arrière pour contempler les étoiles.

— Ça t'est déjà arrivé de merder, Glenn ? De merder sur toute la ligne ?

— Avec une femme ? Une ou deux fois..., concéda-t-il sans affliction. Là, tu as merdé comment ?

La présence paternelle de Glenn le mettait-elle en

confiance ? La douceur de la nuit le poussait-elle aux confidences ? Ou était-ce simplement qu'il était en plein désarroi, prêt à solliciter tous les conseils ?

Il confessa sa faute :

— J'ai, euh… prononcé en sa présence le nom d'une autre femme, juste au moment où…

— Ah, je vois, fit Glenn dont la grimace donnait déjà une idée du verdict. Alors là, tu n'as pas seulement merdé, fiston. Tu as merdé sur toute la ligne, mais aussi dans les grandes largeurs !

— J'avais bien compris. Merci.

— De rien. Et cette autre femme, tu la voyais encore à l'époque, ou c'était déjà du passé ?

— En fait, je ne l'ai jamais touchée.

Il leva les yeux vers l'immensité des cieux.

— Je crois qu'on appelle ça l'amour non partagé, précisa-t-il.

— Ah. Pas terrible, ça…

— Tu l'as dit.

— Mais pourquoi t'as fait ça ? Dire le nom de l'autre bonne femme, je veux dire ?

— J'avais bu trop de champagne, marmonna David.

— Et pourquoi tu t'es soûlé ?

— C'était un mariage. Je hais les mariages !

Pourtant, il ne se soûlait pas, habituellement, aux mariages, même s'ils le déprimaient toujours. Il ne s'était même pas soûlé au mariage de Dana.

C'est dire…

Alors pourquoi s'était-il enivré à celui de Mia ? En présence d'Olivia ? Mystère…

— Et ta fliquette, elle y a cru, à l'excuse du champagne ? lui demanda encore Glenn.

— Non.

— Ça ne m'étonne pas… Qu'est-ce que tu comptes faire, maintenant ?

— Lui reparler.

Il avait promis à Olivia de ne plus l'importuner. Mais, là, parmi les fleurs du jardin, il s'était ravisé, trouvant cette promesse parfaitement stupide.

— Mais tu ne vas pas attendre deux autres années et demie, cette fois, hein ?

David lâcha un petit gloussement amusé.

— Non !

— Tu sais, reprit Glenn d'un ton songeur, je ne t'ai jamais vu boire plus qu'une bière.

— Je ne me suis jamais soûlé, lui répéta David d'un ton catégorique, avant de rectifier : Enfin, presque jamais.

— Que s'est-il passé, la dernière fois que tu t'es soûlé ? Avant le coup de la fliquette, je veux dire…

David ferma les yeux.

Quelqu'un que j'aimais est mort.

— Quelque chose de très grave, répondit-il.

— Et pourtant, tu as remis ça, la nuit de ce mariage. Je crois que tu as besoin de comprendre pourquoi, avant d'essayer de te raccommoder avec ta fliquette.

— Je sais, Glenn. Le problème, c'est que j'ignore comment m'y prendre.

— Mais si, tu sais…

Il le regarda droit dans les yeux et ajouta :

— Ça fait sept mois que je t'observe et je vois bien que tu ne tiens pas en place. Tu passes ta vie à courir partout, à rendre service à tout le monde. Après les lasagnes et deux verres de rouge, ta mère m'a raconté que tu avais toujours été comme ça… saint David, défenseur de la veuve et de l'orphelin, grand réparateur de pannes et de torts devant l'Eternel !

David serra les dents. Il ne voulait pas recommencer cette conversation !

— Il n'y a aucun mal à se consacrer aux autres, se défendit-il.

— Je pense qu'il y en a, si ça t'empêche de te connaître toi-même. Tu te fuis depuis trop longtemps, fiston. C'est évident ! Tu ne prends pas le temps de souffler, de penser un peu à toi, de te laisser aimer pour toi-même.

David fit mine de se lever.

— Bonne nuit, Glenn.

— Reste assis !

Il obéit.

— Est-ce que tu l'aimes ?

— Qui ça ?

Glenn poussa un grognement agacé.

— Ta jolie fliquette blonde !

David revit le regard blessé d'Olivia et sa colère cessa brusquement.

— Oui.

— Pourquoi ?

David inspira profondément, laissant le parfum des roses l'apaiser, tandis qu'il cherchait ses mots.

— La nuit où je l'ai rencontrée, j'ai eu l'impression de la connaître depuis toujours. C'est quand même un signe, non ? Je ne saurais l'expliquer, mais il y a eu d'emblée entre nous une sorte de… familiarité… d'intimité…

— Et pourtant, sachant très bien que tu devais rester sobre, tu as bu comme un trou et tu as dit quelque chose qui l'a blessée. Tu veux que je te dise ce que j'en pense ?

David se tourna un instant vers le visage taillé à la serpe de Glenn, qui le considérait d'un œil où se lisaient la compassion et la sagesse qui avaient tant manqué à David depuis la mort de son père.

— Pourquoi pas ?

— Je crois que tu as compris instinctivement que cette rencontre était spéciale et que tu as pris peur. Tu te languissais de cette autre femme depuis si longtemps que ta solitude t'était devenue confortable.

— Mais je n'aime pas être seul !

— Je n'ai pas dit que tu aimais ça. Je pense que tu y trouvais une sorte de confort. Ce n'est pas pareil. Pas du tout, même ! Un truc que j'ai appris en ayant été marié si longtemps, c'est que les relations sereines demandent du temps. Et qu'elles demandent du cœur. Et de la confiance. Peut-être que tu n'étais pas prêt à lui accorder tout ça…

— Tu as été marié pendant combien de temps, Glenn ?

— Pas loin de quarante ans. Et je regrette mon épouse tous les jours. Elle rendait ma vie… meilleure. Qu'est-ce qu'un homme peut demander de plus ?

Il se leva et prit la direction de son appartement à petits pas. Au moment d'y rentrer, il se retourna.

— Au fait… J'écoutais la fréquence des pompiers à l'instant. Il y a un incendie d'entrepôt. Peut-être volontaire. Et un mort, ça, c'est sûr. Et ils ont trouvé une nouvelle boule de verre.

David se leva brusquement.

— Ils ont parlé de la boule de verre sur la fréquence radio des pompiers ?

— Non. Ton capitaine est sur place. Il a essayé de te joindre, mais il est tombé sur ta messagerie, alors il m'a appelé. Il m'a demandé de te dire de le rappeler.

David fouilla sa poche en quête de son téléphone portable. Puis il se souvint qu'il l'avait laissé dans son loft, en charge.

— Pourquoi ne m'as-tu pas dit ça d'abord ?

Glenn haussa les épaules.

— Ta mère s'inquiète pour toi, alors j'ai tenu à te faire mon petit speech. Ta jolie fliquette sera sur la scène de l'incendie. Prends garde à toi !

— Merci, Glenn.

— De rien. Et tâche de ne plus gaffer…

Lundi, 20 septembre, 23 h 59

Le téléphone portable dont il se servait pour communiquer avec Eric sonna. Il décrocha. Il n'y avait pas de message, juste une pièce jointe. C'était une photo qui manquait de netteté, mais on y voyait les flammes qui consumaient l'entrepôt de Tomlinson. Ils avaient mis du temps à la lui envoyer, et il interpréta ce quasi-retard comme ce qui pouvait se rapprocher le plus d'un défi. Il ne put s'empêcher d'admirer leur audace, tout en s'en moquant.

Il envoya aussitôt sa réponse :

> Vous avez failli dépasser le délai qui vous était imparti. Attendez mes instructions pour votre prochaine mission.

Il referma le téléphone et se remit à son travail nocturne : compulser les courriels de ses clients ; choisir, parmi ces derniers, ceux qui avaient le profil de futures proies et qui lui semblaient mûrs pour un premier contact.

Ah, tiens ! En voici un qui sera bientôt à ma merci…

Une liaison entre collègues qu'il suivait depuis quelque temps était en train de se concrétiser : l'homme venait d'envoyer à la femme l'adresse d'un hôtel discret. Il n'y avait pas d'invitation, pas de détails. Pas encore. Mais cela viendrait, il en était certain.

Au début, les deux tourtereaux venaient manger dans sa sandwicherie, ne parlant que de leur activité professionnelle. Mais dès l'instant où il les avait vus ensemble, il avait compris. Il avait un don pour repérer les futurs couples adultères. Il ne s'était pas trompé. Au bout de quelques semaines, ils en étaient à se confier leurs petits secrets. Un peu plus tard, la femme avait avoué à l'homme qu'elle n'était pas heureuse avec son mari. Et l'homme lui avait pris la main pour la réconforter. Ils ne savaient peut-être pas encore que leurs rapports allaient évoluer en une liaison extraconjugale, mais pour lui qui les observait, il était évident qu'ils y viendraient.

Et dès qu'ils auraient sauté le pas, par ici la monnaie !

Il savait aussi distinguer les coureurs de jupons de ceux qui recherchaient vraiment l'amour, même dans l'adultère. Les pécheurs invétérés commettaient souvent leurs forfaits au grand jour plutôt que dans l'ombre, au risque d'attirer l'attention par leurs cachotteries et leurs manigances. Et en effet, ils s'en tiraient impunément la plupart du temps, en agissant à la vue de tous.

Sauf quand c'est moi qui prête l'oreille à ce qu'ils disent.

Il se connecta sur son compte offshore et sourit. Tout était en ordre. Il examina l'état du compte ligne par ligne et hocha la tête. La plupart de ses « clients » payaient régulièrement et en temps voulu. Sauf un. Pour la deuxième fois d'affilée, Dorian Blunt avait omis de payer.

Il s'était montré patient, le mois précédent, lorsque Dorian avait argué de lourds frais médicaux pour son fils et pour sa femme au chômage et l'avait supplié de lui accorder un délai.

Et je le lui ai donné, son délai.

Il sortit un autre téléphone portable d'une boîte, posée au pied de son fauteuil, et envoya un message sur celui de Blunt.

Tu es en retard.

En attendant la réponse, il vérifia l'état de son compte bancaire. Blunt ne lui avait pas menti : il avait beaucoup de factures à régler. Le solde était positif mais rachitique.

Qu'importe, un marché est un marché, cochon qui s'en dédit !

Au bout de quelques minutes, il obtint une réponse.

> Je suis fauché. J'ai déjà payé cent mille dollars. Ça devrait suffire. Je ne peux plus payer.

Il eut une moue agacée. *Fauché ?* C'était un grand mot. De peur d'être arrêté, Dorian se refusait tout simplement à puiser dans les fonds qu'il avait détournés. S'il ne voulait pas jouer le jeu, pourquoi s'était-il servi dans la caisse de sa société ? Et surtout, pourquoi avait-il laissé des traces écrites aussi faciles à retrouver ? Il savait sur quel compte Dorian avait mis à l'abri les sommes détournées. Il aurait pu se servir directement. Mais cela aurait été du vol.

Contrairement au chantage qu'il considérait comme une sorte de justice immanente et ironique.

C'est comme ça que je m'enrichis.

Si les gens voulaient éviter d'être soumis à ses chantages, ils n'avaient qu'à rester dans le droit chemin. Ou alors ils n'avaient qu'à agir plus intelligemment, et prendre davantage de précautions.

Il répondit au SMS de Dorian :

> Je changerais d'avis si j'étais toi. Je te donne douze heures. Regarde les infos, tu comprendras que ça sent le roussi pour toi.

Cela devait suffire. Dans le cas contraire, il donnerait pour mission au trio étudiant de châtier ce mauvais payeur. Ensuite, il mettrait la main sur le pécule illégal de Dorian, ne laissant à sa veuve éplorée que la prime de l'assurance sur la vie. Chaque fois que possible, il laissait quelque chose à la veuve, éplorée ou pas. C'était plus moral.

Mardi 21 septembre, 0 h 20

Olivia arriva parmi les derniers à l'entrepôt, car elle était passée chez elle au préalable pour se changer. Il était hors de question qu'elle débarque sur une scène de crime habillée comme elle l'était pour son rendez-vous avec David.

« Et alors ? »

Salopard…

Elle fit rageusement claquer la portière de sa voiture et se figea brusquement, lorsqu'elle réalisa où elle se trouvait. Elle était tellement en colère qu'elle en avait momentanément oublié ses angoisses habituelles, quand elle avait à examiner un cadavre.

Tel Vil Coyote se rendant subitement compte qu'il court dans le vide, son cœur chavira. Elle dut s'adosser à sa voiture un instant, les genoux flageolants. Sa phobie se réveillait, lui barbouillant l'estomac d'autant plus cruellement qu'elle avait bu une tequila et avalé des croquettes de poulet bien grasses au Sal's Bar. Elle déglutit pour combattre la nausée. Il ne manquerait plus qu'elle se mette à vomir sur une scène de crime, comme la première bleue venue !

Elle inspira profondément et le regretta aussitôt, car l'âcre fumée qui flottait dans l'air lui brûla les poumons.

Quelle nuit de merde !

Elle se força à marcher. Au moins, David ne serait pas là. Il était en repos jusqu'au lendemain.

Comme d'habitude, elle n'eut aucun mal à repérer Kane dans la petite foule des policiers, des pompiers et des sauveteurs. Son feutre des incendies, qu'il portait penché en arrière, dépassait toutes les têtes.

Il lui fit signe, dès qu'il l'aperçut.

— Un nouvel incendie avec homicide, lui dit-il.

Il était avec Barlow et le capitaine des pompiers. Casey, qui avait revêtu sa tenue ignifugée, avait l'air morose.

— Apparemment, ils ont utilisé de l'essence, lui annonça Barlow. Ils ont laissé quatre bidons vides à l'intérieur du bâtiment. Ils ont cassé la vitre de la porte de derrière pour entrer.

— Et la victime, qui est-ce ? demanda Olivia, en s'efforçant de surmonter ses problèmes gastriques.

— Probablement Barney Tomlinson, le propriétaire.

— Probablement ?

Elle constata alors que les murs en béton de l'entrepôt ne s'étaient pas écroulés.

— L'incendie a fait beaucoup de dégâts ?

— Pas mal, répondit Casey. Mais tout n'a pas brûlé à l'intérieur, il reste encore beaucoup de chrome fondu.

— Tomlinson vendait des équipements de plomberie, lui expliqua Barlow. Aucun rapport avec la compagnie KRB, ni avec Rankin and Sons… Enfin on n'a pas trouvé de lien pour l'instant.

— Et Tomlinson a été piégé par les flammes ?

Casey secoua la tête.

— Non, ma p'tite dame, il a été abattu. Il est toujours dans son bureau, assis à sa table. La majeure partie de son visage a été emportée par le coup de feu. Il a pris une balle à bout portant…

Olivia sentit son estomac faire des siennes de plus belle.

— Qui a découvert le corps ?

— Un des pompiers de la compagnie 40, dit Barlow. Le bureau du patron se trouvait au centre de l'entrepôt, cloisonné et pourvu d'un toit séparé à deux mètres cinquante de hauteur. La victime se trouvait dedans, la face contre son bureau. En éteignant l'incendie, les pompiers ont fait tout leur possible pour laisser la scène dans l'état où ils l'ont trouvée.

— Quand tu as appelé, tu m'as dit qu'on avait retrouvé une nouvelle boule de verre…

— Oui. Couverte de gel, elle aussi.

— Quand les pompiers l'ont vue, ils en ont avisé leur capitaine qui m'a aussitôt contacté, dit Casey. Ils avaient tous entendu parler de la boule de verre que Hunter a trouvée hier. Aucun d'entre eux n'en parlera à la presse. Mais ça m'étonnerait que ça reste secret bien longtemps encore… Quand ils ont trouvé cette boule, ils m'ont appelé et j'ai appelé Barlow à mon tour.

— Je lui ai demandé de faire venir Hunter, dit Barlow, et Olivia ne put s'empêcher de le foudroyer du regard. Je voulais qu'il visite les lieux et les compare avec la scène d'hier. J'ai besoin de l'info le plus rapidement possible, c'est pourquoi Hunter est à l'intérieur en ce moment.

— Parfait…, dit Olivia d'une voix égale, alors que son cœur battait à toute allure, depuis la première mention du nom de David. Et les caméras de sécurité ?

Kane désigna un homme qui se tenait à côté d'un policier en faction.

— Voilà le gérant. Je ne l'ai pas encore interrogé. Mais je sais qu'il y avait un chien de garde.

— Ils l'ont tué ? demanda olivia.

— Non. Il a été drogué. Le gérant l'a traîné au-delà de la clôture avant d'appeler les pompiers. J'ai fait venir un vétérinaire. J'ai l'impression que le gars se soucie davantage du chien que de son patron. Apparemment, Tomlinson n'était pas très populaire, parmi ses employés.

— Il faudra qu'on interroge les pompiers qui ont découvert le corps, dit Kane.

Il regarda Olivia, puis ajouta :

— Mais d'abord, commençons par le gérant.

— Oui, approuva-t-elle. Allons-y.

— Je ne savais pas que Hunter était ici, murmura Kane, tandis qu'ils se dirigeaient vers le gérant qui faisait les cent pas devant l'entrée de l'entrepôt. Est-ce que tu as pu récupérer mes jumelles ?

— Non, je… J'ai dû partir plus tôt que prévu. Je te les rendrai plus tard… Tu veux que ce soit moi qui lui pose les questions ?

— Pourquoi pas…

L'homme s'immobilisa à leur approche.

— Je suis l'inspecteur Sutherland, se présenta Olivia. Et voici mon partenaire, l'inspecteur Kane. Vous êtes ?

— Lloyd Hart. Il est arrivé, le vétérinaire ?

— Je ne crois pas. Mais je sais qu'on en a appelé un. Le chien est à vous ?

— Non, mais c'est moi qui prends soin de lui. Ça fait cinq ans que je m'en occupe. Il s'appelle Bruno.

Olivia nota le nom du chien sur son calepin.

— Je ferai savoir au vétérinaire que vous êtes la personne à contacter, monsieur Hart.

— Merci… Vous êtes sans doute en train de vous dire que c'est horrible, de ma part, de m'inquiéter davantage du chien que de Tomlinson ou de l'incendie.

— Non. Moi aussi, j'ai un chien. Alors que pouvez-vous nous dire sur ce feu, ou sur votre patron ?

Hart se frotta les joues des deux mains.

— Je suis parti à l'heure habituelle, vers 18 heures. Barney était encore là, plongé dans la comptabilité. Il paraît qu'on lui a tiré dessus. Comment ça s'est passé ?

— On ne le sait pas encore. Nous n'avons pas pu pénétrer dans le bâtiment. Ainsi, M. Tomlinson était en train d'étudier les comptes… L'entreprise était en difficulté ?

— Ah, ça oui ! Tomlinson et sa femme étaient en train de divorcer, et ça ne se passait pas bien du tout. Il la trompait et elle détenait des photos qui le prouvaient. Elle a fait en sorte que tout le monde le sache, ainsi que le nom de la maîtresse de Barney. Une jeune qu'il avait embauchée comme intérimaire… Personne n'a été surpris, parce qu'on savait tous déjà pourquoi il l'avait embauchée. Cette fille n'a jamais remué le petit doigt, ici… C'est son cul qu'elle remuait, ouais, pour Barney…

Il fit une grimace contrite à l'intention d'Olivia.

— Excusez l'expression, inspecteur.

— Poursuivons… C'est à cause du divorce que l'entreprise était en difficulté ?

— Pas seulement. On avait du mal, déjà avant, avec la crise de la construction. La plupart de nos clients sont des entreprises du bâtiment. Et puis Weezie, la femme du patron, a demandé un audit de la comptabilité, et toutes les dépenses devaient être approuvées par elle. Je pense qu'elle se disait que Barney achetait des cadeaux à sa maîtresse, en puisant dans la trésorerie de l'entreprise.

— Et c'était vrai ?

— Oui. J'ai essayé de le convaincre d'arrêter, je lui ai dit qu'il courait au désastre, mais il n'a pas voulu m'écouter. Un type de cinquante-cinq ans qui fricote avec une fille de vingt ans n'écoute jamais la voix de la raison.

— Mme Tomlinson se prénomme Weezie ? C'est un diminutif de Louise ?

— Oui. C'est vraiment dommage. Je l'aime bien, moi. Elle ne méritait pas ça…

— Mais M. Tomlinson a bien cherché ce qui est arrivé, c'est ce que vous pensez ?

— Non ! s'offusqua Hart. Personne ne mérite une telle mort ! Mais je ne vous mentirai pas : Barney trompait Weezie et il n'était pas aimable avec ses employés. Il évitait le regard des autres. Il était pendu à son téléphone portable, soit pour recevoir et passer des appels, soit pour surfer sur internet — il regardait sans doute des films pornos… Et il détestait Bruno.

Il avait prononcé ces derniers mots comme si la haine de son patron pour les chiens était le plus irrémissible de ses péchés.

— Et vous ? Est-ce que vous détestiez M. Tomlinson ?

— Bien sûr. Il était raciste et sexiste, et il avait encore beaucoup d'autres défauts. Mais c'était mon patron, et j'obéissais quand il me donnait un ordre. Il n'y a que pour défendre Bruno que je ne cédais pas. Et, au cas où vous voudriez le savoir, j'étais avec ma femme et quelques amis en train de jouer au bridge quand l'incendie s'est déclaré. Je peux vous fournir leurs noms, si vous voulez.

— Oui, s'il vous plaît. Ça nous permettra de vous rayer d'emblée de la liste des suspects. Le sergent Barlow nous a dit que c'était vous qui aviez appelé les pompiers. Au fait, comment pouviez-vous savoir qu'il y avait le feu, ici ?

— J'ai installé un détecteur de fumée dans l'enclos de Bruno, expliqua Hart d'un ton penaud. Ce détecteur envoie un signal d'alarme à mon téléphone portable, en cas d'incendie. Nous étions en train de finir notre dernière partie lorsqu'il a sonné. Je suis venu ici en vitesse, j'ai vu le feu et j'ai appelé les pompiers. J'ai traîné Bruno de l'autre côté de la clôture. Je ne voulais pas qu'il soit piégé par les flammes ou piétiné par les pompiers.

— Pourquoi y avait-il un chien ? lui demanda Kane. Vous avez eu des problèmes de vol ?

— Nous stockions des articles en faïence et nous avions subi un peu de vandalisme. Des gamins qui avaient trop de temps libre… Ils entraient dans l'entrepôt et cassaient des lavabos, des W-C. Barney a pris le chien dans l'espoir qu'il en morde un. Les gamins ont changé de terrain de jeu, mais le chien est resté.

— Et les caméras de sécurité ?

— Il n'y en a qu'à l'extérieur. Et pas une seule à l'intérieur. Elles sont reliées à un magnétoscope qui se trouve dans un local. Un système à l'ancienne. Barney ne voyait pas l'utilité d'en acheter un neuf, puisqu'il y avait Bruno.

— Il nous faudrait la liste de vos clients et de vos employés.

— Il faut que vous voyiez ça avec Jake Mabrow. C'est le gars qui s'occupe des ordinateurs. J'ai convaincu Barney de monter un serveur externe, il y a un an, afin de disposer d'une sauvegarde de nos données. Jake vous permettra d'accéder à nos fichiers. Ainsi que Weezie. Elle a fait faire des copies de toutes les données de l'ordinateur de Barney, la veille du jour où elle a demandé le divorce. Il ne savait pas encore qu'elle était au courant, pour l'intérimaire…

— Et vous ? demanda encore Kane. Qu'est-ce que vous allez faire, maintenant que cet entrepôt a brûlé ?

— Prendre ma retraite. Je m'y préparais, de toute façon. Weezie m'a promis que je pourrais garder Bruno.

Il inclina la tête de côté, pour observer la camionnette qui venait d'arriver.

— Ah ! fit-il. C'est le vétérinaire.

Olivia le reconnut au premier coup d'œil.

— C'est le père de Brie, dit-elle à Kane. C'est un excellent vétérinaire, ajouta-t-elle à l'intention de Hart.

C'est lui qui s'occupe de mon chien. Croyez-moi, Bruno est entre de bonnes mains, avec lui.

— Je peux partir, maintenant ?

Olivia hocha la tête. Hart ne se le fit pas répéter.

— Il faut se procurer la liste des clients de Tomlinson, et savoir si KRB ou Rankin se fournissaient chez lui, dit Kane, quand Hart se fut éloigné.

— Il faut aussi aller annoncer la nouvelle à sa veuve. Mais j'ai l'impression que son chagrin sera très relatif… Cette fois, ce sera donc moins difficile qu'avec Mme Weems. C'est mon tour, je crois.

— Tout à fait. Je trouve d'ailleurs que tu t'en es très bien tirée avec Hart…

Olivia ne put réprimer un sourire.

— Tu dis ça pour que je te laisse mon tour.

— Et ça a marché ?

— Non.

— Merde…

Il plissa les yeux et ajouta tout bas :

— Les pompiers arrivent.

Olivia regarda par-dessus son épaule. Elle aperçut Barlow et trois pompiers qui venaient vers eux. David était parmi eux.

— Bonjour, je m'appelle Cunkle et voici mon collègue Sloan, dit l'un des pompiers que Kane et Olivia ne connaissaient pas encore. On est de la compagnie 40. Lui, c'est Hunter, de la compagnie 44. Barlow nous a dit que vous vouliez nous parler ?

— C'est exact, répondit Kane. Dites-nous ce que vous avez vu là-dedans.

— L'incendie battait déjà son plein quand on est arrivés. Les murs du bureau étaient en train de brûler et le plafond s'était effondré. Sloan et moi, on a démoli les murs et c'est là qu'on l'a trouvé.

— Il était mort. Il avait pris une balle, continua Sloan entre ses dents. Il était complètement défiguré.

— Vous n'avez rien remarqué de spécial sur son bureau ? demanda Olivia.

— Des feuilles de papier, tachées de sang. Elles n'étaient pas entièrement brûlées. J'ai pointé ma lampe dessus. On n'y voyait pas grand-chose, mais ça m'a eu tout l'air de photos cochonnes…

— Des photos cochonnes ? Vous voulez dire des images pornographiques ? demanda Olivia.

Mais Sloan secoua la tête.

— Non. Le type ressemblait à la victime. Grassouillet, la peau blanche, très blanche…

— Cette fois, ils ont apporté leur propre combustible, dit Barlow. Les pompiers ont retrouvé des bidons vides.

— A première vue, le combustible a été versé de manière similaire à la nuit dernière, leur indiqua David. Ils ont répandu une traînée d'essence sur le sol, puis ils ont fini de vider leurs bidons au même endroit, créant une grosse flaque d'essence. On dirait que l'un d'eux venait de l'est de l'entrepôt et l'autre de l'ouest, et qu'ils se sont retrouvés au centre du bâtiment.

— Et la boule ? demanda Olivia.

David se tourna vers elle et la regarda, impassible.

— Elle était coincée dans l'entrebâillement d'une porte… Couverte de gel, elle aussi. Je l'ai prise en photo. Regarde comme elle est placée…

Il lui tendit son appareil numérique et Olivia le tint de manière que Kane puisse regarder l'écran en même temps qu'elle.

— Je ne distingue pas grand-chose, dit-elle.

David se plaça derrière elle et se pencha pour examiner le cliché par-dessus son épaule. Son menton frôla l'oreille d'Olivia et elle retint son souffle, tandis qu'il passait le doigt sur l'écran en disant :

— Tu vois, là… Un bout de mèche… Ils se sont servis de la boule pour maintenir en place l'une des extrémités de la mèche.

David recula ensuite d'un pas et Olivia put respirer de nouveau.

— Quand est-ce qu'on pourra aller voir nous-mêmes ?

— Dans une heure ou deux, répondit Barlow. Quand la chaleur aura diminué. Je vous appellerai.

— Merci, dit Olivia.

Elle esquissa un sourire et ajouta :

— Tu as bien fait d'appeler le père de Brie. Il va prendre bien soin de Bruno, et ça incitera Hart à se montrer plus coopératif.

— Hart a un alibi ?

— Apparemment. On va vérifier. Mais d'abord, il faut qu'on aille causer à la veuve. Elle avait un mobile pour tuer Tomlinson et incendier l'entrepôt. Il paraît qu'elle a fait des copies de tous les fichiers de son mari. On va pouvoir lui demander la liste des employés ainsi que celle des clients.

Elle se tourna vers les pompiers et leur dit :

— Merci pour tout. On vous contactera si on a besoin de vous poser d'autres questions.

Puis elle tourna les talons, sans adresser un seul mot à David.

— Il te lorgne, Liv, lui dit Kane, qui marchait à côté d'elle et venait de regarder par-dessus son épaule.

— Eh bien il ferait mieux de regarder ailleurs !

Elle se força à se calmer et ajouta :

— J'ai réfléchi. Et si Barlow avait raison ? Si ces incendies n'avaient en fait rien à voir avec SPOT ?

— Tu crois que la boule de verre ne servirait qu'à brouiller les pistes ?

— C'est fort possible. Et si, en fait, quelqu'un qui en voulait à Tomlinson et projetait de le tuer, avait déclenché l'incendie de la nuit dernière uniquement pour créer une fausse piste ? Et si la seule véritable cible des incendiaires était Tomlinson, depuis le début ?

— La même idée m'est venue, dit Kane. Et, apparemment, sa femme avait toutes les raisons de lui en vouloir…

— Allons voir à quel point elle le détestait…

— Ouille, ouille, ouille ! fit Barlow, resté seul avec David.

— De quoi vous plaignez-vous ? Elle a été plutôt sympa… avec vous !

— Oui, c'est vrai… Pour la première fois depuis quelques années… Mais je ne parlais pas de moi.

David hésita, puis haussa les épaules et posa la question qui lui brûlait les lèvres :

— Qui est Doug ?

Barlow lui jeta un regard surpris.

— C'est un de mes meilleurs amis. Nous nous connaissons depuis l'académie de police… Il a été fiancé à Liv…

— Et il l'a plaquée ?

Barlow soupira.

— Oui. Et j'ai soutenu Doug, ce qui explique pourquoi je suis *persona non grata* maintenant, pour Olivia.

David repensa à ce que lui avait dit Paige : « Micah a sa part de responsabilité… »

— Et en quoi l'avez-vous soutenu ?

— Doug avait déjà été fiancé, bien avant sa liaison

avec Olivia. Il a connu son premier amour, Angela, à l'université. Ils se sont séparés avant leur mariage. Il n'a jamais pu l'oublier… Un peu plus tard, il a rencontré Liv et j'ai pensé qu'ils étaient faits pour s'entendre. Ils se sont fiancés. La date du mariage était fixée. J'allais être le témoin de Doug. Tout allait bien. Et puis, une quinzaine de jours avant la cérémonie, Angela est réapparue. Elle a supplié Doug de lui donner une nouvelle chance.

— Et c'est ce qu'il a fait ?

— Pas tout de suite. Il est d'abord venu me voir pour me demander mon avis. Et, malheureusement, je le lui ai donné. C'est l'une des choses les plus stupides que j'aie faites dans ma vie.

David fronça les sourcils.

— Vous lui avez conseillé de plaquer Olivia ?

— Non ! protesta Barlow avec force. Je lui ai simplement suggéré de s'imaginer à quatre-vingts ans et de se demander avec laquelle des deux il serait le plus heureux, arrivé à cet âge. Il est parti quelques jours à la campagne pour y réfléchir et a finalement choisi Angela. Olivia a été…

Il lâcha un gros soupir.

— Vraiment bouleversée… A un point que je n'aurais jamais imaginé.

— Mais comment a-t-elle appris votre rôle, dans cette rupture ?

— Tout simplement parce que je le lui ai dit… Encore une belle connerie… Une semaine après que Doug l'a plaquée, le père d'Olivia est mort. Il était dans la police, lui aussi. A Chicago.

— Oui, je sais. Je connais très bien la demi-sœur d'Olivia, Mia. Elles ont le même père.

Les épaules de David s'affaissèrent soudain. A présent,

cette histoire de « second rôle » que lui avait jetée à la figure la jeune femme prenait tout son sens.

— Vous connaissiez le père de Liv ? demanda Barlow.

Oui, malheureusement, il connaissait leur père. Cette bête féroce. Ce qui raviva en lui le souvenir de Megan et de tout ce que son beau-père avait infligé à son amie d'enfance et à toute sa famille. Il s'efforça de se détendre, desserra les poings qu'il avait crispés sans s'en rendre compte et inspira profondément.

— Non, pas personnellement, finit-il par répondre. Dieu merci.

Barlow regarda ses mains encore tremblantes et recula instinctivement.

— Je vois, fit-il.

— Le père d'Olivia était un vrai salaud qui ne méritait pas de vivre. Il a fallu attendre sa mort pour que Mia apprenne l'existence d'Olivia. Olivia savait cependant qu'il avait fondé un nouveau foyer et choisi d'y vivre plutôt que de rester avec elle et sa mère.

— Merde…, dit Barlow. Et voilà qu'ensuite Doug la plaque pour une autre femme…

Et voilà qu'ensuite, je prononce le nom d'une autre femme, pendant que nous faisons l'amour, songea David.

— Dur pour elle…

— J'ai vu Liv le jour où elle a appris que son père venait de mourir, continua Barlow. Elle était en train de faire ses bagages pour se rendre à l'enterrement, à Chicago. Je ne savais pas que son père était décédé, et j'ai cru qu'elle voulait quitter Minneapolis à cause de Doug. J'ai essayé de la calmer, je lui ai dit de ne pas prendre de décisions inconsidérées. Et de fil en aiguille, j'en suis venu à lui avouer ce que j'avais conseillé à Doug.

— Et comment elle a réagi ?

— Très mal, vous pensez… Elle m'a regardé d'un air effaré, avec ses grands yeux bleus. Comme si je l'avais poignardée dans le dos.

Ce même regard qu'elle a eu, quand j'ai dit : « Et alors ? »

— Je connais ce regard, hélas ! ne put s'empêcher de dire David.

Barlow lui lança un regard surpris.

— Ah bon ? Et qu'est-ce que vous lui avez fait, vous ?

Il fut tenté de lui répondre que ça ne le regardait pas, puis se ravisa. Barlow pourrait peut-être l'aider. Il lui fallait reconnaître qu'il ne se débrouillait pas très bien tout seul, dans ce domaine.

— Elle a cru à un moment que je désirais une autre femme, mais c'est un malentendu. Je ne voulais pas la blesser… Malheureusement, j'y suis quand même arrivé… Et quand j'ai essayé d'arranger les choses…

— Vous n'avez fait que vous enfoncer davantage. Vous allez insister ?

— Vous voulez dire, tout de suite ?

— Non, pas tout de suite. Je voulais juste savoir si vous comptiez encore tenter de vous expliquer avec elle.

— Oui, j'en ai la ferme intention.

Barlow approuva.

— Tant mieux. Et maintenant, remettons-nous au travail.

Ils se dirigèrent vers l'entrepôt.

— Cet incendie-là n'a rien à voir avec la cause écologiste, si vous voulez mon avis, commença David. Il n'y avait rien dans cet entrepôt, ni dans l'activité même de l'entreprise, qui justifiait un tel attentat. Rien à part l'homme qui s'est pris une balle dans la tête.

— Je sais, dit Barlow. Et pourtant, il y a un rapport entre les deux incendies. Je vois que vous avez le sens de l'observation, Hunter… Vous n'avez jamais pensé à entrer dans la police ?

David secoua la tête.

— J'ai mis du temps à trouver ma vocation de pompier… Maintenant, je me vois mal faisant autre chose.

— Vous aimez marcher dans les flammes, dit encore Barlow, une pointe de jalousie dans la voix.

David sourit.

— C'est une sensation à nulle autre pareille… Mais je ne déteste pas résoudre une énigme de temps en temps. Le beau-frère d'Olivia est flic, lui aussi. Il travaille à Chicago et il enquête, comme vous, sur les incendies volontaires. Il m'a un peu appris les ficelles du métier.

Barlow mit son sac à outils en bandoulière et sortit sa caméra de la poche de son manteau.

— Allons voir ensemble ce que nos incendiaires non-écologistes ont laissé comme traces…

11

Mardi 21 septembre, 0 h 55

— Insiste…

Kane et Olivia venaient d'arriver devant la porte de Mme Tomlinson.

Olivia leva la main pour frapper une nouvelle fois, lorsque la porte s'ouvrit, révélant une très grande femme, vêtue d'un peignoir de soie. Malgré son diminutif désuet, « Weezie » n'était pas du tout la mémère qu'Olivia s'était imaginée. Même sans maquillage, elle paraissait très bien conservée et en imposait.

— Oui ? fit la femme.

— Nous voudrions parler à Mme Louise Tomlinson, s'il vous plaît, dit Olivia.

— C'est moi, mais je ne m'appellerai bientôt plus Tomlinson.

— Je suis l'inspecteur Sutherland et voici mon partenaire, l'inspecteur Kane. Nous sommes venus vous parler de votre mari.

Les sourcils parfaitement épilés de Louise Tomlinson se rapprochèrent et un pli se creusa entre.

— Qu'est-ce qu'il a encore fait ?

— Il est mort, madame, lui annonça Olivia. Il a été assassiné cette nuit.

De façon inattendue, l'expression hautaine qu'arborait jusqu'alors Louise Tomlinson s'effaça aussitôt de son visage. Elle blêmit, et chancela légèrement.

— Il est mort ? Barney est mort ?

Et elle éclata en sanglots.

— On peut entrer, madame ? lui demanda Olivia.

Louise Tomlinson les laissa la conduire jusqu'à un canapé sur lequel elle s'effondra.

— Comment est-ce arrivé ?

— Il a été tué d'un coup de revolver, alors qu'il se trouvait dans son bureau.

Louise leva les yeux, éperdue de douleur.

— Il ne s'est pas suicidé ?

— Apparemment pas, madame, répondit Olivia. Qu'est-ce qui vous laisse penser qu'il aurait pu le faire ?

— Il était dans une telle colère contre moi ! Il était aux abois. Je venais de faire bloquer nos avoirs.

— On nous a dit que votre divorce ne se passait pas très bien, reprit Olivia, sans se départir de son calme.

— C'est le moins qu'on puisse dire. Il m'a trompée… Ça faisait près de trente ans qu'on était mariés. Je voulais juste qu'il souffre un peu, je ne voulais pas sa mort. Vous m'accusez ?

— Nous interrogeons pour le moment les personnes qui le connaissaient, madame Tomlinson. Mais nous pouvons vous rayer de notre liste, si vous avez un alibi. Où étiez-vous, ce soir ?

— Ici, toute seule.

— M. Tomlinson habitait ici ?

— Non. Il avait un appartement dans le centre-ville, près de l'université. Notre fils y suit des études et habite dans la cité universitaire. Oh, mon Dieu ! Il va falloir que je lui annonce la mort de son père !

Olivia posa doucement sa main sur la sienne.

— Nous pouvons nous en charger…

Le visage de Louise Tomlinson devint d'une pâleur spectrale.

— Vous pensez que mon fils pourrait être impliqué dans ce meurtre ?

— Je pense que le mieux serait que vous veniez avec nous… Le temps que l'on tire tout ça au clair, lui dit Olivia.

Elle se leva et ajouta :

— Je vais monter avec vous dans votre chambre pour vous tenir compagnie, pendant que vous vous changez.

Mardi 21 septembre, 2 h 35

— Alors ? demanda Abbott.

Debout près de la glace sans tain qui donnait sur la salle d'interrogatoire numéro 2, Olivia secoua la tête.

— Pas grand-chose pour le moment…

Louise Tomlinson était assise à la table, hébétée. Son avocat lui tapotait la main de temps à autre, pour la réconforter.

— Elle en voulait à son mari de son infidélité, et c'est elle qui va profiter financièrement de sa mort, dit-elle. Mais à moins qu'elle n'ait engagé un tueur à gages, je ne crois pas qu'elle soit impliquée dans ce meurtre. On n'a pas trouvé de résidus de poudre sur ses mains. Ses voisins ne l'ont pas vue quitter la maison. Le moteur de sa voiture était froid. Rien de tout ça ne prouve son innocence, bien sûr, mais pour l'instant je ne vois pas comment elle aurait pu se rendre sur la scène de crime.

— Le fils est dans la salle d'interrogatoire numéro 1, dit Kane à son tour. Il était à une fête, hier soir. Plus de cinquante personnes peuvent témoigner de sa présence. Pas de résidus de poudre sur ses mains non plus.

— Alors, relâchez-les, décida Abbott. Et trouvez qui d'autre aurait pu avoir un mobile solide pour tuer Tomlinson. Essayez de déterminer quel rapport il peut y avoir entre ces suspects potentiels et l'incendie de la résidence du lac. On se revoit tout à l'heure… 8 heures précises !

Olivia regarda Abbott s'éloigner d'un œil torve.

— Pourquoi ces réunions se tiennent-elles toujours à 8 heures, à ton avis ?

— Rentre chez toi, Liv, lui conseilla Kane avec bienveillance. Et essaie de dormir un peu.

— C'est ce que je ferai quand on aura interrogé les Tomlinson… Si j'arrive à amadouer Louise, elle nous fournira la copie qu'elle a faite du disque dur de son mari. Sinon, il faudra s'adresser à leur informaticien… Et lui, il exigera sûrement qu'on lui présente un mandat.

— Tu crois vraiment que tu vas réussir à l'amadouer, après l'avoir conduite ici et retenue dans une salle d'interrogatoire ?

Olivia le regarda d'un air mutin.

— Je te parie dix dollars que j'y arrive.

Kane sourit à la perspective d'un gain qu'il estimait de toute évidence facile.

— Tope là ! fit-il.

Olivia se donna quelques minutes encore, avant de rejoindre Louise Tomlinson et son avocat. Le chagrin de Louise n'était pas simulé, pas plus que sa colère, et elle avait de bonnes raisons d'être à la fois triste et furieuse. Sauf si elle avait payé quelqu'un pour faire le sale boulot à sa place. Auquel cas, elle se montrait bonne comédienne, mais les enquêteurs trouveraient sûrement trace du paiement pour la confondre.

— Madame Tomlinson…, commença-t-elle, après avoir refermé la porte de la salle d'interrogatoire derrière elle.

L'avocat se leva d'un bond.

— Vous comptez détenir ma cliente ici encore longtemps ? demanda-t-il d'emblée.

— Plus très longtemps, non. Son fils va nous rejoindre… J'aimerais m'entretenir avec lui en même temps qu'avec elle.

Louise la fusilla du regard.

— Je ne veux pas vous parler ! Vous m'avez traitée comme une criminelle !

Olivia s'assit en face d'elle.

— Non, madame. Je ne fais que mon travail, et le mieux possible j'espère… Je compatis à votre deuil. Je comprends ce que vous ressentez en ce moment, mais je travaille à la brigade des homicides. Mon devoir est d'arrêter l'assassin de votre mari. Il faut que je trouve qui est le coupable. J'ose croire que c'est ce que vous voulez aussi, votre fils et vous…

Louise lui jeta un autre regard assez peu amène, pinçant les lèvres.

— Vous avez relevé mes empreintes digitales. Et celles de mon fils…

— Uniquement pour les distinguer des autres empreintes que nous pourrions trouver dans le bureau de votre mari ou dans son appartement du centre-ville. C'est la procédure habituelle. Je vous le répète, je compatis avec vous… Mais chaque heure qui passe est une heure pendant laquelle l'assassin court toujours.

Toujours très pâle, Louise ferma les yeux.

— Quelqu'un l'a abattu…

— Oui, madame. Apparemment, il était assis à son

bureau, en train de travailler. Quelqu'un lui a tiré une balle dans la nuque.

Louise tressaillit à cette évocation. Puis elle tourna son regard vers la porte, lorsque son fils fit son entrée dans la pièce. Seth Tomlinson avait l'air encore plus furieux que sa mère. Il alla droit vers elle, la prit dans ses bras et elle se remit à pleurer. Le jeune homme jeta un regard assassin à Olivia.

— Comment osez-vous ? s'écria-t-il.

— Je vous en prie, monsieur Tomlinson, lui dit Olivia calmement. Asseyez-vous…

Seth s'exécuta, sans décolérer, et prit la main de sa mère d'un geste protecteur.

— Vous ne voyez pas que c'est déjà assez dur comme ça pour elle ? s'indigna-t-il.

— Vous avez raison, lui dit Olivia.

Seth la considéra sans rien dire, entre ses paupières mi-closes.

— Bon…, fit-il au bout de quelques secondes, vous, vous êtes la gentille policière… Où est le méchant flic ?

— Ici même, sur cette chaise. Je peux être l'un ou l'autre, en fonction de la personne que j'interroge. J'ai besoin de votre aide.

— Non. Pas question !

— Je comprends parfaitement votre colère. Mais, pour l'instant, j'aimerais qu'elle soit dirigée contre la personne qui a logé une balle dans la nuque de votre père, plutôt que contre moi. L'incendie a détruit les indices que nous recherchons habituellement. Des traces de lutte, par exemple. Des traces d'effraction, aussi. Votre père connaissait-il son meurtrier ? Ou bien s'est-il trouvé au mauvais endroit au mauvais moment ? Conservait-il des espèces dans son bureau ?

Louise secoua la tête.

— Sur ce point, je peux vous répondre… Aucune de nos transactions ne se fait en liquide. Nos clients paient par chèque ou par virement bancaire. Le peu de liquide que Barney avait dans son bureau servait à ses dépenses personnelles, et depuis peu, il était complètement fauché. J'ai veillé à ce qu'il le soit.

— Maman…, murmura Seth d'un ton de reproche.

Elle lui tapota le bras pour l'apaiser.

— L'inspecteur a raison, Seth… Elle ne fait que son travail, qui est d'arrêter l'assassin de ton père. J'imagine qu'elle voudra consulter mes comptes bancaires, pour être sûre que je n'ai pas engagé de tueur à gages.

Elle regarda Olivia dans les yeux et ajouta :

— Ce n'est pas le cas, je vous assure. Je ne saurais même pas comment m'y prendre ! Vous savez… mon mari m'a fait souffrir, c'est vrai, il m'a fait du mal… Mais je l'aimais encore. Jamais je n'aurais pu le tuer ou le faire tuer.

— Lui connaissiez-vous un ennemi ? Quelqu'un qui aurait eu des raisons de lui en vouloir personnellement ? Un conflit avec un client ?

— Je ne sais pas. Il faudrait que vous en parliez à Lloyd Hart, notre gérant. Lui, il connaît tous nos clients.

— Je lui ai parlé, mais assez brièvement. Il avait l'air de s'inquiéter pour le chien.

— Bruno… Ils ont tué le chien aussi ?

— Non, mais ils l'ont drogué. Il devrait survivre. M. Hart nous a dit que les employés n'appréciaient pas beaucoup votre mari.

— C'est faux ! s'écria Seth.

Sa mère lui tapota de nouveau le bras.

— Non, c'est vrai, dit-elle.

Elle se tourna vers Olivia et reprit :

— Ça n'a pas toujours été le cas. Dans le temps, Barney connaissait tous ses employés par leur prénom. Il veillait à ce qu'ils touchent des indemnités en cas de maladie et obtiennent de bonnes retraites en fin de carrière. La réussite venant, il a changé. Nous avons acquis des entrepôts dans trois Etats, et il s'est mis à voyager. A se payer des voitures de luxe…

Elle poussa un soupir, puis redressa le menton et poursuivit :

— Et des poules de luxe, aussi. Même si je ne m'en suis pas aperçue à l'époque. Il n'était plus du tout le même homme qu'au moment de notre mariage. Et puis les affaires ont commencé à péricliter… Barney est devenu craintif. Et méchant. Nous n'arrêtions pas de nous disputer.

— Non, ce n'est pas vrai, protesta Seth une fois encore. Maman…

— Si, lui dit sa mère doucement. Nous ne nous disputions pas devant toi. Nous ne voulions pas que tu le saches.

Elle se tourna vers Olivia et ajouta :

— Ça faisait longtemps que je ne m'étais pas intéressée à l'entreprise. Quand j'ai appris que Barney me trompait, j'ai fait des copies de tous ses fichiers. Je voulais que mon avocat ait le plus possible de munitions, pour le divorce…

— Vous les avez conservées, ces copies ? lui demanda Olivia.

— Oui, j'ai deux CD sur lesquels il y a tout.

— Le feu a détruit tant de choses dans l'entrepôt. Nous pourrions aller tellement plus vite, si nous savions dès maintenant sur qui enquêter !

Louise consulta du regard son avocat, lequel se contenta de hausser discrètement les épaules.

— A vous de décider, Weezie. J'ai vu ces fichiers. Il ne s'y trouve rien que vous ayez besoin de cacher.

— Les CD se trouvent dans ma boîte de sécurité antifeu… Quelle ironie ! dit-elle avec un petit rire triste.

Olivia soupira.

— Dans cette affaire, dit-elle, ce n'est pas l'ironie qui manque… Je sais que vous êtes fatiguée, mais il faut que je vous pose encore quelques questions, madame Tomlinson. Le temps qui passe ne joue pas en notre faveur… Comment avez-vous appris l'infidélité de votre mari ?

— J'ai eu des soupçons, alors j'ai engagé une détective privée. Une de mes amies a rencontré le même problème. Je l'ai invitée à déjeuner et j'ai trouvé le courage de lui demander les coordonnées de sa détective, que j'ai engagée. Elle a réussi à prendre des photos qui ne laissaient pas le moindre doute à ce sujet moins d'une semaine plus tard. J'étais effondrée ! Je suis allée dans le bureau de Barney, le lendemain du jour où elle m'a remis les preuves. Je savais qu'il devait jouer au golf, ce jour-là… J'en ai profité pour copier tous ses fichiers. J'ai engagé une procédure de divorce l'après-midi même.

— On peut partir maintenant ? demanda Seth, quand sa mère eut fini de parler. Elle a répondu à vos questions…

— Oui, vous pouvez y aller. Madame Tomlinson, je vous remercie. Je ne manquerai pas de vous tenir personnellement au courant des progrès de l'enquête. Vous voulez que je vous raccompagne chez vous ?

— Je m'en charge, s'empressa de dire l'avocat. J'imagine que vous souhaitez ces CD tout de suite ?

Olivia jeta un coup d'œil à la pendule. Il était presque 3 heures du matin. L'entrepôt devait certainement s'être suffisamment rafraîchi pour que Kane et elle puissent inspecter le bureau de Tomlinson et examiner son corps.

— Ce serait idéal, oui. Mon partenaire et moi allons vous suivre en voiture.

Ensuite ils retourneraient en vitesse sur la scène de crime.

Olivia retrouva Kane dans la salle d'observation, un billet de dix dollars à la main.

— Bien joué, la félicita-t-il, en lui tendant l'argent.

— Garde-le. Elle avait l'intention de coopérer depuis le début. Tu es prêt ?

— Oui. Et c'est moi qui conduis. Comme ça, tu pourras faire une sieste en route.

Mardi 21 septembre, 3 h 58

Ils étaient tous les trois dans le salon d'Eric, les yeux rivés sur l'écran du téléviseur, réglé depuis la veille sur la chaîne locale d'info en continu. Le son était coupé. Mary se tenait dans un coin du canapé, toute recroquevillée et le visage pétrifié. Albert occupait un fauteuil et paraissait en colère.

Derrière eux, Eric était assis à califourchon sur une chaise, le menton posé sur le dossier. Il venait de se faire rabrouer par Albert, qui avait exigé qu'il arrête d'arpenter la pièce et qu'il s'asseye.

— Mets le son, dit Mary d'une voix impassible.

Albert prit la télécommande et s'exécuta.

« La principale nouvelle de la nuit est un nouvel incendie, qui a dévasté, cette fois, un entrepôt au nord de la ville, annonça le présentateur. Notre chaîne vient juste d'apprendre que ce n'est pas seulement un nouvel incendie volontaire, mais que la police a découvert un homme mort à l'intérieur. »

Sous le choc, Eric se leva d'un bond.

— Comment ça ? hurla-t-il.

Albert se tourna brusquement vers lui.

— Ta gueule !

Mary se redressa, mais mollement, comme si toutes ses forces l'avaient définitivement abandonnée.

« Le corps, poursuivit le présentateur, a été identifié comme étant celui de Barney Tomlinson, le propriétaire de l'entrepôt… »

Sur l'écran, s'afficha alors la photo d'un homme replet, d'âge moyen, dont les cheveux rabattus sur le haut du crâne dissimulaient mal sa calvitie.

« Joseph Bradshaw, notre collaborateur, se trouve sur les lieux du sinistre… »

Un journaliste apparut, un camion de pompiers à l'arrière-plan.

« Alors, Joseph, qu'est-ce que vous pouvez nous dire de plus sur cet incendie ?

— L'incendie est maintenant éteint. Mais vous pouvez voir derrière moi que l'activité sur place se poursuit. Des inspecteurs de la brigade des homicides et une équipe médicale sont entrés dans le bâtiment, il y a une vingtaine de minutes maintenant, et ils n'en sont toujours pas ressortis. Aucune information ne nous a été communiquée quant aux circonstances exactes de la mort de M. Tomlinson, mais la présence d'inspecteurs de la brigade des homicides donne à penser que le propriétaire de cet entrepôt a été victime d'un meurtre.

— Joseph, reprit le présentateur, les enquêteurs ont-ils évoqué un lien possible avec l'incendie de la nuit dernière, à la résidence du lac ?

— Pas encore… Mais je peux vous dire que les inspecteurs qui se trouvent dans le bâtiment en ce moment sont les mêmes que ceux qu'on a vus hier à la résidence du lac : Kane et Sutherland. »

Albert coupa le son et dit d'une voix sombre :

— Alors, c'est ça, son jeu ? Il assassine et nous, on porte le chapeau…

— On a détruit la cassette, lui rappela Eric. Et on portait des cagoules. Personne ne saura que c'est nous.

— Tu crois ça, mon ami ? Je te parie que dans cinq minutes, peut-être dix, il va nous envoyer un autre message avec un autre lien, une autre vidéo…

Ils n'eurent même pas deux minutes à attendre. Le téléphone portable personnel d'Eric se mit à vibrer. Il lut le SMS qui venait d'arriver et leva un regard perplexe sur les deux autres.

— « Bienvenue dans mon entreprise », lut-il à voix haute.

— Et la vidéo ? demanda Mary d'une voix à peine perceptible.

Eric activa le lien. La vidéo se mit à défiler sur l'écran.

— C'est nous. Mais on a nos cagoules.

Il regarda ensuite la caméra zoomer sur Mary, au moment où elle se retournait pour regarder le chien endormi, jusqu'à ce qu'un gros plan de son visage masqué occupe tout l'écran. Puis il y eut une succession de plans fixes, de plus en plus agrandis, de l'œil droit de Mary, jusqu'à ce qu'on ne voie plus que son iris. Une image de la jeune fille à la résidence du lac vint s'afficher ensuite, et de nouveau, la caméra zooma sur son iris.

Après cela, Eric ne fut pas étonné de se voir lui-même marquer une pause dans sa fuite pour prendre une photo de l'entrepôt en flammes.

— Il était là, dit-il d'une voix crispée.

Il passa le téléphone à Albert.

— Il essaie de nous faire comprendre qu'il peut prouver que Mary se trouvait sur les lieux des deux incendies, grâce à l'identification oculaire.

Albert se repassa la vidéo en serrant les dents.

— Mais où était-il caché ?

— Il a filmé Mary au moment où elle s'est arrêtée pour regarder le chien… Il devait donc se trouver à notre gauche…

Il s'affala sur le canapé.

— C'est incroyable !

— Ce n'était pas prévu, dit Mary d'une voix faible. Je n'arrive toujours pas à croire que tu ne nous aies rien dit, Eric. Tu n'avais pas le droit de nous cacher ça !

— Je me suis déjà excusé…

— S'excuser ne sert à rien. Si tu savais…

Elle ferma les yeux et murmura :

— Oh et puis… Va te faire foutre…

— Un nouveau message ! annonça Albert.

Il inspira profondément et décrivit ce qu'il voyait sur l'écran :

— C'est Tomlinson. Ou plutôt ce qu'il en reste…

Il repassa le téléphone à Eric.

Tomlinson apparaissait assis à son bureau, la tête plongée dans une mare de sang et de matière cervicale.

Eric passa le téléphone à Mary et attendit qu'elle ait visionné la vidéo pour demander :

— Alors, qu'est-ce qu'on fait, maintenant ?

— On le fait sortir du bois, ce salopard, et on le bute, déclara froidement Mary.

Albert lui jeta un regard sarcastique.

— Je croyais que tu ne voulais plus tuer personne, dit-il.

— J'ai eu tort de dire ça. Le jeu a changé.

— C'est bien beau, tout ça, dit Eric. Mais, maintenant, qu'est-ce qu'on fait ?

— Il devait avoir un compte à régler avec Tomlinson, suggéra Albert. Qui sait ? Peut-être le faisait-il chanter, lui aussi…

Il se leva et se mit à arpenter la pièce.

— Je n'arrive pas à comprendre comment il a appris ce qu'on préparait, reprit-il. Nous ne nous sommes jamais réunis qu'ici. Jamais en public. Alors comment a-t-il fait pour être au courant ? Et quels étaient ses liens avec Tomlinson ?

Eric sentit un frisson glacial lui parcourir l'échine.

— Il a peut-être mis cet appartement sur écoute, hasarda-t-il.

Albert s'immobilisa, l'air sinistre.

— Aussi dingue que ça puisse paraître, c'est bien possible.

— Mais, pour ça, il fallait quand même qu'il se doute de quelque chose à notre sujet, insista Mary. Je ne vois pas pourquoi il choisirait des fils de famille au hasard et se mettrait à les surveiller.

Elle redressa le menton d'un air de défi et ajouta plus haut :

— Tu m'entends, en ce moment, espèce de connard ? On parle de toi !

— Chut, siffla Albert. Tu vas réveiller les voisins !

Puis il se figea, parcourut des yeux la pièce avant que son regard ne revienne à Eric.

— Eric…, commença-t-il.

Eric eut la même pensée au même moment.

— Les voisins… Ces murs ne sont pas très épais. Quelqu'un nous a entendus parler. Mais qui ?

— Les murs ne sont pas si minces, essaya de se rassurer Mary.

Albert détourna les yeux.

— Si. L'un des voisins s'est plaint une nuit où nous…

Il sentit ses joues s'empourprer et laissa sa phrase en suspens.

— Ah, je vois, fit Mary, en haussant les épaules. La même chose nous est arrivée, à Joel et moi…

Elle s'interrompit subitement, les yeux gonflés de larmes.

— Merde, chuchota-t-elle. Pendant un instant, je l'ai oublié… Comment ai-je pu l'oublier ?

— C'est ça, le deuil, lui dit calmement Albert. Tu habites à la cité universitaire, dans une chambre séparée, comme moi ?

— Oui.

— Tu as parlé avec Joel de notre projet dans ta chambre ?

Mary secoua la tête vigoureusement, avant d'admettre :

— Peut-être… Une ou deux fois… Mais toujours à voix basse.

— Les murs de la cité universitaire sont moins épais que ceux de mon appartement, observa Eric. C'est pour ça qu'on ne se réunissait jamais dans la chambre d'Albert. Les voisins auraient pu entendre. Mais quel rapport entre ces voisins et Tomlinson ?

— Il faut se renseigner davantage sur ce type, dit Albert.

Il désigna l'ordinateur portable d'Eric et ajouta :

— Tu t'es introduit dans le serveur de son entreprise. Qu'est-ce que tu as découvert, au juste ?

— Uniquement ce que je cherchais : les fichiers de maintenance du système d'alarme.

— J'ai fait une recherche sur Google, pendant que tu piratais le serveur, dit Albert. Je n'ai trouvé que du banal. Tomlinson a participé à un tournoi de golf, au profit d'une ONG, l'année dernière. Mais sa société battait de l'aile. Les licenciements se multipliaient. Sa femme venait de demander le divorce. Comme tu es meilleur informaticien que moi, c'est à toi de faire une recherche plus approfondie. Essaie d'en savoir plus.

Il enfila son blouson.

— Où vas-tu ? lui demanda Eric.

— A la cité universitaire. Il va bientôt faire jour. Je vais me changer et me raser. Ensuite, j'irai dire deux mots à Mme Tomlinson pour en savoir plus sur les activités de son mari.

— Tu ne peux pas débarquer chez elle comme ça, pour l'interroger ! s'écria Mary.

— En tant que journaliste, ça doit être possible.

— Attends, Albert…, objecta Eric. Et si elle trouve ça louche et qu'elle se renseigne sur toi d'abord ? Tu n'es pas vraiment du genre à te fondre dans le paysage local… Surtout avec ton accent…

Albert le dévisagea en souriant amèrement.

— Quel accent ? demanda-t-il, avec un parfait accent du Minnesota.

Eric le regarda avec stupéfaction.

— Tu… Quel est ton véritable accent ?

Albert lui jeta un regard glacial.

— Quelle importance, à présent ? Renseigne-toi sans tarder sur Tomlinson. La moindre information peut nous être utile.

Eh bien… Ce trio ne réagissait vraiment pas comme ses autres « clients » et ce n'était pas déplaisant. Ça mettait un peu de piment dans l'affaire…

Ainsi, Mary veut ma peau ? C'est réciproque, ma chère. Et Albert serait un faux Québécois ?

Il s'en doutait un peu, depuis le début. Et tout surdoué qu'il était, cet Eric était un grand naïf, au fond.

Il se cala dans son fauteuil et réfléchit. Ainsi, Albert avait l'intention d'aller interroger la veuve Tomlinson ? Qu'espérait-il apprendre ? Louise ne savait rien. Il en était certain. Albert ne pouvait donc pas lui nuire par cette démarche.

A l'inverse, comment lui-même pourrait-il s'en servir, pour les enfoncer davantage ? Et pendant combien de temps parviendrait-il à leur tenir la bride aussi serrée ? Il n'avait pas l'intention de les surveiller aussi étroitement éternellement et de toute évidence, ils se montraient plus coriaces que les autres… Quand ils ne lui serviraient plus à rien, il mettrait un terme à leur existence.

Il se repassa l'enregistrement qu'il avait fait du bulletin d'information de la veille. Les images de la vidéo, filmée avec un téléphone portable, n'étaient pas très nettes. Un chien de recherche et sa maîtresse se trouvaient sur une petite plage au bord du lac, à quelques centaines de mètres du quai de la résidence. Il connaissait les rives du lac comme sa poche et il savait qu'il n'y avait qu'une seule manière d'accéder à cette grève : en bateau. Or il ne vit aucun bateau sur la vidéo.

Celle-ci donnait à penser que c'était par le lac et non par la terre que l'adolescente était arrivée à la résidence. Mais si cela avait été le cas, le bateau y serait encore… Elle n'était donc pas venue seule, et la personne qui l'accompagnait n'était pas morte dans l'incendie.

Cette seconde personne l'avait-elle vu ? Il avait besoin de savoir ce que la police savait.

Et s'il y a un témoin oculaire, il va falloir l'éliminer.

Mardi 21 septembre, 5 h 30

Austin était recroquevillé sur son lit. Sa mère allait bientôt rentrer du travail. Elle travaillait dur, pour lui, et il s'en voulait furieusement d'être la cause de l'inquiétude qui assombrissait son regard.

Il était incapable d'oublier la peur qu'il avait lue dans les yeux de Tracey, alors qu'ils avaient senti l'odeur de la fumée. Incapable d'oublier l'effarement du vigile, au moment où il s'était effondré, touché à mort. Mais ce qui le terrifiait plus que tout, c'était de savoir que l'assassin courait toujours.

Il faut que je fasse quelque chose !

Mais il était paralysé par la peur.

Je dois bien ça à Tracey. J'avais promis de la protéger. C'est moi qui l'ai emmenée à la résidence…

Et sa mère, comment pouvait-il la protéger ? S'il lui racontait tout, il mettrait leurs deux vies en danger. Ce type avait abattu le vigile de sang-froid. Il ne pouvait quand même pas attirer sur eux la vengeance de ce tueur impitoyable.

Je ne peux rien faire. Et je ne peux pas vivre ainsi, en sachant qu'il va peut-être me tuer, moi aussi.

S'il appelait d'une cabine téléphonique proche de chez lui, les flics identifieraient à coup sûr la source de l'appel. Dans le coin, tout le monde savait qu'il fréquentait l'école des sourds de Minneapolis. Un policier perspicace ne manquerait pas de faire le rapport et de retrouver sa trace.

C'était donc de Minneapolis que les flics devaient être contactés.

Kenny m'aidera.

Il décida d'envoyer aussitôt un SMS à son ami pour lui dicter une lettre à poster du centre-ville.

Comme ça, les flics seront au courant, pour le tueur, et personne ne saura que c'est moi qui les ai renseignés.

Ça pouvait marcher. Il fallait que ça marche.

*
* *

Mardi 21 septembre, 5 h 45

Olivia sentait ses paupières s'alourdir, tandis qu'elle rentrait chez elle au volant de sa voiture. Les dernières quarante-huit heures avaient été longues et la fatigue se faisait sentir. Elle avait hâte de s'écrouler sur son lit.

Comme elle approchait de sa maison, elle aperçut une silhouette familière se lever des marches du perron et elle faillit crier de surprise et de rage. Elle contourna le pick-up rouge que David avait garé le long du trottoir et pénétra dans son garage. Pendant un moment, elle resta assise dans sa voiture, la tête collée au volant.

Puis la portière de son côté s'ouvrit et elle sentit la chaleur du corps de David, lorsqu'il s'accroupit à ses côtés.

— Olivia ?

— Je vais très bien, David, dit-elle, sans le regarder. Tu avais promis de ne plus m'importuner.

— Je sais. Mais…

— Qu'est-ce que tu me veux ?

— Je voudrais que tu m'accordes une chance de m'expliquer. S'il te plaît.

Il posa une main sous sa tresse et lui massa doucement la nuque. Sa main était chaude, ses doigts vigoureux et habiles.

Elle lâcha un petit gémissement. Elle était si fatiguée et la main de David lui faisait tant de bien !

Mais elle se ressaisit ; elle lui prit le poignet et écarta sa main.

— Qu'y a-t-il à expliquer ? demanda-t-elle.

— Beaucoup de choses. Allez, viens…

Il l'aida à s'extraire de l'habitacle.

— Tu vas t'endormir sur ton volant.

— Justement, je voudrais dormir un peu.

— Je n'en ai pas pour longtemps.

Elle se laissa conduire jusqu'à la porte d'entrée et ne protesta pas, lorsqu'il lui prit la clé des mains pour ouvrir. Mojo arriva en sautillant. Il se figea et gronda, en voyant David.

— Couché ! lui ordonna Olivia.

Mojo obéit aussitôt sans pour autant cesser de dévisager l'intrus d'un œil hostile.

David referma la porte derrière eux et contourna le chien sans plus se préoccuper de sa présence. Maudissant sa propre faiblesse, Olivia se prit à le regarder sans toute la colère qui aurait pourtant dû l'habiter. Il était toujours aussi craquant. Elle le suivit dans la cuisine, Mojo sur les talons.

— Qu'est-ce que tu fais ?

Debout devant le réfrigérateur ouvert, David en examinait le contenu d'un air perplexe.

— Le petit déjeuner. Tes œufs sont presque périmés…

— Pardon ? fit-elle, en secouant la tête.

Il lui désigna les tabourets alignés le long du bar.

— Assieds-toi, s'il te plaît.

Comme s'il croyait que ces mots s'adressaient à lui, Mojo s'assit, en remuant la queue. Il regardait à présent David avec les yeux de l'amour.

— Traître, marmonna Olivia à l'adresse de son chien. David, je veux que tu t'en ailles…

Il rassembla quelques ustensiles de cuisine sur le comptoir et commença à s'affairer, sans prêter la moindre attention à ce qu'elle disait.

— Je n'ai pas faim. Arrête tout de suite !

Impassible, il cassa des œufs dans un bol avec l'assurance d'un cordon-bleu.

— Qu'est-ce que tu fais, merde ?

— Quand je suis tendu, je cuisine, dit-il, entre ses dents serrées.

— Toi, tu es tendu ?

Elle eut un petit grognement railleur.

— Je t'en prie !

— Mais si, je suis vraiment sur les nerfs, Olivia.

Il leva les yeux et la regarda bien en face.

— C'est la vérité.

Il avait l'air sincère et elle sentit toutes ses bonnes résolutions s'évanouir.

— Tu parles d'une réplique ! dit-elle. Je dois être la femme la plus crédule du monde. Allez, viens, Mojo, on va se promener…

Le chien hésita, regardant David.

Olivia ravala un très vilain juron et tira sur le collier de l'animal.

— J'ai dit : viens !

Mojo se décida enfin à la suivre, tournant la tête à un moment, comme s'il se demandait pourquoi son nouveau copain ne venait pas avec eux. Olivia alla attendre dans le patio, tandis qu'il faisait ses besoins, en tapant du pied d'impatience. Mojo finit par revenir à pas feutrés et elle le laissa rentrer dans la maison.

David s'y trouvait toujours. Il était en train d'inspecter d'un air dégoûté le contenu d'un sac de champignons.

— Ça fait longtemps que tu n'as pas fait les courses !

— J'étais trop occupée, lui répondit Olivia d'une voix aigre.

Elle se hissa sur l'un des tabourets de bar et ajouta :

— Bon… Allez… Fais-moi ton speech, et va-t'en.

Le regard de David resta rivé sur la planche à découper,

tandis qu'il hachait les quelques légumes qui n'avaient pas pourri dans le fond du frigo.

— J'ai prononcé le nom d'une autre femme, cette nuit-là, et je te demande de me pardonner. Tu ne peux pas imaginer combien j'en suis désolé. Mais j'ai besoin de savoir si j'ai fait autre chose de grave…

Olivia songea à ce que Brie et Paige lui avaient dit : « Je me demande juste ce qu'il pensait avoir dit, lui, cette nuit-là… Ou même ce qu'il pensait avoir fait… »

— Comme quoi, par exemple ?

— Comme devenir brutal. Ou te demander de faire quelque chose que tu ne voulais pas faire…

« Et alors ? » avait-il demandé, quelques heures auparavant. Ce n'était pas une réaction dédaigneuse de sa part, mais une vraie question : « Que s'est-il passé *ensuite* ? » Brie avait donc raison…

— Non, pas du tout, dit-elle d'une voix radoucie. Que pensais-tu avoir fait d'autre ?

Il agrippa le rebord du comptoir à deux mains et pencha la tête.

— Je ne le savais pas, justement ! Au début, je croyais que ça te gênait de me rappeler. Mais tu ne te manifestais toujours pas et les mois passaient. Alors j'en suis venu à me demander si mon comportement ne t'avait pas… dégoûtée…

— Si, David… C'est exactement ce qui s'est passé quand tu as crié le nom d'une autre femme, alors que je te procurais du plaisir !

Il redressa la tête, le regard tendu.

— Mais à part ça ?

— Tu trouves que ce n'est pas une raison suffisante ! Mais si ça peut te rassurer, non, il n'y a rien eu d'autre…

Les épaules de David se décrispèrent.

— Tant mieux, fit-il.

Il se retourna pour verser les œufs dans une poêle.

Elle fit du café, puis se remit à le regarder cuisiner.

— Pourquoi est-ce que toi, tu ne m'as pas appelée ?

Il haussa les épaules.

— J'avais peur d'avoir gaffé, comme tu étais partie sans prévenir — ce en quoi je ne m'étais pas trompé. J'avais peur que tu aies quelqu'un dans ta vie… Et puis j'avais peur aussi que ce que j'avais fait ne soit pas… assez bien pour toi…

— Tu plaisantes !

Elle crut voir un fin sourire se dessiner furtivement sur ses lèvres.

— Bon d'accord, peut-être pas ça, mais enfin j'étais dans l'incertitude… Et j'étais inquiet.

D'un mouvement du poignet, il retourna lestement l'omelette dans la poêle.

— J'ai essayé de t'oublier.

— C'est vrai ?

— Tu étais ici, à Minneapolis. Moi à Chicago… Et puis Eve m'a appelé à la rescousse pour que je répare son toit qui fuyait…

Sept mois auparavant.

— Oui, elle m'a d'ailleurs dit que tu as tout laissé tomber et que tu es accouru.

— Elle croit que je suis une sorte de chevalier blanc… Ne ternis pas ma réputation auprès d'elle, s'il te plaît, essaya-t-il de plaisanter, et laisse-la à ses illusions. La vérité, Olivia, c'est que j'ai saisi ce prétexte pour me rapprocher de toi. Je n'attendais que cette occasion…

Elle se renfrogna légèrement.

— Tu n'attendais que cette occasion ? Qu'est-ce que ça veut dire, ça ?

Il évitait son regard, alors qu'elle aurait voulu voir ses yeux pendant qu'il répondait.

— Tu crois aux signes du destin, Liv ? Aux miracles ?

— Autrefois, j'aurais dit non. Mais, maintenant oui, j'y crois.

— Qu'est-ce qui t'a fait changer d'avis ?

Elle n'eut pas besoin de réfléchir, avant de répondre. Elle savait très bien depuis quand elle s'était mise à croire aux miracles.

— Le fait de rencontrer Mia. Elle avait besoin de moi et j'avais besoin d'elle. Je venais de vivre une rupture douloureuse et d'apprendre que mon père était mort, ce père que je n'ai jamais connu... Mia était déjà amoureuse de Reed. J'étais un peu jalouse de son bonheur.

— Je suis bien placé pour comprendre ce que tu ressentais, dit-il d'une voix pleine de regret.

Elle repensa au nom qu'il avait prononcé. Elle savait que Dana avait épousé un autre homme, et qu'elle était heureuse avec lui. S'il y avait eu une liaison entre Dana et David, c'était certainement de l'histoire ancienne.

— Oui, sans doute, admit-elle. Tu te rappelles quand Mia s'est fait tirer dessus par ce dingue ?

— C'était un incendiaire, dit David, en lui adressant un regard en coin. Quelle ironie, hein ?

Quel signe du destin, aussi.

— Oui, on peut le dire. Ce type lui a tiré dessus quelques jours seulement après que je l'ai retrouvée. Elle a perdu un rein. Elle n'en avait déjà qu'un...

— Et personne ne pouvait être donneur, oui, je m'en souviens. On a tous fait les examens nécessaires... Et tout à coup, un mystérieux donneur a sacrifié l'un de ses reins. Mia ne m'a jamais dit qui c'était. Nous avons tous pensé que c'était un don anonyme.

Il se pencha vers elle, jusqu'à frôler son visage, soudain saisi d'une illumination.

— Mais c'était toi, hein ? Tu lui as sauvé la vie !

Les joues d'Olivia étaient rouges comme des pivoines.

— Ton omelette est en train de brûler, bredouilla-t-elle.

Il se retourna vers la cuisinière.

— C'est vraiment un beau geste de ta part, Olivia. Tu dois en être fière.

— Je ne l'ai pas fait pour en être fière. Je l'ai fait parce qu'elle avait besoin de moi. C'était la première personne qui avait vraiment besoin de moi. Alors, pour répondre à ta question, oui, je crois au destin.

Il éteignit le brûleur sous la poêle.

— Eve aussi avait besoin de moi, dit-il. Pas d'une manière aussi vitale, bien sûr… mais je voulais l'aider. Je guettais aussi un signe du destin. Je me suis dit que réparer son toit ne me prendrait qu'un week-end et que tu avais sans doute trouvé un compagnon. Mais je n'arrivais pas à t'oublier. La fuite dans le toit d'Eve a été le signe que j'attendais. Je mourais d'envie de te revoir. J'étais aussi curieux de savoir si tu avais un amant. Et je tenais à savoir pourquoi tu m'avais quitté sans un mot d'explication.

— Et c'est alors que tu as fait cette rencontre percutante avec un tueur et que tu t'es retrouvé à l'hôpital…

Elle disposa deux assiettes sur la table et vit, en relevant les yeux, qu'il la regardait intensément. D'un regard passionné, brûlant de désir. Pendant un instant, elle dut se forcer à respirer normalement.

— J'ai su que c'était toi, dès que tu es entrée dans ma chambre d'hôpital, dit-il d'une voix frémissante. Je ne voyais rien, mais j'ai senti ton parfum, comme je l'avais senti sur mon oreiller. Et j'ai eu envie de toi. Mais le moment était malvenu.

— Et alors ?

— Alors… Après cette brève rencontre, le moment me paraissait toujours malvenu. Eve a été enlevée et j'étais dans les affres de l'inquiétude pour elle. Et puis Noah et toi l'avez libérée.

— Et nous avons trouvé la fosse aux cadavres par la même occasion, murmura Olivia.

— Ensuite, toute cette histoire t'a accaparée, détruite presque. Je ne voulais pas être lourd, j'avais peur d'aggraver ton ressentiment. Pourtant, c'est ce que j'ai fait, apparemment.

Il lui caressa la joue du revers de la main, faisant naître en elle une sensation de douceur qui aiguillonna son désir.

— Je ne supportais pas l'idée de te laisser penser que je ne t'aime pas, que tu ne comptes pas pour moi, que tu n'étais que la remplaçante d'une autre femme. Pardonne-moi de t'avoir blessée.

Elle soutint son regard en priant pour qu'elle ne soit pas complètement idiote de croire à sa sincérité.

— J'aurais pu appeler, moi aussi, concéda-t-elle. J'aurais dû même.

Il sourit et Olivia se sentit fondre.

— Assieds-toi, lui dit-il. Tu as besoin de te restaurer.

Lorsque Olivia commença à manger, elle réalisa combien elle était affamée. Elle repensa à sa discussion de la veille avec Paige, au sujet du risque qu'elle devait prendre. Que pouvait-il arriver, au pire, si elle le prenait, ce risque ? *Dana. Il doit éprouver encore un peu d'amour pour elle.* On n'aimait pas quelqu'un aussi longtemps sans que le sentiment perdure, ténu mais tenace, même après une nouvelle rencontre.

Ça t'est bien arrivé, à toi, dut-elle admettre en toute franchise. Quand elle avait rencontré David, elle n'avait pas entièrement oublié Doug. *Oui, mais moi, en jouissant, j'ai dit le nom de David. Pas celui de Doug.* Et si cet amour perdu devenait disponible pour lui, un jour ? Si Dana se tournait vers son ancien amoureux ? Elle avait déjà pâti d'un tel retour de flamme, quand Angela avait refait son apparition. Elle était peut-être crédule, mais elle n'était pas folle.

Elle leva les yeux vers lui et s'aperçut qu'il la fixait avec l'air d'attendre quelque chose ou d'avoir quelque chose à dire, mais il restait coi. Il se leva pour débarrasser la table. Mojo lui colla aux talons, dans l'espoir d'une aumône, mais David ne le gratifia que d'une caresse derrière les oreilles.

— Il est sympa ce chien, dit-il.

— Pas aussi malin qu'un singe, mais je l'aime beaucoup. Il meuble ma solitude.

Elle eut envie de détourner les yeux, mais se força à le regarder.

— Alors, demanda-t-elle, qu'est-ce qu'on fait, maintenant ?

— Maintenant, je crois que tu as dit que tu voulais dormir…

Il avait prononcé ces mots d'une voix calme, mais son regard était toujours ardent. Elle se sentit frissonner.

— Oui, c'est ce que j'avais prévu.

— Alors, viens…

Il l'entraîna sur le canapé et la fit asseoir sur ses genoux.

— Endors-toi. Je te réveillerai pour que tu sois à l'heure à ta réunion…

Etre ainsi chastement blottie dans les bras de David lui sembla quelque peu surréaliste, mais elle n'en trouva pas moins tout naturel de poser sa tête sur son épaule accueillante.

— Il faut que je parte tôt, dit-elle. Je dois d'abord laisser Mojo au chenil.

— Ne t'en fais pas. Je l'emmènerai.

— Entendu. Il faut que je sois à la brigade à 9 heures, en fait. Normalement, ces réunions se tiennent à 8 heures, mais, là, l'unité de scène de crime a demandé un peu plus de temps, pour terminer son examen des lieux.

Elle bâilla avant d'ajouter :

— Cette scène de crime était particulièrement atroce…

— Je sais, dit-il à voix basse.

Et elle comprit ce qu'il avait éprouvé en l'inspectant.

— C'était peut-être Tomlinson la cible, depuis le début, dit-elle encore. Peut-être que l'incendie de la résidence n'était que de la poudre aux yeux, pour brouiller les pistes.

— Peut-être. Sauf que les incendiaires n'ont rien fait pour nous pousser à croire que sa mort était accidentelle.

Du bout des doigts, il défit lentement la tresse d'Olivia et lui caressa la tête. Elle recula pour mieux voir son visage.

— Qu'est-ce qui te fait dire ça ?

— Je suis retourné jeter un coup d'œil au bureau de Tomlinson avec Barlow. Il n'y avait pas la moindre trace d'essence autour du bureau et à l'intérieur. S'ils avaient voulu que le feu efface toute trace du meurtre, ils auraient ciblé cette pièce, au contraire, pour détruire le corps plus sûrement, et rendre indétectable la blessure par balle.

— Tu as raison…

— Ils auraient donc dû verser de l'essence sur son corps directement, sur sa table, sur ses papiers. Mais ils n'en ont rien fait.

— Pourquoi ?

Il pressa la tête d'Olivia contre son épaule.

— C'est à toi d'y réfléchir, quand tu te seras reposée.

— Toi aussi, tu es fatigué. Comment vas-tu faire pour te réveiller ?

— J'ai réglé le réveil de mon téléphone portable.

— Quand ?

— Pendant que je t'attendais sur le perron.

Ainsi donc, il avait tout prévu ! Elle aurait voulu trouver cela agaçant, mais il s'était remis à lui masser la nuque. Elle ferma les yeux et sentit le sommeil venir.

— Ce massage devrait être interdit, chuchota-t-elle. C'est trop bon.

Il déposa un baiser sur le sommet de son crâne.

— Rien n'est trop bon pour toi, Olivia…

— C'est une promesse ? demanda-t-elle.

— Oui, absolument, lui murmura-t-il dans le creux de l'oreille. C'est une promesse solennelle. Dors, maintenant.

12

Mardi 21 septembre, 6 h 45

Eric se réveilla en sursaut. Il avait rêvé de la fille à la fenêtre. Il savait maintenant qu'elle se nommait Tracey Mullen. Et qu'elle n'avait que seize ans. Il aurait préféré ignorer son nom et son âge. Entre tous les trépassés, elle était celle qui le hanterait toute sa vie. Il avait sa mort sur la conscience. Et il serait accusé des deux autres meurtres. Celui du vigile et celui de Tomlinson.

Si on nous arrête, évidemment.

Il resta allongé, fixant le plafond, ressassant sa haine pour le maître chanteur. Sa haine pour Joel. Sa haine pour lui-même. A cet inventaire de ses détestations, il convenait d'ajouter Albert, désormais. Il l'avait bien roulé, celui-là ! Comment n'avait-il rien vu ? Il l'avait sincèrement aimé, mais il se rendait compte avec amertume qu'Albert le manipulait depuis le début.

Et il pensait maintenant qu'il pourrait liquider le maître chanteur ? *Quel crétin.*

Lui ne se faisait pas de telles illusions. Dès qu'il avait vu la vidéo, sur son téléphone portable, il avait compris combien il serait inutile de tenter de se débarrasser du maître chanteur. Albert était parti, bien décidé à suivre son propre plan, après avoir informé Mary qu'Eric avait envisagé de fuir en France. Et Mary était aussitôt partie à son tour, en claquant la porte.

Ils lui en voulaient de disposer d'assez d'argent pour pouvoir refaire sa vie n'importe où dans le monde. Ils n'avaient pas cette chance, eux. Albert voulait faire carrière dans le hockey professionnel — projet absolument impossible quand on est en cavale… Quant à Mary… Qui pouvait dire ce qu'elle voulait ? Elle réclamait la peau du maître chanteur et l'instant d'après, pleurait son Joel. Elle était bien trop émotive. Un vrai paquet de nerfs.

Et moi, je ne vaux guère mieux.

D'une main engourdie par l'angoisse, il prit le téléphone jetable et l'ouvrit. Il n'y avait pas de nouveau SMS, mais cela viendrait, il le savait. Ce n'était qu'une question de temps.

Il faut que je me tire, tant qu'il en est encore temps.

Mardi 21 septembre, 6 h 55

Il lui restait quelques minutes avant d'ouvrir sa sandwicherie pour y accueillir les premiers clients du matin. Il en profita pour se connecter sur son compte offshore. Aucun versement de M. Dorian Blunt. Il lui avait donné jusqu'à midi pour payer.

Il se connecta ensuite sur le compte de Blunt, histoire de s'assurer que son magot illégalement acquis n'avait pas été transféré sur un autre compte. Mais l'argent était toujours là : deux millions de dollars, astucieusement détournés au cours des cinq dernières années. Les supérieurs de Blunt n'y avaient vu que du feu.

Et je ne l'aurais jamais su si Dorian n'avait pas éprouvé, un jour à midi, le besoin de se connecter sur son compte secret pendant qu'il mangeait ici, pour contempler avec émotion le montant à sept chiffres qui s'affichait au bas de la colonne crédit. Il se croyait tranquille, discret, mais personne n'échappe à ma surveillance dans ma boutique.

Il s'apprêtait à ouvrir les portes d'entrée, lorsqu'une alerte de message clignota sur l'écran de son ordinateur portable.

Eric, sale fourbe...

Le jeune homme venait de faire un achat d'un montant assez important : 1 322,65 dollars. Qu'avait-il donc acheté ? Il se connecta en vitesse sur le compte d'Eric pour découvrir le bénéficiaire du versement.

Air France... *Petit con.* Et un seul billet. Il se demanda comment Albert accueillerait la nouvelle. Il se déconnecta et rangea son ordinateur portable sous le comptoir.

Le carillon retentit, signalant l'entrée du premier client de la journée.

— Bonjour, lui dit-il aimablement. Vous désirez ?

Mardi 21 septembre, 7 h 50

David se voyait endormi dans le jardin de son immeuble. Un doux parfum floral, quoique un peu fumé, lui chatouillait délicieusement les narines. Il flottait entre deux eaux, puis se réveilla brusquement, réalisant aussitôt qu'il n'était pas dans le jardin, mais assis sur le canapé d'Olivia et qu'elle était assise sur ses genoux. Ses mains lui caressaient les cheveux et sa bouche était collée à la sienne. L'excitation sexuelle, immédiate et violente, acheva de l'éveiller, et il plongea les mains sous la chemise de la jeune femme, couvrant son dos de caresses.

En un éclair, il l'étendit sur le dos, et le rire surpris d'Olivia se changea en un grognement de plaisir étouffé, lorsque la bouche de David trouva ses seins au travers de son fin chemisier en coton.

— Humm… C'est bon… Continue…

Elle colla ses lèvres contre la joue de David, haletant.

— Oui… Oui…

Son corps se cambra comme un arc. Elle ondula des hanches avec avidité.

Il ouvrit d'un coup sec son chemisier, faisant sauter quelques boutons.

— Dépêche-toi ! le pressa-t-elle, tandis qu'il dégrafait son soutien-gorge.

Mienne, elle est mienne, fut son unique pensée. Il couvrit de baisers brûlants la peau nue de ses seins, puis en suça goulûment l'une des pointes dressées. Ce qui n'avait été qu'une vague réminiscence devint alors pour lui une réalité. Il déboucla la ceinture d'Olivia, ouvrit la fermeture à glissière de son pantalon, et lui caressa le sexe d'une main tremblante en grognant de désir. Elle était mouillée comme une fontaine.

Il enfonça un doigt en elle et le petit gémissement qui échappa à la jeune femme le mit au comble de l'excitation. Il ne pensa plus qu'à une chose : la pénétrer, sentir sa chair humide enserrer son sexe dur. Mais il avait déjà fait une erreur à deux reprises, et il n'allait pas tout gâcher une troisième fois. Quand il la posséderait, il s'y prendrait bien. Lentement et sensuellement, afin qu'elle sache bien qu'elle ne tenait pas un « second rôle » dans sa vie.

Mais à présent que les hanches d'Olivia se collaient en palpitant contre les siennes, il sentit le désir impérieux qui embrasait cette femme dont il avait tant rêvé.

Son désir pour moi.

— David, fais-moi jouir !

Comme cette supplique impatiente était douce à ses

oreilles ! Il colla ses lèvres sur l'autre sein et enfonça son doigt plus avant, stimulant encore le désir d'Olivia. Les râles qui sortaient de sa gorge étaient exactement les mêmes que ceux qui peuplaient ses rêves. Il introduisit un deuxième doigt, en pressant le pouce contre son petit bouton. Elle le serra dans ses bras, se blottit contre lui, tout en se raidissant soudain, parfaitement silencieuse au moment de l'orgasme.

Puis elle expira en frémissant et s'effondra. Dans la poche du pantalon de David, le téléphone vibra trois fois. *Le réveil…*

— Bonjour, Olivia, murmura-t-il et elle éclata de rire.

— Oh mon Dieu !

Ignorant les tremblements qui parcouraient son propre corps, il prit le temps d'admirer ce qui venait de lui donner du plaisir. Ses seins fermes et ronds… Parfaits. Sa peau pâle, sans défaut, sauf aux endroits rougis par le frottement de sa barbe naissante. Il y déposa quelques doux baisers.

— J'ai été brutal, dit-il.

Les yeux toujours fermés, elle lui sourit avec contentement et dit d'un ton chantant :

— Ça m'a plu !

— La prochaine fois, je me raserai avant…

Elle caressa sa joue mal rasée.

— Ça m'a plu comme ça. Et puis je trouve que ça te donne l'air d'un pirate, et ça me plaît, aussi.

Il sourit et murmura :

— Ouvre les yeux…

C'est ce qu'elle fit et David y lut un indéniable assouvissement des sens.

— Tu es belle.

— Toi aussi, tu es beau.

Il embrassa doucement le creux de ses seins.

— Tu étais toute mouillée.

— J'étais en train de rêver… Et tout à coup, tu étais là…

Son regard se troubla, lorsqu'elle ajouta :

— Mais toi, tu n'as pas joui…

— Pas encore. Il n'y avait pas assez de place, ni de temps pour que je te fasse ce que je veux te faire…

Il vit le pouls s'accélérer à la base du cou d'Olivia.

— Ce que tu veux me faire ?

— Oui, à toi et rien qu'à toi.

Il l'embrassa sur la bouche et mordilla sa lèvre inférieure.

— Avec toi, pour toi, en toi, précisa-t-il. Je n'étais pas arrivé à ce stade, l'autre fois ?

— Non. Tu… tu t'étais endormi.

Il tressaillit.

— J'ai beaucoup de retard à rattraper, alors. Heureusement que j'ai plein de fantasmes en réserve !

Elle frissonna.

— Lesquels, par exemple ?

— Pour la plupart, il vaut mieux les mettre en pratique que d'en parler… Mais il y en a un… Non… Il vaut mieux que je n'en parle pas.

Il sentit le pouls d'Olivia lui marteler l'épiderme.

— Dis-moi seulement que c'est sans menottes et sans beurre, dit-elle.

Il ne put réprimer un petit gloussement.

— Non, pas de beurre, lui assura-t-il.

— Mais les menottes ?

— Hum… Ça, c'est à voir. Avec ton feutre de la brigade des chapeaux. Et mon très vaste lit en fer forgé. Et rien d'autre.

— Comme c'est banal, dit-elle.

Mais le feu qui lui rougissait les joues démentait le propos.

— Banal, certes, dit-il. Mais efficace…

Elle déglutit et demanda :

— Quand ça ?

— Ce soir, ce serait bien.

— Je ne sais pas quand j'aurai fini de bosser.

— Ça ne me dérange pas. J'ai tant attendu que je peux patienter encore un peu.

Il se laissa couler entre ses seins. Il y était bien. A l'aise. Comme s'il était enfin à sa place.

Pendant un long moment, elle resta silencieuse, passant ses doigts dans les cheveux de David. Puis elle lâcha un soupir et dit :

— Il faut que je me remue. Une bonne douche et, ensuite, au boulot ! La journée s'annonce difficile.

David se demanda ce qui pourrait bien rendre telle journée de travail d'un inspecteur de la brigade des homicides moins difficile que telle autre. A ses yeux, toutes devaient être épouvantables et c'est la raison pour laquelle il respectait Olivia et admirait sa capacité à faire tous les jours son métier avec tant de conscience professionnelle.

— Pourquoi donc ? demanda-t-il.

— Tu sais, la fille que tu as sortie de la résidence du lac… Sa mère vient aujourd'hui, et il va falloir lui présenter le corps. Je déteste ces moments-là.

Il avait déjà songé à cet aspect particulièrement pénible du métier d'Olivia et s'était souvent demandé comment elle et ses collègues vivaient de tels instants.

— Je suis désolé, dit-il.

— Moi aussi. Mais il faut que je me lève et je n'arrive pas à me décoller de toi.

Lui se força alors à le faire.

— Je ne reprends mon service à la caserne que demain matin, à 8 heures, dit-il. Je serai au dojo jusqu'à 21 heures, mais si tu as fini d'ici là, appelle-moi et je m'éclipserai plus tôt. Ensuite, je serai chez moi, sans doute en train de choisir de la moquette avec ma mère.

Olivia tira pudiquement sur les bords de son chemisier pour se couvrir la poitrine.

— J'ai rencontré ta mère au mariage de Mia, dit-elle. Ma sœur m'a dit le plus grand bien d'elle.

Elle allait s'engager dans le couloir, lorsqu'elle se retourna.

— Tu as bien parlé de dojo ?

Paige… Avait-elle dit quelque chose à Olivia ?

— Oui, j'y vais plusieurs fois par semaine.

— Tu m'en as parlé à Chicago, en effet. Tu étais ceinture marron à l'époque. Tu donnais des cours de karaté à des enfants d'un foyer pour jeunes en difficulté.

Qu'elle se souvienne de ce détail fit naître chez David une fierté un peu puérile.

— Je suis ceinture noire depuis l'année dernière.

Elle lui sourit et lui demanda :

— Et tu donnes encore des cours aux gamins ?

— Oui. Ça leur donne confiance en eux-mêmes, une confiance que certains ne trouvent que dans ce genre d'activité. Et puis, ça leur apprend à se défendre.

Et à se protéger, parfois, contre les personnes qui sont censées les protéger. Si Megan avait été protégée…

— Mon amie Paige donne des cours d'autodéfense pour femmes au foyer et femmes en difficulté. Il faudrait que je te la présente. Bon, il faut que je prenne ma douche en vitesse, maintenant… Sinon, je vais être en retard. Tu peux laisser sortir Mojo dans le patio ?

Il regarda la porte de la salle de bains se refermer et claqua des doigts pour que le chien le suive. Dans le patio, il sortit son téléphone portable de sa poche et composa le numéro de Paige.

— Tu ne lui as pas dit, lui reprocha-t-il sèchement, lorsqu'elle décrocha.

— Tu es où, là, David ?

— Dans le patio d'Olivia. Tu m'avais dit que tu lui dirais que nous sommes amis, et tu ne l'as pas fait.

— Qu'est-ce que tu fais dans son patio ? Je croyais qu'elle ne voulait plus te voir.

— C'est ce qu'elle croyait aussi, mais j'ai réussi à lui faire changer d'avis.

— Ah ? Et jusqu'à quel point, exactement, as-tu réussi à lui faire changer d'avis ?

Il songea à l'orgasme qu'il venait de procurer à Olivia et dut serrer les dents pour combattre le désir renaissant. *Pas jusqu'au bout, encore, mais ça viendra,* fut-il tenté de répondre avant de se raviser.

— Ça ne te regarde pas. Ecoute, elle m'a proposé de te présenter à moi, et je n'ai pas su quoi dire. Alors, qu'est-ce qu'on fait, maintenant ?

— J'ai essayé d'en parler hier soir, mais elle était trop en colère, dit Paige d'un ton piteux. J'étais sur le point de lâcher le morceau, quand elle a été appelée sur les lieux d'un nouvel incendie. Je croyais qu'elle ne te reverrait pas de sitôt et que j'aurais tout le temps de lui en parler.

— Eh bien, elle m'a revu très vite…

Et il espérait qu'elle le reverrait encore et souvent. A moins que… Elle n'avait pas paru très contente d'apprendre qu'il la surveillait depuis sept mois, et il ne pouvait guère le lui reprocher. Or il tenait à clarifier auprès d'elle ses rapports avec Paige.

— Bon, reprit-il, je lui dirai moi-même.

— Dis-lui que tu m'as induite en erreur. Ou, mieux, dis-lui que c'est la faute de Rudy. Tout le monde fait ça !

— C'est tentant, mais je ne le ferai pas. On se voit ce soir au dojo…

Il siffla le chien et rentra dans la maison. Il entendit la douche s'arrêter de couler et ne put s'empêcher de penser à Olivia, nue et trempée. Il essaya de chasser cette image de son esprit et fit le tour du salon, satisfaisant ainsi au moins une petite partie de sa curiosité.

Il avait envie de savoir comment elle vivait. Très modestement, apparemment. Elle dépensait sa paie en posters qui ornaient ses murs. Il savait qu'elle collectionnait les cellulos de dessins animés, elle le lui avait dit cette nuit où ils avaient causé jusqu'aux premières lueurs de l'aube. Il les voyait à présent, accrochés partout — Daffy le canard et tous les autres personnages des films d'animation qu'il adorait lui-même regarder quand il était gamin. *Bip Bip et Vil Coyote* semblait sa série préférée. Un poster géant de Vil Coyote ouvrant son parapluie surplombait le téléviseur, sur lequel étaient empilés des DVD du dessin animé.

Des photos encadrées ornaient le dessus de la cheminée. Un vieux couple souriait sur un cliché décoloré et David supposa qu'il s'agissait des grands-parents d'Olivia. Sur une autre photo, deux adolescentes prenaient la pose. Il se pencha et reconnut Olivia et Paige, bras dessus bras dessous. Une rousse magnifique posait, assise sur l'herbe et entourée de chiots, pour une troisième photo. Et sur la quatrième et dernière, plus récente, on pouvait voir cette rousse, Paige et Olivia lever leur verre dans un décor de restaurant.

— Ça, c'était pour mon anniversaire, dit Olivia dans son dos. L'année dernière… Le trio infernal. Ce sont mes amies Brie et Paige.

Elle avait revêtu ce qui semblait être sa tenue de travail : un pantalon et un chemisier. Elle ne s'était pas maquillée, et c'est ainsi que David la préférait. Elle était en train de se faire une tresse. Il la regarda en silence pendant un instant.

— Je la connais, finit-il par dire.

— Qui est-ce que tu connais ?

— Ton amie…

Il désigna la photo, comme si cela suffisait à tout expliquer.

— Paige, précisa-t-il.

Elle baissa lentement les bras et demanda :

— Comment ça ?

Il lui raconta alors comment il avait rencontré Paige, comment il avait glané des informations sur sa fréquentation de la salle de sport, au cours des sept derniers mois. Il lui expliqua ensuite que Paige n'était pas au courant de ses vrais motifs. Le regard d'Olivia se durcit et David eut l'inconfortable impression qu'elle avait cet air-là, quand elle interrogeait les suspects.

— Tu m'en veux ? lui demanda-t-il, lorsqu'il eut achevé sa confession.

— Je ne sais pas, répondit-elle sincèrement. Il faut que j'y réfléchisse…

— Tant qu'à réfléchir, pense aussi à ça…

Il passa ses mains derrière sa nuque et l'embrassa avec ardeur.

— Pendant tout ce temps, je n'ai fait que penser à toi, ajouta-t-il. A t'embrasser comme ça… Maintenant, va travailler.

— Mojo…

— Il vient avec moi. Je le déposerai où tu veux.

Elle lui donna l'adresse du chenil de Brie et fit un pas en arrière, examinant son visage d'une manière qui donna à David envie de rentrer sous terre.

— Qui es-tu ? lui demanda-t-elle à voix basse.

Si seulement je le savais moi-même !

— Que veux-tu dire ?

— Qui es-tu pour me désirer, moi ? Un homme comme toi pourrait avoir toutes les femmes qu'il veut.

Un homme comme moi... Si elle savait...

— A ce soir, dit-il. Je te dirai tout ce que tu veux savoir de moi.

A une seule exception, mais de taille. *Ça*, c'était un secret qu'il ne pouvait partager avec personne.

— Je ne suis pas si compliqué, tu sais...

Elle lui adressa un sourire sans joie.

— Si tu crois que je vais gober ça, c'est que tu n'es pas aussi malin que je le pensais.

Mardi 21 septembre, 8 h 45

Kane était assis à son bureau, quand Olivia arriva dans les locaux de la brigade. Elle ne put s'empêcher de rougir lorsque son regard se posa sur le feutre qui ornait la tête de la déesse grecque, à laquelle ce couvre-chef donnait un air un peu déluré. Elle avait retourné dans sa tête les propos de David sur le feutre et les menottes et elle s'imaginait, nue et coiffée de son chapeau, attachée à son lit... Elle se pencha pour enfoncer le feutre et en couvrir le visage de la statue.

— Eh merde..., marmonna-t-elle.

Kane haussa les sourcils.

— Tu as un problème ? lui demanda-t-il. Tu veux m'en parler ?

— Non.

Surtout pas !

— Qu'est-ce que tu fais ?

Il haussa les épaules, d'un air de dire : « Rien de spécial, tu vois bien. »

— Tu ne me racontes plus de potins, lui reprocha-t-il gentiment. Moi qui aime tant les détails croustillants…

— Ils seraient trop croustillants pour toi, vieux schnock ! Pense à ton cœur…

Kane laissa échapper un petit gloussement. Olivia nota la présence d'un emballage de sandwich vide sur le bureau de son partenaire.

— Si elle savait ça, Jennie serait folle de rage ! Tu sais que tu n'as droit à un sandwich aux œufs et au saucisson que tous les quinze jours…

— Jennie n'en saura rien.

Il froissa l'emballage et le jeta dans sa corbeille à papier.

— Voilà, j'ai fait disparaître les preuves, dit-il, en souriant.

Il lui tendit l'épais dossier qu'il était en train de feuilleter.

— J'ai regardé ce qu'il y a sur les CD que la veuve de Tomlinson nous a remis, reprit-il. Voilà la liste des clients dont les paiements sont à jour.

— Tout ça ? Pourquoi était-il au bord de la faillite, s'il avait tant de clients bon payeurs ?

Kane brandit un autre dossier, deux fois plus épais.

— Ça, c'est la liste des clients qui lui devaient de l'argent, fit-il en guise d'explication.

Olivia en examina rapidement le contenu.

— Rankin and Sons ? s'étonna-t-elle.

— Oui. Dans le dossier des mauvais payeurs.

— Ainsi, il y a bien un rapport entre les deux incendies. L'entreprise de construction devait de l'argent à son fournisseur en articles de plomberie…

— Oui, mais pas beaucoup. Rankin lui devait bien moins

que la plupart de ses débiteurs. Certainement pas assez pour être tenté d'effacer la dette en le faisant assassiner.

— Peut-être que cette dette n'était pas seulement financière, hasarda Olivia.

Puis elle consulta sa montre et dit :

— Il est 9 heures. Allons-y.

Kane alla jusqu'au bureau d'Abbott d'un pas tranquille, pendant qu'Olivia marchait à grandes enjambées, comme à son habitude.

— Tu pourrais au moins me dire si tu as récupéré mes jumelles…

Elle se frappa le front.

— Zut ! J'ai encore oublié !

— Pas de jumelles et pas de potins… La journée commence mal.

Un homme en costume noir, avec des chaussures non moins noires et impeccablement cirées, était déjà installé à la table de réunion. Il avait l'air sérieux et légèrement revêche.

— C'est qui, celui-là ? murmura Olivia.

Mais elle le savait déjà.

— Entrez, leur dit Abbott, quand il les vit. Je vous présente l'agent spécial Crawford. Crawford, voici les inspecteurs Kane et Sutherland, qui sont en charge de l'enquête.

Ils échangèrent des poignées de main avec l'agent fédéral tandis qu'Olivia regardait Abbott du coin de l'œil.

— Et la réunion matinale ? lui demanda-t-elle.

— Elle se tiendra ici. Crawford se joindra à nous. A titre consultatif…

Crawford serra les mâchoires, mais ne protesta pas. Il se cala sur son siège et resta muet.

— Bruce, commença Olivia avec précaution, on a quelque chose à vous dire. Dans le couloir…

Abbott se leva avec une certaine lassitude.

— Bien sûr.

Olivia éprouva une pointe de pitié en voyant son chef refermer la porte de son propre bureau derrière eux et s'adosser pesamment au mur.

— Ne m'emmerdez pas, je vous en prie, leur dit Abbott. J'ai déjà assez d'emmerdements comme ça.

— Qui est-ce qui vous fait des misères ? lui demanda Olivia.

— Le chef de mon chef, qui ne veut pas qu'on l'accuse d'irresponsabilité si on a vraiment affaire à des terroristes et qu'on ne fasse pas appel au FBI. Pouvez-vous m'assurer que ce n'est pas le cas ?

Il avait tellement l'air de l'espérer qu'Olivia s'en voulut d'avoir à dissiper ses illusions.

— A ce stade de l'enquête, je ne pense pas qu'on puisse écarter la piste terroriste avec une certitude absolue, dut-elle admettre.

— Super ! Crawford a déjà déposé une demande d'habilitation du FBI.

— On s'en fout, dit Olivia.

— Je sais, je sais… Mais il va falloir faire avec. Ou alors, prouvez-moi que le coup de la boule de verre n'est qu'un écran de fumée et Crawford se retire de l'enquête.

Abbott se pencha vers elle et ajouta un ton plus bas :

— C'est ce que je souhaite le plus au monde. Je ne le connais que depuis une heure, et je trouve déjà que c'est un emmerdeur fini…

Olivia lui tapota le bras.

— On fera de notre mieux, Bruce. Vous voulez qu'on lui dise tout ce qu'on sait ?

— Pour l'instant, oui.

Ils revinrent dans le bureau, où Crawford attendait, toujours renfrogné.

— Les collègues de la brigade des incendies et de l'unité de scène de crime sont en route, l'informa Abbott. Ils vont arriver d'un moment à l'autre. En attendant, vous pouvez aller boire un café, si vous voulez.

— Merci, dit Crawford sur un ton impassible. Mais je vais les attendre ici.

Abbott haussa les épaules.

— Comme vous préférez.

Il parut soulagé de voir apparaître l'un de ses subordonnés.

— Entrez, inspecteur Webster.

Olivia était toujours heureuse de travailler avec Noah. Jack Phelps, l'ex-partenaire de ce dernier, était revenu à la brigade des homicides quelques mois auparavant, après avoir pris un congé pour raisons médicales. Il était notoire qu'il avait suivi une cure de désintoxication, mais personne n'avait osé lui en parler depuis son retour. Noah et lui n'avaient pas reformé leur duo et le nouveau partenaire de Jack était un débutant, l'inspecteur Sam Wyatt. Noah travaillait pour le moment en solo. Olivia le soupçonnait d'avoir un peu trop fermé les yeux sur le penchant de Jack pour la bouteille, espérant que ce dernier parviendrait à surmonter son addiction par lui-même.

Elle présageait en outre qu'elle ferait équipe avec Noah après le départ à la retraite de Kane, à la fin de l'année. Un petit rayon de soleil dans le ciel gris de son avenir.

Noah entra, regarda Crawford d'un œil méfiant.

— Bonjour. C'est bien ici, la réunion ?

— Oui. Inspecteur Webster, je vous présente l'agent spécial Crawford, du FBI.

Noah s'assit à côté de l'agent fédéral.

— C'est vous qui enquêtiez sur Preston Moss, si je ne m'abuse…

— En effet, dit sobrement Crawford.

Comme il se montrait peu enclin au bavardage, Noah se tourna vers Abbott.

— Faye m'a remis la liste des employés de Rankin and Sons, annonça-t-il. Elle s'est renseignée en profondeur sur ceux qui avaient des problèmes financiers — c'est-à-dire presque tous. Y a-t-il une particularité que je dois rechercher en priorité ?

— Probablement, lui répondit Abbott. Mais attendons les autres et voyons d'abord ce qu'ils ont à dire à ce sujet. Je ne veux pas commencer sans eux.

Ils restèrent assis, dans un silence pesant, pendant deux autres minutes, avant l'arrivée conjointe de Barlow, de Micki Ridgewell et de Jessica Donahue.

Abbott fit les présentations avant d'entrer dans le vif du sujet :

— Ian a appelé pour dire qu'il ne pourra pas venir. Il est en train de pratiquer l'autopsie de Tomlinson. Cependant, il a pu m'apprendre que l'alcoolémie de la victime était proche de 2 grammes par litre de sang, et qu'il n'y avait pas de traces de drogues dans ses urines. Il n'a pas ouvert le corps, et ne sait donc pas encore s'il y a des traces de fumée dans les poumons. Sur ce, Barlow, vous voulez commencer ?

— Oui… Les incendiaires sont entrés par la porte de derrière. Et ils sont ressortis par cette même porte. On n'a trouvé aucune trace indiquant que l'alarme ait été neutralisée. Ils ont drogué le chien de garde. Le vétérinaire m'a dit ce matin que l'animal était encore inconscient. Il lui a prélevé un peu de sang pour le faire analyser, afin de déterminer quel somnifère ils ont utilisé. Le feu a été allumé avec de l'essence, une longue mèche et, très probablement, une allumette. Rien que de très simple.

— Et les caméras de sécurité ? s'enquit Abbott.

— L'entrepôt était équipé d'un système à l'ancienne. La cassette aurait dû se trouver dans un magnétoscope situé dans le placard électrique, mais nous n'en avons trouvé aucune dans l'appareil. Le gérant, Lloyd Hart, nous a indiqué qu'il y avait quatre cassettes, changées toutes les semaines. On a retrouvé trois cassettes fondues par la chaleur, mais celle qu'il y avait dans l'appareil a disparu.

— Encore une complicité intérieure ? suggéra Olivia.

— Peut-être, dit Barlow.

Il leur présenta un croquis de l'agencement de l'entrepôt et ajouta :

— Ils ont versé l'essence autour des piles de cartons, mais pas du côté du bureau.

— Ils ne voulaient pas que le corps de Tomlinson soit brûlé, commenta Olivia, en se souvenant de ce que David lui avait dit à ce sujet.

— Ce meurtre a été commis à la manière d'une exécution, renchérit Kane. Peut-être qu'il faut y voir un message, un avertissement ou quelque chose dans ce genre. Rankin and Sons comptait parmi les clients de Tomlinson et lui devait de l'argent.

— Tout cela a peut-être un rapport avec l'argent, mais pas comme vous le croyez, intervint Crawford sur un ton supérieur et condescendant qui eut le don de hérisser Olivia. Ces activistes ont incendié des compagnies d'assurances qui ont pour clients des laboratoires pratiquant la vivisection ou des promoteurs immobiliers. Pourquoi ne s'en prendraient-ils pas aux fournisseurs de sites de construction dont ils désapprouvent l'implantation ? Ainsi visés et menacés, ces fournisseurs y réfléchiront à deux fois avant de vendre leurs produits à une compagnie qui construit dans des zones controversées.

— C'est possible, dit Kane. C'est pour ça qu'on enquête sur chaque incendie séparément, tout en cherchant à établir les liens qui peuvent exister entre les deux…

— Mais, l'interrompit Barlow, ces deux incendies ne portent pas vraiment la marque de l'écoterrorisme. Personne ne les a revendiqués, alors que SPOT ne manquait jamais de le faire.

— Vous avez quand même trouvé deux boules de verre, rétorqua Crawford avec une patience exagérée. Des globes terrestres, similaires à ceux que SPOT laissait sur les lieux de ses méfaits. Que vous faut-il de plus comme signature ?

— Nous avons aussi deux victimes tuées par arme à feu, dit Micki. Nous avons retrouvé la balle qui a tué Tomlinson dans un fragment de mur de son bureau. Le laboratoire balistique nous assure qu'elle provient de l'arme qui a tué Henry Weems.

— SPOT n'a jamais tiré sur qui que ce soit, admit Crawford. Preston Moss était opposé aux armes à feu.

— Avez-vous apporté des photos des globes de verre que SPOT laissait en signature ? demanda Micki.

— Mieux que ça…

Crawford prit sa serviette et en sortit une petite enveloppe à indice. Il en sortit une boîte dont il ouvrit le couvercle.

— Voici l'une de ces boules.

Olivia voulut prendre la boîte, mais Crawford s'y cramponna fermement.

— On regarde seulement, on ne touche pas, la prévint-il.

Elle fronça les sourcils en direction d'Abbott qui semblait dépassé.

— Elle fait la taille d'une boule de billard, dit-elle.

Les nôtres sont plus grosses. Les continents, sur ce globe, sont noyés dans le verre. Sur les nôtres, ils sont gravés.

— Ils n'ont peut-être pas pu se procurer le même modèle qu'à l'époque. Nous n'avons jamais réussi à retrouver le fabricant. Mais nous avions restreint la liste à trois sociétés produisant ce genre de bibelots. En voici la liste.

Olivia prit la chemise qu'il lui tendait.

— Deux d'entre elles ont des catalogues en ligne, fit-elle observer. On verra si elles vendent des globes gravés.

Surprise par ce geste de bonne volonté de la part de l'agent du FBI, elle ajouta :

— Merci.

Il hocha la tête avec raideur.

— J'ai passé toute ma carrière à pourchasser Moss, inspecteur. Je veux qu'on en finisse avec lui.

— Tracey Mullen n'avait que seize ans et Henry Weems était un bon flic. Nous voulons que leurs meurtriers soient également mis hors d'état de nuire.

— Tiens ! Vous n'avez rien dit de gentil sur Tomlinson, dit Crawford d'une voix glaciale.

— D'après ce qu'on en sait, il n'y a rien de gentil à dire sur lui, en effet. Mais c'est une victime et nous tenons à arrêter son meurtrier aussi, bien sûr…

— Tomlinson était un vrai salopard pourvu d'une grande souplesse physique, ajouta Micki. Il y avait des photos sur son bureau. On a réussi à en reconstituer partiellement quelques-unes, en réunissant des fragments qu'on a retrouvés dans les décombres. Elles ont été fortement abîmées par l'eau qui a servi à éteindre l'incendie.

Micki disposa des copies de trois photos différentes sur la table. Elles étaient toutes fragmentaires, comme un puzzle inachevé, mais ce qu'on y voyait avait largement de quoi stupéfier l'assistance.

— Ouille ! dit Kane. Mais comment faisait-il ça ?

Olivia tendit le cou et regarda à son tour.

— J'ai fait de la gymnastique de haut niveau à la fac, et je n'ai jamais vu personne y arriver.

A côté d'elle, elle entendit Noah se racler la gorge, comme s'il réprimait un rire qui aurait été du plus fâcheux effet.

Abbott secoua la tête.

— Quelle époque ! maugréa-t-il. Qui est cette femme ?

— Elle s'appelle Shondra, dit Kane. Elle fait partie du personnel de Tomlinson, même si le gérant nous a dit qu'elle n'y travaillait qu'en intérim. Quand Mme Tomlinson a appris qu'il la trompait et qu'elle a bloqué tous les comptes de son mari, Shondra a démissionné illico et a plaqué son amant.

— Donnez-moi une copie de la liste des employés de Tomlinson, dit Noah. Je la comparerai à celle de Rankin. On ne sait jamais…

Micki entreprit de rassembler les photos pour les ranger, mais Olivia l'arrêta d'un geste.

— Quand est-ce qu'elles ont été prises ?

— Il n'y avait pas de date. Apparemment, les clichés originaux ont été imprimés sur du papier photo à l'aide d'une imprimante, pas par un labo photo, évidemment. Pourquoi est-ce que tu me demandes ça ?

— Eh bien, c'est juste que Hart, le gérant, nous a dit que Tomlinson jouait au golf. Il devrait donc avoir des marques de bronzage sur l'avant-bras, puisqu'il devait porter une chemise de golf. Mais il est aussi pâle qu'un fantôme sur ces photos. Son corps tout entier est blanc comme un linge.

Elle se tourna vers Kane et lui demanda :

— Quand est-ce que Louise Tomlinson a demandé le divorce ?

— Elle ne nous l'a pas dit exactement, mais les fichiers qu'elle a copiés à partir de l'ordinateur de son mari datent du 15 juin. Elle a affirmé qu'elle avait demandé le divorce dès le lendemain.

— C'est peut-être pour ça qu'il n'est pas bronzé, murmura-t-elle. Il n'a pas eu le temps de s'exposer au soleil…

— Pourquoi est-ce si important, Olivia ? demanda Abbott, intrigué.

— Je ne sais pas. Mais ça me paraît contredire ce que son épouse nous a déclaré.

— Il faudra donc se renseigner plus en profondeur sur Mme Tomlinson, dit Kane. L'examen des bidons d'essence n'a rien donné ?

— Quelques empreintes digitales, dit Micki. On va les passer dans le fichier AFIS, mais elles pourraient appartenir à n'importe qui. Ces bidons étaient vieux et rouillés. Si on retrouve la voiture des incendiaires, on pourra peut-être y trouver des résidus de rouille provenant de ces bidons, ce qui prouverait leur présence sur la scène de crime.

— En parlant de voiture, dit Barlow, on a retrouvé celle de Tomlinson. Elle était garée à huit cents mètres de là, avec la clé sur le contact. Il n'y avait aucune empreinte sur la clé.

— Ce qui voudrait dire que le meurtrier est reparti avec cette voiture ?

— Oui. Il lui a également pris son BlackBerry, dit Micki. Hart nous a dit que Tomlinson ne se déplaçait jamais sans. On a trouvé des traces de pas tout autour de l'entrepôt, mais en telle quantité qu'elles pourraient appartenir à n'importe qui, tout comme les empreintes prélevées sur les bidons d'essence.

— Et l'empreinte de chaussure que Brie a trouvée dans la boue, au bord du lac ? demanda Olivia.

— Selon le labo, c'est l'empreinte d'une semelle de Converse, taille quarante-trois.

— Ce qui signifie que le compagnon de Tracey avait des chaussures aux pieds, lorsqu'il a fui l'incendie de la résidence, mais pas Tracey, dit Olivia d'un ton songeur. Pourquoi ? Ils venaient de faire l'amour… Pourquoi portait-il des chaussures ?

— Peut-être qu'il s'apprêtait à partir de son côté, lorsque l'incendie s'est déclenché, dit Barlow.

— Ce qui voudrait dire qu'il ne squattait pas avec elle dans la résidence. Il avait un logis où s'en retourner, mais elle, elle se cachait là. Ce qui renforce l'hypothèse selon laquelle il s'agirait de quelqu'un du coin. Il faut absolument le retrouver pour savoir comment il a accédé au bâtiment initialement.

Elle consulta sa montre et ajouta :

— On doit retrouver l'interprète dans une demi-heure, pour aller avec elle à l'école des sourds. Le principal nous a promis de tout faire pour nous aider.

— Et les parents de la fille ? demanda Abbott.

— La mère est censée nous appeler quand elle aura atterri à l'aéroport avec son mari, répondit Olivia.

— On a vu le père, hier soir, dit Kane. Après avoir identifié Tracey, il nous a dit qu'elle était allée en colonie de vacances à Camp Longfellow cet été. C'est dans le Maryland. Il est fort possible que ce soit là qu'elle ait rencontré le garçon.

— Procurez-vous la liste des ados qui ont participé à cette colo, alors. Voyez si elle comporte les noms de gamins résidant dans la région de Minneapolis.

— Je m'en charge, dit Noah, pendant votre visite à l'école des sourds.

— Ça ne sera peut-être pas si facile, l'avertit Kane. J'ai

consulté leur site web hier soir, et je n'ai pas pu trouver le nom d'un responsable à contacter. On y trouve quelques adresses électroniques et un numéro vert, mais il y a un encadré sur le portail de ce site où il est dit : « Laissez un message et nous vous rappellerons dès que possible. » J'ai comme l'impression que l'administration de cette colo n'est opérationnelle que pendant les mois d'été.

— Super, marmonna Noah. Bon, eh bien, il faudra que je me renseigne autrement.

— J'aurai besoin de me rendre à la résidence et à l'entrepôt de Tomlinson, dit Crawford.

Barlow consulta Abbott du regard, lequel acquiesça d'un hochement de tête. Le visage de Crawford se crispa un peu plus.

— Je peux vous y emmener, lui proposa Barlow.

— Merci, répondit Crawford d'une voix glaciale.

— Jess, vous ne dites rien, dit Abbott à la psychiatre, faisant mine d'ignorer l'agacement de l'agent fédéral. Qu'est-ce que vous pensez de tout ça ?

— Je pense qu'il y a quelque chose de vraiment étrange. Les incendies ont été allumés pour brûler des biens, pas des personnes. Mais dans les deux cas, quelqu'un a été tué par arme à feu. Weems d'une balle dans le cœur et Tomlinson d'une balle dans la nuque. Vous avez raison, Kane, Tomlinson a bien été exécuté. Mais pas Weems. Je crois que le tueur a été surpris par Weems et qu'il a tiré pour s'en débarrasser. Avec précision, certes. Comme au champ de tir. Mais Tomlinson… Tout indique qu'il s'agit d'un acte prémédité : vengeance ou règlement de comptes. Aucun de ces deux meurtres ne concorde avec le but apparent des incendiaires. J'ai l'impression qu'il y a des personnalités divergentes au sein de ce groupe.

— Ou des objectifs divergents, compléta Olivia.

Jessica hocha la tête.

— C'est bien possible… La question est donc : ces objectifs différents sont-ils néanmoins acceptables par tous les membres du groupe ? Et si ce n'est pas le cas, on peut se demander quand ce groupe va se scinder.

— Combien ce groupe compte-t-il de membres ? demanda Abbott.

— Au moins trois, dit Barlow. Nous avons trouvé près de la résidence deux types bien distincts de traces de pas mêlées de colle. Et comme le meurtrier de Weems ne peut pas avoir mis le feu, c'est qu'il y a au moins trois personnes impliquées.

Jessica sembla approuver.

— Non seulement le tireur avait apporté un pistolet, mais il avait pris soin de charger son arme avec des balles chemisées à pointe creuse, conçues pour tirer à bout portant. Il avait donc l'intention de tirer pour tuer.

— Il a tué Tomlinson par-derrière, dit Olivia. Il a donc fallu qu'il franchisse la porte du bureau sous les yeux de sa victime et qu'il la contourne pour venir se placer derrière elle. Il ne s'agit donc pas d'une rencontre intempestive, comme pour Weems. Mais pourquoi ? Et s'il ne s'agit pas d'attentats écologistes, pourquoi tenter de le faire croire ?

— A vous d'enquêter pour le savoir, dit Abbott. Tenez-moi informé. On se retrouve pour faire le point à 17 heures. Soyez prudents.

Tous se levèrent, prêts à partir lorsque la porte du bureau s'ouvrit. Faye passa la tête dans l'entrebâillement et les prévint :

— Allumez la télé. Channel 8. Ils sont au courant, pour les boules de verre !

Abbott lâcha un juron et alluma le téléviseur. Sur

l'écran, un journaliste était posté devant les décombres de l'entrepôt de Tomlinson, une orange à la main.

« De source sûre, on apprend que la boule fait à peu près la taille de cette orange. Une boule identique aurait également été découverte dans la résidence incendiée. La boule est en verre gravé et représente un globe terrestre. Cette découverte est importante, car elle permet d'établir un lien avec le célèbre groupe écoterroriste SPOT, qui a détruit un immeuble de bureaux il y a une douzaine d'années. L'incendie de ce bâtiment avait causé la mort d'une employée. Le dirigeant de SPOT, Preston Moss, est toujours recherché pour cet incendie ainsi que pour le meurtre de cette femme. Moss a disparu depuis et n'a jamais été revu… »

Abbott coupa le son, lorsque des images d'archives vinrent défiler à l'écran.

— Putain de merde ! grogna-t-il.

— Tous les pompiers étaient au courant, Bruce, dit Olivia. Je vous ai dit hier que les médias ne tarderaient pas à avoir vent de ce détail.

— Je sais, mais j'espérais que ça prendrait un peu plus de temps ! Bon, ça ne change rien à nos projets… Faites ce que vous avez à faire. Je me charge des journalistes. Barlow, pouvez-vous faire comprendre à tous les pompiers l'importance du secret dans cette affaire ?

— Ils la connaissent déjà, capitaine. J'ai déjà bien insisté là-dessus. Si la fuite vient de l'un d'eux, je suis sûr que sa hiérarchie saura prendre des sanctions. Mais je vais leur redire…

— Le pompier qui l'a trouvée, cette boule, dit Abbott, comment s'appelle-t-il déjà ?

— David Hunter, répondit Olivia. Je l'appellerai pour lui faire la leçon.

— Parfait.

Il leur montra la porte et ajouta :

— Allez-y, et rapportez-moi des réponses.

13

Mardi 21 septembre, 9 h 25

David gara son pick-up devant un grand panneau indiquant : « DRESSAGE CANIN » et sous lequel pendait une petite pancarte où les mots suivants étaient calligraphiés d'une écriture enfantine : « ET GARDERIE DE CHIENS ».

— Allez, viens…, dit-il à Mojo.

Le berger allemand bondit hors du véhicule et se mit à courir vers la porte du chenil, en habitué des lieux. David supposa qu'il connaissait parfaitement le chemin et le suivit. Il frappa, tendit l'oreille, mais personne ne l'invita à entrer. La porte n'était pas fermée à clé, aussi la franchit-il, déclenchant aussitôt un carillon et un flash au-dessus de sa tête.

— Il y a quelqu'un ? appela-t-il.

Il entendait des chiens aboyer de l'autre côté d'un des murs de la pièce. Il y avait un comptoir de réception, mais apparemment pas de réceptionniste. Soudain, une petite plainte, une sorte de gémissement de douleur se fit entendre. David baissa les yeux sur Mojo ; à ses oreilles dressées, il comprit que l'animal l'avait entendu, lui aussi.

Il contourna la réception et découvrit alors une femme,

le visage plaqué contre le bureau, les cheveux roux en bataille, et les bras ballants.

— Madame ?

Pas de réaction.

Il lui saisit doucement le poignet pour lui prendre le pouls et recula aussitôt, lorsqu'elle se leva brusquement, les poings serrés.

— Qui êtes-vous ? lui demanda-t-elle d'une voix maussade.

Lorsqu'il fut remis de sa surprise, David la reconnut comme étant la jeune femme rousse figurant sur deux des photos qui ornaient le dessus de cheminée, chez Olivia.

— David Hunter. Et vous êtes Brie, l'amie d'Olivia.

Elle plissa ses yeux très bruns et dit :

— Ah, c'est vous, le connard…

David en resta un instant interloqué, puis il rectifia :

— J'*étais* le connard.

— Comment ça ?

Elle contourna en titubant son bureau et y prit ce qui ressemblait fort à une paire de prothèses auditives. Elle les fixa l'une après l'autre derrière ses oreilles et le dévisagea.

— « *J'étais* le connard » ? répéta-t-elle.

Il comprit qu'elle était malentendante et qu'elle ne l'avait pas entendu entrer dans la pièce, ce qui expliquait l'attitude dans laquelle il l'avait trouvée et sa réaction de défense, ensuite.

— Parfaitement. Regardez, elle m'a même confié son chien…

Il tapota affectueusement le crâne de Mojo et celui-ci le gratifia d'un léchage de main.

— Vous devez être un beau parleur pour avoir réussi à obtenir une seconde chance, après ce que vous avez fait à Olivia…

Gêné, David se sentit rosir.

— J'ai cru entendre un gémissement, dit-il.

Brie se rassit dans son fauteuil.

— Ça devait être moi. En train d'agoniser. Ne parlez pas si fort, par pitié !

Il lui sourit.

— Vous, vous deviez être au bar, à la tequila-partie d'Olivia, hier soir !

Elle recolla sa tête contre le plat du bureau, l'air complètement accablé.

— Ne prononcez pas le mot « tequila » devant moi, s'il vous plaît.

— Je peux peut-être vous aider ?

Elle le regarda d'un œil trouble.

— Vous avez un pistolet, que je me flingue ?

— Donnez-moi votre main…

Il se mit à lui masser la base de l'index.

— C'est du vaudou ? marmonna-t-elle.

— Non, c'est de l'acupression. Ça devrait empêcher la nausée.

— Ah, oui, je connais. Paige sait le faire, elle aussi…

— En effet…

Elle écarquilla les yeux.

— Comment le savez-vous ?

— Parce que je connais Paige. On s'entraîne dans le même dojo.

— Aaahhh ! C'est donc pour ça qu'elle ne mouftait pas hier soir ! Je parie que ça n'a pas plu à Olivia, cette petite cachotterie.

— Le jury n'a pas encore délibéré sur cette question, plaisanta-t-il. Alors, ça vous fait du bien ?

— Un peu… Pourquoi avez-vous crié le nom de cette autre femme, la nuit où vous étiez avec Olivia ?

Pendant un instant, il ne sut que répondre.

— Parce que je suis un connard, finit-il par dire.

— Excellente réponse. Enfin… Pour un connard, vous êtes très habile de vos mains.

— Merci, dit-il sèchement. La prochaine fois, allez-y mollo sur la tequila…

— Et vous, la prochaine fois, allez-y mollo sur le champagne, rétorqua-t-elle.

Touché ! Brie avait de la repartie, malgré sa gueule de bois.

— Très juste ! admit-il, amusé autant que piqué au vif. Je peux vous laisser Mojo ?

— Bien sûr. Quelles sont vos intentions, maintenant, avec Liv ?

— Parfaitement honorables.

Il songea à son rendez-vous du soir avec Olivia, et aux perspectives qu'ils s'étaient données.

— Pour la plupart, en tout cas…

Elle esquissa un sourire.

— A la bonne heure ! Mais elle a déjà été bafouée par un homme, dans le passé. Ne la bafouez pas une nouvelle fois.

— Je ferai de mon mieux.

— Je vous crois sur parole. Faites attention, quand même… Même si vous n'en aviez pas l'intention, vous l'avez blessée là où ça fait le plus mal.

— Je suis au courant. Je sais que son fiancé l'a plaquée pour un amour de jeunesse. Et peu après, j'ai dit… ce que j'ai dit.

— Ce n'était déjà pas malin. Mais le fait de lui avoir caché votre amitié avec Paige pourrait être la goutte d'eau qui fait déborder le vase…

— Pourquoi ?

— Parce que Paige est tellement belle. Se promener avec elle dans la rue est une expérience qui rabattrait l'amour-propre de n'importe quelle femme. C'est pire avec

Olivia, parce que Olivia ne se voit pas du tout comme les autres la voient.

— D'où ça vient, d'après vous ?

— C'est un peu la faute de sa mère, je crois. C'était une mère très… exigeante.

— Elle m'a dit que sa mère était morte un an avant son père. Mais vu la manière dont elle m'en a parlé, j'ai plutôt eu l'impression qu'elle l'adorait.

— Olivia l'aimait beaucoup, en effet. Mais l'ambiance était parfois tendue chez elle. Ça n'a pas été facile pour sa mère d'élever un enfant toute seule… Et un enfant illégitime, par-dessus le marché… Elle répétait tout le temps à Olivia : « Concentre-toi sur tes études, obtiens une bourse. Ne compte pas sur ton joli minois mais sur ton cerveau. »

— Un bon conseil, dit prudemment David. Vous ne trouvez pas ?

— A condition qu'il soit prodigué avec mesure. D'après ce que j'ai appris au cours de nos tequila-parties, et d'après ce que j'ai vu de mes yeux, la mère de Liv lui disait sans cesse qu'elle n'était pas très jolie et que ses résultats scolaires n'étaient jamais assez bons.

— Physiquement, Olivia ressemble à son père, tout comme Mia, lui apprit David. J'imagine que cette ressemblance a été difficile à supporter, pour sa mère… Chaque fois qu'elle regardait sa fille, elle devait revoir les traits de l'homme qui l'avait abandonnée. Mais il est temps qu'elle dépasse tout ça, même si ce ne sera pas facile.

— Bien dit. Mais je suis sûre que vous saurez la persuader qu'elle est très jolie. Il suffit de dire le bon prénom, cette fois. *Olivia*. Répétez après moi. *O-li-via*.

David sentit ses joues rougir de nouveau.

— Il faut que j'y aille. Qu'est-ce qu'on fait, pour le chien ?

— Je le garde pour la journée. Il était à moi, avant, vous

savez. Mais il a été recalé à l'école de dressage des chiens policiers et il avait besoin d'un foyer. Olivia avait besoin de compagnie après le départ de Doug. Ça a bien collé entre eux. Il paraît que vous avez accompli des exploits à la résidence du lac…

— Comment le savez-vous ?

— Mon père se trouvait à l'entrepôt qui a brûlé la nuit dernière. C'est lui, le vétérinaire qu'on a appelé pour soigner le chien drogué. Il m'a dit que tout le monde n'avait que cette histoire à la bouche. Alors, comme ça, vous jouez au base-ball ?

— C'est grâce à une bourse de joueur de base-ball que j'ai pu faire mes études supérieures…

Pendant un seul et unique semestre, se garda-t-il bien de préciser, *et parfaitement désastreux de surcroît.*

— Pourquoi me demandez-vous ça ?

— Parce que je joue dans une équipe et on cherche un joueur de champ. L'un de nos meilleurs joueurs s'est cassé le pied. On avait une chance de se qualifier pour la division supérieure, mais, sans lui, ça va être difficile. Si vous voulez venir voir comment on joue…

David savait reconnaître un « Bienvenu au club », quand il en entendait un.

— Merci, dit-il. Ça me ferait plaisir.

— On s'entraîne le jeudi soir. Tenez, voilà l'adresse…

Elle griffonna quelques mots sur un bout de papier qu'elle lui tendit.

— Si je suis libre ce soir-là, je viendrai, lui promit-il. Merci pour vos confidences. J'espère que votre migraine va bientôt s'arrêter…

— Que Dieu vous entende ! Et ne claquez pas la porte en sortant, je vous en prie…

*
* *

Phoebe Hunter appela David sur son portable, alors qu'il venait de se remettre au volant de son pick-up.

— Je suis désolé, maman. J'aurais dû t'appeler ce matin, mais j'ai préféré te laisser faire la grasse matinée.

— Où es-tu, David ? lui demanda-t-elle d'une voix inhabituellement tendue qui ne présageait rien de bon.

— Au nord de la ville… Pourquoi ? Qu'est-ce qui ne va pas ?

— Ils ont causé de cette boule de verre aux infos. On ne parlait pas de toi nommément, mais ton nom doit circuler : il est venu dans l'immeuble une dizaine de journalistes qui voulaient t'interviewer…

— Une jeune fille est morte dans cet incendie et un homme a été assassiné. Et les médias veulent un scoop sur mon « sauvetage » de cette boule !

Il lâcha un soupir furieux et ajouta :

— Je rentre tout de suite pour m'en occuper.

— Non, ne rentre pas ! C'est pour ça que je t'appelle. Glenn a réussi à s'en débarrasser… Il leur a dit que tu n'habitais pas là… Il pense que tu devrais t'installer dans son chalet pour la journée. Il a dit qu'il te laisserait des vêtements de rechange à la caserne.

— L'idée n'est pas mauvaise. Mais, et toi ? Je n'aime pas beaucoup te laisser seule toute la journée.

— Il y a tous les gens de l'immeuble pour me tenir compagnie. Je me suis levée et j'ai fait du pain. Les sœurs Gorski sont vraiment adorables… Et ces bébés du 2A… J'ai fait la mamie… Bref, ne t'en fais pas pour moi. Je vais déjeuner avec Tom et, ce soir, je dîne avec Eve… Tu vois que je suis bien trop occupée pour te voir, de toute façon.

Elle avait prononcé tout cela d'un ton léger, mais David n'était pas dupe.

— Tom n'a jamais le temps de déjeuner avec moi, dit-il. Il est toujours pris par ses études.

— Pour moi, il le trouve, le temps. Je suis sa grand-mère, après tout. Toi, tu n'es qu'un oncle. Alors ne t'inquiète pas pour moi. Si tu ne te montres pas pendant vingt-quatre heures, les journalistes finiront par passer à autre chose.

— J'espère !

Il avait à peine raccroché que son téléphone se remit à sonner. C'était Olivia. Il espérait qu'elle l'appelait pour lui parler de l'enquête et de la fuite concernant la boule de verre… Et non pour annuler leur rendez-vous du soir.

— Allô ? répondit-il avec circonspection.

— C'est Olivia. Les médias ont révélé le coup de la boule de verre.

— Je sais. Ma mère vient juste de m'appeler pour me prévenir. Pendant mon absence, des journalistes se sont présentés en foule chez moi… Je vais me réfugier au chalet. Donc, quand tu auras fini ta journée…

— Compris, dit-elle avec une pointe de raideur dans la voix.

Il en déduisit qu'elle n'était pas seule et ne pouvait pas parler librement. Pourtant, il y avait quelque chose dans le timbre d'Olivia qui lui parut encourageant.

— Mon chef m'a demandé de te dire de ne pas parler aux journalistes. Mais je vois que tu as déjà pris des mesures en ce sens… Ainsi, tu ne t'étendras pas sur le sujet…

— C'est toi, le sujet sur lequel je veux m'étendre, susurra-t-il d'un ton doucereux.

— Compris, répéta-t-elle.

Elle se racla la gorge et ajouta :

— Il faut que je raccroche.

David fit de même, un large sourire aux lèvres. Les choses s'annonçaient décidément bien !

*
* *

Mardi 21 septembre, 9 h 45

Olivia rempocha son téléphone. Kane et elle attendaient leur tour au Deli, pour passer leur commande. Elle espérait que ses joues n'étaient pas trop rouges, mais elles devaient l'être, parce que Kane lui adressa un sourire narquois.

— Toi, tais-toi ! lui intima-t-elle.

— Je n'ai rien dit ! protesta-t-il. Et je continuerai à la boucler… si tu m'autorises à manger un sandwich au saucisson.

— Je ne peux pas être complice de ton addiction au saucisson. Tu en as déjà mangé deux tout à l'heure !

— C'était il y a longtemps, grommela-t-il.

— Bon, alors j'en partage un avec toi. Je n'ai pas très faim, de toute façon. J'ai déjà mangé une omelette.

— Qui donc t'a fait une omelette ? Le beau pompier que tu as quitté hier soir est revenu, c'est ça ? Allez, Liv, la supplia-t-il d'une voix faussement geignarde, dis-moi tout !

Agacée, elle regarda vers le début de la queue.

— Pourquoi est-ce si lent, ce matin ? râla-t-elle.

— L'esquive a toujours été ton ultime recours défensif… A cette heure de la matinée, Kirby est toujours lent. Ça irait plus vite, s'il ne bavardait pas aussi longuement avec chaque client.

— Tu ne l'aimes pas parce qu'il te drague, dit Olivia d'un ton narquois.

Kane roula de gros yeux et jeta un regard circulaire sur la salle bondée.

— L'interprète n'est pas encore arrivée, constata-t-il.

— Elle m'a envoyé un SMS il y a cinq minutes. Elle

cherche une place où se garer. Détends-toi, tu es terriblement nerveux, aujourd'hui.

— Je crois que j'ai bu trop de café.

Le carillon de la porte retentit et Kane se tourna vers la porte.

— Ah ! La voilà.

Val était habillée tout en noir, exactement comme la veille. Elle souleva une tasse pour signaler qu'elle avait déjà bu un café et qu'elle les attendait à la porte.

— Tu crois qu'elle s'habille tout en noir parce que c'est sa tenue de travail ou parce que c'est une mode ? murmura Kane.

— C'est une sorte de tenue de travail, répondit Olivia. Cela lui permet de marquer le contraste avec la blancheur de ses mains. Les couleurs unies et sombres sont préférables, dans son métier. Les couleurs vives et les tissus à motifs rendent les gestes des mains plus indistincts.

Ils arrivèrent enfin au comptoir et Olivia énonça sa commande, mais Kirby ne réagit pas. Son regard était rivé sur le téléviseur à écran plat fixé au mur, dans un coin de la salle. Son front était plissé par l'inquiétude.

— Hé ho, Kirby !

Le journaliste de la deuxième chaîne était en train de parler de la boule de verre.

— Kirby…, insista Olivia, en tapant sur le comptoir. Hé, Kirby !

L'homme cligna des yeux avant de se tourner enfin vers elle.

— Excusez-moi, inspecteur. Quelle affaire, hein ? D'ailleurs si je ne me trompe, c'est votre affaire… Alors où en êtes-vous ?

— J'en suis à avoir vraiment besoin d'un café ! Je voudrais deux cafés et un sandwich aux œufs et au saucisson.

Kirby regarda par-dessus l'épaule d'Olivia.

— Trois dans la même matinée ? Je suis flatté, inspecteur, roucoula-t-il, en battant des cils.

Olivia sentit Kane se crisper derrière elle et elle esquissa un sourire, sachant bien que Kirby ne faisait que le taquiner pour le mettre mal à l'aise.

— Notre commande, s'il vous plaît, lui rappela Olivia, en soupirant.

Elle paya, laissa la monnaie dans le bol à pourboires et emporta les cafés.

— Tchao tchao, inspecteur, dit Kirby d'une voix chantante, en faisant un petit signe de la main à Kane, lorsque ce dernier attrapa son casse-croûte sur le comptoir.

Kane secoua la tête.

— Au revoir, Kirby, dit-il sèchement, tandis qu'Olivia riait sous cape.

Il les vit rejoindre, dehors, la femme en noir au moment où il tournait subrepticement la molette de réglage du récepteur qui était agrafé à sa ceinture. A présent, il pouvait entendre ce qu'ils disaient à la porte.

— Excusez mon retard, dit la femme.

Kane avait dit qu'elle était interprète. Et Sutherland qu'elle était vêtue de noir pour faire contraste avec ses mains. *C'est donc qu'elle s'en sert pour traduire la langue des signes,* en déduisit-il.

— M. Oaks, le principal, m'a envoyé un SMS pour m'annoncer que tout était prêt pour nous accueillir, leur annonça l'interprète, pendant que Sutherland tenait la porte à Kane. Je lui ai dit que nous aurions un peu de retard.

La porte se referma derrière eux et il ne les entendit plus.

Oaks, le principal… Cette interprète… Ils sont attendus dans une école… Une école pour enfants sourds… Il fit soudain le lien. Il s'était demandé à plusieurs reprises pourquoi la fille qui avait péri dans l'incendie de la résidence n'avait pas eu le temps de s'enfuir, alors qu'Eric et Joel avaient fait assez de bruit pour réveiller un mort.

C'était qu'elle ne les avait pas entendus, et elle en était morte. Et si cette fille était sourde, il y avait de fortes chances pour que la personne qui avait quitté les lieux en bateau le soit aussi. Du moins, c'est ce dont Kane et Sutherland paraissaient persuadés.

— Vous désirez ? demanda-t-il avec un grand sourire au client qui s'avançait vers lui.

Il prépara sa commande, tout en jetant des coups d'œil au téléviseur. Il avait vu le reportage sur la boule de verre dès sa première diffusion, mais avait fait semblant d'être absorbé pour faire attendre Kane et Sutherland quelques instants supplémentaires, et prêter l'oreille à leurs propos.

Ainsi, des globes de verre avaient été trouvés sur les lieux des deux incendies ?

Ça m'épate, ça. Qui donc parmi eux a des tendances nostalgiques ?

Il aurait dit que c'était Joel, mais Joel ne se trouvait pas chez Tomlinson. Ce n'était pas Albert non plus, puisqu'il n'avait pas pénétré à l'intérieur de la résidence. Eric ? Possible, mais assez improbable. La nostalgie, ce n'était visiblement pas son truc, à ce garçon. Non, c'était forcément Mary.

Et en agissant ainsi, elle avait changé la donne. Les policiers pouvaient fort bien considérer l'activisme écologique comme le mobile de ces deux incendies. La présence des mêmes boules de verre que celles de SPOT confirmait cette hypothèse. Et le FBI allait entrer dans la danse.

Il y voyait plus clair, désormais.

Le FBI serait sur les dents, en apprenant les projets de fuite en France que nourrissait Eric et qu'attestait l'achat du billet d'avion. Mais si Albert était averti de cette désertion, il le prendrait encore plus mal. Il avait hâte de voir s'achever l'affluence matinale de sa clientèle pour pouvoir le prévenir.

Quant à Mary, il commençait à avoir une idée beaucoup plus précise du jeu qu'elle jouait, et cela promettait des moments distrayants ! Il déposa des couvercles sur les tasses de café que le client s'apprêtait à emporter et le salua :

— Bonne journée ! Tchao tchao… A qui le tour ?

Mardi 21 septembre, 9 h 45

Eric sortit précautionneusement son costume noir et choisit une cravate sombre et sobre. Mary l'avait appelé pour lui annoncer que l'enterrement de Joel aurait lieu l'après-midi même, à 14 heures. Il avait donc le temps d'assister à la cérémonie funèbre. Il devait être à l'aéroport deux heures avant le décollage, puisqu'il s'agissait d'un vol international.

Il devait atterrir à Paris le lendemain matin — à 9 h 30, heure locale. A la même heure, il serait 2 h 30 à Minneapolis. Si le maître chanteur n'avait pas de mission à leur confier dans la soirée, tout irait comme sur des roulettes. Personne ne s'apercevrait de sa disparition avant son départ. Mais si le maître chanteur leur ordonnait de provoquer un nouvel incendie avant minuit, cela lui laissait deux heures et demie pour mettre la vidéo en ligne et prévenir la police, qui aurait peut-être le temps de s'informer de sa destination auprès des compagnies aériennes. Dans ce cas, un simple coup de téléphone à Paris, et la police française serait à l'aéroport pour l'accueillir… C'était possible. Mais improbable. Pour l'heure, une telle improbabilité allait devoir suffire car, s'il restait passif, l'arrestation et l'emprisonnement étaient certains.

Il n'avait préparé qu'un petit sac de voyage, contenant le strict nécessaire. Si Albert remarquait qu'il avait emporté beaucoup d'effets personnels, il comprendrait tout de suite qu'il faisait cavalier seul. Il avait aussi fourré dans une petite malle quelques objets chers à son cœur, et qu'il ne voulait pas abandonner aux mains des policiers. Il comptait poster cette malle à un oncle qui avait été, dans sa jeunesse, le mauvais garçon de la famille, et qui n'était guère susceptible d'en aviser les flics.

Derrière lui se poursuivait le ronronnement des informations télévisées en continu, et son cœur se serra lorsqu'il entendit les mots qui cristallisaient depuis peu ses pires craintes : « dernières nouvelles ».

« Nous venons de recevoir les dernières nouvelles, disait le présentateur, au sujet des deux récents incendies. »

Eric se tourna lentement vers l'écran pour savoir de quoi il retournait. *Une boule de verre ?* Qu'est-ce que ça voulait dire ?

Le journaliste parlait du groupe SPOT, d'attentat écoterroriste et d'une enquête du FBI sur un type nommé Preston Moss, dont il ignorait tout. Mais Joel aurait su de quoi il s'agissait. Joel s'intéressait à toutes ces conneries.

— Joel, espèce de crétin ! marmonna-t-il.

Mais ça ne pouvait pas être Joel qui avait laissé les boules de verre. Ou alors, il n'en aurait laissé qu'une. Ça ne pouvait pas être Albert non plus, parce qu'il n'était jamais entré dans la résidence.

Et comme ce n'est pas moi, ça ne peut être que Mary. Pourquoi ?

Il prit son téléphone pour composer le numéro de la jeune fille, puis il se ravisa. Mary avait déposé ces boules de verre. Et si elle avait, en plus, laissé ses empreintes digitales dessus ? Il préférait ne plus communiquer avec elle.

Si les flics l'arrêtent, ils n'auront aucun mal à remonter jusqu'à moi…

Quand il la verrait à l'enterrement de Joel, il lui demanderait ce qu'il en était. A moins qu'on ne les arrête d'ici là. Il inspira profondément, ferma les yeux et se força à penser logiquement, comme il l'avait toujours fait jusqu'à l'avant-veille, en ce jour maudit où il avait décidé de jouer les champions d'une bonne cause.

Le journaliste avait précisé que cette boule, qui représentait un globe terrestre, était la signature d'un groupe d'écologistes extrémistes qui avait défrayé la chronique locale dans les années 1990. Il était donc plausible que Joel en ait eu vent. Et même qu'il ait voulu laisser derrière lui cette boule en hommage à Preston Moss, en qui il voyait peut-être un héros. Mais était-il possible que Mary et lui aient décidé de signer l'incendie à leur insu ?

C'est parfaitement possible… Tous deux leur avaient proposé de revendiquer l'incendie de la résidence du lac en laissant une signature, mais lui-même avait refusé, arguant qu'il suffisait de riposter en actes à la menace qui planait sur les zones humides du Minnesota. Comme Albert l'avait soutenu, Joel et Mary, dépités, n'avaient pas insisté.

On dirait bien qu'ils se sont passés de notre accord.

Il songea aux paroles qu'avait prononcées Mary, en allumant la mèche dans l'entrepôt : « Pour Joel… » Il n'était donc pas surprenant qu'elle ait tenu à laisser la boule de verre en guise de signature une deuxième fois. C'était à la fois délirant et logique. Elle n'était pas au courant, à ce moment-là, pour le meurtre du vigile. Et lui-même lui avait dit que Joel aurait voulu que l'entrepôt de Tomlinson soit incendié.

Alors, que faire, maintenant ? D'abord éviter que Mary ne soit arrêtée, afin de se protéger lui-même — du moins tant qu'il n'aurait pas posé les pieds sur le sol français. A ce moment-là, le pot aux roses serait découvert, et ce serait chacun pour soi. Il se servit du téléphone jetable du maître chanteur, pour envoyer un SMS à Mary :

Boule aux infos. Explication ?

Il appuya sur la touche ENVOI et attendit, en se demandant comment il allait faire pour se procurer des faux papiers. Si les flics les soupçonnaient déjà, il y avait peu de chances pour qu'il parvienne en France avec son propre passeport. Albert, de par ses accointances dans les milieux interlopes, était l'unique personne de sa connaissance qui puisse lui en procurer. Or Albert, à qui il s'apprêtait à fausser compagnie, était la dernière personne à qui il puisse s'adresser en l'occurrence.

Alors qui ? Il se frotta le front. Cela faisait deux jours qu'il traînait une méchante migraine. Il avait besoin de dormir, mais chaque fois qu'il fermait les yeux, il revoyait le visage de la fille, collé à la baie vitrée…

Nous l'avons tuée. Mais nous ne l'avons pas fait exprès.

Est-ce que ça change vraiment quelque chose ?

Il fut tenté de se rendre à la justice. Mais l'idée d'aller en prison lui faisait horreur.

Je préfère mourir.

Et si Albert découvre que je m'apprête à quitter le pays, ça pourrait bien m'arriver…

Mardi 21 septembre, 10 h 30

Steven Oaks avait un visage doux et paternel, mais creusé par des rides d'inquiétude. Il accueillit Olivia et

Kane chaleureusement, puis leur désigna une table où les attendait un autre homme.

— Bonjour, inspecteurs… J'ai du mal à croire que l'un de nos élèves pourrait être impliqué dans la mort de cette jeune fille. Mais je vous apporterai toute l'aide possible. Voici le Dr Haig. C'est notre psychologue, il connaît tous les élèves du secondaire. Je l'ai invité à participer à cette réunion, si vous n'y voyez pas d'inconvénient.

Val traduisait à haute voix d'un côté, par signes de l'autre…

— Aucun, lui répondit Olivia. Je vais être bien claire : nous ne savons pas si le jeune homme que nous recherchons a commis un délit. Nous pensons qu'il était dans le bâtiment qui a brûlé en compagnie de Tracey Mullen, et qu'il a réussi à s'enfuir. Son témoignage pourrait être précieux à notre enquête.

Cette entrée en matière parut mettre les deux hommes un peu plus à leur aise.

Olivia montra à Oaks une photo de Tracey.

— Voici la jeune fille qui a péri dans l'incendie. Elle vivait en Floride avec sa mère. Vous la connaissez ?

Oaks examina la photo avant de la passer à Haig. Ils secouèrent tous deux la tête.

— Elle n'a jamais compté parmi nos élèves. Son visage ne me dit rien.

— Nous pensons que Tracey est venue dans la région retrouver le garçon avec qui elle était dans la résidence du lac. Il est blanc, brun et chausse du quarante-trois.

— Nombre de nos élèves peuvent correspondre à cette description, dit Haig à haute voix.

Olivia réalisa alors que le psychologue n'était pas sourd.

— Pouvez-vous être plus précis ? leur demanda-t-il.

— Il porte une prothèse auditive, mais en l'occurrence,

cela ne restreint pas beaucoup le champ des recherches, répondit Kane. On pense aussi qu'il était en colonie de vacances à Camp Longfellow, cet été.

— Quelques-uns de nos élèves fréquentent en effet cette colonie de vacances, dit Oaks. Je connais certains de ceux qui y sont allés l'été dernier, mais pas tous. Lorsque ce sont les parents qui inscrivent directement leurs enfants, nous n'en sommes pas informés.

— Avez-vous contacté les organisateurs de la colonie de vacances, pour obtenir la liste des participants ? leur demanda encore Haig.

— C'est en cours, répondit Kane. Mais il est difficile de les joindre hors saison.

— J'ai dû signer une attestation médicale pour ceux dont les frais de séjour étaient couverts par une bourse, reprit le psychologue. Nous pouvons vous les présenter pour que vous les interrogiez en premier.

— Ce serait super, dit Olivia. Le garçon que nous recherchons a eu une relation sexuelle avec la victime. S'il a réchappé à l'incendie, il doit être bouleversé. Avez-vous remarqué que tel ou tel de vos élèves semblait contrarié ces derniers jours ?

Oaks leur adressa un regard incrédule.

— Il s'agit de lycéens, inspecteur ! Ils sont tous contrariés, tous les jours. Ce sont des adolescents !

— Vous avez raison, admit Olivia. Ce garçon-là pourrait avoir l'habitude des bateaux… De canots à rames, plus précisément. Et il se trouvait dans la résidence vers minuit dimanche soir.

Haig réfléchit un instant avant de dire :

— Pour les bateaux, je ne vois pas, non… Mais si le garçon se trouvait dans la résidence dimanche soir, ce doit être un demi-pensionnaire, et non un pensionnaire. Les pensionnaires retournent chez leurs parents chaque week-end et reviennent le dimanche après-midi. Les chambres sont fermées à clé tous les soirs. Les surveillants font des rondes de nuit. Dans le cas contraire, on se serait aperçu de son absence.

— Pouvons-nous vous emprunter les annuaires des élèves des dernières années ? demanda Olivia.

— Bien sûr.

Les deux hommes se levèrent et Oaks ajouta :

— Je vais demander à ma secrétaire de vous dénicher ça, ainsi qu'une liste des élèves demi-pensionnaires.

— Et celle des pensionnaires ?

Oaks fronça les sourcils et Olivia dut insister :

— S'il vous plaît.

Lorsque les deux hommes eurent quitté la pièce, elle se tourna vers Kane.

— Il a peut-être raison. Mais un adolescent qui veut vraiment faire le mur y arrive toujours. Ce garçon avait rendez-vous avec une fille !

— Oui, acquiesça Kane, un pensionnaire aurait très bien pu déjouer la surveillance pour retrouver sa belle. Val, vous êtes prête à affronter une bande d'adolescents sur la défensive, qui n'auront pas trop envie de répondre à nos questions ?

— J'en ai deux comme ça à la maison, j'ai l'habitude !

Mardi 21 septembre, 10 h 50

Il avait besoin de faire une pause, mais il était seul derrière le comptoir. Buster était en retard. Une fois de plus. Il était difficile d'embaucher des étudiants capables d'arriver à l'heure. *Vraiment aucun sens des responsabilités, ces jeunes…*

Il observa ses clients, les trouva tous absorbés par leurs propres affaires et en profita pour ouvrir son ordinateur portable.

D'abord, le compte bancaire d'Eric… Il était toujours là, bien garni. En quelques clics, il effaça la grosse somme qui s'y trouvait et la transféra sur l'un de ses comptes offshore. Il laissa mille cent dollars sur le compte, au cas où Eric voudrait retirer en espèces ses mille dollars habituels.

Il ne voulait pas qu'Eric se doute de quoi que ce soit. Cela gâcherait la petite surprise qu'il réservait à Albert.

Il composa sur son téléphone le numéro du Québécois. Il avait déniché ce numéro en piratant le portable d'Eric. Les carnets d'adresses électroniques constituaient pour lui de riches sources d'informations : numéros de téléphone, adresses postales et électroniques… et même des informations personnelles comme les anniversaires, les mots de passe et les codes d'accès des cartes de paiement.

Ton petit oiseau est sur le point de quitter le nid.
Au revoir. 17 h 30 au terminal Lindbergh.

Une fois le message envoyé, il referma son téléphone. Voilà, ça, c'est fait. Comment allait réagir Albert ? Est-ce qu'il allait tabasser Eric ? Le forcer à rester ? Le tuer ?

C'est plus palpitant qu'un feuilleton télévisé !

Ensuite, il lui fallait s'occuper de Dorian Blunt, le comptable indélicat. Blunt avait deux mois de retard dans ses paiements. Il l'avait pourtant loyalement mis en garde. Il se connecta sur son compte et constata que seule la moitié d'un paiement mensuel avait été virée.

Il fronça les sourcils. Blunt croyait-il sincèrement que cela suffirait ? *L'imbécile !*

Il rafla tout ce que contenait le compte et le transféra sur le compte offshore qu'il avait ouvert à cet effet. A présent, que faire de Blunt lui-même ? Il n'avait rien à reprocher à son épouse et son enfant, ce qui lui interdisait de faire incendier sa maison. Il ne possédait pas un entrepôt, comme Tomlinson, où il aurait pu lui régler son compte tranquillement. Il fallait qu'il réfléchisse au meilleur moyen de le châtier. On n'était jamais assez prudent dans ce genre d'affaires.

Le carillon de la porte retentit et son employé à temps partiel, Buster, entra en trombe.

— Désolé, lui dit ce dernier.

— Tu es en retard !

— Je sais. J'aurais dû appeler.

— Oui, tu aurais dû…

Il referma son ordinateur portable et ajouta :

— J'ai quelques courses à faire. Darren prend son service à midi. Vous arriverez à vous débrouiller tous les deux, à l'heure d'affluence ?

— Manuel est dans les temps, pour les sandwichs ? demanda Buster.

Il sourit en son for intérieur en songeant aux éloges que lui avait valu l'embauche déclarée d'immigrés latinos. En vérité, il préférait que les gens qui l'entourent ne parlent pas très bien anglais. C'était beaucoup plus commode pour sa petite entreprise secrète.

— Oui, il est prêt, lui répondit-il.

Il laissa la place à son jeune employé qui vint s'installer à la caisse et ajouta :

— Je serai rentré avant l'heure du dîner.

— J'ai besoin de faire des heures, lui dit Buster. Je peux travailler ce soir aussi, et même faire la fermeture, si vous le souhaitez.

— Non. Je n'en ai pas pour aussi longtemps. C'est moi qui ferai la fermeture.

Il ne fallait surtout pas que Buster range avant de fermer ! Il aurait pu trouver les micros, disséminés dans tout le petit établissement. Jusque-là, personne n'avait jamais soupçonné leur présence. Ils étaient dissimulés avec beaucoup d'art. Comme, de plus, Buster et Darren étaient aussi mollassons que Manuel et ceux qui travaillaient en cuisine étaient durs à l'ouvrage et absorbés par leurs tâches, il ne s'inquiétait guère lorsqu'il quittait la sandwicherie pour de courtes durées. Tous ces gens-là travaillaient en harmonie.

Kane et Sutherland s'étaient rendus à l'école des sourds. Il se demanda s'ils y avaient trouvé le témoin qu'ils recherchaient. Il se demanda aussi ce que ce témoin avait vu au juste et s'il pouvait identifier le meurtrier du vigile.

Ça, ce ne serait vraiment pas cool.

Il lui fallait donc trouver un moyen de savoir ce que les deux policiers avaient appris à l'école. Heureusement, il avait un plan.

Son ordinateur portable sous le bras, il sortit, faisant retentir derrière lui le carillon de la porte.

Mardi 21 septembre, 12 h 15

Eric raccrocha le téléphone public, content d'avoir fait cet effort. Les cabines téléphoniques étaient devenues rares, mais il n'avait pas voulu se servir de son propre téléphone pour appeler la synagogue. Il s'était trituré les méninges quant à l'opportunité d'assister à l'enterrement de Joel. Si les flics les soupçonnaient, ils les attendraient peut-être là-bas.

Mais si personne ne les soupçonnait, c'était de ne pas y

aller qui pourrait paraître suspect. Joel et lui étaient amis depuis le jardin d'enfants.

Il n'avait pas eu à trancher, finalement. Les obsèques de Joel avaient été reportées au lendemain. Ce délai avait dû plonger la famille juive orthodoxe du jeune homme dans le désarroi. Joel lui avait expliqué plusieurs fois combien il était important pour eux d'enterrer leurs morts dans les vingt-quatre heures. Mais le corps était retenu par les autorités jusqu'au lendemain.

Et à ce moment-là, je serai en France. Adieu, Joel!

Il avait envoyé la malle pleine de ses souvenirs précieux à son oncle. A présent, il ne lui restait plus qu'à rentrer chez lui pour y attendre l'heure de se rendre l'aéroport. Son vol était à 17 h 30 au terminal Lindbergh. Il ne voulait surtout pas arriver en retard.

Il se rendit compte que quelque chose clochait, en tournant la clé dans la serrure de la porte d'entrée de son appartement.

Quelqu'un avait fait du feu dans la cheminée.

Quelqu'un est là.

La porte s'ouvrit soudain en grand, mais tout ce qu'il vit d'abord fut une main.

Qui tenait son propre pistolet.

— J'ai trouvé ton arme, Eric. J'ai aussi trouvé ton sac de voyage….

14

Mardi 21 septembre, 13 h 15

David se réveilla brusquement, mais s'appliqua à ne pas bouger, tendant l'oreille… Il ne s'était pas trompé, il avait bien entendu du bruit… Comme un froissement de papiers dans le salon du chalet.

Il y a quelqu'un…

Au travers de la fenêtre de la chambre, il constata que le soleil était haut dans le ciel. Il roula hors du lit en silence, marcha à pas feutrés jusqu'à la porte entrebâillée et jeta un coup d'œil dans la pièce principale. D'où il était, il ne pouvait rien voir, mais il pouvait entendre qu'on ouvrait des tiroirs.

Appelle la police.

Mais Glenn n'avait qu'une ligne fixe et le combiné se trouvait dans la cuisine.

Et en plus, j'ai mis mon portable à recharger, juste à côté du fixe !

Glenn avait bien un fusil, mais il était rangé dans une armoire du salon. Autrement dit sans aucune utilité pour un homme brusquement tiré de son sommeil et qui se trouvait en caleçon, sans arme et sans téléphone !

Un cambrioleur ? C'est alors que son esprit sortit tout à

fait de sa torpeur et qu'il se souvint de ce que sa mère lui avait dit. La boule de verre… Ces satanés journalistes… L'un d'entre eux avait dû finir par apprendre où il se cachait. Et il avait un sacré culot, tout de même, d'être entré sans autorisation dans le chalet !

Il se tordit un peu le cou, espérant voir l'intrus ou au moins mieux l'entendre. D'autres tiroirs furent ouverts, d'autres feuilles de papier froissées. A l'évidence, on cherchait quelque chose. Mais quoi ?

Il se glissa dans le couloir dont l'épaisse moquette étouffait ses pas. A l'approche de la porte du salon, il se figea et retint son souffle.

Un homme se tenait debout derrière le bureau de Glenn, furetant parmi des documents. Il était au moins aussi grand que lui, évalua David, maigre et nerveux. Il était difficile de lui donner un âge : sans être de la première jeunesse, il n'était pas très vieux, non plus. Le plus préoccupant était le pistolet qu'il portait à la ceinture.

Stupéfait, David constata alors que son ordinateur portable était perché sur une pile de courrier qu'il avait oublié de rapporter à Glenn la veille. *Merde alors !* Il se souvenait très bien l'avoir laissé sur la table, à côté de son lit. Cet homme s'était donc introduit dans sa chambre, pendant qu'il dormait !

Absorbé par sa fouille, l'homme ne l'avait pas encore entendu. David conçut en hâte un plan d'attaque et s'élança, atteignant l'autre en deux bonds.

L'homme voulut saisir son arme, mais David fut plus rapide que lui. On ne pratique pas certains arts martiaux sans acquérir rapidité et justesse des mouvements… Il le plaqua au sol et enserra fermement son poignet droit. L'intrus se débattit, mais David resserra son étreinte. Il savait combien cette prise était douloureuse, pour l'avoir si souvent subie, en tant que *uke*, pendant les cours d'autodéfense de Paige.

— Si tu bouges, je te casse la main, et ensuite je te tords le cou, le menaça David, le cœur battant à tout rompre. Qui es-tu et que fais-tu ici ?

L'homme le dévisageait d'un air sauvage.

— Lâche-moi, salaud !

— Pas question !

David lui arracha son pistolet et constata avec consternation que sa main tremblait. L'homme ruait en tous sens, cherchant désespérément à se dégager. David lui tordit alors l'avant-bras pour lui faire une clé dans le dos. Enfin immobilisé, l'autre lâcha un chapelet de jurons.

David respirait mieux, à présent que la peur était passée et qu'il maîtrisait la situation.

— Qui es-tu ? demanda-t-il une fois encore.

— Va au diable !

De près, David estima qu'il devait avoir entre trente et quarante ans. Il tira sur le bras droit de l'homme qui hurla de douleur.

— Arrête !

— Comment est-ce que tu t'appelles ?

— Lincoln.

— Lincoln comment ? Ecoute, je ne veux pas te démonter l'épaule, je veux juste savoir qui tu es.

— Lincoln Jefferson.

Lincoln Jefferson * ? David faillit s'esclaffer. Le nom sonnait complètement faux. Sans relâcher son étreinte, il demanda :

— Qu'est-ce que tu fais là ?

* Lincoln et Jefferson sont les noms de deux présidents des Etats-Unis parmi les plus célèbres : Thomas Jefferson (1801-1809) et Abraham Lincoln (1860-1865) (NdT).

— Vous êtes des menteurs ! Des enfoirés de menteurs !

— Moi, je ne mens jamais, répliqua David. Qui t'a envoyé ?

Lincoln ne répondit pas et David lui tordit un peu plus le bras, lui arrachant un nouveau cri de douleur.

— Qui t'a envoyé ? répéta-t-il.

— La Terre est notre mère. *Valla Eam*, murmura Lincoln.

Puis il se mit à réciter en boucle :

— *Valla Eam, Valla Eam, Valla Eam…*

David se souvint qu'il avait déjà lu ces mots latins quelque part, tout récemment. *Valla Eam.* « Défendez-la. » Défendez la Terre mère. *Valla Eam,* c'est ainsi que Preston Moss concluait chacun de ses discours. Et c'était devenu le cri de ralliement de ses partisans.

David relâcha légèrement la clé qu'il faisait à l'homme et l'examina un peu mieux. Il se demanda si ce n'était pas lui qui avait créé le site web sur lequel il avait collecté les écrits et les discours de Preston Moss. Lincoln avait-il été son complice ? Douze ans plus tôt, il avait l'âge d'être un étudiant et pourquoi pas un étudiant exalté, avide de se trouver un maître à penser, avide de le seconder dans son action.

— Tu es un sympathisant de Preston Moss ? Pourquoi t'es-tu introduit dans cette maison ? C'est Moss qui t'envoie ?

Lincoln eut un petit rire étouffé et étrangement troublant.

— Non !

David se pencha vers lui, en prenant soin de ne pas accroître la torsion de son poignet.

— En quoi ai-je menti ?

— Tu as prétendu que tu avais trouvé cette boule.

— Mais c'est vrai, je l'ai attrapée au vol.

— C'est faux ! C'est impossible !

— Mais enfin, je sais ce que j'ai fait ! Je ne mens jamais, je t'ai déjà dit…

Il songea à la jeune fille, Tracey Mullen, et au gel qu'elle avait sur les mains. Il songea aussi au vigile assassiné et à Tomlinson, dont le visage avait été emporté par une balle tirée à bout portant.

— J'y étais. Aux deux incendies. J'ai vu les cadavres…

Il vit Lincoln tressaillir.

— J'ai trouvé cette boule, Lincoln.

— Non, c'est faux ! Pas celle de Preston ! C'est toi qui l'as mise là. Tu l'as apportée et tu as fait semblant de la trouver…

David ouvrit de grands yeux, surpris.

— Pourquoi penses-tu que j'aurais pu faire une chose pareille ?

Lincoln secoua vigoureusement sa tête osseuse.

— Je n'ai rien à te dire.

Oh, si, mon gars, tu vas parler, je te le garantis !

Il accentua sa torsion.

— Je crois que tu devrais reconsidérer la question. Ecoute, je suis un brave type. Je paie mes impôts et j'éteins des feux. Il m'arrive même d'aller chercher les chats des vieilles dames dans les arbres… Pourquoi te mentirais-je, au sujet de cette maudite boule ?

— Ce n'était pas *sa* boule ! Vous voulez le salir ! Une nouvelle fois ! Mais je ne vous laisserai pas faire !

— Tu crois que moi, contribuable exemplaire et pompier sauveur de chats, j'ai fait semblant de découvrir une boule de verre dans un bâtiment en flammes, pour salir le nom de ton idole ? Tu es encore plus dingue que lui !

Lincoln laissa échapper un rire crispé.

— Mais oui, c'est ça… Je suis dingue…, dit-il, en chantonnant. Le docteur le dit, ma mère le dit, mon frère le dit. Lincoln est dingue. Qu'est-ce qu'il a, Lincoln ? Pourquoi ne souris-tu jamais, Lincoln ? Lincoln, pourquoi es-tu *complètement dingue* ?

Il hurla les deux derniers mots en se cabrant, mais David le maîtrisa aussitôt.

— Oui, pourquoi es-tu dingue, Lincoln ? lui demanda David, en conservant son calme.

— Elle était noire, toute noire...

David se souvint de ce que Glenn lui avait dit, à propos de la victime du dernier attentat de SPOT, de cette femme qui avait été calcinée dans l'incendie.

— Tu y étais, il y a douze ans ? C'est toi qui as allumé ce feu qui a tué cette femme ?

— Cramée. Complètement cramée ! Ils l'ont emportée. Mais elle est toujours là. Toujours là.

Lincoln frémit et se figea brusquement.

— Toujours là, murmura-t-il.

La vue d'un cadavre pouvait précipiter quelqu'un dans la folie. David le savait. Il examina l'homme une nouvelle fois. *Ça aurait pu tout aussi bien être moi*, pensa-t-il alors, non sans un vague malaise.

— Pourquoi es-tu venu ici, Lincoln ?

Il y avait dans sa voix une compassion qu'il aurait préféré ne pas éprouver. Il savait que c'était trahir les vraies victimes, mais c'était plus fort que lui.

— Qu'es-tu venu chercher ? insista-t-il.

— La lettre qui prouve le mensonge. Celle que tes supérieurs t'ont envoyée. C'est un coup monté !

— Tu crois que mes supérieurs m'ont ordonné de mentir ? Tu crois qu'ils voulaient traîner le nom de Moss dans la boue ? Que c'est une manipulation pour l'accuser ?

Il n'y avait rien à tirer de sensé de cet homme !

Il empoigna le pistolet.

— Je te braque avec ton arme. Si tu essaies de t'enfuir, je tire. Je ne veux pas te tuer, mais si tu m'y obliges… Tu m'as bien compris ?

Lincoln ne réagit pas. David le lâcha et recula de quelques pas. Il constata avec soulagement que l'autre restait immobile. Il avait besoin de le maîtriser jusqu'à l'arrivée de la police. Il regarda autour de lui, en quête d'un moyen de le ligoter.

Il arracha finalement le cordon du store et s'en servit pour lui lier les mains et les pieds. Puis il appela Police Secours.

Ensuite, il appela Olivia et tomba sur sa messagerie.

— Olivia… c'est David. Un intrus s'est introduit au chalet. J'ai réussi à le maîtriser… Il faut absolument que tu le rencontres.

Il raccrocha et s'accroupit à côté de Lincoln, qui restait allongé, les yeux fermés. Son teint avait verdi.

— Tu vas bien ? lui demanda David.

— Va au diable !

— J'espère bien que non ! Il faut bien que tu comprennes quelque chose : j'ai réellement trouvé cette boule dimanche soir. Et j'en ai vu une autre la nuit dernière. Personne n'a menti.

— C'est impossible, dit Lincoln d'un ton presque enfantin. Preston Moss est incapable de tuer.

Mais pourtant, il avait tué. Même si telle n'avait pas été son intention, Moss avait causé la mort d'une innocente.

Oui mais toi aussi, saint David, tu as tué. Assassin ! Megan aussi était innocente et elle est morte.

Non, non ! Ce n'était pas pareil. Ce n'était pas pareil du tout.

Continue à croire ça si ça te fait sentir mieux…

David glissa sur la moquette, pour aller s'adosser au mur et attendit, le pistolet à la main.

Mardi 21 septembre, 13 h 15

En deux heures et demie, ils avaient interrogé vingt adolescents, et jusque-là, aucun d'entre eux ne leur avait appris quoi que ce soit.

Olivia, un peu découragée, regarda le vingtième garçon sortir d'un pas nonchalant du bureau d'Oaks.

— Il en reste combien ? demanda-t-elle.

— Des tas, répondit Kane d'un ton morose. Enfin, six, plus exactement. Ce qui revient au même.

De l'autre côté de la table, Val gloussa, mais ne fit aucun commentaire. Olivia aimait bien cette femme. Elle avait fait son travail avec compétence et sans se plaindre.

Le principal entra dans le bureau accompagné du prochain garçon.

— Voici Kenny Lathem, dit-il en langue des signes, tandis que Val traduisait simultanément.

Oaks avait assisté à chaque entretien et Olivia était certaine que sa présence avait faussé la donne. Mais comme les élèves étaient mineurs, sa présence était obligatoire.

Kenny avait seize ans. Ses cheveux étaient châtain clair. Il était pensionnaire. Oaks avait réitéré ses objections, arguant qu'un pensionnaire n'aurait pu faire le mur. Mais Kenny avait bénéficié d'une bourse pour partir en colonie de vacances à Camp Longfellow, et son témoignage présentait donc un intérêt particulier.

— Salut, Kenny, dit Olivia. Tu sais pourquoi on t'a fait venir ?

Kenny hocha la tête avant de répondre par signes :

— Oui, les autres me l'ont dit. Vous cherchez un gars qui aurait vu la fille de la résidence mourir.

Le regard de l'adolescent était empreint de la même méfiance que celui de ses congénères qui l'avaient précédé dans le bureau. Sauf que… Sauf qu'Olivia crut y discerner une pointe de peur. De toute évidence, il savait quelque chose…

Elle fit glisser la photo de Tracey sur la table.

— Tu la connais ?

Il regarda Val traduire la question, jeta un coup d'œil sur la photo et secoua la tête.

— Kenny ? insista Olivia.

La peur se lisait maintenant ouvertement dans les yeux du jeune garçon.

— Elle est morte, Kenny. Elle a été tuée…

Oaks voulut s'interposer, mais Olivia l'en dissuada d'un regard. Elle tapota sur la table, en attendant que Kenny se remette à regarder Val.

— Kenny… Quelqu'un a mis le feu à cet immeuble, alors qu'elle était dedans. Elle avait seize ans. Le même âge que toi. Il y avait quelqu'un avec elle, mais il est parti sans elle. Elle est morte à cause de la fumée. *Asphyxiée.*

— Je ne la connais pas, dit Kenny, mais ses mains tremblaient légèrement tandis qu'il signait. Je le jure.

Olivia feuilleta l'annuaire des élèves et s'arrêta sur la page où figurait une photo de l'adolescent.

— Je vois que tu as été primé en athlétisme. Moi je l'ai été en gymnastique. A présent, je fais du biathlon. Tu sais ce que c'est ?

Il secoua la tête d'un air ennuyé.

— C'est du ski de fond combiné avec du tir. J'ai essayé l'aviron, mais ça me donnait le mal de mer.

Elle tapota sur l'annuaire.

— Je lis là que tu fais aussi de l'aviron…

Il haussa les épaules, mal à l'aise.

— Je me débrouille, dit-il. Et alors ?

— Et alors, est-ce qu'il t'arrive de faire du canot sur le lac ? Du canoë, de la barque ?

— Parfois, répondit-il en signes hésitants.

— Comme au camp Longfellow, par exemple ?

Kenny hocha la tête avec méfiance.

— Tu y étais, l'été dernier. Elle aussi.

Elle lui remit la photo de Tracey sous le nez.

— Tu l'as peut-être rencontrée là-bas. Elle t'a peut-être plu. Tu lui as peut-être plu aussi…

Il repoussa la photo.

— Je ne la connais pas, répéta-t-il, en séparant bien chaque signe pour appuyer sa dénégation.

Le ton de Val était fidèle, catégorique et impatient, elle détachait bien chaque syllabe. Elle connaissait vraiment son métier.

— Je me demande ce que vont nous dire les moniteurs de la colonie, Kenny ? As-tu eu une idylle d'été ?

— Non !

Il avait répondu sans hésiter, catégoriquement.

La voix de Val répéta tout haut :

— Non !

Olivia était portée à le croire.

— Mais tu aurais bien aimé. Tu ne lui plaisais pas ?

Kenny détourna les yeux. Patiemment, Olivia tapota sur la table jusqu'à ce qu'il regarde de nouveau Val.

— Je t'ai posé une question. Tu ne lui plaisais pas ?

— Je vous ai déjà dit que je ne la connaissais pas, protesta-t-il en gestes emphatiques. Mais qu'est-ce que vous me voulez, à la fin ?

— Je veux savoir la vérité. Cette fille mérite que la

lumière soit faite sur sa mort. Il faut que la personne qui en est responsable soit punie. Alors, ce que je te demande, c'est la vérité, et c'est tout. Nous savons qu'elle a rencontré quelqu'un dimanche soir à la résidence. Et qu'ils ont eu un rapport sexuel. C'était toi ?

Il la regarda droit dans les yeux.

— Non. Ce n'était pas moi…, articula-t-il d'une voix à peine audible.

Il répéta ces mots en signes nets et catégoriques, puis il bondit hors de son siège et sortit en courant de la pièce.

Oaks voulut lui courir après, mais Olivia leva la main.

— Laissez-le partir.

— Tu crois qu'il protège quelqu'un ? demanda Kane.

Oaks laissa échapper un long soupir.

— C'est plausible, répondit-il, même si la question s'adressait à Olivia. Ce Kenny est du genre à faire des bêtises et à s'attirer des ennuis, mais au fond, il a très bon cœur. Vous voyez ce que je veux dire ?

Olivia hocha la tête en souriant.

— J'étais comme ça quand j'étais gamine ! Et ses amis ? Y a-t-il des élèves que Kenny serait plus particulièrement susceptible de protéger ? Un garçon brun, de préférence.

— Il est très lié avec son compagnon de chambre, Austin Dent, dit Oaks. Mais Austin a des cheveux roux, pas bruns. Kenny est plutôt sociable et bon camarade… Vous avez déjà interrogé tous ses amis.

— Il en reste cinq, dit Kane. Mais il faut que je fasse une pause. J'ai besoin de me dégourdir un peu les jambes.

— Moi aussi, renchérit Olivia. Je viens d'avoir un appel, mais je ne voulais pas interrompre l'interrogatoire de Kenny. Allons déjeuner. Monsieur Oaks, nous serons de retour dans quarante minutes. Nous voudrions aussi réinterroger Kenny.

— Pas de problème.

Il se leva et leur ouvrit la porte de son bureau.

Dans le couloir, Val étira les doigts et Olivia la regarda d'un air inquiet.

— Vous allez bien ?

L'interprète sourit.

— Quand je travaille dans des établissements scolaires, je traduis toute la journée, avec une courte pause à l'heure du déjeuner. En comparaison, ce que je fais aujourd'hui est facile. Je vous retrouve ici dans quarante minutes.

— Vous êtes venue dans notre voiture. Où allez-vous manger ?

— Il y a une sandwicherie à quelques dizaines de mètres d'ici. C'est là que je mange, chaque fois que je dois travailler dans cette école.

Lorsque Val fut partie, Olivia ferma les yeux. Cette petite sieste sur les genoux de David lui avait fait du bien, mais elle avait quand même besoin d'une vraie nuit de sommeil.

Peut-être ce soir. Puis elle songea à son feutre et à ses menottes. Il allait peut-être falloir reporter cette nuit de sommeil au lendemain…

Elle consulta sa messagerie. Noah Webster n'avait pas encore réussi à contacter la direction de Camp Longfellow. Faye l'informait que la mère de Tracey Mullen avait appelé pour dire que son vol de correspondance à Atlanta avait été retardé. Le dernier message était de David. Elle l'écouta et, le cœur battant, le rappela aussitôt. Elle fut soulagée de l'entendre répondre d'une voix normale.

— Que s'est-il passé ? lui demanda-t-elle de manière pressante.

— Je me suis endormi et j'ai été réveillé par un bruit. C'était un type qui fouillait le bureau de mon ami.

— Un journaliste ? demanda Olivia d'un ton dégoûté.

— Non, mieux que ça. Un ancien partisan de Preston Moss. Il prétend se nommer Lincoln Jefferson. Je l'ai maîtrisé et ligoté, et puis j'ai appelé Police Secours. Olivia, je crois que ce type était avec Moss, lors du dernier attentat de SPOT.

— Oh !

Elle entendit un bruit de fond dans le récepteur, des bruits de heurts et des éclats de voix.

— C'est quoi ça, David ?

— Les flics du coin qui viennent de débarquer... Lincoln n'est pas très content. Qu'est-ce que tu veux qu'on en fasse, de ce loustic ?

— Gardez-le-moi au chaud. On arrive tout de suite !

David lui passa le policier qui venait d'arriver et elle répéta ses instructions. Puis elle raccrocha, au moment même où Kane revenait.

— Il est arrivé un truc incroyable !

— En général, cette phrase n'augure rien de bon, dit Kane.

— Aujourd'hui, ce n'est pas le cas.

Elle lui répéta ce que David venait de lui apprendre.

— Je crois qu'il vaudrait mieux dire à M. Oaks qu'on ne sera pas revenus dans quarante minutes. Bien sûr, il suffirait d'appeler Barlow pour qu'il s'occupe de ce drôle de cambrioleur.

— Pas question !

Kane ne put réprimer un sourire.

— Je croyais que tu t'étais réconciliée avec Barlow ?

— On en est encore loin ! Il fait des efforts, c'est vrai. Mais je ne vais pas pour autant l'appeler avant de savoir de quoi il retourne exactement. Surtout s'il est accompagné de ce Crawford, qui ne le lâche plus d'une semelle. Ce type me donne la chair de poule.

— Moi aussi. Je vais dire à Oaks qu'on revient plutôt dans deux ou trois heures.

— Et moi, j'appelle Val pour la prévenir.

Mardi 21 septembre, 13 h 50

Après avoir mûrement réfléchi — et effectué un repérage en voiture —, il s'était enfin décidé sur le sort qu'il réservait à Dorian Blunt. Il était temps de rallier les troupes…

Il envoya un SMS à Eric :

> Nouvelle mission.

Il appuya sur la touche ENVOI. Puis il envoya l'adresse de la nouvelle cible, ainsi que les détails pratiques qu'il avait glanés lors de son repérage.

> Pas de chien. Pas d'alarme. Pas de caméras. C'est du gâteau.

Il leva les yeux vers le bâtiment qu'il surveillait depuis une heure. Personne n'en était sorti, mais cela viendrait. Il savait être patient. La journée était belle, après tout…

Cependant, les minutes passaient et il n'y avait pas de réponse d'Eric.

Le jeune homme avait-il modifié ses projets de départ ? Avait-il réussi à s'évanouir dans la nature ? Ce serait ennuyeux. Très ennuyeux, même… Cela l'obligerait à diffuser la vidéo et il était loin d'être prêt à une telle éventualité. Il avait fourni à Albert toutes les informations nécessaires pour empêcher Eric de prendre la fuite. Mais Albert l'avait déçu, lui aussi. Il avait compté sur sa prompte intervention pour dissuader son amant de se mettre en cavale et le contraindre à rentrer dans le rang.

Il s'apprêtait à envoyer un SMS à Albert, lorsqu'il vit

un message s'afficher, provenant du téléphone jetable qu'il avait transmis à Eric.

On dirait qu'Eric a quitté la partie.

Il y avait une photo en pièce jointe et son étonnement s'accrut encore plus, lorsqu'il en découvrit la teneur. Eric était allongé, nu, sur son lit ; un petit sachet en plastique vide était posé sur sa table de nuit. De tous les scénarios possibles, le suicide d'Eric était celui qu'il avait le moins anticipé. Il ne pensait pas que ce garçon en soit capable.

Il songea au SMS qu'il avait envoyé à Albert et se demanda si Eric s'était vraiment donné la mort. Albert l'avait-il un peu aidé ?

J'aurais bien aimé assister à leur dernière conversation.

Mais son repérage l'avait obligé à rester longtemps hors de portée du microémetteur qu'il avait dissimulé dans le téléphone jetable.

Qui es-tu ?

Le Québécois. C'est à moi que tu auras affaire désormais. Je veux te rencontrer.

Il s'esclaffa et tapa « non » sur le clavier de son téléphone. Il envoya cette réponse et rangea l'appareil dans la boîte à gants. Il était temps ! La porte d'entrée de l'immeuble qu'il surveillait s'ouvrit et une femme en sortit, toute de noir vêtue.

Elle était seule. Tant mieux. Jusqu'à ce qu'il la tienne à sa merci, bien sûr, car alors, il aurait beaucoup à lui demander. Et il savait qu'elle répondrait à chacune des questions qu'il avait l'intention de lui poser.

Il espérait qu'elle collaborerait sans qu'il ait besoin d'insister. Loger une balle dans la tête d'un type qui le méritait, comme Tomlinson, ou qui représentait une menace directe pour lui et son business, comme le vigile de la résidence du lac, ne le dérangeait pas. Mais la torture… A vrai dire, la torture lui donnait la nausée…

Mais cette femme détenait des informations dont il avait le plus impérieux besoin. Alors, s'il fallait en passer par là, pour la décider à coopérer… Ce serait dommage pour elle. Mais bon…

Elle marchait vers l'ouest, sans doute pour aller déjeuner quelque part dans le voisinage. Il démarra sa camionnette et la suivit au pas. Un peu d'éther sur un mouchoir et l'effet de surprise devraient suffire. Il aimait beaucoup ses gadgets électroniques, mais parfois il fallait savoir rester simple…

Mardi 21 septembre, 15 h 50

— Tu aurais dû m'appeler ! reprocha Barlow à Olivia.

Ils étaient tous deux de l'autre côté de la glace sans tain de la salle d'interrogatoire numéro 2. Lincoln Jefferson était assis à la table, les mains menottées et les jambes entravées. Il n'avait pas encore demandé d'avocat. Olivia doutait qu'il soit assez lucide pour y songer.

— Mais je t'ai appelé, dit-elle, sinon tu ne serais pas là.

— Tu aurais dû m'appeler tout de suite !

La jeune femme jeta un coup d'œil à sa gauche. L'agent spécial Crawford se tenait derrière elle, les yeux rivés sur Lincoln, comme s'il le conjurait en silence de parler. Olivia n'aimait pas Crawford, mais elle était trop avisée pour contester sa présence.

— Tu étais sur une scène de crime, Micah… Je t'ai appelé dès que nous avons eu confirmation de son identité.

— Je n'arrive pas à croire qu'il s'appelle vraiment Lincoln Jefferson ! s'étonna une fois encore Kane.

— Son frère s'appelle Truman Jefferson*. La mère nous l'a confirmé.

— Moi, c'est Moss que je veux, dit Crawford d'une voix sourde et colérique. Laissez-moi parler à ce déchet humain !

— C'est au capitaine d'en décider. Mais personne ne l'interrogera, tant que la psychiatre ne se sera pas entretenue avec lui. Lincoln n'a peut-être rien à voir avec l'enquête actuelle, mais on n'en est pas encore certains. Le Dr Donahue fera une évaluation de son état mental et nous conseillera sur la meilleure manière de l'interroger.

— Il n'est pas dingue. C'est un incendiaire, rien de plus.

— Le comportement que nous a décrit David Hunter est quand même assez délirant, observa Olivia. De toute façon, on ne bouge pas tant que Donahue ne l'a pas évalué.

— On perd du temps ! s'énerva Crawford. Vous ne comprenez peut-être pas l'urgence de la situation, inspecteur. Mais moi, j'en suis parfaitement conscient. Chaque minute qui passe est une minute où Moss reste libre de projeter son prochain attentat. Je veux poser quelques questions à cet oiseau-là, avant qu'il ne soit trop tard.

Il fit un pas en avant, avec l'intention manifeste d'entrer dans la salle d'interrogatoire. Olivia le retint par le revers de son veston noir.

— Calmez-vous, agent Crawford, le mit-elle en garde, en le lâchant. Cette enquête n'est pas la vôtre.

— Elle le sera bientôt !

Il sortit de la salle d'observation et Barlow poussa un soupir de soulagement.

— Merci, dit-il à Olivia. Il me colle au cul depuis ce matin. Je n'en pouvais plus !

* Harry S. Truman a été président des Etats-Unis (1945-1953) (NdT).

— C'est bien pour ça qu'on ne t'a pas appelé plus tôt, lui dit Kane d'un ton raisonnable. On ne voulait pas que Crawford harcèle Lincoln dans le salon de Hunter.

— Où est Hunter, à propos ? demanda Barlow d'une voix un peu lasse.

— Il est ici, en train de porter plainte, dit Olivia. Il est venu avec nous. S'il n'avait pas promis à Lincoln de l'accompagner, ce dingue n'aurait jamais été assez calme pour être transporté en toute sûreté.

— Nous avons cru un moment qu'il faudrait faire venir un projecteur hypodermique comme pour une bête sauvage, dit Kane qui ne plaisantait qu'à moitié. Lincoln a piqué une crise quand les flics en uniforme ont débarqué et ont voulu le menotter. Il a fallu que Hunter lui parle pour qu'il se calme. C'est bizarre, quand on sait que c'est Hunter qui l'a neutralisé…

— Oui, tout à fait, approuva Jessica Donahue, qui était arrivée depuis quelques instants.

Elle étudiait Lincoln au travers de la glace sans tain.

— Qu'est-ce qu'il psalmodie comme ça ? demanda-t-elle. Je n'arrive pas à comprendre.

— *Valla Eam*, fit Olivia.

— « Défendez-la », murmura Jessica. Le cri de ralliement de SPOT… Qu'avez-vous à me dire sur cet homme ?

— Ce que sa mère nous a appris, répondit Olivia. A vingt et un ans, alors qu'il était étudiant, il a passé des examens psychiatriques et une schizophrénie a été diagnostiquée. Il est sous traitement chimique permanent…

— Mais il ne prend pas ses médicaments…

Olivia hocha la tête.

— Selon sa mère, il lui arrive souvent de ne pas les prendre. Elle nous a dit qu'il a fait de fréquents séjours dans des institutions psychiatriques au cours des dix dernières années.

— Vous croyez vraiment qu'il a participé au dernier attentat de SPOT ? demanda encore Jessica.

— A l'époque, il suivait les cours de Preston Moss à l'université, lui apprit Kane. C'est donc tout à fait possible.

— Il s'est introduit au domicile du pompier qui a trouvé la boule. Vous a-t-il dit pourquoi ?

— Une crise de paranoïa complotiste... Il s'était mis dans la tête que le corps des pompiers cherchait à salir le nom de Preston Moss.

— Lincoln est-il fou ?

— Si l'on a diagnostiqué une schizophrénie, alors, oui, il est certainement fou. Mais sa maladie mentale ne lui épargnera pas forcément d'être reconnu responsable de ses actes par la justice, que ce soit ce cambriolage ou son éventuelle participation aux attentats de SPOT.

— L'agent spécial Crawford veut à tout prix l'interroger, l'avertit Kane. Il veut essayer de lui faire avouer où se cache Preston Moss.

Jessica eut l'air contrariée.

— Je ne crois pas que ce soit une bonne idée, dit-elle.

— Peu importe ! dit Crawford d'un ton hautain.

Il venait de pénétrer de nouveau dans la pièce d'observation, accompagné d'Abbott, qui avait l'air plus épuisé que jamais.

— Nous devons coopérer avec le FBI, rappela Abbott à ses inspecteurs. Alors, laissez-le accéder au suspect.

Ce qui s'ensuivit mit tout le monde mal à l'aise. Crawford se montra deux fois plus agressif avec Lincoln qu'il ne l'avait été avec les policiers. Il ne cessait de l'exhorter à révéler où Preston Moss se cachait.

— Dis-moi où il est ! répétait-il sans répit.

Au bout de quelques minutes, Lincoln se recroquevilla sur son siège et se mit à se balancer d'avant en arrière.

A l'extérieur de la salle, Jessica Donahue assistait à la scène, les bras croisés.

— Mais qu'est-ce qu'il fait ? demanda-t-elle avec colère.

— Crawford, lui dit Barlow, est comme ces vieux robinets sans mélangeur, à deux vannes : une pour l'eau chaude et l'autre pour l'eau froide. Ce matin, on a eu droit au froid. Mais je l'ai vu s'échauffer comme ça à deux ou trois reprises pendant la journée. Croyez-moi, c'est encore pire !

— Et encore, tu n'es pas un schizophrène privé de ses médicaments ! dit Olivia.

Elle regarda Abbott d'un air mécontent.

— Ne le laissez pas provoquer une crise de catalepsie chez Lincoln, avant même qu'on ait le temps de l'interroger nous-mêmes, Bruce…

Quelques secondes plus tard, ce fut Crawford lui-même qui décida Abbott à mettre un terme à l'interrogatoire, en attrapant Lincoln au col et en le tirant violemment vers lui pour qu'il se redresse sur son siège.

— Réponds-moi ! lui cria-t-il.

Abbott fit irruption dans la salle d'interrogatoire et dit sèchement à l'agent :

— On vous demande au téléphone.

— Je suis occupé. Dites à mon correspondant de laisser un message.

— Je suis désolé, mais il faut absolument que vous preniez cet appel.

Une moue de dégoût aux lèvres, Crawford lâcha Lincoln.

— Je reviendrai, dit-il d'une voix furieuse.

Puis il suivit Abbott dans la salle d'observation.

— Qu'est-ce que ça veut dire ? vociféra-t-il, dès que

la porte se fut refermée derrière lui. Comment osez-vous m'interrompre ? J'étais sur le point de le faire craquer !

— Je ne veux pas qu'il craque, lui répondit calmement Abbott. C'est notre témoin.

— Il est recherché pour un crime fédéral ! Vous comptez lui apporter du champagne et des petits-fours ? Les policiers d'ici sont vraiment des nuls !

— Non, ils sont compétents et efficaces, répliqua Abbott, toujours sans se départir de son calme. A présent, allons l'interroger nous-mêmes, ajouta-t-il à l'intention d'Olivia et Kane, mais en suivant les conseils de Jessica…

Crawford lui jeta un regard plein de mépris.

— Et elle dira qu'il est fou à lier et qu'il n'est pas responsable de ses actes, fit-il d'un ton sarcastique. Mais allez-y, ne vous gênez pas pour moi… Essayez le champagne et les petits-fours. Vous verrez bien si vous pouvez lui arracher des aveux en le cajolant !

— Des aveux extorqués sous ce genre de contrainte, lui fit remarquer Jessica, n'auraient aucune validité devant un tribunal. Son avocat saisira cette occasion pour faire annuler toute la procédure. Est-ce vraiment ce que vous voulez, agent spécial Crawford ?

— Lui, je m'en fiche, c'est Moss que je veux, répondit Crawford, en détachant bien les mots, comme s'ils étaient tous trop bêtes pour comprendre cette évidence.

— Il faut essayer de le calmer, pour commencer, dit Kane. Liv, tu veux essayer ?

— Tu sais bien qu'on a déjà essayé de le calmer chez David. La seule personne qu'il acceptait d'écouter, à mon avis, c'était David Hunter.

— Le pompier ? demanda Crawford. Qu'est-ce que Hunter lui a raconté, pour le calmer ?

Olivia se tourna vers Abbott, ignorant délibérément l'agent du FBI.

— Depuis qu'il a trouvé cette boule, David a lu tous les discours de Preston Moss. Les collègues en uniforme ont menotté Lincoln et l'ont plaqué face contre terre sur la moquette. Lincoln se débattait comme un beau diable et proférait toutes sortes d'insanités. David s'est mis à citer, mot pour mot, la prose de Moss.

Abbott haussa les sourcils.

— Il a de la mémoire, ce pompier !

— Il faut croire, dit Olivia. Il pense que Lincoln est peut-être le créateur du site qui rend hommage à Moss.

— Où est Hunter, en ce moment ? demanda Abbott.

— Il est en train de remplir les formalités nécessaires pour porter plainte. Vous voulez qu'on le fasse venir ?

Ils entendirent un bruit de fracas dans la salle d'interrogatoire. A force de se balancer sur sa chaise, Lincoln avait fini par chuter. A présent, il était étendu au pied de son siège, gesticulant et psalmodiant inlassablement ces deux mots latins : *« Valla Eam »*.

— Allez chercher Hunter, dit Abbott. On verra bien…

— On ne pourra pas retourner à l'école des sourds avant la fin des cours, fit remarquer Kane à sa partenaire. Mais je tiens à réinterroger Kenny. Je vais chercher Hunter et ensuite j'appelle Oaks, pour lui dire qu'on ne reviendra qu'après le dîner.

— Quand je l'ai avertie qu'on aurait du retard, Val m'a envoyé un SMS pour me dire qu'elle avait une mission d'interprète à 15 heures. Elle en a pour toute la fin de l'après-midi. Je vais lui demander d'être revenue à l'école aux alentours de 19 heures.

— Je vais chercher Hunter. Sois sage en m'attendant !

15

Mardi 21 septembre, 16 h 45

David regardait Lincoln se balancer sur sa chaise, au travers de la glace sans tain.

— Qu'attendez-vous de moi ? demanda-t-il.

— Va lui parler, lui dit Olivia. Comme tu l'as fait au chalet. Essaie de le calmer… Ensuite, je te rejoindrai dans la salle d'interrogatoire pour essayer de découvrir ce qu'il sait au sujet des deux incendies. Puis on lui demandera s'il sait où se trouve Moss.

— Depuis combien de temps cet homme souffre-t-il de schizophrénie ? demanda-t-il encore.

— Quelle importance ? fit Crawford.

David ne l'aimait vraiment pas, mais la participation de l'agent du FBI à l'enquête ne le regardait en rien. C'était l'affaire de la brigade des homicides.

— Depuis qu'il a vingt et un ans, répondit Jessica Donahue. Il est fréquent que cette maladie se déclare à cet âge-là.

— A l'époque où il a rencontré Moss, donc…, en conclut David. Lincoln était mûr pour tomber sous la coupe d'un gourou extrémiste.

— C'est probable, acquiesça Jessie. Il a dû être effrayé

et troublé par l'apparition de ses troubles mentaux et il a pu se tourner vers un groupe à structure forte, qui puisse l'aider à garder les pieds sur terre.

— Un groupe comme SPOT ? ricana Crawford. Vous voulez me faire croire qu'une bande de zozos écologistes l'aidait à garder les pieds sur terre ?

— Ils ont sans doute bien accueilli son zèle, poursuivit la psychiatre, sans tenir compte de l'objection de Crawford. Entre deux accès de schizophrénie, Lincoln s'est sans doute montré un militant très énergique et convaincu.

— Quel effet a pu avoir sur lui la vue d'un cadavre calciné dont il avait causé la mort ? demanda David.

— Un choc aussi terrible aurait pu aggraver considérablement ses troubles mentaux, en peuplant son esprit d'images atroces.

— Ça se comprend, murmura David. J'ai vu quelques corps calcinés, au cours de ma carrière de pompier, et c'est en effet un spectacle insupportable... Et impossible à oublier...

— Hunter, fit Crawford d'un ton railleur. Ne me dites pas que vous éprouvez de la *pitié* pour cet individu !

David le regarda dans les yeux, content de voir qu'il lui fallait considérablement pencher la tête pour ce faire.

— Cet homme a sans doute tué une femme, dit-il, et ruiné la vie de deux excellents pompiers. Je n'ai aucune pitié pour lui.

Ce qui, exprimé en ces termes, était parfaitement sincère.

— Ça vous va ? lui demanda-t-il.

Crawford lui jeta un regard dédaigneux avant de répondre :

— Oui, ça me va.

— Alors, je crois que je suis prêt à lui parler, déclara David à l'intention d'Olivia et Kane.

Puis il entra dans la salle d'interrogatoire.

Une fois entré, il s'immobilisa, sans parler. Il se força à se remettre en mémoire que l'homme pitoyable qu'il avait sous les yeux était entré par effraction, armé d'un pistolet de surcroît, dans le chalet de Glenn, et qu'il s'apprêtait à lui voler son ordinateur portable. Mais malgré cela, il n'arrivait pas à chasser de son esprit le murmure lugubre de Lincoln : « Elle est toujours là. Toujours là. »

Eprouvait-il vraiment de la pitié pour ce malheureux, comme semblait le croire Crawford ? Oui, probablement, quand il repensait à ce chuchotis pathétique.

Il chassa cependant toute trace d'émotion de sa voix pour dire :

— Salut, Lincoln…

Le balancement ralentit, mais ne cessa pas. Pas plus que Lincoln ne cessa de psalmodier son incantation : « *Valla Eam, Valla Eam…* »

David s'assit en face de lui et se mit à réciter l'un des discours de Preston Moss, ainsi qu'il l'avait déjà fait avec succès au chalet. En quelques instants, l'incantation se fit moins frénétique. Deux ou trois minutes plus tard, Lincoln récitait avec lui les mots enflammés de son idole. Puis David se tut. Lincoln termina le paragraphe et se tut à son tour.

— Lincoln… Les policiers m'ont demandé de te parler. Tu t'es fâché. Que s'est-il passé ?

Lincoln ferma les yeux.

— Il m'a hurlé dessus ! Dans mes oreilles. Dans ma tête. Ça faisait du bruit !

— Je suis désolé de l'apprendre, dit David calmement. Moi non plus, je n'aime pas qu'on me crie dans les oreilles. Lincoln, tu sais que tu es dans le pétrin ?

Lincoln hocha la tête et demeura silencieux, les yeux toujours fermés.

— L'inspecteur Sutherland t'a amené ici. Est-ce qu'elle peut te dire un mot ?

L'homme n'ouvrit pas les yeux et répondit :

— Non.

— Alors, tu es vraiment dans le pétrin, répéta David, en s'efforçant de conserver le même ton égal. Tu as pénétré par effraction chez moi. Tu avais un pistolet. Les policiers aimeraient bien savoir pourquoi.

A présent que sa tension était retombée, David se rendit compte qu'il avait oublié de demander à Lincoln qui lui avait indiqué qu'il le trouverait au chalet de Glenn.

— L'inspecteur Sutherland ne te criera pas dessus. Il suffit que tu restes calme…

Olivia entra alors dans la pièce.

— Salut, Lincoln, dit-elle, comme David l'avait fait, quelques minutes plus tôt.

Lincoln garda les paupières closes.

— Il faut qu'il reste, dit-il, entendant David se lever de son siège. Il faut que le pompier qui sauve les chats reste dans cette pièce.

— Ah bon, M. Hunter sauve des chats ? demanda Olivia, faisant mine de s'étonner.

— Les chats des vieilles dames qui se perchent sur les arbres… Il faut qu'il reste.

Elle désigna une chaise et David se rassit. Elle s'installa sur le siège voisin, juste en face de Lincoln.

— Ce n'est pas ton avocat, Lincoln, dit-elle à voix basse. Je t'ai lu tes droits. Tu as le droit d'être assisté par un avocat. Mais David Hunter n'est pas ton avocat.

— Je sais. Mais il faut qu'il reste. Il me comprend, lui.

Olivia jeta un coup d'œil intrigué à David.

— Qu'est-ce qu'il comprend, au juste ? demanda-t-elle.

Mais Lincoln ne daigna pas répondre. David haussa les

épaules, ne sachant pas trop comment expliquer cela. Même lorsqu'il serait seul avec Olivia. Oui, il le comprenait, et il savait pourquoi. Mais il n'en était pas fier.

— Bon, d'accord, dit Olivia d'une voix douce. Je voudrais te parler de la boule de verre…

— Non ! Il nous écoute !

— Qui ça ?

— L'homme qui parle trop fort. Celui qui répète tout le temps : « Où est Moss ? Où est Moss ? »

— Mais non, il ne nous écoute pas. Il a dû partir. Il ne nous écoute pas, répéta Olivia.

David n'était pas sûr que ce soit vrai. Lincoln non plus, apparemment. Il ouvrit les yeux et regarda Olivia d'un air souffrant.

— Il veut arrêter Moss.

— Oui, c'est vrai, reconnut-elle. Mais moi, je veux juste te parler de la boule de verre.

— C'était notre mère la Terre. Défendez-la. *Valla Eam!*

— Vous les laissiez sur les lieux de vos incendies, ces boules ?

— Oui. Et dessus, il y avait marqué *Valla Eam.*

Olivia se pencha vers lui.

— Comment ça ? demanda-t-elle.

— Sur le pôle…

Olivia fronça légèrement les sourcils.

— Sur le pôle ?

— Oui, sur le pôle : *Valla Eam.*

Il se remit à psalmodier.

— D'accord, Lincoln… Est-ce que c'est toi qui as marqué la boule de verre qui a été trouvée dans la résidence incendiée ?

Lincoln cligna des yeux, l'air sincèrement surpris.

— Non !

— Comment en as-tu entendu parler ?

— Aux infos.

— Où étais-tu la nuit dernière ?

— Au Blue Moon.

Il se remit à chanter doucement, mais cette fois-ci, c'était la vieille ballade d'avant-guerre du même nom.

Le regard d'Olivia se fit plus perçant.

— Le bar de Hennepin Avenue ? A quelle heure en es-tu sorti ?

— A la fermeture, quand le barman a agité sa cloche.

Il imita le son de la cloche.

— Je vois... Lincoln, comment as-tu appris que c'était David qui avait trouvé la boule ?

— Les pompiers me l'ont dit. Mais le vieux m'a dit aussi que Hunter avait déménagé.

— Comment as-tu su qu'il était au chalet ?

— Par une fille. Elle avait un bébé qui m'a souri.

Les filles du 2A...

— C'est une de mes locataires, chuchota David à l'oreille d'Olivia.

Elle hocha la tête et demanda :

— Lincoln, sais-tu où se trouve Preston Moss ?

Les yeux de Lincoln se gonflèrent de larmes.

— Il est parti... Mais elle, elle est toujours là. Toujours là...

Et il se remit à se balancer sur sa chaise, les yeux fermés.

— Qui est toujours là ? lui demanda Olivia.

Mais Lincoln était ailleurs, perdu dans ses pensées confuses.

— La femme qu'il a tuée, murmura encore David. Il veut dire qu'elle est toujours là... Dans sa tête.

— Je crois que cet entretien est terminé, dit Olivia à voix basse.

Ils retournèrent tous les deux dans la salle d'observation et David referma la porte derrière lui.

— Je ne pense pas qu'il soit impliqué dans les récents incendies, dit Olivia.

David parcourut la pièce du regard. Crawford n'y était plus, en effet.

— Où est passé le type du FBI ? demanda-t-il.

— Il a vu rouge, quand vous avez dit que vous étiez désolé d'apprendre qu'il avait crié sur Lincoln, dit Kane. Il est parti en fulminant. Qu'est-ce que Lincoln a voulu dire par « marqué sur le pôle » ?

— L'un des pôles du globe terrestre, sans doute, fit Barlow. Je n'ai pas vu ce détail mentionné dans la documentation sur SPOT que j'ai consultée.

— Nous verrons bien si cette marque figure sur nos boules, dit Abbott. Quant à ce type, il va au quartier psychiatrique de la prison. Il nous reste un quart d'heure avant la réunion de 17 heures. Je vous retrouve dans mon bureau. Monsieur Hunter, je vous remercie. Votre aide nous a été précieuse…

— De rien, dit David.

Abbott, Kane et Barlow se retirèrent, le laissant seul avec Olivia. La jeune femme ne l'avait pas quitté des yeux depuis qu'ils étaient sortis de la salle d'interrogatoire.

— Qu'est-ce qu'il y a ? lui demanda-t-il.

— Lincoln a dit que tu le comprenais… Qu'est-ce que tu comprends, David ?

Il aurait voulu balayer la question du revers de la main. Esquiver. Se fermer. Mentir. Au lieu de cela, il répondit aussi sincèrement que possible.

— Je crois que ce qu'il a vu cette nuit-là me hante aussi.

— Je te retrouve plus tard, dit olivia. Je dois terminer

un interrogatoire après notre réunion, et je n'aurai pas fini ma journée avant 21 heures. Où seras-tu, à cette heure-là ?

Le cœur de David bondit dans sa poitrine.

— Où veux-tu qu'on se retrouve ? lui demanda-t-il.

Elle hésita.

— J'aime bien le chalet. Je t'appellerai dès que j'aurai fini cet interrogatoire. D'accord ?

Elle lui tourna le dos, puis se retourna et lui demanda :

— Tu me promets de répondre à ma question, ce soir ?

— Tu tiens vraiment à savoir qui je suis ?

— Oui, j'y tiens. Allez, viens, il faut que je signe ton bon de sortie…

Mardi 21 septembre, 16 h 55

Il sortit de sa camionnette et avala un grand bol d'air frais. Les hurlements de l'interprète résonnaient encore dans ses oreilles. Et il avait l'estomac tout retourné. Si elle lui avait dit tout de suite ce qu'il voulait savoir, les choses se seraient passées plus facilement.

Mais elle avait essayé de répondre à côté, elle l'avait imploré de lui laisser la vie, elle avait pleuré en parlant de ses enfants… En fin de compte, heureusement pour lui comme pour elle, elle n'avait pas tenu très longtemps et lui avait tout révélé.

Il avait un nom et une description assez précise. Kenny Lathem, seize ans, cheveux châtain clair, yeux bruns, mesurant environ un mètre quatre-vingts et chaussé de Converse bleues. Mais ce n'était pas le garçon que les flics recherchaient. Le témoin en question avait les cheveux bruns et chaussait du quarante-trois.

Sauf que Kenny savait quelque chose et que les flics

allaient essayer de le cuisiner davantage dans la soirée. Or il fallait absolument qu'il lui mette la main dessus avant eux. Le problème était que ce garçon était pensionnaire dans une école de sourds. Comment le faire sortir de là ? Et comment communiquer avec lui ?

L'interprète avait rendu son dernier soupir, mais même s'il l'avait laissée en vie, il ne se serait jamais fié à elle. Il allait devoir se servir d'un stylo et d'une feuille de papier pour interroger le gamin. Mais tout d'abord, il devait imaginer un moyen de l'enlever.

Il ouvrit le téléphone de la femme et sourit, en découvrant le dernier SMS qu'elle avait reçu. Olivia Sutherland était débordée et lui proposait de la retrouver à l'école des sourds à 19 heures. Il lui répondit en retour :

> Je suis vraiment désolée. Je ne vais pas pouvoir vous aider ce soir, j'ai un rendez-vous important.

Cela devrait suffire à empêcher les flics de s'inquiéter trop tôt de sa disparition. Il tomba ensuite sur le dernier SMS qu'elle avait envoyé à ses fils. Elle leur demandait de faire leurs devoirs avant de regarder la télé, en rentrant de l'école. Il écrivit aux enfants de l'interprète :

> J'ai un rendez-vous ce soir. Le dîner est dans le frigo.

Il n'en savait rien, mais, en fouillant dans la mémoire du téléphone, il avait remarqué qu'elle avait déjà envoyé des messages identiques. Ces gamins étaient des adolescents, capables de se débrouiller. Ils n'allaient pas mourir de faim !

De la sorte, personne n'allait s'inquiéter pour elle avant plusieurs heures, peut-être même jusqu'au lendemain matin. Entre-temps, il ne fallait surtout pas qu'on retrouve son corps. Les flics se douteraient que ce meurtre avait un rapport avec le témoin qu'ils recherchaient. Il traîna son corps entre les arbres et le fit basculer dans la tombe peu profonde qu'il avait creusée, pendant qu'elle était endormie par l'éther qu'il lui avait fait inhaler. Il couvrit son cadavre de terre, remonta dans sa camionnette et démarra.

Mardi 21 septembre, 17 h 10

Quand Olivia revint dans le bureau d'Abbott, pour la réunion, tout le monde était déjà installé, sauf l'agent spécial Crawford qui se tenait debout près de la fenêtre et tournait le dos à l'assistance. L'ambiance était tendue et Olivia n'eut aucun mal à comprendre que c'était Crawford qui était la cause de cette tension.

— Bon, dit Abbott, sans tenir compte de la bouderie de l'agent fédéral. Où en sommes-nous ?

— Lincoln a été transféré au quartier psychiatrique, dit Kane. Quand la réunion sera terminée, j'irai avec Liv au Blue Moon pour vérifier son alibi. Je ne crois pas que ce soit lui l'incendiaire.

— Cependant, il nous a fourni un indice, dit Barlow.

Il sortit l'un des globes gravés d'un sachet à indices et le tourna de façon que le pôle Nord soit pointé vers les autres policiers.

— Regardez, là… Les lettres V et E, gravées dans le verre, si finement qu'on les remarque à peine. V comme *Valla*, E comme *Eam*.

Crawford se tourna lentement, impassible.

— Pouvez-vous répéter ? demanda-t-il.

— V et E, répéta alors Barlow. Sur le pôle Nord, comme Lincoln nous l'a dit.

— Quand a-t-il dit ça ?

— Après votre départ, répondit Barlow.

Crawford se précipita vers lui.

— Donnez-moi ça !

Barlow remballa prestement la boule.

— Je vous montrerai la mienne, si vous me montrez la vôtre…

De plus en plus crispé, Crawford prit sa serviette et la posa sur la table d'un geste rageur.

— Je n'aime pas le ton sur lequel vous me parlez, sergent.

— Je m'en fiche, rétorqua Barlow, sans perdre son calme. Vous nous avez caché un indice.

— C'est parce que nous ne voulions pas que d'autres groupes se mettent à imiter SPOT que nous avons caché ce détail à la presse, expliqua Crawford.

Il sortit la petite boîte à preuves qu'il leur avait montrée dans la matinée et la tendit à Barlow.

— Nous ne sommes pas des journalistes, mais des policiers, lui rappela ce dernier. Nous enquêtons sur trois homicides. Vous auriez dû nous informer de ce détail. Nous aurions pu vérifier cela dès ce matin.

— Moi je l'ai vue, votre maudite boule, cracha Crawford. Je le savais déjà.

Abbott haussa les sourcils et dit :

— Cette situation est tout simplement… désagréable, agent Crawford.

Barlow secoua la tête, comme s'il ne trouvait pas de mots assez forts pour qualifier la conduite de l'agent fédéral.

— Tu me passes ta loupe, Micki ? finit-il par dire.

Micki lui tendit la petite loupe dont elle ne se séparait jamais et Barlow sortit la petite boule de sa boîte et se mit à l'examiner.

— Identique, déclara-t-il.

— Quand donc aviez-vous l'intention de nous le dire,

Crawford ? demanda Abbott, avec une pointe d'amertume dans la voix.

— Dès l'instant où un suspect aurait été arrêté, répondit Crawford. Jusque-là, j'avais pour ordre de ne partager cette information avec les services de police locaux qu'en cas d'absolue nécessité.

Abbott s'efforçait visiblement de garder son sang-froid.

— Ainsi, puisque vous disposiez de cette information à ne partager qu'en cas d'absolue nécessité, c'est que vous aviez déjà déterminé que ces incendies étaient liés à ceux sur lesquels vous enquêtez vous-même ?

— Je traque ces salauds depuis plus de douze ans, Abbott. Ce taré de Lincoln est coupable, un point c'est tout ! Il sait où se planque Moss. Il peut identifier ses complices. Vous vous en fichez, peut-être ?

— Nous ne nous en fichons pas du tout, dit Olivia, essayant de calmer le jeu. Lincoln et ses complices ont causé la mort d'une innocente il y a douze ans, et il devra en répondre devant la justice. Mais il ne doit payer que pour ses propres crimes. S'il n'est pas coupable des récents incendies, nous perdons un temps précieux à nous chamailler.

— Rendez-moi mon indice, fit Crawford.

— Dès que nous l'aurons photographié, lui répondit Abbott très calmement. Et je ne m'y opposerais pas, si j'étais vous…

L'autre bouillait de colère.

— Nous perdons du temps !

— Je ne vous le fais pas dire, souligna Abbott. Micki, qu'avez-vous à nous montrer ?

Micki jeta un regard en coin à l'agent fédéral.

— Les photos qu'on a trouvées sur le bureau de

Tomlinson, dit-elle, en étalant quelques clichés sur la table. Nous avons retrouvé d'autres fragments.

— J'espérais ne plus jamais revoir les exploits sexuels de Tomlinson, fit Olivia.

Elle sentait que Micki s'attendait à ce que ses collègues découvrent sur ces photos quelque chose qu'elle avait déjà remarqué.

— Elles n'ont pas toutes été prises à la même époque, fit remarquer Kane. Regardez Tomlinson sur celle-ci… Il est moins gras. Son torse est plus musclé. Il faisait du culturisme…

— Oui… Il y a quelque chose qui cloche dans la chronologie, commenta Olivia.

Elle cligna des yeux, s'efforçant de rassembler les pièces du puzzle dans sa tête.

— Mme Tomlinson nous a déclaré qu'elle se doutait des infidélités de son mari et avait engagé une détective privée pour le démasquer.

— Recommandée par une de ses amies, précisa Kane.

— Exact, acquiesça Olivia. Elle a donc engagé la privée et aurait obtenu les photos compromettantes…

— Une semaine plus tard, compléta encore Kane. Elle nous a également dit qu'elle avait copié le contenu du disque dur de son mari dès le lendemain. C'est-à-dire le 15 juin, comme en atteste la datation des fichiers qu'elle nous a remis. Ainsi, les photos que lui a fournies la détective n'ont pas pu être prises avant le 8 juin.

Olivia disposa les photos de Tomlinson en deux rangées, la première pour celles où il paraissait plus mince et la seconde pour les autres.

— Sur ces photos, il est pâle et grassouillet, dit-elle, en désignant la première rangée. Et sur celles-ci, il a le teint hâlé et il est plus musclé. Il a dû lui falloir des mois pour se transformer ainsi. Ces photos sont donc plus récentes : il est normal que sa peau soit plus bronzée, puisque la détective n'a pu les prendre qu'ultérieurement, après que Tomlinson a joué au golf tout l'été... Les autres photos sont forcément plus anciennes, elles ont été prises bien avant le 8 juin. Ce qui signifie que Mme Tomlinson nous a menti.

Micki avait l'air impressionnée.

— Ouah ! Ça, ça m'avait échappé...

Olivia la regarda d'un air étonné.

— Mais qu'est-ce que tu avais remarqué, toi ? lui demanda-t-elle.

— Les chaussures de la maîtresse.

Noah gloussa.

— Avec toi, les chaussures sont toujours un indice essentiel !

Micki haussa un sourcil.

— J'avais raison, l'autre fois, non ?

Elle faisait allusion à l'enquête sur le Cinglé de la Fosse. Elle avait déduit qu'il était fétichiste des chaussures, en analysant les photos des victimes.

— Et j'ai encore raison aujourd'hui, ajouta-t-elle.

Olivia examina une nouvelle fois les deux rangées de photos.

— Oui, elle a raison et ça confirme mon hypothèse. Regardez le tas de vêtements qui traîne sur le sol. Il y a des après-ski, une parka et des caleçons longs. Il fait trop chaud en juin pour porter ce genre de fringues.

— Il faut qu'on en reparle à Louise Tomlinson sans tarder, dit Kane. Et cette fois, elle va nous dire la vérité !

— Bravo, dit Abbott. Rien d'autre, Micki ?

— On a également partiellement reconstitué une feuille de papier provenant du sac à dos que les pompiers ont trouvé dans la résidence incendiée. J'ai fait une recherche sur Google en entrant des phrases entières. Il s'agit en fait d'une page du roman *Ethan Frome* d'Edith Warton.

— Ce roman est au programme de littérature des élèves de terminale, cette année, leur indiqua Abbott.

Et devant leur air étonné à tous, il ajouta :

— Je le sais parce que ma fille est censée le lire… Pas de fragments où figure le nom d'un élève ?

— Non, pas encore. On est encore en train de fouiller les décombres. On a prélevé des échantillons de terre sur le chemin qu'ont pris les incendiaires de la résidence. Ce qui est bizarre, c'est que nous avons trouvé deux sortes d'empreintes de pas indistinctes, venant de la résidence. Le chien policier a suivi les traces de colle jusqu'à la clôture qu'ils ont cisaillée, mais un seul des deux jeux d'empreintes comportait des résidus de colle.

— L'un d'eux aurait enlevé ses chaussures ? demanda Olivia.

— Je ne sais pas. C'est pour ça qu'on a prélevé ces échantillons de terre. Encore une histoire de chaussures…

Abbott esquissa un sourire et dit :

— Tenez-moi au courant. Et vous, Noah, quoi de neuf, de votre côté ?

— Rien de nouveau sur Camp Longfellow. J'ai contacté les policiers locaux pour qu'ils fassent des vérifications. Mais il n'y a personne là-bas, en ce moment. J'ai laissé des messages téléphoniques un peu partout. Je vais continuer à essayer de joindre les responsables.

— Et les vérifications croisées sur les employés de Rankin and Sons et ceux de Tomlinson ? demanda Kane.

— Je n'ai rien trouvé qui établisse un lien entre tel ou tel employé de ces deux sociétés. Je me suis renseigné sur la maîtresse de Tomlinson. Il lui a transmis, par acte notarié, la propriété de l'une de ses maisons, à Woodview.

La banque a entamé des démarches pour saisir ce bien, le mois dernier.

— Quand est-ce que Tomlinson a transmis sa maison à sa maîtresse ?

— En décembre, dit Noah.

— J'avais raison ! dit Micki triomphalement. Ces après-ski sont éloquents.

Abbott sourit de nouveau furtivement.

— Bon, Micki, vous pouvez retourner sur le terrain maintenant… Noah, continuez à vous renseigner sur la colo. Il faut qu'on sache qui cette fille a pu rencontrer cet été à Camp Longfellow.

— Je suis sûre que Kenny, le garçon que nous avons interrogé tout à l'heure à l'école des sourds, l'a reconnue sur la photo, dit Olivia. On y retourne ce soir. On en saura peut-être plus…

— Commencez par vérifier l'alibi de Lincoln, dit Abbott, en regardant Crawford, toujours aussi rigide qu'une statue. Il faut pouvoir l'inculper ou le blanchir. Et retrouver ce témoin oculaire de l'incendie de la résidence.

Puis il les congédia tous d'un geste.

— A demain, 8 heures, dans ce bureau !

De retour à sa table de travail, Olivia consulta la messagerie de son téléphone portable.

— Val m'a envoyé un SMS, dit-elle à Kane. Elle a un autre rendez-vous, ce soir. Il nous faut trouver un autre interprète. Ça tombe mal…

Kane soupira.

— J'appellerai pour en demander un, sur le chemin du Blue Moon, dit-il.

— Ça va nous faire perdre des heures !

Le feutre d'Olivia se trouvait toujours sur son bureau,

recouvrant le visage de la déesse grecque. Après un instant d'hésitation, elle le prit et s'en coiffa.

— Qu'est-ce que tu en dis ? demanda-t-elle.

— Ça te va bien.

Kane ajusta d'une main experte le couvre-chef sur la tête de sa partenaire et ajouta :

— Ça fait très Ingrid Bergman.

— Celle qui parlait avec l'accent suédois ?

— Non, ça, c'était Greta Garbo. Bergman, c'est celle qui joue avec Humphrey Bogart dans *Casablanca*… Un jour, il faudra que tu arrêtes de regarder des dessins animés et que tu te mettes aux films pour les grands.

— Je crois que ça peut attendre encore un peu, vieux schnock…

Le téléphone se mit à sonner.

— Sutherland, dit-elle en décrochant.

— C'est Ian. J'ai quelque chose à vous montrer…

Mardi 21 septembre, 17 h 25

En arrivant chez lui, David put constater avec satisfaction qu'aucun journaliste ne l'attendait en bas de l'immeuble, mais il se doutait qu'ils ne tarderaient pas à revenir. Il n'y accordait guère d'importance, à présent, mais il fut soulagé de voir la voiture de sa mère, garée devant l'entrée.

Il s'inquiétait tout de même un peu de savoir si Lincoln était monté jusqu'à son loft avant d'aller au chalet, et commença à grimper les marches quatre à quatre, quand il fut arrêté dans son élan par la voix de Mme Edwards. Elle pointa bientôt sa tête par la porte entrouverte du 2A.

— David ! Je voulais vous remercier pour le réfrigérateur… C'est vraiment très gentil de votre part.

— Comment vont les filles ? lui demanda-t-il.

Lincoln avait, selon ses dires, parlé à l'une des jeunes mères du 2A et David s'aperçut subitement qu'il n'avait pas appelé pour vérifier qu'il ne s'était rien passé de fâcheux.

— Lacey et Tiffany ? s'étonna Mme Edwards. Elles vont très bien… Pourquoi n'iraient-elles pas bien ?

— Je vous expliquerai plus tard.

Il gravit les dernières marches, déverrouilla sa porte et l'ouvrit d'un seul mouvement. Puis il s'immobilisa, stupéfait.

Glenn et sa mère étaient debout dans le salon, l'un contre l'autre. Glenn tripotait maladroitement le collier de Phoebe qui se recoiffait. Ils se tournèrent tous deux à son arrivée, avec des mines d'adolescents pris sur le fait.

Le visage de Glenn était rouge comme une pivoine.

— Phoebe est invitée à dîner… Elle m'a demandé de l'aider avec ce machin…

Ses doigts étaient toujours sur le collier et, sauf erreur de sa part, lorsque David était entré en trombe dans l'appartement, le regard de Glenn était d'une tendresse fort inhabituelle chez ce pompier bourru.

Son vieil ami était-il vraiment tombé amoureux de sa mère ?

— Je m'en charge, dit-il, en s'avançant vers eux.

Lorsque ce fut fait, il recula d'un pas et contempla Phoebe.

— Tu es ravissante, maman…

— Merci, David, c'est gentil. Glenn est passé pour me donner les dernières nouvelles…

Elle lança à son fils un regard lourd de sous-entendus et ajouta :

— Avant qu'on n'en parle aux infos. Il paraît que tu as eu une autre journée mouvementée…

— De quoi s'agit-il, au juste ? lui demanda-t-il.

Glenn lui jeta un regard noir.

— Il s'agit du type qui a cambriolé *mon* chalet ! Tu allais me le dire ?

— Mais bien sûr. J'aurais dû vous appeler tous les deux… Excusez-moi. Qui t'a prévenu ?

— Le commissariat local. Ils m'ont dit de ne pas m'inquiéter. Ils m'ont assuré que tu avais réussi à maîtriser ce dingue et que tu lui avais pris son flingue… Et moi, j'ai dit : « Quel type ? Qu'est-ce que c'est que cette histoire, nom de Dieu ? » Excusez mon langage, Phoebe, ajouta-t-il.

— Pas de problème, Glenn… J'ai dit la même chose en apprenant ça. Alors, David, qu'est-ce que c'est que cette histoire, nom de Dieu ?

David se laissa tomber dans son unique fauteuil : de toute évidence, ils ne le lâcheraient pas avant qu'il ne leur ait tout raconté.

— Eh bien, voilà…

Il leur relata l'histoire, guettant les réactions de sa mère. Elle était effrayée, mais pas paniquée. Quant à Glenn, sa colère semblait croître à chaque mot.

— Et voilà, vous savez tout…

— Il est où, ce Lincoln Jefferson, en ce moment ?

— Au quartier psychiatrique de la prison. Il va être mis en examen pour effraction, dans ta maison, et voies de fait, sur moi. Les gens du FBI vont essayer de le coincer pour l'incendie qui a eu lieu il y a douze ans. Olivia et son partenaire devaient vérifier dès cet après-midi son alibi pour les récents incendies.

— Et il n'a pas balancé Moss ?

— Non. Je ne crois pas qu'il sache où il se trouve en ce moment.

— Voilà ce qui a dû se passer, supputa Glenn. Il a entendu parler de ces globes terrestres aux infos, et il est allé demander à des pompiers qui les avait trouvés. Comme ils ne se doutaient pas que c'était un fêlé, ils lui ont dit que c'était toi. Il est arrivé ici au moment où je disais aux journalistes que tu avais déménagé. Ensuite, il a réussi à tirer les vers du nez aux filles du 2A, qui lui ont parlé du chalet. Il a réussi à trouver mon adresse, alors que mon numéro de téléphone est sur liste rouge et il y va. Il réussit à entrer et se met à fouiller. Le tout en quelques heures. Je trouve que pour un schizo, il est drôlement efficace et astucieux. Pas toi, David ?

David se pinça l'arête du nez, essayant de ne pas penser à la migraine qui commençait à lui vriller le crâne.

— Il est soumis à des soins psychiatriques depuis plus de dix ans, Glenn. Il est vraiment schizo.

« Elle est toujours là. Toujours là… »

Il réprima un frisson.

— Mais tu as raison, reprit-il. Pour un homme atteint d'une telle psychose, il a fait preuve d'une logique et d'un sens pratique étonnants.

Glenn croisa les bras d'un air d'importance.

— Tu crois qu'il avait un complice ? demanda-t-il.

— Je crois que c'est possible. Probable, même.

Phoebe vint s'asseoir sur l'accoudoir du fauteuil et lui tapota affectueusement l'épaule.

— Le plus important, c'est que tu sois sain et sauf, dit-elle. Ça me fait plaisir de voir que tu te débrouilles aussi bien.

— Non, le plus important, c'est que ce salopard ait pu avoir un complice, reprit Glenn avec une certaine véhémence. On dirait que tu as de la pitié pour ce criminel, David…

— Non, répondit d'abord David.

Puis il secoua la tête, parut réfléchir un court instant avant d'admettre :

— Bon d'accord… Si, j'ai ressenti de la pitié pour lui, mais pas comme tu le crois.

— Alors j'aimerais bien que tu m'expliques ça ! grogna le vieil homme.

— Glenn ! le réprimanda Phoebe.

— Phoebe ! rétorqua Glenn, sur le même ton de reproche. Ce soi-disant schizo aurait pu venir jusque dans cet appartement ! Vous auriez pu y être et il serait tombé sur vous, pas sur votre fils qui est ceinture noire de karaté et qui sait se défendre. Il avait un pistolet et vous aurait menacée. Tu as pensé à cet aspect des choses, David ?

Tout frémissant, Glenn serrait les poings. Sans un mot, David se leva et lui offrit son fauteuil d'un geste de la main. Mais Glenn déclina son offre en secouant la tête.

— Quelle sorte de pitié ressentais-tu pour lui ?

— Combien de cadavres est-ce que tu as vus, Glenn ? Et pendant combien de temps ces cadavres ont-ils peuplé tes rêves ?

— J'en ai trop vu et je n'ai jamais pu les oublier, répondit Glenn posément. Comme la plupart des pompiers, j'imagine… Mais la différence, David, c'est que moi, je n'ai pas tué ces gens…

— Tu as raison. Lui, il a tué cette femme… Mais telle n'était pas son intention. Il était déjà atteint de troubles mentaux, au moment des faits, ce qui a aggravé son traumatisme. Doit-il répondre de son crime devant la justice ? Bien sûr que oui ! Mais il n'est plus le même homme… Il y a douze ans, sa schizophrénie venait de se déclarer… Il était jeune étudiant, vulnérable, en quête d'absolu. Aujourd'hui, c'est un être pitoyable, au bout du rouleau. Je n'ai pas voulu ressentir de compassion pour lui, mais ça a été plus fort que moi. Peut-être que je suis un faible… Je ne sais pas, mais enfin son cas m'a touché.

Il se rendit compte qu'il n'était qu'à quelques centimètres de Glenn. Il recula et soupira doucement.

— Je n'en suis pas forcément fier, mais c'est comme ça, ajouta-t-il.

— Je crois que je vais m'asseoir, en fait, dit Glenn.

Il s'installa dans le fauteuil et ferma brièvement les yeux.

— Excuse-moi de m'être énervé comme ça, David. Tu n'as aucune raison d'avoir honte de toi.

Mais si, j'en ai… Si tu savais…, songea David.

— Ce n'est rien, dit-il. Et tu as raison, au sujet de maman. Je n'ai pas eu la présence d'esprit de venir tout de suite ici pour prendre de ses nouvelles.

— Je vais très bien ! dit Phoebe, un peu vexée d'entendre parler d'elle à la troisième personne, comme si elle était absente. Et je vous rappelle que je suis là !

Elle tapota le bras de Glenn et ajouta :

— Bon, il faut que je file, maintenant. On m'attend pour le dîner.

— Je t'accompagne, lui dit David, levant déjà la main pour couper court à toute protestation. Je sais que tu es une bonne conductrice, mais Glenn a raison : plus j'y pense, plus je suis persuadé que Lincoln avait un complice, sans lequel il n'aurait pas pu retrouver ma trace aussi rapidement. Tant qu'on n'en saura pas plus à ce sujet, il faut que je sois prudent et que je veille sur toi.

— Comme tu veux. Tu seras là, quand je reviendrai, ce soir ?

Il hésita. Olivia devait le retrouver au chalet. Si leur soirée se finissait aussi mal que celle de la veille, il serait de retour chez lui, en effet. Et assez rapidement. Mais s'ils reprenaient les choses où ils les avaient laissées au matin…

Il se reprocha son égoïsme. Il ne pouvait s'empêcher de penser à ce qui aurait pu arriver, si Lincoln s'était introduit dans son loft plutôt que dans le chalet. La sécurité de sa mère devait constituer sa priorité absolue, tant qu'il ne serait pas certain que Lincoln avait agi seul.

Néanmoins, il fallait aussi qu'il mette au clair certaines choses avec Olivia.

— Oui, finit-il par répondre. Mais je ne rentrerai peut-être que vers 23 heures. A quelle heure comptes-tu partir de chez Eve et Noah ?

Elle l'examina avec attention, et il se sentit percé à jour, comme lorsqu'il n'était encore qu'un petit garçon.

— Ce serait plus commode si je restais dormir chez eux, cette nuit. Qu'en penses-tu ? Comme ça, ils n'auront pas à me raccompagner après le dîner… Oui, je crois que c'est une bonne idée… Je vais emporter quelques affaires.

Elle jeta un coup d'œil à Glenn, avant d'ajouter :

— L'invitation tient toujours pour vous… Vous serez le bienvenu, à ce dîner.

Glenn fit non de la tête.

— Merci, Phoebe, mais je suis vraiment crevé, ce soir. Et puis, j'ai deux mots à dire à ce jeune homme…

David attendit que sa mère ait quitté la pièce pour ajouter :

— Et ce jeune homme a deux mots à te dire, lui aussi… Mais il faut que je file d'abord au 2A, pour savoir laquelle des filles a parlé à Lincoln. Nous n'avons qu'à accompagner ma mère ensemble. Comme ça, on pourra discuter sur le chemin du retour. Il faut que je sois au dojo à 19 heures. Et ensuite, j'ai un rendez-vous.

— La jolie fliquette blonde t'a donné une autre chance ? demanda Glenn, en se déridant enfin. Tu dois être un sacré beau parleur !

— Ça m'arrive.

16

Mardi 21 septembre, 17 h 55

Olivia et Kane trouvèrent le médecin légiste en train d'examiner les radiographies d'un crâne sur le panneau lumineux de la morgue.

Sans être radiologue, Olivia put voir d'emblée que le crâne présentait de multiples fractures et qu'il était complètement déformé.

— Qu'est-ce qu'il a heurté ? demanda-t-elle à Ian.

— Dans l'ordre : son volant, son pare-brise, le châssis de sa voiture en dévalant un remblai et ensuite, trois arbres successivement, je crois. On l'a amené ici lundi.

— Pourquoi vous nous avez fait venir, exactement ? lui demanda Kane.

— Vous vous souvenez qu'hier soir, je vous ai chassés parce que j'avais une autre autopsie à pratiquer… C'était celle de ce garçon, Joel Fischer. Non-fumeur, d'après son dossier médical. Or j'ai découvert en l'autopsiant des lésions des voies respiratoires supérieures. Inhalation excessive de fumée…

Le duvet de la nuque d'Olivia se hérissa.

— Quelle sorte de fumée ?

— D'abord, j'ai cru qu'il avait inhalé des gaz toxiques

dégagés par l'incendie de sa voiture, ce qui arrive fréquemment dans ce genre d'accident. Mais j'ai vérifié auprès de la police de la route, et j'ai appris que son véhicule n'avait pas pris feu. Ensuite l'analyse urinaire a révélé une forte présence d'oxycodone, un analgésique extrêmement puissant, très prisé des drogués. Avec la dose qu'il a absorbée, c'est vraiment très surprenant qu'il ait été en état de conduire sa voiture ! J'ai suivi mon intuition et j'ai demandé au labo une analyse sanguine. Ils ont trouvé des traces de cyanure…

— Il a été empoisonné ? demanda Kane.

— Non, pas dans ce cas. Les gens du labo ont également trouvé un taux très élevé de monoxyde de carbone. Ce type a inhalé des gaz dégagés par du plastique en combustion…

— Comme ceux que produit par exemple un incendie d'immeuble, termina Olivia. Je vois… Et pour Tracey Mullen ?

— Ils ont trouvé une dose élevée de cyanure, pour elle aussi. Mais ça ne veut pas forcément dire qu'ils se trouvaient dans le même incendie… Ce qui est certain, c'est qu'ils ont respiré le même genre de fumée. Un bâtiment qui brûle, plein de moquette synthétique et autres équipements à base de polymère…

— Il y était, dit Kane. Ça ne fait aucun doute pour moi… Mais quel rapport avec cette radio du crâne ?

— Bonne question…

Ian plaça une autre radiographie de crâne à côté de celle de Joel Fischer. Sur le second cliché, on voyait distinctement une seule fêlure, à la base du crâne.

— Regardez bien au même endroit, sur le crâne de Joel.

Kane se pencha pour mieux examiner la radiographie.

— Même fêlure au même endroit, même si elle est

un peu brouillée par d'autres lésions, sur la radio de Joel, constata-t-il.

— C'est bien pour ça que je ne l'avais pas remarquée, au début. Cette autre radiographie crânienne est celle de Henry Weems, le vigile tué par balle. Ce n'est pas une preuve, mais je pense qu'il est possible que les deux hommes aient été frappés avec la même arme et par la même personne.

— Vous avez trouvé des résidus de poudre sur les mains de Joel Fischer ? lui demanda Olivia.

— Non, il n'y en avait pas, répondit Ian. Il aurait pu les éliminer en se lavant longuement les mains. En tout cas, je n'en ai pas trouvé la moindre trace.

— Le corps de Fischer est encore à la morgue ? demanda Kane.

— Oui et ça me cause d'ailleurs bien des tracas. Les Fischer sont des juifs orthodoxes et ils avaient prévu d'enterrer leur fils cet après-midi. Tous les arrangements étaient pris. Mais ils ont dû annuler, parce que après ce que j'ai découvert, je ne pouvais pas leur rendre le corps avant le retour des analyses sanguines. Ils m'en veulent énormément.

— Ils nous en voudront encore plus, prédit Olivia d'une voix sombre. Bravo, en tout cas, Ian. C'est une découverte précieuse.

— Voilà mon rapport sur Joel Fischer, dit Ian, en tendant un document imprimé à Olivia. J'ai rendu le corps de Weems à la famille. Quant au corps de Tracey Mullen, comme son père l'a identifiée hier soir, il peut également être rendu à la famille.

— Sa mère était censée faire les démarches aujourd'hui. Mais aux dernières nouvelles, son avion a eu du retard. J'ai son numéro de portable. Je vais essayer de savoir où elle est, actuellement. Reste aussi à savoir ce qui a provoqué les blessures anciennes relevées sur Tracey. Il ne faut pas que j'oublie de me pencher sur cet aspect de la question.

— Ça m'étonnerait de vous, lui dit Ian. La mère va peut-être venir ici directement de l'aéroport. Vous voulez que je la fasse attendre, jusqu'à ce que vous puissiez revenir ici ?

— Absolument, dit Kane. Il faudra qu'on lui pose quelques questions et qu'on la confronte à son ex-mari. Il sera intéressant de comparer leurs réactions, quand on leur apprendra qu'on a découvert des traces de mauvais traitements sur le corps de leur fille.

Ils saluèrent Ian et quittèrent la morgue.

— Alors, où va-t-on en premier ? demanda Kane. Au Blue Moon pour vérifier l'alibi de Lincoln, ou chez les parents de Joel Fischer ?

— Au Blue Moon. Cet alibi, s'il est confirmé, empêchera déjà Crawford de harceler Abbott.

— Ça ne suffira malheureusement pas, j'en ai bien peur. Cet alibi — si alibi il y a — servira peut-être à blanchir Lincoln dans l'affaire des récents incendies… Mais tant qu'on n'aura pas prouvé que ces incendies ne sont pas des attentats terroristes, et qu'en tout état de cause, ils n'ont rien à voir avec une quelconque résurrection de SPOT, Crawford ne renoncera pas à s'immiscer dans l'enquête. Il est comme un chien défendant son os. D'ailleurs, il y a quand même pas mal de chances pour qu'on ait affaire, effectivement, à des écoterroristes. En tout cas, les incendiaires connaissent la caractéristique des globes utilisés par le mouvement. Et si la présence d'un étudiant sur les lieux du premier incendie se confirme…

— Sauf que ça n'explique pas pourquoi Tomlinson a pris une balle dans la nuque, objecta Olivia.

Elle aspira à pleins poumons l'air frais de l'après-midi finissant, puis elle enleva son chapeau et le renifla.

— L'odeur de la morgue a imprégné mon feutre, constata-t-elle.

— Ne t'inquiète pas. Ça passera, la rassura Kane. Sinon, Jennie m'obligerait à ranger tous les chapeaux dans le garage ! Il va falloir perquisitionner la chambre de Joel.

Olivia consulta le document que lui avait remis Ian.

— Il vivait chez ses parents. Je vais appeler le substitut du procureur. J'espère que nos indices sont suffisants pour obtenir un mandat de perquisition.

Mardi 21 septembre, 18 h 10

Phoebe salua d'un geste Eve et Noah, qui l'attendaient devant le restaurant.

— J'espère qu'ils n'attendent pas depuis longtemps !

— Je ne crois pas que ça les dérange, maman, dit David, en garant son pick-up.

Eve et Noah se tenaient par la main et se souriaient l'un à l'autre. David surprit cette scène de bonheur tranquille avec une pointe d'envie, mais sans leur en vouloir le moins du monde. Eve avait tellement souffert… Elle méritait d'être heureuse avec Noah, jusqu'à la fin de ses jours.

Il se demandait simplement quand viendrait son tour.

— Il faut que je vous les présente, Glenn, dit Phoebe d'un ton catégorique. Aide-moi à descendre, David. Je ne veux pas risquer de me fouler la cheville en sautant de ce 4x4 avec mes talons hauts.

Mais Noah s'approcha pour l'aider, avant que David ait eu le temps de sortir de son véhicule. Il regarda David d'un air intrigué, avant d'embrasser Phoebe sur la joue.

— Ma chère Phoebe, lui dit-il. Vous êtes ravissante, ce soir…

— Et vous, vous êtes un vilain flatteur ! Eve, viens ici que je te présente Glenn.

Eve avait l'air épanouie. D'une façon générale, elle souriait beaucoup plus depuis qu'elle avait rencontré Noah, mais ce soir-là, son sourire était incontestablement plus radieux. Ce qui augurait un heureux événement. David et Eve étaient amis depuis longtemps, presque frère et sœur. Eve avait été introduite dans le cercle familial des Hunter par Caroline, la femme de son frère Max. Cette même belle-sœur qui lui avait présenté Dana…

Mais tout cela semblait à David remonter à des siècles. Le fait de penser à Dana, de l'imaginer dans les bras d'un autre homme, lui avait douloureusement étreint le cœur pendant longtemps. Désormais, il n'en était plus rien.

Le temps panse les blessures. Et, parfois, il nous amène à comprendre que ce que nous désirons le plus au monde, ce après quoi nous courons au risque de nous perdre, n'est pas forcément ce qu'il nous faut pour être heureux.

Phoebe enlaça Eve, puis procéda aux présentations.

— Glenn, voici Eve… Je vous en ai parlé. Et voici Noah, son petit ami. Eve, Glenn est l'un des locataires de David…

Glenn, qui s'était extirpé du siège arrière du pick-up, serra la main de la jeune femme.

— On m'a beaucoup parlé de vous, lui dit-il.

Il lui souleva la main et un large sourire vint illuminer son visage buriné.

— C'est ce caillou que vous vous apprêtez à fêter ? demanda-t-il, en désignant le solitaire que portait Eve à l'annulaire gauche.

Eve ne lui répondit pas directement, mais se tourna vers David.

— On voulait que tu sois le premier prévenu, mais on n'arrivait pas à te joindre.

La gorge serrée par l'émotion, David embrassa son amie de toujours.

— Félicitations ! parvint-il à articuler. Rien ne pourrait me faire plus plaisir. Rien.

— Merci…, chuchota-t-elle, très émue, elle aussi.

David la lâcha sans cesser de sourire.

— Toutes mes félicitations, Noah ! dit-il encore.

Versant une discrète larme, Phoebe enlaça Eve de nouveau, si fermement que David redouta un instant qu'elle ne lui rompe le dos. Car il ne s'agissait pas de simples démonstrations de joie à l'annonce de fiançailles. Cet événement signifiait bien plus… Eve avait traversé tant d'épreuves ! Elle avait échappé à deux tentatives de meurtre, frôlant la mort à deux reprises. Elle avait failli renoncer, cesser de se battre, mais s'était accrochée, finalement. Et à présent, elle était là, rayonnante de joie. David sentit les larmes lui monter aux yeux.

— Vous avez fixé la date du mariage ? demanda-t-il à Noah, dont les yeux étaient aussi luisants que les siens.

— Pas encore. Eve veut d'abord que tout le monde soit aux petits soins pour elle pendant quelque temps, ce qui me convient parfaitement.

Il se rapprocha de David, tandis que les deux femmes bavardaient gaiement.

— Pourquoi est-ce que tu as accompagné ta mère ? lui demanda-t-il à voix basse.

Noah Webster n'était pas un imbécile, ainsi que David avait déjà eu le loisir de s'en rendre compte. Sept mois plus tôt, cet inspecteur tenace et taciturne avait mené avec brio l'enquête sur le tueur en série qui avait fauché tant de vies innocentes. David lui avait accordé toute sa confiance à l'instant même où il l'avait rencontré, et ils étaient rapidement devenus les meilleurs amis du monde. Il trouvait aussi très commode que Noah se trouve être un ami d'Olivia : il avait été l'une des plus abondantes sources de renseignements sur la jeune femme, au cours des mois qui venaient de s'écouler.

— Glenn et moi, nous parlions de Lincoln, tu sais, le type qui a voulu cambrioler le chalet…

— J'en ai entendu parler, en effet…

— Il lui a fallu déployer beaucoup d'énergie et d'astuce pour me retrouver là-bas aussi rapidement. Et alors, nous nous demandions s'il n'avait pas un ou plusieurs complices…

— Je me demandais la même chose en rentrant chez moi, tout à l'heure. Tu veux que je raccompagne Phoebe chez toi, après le dîner ?

— Elle préférerait coucher chez vous ce soir, si vous n'y voyez pas d'inconvénient.

Il prit le sac de sa mère sur la banquette arrière et le remit à Noah.

— Je vais rentrer tard, et je dois prendre mon service demain matin à 8 heures, continua David. Je n'arrête pas de me dire que si Lincoln était venu au loft plutôt qu'au chalet…

— Mais il n'est pas venu, le coupa Noah, toujours pragmatique. Glenn et toi soupçonnez quelqu'un en particulier ?

— Non. Et toi ?

— Pas encore. Je vais en parler à Olivia…

— Je la vois ce soir, normalement, l'informa David après une brève hésitation. Je lui en parlerai moi-même.

— Il était temps ! lui fit remarquer Noah, avec un air

mi-figue, mi-raisin, et il ne faisait pas allusion à l'enquête en cours.

— Je sais, je sais… Bon… Il faut que je file. Veille bien sur ma mère !

— Tu peux me faire confiance.

David allait remonter dans son pick-up, quand Eve le retint.

— David !

Elle le prit dans ses bras et le gratifia d'une chaleureuse embrassade.

— C'est toi qui m'as poussée à tenter ma chance avec Noah, lui murmura-t-elle à l'oreille, et à retrouver ma confiance en moi. C'est toi aussi qui m'as dit qu'une telle occasion ne se représenterait peut-être pas… Tu t'en souviens ?

Il s'en souvenait parfaitement. Ensuite, elle l'avait mis au défi de penser davantage à lui et à sa vie affective.

— Oui, c'était en quelque sorte le prix à payer pour la réparation de ton toit.

— C'est ma vie que tu as réparée. Maintenant, c'est à moi de te rendre la pareille. Ne laisse pas filer cette occasion. Promets-moi que tu vas dire à Olivia ce que tu ressens pour elle. Le plus vite possible.

Il sursauta.

— Comment sais-tu que… ?

— Noah a insisté pour que je suive des cours d'autodéfense au dojo. C'est Rudy qui me l'a dit…

David éclata de rire.

— Ce garçon est décidément une vraie fouine !

— Non, pas du tout. C'est un amour, et la meilleure source de potins à des kilomètres à la ronde !

Elle reprit son sérieux pour ajouter :

— Promets-le-moi, David.

— Je te le promets.

Il la lâcha et fit signe à Glenn.

— Allez, on est partis ! J'ai rendez-vous au dojo pour me faire casser la gueule… Il ne faut pas que je sois en retard !

Mardi 21 septembre, 18 h 20

Il avait imaginé un moyen efficace d'attirer Kenny hors de l'école. Sauf que ce n'était pas le moment. S'il avait pu appliquer son plan un peu plus tard — aux environs de minuit par exemple, lorsque police, pompiers et autres sauveteurs seraient occupés par l'incendie qu'Albert était censé provoquer à cette heure —, le succès en aurait été presque certain.

Mais Sutherland et Kane devaient repasser à l'école à 19 heures. Or, il fallait absolument qu'il mette la main sur Kenny avant eux. Il n'avait donc pas le choix : il fallait qu'il prenne le risque d'agir avant.

Allez, appelle l'école…

Il composa les premiers chiffres du numéro, en se demandant qui allait lui répondre à cette heure tardive. Un surveillant, sans doute.

Soudain le téléphone de l'interprète se mit à carillonner. L'inspecteur Olivia Sutherland… Encore elle. Il annula l'appel qu'il s'apprêtait à passer. Sutherland n'était pas encore arrivée à l'école. Il en était certain, car il était posté à quelques mètres de l'entrée de l'établissement dans sa camionnette et qu'il en surveillait les abords. Pourquoi appelait-elle ?

Il attendit que l'appel soit transféré à la messagerie, puis composa le numéro de la boîte vocale et écouta le message.

Il lâcha un soupir de soulagement. Il s'était passé quelque

chose d'imprévu. Le rendez-vous était annulé et les flics demandaient à Val de les rejoindre à l'école à 10 heures, le lendemain matin.

La situation était donc tout à fait favorable, à présent. Un petit sourire aux lèvres, il envoya un SMS en réponse :

10 heures c'est très bien. On se voit donc demain.

Il fallait maintenant qu'il retourne à la sandwicherie. Comme chaque troisième mardi du mois, le club du livre local s'y réunissait. Mais les membres de ce petit cercle préféraient causer de leurs vies plutôt que des livres qu'ils avaient lus. Il avait déjà recueilli bien des informations, aussi précieuses que croustillantes, en espionnant leurs bavardages.

Mardi 21 septembre, 18 h 30

— C'était sympa, dit Glenn.

David lui jeta un coup d'œil en coin, avant de se remettre à regarder l'autoroute, où la circulation était assez dense. Ils venaient de rouler un long moment en silence, chacun absorbé dans ses pensées.

— Oui, tout à fait, répondit-il.

— Ta mère semble avoir pris Eve sous son aile…

— C'est comme ça, là-bas, à Chicago. Notre famille ne se limite pas aux liens du sang. Et on veille les uns sur les autres.

— Et pourtant, tu en es parti.

— Eh oui…

— A cause de cette femme, dont tu as prononcé le nom quand… ? Enfin, tu sais…

— Si on parlait plutôt de Lincoln Jefferson, Glenn ? suggéra David.

— Oui…, s'empressa de répondre le vieil homme, qui regrettait sa question. C'est inquiétant, cette éventualité qu'il ait un complice… Ton copain flic n'avait pas l'air d'en savoir plus que nous.

— Non, en effet. Qu'est-ce qui aurait pu pousser quelqu'un à donner un coup de main à Lincoln ? Qu'y a-t-il à en tirer ? Lincoln a déclaré qu'il était venu fouiller le chalet pour y trouver la preuve que j'avais été payé pour mentir et compromettre Moss, dans les affaires des deux incendies.

— Ce qui est tout simplement délirant.

— Evidemment, puisque Lincoln est lui-même un personnage délirant. Mais qui d'autre que lui pourrait craindre de voir le nom de Moss traîné dans la boue ?

— Moss lui-même, pour commencer… S'il est toujours vivant. Ou l'un de ses autres disciples. Ils étaient très nombreux, à l'époque. Il faudrait trouver ceux qui sont restés en contact avec Jefferson.

— On pourrait peut-être y arriver, en faisant « parler » son téléphone portable ?

Glenn haussa les sourcils.

— Et qui pourrait faire ça ?

— Moi. J'ai fouillé ses poches après l'avoir ligoté. Je voulais m'assurer qu'il n'avait pas d'autre arme sur lui.

— Tu es prudent.

— Toujours. J'ai trouvé son portable, consulté son carnet d'adresses et noté les numéros de téléphone qu'il contenait.

Glenn s'esclaffa.

— Je reconnais mon erreur, mon garçon ! Tu es très fort !

— On verra bien si ces numéros donnent quelque

chose. L'autre piste, c'est le site internet en hommage à Preston Moss.

— Cette ordure…, marmonna Glenn.

— Si tu veux… Le fait est que quelqu'un a passé des heures à créer ce site et à en assurer la maintenance. Quelqu'un qui vénère Moss, et qui n'a pas apprécié de voir son nom mêlé à deux meurtres par arme à feu. Il faudrait pouvoir se renseigner sur la personne à qui appartient ce site.

— Tu ne crois pas que le FBI s'en est déjà chargé ?

— C'est ce que je pense, effectivement, mais de même que le FBI a, apparemment, laissé Lincoln passer entre les mailles du filet depuis douze ans, il est bien possible qu'il n'ait jamais enquêté sur ce site…

— Tu ne m'as pas dit un jour que ton amie Eve travaillait pour des sites internet ? Qu'elle pouvait en pirater facilement ?

— Si, mais je ne veux pas l'entraîner dans cette affaire. Elle a fini par trouver l'équilibre et la stabilité dans sa vie. Et il est hors de question que je sois celui qui viendrait tout gâcher !

Glenn attendit toute une minute, puis il demanda encore :

— Il n'y a personne d'autre qui puisse rendre ce genre de service ?

David soupira.

— Je connais bien quelqu'un à Chicago, qui est un expert en espionnage en ligne, mais je ne veux surtout rien lui demander…

— Pourquoi ?

— Parce qu'il est le mari de Dana. Cette femme, dont tu parlais tout à l'heure…

Et ce mari était quelqu'un de très bien, ce qui accablait d'autant plus David. Pendant longtemps, il s'était efforcé de haïr l'époux de Dana, mais objectivement, il n'avait jamais pu trouver une seule bonne raison de le faire.

Glenn tressaillit.

— Je vois, dit-il. Et ton neveu étudiant ? Je parie qu'il touche sa bille en informatique…

— Oui, je suis sûr que Tom s'y connaît bien, mais ce n'est pas le genre pirate. Cependant, il connaît peut-être quelqu'un qui a l'expertise nécessaire. Je vais l'appeler.

— Tu te rends compte que tu ne seras jamais à l'heure pour ton cours de karaté ?

David soupira. Le trafic était de plus en plus lent.

— Je me suis entraîné cet après-midi avec Lincoln, plaisanta-t-il. Je peux me permettre de sauter un cours. Je vais appeler Paige pour lui dire que je ne viendrai pas.

— Bonne idée… Comme ça, on aura le temps de se renseigner sur ces numéros de téléphone et ce site internet.

— C'est exactement ce que je me disais.

Mardi 21 septembre, 18 h 30

Austin Dent arpentait sa chambre, consultant son téléphone portable toutes les cinq minutes. Les cours étaient finis depuis trois heures. *Trois heures !* Mais que faisait donc Kenny ? Tout ce qu'Austin lui avait demandé, c'était de trouver une boîte à lettres dans le centre-ville et d'y déposer cette maudite lettre !

Se rendre en ville n'aurait dû poser aucun problème pour Kenny. Ils l'avaient fait ensemble des dizaines de fois, sous prétexte d'aller à la bibliothèque municipale. Le lycée avait ses avantages : les pensionnaires obtenaient plus facilement que ceux du collège des petites libertés de ce genre.

Il s'immobilisa, se passa la main dans les cheveux. Pourquoi Kenny ne lui avait-il pas encore envoyé de SMS ?

S'efforçant de se calmer, il alla dans le salon et alluma le téléviseur… Sur la chaîne qu'il avait sélectionnée, le sous-titrage pour sourds et malentendants était vraiment mauvais. Le logiciel de transcription n'était pas fiable, les erreurs nombreuses et la moitié des reportages n'avaient plus aucun sens !

Il choisit une autre chaîne, sur laquelle les sous-titres étaient moins approximatifs. Il trouvait cela ennuyeux, d'avoir à lire ce défilement de phrases, pour suivre l'actualité. Beaucoup de ses condisciples se moquaient totalement de l'actualité. Pas lui. Car il tenait à savoir ce qui se passait dans le monde. Il espérait aller à l'université un jour et devenir quelqu'un.

L'université ? *Tu parles !* Sa mère n'avait pas d'argent pour lui payer des études supérieures. Et maintenant qu'il avait été exclu temporairement, il pouvait dire adieu à la bourse qu'il avait demandée !

Et si les flics pensent que c'est toi qui as provoqué cet incendie, tu iras en prison et ta vie sera fichue.

Mais ce n'est pas moi qui ai mis le feu ! J'essayais seulement de protéger Tracey !

Sa gorge se serrait chaque fois qu'il repensait à la jeune fille, c'est-à-dire à peu près tout le temps.

Elle m'avait fait confiance. J'avais promis de l'aider…

Il se souvenait très nettement des hématomes qu'elle avait aux bras, lorsqu'il était allé la chercher à l'aéroport d'Omaha. Il avait eu des envies de meurtre, en songeant au mal qu'on lui avait fait !

— Laisse-moi t'emmener à l'hôpital, l'avait-il suppliée.

Mais elle n'avait rien voulu entendre.

— Ils m'obligeront à retourner chez ma mère, avait-elle argué.

Il avait lu dans son regard tant de détermination qu'il

n'avait pas insisté. Elle était obligée de s'exprimer avec une seule main, parce que l'autre était inutilisable en raison d'une entorse. Une grosse entorse.

Austin n'avait jamais éprouvé une haine pareille à celle qu'il avait ressentie pour le monstre qui avait tordu le bras de Tracey jusqu'à lui déboîter le poignet, jusqu'à lui briser l'avant-bras. Un jour, quand cette histoire serait finie, il lui ferait payer cher cette brutalité ! Mais ça ne rendrait pas la vie à Tracey, hélas !

Et soudain il vit son visage. Affiché sur l'écran du téléviseur.

Elle n'avait que seize ans. Elle avait fui Gainesville en Floride. C'était une adolescente mignonne, maligne et drôle. *Et effrayée…* Elle avait tellement peur, quand il l'avait retrouvée à l'aéroport !

Alors je lui ai promis de veiller sur elle.

Une autre photo apparut à côté de celle de Tracey et Austin tressaillit. C'était le vigile qui avait été abattu de sang-froid et qu'il avait vu mourir. Henry Weems.

Un policier à la retraite.

Les flics voudront se venger. Et moi, je ferai un coupable idéal.

Il se leva, tourna le dos au téléviseur, incapable d'en voir davantage. Puis il l'éteignit et se remit à faire les cent pas. *Kenny, mais qu'est-ce que tu fais, bon sang ?*

Mardi 21 septembre, 18 h 50

Olivia coupa le contact devant chez les Fischer.

— J'aurais cru que leur maison serait plus grande, dit-elle à Kane.

— Moi aussi. M. Fischer est un homme très riche…

— J'aurais préféré avoir un mandat. Ils doivent déjà être furieux parce que Ian les a obligés à reporter d'une journée l'enterrement de leur fils. J'ai bien peur qu'ils ne se montrent pas très coopératifs. Je vais essayer de rappeler le substitut…

— Il ne sera pas content, fit Kane d'une voix découragée.

— Je m'en fiche !

Elle composa le numéro de Brian, en se préparant mentalement à affronter sa mauvaise humeur.

— Non, déclara Brian sans préambule. Le juge a dit non.

— Vraiment ?

— Ecoutez, je suis désolé, mais il faut davantage d'indices pour ordonner une perquisition.

— D'accord… Merci quand même. C'était gentil de votre part d'avoir essayé.

Elle raccrocha et se tourna vers Kane.

— Pas de mandat.

— J'avais compris. Mais au moins, on peut annoncer à Abbott que Lincoln a un alibi sérieux. Nous sommes certains maintenant qu'il n'était pas présent sur les lieux des deux récents incendies.

— Oui, par chance, les caméras de sécurité du Blue Moon l'ont filmé au bar jusqu'à la fermeture, ces deux soirs-là. Je ne crois pas cependant que Crawford soit disposé à croire un barman sur parole.

— On ne peut l'inculper que d'effraction et de voies de fait sur Hunter. Pour les incendies vieux de douze ans, c'est au FBI de déterminer son degré de culpabilité. Pour ceux sur lesquels on enquête, c'est Joel Fischer qui nous intéresse.

Kane sortit de la voiture, annonçant avec nonchalance :

— C'est à ton tour.

— Pas du tout ! J'ai interrogé Louise Tomlinson. Les Fischer, c'est pour toi, mon vieux !

Kane fit la grimace.

— J'espérais que tu aurais oublié.

— Tu m'as déjà vue oublier quoi que ce soit ? lui demanda-t-elle, tandis qu'ils remontaient l'allée qui menait à la porte de la maison.

— Pas une seule fois, hélas…

Kane s'apprêtait à frapper, mais Olivia l'arrêta d'un geste.

— Attends… Enlève tes chaussures…

Kane fronça les sourcils.

— Pourquoi ?

— Ils n'ont pas encore commencé la *shiv'ah*, la période du deuil juif, parce que l'enterrement a été reporté. Mais la maison est peut-être déjà prête pour le deuil, pendant lequel les chaussures en cuir sont interdites. C'est une question de respect.

— Comment sais-tu ça ? lui demanda Kane, en ôtant ses chaussures.

— Quand j'étais petite, nos voisins étaient juifs orthodoxes. Quand il y avait un décès dans leur famille, ma mère et moi, on allait les visiter, on leur apportait à manger. Enlève ton chapeau.

Il s'exécuta et elle fit de même.

— Ecoute, Liv, puisque tu t'y connais tant sur les habitudes et les rites de ces gens-là, tu devrais peut-être te charger de les interroger. Ce sera plus facile, je ne risquerai pas de faire de gaffes par ignorance. Je te promets que je conduirai les deux entretiens suivants.

Elle lui jeta un regard maussade.

— Je n'aime pas t'entendre avoir raison, comme ça. Mais je dois avouer que ton argument tient la route.

Elle frappa et attendit, un peu angoissée. Annoncer des

mauvaises nouvelles à des parents n'était jamais chose facile. Mais quand la personne décédée était, de surcroît, un suspect potentiel…

Cet entretien s'annonçait délicat.

La porte s'ouvrit, révélant un homme barbu et vêtu d'un costume noir.

— Oui ? fit-il.

— Excusez-nous de vous déranger, monsieur. Je suis l'inspecteur Sutherland et voici mon partenaire, l'inspecteur Kane.

Elle montra son insigne et ajouta :

— Nous aimerions parler à M. et Mme Fischer.

— Ils sont en deuil. Il ne faut pas les déranger.

Olivia posa une main ferme sur la porte que l'homme s'apprêtait à refermer.

— Je vous demande pardon, dit-elle, mais il ne s'agit pas d'une visite de courtoisie. Nous savons qu'ils sont en deuil, mais nous devons absolument leur parler. Maintenant.

L'homme ouvrit la porte à contrecœur.

— Je suis le rabbin Hirschfield. Entrez…

— Merci.

Olivia et Kane s'assirent sur la causeuse que le rabbin leur désigna. Un instant plus tard, un couple aux yeux rougis les rejoignit dans le salon et s'assit en face d'eux, sur le canapé. Le rabbin était resté dans l'embrasure de la porte de la cuisine, telle une sentinelle en faction.

— Nous sommes M. et Mme Fischer, leur dit l'homme. Quand allez-vous nous laisser récupérer le corps de notre fils ? Nous aimerions l'enterrer au plus vite.

— Je comprends combien la situation est difficile pour vous, leur dit Olivia, conciliante. Mais le médecin légiste a trouvé quelque chose, en pratiquant l'autopsie de Joel…

Quelque chose qui nous oblige à approfondir nos investigations. C'est la raison pour laquelle nous sommes ici.

Mme Fischer redressa le menton, sur la défensive.

— On nous a déjà informés qu'on avait retrouvé des traces de drogue dans l'organisme de notre fils, dit-elle. Mais nous n'en croyons pas un mot.

Ça commence bien, songea Olivia. *Ils auront encore plus de mal à croire ce qu'on va leur annoncer.*

— Nous compatissons à votre deuil, madame. Mais vous pensez bien que le médecin légiste n'a aucune raison de mentir.

Mme Fischer tressaillit légèrement.

— Je n'ai pas dit qu'il avait menti. Il s'est trompé, c'est tout. Mon fils n'était pas drogué. C'était un garçon sain… Qui venait d'une famille saine…

Sa voix se brisa et des larmes se mirent à couler sur ses joues.

— Joel était un militant engagé, pas un junkie ! ajouta-t-elle.

— Pour quelle cause militait-il, madame Fischer ? demanda doucement Olivia.

— Pour toutes les bonnes causes. Il a rassemblé des fonds pour aider la recherche contre le SIDA… Il a récolté plus de dix mille dollars en une seule année scolaire, quand il était en terminale. Tout seul ! Nous lui avons proposé de lui fournir cette somme, mais il a insisté pour trouver lui-même cet argent. Il travaillait bénévolement pour des bonnes œuvres. Et à la synagogue…

Elle eut un sanglot.

— Il voulait rendre le monde meilleur et je ne vous laisserai pas salir sa mémoire.

Son mari l'attira vers lui, jetant un regard noir aux deux policiers.

— Il faut que vous partiez, maintenant, leur dit-il.

— Pas encore, fit Olivia d'un ton apaisant. Je vous en prie, essayez de m'écouter. J'ai besoin de votre aide.

— Pour quoi faire ? répondit sèchement M. Fischer, tandis que son épouse tentait de réprimer ses sanglots.

— Monsieur, votre fils était-il lié à un groupe d'étudiants ? Etait-il affilié à un club ?

— Non.

Il parut subitement troublé.

— Pourquoi cette question ?

— Vous a-t-il déjà parlé de son désir de sauver les animaux, l'environnement, les zones humides de notre région ?

— Bien sûr.

Il massait doucement les épaules tremblantes de sa femme.

— Il se souciait beaucoup de ces problèmes, c'est vrai. Mais pourquoi me demandez-vous ça ?

— Ce que le médecin légiste a trouvé, en autopsiant votre fils, ce sont des lésions des voies respiratoires supérieures. Ce qui prouve sa présence dans un incendie d'immeuble. Moins de douze heures avant son décès.

Il y eut un moment de silence tendu, puis Mme Fischer se dégagea des bras de son mari, les yeux horrifiés.

— Il n'y était pas ! cria-t-elle. J'ai compris où vous vouliez en venir... Vous le soupçonnez d'avoir participé à cet incendie dont on a tant parlé à la télé. Celui où cette pauvre fille a trouvé la mort... Mais ce n'était pas lui. Ce n'est pas lui qui a mis le feu à cet immeuble ! Il n'y était pas !

Olivia conserva son calme.

— Si, madame, il y était. Le médecin légiste a voulu en avoir le cœur net. Il a analysé le sang de Joel et y a trouvé des traces de cyanure, comme il arrive quand une personne a inhalé des gaz toxiques produits par du plastique en combustion. Nous aimerions comprendre ce qui s'est passé. Est-ce que Joel avait l'air contrarié, lundi matin ?

Mme Fischer secoua la tête.

— Il ne pouvait pas y être. Il était ici. Avec nous, affirma-t-elle.

— Toute la nuit ? insista Olivia.

Mme Fischer lui lança un regard de défi.

— Toute la nuit !

Mais M. Fischer avait détourné les yeux.

— Est-ce bien vrai, monsieur Fischer ? lui demanda Olivia, sans se départir de son calme.

— Oui, murmura-t-il.

Mais sa réponse manquait singulièrement d'assurance, cette fois-ci.

Olivia jeta un coup d'œil vers le rabbin, qui paraissait à présent plus inquiet qu'agacé.

— Pouvez-vous nous laisser visiter la chambre de votre fils ? demanda-t-elle.

— Sortez de chez moi ! exigea M. Fischer. Ou je porte plainte pour harcèlement !

Olivia et Kane se levèrent.

— L'inspecteur Sutherland a été très patiente avec vous, monsieur, déclara Kane d'un ton sévère. Mais nier les faits ne change rien à leur réalité.

— Si c'est bien lui qui a incendié cette résidence, on finira par le savoir, ajouta Olivia. Je n'ose me mettre à votre place, mais si c'était mon fils, j'aimerais connaître la vérité. Une vérité que l'on découvrira de toute façon, avec ou sans votre aide…

— Une jeune fille est morte dans cet incendie, dit Fischer d'une voix mal assurée. Et vous voudriez que nous vous aidions à accuser notre fils de ce meurtre ?

Olivia jeta un nouveau coup d'œil au rabbin, puis se tourna vers les miroirs drapés d'écharpes noires et les tabourets bas, rangés dans un coin, en prévision de la *shiv'ah*.

— Je pense que vous êtes des gens droits et honnêtes. Et que vous ferez ce que votre conscience vous dictera et que la morale exige.

Elle se tut un instant, pour leur laisser méditer cet aspect des choses.

— Hier soir, reprit-elle, j'étais à la morgue, aux côtés du père de l'adolescente qui est morte dans cet incendie. Il était venu identifier le corps de sa fille.

Elle se tourna vers Mme Fischer.

— Lui aussi pleurait, madame. Lui aussi venait de perdre son enfant... Et il exigeait des réponses. C'est son droit, et nous, notre mission, c'est de les lui apporter.

— On reviendra, dit Kane. Avec un mandat, si nécessaire.

— Vous nous avez dit que votre fils était un garçon exemplaire, continua Olivia. Plein d'enthousiasme. Prêt à se dévouer à de nombreuses causes... Il est possible qu'il se soit lancé dans une entreprise qui lui semblait être juste et qu'il ait été dépassé par les événements...

Olivia sut qu'elle avait mis dans le mille, en voyant une pointe d'incertitude naître dans le regard des deux parents.

— S'il était encore parmi nous, je suis certaine qu'il voudrait que vous fassiez ce qu'il faut faire. Une *techouva*.

— Mais il n'est plus là, objecta M. Fischer, en la regardant droit dans les yeux.

— Oui, mais vous, vous êtes vivants, rétorqua Olivia, souriant tristement. Vous avez passé vos vies à observer scrupuleusement les commandements et à honorer le Talmud. Si votre fils était un jeune enfant ayant commis un péché, c'est vous qui le guideriez à chacune des étapes du processus de repentance. C'est vous qui admettriez sa faute et demanderiez le pardon. Et qui feriez pénitence. Lui n'est plus là pour le faire, mais vous, vous pouvez le remplacer. Laissez-nous jeter un coup d'œil à sa chambre. Il faut que nous sachions ce qui s'est passé… Nous le devons à cette jeune fille qui en est morte, à Joel, et à votre conscience.

La détermination de M. Fischer semblait sur le point de chanceler.

— Mais le vigile… Il a été abattu, articula-t-il.

— Le médecin légiste a cherché des traces de poudre sur les mains de Joel et n'en a pas trouvé, lui indiqua Kane.

Le duo qu'il formait avec Olivia fonctionnait bien, chacun était dans son rôle.

— Il n'apparaît donc pas que Joel se soit servi d'une arme à feu, ajouta-t-il.

— Le médecin légiste a également prouvé que Joel a été frappé à la tête avec un objet contondant, reprit Olivia. Votre fils ne savait peut-être pas…

Un détail lui vint subitement à l'esprit. L'absence d'une seconde trace de chaussures imprégnée de colle entre l'entrée du bâtiment et la clôture… Elle se souvint de ce qu'elle avait dit lorsque Jessica Donahue avait dressé un profil des incendiaires. Ils avaient peut-être des « objectifs divergents ».

— Joel ne savait peut-être pas… quoi ? demanda M. Fischer d'une voix crispée.

— Il ne savait peut-être pas ce que ses complices avaient planifié derrière son dos, termina Olivia.

M. Fischer blêmit.

— Joel n'aurait jamais tué personne. Pas délibérément. Je connais mon fils !

— Vous ne savez pas ce qu'il a fait au juste. Ce sera pire de rester dans l'incertitude. Je vous le demande encore…, insista Olivia. Il faut que nous visitions sa chambre.

M. Fischer consulta le rabbin des yeux. Celui-ci haussa les épaules.

— A vous de choisir, dit-il.

— Et si c'était votre fils ? demanda Mme Fischer, qui s'était remise à pleurer.

Les épaules du rabbin Hirschfield s'affaissèrent.

— Dans ce cas, si Dieu m'en donnait la force, j'espère que j'aurais le courage d'accepter, répondit-il.

— D'accord. Vous pouvez y aller, murmura Fischer.

— Merci. On n'en a sans doute pas pour longtemps.

17

Mardi 21 septembre, 19 h 30

Glenn et David avaient retrouvé Tom, le neveu de David, à la sortie du gymnase de l'université, après son entraînement de basket-ball. Plusieurs étudiantes s'étaient attardées autour du jeune homme, et Glenn tournait à présent la tête pour regarder les jeunes filles s'éloigner, en roulant des hanches.

— Ne les reluque pas comme ça, vieillard lubrique, tu vas avoir une attaque ! le taquina David. Je ne me promène pas avec un défibrillateur, tu sais.

— Si jeunesse savait et si vieillesse pouvait, grommela Glenn.

Tom laissa échapper un petit gloussement.

— Désolé, dit-il. Eloignons-nous du gymnase, cet endroit attire les groupies…

Tom était conscient de son statut de vedette sportive, mais il avait su rester humble.

— Je ne sais pas, dit Glenn. Ça me plaît bien, moi, d'attirer les groupies…

Un grand sourire aux lèvres, Tom les précéda dans l'allée qui menait à la résidence universitaire où il logeait.

— Moi aussi, avoua-t-il.

— Du moment qu'on se contente de les regarder, commenta David, toujours prêt à dispenser un conseil à son neveu.

— Je sais, je sais…, le rassura Tom. Je ne suis pas complètement débile, figure-toi.

— Je n'ai jamais pensé que tu l'étais !

Il connaissait Tom depuis que celui-ci avait quatorze ans. Quand il l'avait rencontré, Tom était un adolescent terrifié : sa mère, Caroline, était portée disparue et Eve venait d'être conduite aux urgences d'un hôpital de Chicago, luttant contre la mort. Le père biologique de Tom, un véritable monstre, avait fini par retrouver la mère et le fils après plusieurs années au cours desquelles ils avaient réussi à l'éviter. Le frère aîné de David, Max, avait épousé Caroline avant d'adopter Tom, et de lui prodiguer autant d'affection que si le jeune garçon avait toujours été un Hunter. Ainsi d'ailleurs que tous les membres du clan.

David se souvenait très clairement de ces heures atroces pendant lesquelles tous avaient craint pour la vie de Caroline. Il avait alors remarqué l'incroyable maturité dont avait fait preuve son fils. Alors que les adultes de son entourage cédaient à la panique, Tom avait conservé son sang-froid. Depuis, David l'avait vu devenir un jeune homme qui faisait la fierté de sa famille.

Ils s'installèrent autour d'une table de pique-nique, sur laquelle Tom s'assit, posant l'un de ses grands pieds sur son ballon de basket-ball.

— Bon, alors, à part pour me mettre en garde contre les jolies filles qui me courent après, qu'est-ce qui vous amène ? leur demanda-t-il.

David se percha lui aussi sur la table, tandis que Glenn s'asseyait sur le banc.

— On a besoin d'un pirate informatique, lui dit abruptement David.

Tom s'esclaffa.

— Tu parles sérieusement ?

— Mais oui.

David lui raconta alors ce qui s'était passé avec Lincoln Jefferson.

— J'ai déjeuné avec mamie au Deli et elle ne m'a pas parlé de ça !

— Ce n'était pas encore arrivé, dit David. Ça s'est passé vers 14 heures.

— Elle était donc déjà rentrée chez toi. Dire que ce dingue aurait pu y aller et tomber sur elle…

— Exactement, intervint Glenn.

Toute frivolité avait disparu du ton de sa voix, à présent.

— C'est pour ça qu'on est venus te voir, ajouta-t-il.

— On a besoin d'informations sur le site consacré à Moss, lui expliqua David. On voudrait savoir qui l'a conçu, qui le possède, qui s'occupe de la maintenance… Et les noms des visiteurs. Est-ce que tu connais un mordu d'informatique qui pourrait nous aider ?

Tom hocha la tête en regardant son oncle d'un air de conspirateur.

— Oui, moi.

David écarquilla les yeux.

— Toi ? J'ai du mal à le croire…

— Oui, moi, insista Tom, en regardant son oncle du coin de l'œil. Je t'ai dit que j'ai travaillé dans un supermarché cet été, et c'est vrai. J'y travaillais à mi-temps. Le reste du temps, je bossais pour Ethan. En fait, ça fait plusieurs étés de suite que je travaille pour lui. Il me paie vraiment bien. Je gagne deux fois plus en bossant pour lui qu'en travaillant comme caissier, et en deux fois moins de temps. Désolé de te décevoir, David…

David laissa échapper un soupir.

— Pourquoi ne m'en as-tu pas parlé ?

— Je n'en voyais pas l'intérêt. Et puis, je ne voulais pas remuer le couteau dans la plaie…

— Tu étais au courant, pour Dana ? s'étonna-t-il.

Il réalisa soudain que *tout le monde*, dans son entourage, connaissait l'ancienne passion que lui avait inspirée la jeune femme.

— Excuse-moi, mais c'était vraiment évident… Pour ceux qui s'intéressent à toi, en tout cas…

David se sentit rougir.

— Ça alors…

— Si je comprends bien, fit Glenn, cet Ethan est le mari de ton amour d'antan, c'est ça ?

— Oui. Mais revenons à nos moutons… Tom, tu crois que tu peux te débrouiller pour obtenir les renseignements dont on a besoin sur le site de Preston Moss ?

— Oui et personne n'en saura jamais rien.

— Qu'est-ce qu'il fait, cet Ethan ? s'enquit Glenn. C'est un espion de la CIA ou quoi ?

— Une sorte d'agent secret, admit David, avec une pointe d'embarras dans la voix. Il travaille dans le renseignement, en coulisses, pour le compte des services de police.

— Je vois. Un sacré rival, en somme…

David lui lança un regard sans aménité.

— Merci de le souligner, maugréa-t-il.

— Je te rends juste la monnaie de ta pièce, après ta vanne sur le défibrillateur, répliqua Glenn, sans acrimonie.

Il se tourna vers Tom et ajouta :

— Bon, alors, jeune homme, tu ne te feras pas choper, hein ?

— Mais non. J'ai un cours à 20 heures, je m'en occuperai juste après. Et je vous appellerai quand ce sera fait.

— Merci, lui dit David.

Il se leva et le regarda droit dans les yeux.

— Tu es sûr que tu veux t'en charger ? Je ne veux pas t'entraîner dans quelque chose de dangereux. Ta mère m'arracherait les yeux…

— C'est ce que j'entends tout le monde dire, mais maman n'est pas comme ça. C'est elle qui a pris des risques pendant des années, quand elle allait recueillir des familles qui couchaient dans des abribus, pour échapper à la maltraitance d'un mari ou d'un père. Ce que je m'apprête à faire pour toi n'est rien, en comparaison.

Glenn regarda David sans comprendre.

— Il faudra que tu m'en dises plus là-dessus, fiston…

— C'est facile. Dana dirigeait un refuge secret pour femmes battues ayant quitté le domicile conjugal. Caroline, la mère de Tom, était son bras droit… Et Eve travaillait également pour elle. La sœur d'Olivia, Mia, aussi, mais plus discrètement, parce qu'elle est policière. Elles ont permis à de nombreuses femmes de recommencer leur vie en leur fournissant de nouvelles identités, des formations professionnelles, et même de l'argent.

— Et toi, quel était ton rôle, là-dedans ?

David sourit tristement.

— Moi, je bricolais les toits qui fuyaient, je réparais les voitures, tout ce qui tombait en panne…

— Je vois, dit Glenn doucement.

— Qui veille sur mamie, en ce moment ? demanda Tom.

— Noah et Eve sont avec elle.

David haussa subitement les sourcils et ajouta :

— A ce propos, j'ai une bonne nouvelle à t'annoncer…

Tom afficha ce large sourire qui faisait craquer les étudiantes.

— Noah a fini par lui demander sa main ?

— Oui et Eve est aux anges.

Le sourire de Tom s'estompa. Il déglutit, avant de dire :

— Bien… Très bien !

Brusquement, il se leva et prit congé.

— Je te rappelle, David. Dès que c'est fait…

David le regarda s'éloigner et sentit de nouveau ses yeux le piquer.

— Pourquoi s'est-il éclipsé comme ça ? lui demanda Glenn.

— Des histoires de famille. Eve est la plus ancienne amie de Tom. Ils ont grandi ensemble, dans le refuge de Dana. Il rêve de la voir heureuse depuis toujours. C'est drôle… Depuis qu'elle a épousé Ethan et jusqu'à récemment, je craignais d'entendre prononcer ce nom et je redoutais encore plus d'avoir à le prononcer moi-même.

— Et maintenant ?

— Maintenant… Ça ne me fait plus du tout cet effet…

— Si j'ai bien compris, cette Dana se consacrait aux autres…

— Oui, à l'exclusion de toute autre chose. Je tremblais pour elle, en sachant qu'elle passait ses nuits à patrouiller dans les rues en quête de familles à la rue, dans le centre de Chicago. Il arrivait que les maris s'en prennent à elle et la menacent, mais elle n'avait pas l'air de s'en inquiéter. Peu lui importait de mourir, tant qu'elle vivait pour aider son prochain. Mais ce temps a passé.

— Qu'est-ce qui a changé ?

— Elle a rencontré Ethan… Elle s'est rendu compte que la vie pouvait offrir plus que…

Il s'interrompit et lâcha un soupir avant de reprendre :

— Que d'aider les autres.

— A l'exclusion de toute autre chose, murmura Glenn.

— Je parie que tu te trouves bien malin, hein, le vieux ?

— Oui, je dois dire !

Mardi 21 septembre, 19 h 40

Ils ne tardèrent pas à trouver les chaussures de Joel. Elles étaient dans son placard, sous un tas de linge sale.

— Kane, dit Olivia, regarde…

Elle brandit l'une des chaussures, la renifla et la lui passa.

— Ça sent la fumée, et ces traces, là, ressemblent bien à de la colle.

— Alors, c'est vrai… Il y était…, dit faiblement M. Fischer.

Il se tenait dans l'embrasure de la porte. Son épouse était restée dans le salon avec le rabbin. Olivia aurait sans doute fait de même, à sa place.

— On dirait bien, monsieur.

— Je ne vois pas de flacons de cachets, dit Kane, en fouillant dans les tiroirs de la commode et sous son matelas. L'unité de scène de crime pourra rechercher des résidus, mais…

Il ne termina pas sa phrase. Habituellement, un jeune qui s'adonnait à la drogue laissait des traces de son addiction dans sa chambre. Et Kane avait le don de trouver ce genre de traces.

— Il lui arrivait de dormir ailleurs ? demanda Olivia à M. Fischer.

— Non. Mais il voulait vivre à la cité universitaire, et nous lui avions dit d'attendre d'être en troisième année.

Kane brandit un épais manuel scolaire.

— *Ethique environnementale*... Quelle était sa matière principale ?

— Philosophie.

Kane feuilleta le livre et haussa subitement les sourcils.

— Est-ce que Joel avait une petite amie ?

— Non. Il était absorbé par ses études. Il attendait de rencontrer une fille juive.

— Quels étaient ses amis ? demanda Olivia.

Fischer ferma les yeux.

— Le fils Feinstein et le fils Kaufman, qu'il avait rencontrés en cours d'hébreu. Et Eric... Eric Marsh. Joel et lui se fréquentaient depuis la maternelle.

Kane nota les noms sur son calepin.

— Et ces garçons connaissaient son intérêt pour l'écologie ?

— Je ne sais pas, dit M. Fischer. Le fils Kaufman est parti terminer ses études sur la côte Ouest. Le jeune Feinstein habite toujours en ville. Mais je ne crois pas que Joel le voyait beaucoup, ces derniers temps. Eric suit des études d'ingénieur à l'université. Je crois qu'ils déjeunaient ensemble de temps en temps. Eric a toujours aidé Joel à se stabiliser. Il savait le dissuader de se lancer dans des projets trop fous.

Son visage s'assombrit et il ajouta :

— Je ne sais même pas s'il a été informé de son accident.

— Regardez ça..., dit Kane.

Il venait d'examiner les affaires de Joel et brandissait un dossier cartonné.

— « Preston Moss, héros ou monstre ? » A la dernière page, Joel concluait que c'était un héros.

Fischer émit un petit cri étouffé.

— Mon fils, qu'as-tu fait ?

Olivia inspecta du regard la pièce. L'un des murs était

couvert de plaques honorifiques attestant des services rendus à la communauté par le jeune homme, ce qui lui fit penser à la chambre de David à Chicago, où il n'y avait de visible ni plaque ni médaille. David ne servait pas pour être distingué, lui. Il accomplissait à sa manière une *techouva*. Il faisait pénitence... Mais pour quels péchés ? Et qu'avait-il compris, au juste, au sujet de Lincoln ?

— Apparemment, Joel a franchi les limites qu'il s'était lui-même fixées, dit-elle, en se tournant vers le père du jeune homme.

Le regard de Fischer exprimait une indicible angoisse.

— Oh, mon Dieu... C'est donc lui qui a commis cet acte abominable ?

— Je suis vraiment navrée, monsieur, dit encore Olivia. Il va nous falloir faire venir l'unité de scène de crime ici.

Fischer acquiesça d'un hochement de tête résigné.

— Je comprends, murmura-t-il.

Son extrême pâleur inquiéta Olivia. Son teint avait viré au blafard.

— Vous voulez boire quelque chose ?

— Non. Rien.

Il tourna les talons, le dos voûté, et Olivia entendit le son trop familier d'un gémissement mal étouffé et empreint du plus atroce chagrin.

— Et merde..., marmonna-t-elle.

— Tu as fait tout ton possible, Liv, lui dit Kane à voix basse. Comment sais-tu tout ça sur... Comment as-tu dit ? La téchou...

— La *techouva*.

— Ça, tu n'en as pas entendu parler en rendant visite de temps en temps à tes voisins juifs...

— Non. Quand j'étais à l'université, j'ai traversé une assez longue période d'introspection spirituelle. Tu sais, du genre : que faisons-nous sur terre ? Je me suis renseignée sur toutes sortes de religions. Et j'aimais beaucoup mes voisins. C'était une famille qui rayonnait de bonheur. Je me suis demandé si ça ne venait pas de leur foi. Alors, je me suis mise à fréquenter la synagogue près du campus. J'étais curieuse, alors. Un peu comme Joel…

Kane brandit le manuel scolaire.

— Contrairement à ce que Fischer nous a dit, Joel avait bien une petite amie. J'ai trouvé ce mot, là-dedans : « Retrouve-moi près de la bibliothèque »… Avec plein de cœurs dessinés autour. Signé : M.

Olivia prit l'un des oreillers du lit de Joel et l'examina.

— Cette tache rose, là : c'est du rouge à lèvres.

Elle le renifla et se souvint malgré elle de ce que David lui avait dit : « Je n'arrivais pas à faire la part de la réalité et de mes fantasmes. Et c'est alors que j'ai senti ton odeur sur l'oreiller. » Son cœur chancela.

Elle se reprit et constata :

— Ça sent le parfum… L'odeur n'est pas très forte, mais persistante.

— Ce ne serait pas la première fois qu'un garçon et une fille se voient à l'insu de leurs parents.

— Je vais appeler Micki pour qu'elle vienne ici avec une équipe.

— Il est tard, lui fit remarquer Kane. Et je suis fourbu. La journée a été longue. Dès que l'unité de scène de crime sera arrivée, on rentrera chez nous nous reposer un peu. Et on s'y remettra demain matin.

Olivia songea à David, qui devait déjà l'attendre au chalet. Elle se demanda une nouvelle fois quelle faute il cherchait à expier. Puis elle pensa à tout le bien qu'il avait prodigué autour de lui pour se racheter, et elle médita sur le poids du passé. N'avait-il pas prouvé tant et plus qu'il était bon et dévoué ? Il l'attendait et il lui avait promis de répondre à ses questions. Des réponses qu'elle attendait depuis deux ans et demi.

— D'accord, dit-elle.

Mardi 21 septembre, 20 h 55

— On va fermer, monsieur…

Dorian Blunt était assis tout seul à une table, les yeux rivés sur le sol. Il était là depuis près d'une heure, sursautant chaque fois que le carillon de la porte retentissait dans le petit établissement.

Ce pauvre Dorian attendait l'homme qui l'avait contacté par e-mail, pour lui proposer un poste de comptable dans une autre société. Ce correspondant lui avait fourni suffisamment de détails plausibles et vérifiables pour qu'il croie dur comme fer à cette possibilité d'embauche — il lui avait fait en outre miroiter assez d'avantages pour que Blunt espère être choisi.

Car il avait désespérément besoin de changer d'employeur. Surtout à présent. Le poste qu'il occupait actuellement, après avoir quitté l'entreprise dont il avait discrètement dépouillé la trésorerie, n'était pas très bien payé. Et les finances du ménage Blunt battaient de l'aile. A tel point que Dorian en était réduit à envisager de puiser dans son magot illicite.

Ce qu'il aura du mal à faire. Parce que je lui ai pris jusqu'au dernier centime.

L'emploi en question était imaginaire, bien sûr. C'était lui qui jouait avec ses nerfs. Il ne voulait faire de mal ni à Mme Blunt ni à leur enfant, et il avait besoin d'attirer Dorian hors de chez lui. Cet entretien d'embauche était, en l'occurrence, le meilleur stratagème pour y parvenir. Il se délectait de le faire mariner ainsi dans les affres de l'attente et de le voir guetter la porte de la sandwicherie toutes les trente secondes.

Cette tactique, il l'avait apprise d'un véritable maître en la matière. Le tueur en série que la presse avait surnommé « le Tueur aux robes rouges » attirait ses victimes en leur proposant un rendez-vous galant dans un endroit public. Il les faisait attendre, les laissait perdre espoir et, lorsqu'elles avaient fait une croix sur le prince charmant et rentraient, toutes dépitées, chez elles, il les filait jusqu'à leur domicile et leur y infligeait toutes les atrocités dont il était capable.

Sa troisième victime, il lui avait donné rendez-vous dans la sandwicherie.

Juste sous mon nez, et même moi je n'y ai vu que du feu. Je n'ai rien soupçonné de louche.

Pas avant, du moins, que la police ne fasse circuler dans la presse la photo de la victime. Là, il l'avait aussitôt reconnue. Il avait même bavardé un peu avec elle le soir où elle avait disparu. En reconstituant son emploi du temps, la police avait découvert qu'elle s'était rendue dans la sandwicherie. Les flics lui avaient demandé si la salle était sous surveillance vidéo. Et il avait menti, affirmant qu'il n'avait qu'une seule caméra, pointée sur la caisse enregistreuse.

Pendant un très bref instant, il avait envisagé de faire chanter le Tueur aux robes rouges, mais il s'était promptement ravisé. Cet homme était un tueur en série, quand même ! Il ne fallait pas lui chercher querelle… Mais de là à prêter assistance à la police… Les flics n'avaient qu'à se débrouiller sans lui. Ils étaient payés pour ça.

Par la suite, leur enquête avait abouti et toute l'incroyable histoire de cet assassin avait été révélée au public. Il avait enterré près de quarante corps de femmes dans une fosse, au fond de sa cave… Il avait religieusement conservé la vidéo du tueur observant sa victime dans la salle, avant de sortir derrière elle. Ce film comptait parmi les plus beaux joyaux de sa collection.

Chaque fois qu'il avait besoin d'une leçon de discrétion, il se repassait cette vidéo.

Trop sûr de lui, en raison de sa longue impunité, le Tueur aux robes rouges s'était laissé aller à commettre des imprudences, puis d'impardonnables négligences et il avait fini par se faire prendre. A présent, il était mort.

Moi, je ne serai jamais aussi imprudent.

J'ai l'intention de faire porter le chapeau à Mary et à Albert. Surtout à Mary.

Celle-ci, il avait un compte à régler avec elle ! Mais pour l'heure, il avait, avant toute chose, un compte à régler avec Dorian Blunt.

Oser ne payer qu'une partie de ce qu'il me doit…

Grâce aux trépas de Tomlinson et de Blunt, il aurait de quoi convaincre ses autres « clients » de le payer avec ponctualité. Et si ça ne suffisait pas, eh bien, il les tuerait aussi.

Il leva les yeux vers la pendule. Il lui fallait maintenant en finir avec Dorian, afin de s'occuper sans tarder de Kenny et de lui faire cracher ce qu'il cachait aux flics. Une fois ces petits problèmes réglés, il pourrait se consacrer plus sereinement à ses affaires.

— Monsieur ! insista-t-il. On ferme. Il faut que vous sortiez.

Dorian se leva, serrant sa serviette de ses mains moites.

— Vous ne pouvez pas attendre quelques minutes ? J'ai un rendez-vous de la plus haute importance.

— Je suis navré, monsieur. Il faut vraiment que je

ferme. Mais vous pourrez attendre dehors encore quelques minutes…

C'est justement ce que fit Dorian, ainsi qu'il l'avait prévu. Il ferma sa boutique et se dirigea vers sa camionnette. Bientôt, Dorian Blunt allait regretter de ne pas s'être acquitté de ses dettes en temps et en heure.

Mardi 21 septembre, 21 h 05

Il était un peu plus de 21 heures et Olivia ne s'était pas manifestée.

David avait plusieurs fois failli céder à la tentation de l'appeler, mais s'était ravisé. La balle était très clairement dans le camp d'Olivia, à présent. Et puis elle était peut-être encore occupée, en train d'interroger un suspect… Il se pouvait aussi qu'elle ait tout simplement changé d'avis.

Installé sur le quai du chalet, face au vent frais qui venait du lac, il regarda sa canne à pêche et son panier, posés à côté de lui, inutilisés. Il les avait apportés dans le but de taquiner la perche dorée, pour faire passer le temps, mais n'en avait rien fait, se contentant de contempler les eaux du lac et de méditer.

Eve avait parlé d'occasions qui ne se représenteraient peut-être pas… Et Glenn avait semblé établir un parallèle entre la vie qu'il avait menée jusqu'à présent et celle de Dana. Se dévouer au service d'autrui, à l'exclusion de toute autre chose. L'altruisme de Dana était né du sentiment de culpabilité qu'elle éprouvait, depuis le meurtre de sa mère par son beau-père.

Quant à moi…

Il savait bien ce qui le mouvait. Il cherchait à expier la mort de Megan et le massacre de toute sa famille. Encore un beau-père monstrueux… Il trouva étrange de ne jamais avoir noté lui-même ce point commun à leurs deux destinées. Mais la similitude de ces destins parallèles aurait été claire aux yeux de quiconque se serait douté de la vérité.

Ce qui le ramena à la question que lui avait posée Olivia : « Qui es-tu ? » Il n'était pas vraiment certain de la réponse qu'il lui fournirait… si toutefois Olivia arrivait enfin.

Puis il songea à Lincoln et à son énigmatique complice, quelqu'un qui n'existait peut-être même pas.

Il espérait que Tom en apprendrait davantage, dans son enquête sur le site dédié à Preston Moss, que lui-même n'en avait appris à partir des numéros de téléphone qu'il avait trouvés dans la mémoire du portable de Lincoln. Les seuls appels qu'il avait pu tracer correspondaient aux numéros de téléphone de sa mère et de son frère, Truman. Lincoln avait appelé un seul autre numéro, mais qui ne correspondait à aucune identité. Il pouvait s'agir d'un téléphone jetable. David avait lui-même acheté un téléphone jetable avant de se rendre au chalet, mais il hésitait à s'en servir pour appeler ce numéro.

Si c'était celui du complice, il ne voulait surtout pas lui mettre la puce à l'oreille. Il restait persuadé, au fond, que Lincoln avait été aidé, mais il ne parvenait pas à imaginer pour quelle raison.

Pourquoi est-ce que quelqu'un chercherait à me traquer ? Je n'ai fait que mon travail de pompier, en rattrapant cette maudite boule au vol, et n'importe quelle personne saine d'esprit le comprendrait !

Il entendit un bruit, faible tout d'abord, mais qui s'accrut rapidement, faisant battre son cœur plus vite. Une voiture… Olivia ? Mais elle l'aurait rappelé avant de venir, non ? Alors quelqu'un d'autre qui venait pour fouiller le chalet ? Le fameux complice ?

Il ramassa en hâte son matériel de pêche et regagna le chalet à petites foulées. Il déposa la canne et le panier sur le perron arrière et pénétra à pas feutrés dans la pièce principale. Il avait dressé la table et remis de l'ordre sur le bureau de Glenn. La maison était prête à accueillir Olivia.

Mais Olivia, était-elle prête ?

Et, moi, le suis-je ?

D'une main fébrile, il ouvrit en grand la porte d'entrée et tomba nez à nez avec Olivia, qui s'apprêtait à frapper. Elle baissa le poing lentement et le regarda droit dans les yeux.

Elle portait un pardessus beige, boutonné et sanglé à la taille. Mais, en baissant les yeux, David put cependant constater qu'elle portait la même robe bleue que la veille au soir. Celle, aussi, du soir de leur première rencontre, à Chicago. Elle était chaussée d'escarpins à hauts talons qui rehaussaient avec élégance le galbe de ses jambes.

Elle était également coiffée d'un feutre.

— Je peux entrer ? demanda-t-elle.

Il fit un pas de côté pour la laisser passer. En pénétrant dans le chalet, elle découvrit la table dressée avec le même apparat que la veille. Elle se tourna vers lui en esquissant un sourire.

— Exactement comme hier soir…

— J'espérais que…

Ses mots se perdirent dans un murmure.

Olivia était là, sous ses yeux, dans toute sa beauté. Elle était vraiment désirable. Il dut plonger ses mains dans ses poches pour s'empêcher de la caresser d'emblée.

— Je te débarrasserais bien de ton manteau, lui dit-il, mais j'ai comme l'impression que si je commence à te toucher, je ne pourrai pas m'arrêter…

Elle rougit un peu et David vit son pouls s'accélérer au creux de sa gorge. Elle tira sur la ceinture de son manteau, le déboutonna et l'enleva toute seule, en jouant des épaules. Elle le posa sur l'accoudoir du canapé et mit délicatement le chapeau par-dessus.

Puis elle se tourna vers lui et lui tendit posément la main.

— Salut, je m'appelle Olivia Sutherland. Je suis heureuse de te rencontrer…

Il regarda cette main tendue, et se troubla. Elle lui offrait une chance de recommencer. Correctement, cette fois. Lentement, il lui serra la main. Cette main, blanche et fine, lui parut toute menue dans la sienne. Presque frêle. Mais il savait qu'Olivia était tout sauf fragile. Elle était forte, au contraire. Et belle. Elle avait bon cœur. Et elle tremblait comme une adolescente à son premier rendez-vous amoureux.

— Moi, c'est David Hunter…

Il se pencha assez près pour distinguer chacun des longs cils qui bordaient ses yeux d'azur. Assez près pour que ses lèvres frôlent les siennes.

— Et je te désire plus que tout au monde, ajouta-t-il.

— Oh…

Elle ferma les yeux, et parut respirer avec difficulté, comme si l'oxygène s'était subitement raréfié dans la pièce. Il ne sut pas lequel des deux fit le premier mouvement et il s'en moquait. Elle le serra dans ses bras et il pressa avidement ses lèvres contre les siennes, presque brutalement. Elle réagit avec autant de fougue, la bouche offerte et chaude, comme affamée.

Il lui caressa les reins puis les seins, plaqua ses grandes mains sur ses fesses rebondies, les pétrit et les pétrit encore.

— Que veux-tu ? parvint-il à articuler.

Elle ponctua sa réponse de baisers ardents :

— Toi… Vite… Tout de suite… Je t'en prie…

Il savait qu'il aurait dû s'en tenir là. Elle était d'abord

venue pour entendre ses explications, mais il ne parvenait pas à interrompre ses caresses. Même au prix de sa vie, il aurait été incapable de s'arrêter. Il retroussa sa robe, parcourut ses cuisses de ses doigts fébriles, qui passèrent de la soie à la peau nue. Olivia portait des vrais bas et non pas un collant.

— Où est la fermeture Eclair sur cette robe ? lui demanda-t-il d'une voix rauque.

— Il n'y en a pas, répondit-elle, en déboutonnant sa chemise. Il suffit de… l'enlever.

D'un coup sec, il tira la robe vers le haut, l'en dépouilla et la jeta par terre. Olivia portait un string presque inexistant et il crut que son cœur allait exploser. Il ne se contrôlait plus. Le désir était trop fort. Il posa les yeux sur le canapé, tenté d'en faire usage séance tenante.

Mais elle lui tapota la bouche.

— Tu avais dit, murmura-t-elle d'une voix éraillée qui acheva d'exacerber son désir, que tu aurais besoin de plus de place pour me faire… ce que tu comptais me faire.

Elle écarta les pans de sa chemise et le couvrit de baisers goulus, pendant qu'il couvrait de caresses la chair qu'il venait de dénuder.

— Pour moi… En moi… Pas sur le canapé, David…

Il crut qu'il allait mourir.

— Très bien, acquiesça-t-il.

Il la souleva et elle s'agrippa de ses jambes autour de sa taille. Il entreprit de la porter ainsi jusqu'à la chambre à coucher. Il n'avait pas fait deux pas qu'il se mit à lui embrasser les seins, au travers de la fine dentelle de son soutien-gorge. Olivia se cambra, toute frémissante. Son corps était souple et magnifique. David lui suça goulûment la pointe d'un sein, et elle se mit à gémir doucement. Nulle musique n'aurait pu être plus douce aux oreilles de David.

— Dépêche-toi, le pressa-t-elle. J'ai envie de toi…

Il obéit, l'allongea sur le lit et fit glisser son minuscule cache-sexe le long de ses jambes, lui ôtant du même geste ses escarpins.

Puis il plaqua sa bouche contre son sexe humide et elle se mit à râler doucement, exactement comme la dernière fois.

Son petit abricot avait un goût indéfinissable mais délicieux, exactement comme la dernière fois.

Et elle lui passait les doigts dans les cheveux tout en lui maintenant la tête des deux mains entre ses cuisses, exactement comme la dernière fois.

— J'ai envie de toi, répéta-t-elle d'une voix presque inaudible.

Pas d'erreur, elle l'implorait de la prendre, tout de suite, comme si elle n'était pas certaine que telle était bien son intention.

Il lui suça le clitoris, puis la lécha avec délectation, dardant sa langue dans son intimité ruisselante. Elle se crispa tout entière, bascula la tête en arrière et un petit cri animal s'échappa de sa gorge arquée, tandis qu'elle jouissait avec une énergie orgastique qui stupéfia David.

Mais il ne s'arrêta pas de lécher. Il en était incapable et, quelques instants plus tard, elle frémit une nouvelle fois de tout son être en prononçant son nom.

Il se redressa, agenouillé entre ses cuisses et la fixa, tout tremblant.

— Olivia, regarde-moi…

Elle cligna des yeux, parvint à soulever ses paupières. Son regard était merveilleusement hébété.

Il posa ses mains sur ses joues et se pencha vers elle.

— Je ne pense qu'à toi, Olivia. A toi seulement.

Elle le fixa un long moment. Puis elle esquissa un sourire.

— Tu as gardé tes vêtements, lui fit-elle remarquer.

Elle tendit les mains pour l'attirer vers elle, mais il lui serra les poignets et avoua :

— Si tu me touches, je vais jouir.

— Mais c'est ce que je veux. Je veux que tu jouisses…

— J'en ai envie, bien sûr, mais je veux que ça dure plus de trente secondes. Laisse-moi me reprendre. J'ai rêvé tant de fois du goût de ton sexe. Mais ce que je viens de goûter est cent fois meilleur que dans mes rêves.

Elle se tortilla pour se frotter contre lui et l'implora de nouveau :

— David, prends-moi !

Il la lâcha et recula vivement avant qu'elle n'ait le temps de le toucher. Il ôta ses bas de soie l'un après l'autre, lentement, délicatement, puis il se releva et se débarrassa de sa chemise.

— Enlève ton soutien-gorge, lui dit-il.

Elle se redressa et dégrafa l'étoffe vaporeuse qui ne cachait pas grand-chose, et laissa les bretelles glisser le long de ses bras.

— Tu es belle, murmura-t-il, charmé par le spectacle de sa nudité.

— Et toi, tu es beau…

Elle s'agenouilla au bord du lit, les yeux rivés sur sa braguette, qu'elle entreprit de déboutonner à la hâte. Il lui prit les mains pour l'arrêter.

— Non. Regarde-moi, Olivia…

Elle leva les yeux vers les siens.

— Il y a quelque chose qui ne va pas ? demanda-t-elle doucement.

— Non. Rien… Enfin, tout… Pourquoi suis-je ici, selon toi ?

— Parce que tu as envie de moi… Parce que tu ne peux pas vivre sans moi…

— C'est ça qui te rend si belle. Je n'arrivais pas à te chasser de mon cœur, Olivia. J'ai essayé. Pendant de longs mois, Dieu sait si j'ai essayé. Et je n'y suis jamais arrivé. Rien ni personne ne pouvait me faire oublier les moments que j'ai passés avec toi. Je n'arrêtais pas de revoir tes yeux, ton visage, ton sourire…

Il vit dans le regard déçu d'Olivia qu'il ne parviendrait jamais à la convaincre avec de simples paroles. Il laissa son pantalon et son caleçon tomber au sol, puis ressentit une vive satisfaction lorsqu'il vit les yeux de la jeune femme luire de désir devant son sexe érigé.

Elle l'effleura du bout des doigts, puis elle lui agrippa les hanches. Il savait ce qui allait se passer, mais n'en fut pas moins ébahi par la sensation intense de plaisir qui l'envahit lorsqu'elle le prit entre ses lèvres, chaudes et humides. Il rejeta la tête en arrière, ferma les yeux et un râle s'échappa de sa poitrine.

Il était au paradis. Mais il ne voulait pas se contenter de jouir dans sa bouche. Pas ce soir.

— Attends…

Rassemblant toute sa volonté, il plongea ses doigts dans ses cheveux et la repoussa doucement afin de pouvoir contempler son visage.

— Je veux te faire l'amour, lui chuchota-t-il.

Il la força à se redresser, plaqua sa bouche contre la sienne, se sentit baigné d'un bonheur inouï lorsqu'elle l'enlaça bien fort, collant ses seins contre sa poitrine et le couvrant de baisers affamés.

— Je veux te pénétrer…

A l'aveuglette, il fouilla dans le tiroir de la table de nuit et en sortit un paquet de préservatifs.

— Je veux être en toi…

— Alors, viens, murmura-t-elle, en se laissant tomber sur le lit et en l'entraînant avec elle. Viens maintenant…

Elle lui prit le paquet des mains et il dut serrer les dents pour ne pas jouir, pendant qu'elle mettait délicatement en place le fin latex.

Il la fit rouler sur le dos, bien décidé à faire tout ce qu'il aurait dû faire depuis longtemps, priant pour qu'il ait la force de se retenir assez longtemps pour la faire jouir, comme elle le méritait. Lorsqu'il la pénétra, il sentit la chaleur humide de son intimité, si diablement étroite. Il s'arrêta à mi-chemin et frissonna, redoutant l'éjaculation précoce.

— Je ne veux pas te faire mal.

Elle le regarda dans les yeux et il y vit briller déjà le plaisir qu'il espérait lui donner.

— Viens ! supplia-t-elle.

Elle se cabra pour s'empaler plus avant.

— Que c'est bon… Oh oui, David, encore !

Il perdit le contrôle au premier « encore » et s'enfonça en elle. Elle se mit à râler de plus en plus fort. Et ce n'était pas de douleur. Son visage rayonnait de désir. Il allait et venait à présent, plus vite, plus fort, plus profond. Il sentit l'orgasme poindre au creux de ses reins et parvint à le contenir. *Encore un peu… Encore un peu.*

Soudain, prise de frénésie, Olivia se mit à lui labourer le dos de ses ongles courts et il la sentit se crisper une nouvelle fois. Il s'enfonça tout au fond et, sans plus se soucier de retenue, accéléra le rythme de sa chevauchée jusqu'à ce qu'elle hurle de plaisir tandis que lui se sentait envahi par une vague de chaleur torride, indiciblement exquise.

Le noir se fit en lui et il s'écroula en prononçant d'une voix mourante : « Olivia ».

***

Mardi 21 septembre, 23 h 30

Tout était prêt. Il était assis dans sa camionnette, à quelques dizaines de mètres de la maison que Barney Tomlinson avait achetée à sa maîtresse. Sa destruction allait procurer davantage d'argent à Mme Tomlinson, devenue la bénéficiaire officielle du contrat d'assurance. Et ce serait un ultime coup de vice, *post mortem*, porté à ce salaud de Barney…

Blunt était, au même moment, affalé sur le bureau de Barney, dans cette même maison, la tête contre le plat du meuble. Enfin, ce qui restait de sa tête. Cela allait poser une drôle de colle aux flics ! Quel pouvait bien être le rapport entre Tomlinson et Blunt ? Aucun, évidemment.

A part moi…

Le plus beau était que l'argent dont il avait délesté les deux hommes était déposé dans des paradis fiscaux et que personne ne s'apercevrait de sa disparition.

Albert et Mary arrivèrent. Très ponctuels. Ils s'étaient disputés un peu plus tôt, au sujet de cette mission. Leurs éclats de voix avaient saturé le micro qu'il avait dissimulé dans le téléphone jetable qu'ils avaient hérité d'Eric.

Mais aucun des deux ne semblait bouleversé par la mort de leur compagnon. Mary avait renâclé, refusant d'abord de prêter la main à ce nouvel incendie. Albert avait menacé de lui rompre le cou et de la jeter dans le Mississippi si elle persistait dans son refus. Ce dialogue avait été extrêmement distrayant. Mais, en fin de compte, ils étaient venus. Et, à en juger par les apparences, ils étaient encore en train de se chamailler.

Il régla le récepteur qu'il portait à la ceinture pour pouvoir entendre ce qu'ils disaient. Le téléphone se trouvait dans la poche de la chemise d'Albert et la voix de ce dernier résonnait, davantage que celle de Mary, laquelle pourtant ne cessait de rouspéter.

— Tu vas la fermer, oui ou merde ? grogna Albert.

Il avait dit cela avec un fort accent. Il était peut-être vraiment québécois, après tout. Peut-être avait-il seulement voulu se venger d'Eric, en lui laissant entendre qu'il lui avait menti sur ses origines.

Etant donné la situation actuelle de ce malheureux Eric, il faut reconnaître qu'Albert s'en était bien vengé, en effet.

— C'est complètement idiot, dit Mary. On est en train de creuser nos propres tombes.

— Et si on refuse ?

— Il diffusera la vidéo. Et nous, on dira que c'est un montage. En plus, c'est lui qui a filmé la fille. Ça prouve aussi sa présence sur les lieux du crime…

Le raisonnement de Mary se tenait, mais il en fallait davantage pour convaincre Albert.

— Contente-toi de faire ce que je te dis, ou je te donne à bouffer aux poissons du fleuve. Ils se repaîtront de ta chair juvénile. Il y a de gros poissons affamés dans cet horrible fleuve, tu sais…

— Je te hais !

— Ce n'est pas grave. Tu n'es pas obligée de m'apprécier, tu es juste obligée de m'obéir !

Bien dit, Albert ! Ça fait longtemps qu'on aurait dû lui rabattre le caquet, à cette garce.

Il les filma pendant qu'ils pénétraient dans la maison et lorsqu'ils en sortirent peu après. Quelques minutes plus tard, l'incendie faisait rage. Ces jeunes commençaient à être de véritables spécialistes en la matière. Albert sortit le téléphone jetable de sa poche et prit une photo, puis ils rejoignirent en courant la voiture d'Eric.

Ils y montèrent et démarrèrent aussitôt, et lui fit de

même, mais dans la direction opposée. Il était temps pour lui de se rendre à l'école des sourds. Il avait rendez-vous avec Kenny, même si l'adolescent ne le savait pas encore. Il jeta un coup d'œil, par-dessus son épaule, sur le sac en plastique de pressing qui contenait sa tenue de policier. Il allait lui falloir se changer en vitesse. Sa chemise n'avait pas exactement la bonne coupe, ni son chapeau, mais il était prêt à parier que Kenny ne connaissait pas dans le détail l'uniforme de la police de Minneapolis.

18

Mardi 21 septembre, 23 h 30

Olivia se réveilla lentement, baignant dans une douce euphorie. Elle était nue. Elle ouvrit les yeux et se raidit un peu lorsqu'elle réalisa où elle se trouvait et à qui appartenaient les mains qui étaient posées de manière possessive sur ses seins. Elle était lovée de dos contre la poitrine musculeuse de David. Et celui-ci ne dormait pas, à en juger par l'excroissance qu'elle sentait plaquée contre ses fesses.

— Ne pars pas, lui chuchota-t-il à l'oreille. S'il te plaît…

— Je n'en ai pas l'intention, mais il faut que j'aille chercher mon téléphone, au cas où je recevrais un appel.

— Ce n'est pas la peine, il est sur la table de nuit… Je l'ai trouvé dans la poche de ton manteau.

Elle souleva la tête. Ses yeux commençaient à s'habituer à l'obscurité. David avait empilé ses vêtements sur une chaise près du lit. Son sac à main trônait en haut de la pile.

— J'ai dormi combien de temps ?

— Deux heures. Je te remercie de m'avoir laissé une chance de me racheter. C'est bien le cas, hein ?

— Je dirais que tu as fait plus que ça, murmura-t-elle.

— Des regrets ?

— Non.

Elle avait encore quelques questions à lui poser, mais elle n'éprouvait aucun regret.

— Tant mieux, dit-il.

Il déposa un baiser sur son front et ajouta :

— J'en avais terriblement besoin.

— Moi aussi.

— Je pensais que tu aurais voulu qu'on s'explique d'abord…

Elle soupira légèrement.

— Moi aussi.

— Qu'est-ce qui t'as fait changer d'avis ?

— Cette phrase, en partie : « Je te désire plus que tout au monde… » Sacrée belle tirade, David…

— Ce n'était pas une tirade, Olivia. Je te désire vraiment plus que tout au monde. Mais à présent, je peux me remettre à penser, c'est déjà ça… Si cet aveu ne t'a convaincue qu'en partie, quelles sont les autres raisons ?

Le mur de la chambre de Joel Fischer, songea-t-elle.

— On a une piste sur les incendiaires de la résidence du lac, dit-elle par association d'idées. L'un d'entre eux a fait une overdose au volant, hier matin. Il a fait une sortie de route et il est mort sur le coup.

— Il a été pris de remords ?

— C'est ce que je pense. J'ai visité sa chambre, chez ses parents. J'ai vu toutes les plaques honorifiques accrochées au mur, toutes pour service rendu à la communauté. Ce garçon voulait se distinguer. Je crois qu'il s'est laissé entraîner et que le sentiment de culpabilité, ensuite, l'a poussé à se suicider. Je me suis dit qu'il avait certainement fait longtemps le bien avant de faire, une seule fois, le mal, et qu'il ne l'a pas supporté… Ensuite, j'ai repensé à Lincoln, à ses propres remords…

Elle s'interrompit avant d'ajouter :

— Que tu avais l'air de comprendre…

David se crispa un peu et fit glisser ses mains des seins d'Olivia à son ventre. Elle posa les siennes dessus et poursuivit :

— Je me demande bien ce que tu as compris au juste, au sujet de Lincoln. Quand tu as dit « Et alors ? » hier soir, quand on discutait de ce qui était arrivé la nuit du mariage de Mia…

— Où veux-tu en venir ?

— Tu pensais avoir fait quelque chose d'autre… Quelque chose de pire. Et ça t'inquiétait. Je me suis demandé si je n'aurais pas dû, moi aussi, m'en inquiéter davantage. Et puis j'ai décidé que ça n'avait pas beaucoup d'importance. Tu as fait plus que prouver que tu es quelqu'un de bien. Mais je continuais à vouloir des réponses à mes questions, et puis je t'ai vu… Et tout ça m'a paru encore moins important. Parce que, moi aussi, je te désire plus que tout au monde.

— Alors, quelle est ta question, Olivia ?

— Qui es-tu vraiment, David Hunter ?

Elle lui sourit, pour atténuer la rudesse de la question.

— Qui es-tu d'autre que ce pompier au grand cœur qui sauve les chats des vieilles dames et qui est toujours prêt à se porter volontaire pour aider son prochain ?

Il détourna les yeux.

— Je ne sais pas, répondit-il. Ça fait tellement longtemps que je suis cet homme-là que je ne me reconnais plus dans celui que j'étais avant…

Elle perçut la sincérité de cette réponse, mais aussi le profond malaise qu'elle recelait.

— Mais qui étais-tu *avant* ?

Il tressaillit.

— Je n'étais pas aussi sympathique. Je ne crois pas que tu m'aurais apprécié, à l'époque…

— Quel âge avais-tu « à l'époque » ?

— Dix-huit ans.

Cela faisait donc dix-huit ans, songea-t-elle. Il avait vécu la moitié de son existence en portant le poids de son mystérieux péché.

— Et qu'est-ce que tu as fait de si grave, à dix-huit ans ?

Il se détacha d'elle subitement, mais elle se redressa aussitôt et le retint par le bras, au moment où il allait poser ses pieds au sol.

— Ne fais pas ça, dit-elle d'une voix insistante. Ne te ferme pas comme ça. Quelle que soit la gravité de ton acte, ou de ce que tu crois avoir fait, ça t'a empêché de venir à moi pendant deux ans et demi. C'est donc aussi ma vie qui en a été affectée. Tout ce temps a passé, David, et il a été gâché. Je ne veux pas en perdre davantage. Je suis là, dans tes bras, dans ton lit… Je n'ai pas peur de toi. Alors, dis-moi ton secret.

Il s'assit sur le bord du lit en lui tournant le dos, les épaules basses.

— Je ne peux pas !

Se fiant à son instinct, elle tenta sa chance :

— Comment s'appelait-elle ?

Il y eut un long, très long silence.

— Est-ce que ça concerne Dana ?

Il tourna légèrement la tête, l'air surpris.

— Non…

— Mia m'a parlé d'elle. Elle m'a raconté comment elle aidait les femmes battues, comment elle les protégeait de leurs maris. Elle m'a dit aussi que tu l'épaulais dans son action.

— Mais non, moi je ne faisais que réparer les toits…

— Et c'était d'une importance primordiale pour des femmes qui avaient besoin d'un endroit sec et bien isolé pour y élever leurs enfants. Pourquoi te dévouais-tu ainsi ? Pour Dana ou pour ces femmes et leurs enfants ?

— Les deux. Dana faisait dans le concret. Elle ne se contentait pas de parler des épreuves subies par ces femmes, elle agissait. Et je l'admirais pour ça.

— Tu l'aimais, en fait.

Il lui tourna de nouveau le dos.

— Oui, admit-il.

Olivia en ressentit une pointe de jalousie et de désarroi.

— Ou peut-être était-ce seulement l'idée que je me faisais d'elle que j'aimais, s'empressa-t-il d'ajouter. J'ai toujours su qu'elle n'éprouvait pas les mêmes sentiments pour moi… Avec elle, j'avais sans doute l'impression que ça n'irait jamais loin et ça me rassurait, en quelque sorte. Je sais, ça a l'air idiot…

— Mais non… Pas du tout.

Ils restèrent de longues minutes sans rien ajouter, puis Olivia rompit le silence :

— Comment s'appelait-elle, David ?

— Megan.

— Et elle avait dix-huit ans, elle aussi ?

— Oui.

— Et tu l'aimais ?

Il eut un rire affreusement triste.

— Pas autant que je m'aimais moi-même, malheureusement.

— Que lui est-il arrivé ?

— Elle est morte, dit-il à voix basse. Assassinée par son beau-père… L'interrogatoire est terminé ?

— Tu m'as promis de répondre à ma question. J'ai

l'impression que l'homme que tu es devenu a un rapport avec ce que Megan était pour toi.

Elle attendit un long moment avant qu'il ne se décide à continuer.

— Je ne sais par où commencer…, finit-il par dire.

Elle lui caressa le bras.

— Essaie par : « Il était une fois une fille nommée Megan »…

— On s'est rencontrés au collège. C'est avec elle que j'ai dansé pour la première fois. C'est la première fille que j'ai embrassée…

— Et qu'est-ce qui est arrivé ?

— Le temps a passé. On est allés au lycée ; on a arrêté de sortir ensemble, mais on est restés amis. Ensuite mon frère Max est devenu basketteur professionnel et tout a changé. Il était l'un des joueurs les plus en vue de la NBA. Sa vie en a été bouleversée. Ainsi que la mienne.

— Pour le meilleur ou pour le pire ?

— Au début, je pensais que c'était super. J'avais seize ans et j'étais déjà très imbu de moi-même. Je jouais dans l'équipe de base-ball de mon lycée et mon entraîneur me disait que j'étais assez doué pour viser une bourse d'études, permettant d'intégrer une grande équipe universitaire. Et puis, j'étais beau gosse. Les filles me couraient après. Beaucoup de filles… A l'époque, rien d'autre ne comptait, pour moi.

— Qu'est-il arrivé à Megan ?

— Je ne la voyais plus beaucoup. J'étais un sportif et j'étais devenu très populaire Il me fallait la plus jolie fille de la classe, la plus délurée. Megan ne faisait pas le poids, à côté. J'avais un peu pitié d'elle, de sa gaucherie et de ses difficultés à se faire des amis. Je n'aurais pas dû. Pas pour cette raison, en tout cas.

— Pour quelle raison, alors ?

— Son père est mort, quand elle était au collège. Elle avait un petit frère et sa mère travaillait dur pour les élever. Et puis, quand Megan a eu seize ans, sa mère s'est remariée. Leur vie aurait dû s'améliorer, mais son beau-père était un vrai taré.

— Oh non, murmura Olivia avec une tristesse sincère, comme si elle connaissait déjà la suite de l'histoire.

— Il les tyrannisait. Personne ne savait qu'il les frappait, mais on aurait dû s'en apercevoir ! Moi, du moins, j'aurais dû. Mais j'avais mieux à faire que de m'en inquiéter, dit-il d'un ton cinglant. Il fallait que je soigne ma popularité. Que je m'amuse avec les gens en vue…

— « Ce n'est qu'un visage », murmura Olivia.

Elle comprenait à présent ce qu'il avait voulu dire.

— David…, commença-t-elle.

— Oui, j'étais bien trop occupé avec ma précieuse petite personne, l'interrompit-il, comme si son récit lui faisait oublier sa présence. De surprises-parties en matchs de base-ball, j'avais tant à faire, tu comprends… Je savourais la gloire de mon frère, devenu une vedette de la NBA, j'en profitais, je faisais le beau. Je n'ouvrais jamais un livre. Les filles les plus douées faisaient mes devoirs à ma place. Le monde était à mes pieds…

— Comment es-tu tombé de ton piédestal ?

— J'étais en terminale et il y a eu une fête. Les parents de l'un de nos camarades étaient partis en week-end et nous en avons profité pour faire une fête endiablée chez eux. Bière au tonneau, bouteilles en tout genre, cannabis… Et plein de filles. J'ai bu. Beaucoup trop bu… Et puis, à un moment, Megan a débarqué dans la fête.

Il serrait les dents et son regard semblait se perdre dans le vide.

— J'étais complètement soûl et si pris par la fête que je ne me suis même pas rendu compte qu'elle avait un œil au beurre noir… Il faisait sombre et la musique était à fond. Je me suis dit qu'elle était venue pour les mêmes raisons que les autres filles… Pour ce visage que la nature m'a donné. Je l'ai embrassée pour la saluer et elle s'est accrochée à moi un instant. Alors je l'ai tripotée et j'ai voulu glisser les mains sous sa chemise… Elle a tenté de me repousser. Pour qui se prenait-elle ? Je ne pouvais laisser personne me repousser.

— Ça t'a mis en colère…

— Oui. Très… Elle s'est mise à pleurer. Elle m'a dit qu'elle avait besoin de mon aide… De ma voiture… Qu'il fallait qu'elle s'en aille au plus vite de chez elle. Mais, moi, j'étais trop en colère contre elle, je l'ai repoussée à mon tour et je lui ai dit de s'adresser à quelqu'un d'autre, à quelqu'un qui…

Sa gorge se serra et il crut qu'il ne pourrait pas finir sa phrase. Ce fut d'une voix brisée qu'il reprit :

— A quelqu'un qui l'aimait. Elle n'était que Megan, l'insignifiante et terne Megan… Alors que moi, j'étais un champion, un tombeur de filles…

Olivia lui posa la main sur le dos et le sentit se hérisser, sans toutefois fuir le contact.

— Et ensuite ?

— La fête s'est poursuivie. Personne n'avait remarqué son arrivée, et personne ne l'a vue partir. Comme si elle n'existait pas… Alors que nous, nous nous prenions pour des vedettes. Je n'ai plus pensé à elle une seconde, cette nuit-là. C'était la première fois que je me soûlais, et le lendemain j'ai eu une gueule de bois terrible. Je ne pensais qu'à rentrer à la maison avant que ma mère ne revienne de la messe. Si elle avait su que j'avais découché, elle m'aurait arraché les yeux. Et puis, en rentrant, je suis passé devant la maison de Megan…

— Tu te souvenais de la manière dont tu l'avais traitée ?

— Je n'en avais qu'un vague souvenir ; mais je me souvenais de ce qu'elle m'avait dit et qu'elle avait pleuré… Je n'avais pas réalisé la gravité de la situation, avant de passer devant chez elle au volant de ma voiture. Il y avait une voiture de police garée devant sa porte, avec le gyrophare qui clignotait. Mon cœur s'est mis à battre plus fort. Je me suis arrêté, j'ai couru jusqu'à la porte d'entrée et… je l'ai vue. Le flic en faction a essayé de m'empêcher de regarder à l'intérieur, mais il était trop tard, j'avais déjà vu…

— Elle était morte ? demanda Olivia à voix basse.

— Ils étaient tous morts. Sa mère était dans l'escalier. Sa tête… Son mari lui avait défoncé le crâne avec une batte de base-ball. Megan était étendue au milieu du salon…

Tout tremblant, il inspira profondément, avant de reprendre d'une voix pleine de sanglots contenus :

— Il l'avait tabassée, elle aussi. Elle était allongée sur son petit frère, comme si elle avait voulu le protéger. Il y avait des vêtements partout dans la pièce et une valise ouverte et vide dans un coin.

— Elle avait voulu s'enfuir ?

— Elle a essayé. Son beau-père s'en était rendu compte et avait voulu l'en empêcher. Il a été saisi d'une crise de folie meurtrière… Il les a tués tous les trois. Et puis il s'est logé une balle dans la tête.

— Qu'a fait la police ?

— Ce jour-là ? Les policiers m'ont demandé de témoigner. J'ai dit que je ne savais rien… Je n'ai pas osé leur dire que Megan était venue me demander de l'aide la veille.

La voix de David était pleine de haine et de mépris

pour lui-même, et pour lui seul. Olivia en souffrait pour lui. Bouleversée, elle peinait à trouver les mots justes.

— Et après ce jour tragique ?

Il haussa les épaules d'un air las.

— Les journaux n'en ont pas parlé longtemps… Il n'y avait aucune énigme à résoudre… Une seule question est restée sans réponse : comment se faisait-il que personne ne se soit aperçu du danger et n'ait empêché ce psychopathe de tuer trois innocents ?

— Tu en as parlé à quelqu'un ?

— Non. J'ai essayé, à deux ou trois reprises… J'ai tenté d'en parler à mon père, mais je n'aurais pas pu supporter son dégoût pour ma conduite. Mon père était déjà blessé par celle de mon frère Max, le champion de basket. Max s'était fait de nouveaux amis et on ne le voyait plus guère à la maison. Il menait grand train, loin de nous. Ma honte était si forte que je ne me sentais même pas capable de me confier au prêtre de notre paroisse… J'ai été admis à l'université ce semestre-là et j'ai échoué lamentablement. Je ne trouvais plus le sommeil. Je ne cessais de revoir ces corps meurtris, disloqués. Je devenais dingue. Il fallait que j'en parle à quelqu'un… Alors j'ai cassé ma tirelire pour aller retrouver mon frère Max à Los Angeles. Nous avions toujours été très proches et… je me fiais à lui, j'étais sûr qu'il ne me rejetterait pas, malgré ma conduite ignominieuse…

Le cœur d'Olivia se serra.

— Qu'a-t-il dit ?

— Je ne lui en ai jamais parlé, en fait. Quand je suis arrivé chez lui, il donnait une très grosse fête. J'ai vu toutes ces bouteilles d'alcool et toutes ces femmes, et je crois bien que je me suis énervé. Ça m'a rappelé la fête où Megan était venue me demander de l'aide… Ça m'a rappelé ma fatuité et mon égoïsme… J'ai jeté toutes les bouteilles par la fenêtre et j'ai dit aux invités de rentrer chez eux. Max a cru que j'étais venu le chercher pour le sauver de cette vie dissolue. Je crois qu'il avait besoin de quelqu'un pour le remettre dans le droit chemin, et il se trouve que ça a été moi, par hasard en fait. Il est rentré chez nous, il s'est réconcilié avec notre père et le soir même, ils ont eu un accident de voiture. Mon père est mort sur le coup et Max est resté paralysé. Ma mère en fut écrasée. Max avait perdu l'usage de ses jambes. Il avait besoin d'aide pour sa rééducation… Il avait besoin de moi.

— Comme Megan avait eu besoin de toi…

— Oui. Alors je me suis consacré entièrement à lui. Il m'arrivait même, certains jours, de ne plus penser à Megan pendant des heures de suite. Tout le monde croyait que j'agissais ainsi par grandeur d'âme… Alors que j'essayais seulement de ne pas perdre la raison.

— Comme Lincoln… C'est ce que tu as compris, à son sujet ? C'est pour ça que tu as eu pitié de lui ?

— Je n'arrête pas de me dire que j'aurais pu connaître le même sort que lui, devenir aussi fou que lui.

— Ton cas est complètement différent, David. Mais je comprends que tu fasses le rapprochement. Et Lincoln a perçu ton empathie. Tu es peut-être le premier être humain avec qui il arrive à communiquer depuis des mois.

Elle posa sa joue contre son bras et ajouta :

— Ton secret a dû être bien lourd à porter pendant ces dix-huit années… Mais ce n'est pas toi qui as tué Megan et sa famille. Sa mère s'est mise en danger ; elle a mis en danger ses enfants, en restant avec un homme aussi violent. Pourquoi Megan n'est-elle pas allée demander la protection de la police ? Pourquoi s'est-elle adressée à toi ?

— Je pense qu'elle me croyait encore son ami. Elle

avait sans doute encore un peu le béguin pour moi. Je ne l'évitais pas et il nous arrivait de bavarder dans les couloirs entre deux cours. Mais je te l'ai dit : j'éprouvais une forme de pitié pour elle. Ce n'est que rétrospectivement que j'ai réalisé combien elle avait dû se sentir seule… Elle marchait toujours la tête baissée, et j'attribuais sa tristesse à son peu de succès auprès des autres élèves.

— Tu n'étais qu'un adolescent, David.

— Je sais, mais quand même… Après l'avoir vue morte, toute… cassée, je suis rentré chez moi. J'ai essayé de me souvenir de ce qu'elle m'avait dit exactement ; je me demandais pourquoi elle s'était adressée à moi. Et puis je me suis rappelé qu'elle était venue me trouver entre deux cours, la veille de cette maudite fête… Elle m'avait demandé si j'avais trouvé le mot qu'elle avait glissé dans un de mes livres de classe. J'étais occupé, alors je lui ai répondu : « Bien sûr. » Elle m'a demandé si j'étais prêt à le faire. Je ne savais pas de quoi elle me parlait, mais j'ai dit « bien sûr », sans même prendre le temps de m'arrêter pour en savoir davantage. Ce n'est que le jour de sa mort que j'ai retrouvé ce mot.

— Que disait-il ?

Il se leva lentement et prit son portefeuille, dans la poche arrière de son pantalon. Il en sortit un vieux bout de papier tout froissé. Il le déplia délicatement et le tendit sans un mot à Olivia.

Elle eut du mal à ne pas tressaillir en le lisant.

— Sa mère ne voulait pas quitter cette brute, et Megan ne savait plus à qui se fier, murmura-t-elle, après avoir achevé sa lecture. Elle te demandait de passer la prendre le lendemain soir…

— C'est-à-dire le soir de la fête. Elle comptait emmener son petit frère avec elle. Elle était décidée à fuir. Elle me demandait simplement de les conduire en voiture à la gare routière. J'aurais pu les sauver, si j'avais pris la peine de regarder dans mon livre pour connaître la teneur de son message. J'aurais pu les sauver !

— Oui, c'est vrai, tu aurais pu la sauver. Mais tu aurais pu tout aussi bien arriver chez elle en voiture et te faire tirer dessus par sa brute de beau-père. Sa mère était une adulte, responsable de ses actes et connaissant ses droits. Elle aurait dû prévenir la police, se mettre sous sa protection. C'était une tragédie, David, incontestablement… Mais ce n'est pas toi qui l'as provoquée.

Il replia la lettre, la remit dans son portefeuille et se tourna vers elle, le visage déformé par la douleur.

— Je revois encore leurs visages…

— Tu ne savais pas que la situation familiale de Megan était aussi grave. Si tu l'avais su, tu serais intervenu, j'en suis sûre.

— Comment le sais-tu ?

— Tu n'es pas devenu l'homme que tu es aujourd'hui du jour au lendemain. Ces valeurs étaient déjà en toi, sinon tu ne te serais pas infligé une telle pénitence pendant dix-huit ans. David, tu as aidé tant de gens, depuis ! Tu as su transformer une tragédie, dont tu n'étais pas responsable, en une raison de servir tes frères humains. Pendant combien de temps encore vas-tu punir le gamin égoïste que tu étais ?

— Je ne sais pas. Mais c'est pour cette raison, en tout cas, que je m'inquiétais de ce que j'aurais pu faire ou dire, le soir du mariage de ta sœur…

— Tu as eu peur de m'avoir forcée ? David, tu n'as pas forcé Megan, même ce jour-là. Quand elle t'a repoussé, tu as arrêté. Tu lui as dit des méchancetés, mais tu n'as pas insisté.

Il hocha la tête.

— Oui, dit-il, sans doute, mais…

— Combien de familles as-tu aidé Dana à sauver, en travaillant pour faire de son refuge un endroit sain, sûr, accueillant ?

— Des dizaines, peut-être…

— Et tu continues à travailler bénévolement pour les refuges de Minneapolis, contribuant ainsi à sauver d'autres familles. Megan est morte, personne ne peut le nier, mais grâce à toi, de nombreux autres enfants et de nombreuses autres femmes ont échappé à l'enfer de la maltraitance. Cela devrait te suffire… Bien sûr, on n'en fera jamais assez pour redresser les torts, pour sauver des vies. Mais on ne peut, à soi tout seul, éradiquer tous les maux dont souffre le monde, David. Il faut simplement faire de son mieux…

Il se rassit sur le bord du lit.

— Je sais bien, admit-il.

— Mais je comprends que ce soit dur de voir des gens souffrir et de ne rien faire pour que ça change. Je te remercie de m'avoir confié ton secret, de m'avoir parlé de Megan.

— Qu'est-ce que ça change ?

— Tu me demandes si ça change la vision que j'ai de toi ? Oui et non. Je savais déjà que tu es un type bien. Mais en ce qui concerne ce qui s'est passé entre nous…

Elle marqua une pause, et haussa les épaules avant de poursuivre :

— Tu as prononcé le nom d'une autre femme au moment où je te faisais jouir… Ensuite, tu es venu t'installer ici et tu t'es comporté comme si tu ne me connaissais pas… J'avais envie de te détester… Une partie de moi-même t'en voulait terriblement.

Il évita son regard pour lui demander :

— Et… c'est toujours le cas ?

— Que je te déteste ? Non. Je comprends maintenant

ta réaction. Mais je ne peux pas ignorer le fait que tu as longtemps aimé Dana. Et qu'elle était encore dans ta tête quand tu as passé la nuit avec moi, à Chicago. Je crois qu'il va me falloir du temps pour oublier ça.

— Et du cœur, chuchota-t-il. De la confiance…

— Oui. Il va falloir que tu m'accordes un peu de temps pour que je te fasse entièrement confiance. Cela dit, je ne comprends toujours pas pourquoi tu as gâché deux ans et demi de nos vies, en faisant le mort. Pourquoi ne m'as-tu tout simplement pas demandé tout de suite ce qu'il en était ?

— J'avais peur d'entendre la vérité.

— Tu sais, ce soir-là, tu m'as dit que tu détestais les mariages parce que tout le monde avait trouvé l'âme sœur, sauf toi. Et je me suis demandé comment un homme aussi beau que toi pouvait se retrouver seul…

— Ce n'est qu'un visage, Olivia. Je n'ai rien fait pour le mériter.

Elle lui effleura la joue du bout des doigts.

— C'est même un très beau visage… Et ce n'est pas plus mal. Mais le plus important, pour moi, c'est l'homme qui se trouve derrière ce visage. Tu es un chic type, David. Honorable et dévoué. C'est grâce à des gens comme toi que le monde pourra devenir plus humain.

Il se tourna vers elle, au bord des larmes.

— J'ai besoin que tu en sois persuadée.

Elle ne pouvait détacher son regard du sien.

— J'en suis persuadée, David.

— J'ai toujours envie de toi, murmura-t-il. Plus que tout au monde.

Le pouls d'Olivia s'accéléra.

— Moi aussi, fit-elle.

Et en un éclair, la bouche de David se colla à la sienne, vorace et avide, ses mains la couvrirent de caresses. Il la fit rouler sur l'oreiller et la couvrit de tout son long. Ensuite, elle se laissa porter au septième ciel.

Mercredi 22 septembre, 0 h 25

Il ajusta son nœud de cravate, mettant ainsi une touche finale à son déguisement. Il trouvait les cravates inconfortables, contraignantes et étouffantes. Il n'avait jamais compris comment son père pouvait en porter en permanence, même à la maison.

Il repassa de l'arrière de la camionnette au siège du conducteur, redémarra et roula jusqu'à une rue parallèle au parking de l'école, à l'arrière du bâtiment. Ce parking servait de lieu de rassemblement, en cas d'évacuation. Il l'avait appris en consultant le site web de l'école.

Que le spectacle commence !

Tenant d'une main un brouilleur de voix et de l'autre un téléphone jetable, il appela le standard de l'école, prêt à débiter le message qu'il avait appris par cœur.

Mercredi 22 septembre, 0 h 35

Olivia était à moitié assoupie, lorsqu'un téléphone se mit à sonner dans la chambre.

— C'est le tien, marmonna-t-elle. La sonnerie du mien, c'est l'air du générique des *Looney Tunes*.

David se pencha au-dessus d'elle et chercha son téléphone portable à tâtons.

— Hunter à l'appareil, fit-il, lorsqu'il l'eut attrapé.

Puis il bondit brusquement hors du lit et, calant l'appareil entre son épaule et sa joue, enfila en vitesse son caleçon.

— Qu'est-ce qui s'est passé ? demanda-t-il.

Il prit son pantalon et se figea subitement.

— J'arrive ! dit-il, avant de raccrocher.

— Un problème ? lui demanda Olivia. Je croyais que tu ne reprenais ton service qu'à 8 heures.

— Une situation d'urgence… Des renforts sont demandés pour maîtriser l'incendie d'une maison devenu incontrôlable.

— Pourquoi ne font-ils pas appel aux casernes ?

— Ils l'ont fait. Mais cet incendie a l'air vraiment grave, et il y a déjà des pompiers blessés. Le feu s'est propagé à une maison voisine et a fait exploser une citerne de propane. L'explosion a emporté toute une partie du pâté de maisons, en fait…

Il acheva de s'habiller puis se pencha pour embrasser la jeune femme sur la bouche.

— Rendors-toi. J'en ai peut-être pour un bon bout de temps…

Arrivé à la porte, il parut hésiter.

— Olivia…

Elle savait ce qu'il voulait lui dire. Mais elle savait aussi qu'il était encore beaucoup trop tôt pour échanger des promesses qu'ils prendraient, l'un et l'autre, très au sérieux.

— Ne t'inquiète pas pour moi, s'empressa-t-elle de dire. Fais attention à toi.

— Comme toujours… Je t'appellerai dans la matinée, si ça dure…

Elle rééteignit la lumière et se glissa sous les couvertures. Puis, prise d'une impulsion soudaine, elle échangea leurs oreillers. Ainsi, elle pouvait sentir l'odeur de David et cela la fit soupirer d'aise. Elle somnolait déjà, lorsque son propre téléphone fit retentir la musique des *Looney Tunes*. A plein volume.

— Sutherland, dit-elle.

— C'est Kane. Il faut que tu ailles à l'école des sourds. Tout de suite !

Elle roula hors du lit en faisant une grimace. Ses muscles venaient d'être mis à rude épreuve…

— Pourquoi ? demanda-t-elle.

— Une alerte à la bombe.

Une bouffée d'adrénaline vint lui clarifier les idées sans attendre et elle enfila en hâte sa robe.

— Quand ça ?

— Il y a dix minutes. L'école est en train d'être évacuée. Les artificiers de la police et les pompiers sont déjà sur place.

Elle enfila ses escarpins à talons hauts et lui demanda :

— Où es-tu ?

— Je sors de chez moi. J'y serai dans un quart d'heure, grâce au gyrophare. Et toi, tu es où, là ?

— Au chalet… Je tâche d'arriver le plus vite possible.

Elle sortit ses clés de son sac à main et fonça tant bien que mal vers sa voiture, dans laquelle elle avait laissé un petit sac de voyage contenant les vêtements de rechange qu'elle avait eu la prévoyance d'emporter.

— Kane, qui donc pourrait bien vouloir faire sauter l'école des sourds ?

— Soit personne et on a affaire à de mauvais plaisants, soit il s'agit d'une vengeance contre un élève ou un membre du personnel… Soit la menace vient de quelqu'un qui veut que le dortoir soit évacué…

— Kenny ! On a parlé à vingt et un gamins et, dans le tas, il n'y avait qu'un seul pensionnaire : Kenny.

— J'y ai pensé… J'ai déjà prévenu le standard du commissariat de donner consigne aux premiers collègues qui arriveront sur place de le trouver et de veiller sur lui.

— Comment les incendiaires ont-ils appris son existence ?

Elle prit son sac et revint en hâte au chalet pour se changer.

— Il est notre lien avec un témoin oculaire, reprit-elle. Qui a bien pu aller raconter qu'on l'avait interrogé ?

— Ça pourrait être n'importe qui, un élève ou un prof… Je ne crois pas qu'une vingtaine d'adolescents puissent garder un secret.

— Oh, mon Dieu !

Un mauvais pressentiment lui glaçait les entrailles.

— Kane, je n'ai jamais pu joindre directement Val au téléphone. Je lui ai laissé des messages sur sa boîte vocale, mais elle, elle ne m'a répondu que par SMS…

— Merde ! Habille-toi en vitesse et rejoins-moi. Je vais demander à des collègues de vérifier où elle se trouve.

Mercredi 22 septembre, 0 h 45

L'évacuation se déroulait bien, mais non sans une touche de chaos. Il était dissimulé derrière un bosquet, en bordure du parking de l'école. Il observait les enfants sortir en hâte du dortoir, tous en pyjamas. Agés de cinq à dix-huit ans, ils étaient plus nombreux qu'il ne l'avait pensé. Ils étaient tous terrifiés.

Certains avaient eu le temps de passer leurs chaussures, d'autres les tenaient à la main. Il dirigea son regard sur le groupe des élèves les plus âgés, guettant une paire de Converse bleues.

Les gamins se parlaient dans la langue des signes, avec la plus grande agitation, tandis que les surveillants les dirigeaient vers les endroits spécifiés par le plan d'évacuation.

Il commençait à se dire qu'il ne trouverait jamais Kenny dans cette foule, lorsqu'il le repéra enfin. Châtain-blond, un mètre quatre-vingts, chaussé de Converse bleues. Il se tenait sur le côté, l'air abattu.

Il sortit son calepin et griffonna des messages sur deux pages différentes qu'il détacha. Puis il se dirigea vers le garçon d'un pas assuré, ainsi qu'il avait vu tant de flics le faire, en entrant ou en sortant de la sandwicherie. Il lui tapota l'épaule, sans prêter la moindre attention aux autres élèves ni aux surveillants.

Kenny lut le message d'un œil morne.

« Kenny Lathem, les inspecteurs veulent te dire encore un mot. »

Pendant un instant, il crut que l'adolescent allait s'enfuir. Mais Kenny se crispa et hocha la tête avec raideur. Il l'invita donc à le suivre…

— Attendez ! cria une voix éraillée.

C'était l'un des surveillants, qui lui faisait face, grelottant dans le vent nocturne.

— Où emmenez-vous ce garçon ?

Son élocution était légèrement pâteuse, mais tout à fait audible.

Baissant la tête, il lui tendit la feuille de papier qu'il avait déjà montrée à Kenny, puis la récupéra après que le surveillant eut lu et acquiescé d'un hochement de tête.

Soucieux de ne pas laisser d'empreintes digitales derrière lui, il portait des gants noirs, mais il ne voyait aucune raison d'abandonner un tel indice. Son chapeau à large bord masquait une bonne partie de son visage et, en baissant la tête, il empêchait tout témoin de distinguer clairement ses traits.

Et même s'il s'en trouvait un pour le décrire, qu'en serait-il ? Il ressemblait à Monsieur Tout-le-monde. La nature l'avait pourvu d'un de ces visages qui se fondent partout et ne se distinguent en rien. En outre, il avait pris soin de transformer ses pommettes, son nez et son menton avec de la pâte à nez. Il était donc impossible de le reconnaître.

D'un signe de la tête, il indiqua de nouveau à Kenny de le suivre. Ils se rendirent de l'autre côté du bâtiment, hors de vue. Puis il sortit son pistolet, dont il appuya le canon sur le ventre du garçon. Il lui remit la deuxième feuille.

« Si tu hurles, je te tue. Tourne-toi et marche. Lentement. Si tu cours, je te tue. Ensuite je tuerai tous les membres de ta famille. Hoche la tête si tu as bien compris. »

Kenny hocha presque imperceptiblement la tête.

Il palpa les poches du pantalon du garçon et y trouva son téléphone portable qu'il glissa dans l'une de ses propres poches. Puis il enfonça le canon de son pistolet dans les reins de Kenny, et ils se remirent à marcher. Au bout de quelques pas, il aperçut sa camionnette.

Jusque-là, tout va bien…

Ils parvinrent à la camionnette. Il ouvrit la portière latérale coulissante et poussa le garçon à l'intérieur. C'est alors qu'il entendit un bruit. Le bruit d'une branche morte qui se brisait derrière lui.

Merde.

— Plus un geste ! Police !

C'était une voix grave et sonore. Et qui se rapprochait.

Il referma la portière latérale d'un geste sec et ouvrit la portière du conducteur. Il avait déjà posé un pied dans l'habitacle, lorsqu'une main le saisit au col et le tira vivement en arrière.

— Sortez de cette bagnole !

Il agrippa le volant de la main gauche, tenant toujours son pistolet de la droite. Il plaqua l'arme contre sa poitrine pour que le flic ne la voie pas. L'autre lui lâcha le col et lui saisit le poignet gauche, en le tordant.

Ça faisait mal. Très mal. Le flic qui l'immobilisait ainsi ouvrit de sa main libre la portière latérale. Kenny sortit de la camionnette d'un bond et détala sans demander son reste.

— Vous êtes en état d'arrestation ! cria encore le flic.

Ça, pas question !

Il se redressa brusquement et fit feu. La détonation l'assourdit et le recul fit vibrer son bras droit jusqu'à l'épaule. Il sentit l'odeur âcre de la poudre, puis entendit aussitôt un faible râle. La main qui lui serrait le poignet devint toute molle. Il appuya une seconde fois sur la détente. Le corps du flic tomba à la renverse. Il s'assit en hâte sur le siège du conducteur, tourna la clé qu'il avait laissée sur le contact et démarra en trombe.

Il regarda dans son rétroviseur latéral, vit une silhouette étendue sur le sol. Immobile. Ce n'était pas un flic en uniforme. Il portait un costume. Son feutre gisait à un mètre de son bras tendu. Il était costaud, brun et… Il le connaissait… C'était l'inspecteur Kane…

— Putain de merde, lâcha-t-il entre ses dents serrées.

Il avait perdu son propre chapeau dans la bagarre.

J'ai laissé mon putain de chapeau derrière moi !

Calme-toi. Tu portais des gants. Et ce n'est qu'un chapeau.

Oui, mais ils pourraient y trouver un cheveu.

Et alors ?

Les flics ne tireraient rien d'un tel indice, faute de pouvoir le comparer avec son profil physiologique. Or il n'avait jamais fait l'objet d'aucun prélèvement organique. Et s'il était prudent, il n'y avait aucune raison pour que les flics s'intéressent à lui.

J'ai tiré sur un flic. Il est peut-être mort.

Le meurtre du flic à la retraite, à la résidence du lac, l'avait amusé parce que, dans ce cas, tout accusait la bande des Quatre. Or, à présent, les Quatre n'étaient plus que deux.

Et les flics vont récupérer mon chapeau. Ils ne lâcheront pas l'affaire avant d'avoir trouvé le meurtrier — avant de m'avoir trouvé…

Il va falloir que je fasse très attention pendant un moment.

Il laissa échapper un rire amer.

Si je dois me mettre en cavale, j'irai en France…

Il s'engagea dans une petite rue, sortit de la camionnette et changea ses plaques d'immatriculation. Il entendit les sirènes des voitures de police qui affluaient vers l'école. *Ils me cherchent déjà.* Il prit le panneau aimanté qu'il avait glissé entre les sièges avant et sur lequel était inscrit : « LE DELI — LIVRAISONS À DOMICILE ». Les flics cherchaient une camionnette blanche ordinaire. Ce panneau le rendait insoupçonnable.

Il le fixa sur la portière du conducteur et remonta dans le véhicule. Il enleva la pâte à nez de son visage et tira sur le nœud de sa cravate pour s'en débarrasser. Il ôta sa chemise de policier et enfila un polo orné du logo du restaurant.

Son cœur battait trop vite et il n'aimait pas que son cœur s'emballe ainsi.

D'une main tremblante, il passa la première vitesse et redémarra. Il rejoignit la grand-route, où il se fondit dans le trafic.

Et, en plus, Kenny m'a échappé.

Il palpa la poche de son pantalon.

Mais j'ai son téléphone.

Tout n'était donc pas perdu…

*
* *

Mercredi 22 septembre, 1 heure

Olivia sortit de sa voiture et chercha aussitôt Kane des yeux. Mais elle ne vit nulle part sa haute silhouette, coiffée de son feutre. *« Un collègue blessé par balles »,* avait-elle entendu sur sa radio de bord, en chemin, et depuis une sourde angoisse ne l'avait plus quittée. *« Ses blessures sont graves. »* Elle avait essayé de joindre son coéquipier sur son téléphone portable trois fois au cours des cinq dernières minutes, mais Kane ne répondait pas. Or si ce n'était pas lui le collègue blessé, il aurait dû répondre, la connaissant, sachant qu'autrement elle allait s'inquiéter. Elle se promit de lui dire sa façon de penser, sans mâcher ses mots…

Elle fouilla la foule des yeux, en passant la rangée de véhicules de secours et de camionnettes de la presse.

Où est Kenny ? Où est Kane ?

Ce dernier n'était nulle part en vue, alors que sa stature le rendait d'ordinaire facilement repérable. Son cœur se serra douloureusement.

Et lorsque deux policiers en uniforme vinrent à sa rencontre, il cessa de battre un instant.

Non !

Elle ne connaissait que trop bien le regard qui assombrissait leurs visages.

Non !

Elle se mit à courir vers eux.

Non !

— Désolé, madame, mais on ne peut pas vous laisser passer, dit l'un des policiers, en lui prenant le bras pour arrêter sa course.

Mais elle se dégagea, sortit son insigne et se remit à courir. Un groupe de personnes s'affairait près d'un bosquet. Elle aperçut parmi eux des ambulanciers qui apportaient une civière. Elle vit clignoter le gyrophare rouge d'un véhicule du SAMU sur la petite route qui longeait ce bosquet.

Elle n'était plus qu'à trois mètres du groupe, lorsqu'un autre policier en uniforme se tourna vers elle et lui cria :

— Vous ne pouvez pas…

Elle bondit en avant, l'écartant rudement.

Et s'immobilisa subitement.

— Oh mon Dieu… Oh mon Dieu…

C'était bien lui. C'était Kane. Etendu sur le sol. Sa chemise blanche tachée de sang. De trop de sang. Deux secouristes le hissèrent sur la civière.

L'un d'eux se tourna vers Olivia.

Et secoua la tête.

— Non ! hurla-t-elle.

Et ce hurlement était similaire à ceux qu'elle avait tant de fois entendus, en allant annoncer un décès à des familles de victimes. Mais cette fois, c'est elle qui poussait ce cri. Avec sa bouche. Avec son cœur.

Elle avança en chancelant, se forçant à accompagner les secouristes jusqu'à l'ambulance.

— Je viens avec lui, dit-elle.

Les deux hommes se consultèrent du regard.

— D'accord, dit l'un d'eux. Mais ne le touchez pas, pendant qu'on tente de le réanimer…

Hébétée, elle grimpa à leur suite dans l'ambulance. Elle s'assit à côté du secouriste qui veillait sur Kane, tandis que l'autre s'installait au volant et démarrait aussitôt. Elle jeta un coup d'œil par la vitre arrière, sur la scène de crime. Des policiers en uniforme les regardaient s'éloigner. Elle aperçut le chapeau de Kane, toujours sur le sol.

— Son feutre, murmura-t-elle.

Le secouriste, qui était en train de pratiquer un massage cardiaque, leva les yeux vers elle et lui dit gentiment :

— Vos collègues le récupéreront et vous le remettront plus tard.

A moi, pas à lui, à qui ce couvre-chef ne sera plus d'aucune utilité…

— Oh, mon Dieu, fit-elle encore.

Elle se couvrit la bouche d'une main comme pour contenir cette vague de douleur qui lui vrillait les entrailles.

— Il faut que j'appelle le capitaine.

Le secouriste hocha la tête.

— Il faut prévenir la famille, lui dit-il.

Olivia hocha la tête lentement. Elle composa le numéro personnel d'Abbott.

— Olivia ? Qu'est-ce qui se passe ?

Elle ne pouvait pas parler. Elle n'arrivait pas à articuler le moindre mot.

— Olivia ? Olivia, vous êtes en ligne ?

— Bruce, gémit-elle.

C'est tout ce qu'elle parvint à dire.

Il y eut un silence à l'autre bout de la ligne, puis Abbott murmura lui aussi, d'une voix à peine audible :

— Oh, mon Dieu !

Elle regarda Kane, et elle sut qu'il était mort. Il ne bougeait plus. Ne respirait plus. Son visage était déjà blafard. Malgré les efforts du secouriste pour le réanimer, le moniteur cardiaque affichait une ligne désespérément plate. L'homme secoua la tête et lui dit :

— Je suis désolé…

— Kane est mort, dit-elle dans le téléphone.

— Je vous retrouve à l'hôpital. Je viendrai avec Jennie.

— Je suis arrivée trop tard, murmura-t-elle. Dix minutes trop tard.

— Vous savez ce qui s'est passé ?

— Non. Quand je suis arrivée… Il était déjà…

Ses mots se perdirent dans un murmure.

— Je vous rejoins le plus vite possible, Olivia…

Elle secoua la tête et regarda le secouriste, impuissant face à la mort.

— Ça n'a plus d'importance, dit-elle.

Et elle raccrocha.

— Est-ce que je peux lui tenir la main ? demanda-t-elle.

— Bien sûr, inspecteur… Je suis vraiment désolé… Il n'y avait plus rien à faire.

— Je sais… Je sais…

Elle prit la grosse main de Kane dans la sienne et répéta :

— Je sais…

Mercredi 22 septembre, 1 h 10

Il s'arrêta dans une épicerie ouverte la nuit. Il fit défiler les SMS que Kenny avait reçus et sourit, en trouvant ce qu'il cherchait.

> T'es où là ? J'attends ton SMS. Tu as envoyé mon message ?

C'était envoyé par un certain Austin.

Quel message ?

Il chercha encore et trouva la lettre qu'Austin avait dictée à Kenny. Il y relatait ce qu'il avait fait à la résidence du lac. Et il y décrivait dans le détail le meurtrier du vigile.

C'est moi qu'il décrit. Il m'a vu.

Si Kenny avait déjà transmis ce message à la police et que ces derniers mettent la main sur cet Austin…

Il serait extrêmement hasardeux de le laisser en vie,

alors qu'il pouvait le reconnaître au cours d'une séance d'identification. Il fallait le faire taire avant. Mais où se trouvait-il ?

S'il est à l'école, je suis cuit.

En faisant défiler tous les SMS envoyés et reçus, il soupira de soulagement. Kenny avait écrit à Austin le lundi après-midi :

> Qu'est-ce qui s'est passé avec oaks ?

Et son ami lui avait répondu :

> Il m'a renvoyé chez moi. Exclusion temporaire. N'en parle à personne s'il te plaît. Je reviens lundi prochain.

Austin était donc chez lui. Mais où habitait-il ? Il consulta le carnet d'adresses de Kenny et Austin Dent y figurait. Son domicile se trouvait à Duluth, à deux cents kilomètres de Minneapolis. Il entra l'adresse dans son GPS. *Excellent*… Il avait juste le temps d'y aller et d'être revenu avant l'ouverture de la sandwicherie, à 7 heures du matin.

19

Mercredi 22 septembre, 1 h 20

En sortant du véhicule de secours qui l'avait amené sur les lieux de l'incendie avec Jeff Zoellner, David scruta la scène pour tenter d'évaluer l'ampleur du sinistre. Un spectacle dantesque s'offrit à ses yeux.

— Nom de Dieu ! murmura-t-il.

Les dégâts étaient déjà énormes. Six pavillons, noircis par la suie et plus ou moins intacts, fumaient encore autour d'un espace vide, où s'étaient dressées deux autres maisons, dont il ne restait rien qu'un tas de cendres et des débris de charpente épars.

Derrière les maisons se trouvait un petit bosquet d'arbres entièrement calcinés. Et derrière ce bosquet, un immeuble d'habitation de cinq étages, où le feu continuait à faire rage.

— Putain de merde ! fit Jeff. Il faut retrouver Casey. Il doit être du côté de notre camion…

Leur camion était positionné à une centaine de mètres, et sa nacelle s'élevait dans les airs. L'équipe B faisait évacuer les habitants de l'immeuble par les fenêtres. Penchés, le corps à moitié dans le vide, ceux qui attendaient leur tour s'agitaient en des gestes désespérés. David apercevait leurs bouches grandes ouvertes, mais ne percevait pas les hurlements de terreur qui s'en échappaient.

Il n'entendit que le grondement des véhicules de secours et le rugissement lugubre du feu.

Le capitaine Casey leur fit signe de le rejoindre.

— Dalton et Myers sont dans la nacelle, leur dit-il. Relayez-les. Les gars de la caserne 42 sont de l'autre côté. Dalton et Myers iront leur prêter main-forte, lorsqu'ils se seront reposés un peu. Nous allons travailler en rotation, jusqu'à ce qu'on ait éteint l'incendie.

Les tuyaux étaient déroulés jusque dans le bâtiment. David sortit une bouteille d'oxygène du coffre du camion, puis demanda :

— Qui est à l'intérieur ?

— Perry et Jacobs, de l'équipe B. Ainsi qu'une équipe de la caserne 42, avec leurs propres tuyaux. Les gars de la 38 sont en train de fouiller les étages inférieurs.

Jeff mit son casque.

— On ne peut pas appeler en renfort les collègues de l'est de la ville ? s'enquit-il.

Casey secoua la tête.

— Non, il y a eu une alerte à la bombe dans une école, là-bas.

David se raidit.

— A la fac ?

Il songeait à Tom, qui vivait dans la résidence universitaire.

— Non. A l'école des sourds… Une école qui accueille des élèves de la maternelle à la terminale.

La jeune fille qu'il avait sortie de la résidence du lac était sourde, elle aussi.

Drôle de coïncidence…

— Cet incendie est volontaire, à votre avis ? demanda-t-il d'une voix tendue.

Mais il connaissait déjà la réponse.

— Oui. Nous avons déjà dû évacuer huit blessés : six résidents et deux pompiers. Les services des urgences des hôpitaux du coin sont débordés, mais ceux de l'est de la ville se préparent à recevoir d'éventuelles victimes de l'attentat annoncé à l'école. Allez-y, maintenant… Et soyez prudents !

David l'en assura d'un hochement de tête. La colère montait en lui, tandis qu'il se dirigeait d'un pas vif vers la nacelle. Il repensait à la résidence, au visage de la jeune morte. Tracey Mullen. Ces monstres l'avaient tuée, aussi sûrement que s'ils lui avaient logé une balle dans le cœur, comme ils l'avaient fait avec le vigile. Il songea aussi au corps sans visage de Barney Tomlinson. Mais ce troisième incendie risquait d'être encore plus meurtrier. Combien d'innocentes victimes allaient mourir, cette nuit ? Combien étaient déjà mortes ?

Et puis qu'est-ce que c'était que cette alerte à la bombe ? Y avait-il un lien avec les incendies ? Des centaines d'élèves fréquentaient l'école des sourds.

Quelle cause, aussi noble soit-elle, peut justifier la mise en danger de centaines de vies humaines ?

Il inspira profondément pour se calmer. La famille qui était en train de descendre dans la nacelle avait survécu et il fallait, avant toute chose, agir pour sauver les autres habitants de l'immeuble.

Concentre-toi sur ton boulot, David. Tu auras tout le temps de te mettre en colère plus tard.

Lorsque la nacelle se posa sur le sol, il aida une femme terrorisée et ses trois enfants à en descendre, puis il les confia aux secouristes. La femme s'agrippa un instant à sa veste et lui cria :

— Mon mari est encore à l'intérieur ! Je vous en supplie, faites-le sortir !

Ses yeux étaient fixes et vitreux sous l'effet du choc.

— Oui, madame.

Jeff et lui s'installèrent alors dans la nacelle.

— On s'apprêtait à fouiller l'appartement pour retrouver le mari à notre prochain passage, leur expliqua Myers. Le salon est à gauche, les chambres à coucher sur la droite. Tous ces appartements sont des quatre-pièces.

— Merci…

David fixa la sangle de sécurité à sa ceinture, mit son masque et aspira profondément pour amorcer le flux d'oxygène. Jeff fit de même et leva le pouce pour indiquer qu'il était prêt à monter.

Ils s'élevèrent jusqu'au troisième étage et David eut une désagréable impression de déjà-vu. Tous les instants qu'il avait passés, suspendu dans le vide, lorsque le sol avait cédé sous ses pas l'avant-veille, s'assemblèrent comme un clip vidéo devant ses yeux. Il s'efforça d'en chasser la vision, et suivit Jeff au travers d'une fenêtre ouverte, devant laquelle la nacelle s'était immobilisée.

Avançant avec circonspection, il testait la solidité du plancher du bout de sa hache.

Ils se trouvaient dans une chambre d'enfant. Lorsqu'un incendie se déclenchait dans un logement, les mères fonçaient toujours dans la chambre de leurs enfants, avant de songer à leur propre sécurité.

Bon, alors, où est le père ?

A gauche, le salon… A droite, les autres chambres… Les murs du couloir étaient léchés par les flammes qui venaient de l'extérieur.

Précédant David, Jeff prit à droite et enfonça d'un coup d'épaule une porte, avant de sursauter et de reculer vivement. Des flammes couvraient le mur du fond, grimpant jusqu'au plafond.

Cette pièce était sur le point de subir un embrasement généralisé éclair*. David tendit la main pour agripper la veste de Jeff, mais son collègue s'était recroquevillé et avançait à croupetons. Il le suivit. En tâtonnant du bout du manche de sa hache, il heurta quelque chose de mou, et ce n'était pas le sol.

Un corps…

— Zell ! hurla-t-il.

Il saisit l'homme à bras-le-corps et entreprit de le traîner hors du couloir.

— Prends-le par les pieds ! cria-t-il à Jeff.

Jeff se retourna pour saisir l'homme aux chevilles, juste au moment où le couloir s'embrasa.

Le plafond s'effondra aussitôt.

— Zell !

David lâcha l'homme et se précipita d'un bond vers son coéquipier. La chute d'une poutre venait de plaquer son torse contre le plancher et Jeff était étendu, inerte. David glissa la lame de sa hache sous la poutre et s'en servit de levier, pour que Jeff puisse s'extraire. Mais ce dernier ne bougea pas.

— Pompier blessé ! cria alors David dans le micro de sa radio. Envoyez la nacelle avec des renforts !

Il déplaça la lourde poutre et passa ses mains sous les aisselles de Jeff. Puis il le tira et traîna son corps inanimé, contournant celui de l'autre homme, qui avait perdu connaissance. Il parvint ainsi dans la chambre d'enfant.

* L'embrasement généralisé éclair est un phénomène thermique qui se produit dans un local semi-ouvert, lorsque la présence d'oxygène et la chaleur accumulée provoquent par leur conjonction un brusque embrasement de tous les objets contenus dans le local (NdT).

Il s'agenouilla à côté de son partenaire et constata qu'il respirait, mais il vit à travers son masque à oxygène que ses yeux étaient fermés.

— Je reviens ! lui cria David, alors qu'il n'était pas sûr que Jeff puisse l'entendre.

Il retourna dans l'autre pièce : elle était à présent entièrement la proie des flammes. Il se hâta de sortir l'homme évanoui de ce brasier.

Il le traîna jusqu'à la chambre d'enfant et aperçut Myers, en train d'entrer par la fenêtre.

— Zell est blessé, lui cria-t-il, en désignant le sol. Il ne réagit pas.

Avec son aide, il souleva Jeff et le transporta dans la nacelle, où Myers l'allongea autant que le permettait l'exiguïté du lieu.

Il n'y avait pas de place pour l'autre homme.

— Descends avec Jeff et reviens chercher l'autre, dit-il à Myers.

Il regarda la nacelle descendre, les secouristes porter Jeff sur une civière, puis Myers entama une nouvelle ascension, et tout cela lui parut une éternité.

Le couloir tout entier était à présent dévoré par les flammes et le feu commençait à se propager dans la pièce où il se trouvait. Quinze interminables secondes s'écoulèrent encore, pendant lesquelles les flammes se faisaient de plus en plus menaçantes. Enfin, Myers revint et ils portèrent ensemble l'homme dans la nacelle. David eut juste le temps de sauter dedans à son tour, avant que la chambre ne s'embrase entièrement.

Myers manœuvra de façon à s'éloigner de quelques mètres de la façade et la redescente commença.

— Toi, ça va ? cria-t-il à David.

David hocha la tête sans rien dire. Il avait l'impression

que ses poumons allaient exploser. Il lui tardait d'ôter son masque, à présent qu'il était dehors, mais il savait que c'était trop tôt et s'efforça à la place de respirer régulièrement.

Ils arrivèrent enfin au sol et David ouvrit la portière de la nacelle pour permettre aux secouristes d'emmener l'homme sur une civière. Il ôta ensuite d'un geste vif son masque et demanda :

— Et Zell ?

Les secouristes désignèrent une ambulance qui quittait les lieux.

— Il est conscient, mais il ne sent plus ses jambes. Il nous a demandé de te dire qu'il savait bien que tu lui revaudrais ça.

Le cœur de David se serra. *Une blessure à la colonne vertébrale…* Il songea à la façon peu précautionneuse dont il l'avait traîné hors de la chambre, mais c'était la seule manière de le sauver des flammes. Il espérait que son intervention n'avait pas aggravé la blessure.

Il releva la tête vers le bâtiment et compta six autres fenêtres, où des habitants appelaient à l'aide.

Zell est entre de bonnes mains. Le sort de ces gens est entre les tiennes. Fais ton boulot.

Il remit son masque et se tourna vers Myers.

— On remonte ?

Myers hocha la tête avec lassitude. David se chargea de manœuvrer la nacelle, cette fois, et les fit remonter, non sans jeter des regards inquiets à l'ambulance qui s'éloignait.

***

Mercredi 22 septembre, 1 h 35

— Olivia…

Noah Webster entra précipitamment dans le hall du service des urgences.

— Abbott m'a appelé…

La jeune femme était adossée au mur qui la séparait de la pièce où le corps de Kane était allongé. Elle leva la tête, et regarda son collègue dans les yeux.

— Les médecins ont constaté le décès, lui dit-elle.

Plongée dans les affres de l'impuissance, elle avait assisté à la scène dans le bloc opératoire.

— Ils n'ont rien pu faire.

Noah ferma les yeux pendant un long moment, puis il lui demanda :

— Quand ?

— Cinq minutes après notre arrivée ici. Je ne connais pas l'heure précise.

— Qu'est-ce qui s'est passé ?

— Je suis arrivée trop tard. Je n'étais pas à ses côtés…

Noah lui posa fermement la main sur l'épaule.

— Arrête, Olivia… Arrête tout de suite ! Ce n'est pas ta faute.

— Ah bon ?

Depuis que les secouristes avaient sorti Kane de l'ambulance, ses pensées chaotiques s'étaient clarifiées. Son esprit était redevenu précis, logique. Pourtant, son cœur continuait à battre à toute allure.

Noah lui prit le menton entre le pouce et l'index, et l'obligea à le regarder.

— Tu es sous le choc, dit-il.

— Non. Pas du tout. J'attends Jennie. Ensuite, je retourne sur la scène de crime.

— Pas question !

— Il faut que j'agisse. Je le dois à Kane. C'est le moins que je puisse faire…

— Olivia, tu n'y es pour rien.

— C'est vrai, Noah… Mais j'aurais pu empêcher que ça arrive. Kane est arrivé sur les lieux avant moi et il est intervenu pour sauver un des gosses de l'école… Kenny Lathem… C'est lui que le tueur voulait enlever. C'est pour ça qu'il a déclenché cette alerte à la bombe. L'un des flics qui étaient sur place nous a suivis jusqu'ici. Il m'a dit que lorsque l'évacuation a débuté, les surveillants avaient rassemblé tous les enfants. L'un d'eux lui a raconté qu'un type habillé en flic a remis un message écrit à Kenny, indiquant que les inspecteurs voulaient l'interroger de nouveau. Puis il a emmené Kenny et l'a obligé à monter dans une camionnette blanche, en lui braquant un pistolet dans le dos. Personne n'a songé à relever le numéro d'immatriculation…

— Et Kane ?

— Kane avait appelé pour donner consigne aux policiers déjà sur place de veiller plus particulièrement sur Kenny. C'est la première chose à laquelle on a pensé, quand on a appris que l'école allait être évacuée. Kenny est le seul pensionnaire que nous ayons interrogé, et il avait l'air de savoir quelque chose… Quand Kane est arrivé, les surveillants lui ont dit que Kenny venait de partir avec un flic. Il a réussi à les rattraper… Juste à temps pour ouvrir la portière de la camionnette et permettre au garçon de s'échapper. Mais l'homme a tiré sur lui à deux reprises, à bout portant. Il est probablement mort sur le coup.

— Merde, marmonna Noah.

— Et ce n'est pas tout… Tu te souviens que j'ai reçu

un SMS de l'interprète de la langue des signes, à la fin de notre réunion de 17 heures ?

— Oui… Elle disait avoir un autre engagement et ne pas pouvoir venir…

— Tu crois que c'est comme ça que ce type a appris le rôle de Kenny ?

— Je n'en suis pas sûre, mais tout porte à le croire. Ses enfants affirment qu'elle n'est pas rentrée chez elle. Vers 22 heures, inquiets, ils ont appelé un ami de la famille pour signaler son absence… Il est avec eux en ce moment et veille sur eux. Val leur avait envoyé un SMS, à eux aussi, pour leur dire qu'elle ne rentrait pas dîner. Cet ami a appelé son agence d'interprétariat et on lui a dit qu'elle n'avait pas d'autres engagements professionnels ce soir-là, en fait… Ils ont donc déclaré sa disparition, peu après minuit. La dernière fois que je l'ai vue, c'est quand elle est partie déjeuner hier midi, juste avant que Kane…

Elle dut s'interrompre un instant. Pour respirer. Pour attendre que cesse le spasme qui lui contractait le thorax.

— Juste avant que Kane et moi, reprit-elle, n'allions chez David pour coffrer Lincoln Jefferson.

— Liv, est-ce que tu étais avec David, cette nuit ? lui demanda Noah.

Elle hocha la tête et détourna le regard.

— Oui.

— Tu n'as pas eu tort, tu sais. Et ça n'a rien à voir avec la mort de Kane.

— Si j'avais été chez moi, au lieu d'être dans le chalet, je serais arrivée plus vite…

— Et c'est peut-être ton cadavre que j'aurais en face de moi en ce moment, lui dit Noah sèchement. Tu sais bien que les choses ne se passent pas comme ça… Tu aurais pu être bloquée dans un embouteillage. Kane aurait pu attendre des renforts. Il aurait pu arriver toutes sortes de choses…

— Je sais…

Mais cela ne changeait rien à la réalité. Si elle avait été à ses côtés, Kane aurait eu du soutien et il serait sans doute encore vivant. Mais elle était arrivée trop tard. Il ne lui restait plus qu'à accomplir sa mission, comme Kane aurait voulu qu'elle l'accomplisse.

— Tu as pensé à appeler David pour le rassurer à ton sujet ? lui demanda encore Noah. Il va entendre dire qu'un policier a été abattu et il va se demander s'il ne s'agit pas de toi.

Oui, c'est probable. Et il va se faire un sang d'encre.

— Non, je ne l'ai pas contacté, mais je doute fort qu'il en ait déjà entendu parler. Il était déjà parti, quand Kane m'a téléphoné pour me demander de le rejoindre. Il venait lui-même d'être appelé pour intervenir sur un gros incendie…

Elle s'interrompit subitement et leva la tête vers lui, l'air inquiet.

— Un gros incendie, reprit-elle, à Woodview. Tu n'as pas parlé de Woodview, pendant la réunion d'hier ?

— Si. C'est dans ce quartier que Tomlinson avait acheté une maison pour sa maîtresse. Tu crois que les incendiaires y ont mis le feu pour faire diversion, au moment de l'évacuation de l'école ?

— C'est possible. L'incendie a dégénéré après qu'une citerne de propane a explosé. Essayons de déterminer si c'est bien la maison acquise par Tomlinson qui était la cible des incendiaires.

Elle se redressa brusquement, lorsque la porte du hall s'ouvrit. Abbott fit son entrée, accompagné d'une petite femme qui sanglotait.

— Jennie…, murmura Olivia.

— Souviens-toi que ce n'est pas toi qui es responsable de la mort de son mari, lui rappela Noah à voix basse. Ce n'est pas de tes remords qu'elle a besoin, c'est de ta force !

Olivia hocha la tête de façon mal assurée et fit quelques pas vers les nouveaux venus.

— Jennie…

La veuve de Kane lui tomba dans les bras. Olivia l'enlaça.

— Kane a sauvé la vie d'un garçon, cette nuit, lui dit Olivia d'une voix pleine de désarroi.

— Je sais, répondit Jennie entre deux sanglots. Bruce me l'a dit. Je suis complètement perdue…

— J'imagine… Je suis vraiment désolée…

Jennie hocha la tête et elles restèrent un long moment enlacées ainsi, jusqu'à ce qu'Olivia dise :

— Il est dans cette pièce, là… Si tu veux, je peux venir avec toi.

Jennie se dégagea, toujours en pleurs, mais capable de tenir debout.

— Non. J'ai besoin d'être seule avec lui un moment.

Elle prit la main d'Olivia et la tapota.

— Il te trouvait épatante, tu sais.

Olivia ne sut que hocher la tête. Elle ne trouvait plus ses mots. Elle demeura immobile, tandis que Jennie franchissait la porte de la salle où reposait Kane.

Abbott vint lui tapoter l'épaule.

— Rentrez chez vous, Olivia. Il faut que vous vous reposiez. Nous ne pouvons rien faire d'autre, pour l'instant…

Elle observa son visage, constata qu'il avait pleuré, lui aussi. Ils se connaissaient depuis longtemps, avec Kane — leur amitié datait d'avant, bien avant qu'Olivia ne fasse équipe avec ce dernier.

— Il faudrait qu'un collègue me ramène à l'école des sourds pour que j'y récupère ma voiture.

— Je m'en charge, dit Noah. On se retrouve tous à 8 heures du matin.

— Et on va l'arrêter, ce salaud…, dit Abbott. J'ai donné ma parole à Jennie que justice serait faite.

— Allez, viens, Liv…

Noah lui prit le bras.

— Allons-y.

Il la mena à sa voiture, lui tint la portière et s'installa au volant.

— On va où, alors ?

— A l'école des sourds.

— Pour récupérer ta voiture ?

— Après. D'abord, il faut que je parle à Kenny.

— Sans interprète ?

— Il y aura certainement quelqu'un sur place qui pourra en tenir lieu. Sinon, je m'en passerai.

Elle serra les dents et ajouta :

— Ce garçon va me dire ce qu'il sait, même si je dois me servir d'une tablette en pierre et d'un stylet pour communiquer avec lui !

— A ta guise.

Olivia fixa la route pendant tout le trajet, sans rien voir du paysage qui défilait sous ses yeux. Partout où se portait son regard, elle ne pouvait voir que le corps inerte de Kane, étendu sur le sol.

— Qu'est-ce que je vais bien pouvoir faire, Noah ? murmura-t-elle au bout d'un moment.

La question lui avait échappé des lèvres.

— Ce que Bruce t'a dit de faire, Liv… Tu vas commencer par te reposer. Demain sera un autre jour. Ensuite, tu retrouveras le type qui a tué Kane… Et quand tu l'auras trouvé, tu vas le réduire en purée !

Elle se tourna vers son ami et s'aperçut que ses joues étaient baignées de larmes. Elle posa sa main sur la sienne et la serra bien fort — réalisant qu'ils avaient, autant l'un que l'autre, besoin de leur mutuel soutien.

Elle l'avait évité depuis quelques mois, comme tous ses autres amis, du reste.

— Il faut que je passe quelques coups de fil, lui dit-elle. Pour dire à quelques personnes que je vais bien.

Mercredi 22 septembre, 2 h 20

Lorsque David s'éloigna des décombres, il était si épuisé qu'il avait du mal à mettre un pied devant l'autre. En intervenant par rotation, ses collègues et lui avaient réussi à évacuer tous les habitants de l'immeuble. Enfin, c'est ce qu'ils espéraient. Il priait pour que personne ne soit resté à l'intérieur du bâtiment dévasté par les flammes. Le feu était pour l'essentiel éteint, même si certains foyers subsistaient ici ou là et qu'il allait falloir encore plusieurs heures pour en venir à bout définitivement.

L'homme grièvement blessé qu'il avait sorti de l'appartement où Jeff avait failli perdre la vie, avait été transporté en urgence à l'hôpital, dans un état désespéré. On déplorait en outre quatre morts : une vieille dame et un enfant asthmatique qui avaient péri asphyxiés, ainsi que deux personnes qui s'étaient trouvées dans l'une des deux maisons rasées par l'explosion de la citerne de gaz. David ne savait pas s'il y avait eu des victimes dans l'autre maison détruite par la déflagration.

En outre, des dizaines de rescapés souffraient de blessures plus ou moins graves. De tous les pompiers blessés dans l'exercice de leur devoir, Jeff était le plus grièvement atteint. David n'avait toujours pas eu de nouvelles de son partenaire et s'efforçait de maîtriser son angoisse.

Il lui était plus difficile encore de contenir sa colère. *Bande de salauds… Mais pourquoi ?* Qu'espéraient-ils donc obtenir, en commettant de tels méfaits ? Combien de vies avaient-elles été dévastées, cette nuit ? Et dans quel but ?

— Ça va, David ?

Son chef de poste brandissait d'une main une bouteille d'eau et de l'autre un paquet vide de poudre énergétique. Il lui tendit la bouteille et David eut à peine la force de la saisir.

— Je suis crevé, c'est tout. Des nouvelles de Zell ?

— Pas encore. La Croix-Rouge a installé un poste provisoire, là-bas. Allez donc vous y reposer un peu.

David hocha la tête et partit d'un pas traînant vers le poste. Il se mit à songer à Olivia, et toute la colère que produisait en lui le spectacle de désolation qui l'entourait fondit. Il l'imagina en train de l'attendre dans son lit, chaude et douce. Il espérait pouvoir l'y rejoindre, avant qu'elle ne retourne au travail. Il avait besoin d'elle ; besoin, plus que jamais, d'être dans ses bras après une telle nuit.

Leurs ébats… Il inspira profondément en y pensant. Leurs ébats avaient été inoubliables.

Tu aurais pu connaître ce plaisir pendant ces deux dernières années déjà, si tu n'avais pas été si con.

Il lâcha un soupir. Il aurait pu connaître bien plus que le plaisir charnel : le plaisir d'être à elle, de vivre avec elle dans la même maison. Elle aurait pu être sa compagne. Sa complice et son double. La femme de sa vie.

Il s'immobilisa en apercevant Barlow et le capitaine Casey, engagés dans une conversation animée, à une dizaine de mètres de lui. Même à cette distance, il sentit la tension et l'émotion qui sous-tendaient leur dialogue. Et la tristesse des deux hommes. Barlow, notamment, avait l'air défait, abattu.

Ils tournèrent tous deux la tête vers lui et échangèrent un regard entendu. Son estomac se noua.

— Qu'est-ce qui se passe ? leur demanda-t-il. Il faut que je sache. Comment va Zell ?

Casey semblait épuisé.

— Je ne sais pas, répondit-il. J'attends qu'on me donne de ses nouvelles. David... il y a eu une fusillade, cette nuit... A l'école des sourds...

Mon Dieu, non ! Je vous en prie ! Pas elle !

— Qui ? demanda-t-il simplement.

— Kane, fit Barlow à voix basse. Il est mort.

David sentit ses genoux flageoler.

— Comment est-ce arrivé ?

— Vous vous souvenez de cette prothèse auditive que vous avez trouvée dans les décombres de la résidence ? Olivia et Kane cherchaient à savoir à qui elle appartenait. En allant à l'école des sourds, ils comptaient être mis sur la piste d'un témoin oculaire. Ils ont en effet trouvé un gamin qui semble savoir quelque chose. Et quelqu'un a tenté d'enlever ce gamin, cette nuit...

— L'appel à la bombe était bidon ?

Barlow hocha la tête.

— L'école a été passée au peigne fin et on n'a rien trouvé. Mais il a fallu au préalable évacuer les élèves pensionnaires. Kane est arrivé au moment où le garçon était déjà enfermé dans une camionnette. Il l'a libéré, mais il y a eu lutte avec le kidnappeur et...

Sa voix se perdit dans un murmure.

— Pauvre Liv, ajouta-t-il.

David s'efforça de contenir la panique qui montait en lui.

— Elle y était ?

— Non. Elle est arrivée une dizaine de minutes plus tard. Kane était déjà mort.

Accablé de tristesse, David ne s'en sentit pas moins soulagé d'apprendre qu'Olivia n'avait pas couru de péril. Kane avait été bien davantage qu'un partenaire pour elle. Il avait été son ami et de surcroît — David l'avait deviné — une figure paternelle.

— Où est-elle ?

— Aucune idée... Quand on m'a informé qu'un policier avait été abattu, je n'ai pas su tout de suite qu'il s'agissait de Kane. Je ne l'ai appris qu'il y a quelques instants. Elle est peut-être encore à l'hôpital avec la femme de Kane. Mais, telle que je la connais, elle a dû revenir sur la scène de crime.

Pour faire son travail. Comme je l'aurais fait moi-même.

Il voulut demander à Casey de lui accorder quelques heures de congé, pour lui permettre de retrouver Olivia et d'aller voir Jeff, mais il y avait encore tant à faire sur les lieux de l'incendie...

Et ensuite, je suis de service pendant les prochaines vingt-quatre heures.

— Je l'appellerai, dit-il.

— J'ai aussi appris ce qui est arrivé à votre partenaire, Zell, dit encore Barlow. Je suis vraiment désolé.

David se sentit subitement envahi par l'angoisse et le remords, mais il parvint à les contenir. Il ne fallait pas qu'il se mette à penser à Zell ; pas maintenant. Il n'aurait même pas dû penser à Olivia, mais cela lui était impossible. Elle était là, dans sa tête. Elle était dans la douleur, et il souffrait avec elle.

— Merci.

David scruta le pâté de maisons dévasté et demanda :

— Quelle est la maison ciblée par les incendiaires ?

— La deuxième à partir de la gauche. Pour l'instant, on n'a pas trouvé de boule de verre.

— La citerne de propane était visée, à votre avis ?

— Apparemment pas. Les gens augmentent le chauffage, la nuit. Leur citerne fuyait sans doute, et ils ne le savaient pas. Le feu s'est propagé d'une maison à l'autre et ça a fait… boum.

Il prononça cette onomatopée d'un ton très las.

— Nous savons que deux personnes se trouvaient dans l'une des maisons. L'autre, heureusement, était à vendre. Les voisins nous ont assuré qu'elle était inoccupée.

— La résidence du lac aussi était censée l'être, fit remarquer David.

Barlow haussa les épaules.

— Je sais. J'y ai déjà pensé. J'ai fait venir un chien détecteur de cadavres, qui devrait arriver d'une minute à l'autre. Dès qu'il sera là, on se mettra à chercher d'éventuels restes humains.

C'était une perspective sinistre, mais cela faisait partie de leur travail.

— Vous pensez qu'on a affaire aux mêmes incendiaires ?

— La maison visée appartenait à la maîtresse de Barney Tomlinson…

Ils demeurèrent silencieux un moment.

— Pourquoi ne prenez-vous pas un peu de repos, David ? proposa alors Casey, d'un air bienveillant. Allez voir Zell et l'inspecteur Sutherland. Il va falloir que vous reveniez bientôt, et vous ne pourrez plus voir personne pendant vingt-quatre heures.

David songea à Olivia, seule et endeuillée. Il ne fallait pas qu'elle reste seule.

— Merci, capitaine. Mais il faudrait que quelqu'un me ramène à la caserne.

— Je vais demander à un collègue de vous raccompagner, dit Barlow.

Mercredi 22 septembre, 2 h 30

Olivia et Noah trouvèrent Micki sur la scène de crime. Elle était accroupie, en train d'examiner l'herbe aplatie tachée de sang. Le chapeau de Kane était toujours au même endroit. Il avait l'air… esseulé. Et petit. Pas du tout comme l'homme qui l'avait porté.

Garde bien cette image en mémoire, se dit Olivia. *Voilà ce dont est capable le monstre que tu traques, voilà ce qu'il t'a pris. Ce qu'il a pris à Jennie.*

Noah ne put réprimer un juron :

— Nom de Dieu…

Micki tressaillit et leva les yeux vers eux.

— Excusez-moi, dit-elle. Je ne vous ai pas entendus arriver.

— Tu as trouvé les balles ? lui demanda Olivia.

— Oui. Tirées à bout portant. Je les ai envoyées au service de la balistique. On aura les résultats tout à l'heure, pour la réunion de 8 heures. Mais je te parie qu'il s'agit de la même arme que celle qui a tué Weems et Tomlinson.

— Le meurtrier n'a rien laissé derrière lui ? Est-ce qu'il apparaît sur des enregistrements vidéo ?

Micki fit la moue.

— Il était déguisé en policier. Kane a dû faire tomber le chapeau de ce salaud dans la bagarre, regarde…

Elle désigna le bas-côté où gisait, tout aplati, le chapeau que l'homme avait abandonné dans sa fuite.

— Il a roulé dessus, en s'enfuyant. Puis l'ambulance est passée dessus à son tour... Mais vu la manière dont il est replié, on peut espérer y trouver des indices.

Un chapeau... Kane, l'homme aux nombreux feutres, aurait perçu toute l'ironie de cet unique indice.

— Et les caméras de sécurité de l'école ? demanda Noah.

— Grâce à la vidéosurveillance, on a une idée de la taille et du gabarit de l'homme. Mais les plaques d'immatriculation de sa camionnette étaient hors champ. Ce qu'on voit sur les enregistrements ne nous donne qu'une très vague idée de l'aspect de la camionnette.

Olivia montra du doigt le chapeau de Kane.

— Je peux le prendre ?

Micki secoua la tête.

— Pas encore. Je suis désolée, Liv.

Olivia hocha sèchement la tête, tout en étant consciente que le cœur ne devait pas l'emporter sur la raison. Elle savait que Micki faisait son travail, et qu'elle le faisait très bien.

C'est parce que ce chapeau traîne par terre... Il ne devrait pas traîner par terre comme ça.

— Pas de problème... Je tiens juste à m'assurer que Jennie le récupérera. Maintenant, je vais aller dire un mot à Kenny Lathem. Appelle-moi, s'il y a du neuf.

Micki se contenta d'acquiescer d'un hochement de tête, les lèvres serrées, s'efforçant de ne pas craquer, elle non plus. Olivia tourna les talons et se dirigea vers le bâtiment où logeaient les pensionnaires, suivie de près par Noah.

Oaks les attendait dans son bureau. Une femme d'une vingtaine d'années était assise dans un fauteuil à côté de la table de travail du directeur. Il lui dit quelque chose dans la langue des signes.

— Il a dit qu'il savait que vous reviendriez... Alors il vous a attendus, traduisit la jeune femme aux deux policiers. Je m'appelle Danni Oaks. Je suis sa fille. Il m'a demandé de lui servir d'interprète, cette nuit.

— Merci, dit Olivia.

Elle se tourna vers Oaks et lui demanda :

— Il y a eu des blessés parmi vos élèves, cette nuit ?

— Non, répondit-il avec les mains. Mais Kenny est bouleversé, comme vous devez vous y attendre. Nous avons appelé ses parents pour qu'ils viennent le chercher.

— Il faut d'abord que nous lui parlions, dit Olivia posément.

Oaks hésita.

— Inspecteur, dit-il, j'ai coopéré avec vous hier…

— Et nous vous en sommes reconnaissants, l'interrompit Olivia.

Elle ne chercha pas à masquer son impatience, ni dans son ton, ni dans son regard.

— Mais, entre-temps, mon partenaire a été assassiné, monsieur Oaks, poursuivit-elle.

Elle le vit tressaillir et insista :

— Et Val, l'interprète qui est venue avec nous hier, a disparu… Quelqu'un veut à toute force s'emparer de Kenny. Je veux savoir qui et pourquoi. Et je veux le savoir maintenant.

— Ses parents devraient déjà être là, dit Oaks en quelques gestes las, toujours traduits par sa fille.

— Kenny est en danger, monsieur Oaks. Il sait quelque chose et un dangereux meurtrier est prêt à tout pour qu'il ne le révèle pas. Je ne veux pas avoir à expliquer à ses parents pourquoi lui aussi a été assassiné.

— Très bien… Je vais le faire venir.

20

Mercredi 22 septembre, 2 h 55

Kenny entra dans le bureau, accompagné d'un surveillant.

— Roger Court, se présenta l'homme. C'est moi qui ai parlé avec le meurtrier du policier…

— Kenny, commença Olivia, lorsqu'ils se furent tous assis, je sais que tu as peur, mais il faut que tu me dises ce que tu sais.

Kenny ferma les yeux, le visage de marbre.

— Je veux retourner dans ma chambre, signa-t-il.

Danni traduisit avec un ton d'excuse, mais de sa propre initiative. De toute évidence, c'était elle qui était embarrassée par l'attitude du garçon, et non ce dernier. Olivia se mit à tapoter nerveusement sur la table, mais Kenny gardait les yeux fermés, comme pour se couper de la réalité.

Olivia tapota de plus en plus fort avant de donner brusquement un coup sur la table, d'une telle force que le bois en vibra. Mais Kenny continuait à fermer les yeux. Olivia sentit alors la colère monter en elle. Cet adolescent entêté mettait son sang-froid à rude épreuve. Elle ne pouvait s'empêcher de penser que s'il leur avait dit ce qu'il savait lors de leur premier entretien, Kane ne serait pas étendu sans vie dans une chambre d'hôpital, à l'heure qu'il était.

Nom de Dieu, mon garçon, je te jure que tu vas cracher le morceau !

Elle saisit le dossier de la chaise de Kenny, tira dessus d'un coup sec pour la faire pivoter, de façon que le jeune garçon ne puisse plus s'accouder à la table. Il ouvrit de grands yeux, se raidit un instant et les referma aussitôt.

— Très bien…, dit Olivia, contrôlant mal un tremblement d'exaspération dans sa voix. On verra s'il est aussi têtu, quand il sera en prison…

— Vous ne pouvez pas faire ça ! intervint Oaks.

— Ah bon ? rétorqua Olivia. Eh bien, c'est ce qu'on va voir !

— Ce n'est qu'un gamin, dit à son tour le surveillant, parlant et signant à la fois.

Il était malentendant, lui aussi, et son élocution n'était pas très intelligible, mais Olivia comprit ce qu'il venait de dire.

— Il n'a rien fait de mal, ajouta-t-il.

— Ça, je n'en suis pas sûre !

Olivia sortit ses menottes et saisit brusquement l'un des poignets de Kenny.

L'adolescent rouvrit les yeux, son entêtement immédiatement cédant à la panique.

— Non ! cria-t-il à haute voix.

Olivia le menotta dans le dos, puis le repoussa sans ménagement sur sa chaise. Le garçon lui accordait son attention, désormais. Peinant à contenir sa fureur, elle se tourna vers Danni Oaks.

— Dites-lui qu'il faut qu'il me dise ce qu'il sait ! Sinon je l'arrête pour entrave à la manifestation de la vérité. Dites-lui que mon partenaire est mort pour le sauver. Dites-lui que s'il ne nous dit rien dans les dix prochaines secondes, tous les policiers de la ville sauront pourquoi il a été arrêté. Et dites-lui que j'en ai assez de ses petits jeux ! Je veux des réponses et je les veux tout de suite !

Danni traduisit au fur et à mesure, à gestes vifs, et quand elle eut terminé, Oaks parla quelques minutes avec Kenny en langue des signes.

— Que dit-il ? demanda Olivia, voyant que la jeune femme ne traduisait pas les propos de son père.

— Il le prie de coopérer. Il lui dit que c'est sa propre vie qu'il met en danger par son attitude.

Kenny jeta un regard de rage impuissante à Olivia.

— Laissez-moi partir, articula-t-il d'une voix difficilement intelligible.

— Pas avant qu'il ne nous ait dit tout ce qu'il sait, répliqua Olivia.

Danni traduisit, la regardant d'un œil inquiet.

— Mais comment ? cria encore Kenny.

— Il ne peut pas signer avec les mains menottées, fit remarquer Danni à voix basse. Enlevez-les-lui, je vous en supplie.

— Tu coopéreras ? demanda Olivia à Kenny.

Danni traduisit et Kenny hocha la tête.

Olivia consulta Noah du regard.

— Qu'en penses-tu ? lui demanda-t-elle. Je lui enlève les menottes ?

— Il ne peut rien dire sans ses mains, Liv, répondit Noah d'un ton de reproche. Enlève-les.

L'expression de Danni s'était considérablement adoucie, lorsqu'elle avait traduit les propos conciliants de Noah. Kenny aussi semblait le trouver plus sympathique.

Olivia déverrouilla les bracelets d'acier.

— Alors, allons-y, dit-elle. D'abord, à quoi ressemblait ce type ?

Kenny se frotta les poignets, le regard plein de ressentiment. Il se tourna ostensiblement vers Noah, ignorant Olivia. *Le coup du méchant flic et du bon flic...*, songea-t-elle, contente de constater une fois de plus l'efficacité de ce procédé éprouvé.

— Rien de spécial, dit Kenny dans la langue des signes. Ma taille, à peu près mon gabarit, aucune distinction particulière. Il avait un chapeau.

Olivia se tourna vers Roger Court.

— Rien à ajouter ?

Le surveillant haussa les épaules.

— Il avait un insigne. Une chemise blanche. J'ai vraiment cru qu'il était policier.

— Vous avez averti quelqu'un, quand il est parti avec Kenny ?

— Oui, parce que ça me paraissait quand même un peu bizarre. J'ai vu qu'il emmenait Kenny loin des autres policiers, au lieu de se diriger vers eux. Mais je ne pouvais pas laisser les autres élèves tout seuls. Alors j'ai fait de grands gestes pour attirer l'attention de vos collègues, et c'est à ce moment-là que l'inspecteur est arrivé, en brandissant une feuille de papier avec le nom de Kenny écrit dessus. Je lui ai montré du doigt l'autre côté du bâtiment et il s'est mis à courir dans cette direction, suivi par un policier en uniforme. J'ai entendu les coups de feu, et l'autre policier est revenu avec Kenny. En quelques instants, tout le monde savait que l'inspecteur était mort. Je suis désolé. J'ai appris qu'il était votre partenaire. Je...

Olivia lui adressa un regard cordial, mais à ce récit, la douleur s'était ravivée en elle.

— Je sais que c'est grâce à votre présence d'esprit que l'inspecteur Kane a pu sauver la vie de Kenny, lui dit-elle.

Puis elle se tourna vers l'adolescent et le dévisagea d'un œil sévère.

— Mon partenaire est mort pour te protéger. Alors, que sais-tu au juste ?

Kenny parut se recroqueviller sur lui-même et répondit à gestes lents :

— Un de mes amis a vu quelque chose… Dimanche soir.

Olivia lui tapota le genou et lui dit doucement :

— Sois plus précis.

— Il a assisté à l'incendie de la résidence. Ensuite, il est rentré ici…

Il s'interrompit un instant pour regarder Oaks du coin de l'œil et ajouta :

— Par la fenêtre.

Oaks pinça les lèvres, mais ne fit aucun commentaire.

— Il était avec Tracey Mullen ?

Kenny hocha la tête.

— Il l'a rencontrée en colonie, cet été. On y était tous les deux…

— Comment s'appelle ton ami, mon garçon ? lui demanda Noah d'un air affable.

— Austin Dent.

— Austin a été exclu temporairement lundi matin, leur expliqua Oaks. Il avait fumé dans la chambre qu'il partage avec Kenny. Je comprends mieux, maintenant… On l'a renvoyé chez lui.

— Où habite-t-il ? demanda Olivia.

— Duluth.

Il épela le nom de cette localité avec les doigts et ajouta :

— Je vais vous donner son adresse exacte.

Noah la recopia sur son calepin.

— Heureusement que le tueur ne sait pas où se trouve Austin, dit-il.

Kenny avait pâli à cette remarque et c'est d'une main tremblante qu'il signa :

— Ce type… Il m'a pris mon portable… Il a pu consulter mes SMS, mon carnet d'adresses. Il connaît l'adresse d'Austin !

Noah s'était déjà levé.

— Je vais prévenir la police locale. Les collègues de Duluth se chargeront d'assurer sa sécurité. Si ce type est parti tout de suite après avoir tiré sur Kane, il lui reste encore presque deux heures de route, avant d'arriver là-bas.

Lorsque Noah fut sorti de la pièce, Olivia se cala sur son siège et reprit ses questions :

— Qu'est-ce qu'il t'a raconté exactement, Austin ?

— Dimanche soir, il avait l'air complètement bouleversé… Je ne savais pas pourquoi, je ne savais pas ce qu'il avait fait.

A présent qu'il était lancé, Kenny s'exprimait à gestes vifs et saccadés, mais Danni suivait le rythme sans problème et traduisait simultanément.

— Il sentait la fumée, poursuivit le garçon.

De nouveau, il s'interrompit et regarda le principal du coin de l'œil, mais celui-ci resta de marbre.

— Je lui ai demandé si ce qu'il avait fait était pire que de se faire prendre en train de fumer, et il m'a dit que c'était bien plus grave. Alors je lui ai donné mes cigarettes. On pensait que Roger sentirait la fumée, mais qu'il croirait que c'était celle des cigarettes.

— C'est ainsi qu'Austin a été exclu, en conclut Olivia. Il ne t'en a pas dit plus ?

Kenny détourna les yeux.

— Il m'a envoyé un SMS hier matin, pour me dire qu'il voulait faire savoir aux flics ce qu'il avait vu. Mais de manière anonyme… Il m'a demandé d'envoyer une lettre à sa place, d'une boîte à lettres du centre-ville. De cette manière, vous n'auriez pas su que c'était lui qui témoignait.

Ils n'étaient tous deux que des gamins apeurés, entraînés dans une histore qui les dépassait. S'ils avaient témoigné plus tôt, Kane serait peut-être encore en vie… Olivia sentit son cœur se serrer, une fois encore. Elle avait du mal à contenir sa colère et dut attendre un instant avant de demander :

— Qu'avait-il écrit dans cette lettre ?

— Qu'il avait vu un homme tirer sur le veilleur de nuit. Ensuite cet homme est reparti dans un bateau qu'il avait amarré au quai de la résidence. Austin était dans l'immeuble quand l'incendie a commencé. Il était avec Tracey… Il pensait qu'elle était sortie en même temps que lui, mais elle est restée coincée à l'intérieur. Austin ne pouvait pas retourner dans l'immeuble, la porte s'était refermée derrière lui. Il pensait que vous ne le croiriez pas…

— Bon, d'accord, murmura Olivia. Kenny… Il faut que je comprenne. Pourquoi est-ce que tu ne nous as pas dit tout ça quand on te l'a demandé, hier ?

Kenny détourna les yeux et Olivia s'aperçut qu'il serrait les mâchoires.

— A cause de Tracey, finit-il par dire à gestes très lents. Elle était ma petite amie. Et Austin le savait.

Olivia ferma les yeux. Il lui fallut un moment pour contrôler la vague de fureur qui montait en elle.

— Tu ne nous as rien dit parce que tu en voulais à ton ami ? lui demanda-t-elle d'un ton exagérément posé. Tu lui en voulais d'avoir retrouvé une fille qui te plaisait dans la résidence ?

Kenny la regardait d'un air gêné, tandis que Danni traduisait sa réponse. Il semblait à la torture.

— Vous m'avez dit qu'ils avaient eu un rapport sexuel. Elle était à moi ! Pas à Austin ! Je ne savais même pas qu'il lui plaisait. Elle faisait semblant de m'aimer. Ils ont bien dû se moquer de moi, tous les deux ! Et voilà qu'Austin voulait que je prenne un risque à sa place en envoyant cette maudite lettre ! Eh bien, non ! Pas question !

— Donc, si je comprends bien, tu n'as jamais posté la lettre ? lui demanda Olivia, en détachant bien les mots.

Kenny secoua la tête d'un air consterné.

— Je suis dans le pétrin, hein ?

Si tu es dans le pétrin, mon pauvre garçon ? C'est rien de le dire !

Elle se força à se calmer. A raisonner, plutôt que de se laisser gouverner par ses émotions.

Kenny n'était qu'un adolescent. Il était furieux, humilié et effrayé à la fois. Il ne pouvait pas savoir que Kane serait abattu.

Je n'ai rien à lui reprocher.

Mais elle ne pouvait pas s'en empêcher.

— Je ne sais pas.

Elle détourna son regard du garçon et se ratissa les cheveux d'une main tremblante.

Noah revint dans le bureau à ce moment-là et prit place à côté d'elle.

— Respire un grand coup, Liv, murmura-t-il.

Il avait tout entendu et il la comprenait. Il savait ce qui la mettait dans cet état.

Il prit le relais :

— Kenny, à quoi ressemblait le tueur du vigile, selon Austin ?

— Il était grand et brun.

— Vieux, jeune ? insista Noah, sans se départir de son affabilité.

— Pas aussi vieux que nos parents. Mais plus vieux que nous.

Kenny secoua la tête et ajouta :

— La description qu'il en faisait dans sa lettre n'était pas très précise. Je vous jure que je ne mens pas.

— Est-ce que ça aurait pu être l'homme qui a tenté de t'enlever cette nuit ?

Kenny haussa les épaules.

— Je ne sais pas, répondit-il. J'avais trop peur de le regarder.

— Moi, je l'ai vu, intervint Roger Court. Il faisait plus d'un mètre quatre-vingts. Pas très musclé, plutôt mince… Il avait un gros nez.

— Nous allons faire venir un dessinateur de portraits-robots, suggéra Noah. Vous lui décrirez cet homme… Kenny, est-ce que tu sais comment Austin accédait à la résidence ?

— Il avait une clé. Il a travaillé cet été avec un charpentier sur ce chantier. C'est grâce à ce job qu'il a pu payer la colo.

— Tu connais le nom de ce charpentier ?

Kenny fit non de la tête.

— Est-ce qu'Austin est brun ? lui demanda soudain Olivia.

— Oui, mais il se teint les cheveux en roux.

— Ah bon ? Et pourquoi ?

— Son père a plaqué sa mère. Et comme Austin et lui se ressemblent comme deux gouttes d'eau, sa mère souffrait en le voyant. Alors il se teint les cheveux depuis qu'il a douze ans.

Olivia saisissait bien ce qui avait dû se passer dans la tête de ce garçon. Sa propre mère avait détesté son visage parce qu'il lui rappelait trop l'homme qui les avait abandonnées.

— Bien, dit-elle. Nous allons laisser un policier en faction devant le bâtiment où logent les pensionnaires. Il y restera jusqu'à ce que nous soyons certains qu'il n'y a plus aucun danger.

Oaks acquiesça d'un geste, soulagé.

— Je vous en remercie, dit-il.

Lorsque Noah et Olivia revinrent à leur voiture, la jeune femme ferma les yeux. Elle était épuisée.

— J'ai encore du mal à croire que Kane est mort, parce que ce morveux a piqué une crise de jalousie !

— Non, Liv. Ce n'est pas comme ça qu'il faut dire les choses… Kane est mort parce qu'un salopard lui a tiré dessus à deux reprises, en tentant d'enlever un adolescent. Kenny n'est coupable que de nous avoir caché des informations, ni plus ni moins. Tu ne peux rien lui reprocher d'autre. Et certainement pas la mort de ton partenaire…

Olivia tressaillit.

— J'ai dit la même chose, hier… A ce connard de Crawford…

Elle avait réagi comme Noah venait de le faire, lorsque l'agent du FBI s'en était pris à Lincoln Jefferson. Ce dernier venait de commettre un vol avec effraction et il était incomparablement plus coupable que Kenny.

— Tu as raison, admit-elle.

— Bon, qu'est-ce qu'on fait, maintenant ?

— Kane et moi, on s'apprêtait à se renseigner sur les amis de Joel Fischer. Et il faut recueillir de la bouche d'Austin son témoignage. Lui demander aussi s'il connaissait Joel, ou certains de ses amis. Et puis il faut retrouver Val.

— Elle est peut-être morte à l'heure qu'il est.

— C'est possible… Elle a dit qu'elle allait manger un sandwich à trois pâtés de maisons d'ici. On peut commencer par l'établissement où elle comptait se rendre. On va essayer de reconstituer son emploi du temps.

Noah ouvrit la portière de la voiture d'Olivia, attendit

qu'elle s'installe sur le siège du conducteur, puis s'accroupit à côté d'elle.

— Comment ce type a-t-il pu savoir que Val nous servait d'interprète ?

Elle haussa les épaules.

— Je pense qu'il nous a suivis.

— Peut-être... Rentre chez toi, Olivia, et essaie de dormir un peu. Si tu as besoin de moi, n'hésite pas à m'appeler.

Elle le remercia. Pourtant, à présent que l'entretien avec Kenny était terminé, elle redoutait de rentrer chez elle. La solitude lui serait insupportable. Elle se demanda où était David... Etait-il déjà retourné au chalet ?

Elle avait besoin de dormir. Elle avait besoin de respirer normalement. Elle avait besoin de David.

Elle sortit son téléphone portable de sa poche et constata qu'il avait essayé de la joindre. Ce qui voulait dire qu'il était sain et sauf. Tant mieux. Ses épaules se décrispèrent un peu. Elle réalisa soudain que le mot « incendie » n'avait cessé de trotter quelque part dans sa tête, engendrant une angoisse constante. Mais David était un pompier chevronné. Il était prudent.

Kane aussi avait été prudent. Et maintenant, il était mort.

Elle composa le numéro de David et tomba sur la messagerie. Elle raccrocha, incapable d'articuler les mots qu'elle aurait voulu qu'il entende : « J'ai besoin de toi. Viens vite. » Des mots simples, mais qui masquaient le plus profond désarroi.

Elle eut brusquement envie de s'endormir dans son odeur et repensa au matin même, lorsqu'elle avait posé la tête sur l'oreiller de David et qu'elle l'avait longuement respiré. Pour cette nuit, cela suffirait peut-être à l'apaiser.

Elle démarra et se dirigea vers le nord.

*
* *

Mercredi 22 septembre, 3 h 20

« Bienvenue à Duluth »

En passant devant le panneau, il consulta l'écran de son GPS. Encore une quinzaine de kilomètres et il n'aurait plus aucun motif d'inquiétude. Austin Dent ne serait plus qu'un souvenir…

Enfin, il n'aurait presque plus de motifs d'inquiétude. Il songeait à la conversation qu'il avait épiée entre Mary et Albert. Cette garce avait raison : ils pouvaient toujours plaider pour leur défense, en prétendant que la vidéo avait été falsifiée de façon à les faire apparaître sur les lieux de l'incendie. Et l'existence même de ces vidéos prouvait effectivement la présence de celui qui tenait la caméra. Si elle s'était rebiffée dès le début, cela aurait pu leur sauver la mise, mais Eric lui avait d'abord caché l'existence de la première vidéo. A présent, ils étaient trop mouillés pour espérer s'en tirer à bon compte. Cependant, Mary pouvait fort bien refuser d'accomplir de nouvelles missions.

Au début, il avait projeté de faire connaître au public les activités d'incendiaire de la jeune fille, afin d'atteindre son père. Ce salaud ne s'en serait jamais remis, sa vie aurait été ruinée — *comme il a failli ruiner la mienne.*

Mais cela ne suffisait plus. Mary avait tenté de jouer son propre jeu, en laissant ces boules de verre derrière elle. Elle n'était pas une vraie militante écologiste. Et à présent, elle était devenue complice de plusieurs meurtres. L'incendie avait salement dégénéré, cette nuit. Il avait écouté les informations à la radio. Des innocents avaient péri.

Les flics n'allaient pas apprécier. Surtout après le décès de l'inspecteur Kane. Ils seraient sur les dents, prêts à tout pour retrouver le coupable. Et lui, il préférait que ce coupable soit Albert ou Mary. Ou les deux.

Il n'y avait qu'un problème : il ne savait pas encore comment il s'y prendrait au juste, pour leur faire porter le chapeau. Il consulta son GPS une nouvelle fois.

Presque arrivé.

Chaque chose en son temps… Il lui fallait d'abord se débarrasser d'Austin. Ensuite, il réfléchirait calmement à sa prochaine initiative.

Mercredi 22 septembre, 3 h 15

David se doucha et se changea à la caserne, puis il rappela Olivia et tomba une nouvelle fois sur sa messagerie. Il se rendit ensuite à l'hôpital.

Kayla, la fiancée de Jeff, était assise dans la salle d'attente.

Il s'installa à côté d'elle et fut pris d'une peur subite de lui demander des nouvelles de son coéquipier. Mais la jeune femme les lui donna d'emblée.

— Il a le dos brisé et une fracture à la hanche, lui dit-elle d'une voix d'automate, comme si elle lisait un inventaire.

Elle avait visiblement du mal à ne pas craquer.

— Il est toujours sur le billard. Qu'est-ce qu'il faut que je fasse, David ?

— Reste ici, pour l'instant. Tu as pu lui parler, avant qu'on ne l'emmène au bloc opératoire ?

— Non, il était inconscient. Il ne remarchera plus jamais, tu crois ?

— On ne peut pas dire ça, à ce stade. Un choc de ce genre n'entraîne pas forcément une paralysie. Et quand bien même, on peut se rééduquer, comme mon frère l'a fait.

— Et il est resté le même ? demanda-t-elle entre deux sanglots.

— Non, lui répondit-il franchement. Max était un sportif de haut niveau. Son accident a mis un terme à sa carrière sportive. Mais il en a trouvé une autre et, si Zell doit en passer par là, il y arrivera, lui aussi.

Il la sentit frissonner.

— David, excuse-moi…

Il lui posa un bras sur l'épaule et lui demanda doucement :

— Pourquoi ?

— Parce que je n'ai pas arrêté de penser que j'aurais préféré que ce soit toi qui prennes cette poutre sur le dos… J'aurais voulu que ce soit lui qui t'ait tiré de là…

Une telle franchise le stupéfia, mais il ne lui en voulut pas. Lui-même ressentait quelque chose d'approchant.

— Je te comprends. Ma…

Ma quoi, exactement ? Qu'est-ce qu'Olivia est, pour moi ? se demanda-t-il, comme pris de court.

— Mon amie est policière. Son partenaire a été tué, cette nuit. Sa mort m'attriste énormément, mais en même temps, je me sens soulagé de savoir qu'elle n'était pas sur les lieux, quand la fusillade a éclaté. Alors, oui, je te comprends…

Elle s'essuya les joues du bout des doigts.

— Tu vas bientôt reprendre ton service ?

Il jeta un coup d'œil à la pendule murale.

— Dans deux heures.

— Alors, va dormir. Je dirai à Jeff que tu es venu. Je te remercie, David. Du fond du cœur.

Le cœur lourd, il regagna sa voiture. Il consulta ses messages en marchant. Le numéro du dernier appel était celui de Noah. Il le rappela aussitôt.

— Noah ? Il y a un problème avec ma mère ?

— Aucun. Pour autant que je sache, elle dort à poings fermés.

— Pour autant que tu saches ? Qu'est-ce que ça veut dire ? Où es-tu ?

— Je suis juste derrière la voiture d'Olivia, qui se dirige vers le nord. Moi, je vais bifurquer pour revenir au commissariat. Tu as entendu la nouvelle ?

— Au sujet de Kane ? Oui. Comment va Liv ? J'ai essayé de l'appeler, elle ne décroche pas.

— Elle tient le coup, mais difficilement. Je lui ai dit de rentrer chez elle, mais la sortie qu'elle vient de prendre n'est pas celle qui y mène… Elle va vers le nord.

Le nord… David se sentit soulagé. *Elle vient vers moi.*

— Je sais où elle va, lui dit-il. Ne t'inquiète pas…

— Je m'en doutais un peu. Ecoute, essaie de la convaincre de prendre un jour de congé.

— Pourquoi ? Il y a un problème ?

— Nous avons obtenu le nom du garçon que nous recherchons, celui qui a assisté au meurtre de Weems. Il est censé se trouver chez lui à Duluth, mais les collègues de là-bas viennent de nous annoncer qu'ils n'arrivent pas à lui mettre la main dessus. Apparemment, quand il les a vus arriver, il s'est enfui par une fenêtre. Enfin, c'est ce qu'on espère…

— C'est-à-dire ?

— Le type qui a tué Kane connaît son adresse. Si Olivia apprend que le môme s'est fait la malle…

— Elle va foncer à Duluth pour le retrouver.

— Exactement ! Or elle ne tient que sur les nerfs. Elle a vraiment besoin de repos.

— Elle ne va pas apprécier que tu décides de ça à sa place, dit David calmement.

— Tu vas le lui dire ?

— Si elle me le demande, oui. Je ne lui mentirai pas. Mais je ne prendrai pas l'initiative de lui en parler. Dis-moi, si tu travailles, *qui* veille sur ma mère ?

— Elle a appelé ton pote, le vieux pompier… Qui ne s'est pas fait prier pour rappliquer dare-dare, crois-moi !

— Bien, je te remercie.

Entre sa mère et Glenn, les liens semblaient se resserrer de jour en jour… Après tout, pourquoi pas ? Mais dans l'immédiat, David pensait avant tout à Olivia.

Elle vient vers moi.

Il voulait faire en sorte qu'elle n'ait aucune raison de repartir vite. Malgré l'heure tardive, il composa le numéro de Paige et ne fut guère surpris de l'entendre répondre à la première sonnerie.

— Où es-tu ? lui demanda-t-il.

— Chez Olivia… J'attends qu'elle rentre. Et toi, tu es où ? Tu as su la nouvelle, pour Kane ? Tu sais où elle est, Olivia, en ce moment ? Je suis morte d'inquiétude.

— Je me dirige vers le chalet qu'un ami m'a prêté. Je crois qu'elle y va aussi… Et, oui, j'ai entendu la nouvelle. C'est vraiment dur… Je ne sais pas si elle a des affaires pour aller travailler, demain. Tu sais, des vêtements, du maquillage et tout ça…

— Je vais lui préparer un sac avec de quoi se changer, proposa Paige. Tu veux que je te l'apporte ?

— Non, pas la peine. Sa maison est sur mon chemin, pour ainsi dire. Je vais faire un crochet.

Il raccrocha. Il lui restait un appel à passer. Il imaginait Paige en train d'attendre Olivia chez elle et sa propre mère, attendant près du téléphone. Il composa le numéro de la ligne fixe de Noah et Eve. Phoebe décrocha aussitôt.

— David ? dit-elle d'une voix tremblante.

— Je vais bien, maman. Pas une égratignure.

Elle exhala un long soupir.

— Dieu merci… J'attendais ton appel, en essayant de ne pas me faire du mauvais sang. Glenn est en train d'appeler partout pour savoir ce qui s'est passé.

— Je suis indemne. Mais mon partenaire, Jeff, est sérieusement blessé.

Il faillit ajouter que le partenaire d'Olivia était mort, mais se ravisa. Sa mère n'avait jamais rencontré Kane, et il valait mieux que ce soit Noah qui apprenne la triste nouvelle à Eve.

— J'aimerais que tu pries pour lui, maman, ajouta-t-il.

— Bien entendu. Où vas-tu, maintenant ?

— Au chalet.

Pour retrouver Olivia.

— Je vais essayer de dormir un peu, dit-il. Fais de même. Je t'aime, maman.

— Moi aussi, je t'aime, David. C'est gentil de m'avoir appelée. J'avais besoin d'entendre ta voix.

Mercredi 22 septembre, 4 heures

Cela tournait mal… Vraiment mal. Le gamin s'était enfui. Et il y avait une vingtaine de voitures de police garées sur le bas-côté qui longeait l'allée menant à sa minuscule maison. Il était passé devant en roulant lentement, et avait observé le manège des policiers.

Ceux-ci étaient regroupés en fonction des différents services auxquels ils appartenaient : police locale et police d'Etat. En regardant dans son rétroviseur, il vit s'entrecroiser des faisceaux lumineux dans les bois environnants — les lampes torches des équipes de recherche, sans nul doute. Cela signifiait qu'ils ne l'avaient pas encore retrouvé.

Si ce garçon avait choisi la fuite, c'est qu'il ne devait pas faire confiance aux flics.

Il a bien raison.

Il continua de rouler jusqu'à ce qu'il ne voie plus le halo bleuté des gyrophares et se gara sur le bas-côté. Il ouvrit le téléphone portable de Kenny et se mit à rédiger un SMS destiné à Austin.

> Les flics m'ont cuisiné toute la nuit dans le bureau d'Oaks.

Il ignorait si c'était vrai, mais Austin ne le savait pas davantage.

> Ils savent que tu as tout vu. Ils veulent t'arrêter. Fais bien gaffe.

Il envoya le message et referma le téléphone. Voilà qui dissuaderait, un peu plus longtemps, le gamin de se fier aux flics. Il pouvait, lui aussi, se mettre à le chercher, mais comment savoir où il se planquait ? Il fit un demi-tour et rebroussa chemin.

Il faut qu'il vienne à moi.

Mercredi 22 septembre, 4 h 05

Olivia était assise au bout du quai, toute recroquevillée sur elle-même. Elle entendit le pick-up de David remonter la route, mais elle ne se leva pas. Le bruit du moteur cessa. Elle attendit, sachant qu'il serait bientôt à ses côtés. Elle se demanda s'il était au courant, pour Kane.

Après avoir quitté l'école, elle n'avait pas trouvé l'énergie d'écouter ses messages. Elle s'était simplement accroupie là, au bord de l'eau, à l'écoute des sons de la nuit.

Quelques instants plus tard, elle sentit les planches

du quai vibrer sous les pas de David. En trois ou quatre enjambées, il fut près d'elle.

Il lui passa les doigts dans les cheveux.

— Salut !

— Salut, murmura-t-elle.

Il s'accroupit, lui prit les mains.

— Tes mains sont gelées, Liv. Pourquoi n'es-tu pas rentrée à l'intérieur ?

— J'ai claqué la porte en partant, tout à l'heure. J'avais oublié que je n'avais pas la clé…

— Je vais te faire un double. J'aimerais tant pouvoir régler tous tes problèmes.

— Impossible. Personne au monde n'en serait capable.

— Viens avec moi. Je te réchaufferai.

Il l'aida à se lever de ses bras puissants.

— Je ne pouvais pas te laisser seule, ajouta-t-il.

Ils s'installèrent sur le canapé. Olivia s'assit sur les genoux de David, et il lui couvrit les jambes d'une couverture.

— Il faut que je reprenne mon service à 8 heures, l'informa-t-elle. Et je dois passer chez moi avant pour me changer.

— Pas la peine. Paige t'a fait un sac de vêtements. Repose-toi…

Il dirigea la télécommande vers le téléviseur et l'écran s'illumina. Olivia reconnut son DVD de *Bip Bip et Vil Coyote*. Surprise, elle leva les yeux vers lui et lui embrassa le front.

— Je l'ai trouvé dans ton lecteur de DVD. La nuit où on a longuement bavardé, tu m'as dit que tu regardais des dessins animés pour surmonter le stress. Je me suis dit qu'on en aurait tous les deux grand besoin.

Elle hocha la tête et sentit monter dans sa gorge un sanglot qu'elle n'avait plus la force de réprimer. David la serra plus fort contre lui. Il la berça doucement lorsque les larmes jaillirent, irrépressibles. Ce fut un déluge. L'orage finit par s'apaiser et elle en resta toute frémissante. Elle ne pouvait plus ressentir d'autres émotions que le plus profond désarroi.

— Il faut que tu dormes, maintenant, ma chérie, lui dit David doucement, en lui caressant les cheveux.

— Demain matin, Kane sera toujours mort, chuchota-t-elle.

— Oui, mais tu as besoin d'être fraîche et dispose pour retrouver le coupable.

— Celui-là, je veux qu'il crève ! Je veux qu'il saigne et qu'il souffre ! Je veux le regarder mourir.

— Moi aussi.

Elle perçut de la morosité dans sa voix, mais aussi de la souffrance. Elle recula suffisamment pour voir son visage en entier. Il regardait fixement devant lui, les dents serrées.

— Qu'est-ce qui s'est passé ? s'inquiéta-t-elle.

— Endors-toi.

Il tenta de la serrer de nouveau contre lui, mais elle résista et se dégagea.

— Qu'est-ce qui s'est passé ? répéta-t-elle. Dis-le-moi.

— L'incendie de ce soir était volontaire aussi.

Elle repensa en accéléré aux événements de la nuit.

— Woodview... Noah a dit que c'était là que la maîtresse de Tomlinson vivait. Etait-elle la cible ? On a retrouvé une boule de verre ?

— Pas de boule de verre, mais il est certain que cette maison était la cible des incendiaires. Sauf que le vent a tourné et que le feu s'est propagé de part et d'autre. Une explosion de citerne de gaz a détruit deux autres maisons. Ensuite, l'incendie s'est étendu à un immeuble résidentiel.

— Combien de morts ? demanda-t-elle posément.

— Quatre.

Les yeux de David reflétaient une terrible angoisse.

— Dont un enfant, précisa-t-il. Une petite fille de deux ans…

Elle colla ses lèvres contre sa joue et murmura :

— C'est horrible…

— Il y a eu aussi des dizaines de blessés.

— Des pompiers ?

— Zell, dit-il abruptement. Une poutre lui est tombée dessus. Il ne sent plus ses jambes.

— Qui l'a sorti de là ? demanda-t-elle, alors qu'elle connaissait déjà la réponse.

— Moi.

Il ferma les yeux et ajouta :

— C'est moi qui l'ai traîné hors de là. Et si j'avais aggravé son état, dans la précipitation ?

— Mais si tu ne l'avais pas traîné, il serait mort à l'heure actuelle. Carbonisé !

A présent qu'elle s'était défoulée par ses pleurs et les serments de vengeance qu'elle s'était faits, elle pouvait s'intéresser à David et à l'état dans lequel il se trouvait. Il était épuisé, et son cœur saignait. *Tout comme moi…*

— Allons nous coucher, proposa-t-elle. Toi aussi, tu as besoin de dormir.

Il la suivit d'un pas las, prenant son sac au passage.

En mode automatique, Olivia revêtit son pyjama dans la salle de bains, rejoignit David dans le lit et vit leurs téléphones portables, posés l'un à côté de l'autre sur la table de nuit.

Il l'attira vers lui, défit du bout des doigts sa tresse, comme il l'avait déjà fait dans la soirée.

— Je te préfère les cheveux lâchés, lui dit-il.

Puis il glissa une main sous sa veste de pyjama pour la poser sur son sein.

Le cœur d'Olivia était encore plein de chagrin.

— J'avais besoin de toi, murmura-t-elle.

Elle trouvait cela plus facile à avouer dans le noir.

— J'avais simplement besoin de me blottir contre toi.

— Je suis là pour ça.

Il déposa un baiser sur son épaule et reprit :

— J'ai une question à te poser.

— Laquelle ?

— Ce pyjama, c'est vraiment ton préféré, ou c'est une tentative de Paige pour semer la zizanie entre nous ?

Elle esquissa un pâle sourire. Le pyjama incriminé était décoré d'effigies de Titi le canari.

— C'est une blague de Paige, en fait, dit-elle A moins qu'il ne fasse moins de zéro, j'ai pour habitude de dormir toute nue.

David aussi, comme elle pouvait le constater, dont les doigts étaient déjà affairés à déboutonner sa veste.

— J'aime sentir ta peau contre la mienne, dit-il.

En moins d'une minute il la déshabilla entièrement et l'enveloppa de ses bras réconfortants.

— Maintenant je peux dormir…

21

Mercredi 22 septembre, 4 h 30

Mais David ne parvint pas à s'endormir. Même pelotonné contre Olivia, il ne retrouvait pas la tranquillité. Des images défilaient sous ses paupières closes. Zell écrasé par cette poutre… Kane, baignant dans son sang… Et cette pensée douloureuse, obsédante : Olivia aurait pu se trouver à sa place…

Olivia ne dormait pas non plus. Elle frissonna subitement et il embrassa sa joue baignée de larmes.

— Ça va ? s'inquiéta-t-il.

— Je n'arrête pas de le revoir, murmura-t-elle d'une voix étranglée. Inanimé dans l'herbe…

Il la fit pivoter dans ses bras et sentit ses petits poings crispés frôler son torse, puis s'ouvrir et s'accrocher à lui. Elle se remit à sangloter.

— Vas-y, chuchota-t-il, pleure, si ça te fait du bien. Je suis là, avec toi.

Il lui caressa les cheveux jusqu'à ce que cessent ses sanglots et qu'Olivia retrouve une respiration plus régulière.

Elle lui frotta la poitrine de la paume de sa main pour essuyer les larmes qu'elle y avait versées.

— Tu es trempé, dit-elle.

— Ça ne me dérange pas.
— Il faut que je réfléchisse…
— Non, ma chérie, il faut que tu fasses ton deuil de Kane, et c'est un long chemin… C'était un type bien, un bon flic. Il était ton partenaire. Tu passais plus de temps avec lui que la plupart des gens avec leur conjoint… Il veillait sur toi, et tu lui faisais toute confiance. C'était ton ami.
— Oui, murmura-t-elle. Je crois que je n'ai pas pleuré autant, quand ma mère est morte.
Il perçut du remords dans sa voix.
— Tu n'en es pas pour autant une fille indigne.
Elle releva la tête et le fixa dans la pénombre.
— Pourquoi dis-tu ça ?
— Tu te sens coupable en ce moment, parce que tu pleures Kane davantage que tu n'as pleuré ta mère ?
Elle hocha la tête et se remit à pleurer.
— C'était ma mère et je l'ai pleurée. Mais aujourd'hui, j'ai vraiment l'impression qu'on m'a arraché le cœur. Il faut vraiment que je sois une fille indigne pour réagir comme ça…
— Lors de notre longue discussion à Chicago, tu m'as dit qu'elle te manquait, que tu l'aimais énormément.
— Ah bon ?
— Mais oui. Pourtant, j'ai l'impression que tout n'était pas facile entre vous.
Elle posa la tête sur son épaule et soupira.
— Non, pas toujours, en effet. Elle m'aimait beaucoup, j'en suis certaine… Mais je n'arrivais pas à la rendre satisfaite de moi. Selon elle, je faisais tout de travers. Et parfois, elle me lançait des regards que je trouvais haineux. Je n'ai jamais compris pourquoi, avant de rencontrer Mia…
— A l'enterrement de ton père…
— Je suis revenue à Chicago en catastrophe, dès que

j'ai appris la nouvelle de son décès. Je suis arrivée juste à temps pour l'enterrement. Mia était habillée en bleu marine, elle se tenait juste à côté du cercueil avec sa mère. Les policiers ont plié le drapeau et l'ont remis à la veuve. Elle s'est alors tournée vers Mia et lui a balancé le drapeau dans les bras d'un geste dédaigneux. Je me souviens de la haine que j'éprouvais pour elle, à ce moment-là. Ensuite Mia s'est tournée vers moi, et j'en ai eu le souffle coupé. J'avais l'impression de me regarder dans un miroir.

— Elle était bouleversée, elle aussi.

— Je sais. C'est à ce moment que j'ai compris à quel point nous ressemblions toutes les deux à notre père.

— Tu n'avais jamais vu ton père ? Pas même sur une photo ?

— Je ne connaissais même pas son nom. Ma mère ne me parlait jamais de lui. Quand j'étais petite, j'imaginais son physique, je me demandais où il était... Je croyais qu'il nous avait oubliées parce qu'il était devenu amnésique. J'attendais qu'il guérisse... Je n'arrivais pas à comprendre pourquoi il ne voulait pas me voir, pourquoi il me rejetait ; il fallait que je trouve une raison acceptable à cela...

David sentit son cœur se serrer de compassion, en imaginant Olivia petite fille.

— Mes parents s'aimaient tendrement, dit-il. Et ils aimaient leurs enfants. Je leur en serai toujours reconnaissant. Je suis désolé que tu n'aies pas connu ce bonheur.

— Je me fâchais tout le temps contre les mômes qui disaient détester leur père pour des broutilles, parce qu'il refusait de leur acheter un jouet ou la dernière tenue à la mode. Moi, je voulais juste avoir un papa. En grandissant, j'ai harcelé ma mère pour qu'elle me parle de lui. J'ai fini par l'accuser de lui cacher mon existence. Là, elle s'est fâchée tout de bon et elle m'a dit qu'il était policier à

Chicago. Qu'il était marié. Et qu'il lui avait menti : il lui avait raconté que sa femme l'avait quitté et lui avait promis de l'épouser, après ma naissance. Mais quand je suis née, il a choisi de rester avec son autre famille. Avec sa femme et ses deux autres filles. Je ne connaissais pas son nom, ni celui de mes demi-sœurs, mais je les haïssais tous.

— Comment as-tu appris sa mort ?

— Par ma tante maternelle. J'avais beau demander le nom de mon père à ma mère, elle refusait de me le révéler. C'était un sujet de fâcherie entre nous. Elle a fini par mourir sans me l'apprendre et j'ai pensé alors que je ne le saurais jamais. Mais un jour, j'ai reçu un appel de sa sœur, qui venait de lire sa nécrologie dans le journal local. Ma mère s'était confiée à elle, bien des années auparavant. Elle lui avait fait jurer de ne rien me dire, or ma tante savait combien j'avais besoin de tourner la page…

Sa voix se durcit.

— C'est comme ça que j'ai rencontré Mia. Et j'ai réalisé que j'avais été moins malheureuse sans père qu'elle avec ce père-là. Je ne regrettais plus du tout d'avoir été rejetée par lui.

— Cette période a vraiment dû être difficile, pour toi, murmura David.

— Qu'est-ce que tu veux dire ?

Il hésita avant de répondre :

— Je sais que ta rupture avec Doug date de cette époque. Je sais dans quelles conditions il t'a plaquée.

— Qui t'en a parlé ? lui demanda-t-elle, interloquée. C'est Barlow, hein ? Mais de quoi est-ce qu'il se mêle, celui-là ?

— C'est moi qui lui ai demandé. Il m'a aussi expliqué pourquoi tu lui en voulais… Il regrette profondément son comportement avec toi, tu sais. Quand il m'a raconté cette histoire, j'ai compris pourquoi.

Elle baissa les yeux, et resta sans rien dire pendant un long moment.

Ce fut David qui rompit le silence :

— Olivia, Doug était un crétin. Même si je lui en veux de t'avoir blessée, je suis heureux qu'il t'ait plaquée. Je suis heureux de t'avoir rencontrée. Je sais que tu ne me croiras pas, mais en fait c'est toi que j'attendais. Depuis toujours, peut-être…

— Alors pourquoi as-tu dit le nom de Dana ?

Il soupira.

— Honnêtement, je ne sais pas. Peut-être ne le saurai-je jamais… Ce dont je suis certain, c'est que j'avais trop bu, ce soir-là. Ça ne m'est arrivé que deux fois dans ma vie… Il y a dix-huit ans, au cours de cette fête où j'ai éconduit Megan. Et juste avant la nuit que j'ai passée avec toi à Chicago… J'avais peut-être peur. Je venais juste de te rencontrer et je sentais tout au fond de moi que tu étais différente des autres femmes. Peut-être trop différente. J'avais l'impression que tu pouvais lire en moi, et ça m'effrayait.

— Tu avais peur que je découvre ce que tu voulais cacher aux yeux du monde ?

— Olivia, il faut que tu saches que mon amour pour Dana n'a jamais été rien d'autre qu'un fantasme, une abstraction. Elle était active et engagée, elle aidait les malheureux, comme je le faisais. Je trouvais que c'était une femme admirable. Mais, en fait, je n'avais rien d'autre en commun avec elle ! Nous ne bavardions jamais jusqu'à l'aube ensemble. Je ne lui ai jamais parlé de Megan. Je ne sais pas pourquoi j'ai prononcé son nom, cette nuit-là. Tout ce que je peux te dire, c'est que, depuis que je t'ai rencontrée, je ne pense plus qu'à toi.

— Et si elle redevenait libre, subitement ?

Et revenait dans sa vie, comme l'avait fait l'ex-fiancée de Doug ?

— Elle ne m'intéresserait pas. Parce que moi, je ne suis pas libre. Je ne le suis plus depuis l'instant où je t'ai rencontrée…

Il lui caressa la joue du bout des doigts.

— Tu ne me crois sans doute pas, aujourd'hui, et je comprends tes doutes… Mais si tu me laisses le temps de te le prouver, si tu me fais confiance et que tu m'offres ton cœur, tu verras combien c'est vrai.

Elle esquissa un sourire, si léger qu'il aurait pu ne pas s'en apercevoir.

— Jolie tirade, David…

— Ce n'est pas une tirade. Je ne suis pas en train de jouer la comédie… Je te montrerai que je dis vrai.

Il la prit par la nuque et l'attira contre lui.

— Rendors-toi. Je serai encore là quand tu te réveilleras.

Mercredi 22 septembre, 6 h 25

Il se gara sur sa place réservée, derrière le Deli. Il était agacé. Austin n'avait pas répondu à son SMS et la ligne du portable de Kenny avait été suspendue. Il pénétra dans la cuisine et y trouva les cuisiniers à l'œuvre, préparant les sandwichs du petit déjeuner. Il les salua d'un borborygme qu'ils lui rendirent aussitôt, comme tous les matins. Il importait avant tout de s'en tenir à la routine, pour ne pas éveiller le moindre soupçon.

Il avait laissé son chapeau à côté du corps de l'inspecteur Kane. Il n'arrivait toujours pas à se remettre d'une telle maladresse.

Il alluma le téléviseur qui était fixé au-dessus du comptoir et regarda les informations. Des reportages sur l'incendie de la nuit précédente passaient en boucle. Quatre morts. Des dizaines de blessés, parmi lesquels un pompier grièvement atteint. Le présentateur passa ensuite à l'alerte à la bombe et au meurtre de Kane.

Il faudra songer à commander moins de saucisson, se dit-il, non sans cynisme.

Le capitaine Abbott apparut à l'écran, pour s'adresser à Austin. Assisté d'un interprète de la langue des signes, il implorait le garçon de contacter la police.

Ma priorité, c'est de trouver ce garçon avant les flics.

Il sortit l'un de ses téléphones jetables et composa le numéro d'Austin.

> C'est Kenny. Les flics m'ont pris mon téléphone, mais j'en ai un nouveau. Où es-tu ? J'ai trouvé un endroit où tu peux te planquer.

Il appuya sur la touche ENVOI, avant de rédiger un nouveau message :

> Les flics m'ont cuisiné toute la nuit. Je n'ai rien dit sur toi. Je le jure. Ils mentent. Ne leur fais pas confiance.

Puis il appuya de nouveau sur la touche ENVOI.

Il referma le téléphone et le rangea dans sa poche.

Surtout ne pas céder à la panique.

De toute façon, si les flics nourrissaient le moindre soupçon contre lui, ils seraient déjà venus le cueillir à l'ouverture de la sandwicherie… Pas d'inquiétude donc…

Il fixa le micro à sa ceinture et glissa l'écouteur dans son oreille, en espérant qu'Austin consulterait rapidement ses messages.

Mercredi 22 septembre, 7 heures

Olivia avait fini par s'endormir et c'est une sonnerie de téléphone qui la tira du sommeil. Toujours blottie contre David, elle garda les yeux fermés, tandis que celui-ci tendait la main pour réduire au silence son téléphone. Il lui caressa le bras et le cou au passage, avant de lui masser doucement la nuque du plat du pouce.

— Il faut se lever, lui dit-il.

Après l'oubli du sommeil, les événements de la nuit rattrapèrent Olivia et elle s'efforça de contenir la colère qui montait en elle, de nouveau.

— Non, je ne veux pas, murmura-t-elle. J'ai trop de chagrin…

— Kane était quelqu'un de bien, Liv. Un flic consciencieux. Et tu l'aimais beaucoup. C'est normal que ça fasse mal…

Les yeux d'Olivia étaient brûlants. Elle s'obstina à les garder fermés.

— Est-ce qu'on peut faire durer la nuit encore cinq minutes ?

— Pas de problème…

La voix de David était rauque et douce, mais à cet instant précis, ce n'était pas de douceur qu'Olivia avait envie.

Elle se pressa contre lui et sentit son érection.

— Je suis désolé, murmura-t-il. Je ne peux pas m'en empêcher… Pas quand je me réveille dans le même lit que toi.

— Si la nuit n'avait pas été si tragique, comment m'aurais-tu réveillée ?

Elle l'entendit retenir sa respiration.

— Je t'aurais pénétrée…

Et c'est ce qu'il fit. Son sexe érigé élargit le passage,

déjà humide et velouté, et il entra d'un coup en elle, lui arrachant un halètement.

— Comme ça, ajouta-t-il.

Il lui plaqua une main sur le ventre pour la presser le plus possible contre lui et plonger son sexe plus profondément dans le sien.

— Et ensuite ? chuchota-t-elle.

— Et ensuite, je t'aurais chevauchée.

Et il joignit le geste à la parole. Olivia se mit à gémir et à se convulsionner de plaisir… A l'implorer de continuer. David accéléra son rythme, tout en lui caressant le clitoris du bout du pouce, exacerbant sa jouissance et l'amenant promptement à l'orgasme. Elle crut qu'elle allait défaillir. David jouit à son tour. Son corps se crispa tout entier tandis qu'il s'enfonçait au plus profond d'elle.

Ils restèrent un instant l'un contre l'autre, frissonnants et haletant comme des sprinters après la course. Olivia se dit qu'elle aurait tout le temps, plus tard, de s'interroger sur la manière dont David était devenu un amant si performant. Pour l'instant, elle lui était surtout reconnaissante d'avoir prolongé la nuit de ces quelques minutes exquises.

Sa respiration redevint normale, et elle réalisa qu'elle ne pouvait plus reculer l'échéance du lever. Ils avaient tous les deux beaucoup de travail qui les attendait.

Lorsqu'elle rouvrit les yeux, la première chose qu'elle vit fut la paire de téléphones portables sur la table de nuit.

Et un déclic se produisit dans sa tête.

— Il leur prend leurs portables !

Elle sentit David se raidir sous l'effet de la surprise.

Il se redressa pour la regarder.

— Pardon ?

— Ce type prend les portables de ses victimes. Celui

de Tomlinson, celui de Val et maintenant celui de Kenny… Il doit y avoir une raison…

— Laquelle ?

— Je ne la connais pas encore.

Elle l'attira à elle pour l'embrasser sur la bouche.

— Il faut que je file, dit-elle.

Elle s'assit sur le bord du lit et se figea subitement. Elle venait de réaliser autre chose. Un coup d'œil à David et elle comprit qu'il y pensait aussi.

— On a oublié de prendre nos précautions, cette fois…

Il la regarda avec intensité, et ses joues avaient rosi sous sa barbe naissante.

— Tu n'as rien à craindre, Olivia, je n'ai pas de MST, dit-il.

Elle rougit, elle aussi. La conversation avait pris un tour pour le moins embarrassant.

— Moi non plus. J'ai fait tous les tests, quand j'ai fait don de mon rein à Mia. Et comme je n'ai couché avec personne depuis… Mais… Je ne prends pas la pilule. J'aurais dû faire attention…

Toujours allongé sur le flanc, il lui caressa doucement le bras.

— Ça fait longtemps que je t'attends, Liv. Je ne vais pas me défiler.

— C'est juste que… J'ai grandi sans père…

— Je te comprends. Mais, je te le répète, je ne me défilerai pas.

Il lui embrassa la main et dit :

— Allez… Va prendre ta douche, maintenant, sinon on sera tous les deux en retard au boulot.

Mercredi 22 septembre, 7 h 30

Austin Dent ouvrit les yeux. Le soleil s'était levé. Il avait réussi à dormir un peu. Mais l'inquiétude l'avait longtemps tenu éveillé.

Sa mère devait être morte d'inquiétude, même si c'était à elle qu'il avait envoyé son unique SMS, depuis qu'il s'était enfui.

> Je vais bien. J'ai emprunté ta voiture. Je n'ai rien fait de mal. Désolé.

Son cœur se remit à battre la chamade quand il se souvint du moment où il avait vu la voiture de police se garer dans l'allée. Téléphone portable en main, il avait enfilé en vitesse un sweat-shirt à capuche et s'était enfui par la fenêtre de sa chambre. Il avait couru à travers bois sans se retourner, jusqu'à ce qu'il arrive à une maison voisine. Le voisin avait laissé un vélo dehors et Austin s'en était emparé. Il avait foncé au restaurant routier où sa mère travaillait comme serveuse toute la nuit. Sa voiture se trouvait sur le parking de l'établissement. Heureusement que son jeu de clés et son portefeuille étaient au fond de ses poches de pantalon, au moment où il avait pris la fuite !

Il avait roulé longtemps, en direction du nord, dans l'intention de franchir la frontière canadienne.

Mais à quoi bon ? Cette cavale était absurde. Il fallait qu'il trouve un moyen d'arrêter ce cauchemar. Et pour cela, il avait besoin de réfléchir. Il avait besoin de dormir.

Par chance, il connaissait nombre de cachettes, dans les bois du Nord. Il avait garé la voiture dans une clairière et avait pu s'y reposer un peu.

Mais à présent que le soleil était levé, il lui fallait prendre des décisions. Où aller ? A qui demander de l'aide ?

Il sortit son téléphone portable de sa poche. Il en avait ôté la batterie pendant son sommeil, dans la crainte qu'on puisse le localiser.

Il replaça la batterie et fut un peu étonné de découvrir tous les messages qu'il avait reçus. Toutes sortes de gens avaient cherché à le contacter.

Sa mère le suppliait de faire confiance à la police.

Kenny lui écrivait au contraire qu'il ne fallait pas croire les flics.

Les policiers l'assuraient qu'ils ne lui voulaient aucun mal.

Et Kenny, de nouveau :

> Les flics m'ont pris mon téléphone… Ils mentent. Ne leur fais pas confiance.

Austin éteignit son téléphone, effrayé et perplexe. Rien ne changerait s'il restait là. Les réponses se trouvaient à Minneapolis. Il décida donc d'y retourner.

Mercredi 22 septembre, 8 heures

En arrivant à la caserne pour prendre son service, David eut la surprise de tomber sur Tom, assis dans un coin du hall. Son neveu se leva d'un bond dès qu'il le vit. Il avait l'air inquiet.

— Tu vas bien ? lui demanda-t-il.

David l'entraîna tout droit vers la machine à café.

— La nuit a été dure, mais je vais très bien.

— En écoutant les infos, j'ai appris ce qui est arrivé à Zell. Tu as des nouvelles ?

— J'ai appelé l'hôpital en venant ici. On m'a dit que son état était stationnaire.

David remplit deux tasses de café et en tendit une à Tom.

— Je pense qu'on n'en saura pas plus avant demain ou après-demain, ajouta-t-il. Tu te souviens de l'inspecteur Kane, le partenaire d'Olivia ?

Tom hocha la tête et son visage s'assombrit.

— Ça aussi, je l'ai entendu aux infos. Il paraît qu'il est mort en libérant un gamin qui venait d'être enlevé…

— Et tout ça a un rapport avec cette affaire délirante de boule de verre.

Il n'avait cessé de penser à l'absence de boule sur les lieux du dernier incendie.

— Pauvre Olivia. Ça a dû lui faire un choc terrible, dit Tom.

— Oui. Mais elle tiendra le coup.

Et moi aussi.

C'est vers lui qu'elle avait cherché consolation et réconfort, lui montrant ainsi combien elle avait besoin de lui.

— Je m'en doute, dit Tom, mais quand même…

Il soupira, avant d'ajouter :

— J'ai cours à 9 heures. Je ne peux pas rester longtemps. J'ai découvert deux ou trois trucs sur le site dont tu m'as parlé hier. On peut en discuter ici ?

La caserne était singulièrement silencieuse ce matin-là. Les pompiers étaient d'humeur maussade, comme chaque fois que l'un des leurs avait subi de graves blessures. Ils vaquaient à leurs occupations matinales et personne ne s'intéressait à David et Tom.

— Pourquoi pas ? Alors qu'est-ce que tu as appris ?

— Le nom de domaine du site internet est enregistré au nom d'un certain Hubert Leeds. La création du site remonte à une dizaine d'années.

— Deux ans après le dernier incendie imputé à Preston Moss… Qui est Hubert Leeds ?

— Le professeur Leeds enseignait dans la même

université que Preston Moss. Selon plusieurs articles que j'ai lus, ils s'entendaient très bien.

— Il n'enseigne plus ? Il a pris sa retraite ?

— Non, il est mort d'une rupture d'anévrisme, il y a huit ans.

— Et le site internet a continué de tourner ?

— Pas exactement. Je ne suis pas certain de la date à laquelle le contenu y a été téléchargé… Tu sais, tous ces textes et toutes ces photos de Moss… Mais quelqu'un s'est chargé de renouveler l'enregistrement du nom de domaine. On ne peut pas laisser une URL expirer, sans risquer de la voir attribuer à un autre site. Il a donc été renouvelé il y a six mois, et pour une durée de neuf ans, c'est-à-dire le maximum.

— Qui a payé ?

— Bonne question. Pour y répondre, il aurait fallu que je creuse un peu plus… Et que je franchisse la barrière de la légalité, aussi… Il aurait fallu que je me procure des informations bancaires et d'autres données du même genre.

— Il va donc nous falloir de l'aide, dit David avec dépit.

— Ethan est un type bien, tu sais…

— Je sais, oui… Ce n'est pas grave. Qu'as-tu appris d'autre ?

— Je me suis introduit dans l'architecture du site assez facilement. Je me suis dit que la personne qui s'occupait de le mettre à jour devait être ce Lincoln Jefferson, et j'ai imaginé des noms d'utilisateur et des mots de passe… Ça ne m'a pas pris longtemps… Son nom d'utilisateur est AbeThomas* et je te laisse deviner quel est son mot de passe…

* Abe est le diminutif d'Abraham, prénom du président Lincoln ; et le président Jefferson se prénommait Thomas (NdT).

— *Valla Eam* ? hasarda David.

— En plein dans le mille ! Je pense que Lincoln a collaboré avec le professeur Leeds pour construire le site. Leeds lui a sans doute facilité l'enregistrement et la construction initiale du site. Et quand il est mort, Lincoln a continué.

— Alors qu'il devenait de plus en plus dingue. Ainsi, ce site internet existe depuis toutes ces années ? Il y a quelque chose que je ne comprends pas bien, Tom… Il ne faut pas payer l'espace serveur à un fournisseur ?

— Non… Enfin pas toujours… Ce site est hébergé sur un serveur gratuit. Le compte a été ouvert au nom de Leeds. J'ai vérifié la fréquentation et j'ai pu constater un faible niveau de visiteurs pendant les premiers mois de l'année, mais leur nombre est monté en flèche depuis la fin du mois d'avril, quand l'enregistrement a été renouvelé.

— Alors, qui sont ces visiteurs ?

Tom sortit une feuille de papier de sa poche.

— Les noms sont ceux des personnes dont j'ai réussi à découvrir l'identité, dit-il. Les numéros sont des adresses IP, dont je n'ai pas pu identifier les détenteurs. Là aussi, il va falloir que tu demandes l'aide d'Ethan.

David parcourut la liste. Un nom, vaguement familier, revenait souvent.

— Ce nom… Je le connais… Joel Fischer… Pourquoi est-ce que je connais ce nom ?

Il ferma les yeux, fouilla dans sa mémoire.

— Ah oui ! Je l'ai entendu aux infos. Joel Fischer est mort lundi dernier, dans un accident de voiture.

— Moi aussi, son nom me dit quelque chose, dit Tom d'un air songeur. Il était étudiant dans la même université que moi. Ses nombreuses visites en avril correspondent peut-être à une recherche, en vue des cours de printemps.

Il a été établi depuis qu'il se trouvait sur les lieux de l'incendie de la résidence du lac, se souvint David. L'hypothèse du suicide avait été avancée : Joel n'aurait pas pu supporter le remords d'avoir causé le décès de la jeune fille... C'était au domicile de ce Joel qu'Olivia était allée, juste avant de venir le retrouver au chalet, la veille au soir — avant que la situation ne dégénère aussi tragiquement.

— Ce nom-là est important, dit-il.

— Et tu ne vas pas me dire pourquoi, lui reprocha Tom. Ce n'est pas sympa, David.

David se pencha vers lui et lui confia à voix basse :

— C'est l'un des incendiaires de la résidence du lac...

— Vraiment ? Il ne m'a pourtant pas fait l'effet d'un voyou. En outre, il n'a pas cherché à cacher ses visites sur ce site pourtant considéré comme subversif, et ses visites ont été extrêmement nombreuses, comme tu peux le constater. Et puis bien sûr, tu peux voir que les visites se sont multipliées, depuis que l'histoire de la boule de verre a été révélée par les médias.

Olivia aurait eu l'usage d'une telle information, mais il ne savait pas comment lui avouer par quel moyen il se l'était procurée. Il parcourut la liste une nouvelle fois. L'absence d'un nom le frappa.

— Je ne vois pas le nom de Lincoln... C'est pour ça que le type du FBI était furieux. Lincoln continuait de militer en douce — sous le nez des agents fédéraux, pour ainsi dire —, et il faisait vivre le site internet clandestinement. Mais le FBI devait savoir que le professeur Leeds était décédé. Pourquoi n'a-t-il pas enquêté, comme tu viens de le faire ?

— Si aucune nouvelle rubrique n'a été ajoutée depuis la mort de Leeds, les experts du FBI ont peut-être pensé que le site était devenu stagnant, laissé à l'abandon. Peut-être qu'ils s'en sont désintéressés au bout de quelques années. En tout cas, voilà tout ce que j'ai pu trouver. Demande à Ethan d'identifier le détenteur du compte bancaire qui a servi à payer le renouvellement du nom de domaine. Il sait comment s'y prendre, lui.

— Je ne pense pas que ses moyens soient parfaitement légaux, murmura David.

— Et alors ? Tu veux rester dans la légalité ou tu veux que mamie soit en sécurité dans ton loft ?

— Vu comme ça, évidemment… Bon, je vais appeler Ethan. Merci pour ton aide, Tom. C'était sympa…

— Quand tu veux…

Tom l'enlaça brièvement et fit un pas en arrière, amusé.

— Il faudrait que tu arrêtes de te parfumer au chèvrefeuille, David. Ça va faire jaser, tu sais !

David se sentit rougir. Olivia était entrée sous la douche sans son shampoing. Il avait écarté le rideau pour le lui faire passer et l'avait trouvée en train de pleurer, prise d'un nouvel accès de chagrin. Il l'avait serrée contre lui pendant qu'elle se vidait de ses dernières larmes et lui avait lavé les cheveux lentement, cherchant à l'apaiser par ce massage. Une chose menant à une autre, elle avait retardé le début de sa journée une fois encore.

Tom s'esclaffa.

— Trop drôle ! Tu devrais voir ta tête, David… Bon, il faut que j'aille en cours, moi. Appelle-moi si tu as encore besoin de moi.

Puis il lui tendit une carte, ajoutant :

— C'est le numéro de portable d'Ethan.

David empocha la carte.

— Merci beaucoup.

— De rien. Mamie est toujours chez Eve ?

— Oui. Noah a dû aller travailler, la nuit dernière, après que Kane…

Il soupira et reprit :

— Bref… Ma mère a appelé Glenn et il est resté avec elle cette nuit. Je suppose qu'il est encore là-bas.

— Je crois qu'il est temps que mamie se trouve un compagnon. Ça fait trop longtemps qu'elle vit seule.

— Oui, tu as raison.

Mais il y avait dans sa voix une réticence qui démentait son propos.

Tom haussa les épaules, un petit sourire amusé aux lèvres.

— Souviens-toi que j'ai vu *ma* mère tomber amoureuse de *ton* frère…

— Oui, mais ça s'est bien passé, au final.

— Tout à fait. Et avec mamie, ça sera pareil, tu vas voir. Tu ne devrais pas t'inquiéter comme ça. Si Glenn est assez bien pour être ton ami, il doit l'être assez pour devenir le chevalier servant de mamie ! Tu sais, continua Tom d'une voix moins assurée, j'aurais pu te téléphoner, pour te dire tout ça… Mais j'ai vu cet incendie à la télé, cette nuit, et j'ai appris qu'un pompier avait été sérieusement estropié… Mamie m'a appelé pour me rassurer et me dire que ce n'était pas toi, mais… J'avais besoin de m'en assurer par moi-même…

David sentit sa gorge se serrer. Toute cette sollicitude, autour de lui, tout cet amour, c'était bon…

— Eh bien, comme tu peux le constater, je vais très bien. Allez, va à ton cours, maintenant. Et encore merci !

22

Mercredi 22 septembre, 8 heures

Olivia marqua une hésitation devant la porte d'entrée de la brigade des homicides. Elle avait son feutre à la main. En quittant le chalet, un peu plus tôt, elle l'avait vu sur le canapé et l'avait attrapé au passage. Comme une sorte de talisman. Mais elle n'avait pas eu le courage de s'en coiffer.

Elle était légèrement en retard, et pourtant, elle n'arrivait pas à en pousser la porte. Elle ne voulait pas entrer. Elle ne voulait pas voir le bureau de Kane ni la table ronde autour de laquelle Abbott réunissait ses subordonnés. Elle ne voulait pas soutenir le regard attristé de ses collègues.

Allez, va faire ton boulot, se pressa-t-elle. *Kane l'aurait fait, lui…*

— Bonjour, Olivia, fit une voix derrière elle.

C'était Jessica Donahue.

— Bonjour, lui répondit-elle.

Puis elle réalisa qu'elle lui avait rendu son salut un peu sèchement.

Tant pis. Je ne suis pas d'humeur à lui faire des courbettes.

— Contrairement à ce que vous avez l'air de penser, je ne suis pas venue pour vous fournir une aide psychologique. Je suis là pour assister à la réunion d'Abbott.

Elle dépassa Olivia d'un pas hâtif et Olivia s'aperçut, un peu tard, qu'elle avait les yeux rougis par les larmes.

Elle lui emboîta immédiatement le pas.

— Jessica…

Mais Jessica Donahue continua de marcher, sans se retourner.

— Jessica, attendez-moi…

Jessica finit par s'immobiliser, et fouilla dans sa poche en quête d'un mouchoir en papier.

— En quoi puis-je vous être utile, Olivia ? lui demanda-t-elle.

Pendant un instant, Olivia ne sut pas quoi lui dire. Elle fouilla dans son propre sac et y trouva un petit coffret de maquillage qu'elle tendit au médecin.

— Gestion des dégâts lacrymaux…

Jessica étala un peu de poudre sous ses yeux, mais cet effort était purement symbolique. Olivia remit le coffret dans son sac et inspira profondément.

— Je ne peux pas y aller, dit-elle.

Jessica la dévisagea d'un air impassible.

— Si, vous le pouvez. Il le faut.

Olivia ricana.

— Ah oui, c'est vrai, il faut que je fasse mon boulot…

— Aussi banale que cette phrase puisse paraître, rien n'est plus juste… La vie n'est pas toujours facile, vous savez.

Olivia regarda les portes de l'ascenseur s'ouvrir, observant les collègues qui s'y engouffraient. Elle savait que si elle montait avec eux, elle se remettrait en mode panique. Elle se tourna vers Jessica Donahue, dont le regard s'était adouci.

— Prenons l'escalier, lui proposa cette dernière. Il y aura moins de gens pour voir mon visage…

Olivia lui fut reconnaissante de lui fournir ce prétexte et la suivit. Elles avaient gravi deux étages, lorsqu'elle s'arrêta.

— J'ai peur des scènes de crime, s'entendit-elle lui confier. J'ai peur de regarder des cadavres.

Jessica ne parut guère surprise par cet aveu.

— C'était donc si dur à admettre ?

Olivia déglutit.

— Oui, reconnut-elle. Peut-être même que c'était ça, le plus dur : le dire.

La psychiatre esquissa un sourire.

— Non, certainement pas. Le plus dur, c'est de surmonter sa phobie. Mais maintenant que vous l'avez formulée, on peut se mettre à la soigner. Et pour commencer, il faut arriver en haut de cet escalier…

Et passer devant le bureau de Kane.

Olivia fixa un bref instant le chapeau qu'elle tenait à la main. Et s'en coiffa d'un geste résolu.

— Joli chapeau, murmura Jessica. Vous avez avec un petit air d'Ingrid Bergman…

Olivia pinça les lèvres pour réprimer un sanglot. Elle agrippa la rampe d'escalier, le temps que passe cette subite envie de pleurer. Lorsqu'elle sentit sa respiration redevenir régulière, elle se remit à monter.

Les locaux de la brigade étaient étrangement silencieux. Précédant Olivia, Jessica marchait d'un pas décidé, tel un soldat qui monte au front. Olivia la suivit jusqu'à ce qu'elles passent devant le bureau de Kane. Elle se força à le regarder, à se souvenir de la mare de sang dans laquelle elle l'avait vu baigner. Puis elle redressa les épaules, et entra dans le bureau d'Abbott, où tout le monde l'attendait pour commencer la réunion.

— Alors, quoi de neuf ? demanda-t-elle brusquement, en s'asseyant à côté de Noah. Austin Dent ?

— Il s'est enfui, lui répondit Noah.

Elle se tourna lentement pour regarder son collègue.

— Pardon ? fit-elle, interloquée.

— Il s'est enfui, répéta Abbott. Quand nos collègues de la police de Duluth sont allés le chercher dans la nuit, ils ont constaté qu'il venait de s'enfuir par la fenêtre de sa chambre… Ça fait quatre heures que des recherches sont en cours pour le retrouver.

— Et vous ne m'en avez rien dit ? s'indigna-t-elle.

— C'est moi qui ai pris la décision de ne pas t'en parler, dit Noah. Tu avais vraiment besoin de sommeil. Tu pourras m'arracher les yeux plus tard, si tu veux, mais si c'était à refaire, j'agirais exactement de même.

— J'ai approuvé cette décision, renchérit Abbott. Vous n'auriez rien pu faire de plus, de toute façon. On fouille les bois, on a établi des barrages routiers. Tous les services de police sont en alerte.

— Qui est Austin Dent ? demanda Jessica Donahue. Et pourquoi s'est-il enfui ?

Abbott la mit au courant en quelques mots.

— Le tueur a pris le portable de Kenny, dit Olivia, quand Abbott eut fini de parler. Il s'est servi de celui de Val pour m'envoyer des SMS bidon et me faire croire qu'elle était en sûreté. Il a peut-être réussi à attirer Austin dans un piège. Il se peut qu'il l'ait déjà enlevé.

Elle se tourna vers son chef et ajouta :

— Il leur prend leurs téléphones… Celui de Tomlinson, celui de Val, celui de Kenny…

Barlow leva les yeux et ajouta :

— Et celui de Dorian Blunt, sans doute.

Olivia jeta un regard circulaire à l'assistance et constata que ce nom n'était nouveau qu'à ses seules oreilles. En s'efforçant de masquer son agacement, elle demanda :

— Qui ça ?

— L'homme qu'on a retrouvé, à moitié calciné, dans la maison qui a été incendiée cette nuit et d'où le feu s'est propagé aux maisons du voisinage, lui expliqua Barlow. On est à peu près sûr que cet homme est bien Dorian Blunt. Ian doit se procurer son dossier dentaire dans la matinée.

— Qui est-il, au juste ?

— On a retrouvé un portefeuille dans la poche de son pantalon. Son permis de conduire y voisinait avec un grand nombre de cartes de crédit, plus ou moins fondues.

— C'était un comptable, ajouta Noah. Sa femme nous a déclaré qu'il avait rendez-vous avec un client hier soir, et qu'il n'est pas rentré depuis… Elle n'a pas su nous dire où devait avoir lieu le rendez-vous, ni quel client il devait retrouver. Elle nous dit cependant qu'il avait l'air aux abois quand il est sorti, que leurs économies s'étaient mises à fondre récemment et qu'ils étaient endettés jusqu'au cou. Elle n'a jamais entendu parler de Tomlinson et ne voit pas comment son mari a pu se retrouver dans la maison que visaient les incendiaires. D'ailleurs, jusqu'à présent, on n'a trouvé aucun lien entre Blunt et Tomlinson ou Rankin and Sons.

— Surendetté, comme Tomlinson, releva Olivia, l'air pensif. Les incendiaires ont utilisé de l'essence ?

Barlow acquiesça.

— A l'extérieur, oui… Mais ils n'ont pas aspergé son corps d'essence. Exactement comme dans le cas de Tomlinson. On l'a retrouvé assis sur une chaise dans le bureau du pavillon de la maîtresse de Tomlinson.

— Exécuté à bout portant, d'une balle dans la nuque ? demanda Olivia, en s'efforçant de ne pas penser à Kane.

— Oui, lui confirma Micki. La balle est au labo balistique.

Olivia ne douta pas un instant qu'elle serait du même type que celles retrouvées après les précédents meurtres.

— Il ne perd pas de temps, ce salaud, dit-elle froidement. Trois cadavres en une seule journée, puisqu'il a sans doute tué Val aussi. Avec Kenny, ça aurait fait quatre… Qu'avons-nous fait pour tenter de communiquer avec Austin ?

— Sa mère lui a envoyé des SMS pour lui dire qu'il ne risque rien s'il se manifeste, dit Noah. On a demandé à Kenny de lui en envoyer un aussi, de sa nouvelle ligne. On a suspendu la ligne de son ancien portable pour que ce salaud ne puisse pas s'en servir. J'ai réveillé le chef de chantier de Rankin and Sons en pleine nuit pour lui demander de me fournir les noms de tous les charpentiers qui ont travaillé sur le chantier de la résidence du lac. On a fini par retrouver celui qui a embauché Austin, l'été dernier. Ce type lui a envoyé un SMS aussi. Bref, on a contacté toutes les personnes à qui il pourrait se fier, pour leur demander de lui dire qu'il est en danger et qu'il faut qu'il appelle la police pour se mettre sous sa protection.

— Bien, dit Olivia à voix basse. Je vois que tout a été fait. Tout ce que j'aurais fait…

— Bruce a même enregistré un message personnel, traduit par un interprète de la langue des signes, qui va être diffusé sur les chaînes de télé locales. Il n'y a plus qu'à espérer qu'Austin est encore en vie.

— Et Kenny ? demanda Olivia.

— Ses parents sont arrivés, répondit Abbott. Ils ont accepté de demeurer dans une maison sécurisée jusqu'à ce qu'on puisse organiser une protection permanente de leur domicile… en attendant qu'on attrape ce salaud.

— Personne ne lui a reparlé ? Il est monté dans la camionnette de ce type. Il n'y est pas resté longtemps, moins d'une minute peut-être, mais il a peut-être vu quelque chose qui pourrait nous être utile.

— Non, personne n'a reparlé à Kenny, dit Noah. Mais on peut retourner l'interroger aujourd'hui, toi et moi.

— Entendu.

Elle baissa les yeux, essayant d'organiser ses pensées.

— Et le chapeau qu'on a retrouvé sur la scène de crime la nuit dernière, celui que le tueur a laissé derrière lui ?

— On a trouvé quelques cheveux à l'intérieur et des traces de pâte à nez sur les bords, lui apprit Micki.

— Il avait modifié son apparence, dit Olivia. Même si un dessinateur faisait son portrait-robot d'après les indications de Kenny ou du surveillant, ce serait trop approximatif. Joel Fischer était sur les lieux de l'incendie de la résidence du lac, mais il était déjà mort, quand l'entrepôt de Tomlinson a pris feu. Essayons de retrouver ses connaissances, les gens qu'il fréquentait... Qu'avez-vous trouvé dans sa chambre à coucher ?

— La colle qu'on a prélevée sur ses chaussures est bien l'adhésif à moquette qui a servi à déclencher l'incendie de la résidence du lac, reprit Micki. Il est donc certain qu'il y était.

— Et il a été frappé à la tête, leur rappela Olivia. Comme Weems. Je crois qu'il a été porté par ses complices, parce qu'il avait perdu connaissance.

— Ce qui expliquerait la présence d'une seule piste de traces avec colle entre le bâtiment et la clôture, murmura Micki.

— Des dissensions au sein du groupe, dit Jessica. Joel avait changé d'avis...

— Kane et moi en étions arrivés à la même conclusion, approuva Olivia.

A l'évocation du défunt, le silence se fit dans la pièce. Olivia baissa les yeux un instant, avant de reprendre :

— Kane a trouvé un message dans l'un des manuels scolaires de Joel. C'est une fille qui l'a écrit, et c'est signé « M ». On sait aussi qu'il avait un ami nommé Eric Marsh. Peut-être que cette fille ou cet Eric auront une idée de ce que fabriquait Joel ces derniers temps, et qu'ils pourraient nous dire qui Joel fréquentait... Qu'avez-vous trouvé dans son ordinateur et son téléphone portable ?

Micki fronça les sourcils.

— Nous n'avons trouvé dans sa chambre ni ordinateur, ni téléphone portable, dit-elle.

— Il devait avoir son téléphone portable sur lui quand il est mort, hasarda Noah. La morgue ne l'a pas joint aux vêtements qu'elle nous a remis ?

— Non, dit encore Micki. Je suis sûre que non. Pas de portable.

— Allons à la sortie des cours que suivait Joel, suggéra Olivia. Et essayons de savoir qui il fréquentait. Son enterrement a lieu aujourd'hui. Ses amis assisteront sans doute aux obsèques...

— J'ai fait parcourir les lieux du sinistre par un chien détecteur de cadavres, dit Barlow. Celui de la fille du vétérinaire qui a recueilli le chien de garde de Tomlinson. Elle m'a dit qu'il allait survivre.

— Tant mieux, fit Olivia, en arborant un pâle sourire.

— A propos ! s'exclama Micki, en fouillant dans sa serviette, j'ai reçu les résultats des analyses pratiquées sur ce chien. Il a été drogué à l'oxycodone... Une très forte dose.

— C'est vrai ? Mais c'est le même produit que Ian a trouvé dans l'organisme de Joel ! dit Olivia. Joel a fait une surdose d'oxycodone...

— Nous n'avons pas trouvé de traces de drogue dans sa chambre pourtant, fit Micki. On a passé l'aspirateur sur le sol et les murs et on n'a pas encore examiné la poussière, mais on n'a constaté aucune trace visible, en fouillant la pièce. Il n'y avait pas de flacons de médicaments psychotropes dans sa voiture non plus.

— C'est donc quelqu'un d'autre qui lui a donné cette drogue. Quelqu'un qui s'en est servi aussi pour endormir le chien de garde, lundi soir. Et si Joel ne l'avait pas absorbée volontairement, lui non plus ?

— Je crois qu'il faudrait commencer par demander à Ian s'il est possible de déterminer comment il a ingéré la dose mortelle d'oxycodone, suggéra Noah.

Olivia fit une grimace.

— Les Fischer seront dans tous leurs états, si on reporte une fois de plus l'enterrement de leur fils, les prévint-elle. Mais si on arrive à prouver qu'il a été assassiné, et que sa mort n'est pas due à un suicide, ça les apaisera peut-être, ça les aidera à faire leur deuil.

— Bon, dit Abbott, en se tournant vers elle. Noah et vous, vous allez vous occuper de tout ce qui concerne Joel. Moi, je vais interroger Kenny.

— Et Val ? demanda Olivia. Il faut la retrouver. Ne serait-ce que pour que sa famille puisse l'enterrer, elle aussi.

— Je vais charger Jack Phelps et Sam Wyatt de s'en occuper. Par où doivent-ils commencer ?

— Elle m'a dit qu'elle avait ses habitudes dans une sandwicherie, à quelques centaines de mètres de l'école des sourds. Il serait logique que l'homme qui a… qui a tué Kane, ait aussi éliminé Val. Il a montré qu'il était prêt à tout pour apprendre ce que nous savons exactement à propos du témoin oculaire de la résidence du lac.

— On va reconstituer son emploi du temps d'hier, mais

on ne la retrouvera peut-être pas avant d'avoir mis la main sur ce salaud, dit Abbott. Alors, c'est sur lui qu'il faut se concentrer. Retrouvez-le vite !

Il leva les deux mains pour retenir encore un instant ses subordonnés, et leur donner une dernière consigne :

— Désormais, tout le monde portera un gilet pare-balles. Partout. Pas la peine d'en discuter, c'est un ordre ! Soyez prudents.

En sortant du bureau, Noah remit son feutre sur la tête et, après un instant d'hésitation, Olivia l'imita.

— Et ne me dis pas que ça fait très Ingrid Bergman ! le prévint-elle.

Noah esquissa un sourire un peu triste.

— J'allais dire que Kane aurait aimé te voir coiffée ainsi.

Olivia hocha la tête d'un air résolu.

— Allons faire notre boulot, Noah… Ça aussi, Kane aurait aimé…

Mercredi 22 septembre, 9 h 30

David avait accompli toutes les tâches de maintenance qui étaient sur sa liste. Après avoir préparé le petit déjeuner pour toute l'équipe, il appela une fois de plus l'hôpital pour avoir des nouvelles de Jeff — dont l'état demeurait stationnaire —, et nettoya la cuisine de la caserne.

Il avait achevé maintenant toutes les besognes qui lui donnaient prétexte pour retarder l'appel qu'il devait passer au mari de Dana. Il était au pied du mur… Il alla donc téléphoner dans le garage, se prenant presque à espérer que la sirène d'alarme de la caserne se mette à retentir.

Ethan répondit à la première sonnerie, comme s'il avait guetté son appel.

— Que puis-je pour toi, David ? lui demanda-t-il.

— J'ai besoin de tes services…

— Ne tourne pas autour du pot ! Qu'est-ce que tu veux ?

David préférait ce ton plus rude et direct. Il aurait été gêné d'échanger des amabilités avec lui. Ethan Buchanan, ancien membre du corps des marines, n'était pas du genre sirupeux.

— Un intrus s'est introduit chez moi, hier…, commença-t-il.

Il exposa rapidement la situation à Ethan, qui le laissa achever son récit sans l'interrompre.

— Je veux savoir, conclut David, qui a aidé ce type, parce que je n'ai pas envie qu'il s'en prenne aux gens qui vivent dans mon immeuble. Ça m'inquiète d'être dans la ligne de mire de fanatiques armés…

— Je te comprends… J'ai connu la même sensation pendant la guerre du Golfe, répondit Ethan avec ironie. Et j'étais mieux armé qu'eux. Les flics ? Ils ne s'en occupent pas ?

— Les flics locaux ont d'autres chats à fouetter en ce moment. Tout ce que je sais, c'est que l'un des visiteurs les plus assidus du site dédié à Preston Moss se nommait Joel Fischer, qui n'est autre que l'un des suspects qu'Olivia a repéré dans l'affaire des incendies à répétition. Il est mort avant-hier. Dans un accident de voiture.

— Pourquoi était-il suspect ?

— Il se trouvait sur les lieux du premier incendie.

— Je vois. Et si je trouve des informations sur ce site, il faudra que je les transmette à Olivia ?

— Je ne sais pas. Tu crois qu'on nous poursuivra en justice, si on dit aux flics qu'on a eu recours à ce genre de méthodes ?

— Tu me déçois, David. Il suffira de leur transmettre ces infos de manière anonyme. En général, nos services fournissent des pistes aux enquêteurs, plutôt que des preuves concrètes susceptibles d'emporter la conviction d'un jury. Envoie-moi par courriel les numéros que Tom n'a pas pu tracer. Donne-moi quelques heures. Je te rappellerai.

— Merci, mon vieux.

La sirène d'alarme se déclencha à ce moment précis dans la caserne.

— Il faut que je file, maintenant, dit encore David. Il y a une urgence. Je t'enverrai ces numéros dès mon retour. Merci, Ethan.

Mercredi 22 septembre, 9 h 30

Austin entra dans la boutique d'une station-service, en saluant d'un hochement de tête un client qui en sortait. Il ne lui restait plus que vingt dollars, ce qui ne lui permettait pas d'acheter grand-chose. Heureusement que sa mère avait fait le plein, juste avant qu'il ne lui « emprunte » sa voiture. Il lui restait assez d'essence pour retourner à Minneapolis.

Il choisit un soda dans le rayon des boissons et s'efforçait d'avoir l'air décontracté, même s'il se demandait à tout instant si on ne parlait pas de lui dans son dos, si un client ou un employé n'était pas en train d'appeler la police pour signaler sa présence. Il leva les yeux vers le petit téléviseur qui était perché au-dessus de la caisse et s'immobilisa.

Mon visage. C'est mon visage !

Sur le minuscule écran s'affichait la photo de son dossier scolaire, prise quelques mois auparavant. Avec ses cheveux roux et bouclés qui le rendaient si facilement identifiable. Il n'y avait pas de sous-titres et il ne pouvait pas savoir si les flics le recherchaient pour l'arrêter ou s'inquiétaient simplement pour sa sécurité.

Merde !

Il détourna les yeux et fit semblant d'examiner des balais d'essuie-glaces. Son portrait passait en boucle à la télévision. Il repositionna sa capuche sur sa tête, afin qu'elle couvre bien ses cheveux. Il se frotta les joues, sentit sa barbe naissante lui gratter la pulpe des doigts et il se dit, pour se rassurer, qu'il n'avait plus l'apparence de l'adolescent de la photo.

Il faut que je me débarrasse de ces cheveux roux…

Il jeta un regard circulaire aux rayons. Il craignait d'attirer l'attention, en achetant une paire de ciseaux. D'ailleurs, il n'y en avait pas à vendre dans cette petite boutique. Son choix se porta sur un petit couteau multi-lame bon marché et un sachet de trois rasoirs jetables. Il prit aussi un flacon de sirop pour la toux, en espérant que cela dissuaderait les gens de lui demander pourquoi il ne parlait pas.

Il posa ses emplettes sur le comptoir, en gardant la tête baissée. Il réprima un tressaillement, en découvrant le prix total de ses achats, après lesquels il ne lui restait plus que deux dollars. Simulant une quinte de toux, il garda sa main sur la bouche et désigna la clé des toilettes, accrochée à une vieille plaque minéralogique.

Le caissier émergea de sa torpeur pour la lui remettre. *Jusque-là, tout va bien.*

Mercredi 22 septembre, 9 h 45

Olivia se gara devant la maison des Fischer.

— J'aurais tant aimé pouvoir leur dire que Joel avait

subi une injection contre son gré, ou quelque chose dans ce goût-là, dit-elle à Noah, en coupant le contact.

— Moi aussi. Mais les résultats de l'autopsie sont là. Ian a trouvé des traces de gélatine provenant de gélules dans son estomac. Joel a ingéré cette dose d'oxycodone, c'est un fait.

Il s'apprêtait à sortir de la voiture, mais s'immobilisa, en constatant qu'Olivia ne bougeait pas.

— Un problème ? lui demanda-t-il.

— J'étais en train de me demander pourquoi j'enquêtais encore sur cette affaire.

Elle y songeait depuis la fin de la réunion matinale.

— J'aurais cru qu'Abbott m'aurait retiré cette enquête.

— Il n'y a même pas pensé. Tu as toutes les données, tu sais exactement où en sont les investigations. Et tu t'es plutôt bien débrouillée avec Kenny. Beaucoup de flics, dans ta situation, ne se seraient pas privés de le rudoyer un peu plus, pour le faire parler.

— Ça me démangeait, pourtant !

— Mais tu ne l'as pas fait. C'est ce qui prouve que tu es parfaitement apte à travailler sur ce dossier. Continue comme ça, Liv… Maîtrise tes émotions. Tu vas le retrouver, ce salaud ! Et la justice lui fera payer cher pour ses crimes.

— D'accord. Allons parler aux Fischer. Enlève tes chaussures avant d'entrer chez eux.

M. Fischer les accueillit sur le pas de sa porte.

— C'est aujourd'hui qu'a lieu l'enterrement de mon fils, dit-il d'une voix dure. Pourquoi êtes-vous venus ? Et qui est cet homme ?

— Je vous présente l'inspecteur Webster. C'est lui, désormais, qui travaille avec moi sur cette enquête. Il faut que nous vous parlions de votre fils.

— Qu'est-il arrivé à votre autre collègue ?

— L'inspecteur Kane a trouvé la mort dans l'exercice de ses fonctions.

Fischer encaissa la nouvelle comme s'il venait d'être giflé.

— Oh, non… Je ne savais pas. Entrez…, dit-il.

Ils déposèrent leurs chaussures devant la porte et pénétrèrent dans la maison.

— Je suis vraiment désolé, inspecteur…

— Merci, lui dit Olivia. Mme Fischer est là ?

— Je vais aller la chercher. Asseyez-vous, je vous en prie.

En s'asseyant, Olivia scruta la pièce. En douze heures, sa vie avait basculé. Les Fischer, eux, étaient en deuil depuis l'avant-veille.

— Ils ont aussi une fille, dit Noah à voix basse, en désignant la porte de la cuisine.

Une adolescente de seize ans environ se tenait dans l'embrasure de la porte et les regardait d'un œil où se mêlaient la prudence et la colère.

— Je ne le savais pas, murmura Olivia. Il faudra qu'on l'interroge aussi.

Les Fischer revinrent dans le salon. Mme Fischer paraissait renfrognée.

— Retourne dans ta chambre, Sasha ! Je viendrai te chercher quand les policiers seront partis.

La jeune fille obéit et Mme Fischer s'installa sur le canapé, à côté de son mari.

— Nous sommes désolés, pour votre partenaire, dit-elle avec raideur à Olivia.

— Merci… Cette conversation ne sera pas facile et je dois m'en excuser au préalable, mais il faut que nous reparlions de la surdose de médicaments ingérée par Joel.

Mme Fischer pinça les lèvres.

— Je vous ai déjà dit que mon fils n'était pas un drogué !

— Et je vous crois, tempéra Olivia. Mais on a trouvé

des traces de drogue dans son organisme, et il faut que nous sachions comment il s'est procuré ce produit.

— Nous pensons que c'est l'une des personnes présentes avec lui sur les lieux de l'incendie qui lui a fourni cette substance, continua Noah. Les incendiaires ont utilisé la même drogue, lundi soir, sur un chien. Après la mort de Joel, donc…

— Cette drogue, c'est de l'oxycodone, plus connu sous son nom commercial de Percocet, expliqua Olivia. C'est un analgésique puissant qu'on ne peut se procurer que sur ordonnance. Mais il en existe un trafic clandestin. Est-ce que Joel fréquentait des gens qui auraient pu…

— Non ! s'exclama Mme Fischer, indignée, en faisant mine de se lever pour clore l'entretien. Maintenant, sortez de chez moi !

— Calme-toi, Norma, lui chuchota M. Fischer, tout en lui pressant la cuisse jusqu'à ce qu'elle se rasseye. Non, inspecteur, nous ne connaissons personne qui aurait pu lui fournir cette drogue.

— Je vous crois bien volontiers. Nous interrogerons donc ses amis à ce sujet. Il faut que nous vous posions encore quelques questions… A propos de la petite amie de Joel. Elle lui a écrit un mot doux, signé « M ».

— Joel n'avait pas de petite amie. S'il en avait eu une, il nous en aurait parlé.

— Non, maman…

Les quatre adultes se tournèrent d'un même mouvement vers la droite. Sasha était dans le couloir, se tordant nerveusement les mains.

— Sasha, va dans ta chambre ! lui ordonna Mme Fischer.

— Non, maman.

L'adolescente approcha. Ses lèvres étaient tremblantes ;

ses yeux hagards et noirs contrastaient avec son visage blême.

— Joel avait une petite amie. Je l'ai entendu lui parler au téléphone.

— Quand ça ? lui demanda Noah.

— Souvent. Mais je ne l'ai jamais rencontrée.

Elle avait l'air toute honteuse.

— Pardon, maman…

— Pourquoi ton frère ne nous en a-t-il jamais parlé, Sasha ? lui demanda son père, la dévisageant avec tristesse.

Sasha hésita un instant avant de répondre :

— Parce qu'elle n'est pas juive.

— Qu'est-ce qui te fait penser ça ? s'enquit Noah.

— Un jour, j'ai entendu Joel lui expliquer au téléphone pourquoi il ne pouvait pas la retrouver. On aurait dit qu'il essayait de la calmer. C'était *Chavouot* et il devait aller à la synagogue.

Noah adressa un regard interrogatif à Olivia.

— C'est une fête juive, murmura-t-elle. A la fin du printemps.

— Joel la connaissait donc déjà à cette époque, en déduisit Noah. Quand les as-tu entendus parler pour la dernière fois ?

— Jeudi dernier. Je ne l'espionnais pas, mais la cloison qui sépare nos chambres est très fine. J'ai juste… entendu ce que Joel disait.

— Et qu'as-tu entendu, exactement, Sasha ? l'encouragea Olivia.

— Je ne peux pas le répéter, je ne peux pas ! bredouilla-t-elle.

Elle regarda ses parents d'un air paniqué et ajouta, à l'intention d'Olivia :

— Je vous en prie…

Olivia se souvint des traces de rouge à lèvres qu'elle avait remarquées sur l'oreiller de Joel et comprit.

— Ce n'est pas grave, ma belle, dit-elle.

— Si, c'est grave ! s'écria Mme Fischer. Qu'est-ce que ça veut dire, tout ça ?

— Est-ce que vous étiez chez vous, jeudi soir, madame ? lui demanda Olivia.

— Non. Le jeudi, nous jouons au bridge.

— Nous avons trouvé des preuves de la présence d'une fille dans la chambre de Joel. Il faut que nous retrouvions qui.

Mme Fischer ferma les yeux et dit :

— Nous ne la connaissons pas. Partez, maintenant, je vous en prie…

— Madame, insista Olivia d'un ton sec, ces gens-là ont provoqué un nouvel incendie la nuit dernière. Quatre autres personnes sont mortes. Toutes innocentes. Un pompier a été grièvement blessé. Un peu plus tard dans la nuit, un garçon de l'âge de Sasha a failli être enlevé par ces incendiaires. Mon partenaire est *mort* en sauvant la vie de ce garçon. Il faut absolument les arrêter et cette jeune fille, amie de votre fils, peut sans doute nous aider à les identifier… Mais il faut que nous la retrouvions !

— Qu'attendez-vous de nous ?

— Nous n'avons pas récupéré le téléphone portable de Joel, dit Noah. C'est vous qui l'avez ?

Mari et femme secouèrent la tête.

— Non, mais nous pouvons vous fournir sa facture détaillée, avec la liste de toutes les lignes qu'il a appelées, leur proposa M. Fischer.

Une nouvelle fois, Sasha hésita, puis dit à son père :

— Joel avait un autre portable. Un téléphone à carte, pour se ménager plus d'intimité. Pour que maman et toi ne sachiez pas qui il appelait.

— Comment sais-tu ça ? lui demanda Noah.

Elle plongea une main dans sa poche et en sortit un aussi.

— Il m'en a offert un pour mon anniversaire. Il m'a dit que maintenant que j'avais seize ans, j'étais assez âgée pour avoir un peu d'intimité. Désolée, papa.

— Comment s'appelle-t-elle ? lui demanda Olivia. Sais-tu où ils se retrouvaient ?

— Il l'appelait Mary. Désolée, mais je ne connais pas son nom de famille. En général, il lui demandait de le retrouver à l'entrée de la bibliothèque. Un jour, il a voulu lui donner rendez-vous au Deli… C'est une sandwicherie près de la fac… Mais elle a dû refuser, parce qu'il a dit ensuite qu'il la retrouverait à la cité U.

— Il a mentionné le nom d'une des résidences universitaires ?

— Non, il a juste dit « la cité U ». Je suis désolée.

— Il n'y a pas de quoi, lui dit Olivia. Tu as eu le courage de nous parler et tu nous as apporté une aide précieuse. Merci !

Lorsqu'ils se retrouvèrent tous les deux de nouveau dans la voiture, Olivia demanda d'un air sombre à Noah :

— Combien penses-tu qu'il peut y avoir de filles prénommées Mary dans toute la cité U ?

— Je n'en sais rien, mais je sens qu'on ne va pas tarder à le savoir…

— Ce n'est peut-être pas si difficile. Si Mary a reçu Joel dans sa résidence, elle a dû lui faire signer le registre des visites.

Ils arrivaient au bout de la rue où vivaient les Fischer, lorsque le téléphone de Noah se mit à sonner.

— Change de direction, lui dit-il, après avoir raccroché. Ian nous réclame à la morgue. Il s'apprête à rendre le corps de Joel à la famille, mais il tient à nous montrer quelque chose au préalable.

Mercredi 22 septembre, 10 h 05

C'est à peine s'il aurait pu couper du beurre avec ce petit couteau multilame ! Il parvint tout de même à bout de son épaisse chevelure rousse, dont il jeta les dernières mèches dans la répugnante cuvette des toilettes extérieures de la station-service. Puis il tira la chasse d'eau. Il préférait ne pas laisser de cheveux roux dans une poubelle, à la vue du premier curieux venu.

Il sortit ensuite l'un des trois rasoirs du paquet et entreprit de se raser le crâne, faisant la grimace, tâchant de ne pas se couper. Là aussi, trop de marques pourraient attirer l'attention.

De l'unique robinet du lavabo ne coulait que de l'eau froide. Mais il lui fallait faire avec les moyens du bord. Après avoir totalement émoussé, l'une après l'autre, les trois lames, il frotta son crâne rasé. Sa barbe de trois jours ajoutait à la transformation de sa physionomie : ainsi il ne ressemblait plus du tout à l'adolescent dont la photo passait en boucle à la télé.

Le bons sens le poussait à croire que les SMS qu'il avait reçus signés par les flics de Minneapolis avaient bien été envoyés par eux. Ceux de Kenny, en revanche, le turlupinaient bien plus.

Pas de précipitation, Austin… Et pas de panique…

Une fois de retour à Minneapolis, il trouverait bien un bar équipé d'un téléviseur avec sous-titres, et il aurait une meilleure idée de ce qu'on voulait de lui.

*
* *

Mercredi 22 septembre, 10 h 30

— Ouille, ça fait mal, ça ! C'est fini ?

La petite doctoresse des urgences avait tiré un peu trop fort sur le fil, en lui suturant le menton.

Elle lui fit les gros yeux.

— C'est incroyable, quand même ! Ce sont toujours les grands costauds comme vous qui sont les patients les plus douillets ! Ils pleurnichent et geignent comme des mauviettes…

David se sentit obligé de se défendre :

— Quinze points de suture, quand même, ce n'est pas rien ! Je voudrais bien vous y voir !

Elle esquissa un sourire, en tirant sur un nouveau point, et rectifia :

— Quatorze, seulement. Vous aurez une cicatrice, en tout cas. Comme ça, vous pourrez vous vanter pendant des années…

— Oh, mon Dieu ! s'écria derrière eux une voix familière.

C'était Casey, qui franchit en trombe le rideau et lui jeta un regard furieux. David ne s'en offusqua pas : de toute évidence, cette colère masquait l'inquiétude qui s'était emparée de son supérieur.

— Qu'est-ce que vous vous êtes encore fait, Hunter ?

— Une bêtise, c'est tout… Ouille ! s'exclama-t-il de nouveau.

— On se calme, les garçons ! leur ordonna la jeune urgentiste. Vous, là… Vous pouvez vous asseoir ?

Casey trouva une chaise et s'y laissa tomber.

— Je suis son capitaine. Il survivra à ses blessures ? demanda-t-il, pince-sans-rire.

— Mais oui ! Il va avoir une grosse migraine, mais il survivra. Cela dit, c'est peut-être aux plaisanteries de ses amis qu'il aura du mal à survivre…

— Sympa…, commenta David d'un ton mi-figue, mi-raisin. J'ai trébuché, c'est tout, continua-t-il à l'intention de Casey. L'incendie n'était pas très grave. Une dame avait laissé une serviette sur un poêle à bois. Son mari l'a allumée par mégarde, et la cuisine a pris feu. Il nous a fallu trois minutes pour en venir à bout. Même pas trois, en fait…

— Sur quoi vous avez trébuché ?

— Sur son chat.

La jeune doctoresse ne put retenir un léger gloussement.

— Je suis tombé la tête la première et mon menton a heurté la base d'une sculpture métallique, genre art contemporain…

— Je dois dire que je suis soulagé de constater que vous n'êtes pas invincible, Hunter ! Je commençais à me poser des questions sur vos pouvoirs surnaturels.

— A quel sort horrible avez-vous donc échappé ? demanda la jeune femme, redevenue sérieuse.

— Un plongeon de trois étages et une chute de poutres sur ma tête, répondit David d'une voix impassible. En l'espace de trois jours.

Elle écarquilla les yeux de surprise.

— C'est donc *vous* qui avez rattrapé la boule de verre au vol ? s'exclama-t-elle. Un casse-cou comme vous, c'est normal qu'il finisse par se faire amocher ! Bon voilà… J'ai presque fini…

— Tant mieux, fit David. Il faut que je retourne bosser, moi.

Casey secoua la tête.

— Non, David.

— Comment ça ? La plaie est suturée et madame va me déclarer apte au service, n'est-ce pas, docteur ?

Elle secoua la tête à son tour.

— C'est lui votre patron. Moi, je ne m'occupe que des travaux de couture…

Casey avait l'air plus obstiné que jamais.

— Vous ne pouvez pas travailler avec des points de suture au menton. La procédure ne le permet pas. Et même si c'était autorisé, je dirais non. Vous n'êtes pas dans votre état normal, en ce moment, ce que je comprends parfaitement. Mais je ne peux pas me permettre de mettre votre équipe en danger, parce que vous manquez de lucidité.

Casey avait raison. Il était arrivé sur les lieux de l'incendie et avait constaté que ses collègues et lui n'auraient aucun mal à l'éteindre. Mais il avait eu la tête ailleurs. Il ne cessait de penser à Olivia, à Kane, à Zell, à Lincoln Jefferson, à ce maudit site internet et au garçon qui avait assisté à l'incendie de la résidence…

— Je suis vraiment ennuyé, capitaine. Je sais que nous manquons d'effectifs…

— On fera avec… J'aurais dû comprendre que vous aviez besoin d'un jour de congé. L'état de Zell me préoccupait plus que tout… Moi aussi, j'ai manqué de lucidité. Vous avez fini, docteur ?

— Oui. Rentrez chez vous et laissez votre petite copine vous bichonner…, conseilla-t-elle à David. Vous pourrez vous remettre à travailler dans une semaine.

Ayant délivré son diagnostic, elle tourna les talons et les laissa là.

— Sortons d'ici, suggéra David à Casey.

Il avait mal à la tête et se sentait maussade, nauséeux.

— Mais *qui* va vous bichonner ? Votre petite copine est très occupée en ce moment, si je ne me trompe…

— En effet. Elle est venue ici la nuit dernière. C'est là que Kane a été amené après la fusillade.

— Je sais. C'est la première pensée que j'ai eue, quand Carrie m'a appelé pour me dire que vous étiez blessé et qu'une ambulance vous emmenait à l'hôpital. Je vais vous raccompagner à la caserne… Vous y récupérerez vos affaires et on remplira la paperasse pour votre congé. Il faut que cette plaie soit cicatrisée, pour que vous puissiez revenir travailler. Que vous le vouliez ou non, David, c'est officiel : vous êtes en congé !

23

Mercredi 22 septembre, 10 h 30

Olivia aurait aimé ne pas avoir à revenir à la morgue ce jour-là. Elle était déjà assez nauséeuse comme cela. D'un pas de plomb, elle suivit Noah dans le couloir de l'institut médico-légal, avec la sensation pénible que les murs se refermaient un peu plus sur elle à chaque mètre.

Plus tôt dans la matinée, ils s'étaient entretenus avec Ian dans son bureau, pour parler de Joel. Cette fois, ils se dirigeaient vers la salle d'autopsie et le corps de Kane s'y trouvait quelque part…

Le cœur battant, elle s'arrêta de marcher et tenta de calmer sa respiration désordonnée.

— Noah, attends…, dit-elle.

Il se retourna, surpris.

— Il y a un problème ?

Oui, il y avait un problème… Humiliant à admettre, mais une étape avait été franchie, depuis qu'elle s'était confiée à Donahue.

— Il m'arrive d'avoir des crises de panique, avoua-t-elle. Depuis la Fosse aux cadavres…

— Je peux faire quelque chose ?

Il la regardait à présent d'un œil compréhensif.

— Rien. Il faut que j'attende que ça passe, c'est tout. Mais aujourd'hui, la crise est plus forte que les autres fois.

— Tu n'as pas à en avoir honte, Liv. Tu n'es pas la première policière à qui ça arrive…

— Tu en as aussi ?

— Il y a longtemps, j'ai connu ça aussi… C'est bon ? Ça va mieux ? On peut y aller ?

— Il va bien falloir.

Ils se remirent à marcher côte à côte.

— Comment as-tu fait pour surmonter ces crises ? lui demanda-t-elle à voix basse.

— Grâce à une thérapie… sexuelle, précisa-t-il, en arborant un sourire coquin.

Elle laissa échapper un petit rire incrédule.

— Je ne plaisante pas ! Il faut savoir s'extraire de la réalité de temps en temps.

Olivia repensa à ses ébats matinaux. Elle en avait ressenti une certaine culpabilité : elle s'en était voulu d'avoir mis de côté son chagrin pendant ces doux moments de plaisir. Mais elle n'avait pas tardé à se convaincre que de tels scrupules étaient absurdes et que Kane aurait été le premier à le lui faire remarquer.

Mais l'entendre de la bouche de Noah lui était d'un grand secours.

— Merci, dit-elle. J'avais besoin qu'on me le dise.

— De rien.

Il ouvrit la porte, pointa la tête dans l'entrebâillement et se tourna vers elle.

— Il n'y a que Joel, chuchota-t-il.

Ça aussi, il l'avait compris : sa peur de voir le corps de Kane à la morgue. Elle inspira profondément et se força à entrer dans la salle. Ian les attendait, impatient.

— L'entrepreneur des pompes funèbres est en train de faire les cent pas sur le trottoir ! leur dit-il. Dépêchons-nous !

— Qu'y a-t-il de si important ? s'enquit Noah.

— Ça…

Ian souleva le drap, exposant le bassin de Joel.

— Là, regardez. Une trace d'injection.

— Il s'est shooté dans le pubis ? Ça doit faire mal, ça…

Olivia serra les dents devant le corps livide et se força à examiner le petit point rouge, au bas de l'aine.

— Ce sont, en général, les toxicomanes de longue date qui procèdent ainsi, remarqua-t-elle. Vous avez trouvé d'autres traces de ce type, à d'autres endroits du corps ?

— Non. Et je doute fortement que ce soit lui qui se soit shooté, dit Ian. Certes, j'ai trouvé des résidus de gélule dans son estomac, comme je vous l'ai déjà dit… Mais, en réfléchissant après votre départ, je me suis dit qu'une aussi faible quantité de gélatine pharmaceutique ne pouvait pas correspondre à la forte dose de drogue décelée dans son organisme. Je pense qu'il a avalé deux gélules d'oxycodone tout au plus, et que le reste a été injecté ensuite. Etant donné l'absence d'autres traces d'injection, qui indique qu'il était novice en matière d'intraveineuse, et le fait qu'il avait déjà ingéré deux gélules, je ne vois pas comment il aurait pu pratiquer cette injection dans l'artère fémorale d'une main stable.

— Ce qui veut dire que quelqu'un s'en est chargé à sa place, conclut Olivia.

Elle se sentit soulagée : voilà qui lèverait les doutes des Fischer.

— On pourrait penser que Joel était sur le point de dénoncer ses complices, observa Noah. Et qu'ils l'ont fait taire…

— Il y a autre chose, reprit Ian. Quand elle est injectée,

cette drogue produit un effet immédiat, beaucoup plus rapide et beaucoup plus puissant que par voie orale. Je ne vois donc pas comment il aurait pu être en état de conduire sa voiture…

Olivia fronça les sourcils.

— Où voulez-vous en venir ?

— Je ne crois pas qu'il conduisait, au moment de l'accident.

— Il aurait donc fallu l'installer, inconscient, au volant, presser son pied sur la pédale d'accélérateur et enclencher la vitesse de l'extérieur, calcula Noah. Ce n'est pas facile, mais c'est faisable… Ça s'est déjà vu, en tout cas.

— Celui qui a fait ça devait être assez robuste pour asseoir Joel sur le siège, dit Olivia.

— Pas forcément, objecta Ian. Il a peut-être suffi de le pousser par-dessus le levier de vitesse. Quand on sait ce qu'on cherche, on a une autre vision des choses.

Il désigna un petit hématome sur la hanche gauche de Joel.

— Ce bleu vient peut-être du choc, au moment de l'accident. Mais il pourrait tout aussi bien venir d'un changement forcé de place.

— J'espère que cette information apaisera les Fischer, dit Olivia. Mais leur deuil n'en sera que plus douloureux : quelqu'un a assassiné leur fils.

Mercredi 22 septembre, 11 h 15

Le nez collé à la vaste baie vitrée d'une salle de sport de Minneapolis, équipée d'un téléviseur fixé au plafond, Austin cherchait à lire les sous-titres qui commentaient les informations pour les usagers de la salle, à qui les bruyants tapis roulants d'exercice ne permettaient pas d'entendre.

Il apprit ainsi que les incendiaires avaient encore frappé la nuit précédente. Quatre morts. Et plein de blessés.

Il faut que ça s'arrête. Il faut que je fasse quelque chose pour que ça s'arrête !

Puis qu'une alerte à la bombe avait eu lieu dans son école… Un élève avait échappé de peu à un enlèvement. Un inspecteur de police avait trouvé la mort en lui sauvant la vie. Une interprète de la langue des sourds était portée disparue.

Il ne faisait aucun doute que l'alerte à la bombe avait un rapport avec lui. Les incendiaires cherchaient-ils à le tuer, pour qu'il ne témoigne pas contre eux ? Ou bien était-ce Kenny, qui était visé ?

La photo de son visage s'afficha ensuite, et le présentateur annonça la diffusion d'un message du capitaine de police Bruce Abbott. Un homme apparut à l'écran, avec à ses côtés une interprète de la langue des signes.

« Appelle-nous, Austin. Tu es en danger. Nous te protégerons. »

Son téléphone portable vibra. Kenny venait de lui envoyer un nouveau SMS.

> Méfie-toi des flics. Appelle-moi. Je peux te trouver une cachette.

Austin ne vit qu'un moyen de distinguer le vrai du faux. Il composa le nouveau numéro de Kenny et saisit quelques mots sur le clavier.

> Je suis à Minneapolis. J'ai peur. Où peut-on se retrouver ?

Il appuya sur la touche ENVOI avant de se laisser le temps de changer d'avis. Puis il se remit à marcher. Il ne voulait pas s'attarder trop longtemps au même endroit. Il ne fallait pas qu'il attire l'attention.

*
* *

Mercredi 22 septembre, 11 h 15

Où donc se trouvait ce maudit gamin ? Il s'était maîtrisé toute la matinée pour ne pas laisser transparaître l'inquiétude que lui causait le silence d'Austin Dent. Sa photo faisait encore la une des journaux télévisés, ce qui indiquait que les flics ne l'avaient pas encore retrouvé.

Il lui avait envoyé un autre SMS du « nouveau » téléphone portable de Kenny, mais redoutait de paraître trop lourd en insistant de la sorte et d'éveiller sa méfiance…

L'affluence avait été forte, à la sandwicherie, dans la matinée, en raison de la mort de l'inspecteur Kane. Les flics s'étaient succédé par petits groupes pour parler de la mort de leur collègue. Pour pleurer sa disparition. Pour se demander comment un tel drame avait pu survenir. C'était un flic tellement efficace. Et tellement sympa. Et dire qu'il n'était qu'à quelques mois de la retraite… Non, ce n'était vraiment pas juste.

C'est la vie qui n'est pas juste, les gars. Arrêtez un peu de pleurnicher !

Il était en train de prendre une commande, lorsqu'il sentit son téléphone vibrer dans sa poche. Il jeta un rapide coup d'œil sur l'écran.

Austin. Enfin.

— Hé, Buster ! Il faut que je prenne une pause… Tu peux me remplacer ?

— Pas de problème, répondit Buster, sans lever les yeux du *caffè latte* qu'il préparait.

Les toilettes pour hommes étaient vides. Il ouvrit son téléphone portable et sourit en découvrant le contenu du message. Austin était de retour à Minneapolis. *Parfait…*

Il faut qu'on se voie. Tu es en danger. »

Austin répondit aussitôt :

Quand ? Où ?

Il était censé être Kenny, lequel était lui-même censé se trouver à l'école, à plus de vingt minutes du centre-ville.

12 h 30. Je m'éclipserai à l'heure du déjeuner.

Au McDo près de l'école ?

Il fronça les sourcils. Le McDonald's était situé en face de la gargote où il avait enlevé l'interprète.

Trop de flics qui te cherchent dans le secteur. Sur le parking de la bibliothèque, plutôt.

D'accord.

Planque-toi bien en attendant. Les flics te cherchent. Ils mentent. Méfie-toi d'eux.

Voilà qui devrait inciter Austin à faire profil bas et à se taire… En attendant qu'il se taise à tout jamais…

Mercredi 22 septembre, 11 h 20

— Il n'est pas chez lui.

— On pourrait demander un mandat de perquisition ?

Olivia secoua lentement la tête.

— Brian Ramsey n'a pas pu m'en délivrer un hier, en prévision de notre visite aux Fischer, alors qu'on avait la preuve que Joel s'était trouvé sur les lieux de l'incendie. Alors tu penses bien qu'on n'aura pas de mandat pour l'appartement d'Eric Marsh… Sauf si on découvre un nouvel élément…

La porte de l'appartement voisin s'ouvrit et un vieil homme à la mine bougonne montra sa tête par l'entrebâillement.

— Il doit être à la fac. Il fait des études d'ingénieur. Qu'est-ce que vous lui voulez ?

— Lui parler, répondit Olivia. Je suis l'inspecteur Sutherland, et voici l'inspecteur… Webster.

Elle avait failli dire : « Kane ».

— Et vous-même, vous êtes… ? lui demanda-t-elle.

— Jed Early, répondit le vieil homme.

Il la dévisagea d'un œil excédé et ajouta :

— Il y a des allées et venues, tout le temps, depuis qu'il a emménagé ! Je savais bien que loger un gamin de cet âge dans un appartement, c'est chercher les ennuis !

— Quelles allées et venues ? Qui venait lui rendre visite ?

— Des gamins de son âge. Surtout ce Français, Albert…, dit-il d'un ton méprisant. Ils sont libres de faire ce qu'ils veulent chez eux, sans doute, mais moi je devrais avoir le droit de ne pas les entendre !

A son air indigné, Olivia comprit à quoi il faisait allusion.

— Et ils remettaient ça toutes les nuits ! Toutes les nuits, répéta-t-il, en frissonnant. J'aurais préféré être sourd plutôt que de les entendre faire leurs cochonneries !

— Vous avez parlé de gamins au pluriel, dit Noah. Qui d'autre venait le voir ?

— Un autre garçon… Et une fille.

Olivia dressa l'oreille.

— Vous connaissez leurs noms ?

Il se renfrogna un peu plus et rétorqua :

— Je n'espionne pas mes voisins !

— Mais vous avez une bonne ouïe, insista Olivia.

Le vieil homme sourit, amadoué.

— Ça, c'est bien vrai. Ils s'appellent Mary et Joel. Je ne connais pas leurs noms de famille. Je crois qu'ils suivent les mêmes cours. Ils viennent toujours avec leurs ordinateurs portables. Et un jour, j'ai vu Joel apporter de grandes cartes enroulées.

A part ça, tu n'espionnes pas tes voisins, songea Olivia.

— Quand avez-vous vu Eric pour la dernière fois ?

— Hier… Il avait une caisse dans les mains. Je ne l'ai pas revu depuis. Il a fallu que j'aille chez le médecin.

— Quand êtes-vous rentré de chez le médecin ? lui demanda Noah.

— Vers 14 heures… Et je ne les ai pas revus depuis. Mais il se passait des drôles de trucs là-dedans. Dans la nuit de dimanche à lundi, ils se sont disputés. Ça m'a réveillé.

Olivia sentit le duvet se hérisser sur sa nuque.

— A quelle heure, monsieur ?

— Vers 1 heure ou 2 heures du matin. Ma vue a baissé et je n'ai pas pu lire l'heure. Désolé.

— Votre aide nous a été précieuse, en tout cas… Vous restez chez vous, aujourd'hui ?

Il hocha la tête.

— Ils ont fait quelque chose de grave ? Je vous reconnais, maintenant. C'est vous qui meniez l'enquête sur tous ces cadavres qu'on a retrouvés dans une fosse. Vous travaillez à la brigade des homicides.

— C'est exact. Et pour répondre à votre question, on ne sait ce qu'ils ont fait, au juste. Merci pour votre aide.

De retour dans la voiture, Olivia sortit son téléphone.

— Maintenant, dit-elle, je crois qu'on va pouvoir obtenir un mandat…

— Pendant que tu appelles le substitut du procureur, je vais contacter les aéroports pour qu'on soit avertis, si Eric a l'intention de filer. Les Fischer ont dit qu'il était fortuné. Il va peut-être se mettre en cavale.

Ils téléphonèrent chacun de leur côté. Olivia était en

train de mettre le substitut Ramsey au courant, lorsque Noah lui fit un signe.

— Dis-lui qu'Eric Marsh a acheté un billet d'avion hier matin… Un aller simple pour Paris. L'appareil a décollé à 17 h 30 hier après-midi, mais Eric ne s'est pas présenté à l'embarquement.

— J'ai entendu, dit Brian Ramsey, à l'autre bout de la ligne. Vous aurez votre mandat dans une demi-heure.

— Faisons un petit point, proposa Olivia à Noah, quand tous deux eurent raccroché. Joel, qui était présent sur les lieux de l'incendie, était l'amant de Mary et l'ami d'Eric. Lequel est l'amant d'Albert.

— Ce sont peut-être eux les incendiaires. Micki n'a-t-elle pas dit qu'ils étaient au moins trois ?

— C'est vrai. Mais quel lien peut-il y avoir entre Joel et sa bande d'une part, et Barney Tomlinson ou Dorian Blunt, de l'autre ?

— Et lequel des trois a été vu en train d'abattre Weems et de s'enfuir en bateau ?

— Et quel est le rôle exact de l'épouse de Tomlinson ? Pourquoi nous a-t-elle menti ?

— Comment expliquer la présence des boules de verre ? Et pourquoi n'en a-t-on retrouvé que deux ? Est-ce qu'il y en avait une ou non, sur les lieux de l'incendie, la nuit dernière ?

— Quelque chose me dit qu'il faudra attendre de mettre la main sur Eric, Mary et Albert, pour que toutes ces questions trouvent des réponses. Allons demander la clé de l'appartement d'Eric au gardien et attendons-le là-bas. Je ne veux pas qu'il nous file entre les doigts.

*
* *

Mercredi 22 septembre, 12 heures

Glenn et Phoebe avaient insisté pour que David ne prenne pas le volant. Ils étaient venus le chercher à la caserne dans la voiture de Phoebe. Elle avait conduit et Glenn les avaient suivis jusqu'à l'immeuble, dans le pick-up de David.

A présent, il était assis en compagnie de Glenn dans le jardin des sœurs Gorski. Il était au téléphone avec Ethan, tandis que Glenn le regardait, en rongeant son frein.

Quant à sa mère, elle était en train de préparer un potage. Comme lorsqu'il était petit garçon, et qu'un bon bol de soupe de sa maman constituait le meilleur remède à tous les maux.

— Alors ? lui demanda Glenn, lorsqu'il eut raccroché.

— Ce type est d'une efficacité redoutable ! Il vient de m'apprendre que les frais d'enregistrement du nom de domaine du site sur Preston Moss ont été réglés par une certaine Mary Francesca O'Reilly, âgée de vingt-trois ans.

— Est-ce que ce surhomme a aussi trouvé l'adresse de cette donzelle ?

— Sa carte de crédit est domiciliée à une boîte postale, mais son numéro de sécurité sociale renvoie à plusieurs adresses. La plus récente est celle d'une résidence à l'université de Minneapolis.

— L'université que fréquentait Joel Fischer…

— Comme des milliers d'autres étudiants. Ça ne veut pas forcément dire qu'elle le connaissait. Ni qu'elle se trouvait sur les lieux de l'incendie. Mais ça signifie qu'elle a été en contact avec Lincoln Jefferson. Elle n'a pas pu régler la facture à sa place sans connaître son identifiant et son mot de passe.

— Sauf si elle était aidée d'un type du genre d'Ethan.

Ou si elle est elle-même une experte en piratage informatique…

— Ethan est un « chapeau blanc », murmura David.

Glenn, amusé par l'expression, s'esclaffa.

— Pour ta gouverne, sache que les « chapeaux blancs » sont des petits génies qui mettent leurs talents en informatique au service du bien et non du mal*, lui dit David, en souriant. A priori, cette Mary n'est pas une pirate chevronnée. Elle a payé avec sa propre carte de crédit. Il y a mieux comme discrétion…

— Tu as sans doute raison. Tu devrais parler de tout ça à ta copine la fliquette, maintenant.

— Oui, mais la manière dont je me suis procuré l'info ne va pas lui plaire !

— Après ce qui s'est passé cette nuit, tu crois qu'elle s'en soucie ? Et toi, ça te pose un problème ?

David songea à Jeff. A Kane.

— Non, répondit-il. Il se peut simplement que cette Mary O'Reilly soit une admiratrice de Preston Moss, comme Lincoln. C'est peut-être elle qui a aidé Lincoln à me retrouver hier… Mais je me demande toujours pourquoi.

— Le plus important, c'est de savoir si elle compte recommencer. Appelle ta copine !

Ce que David s'apprêtait à faire, lorsque son téléphone sonna. C'était Ethan de nouveau.

— Je me suis renseigné sur un certain Truman Jefferson, lui dit ce dernier. Lincoln l'a appelé de son portable.

— C'est son frère aîné. J'ai trouvé son nom la nuit dernière. Alors ?

* Les « méchants » pirates informatiques, ceux qui pratiquent le vandalisme, l'espionnage, le vol ou l'escroquerie en ligne sont, quant à eux, désignés par le terme « chapeaux noirs » (NdT).

— C'est un agent immobilier. Il n'aurait eu aucun mal à retrouver l'adresse de ton ami.

— C'est donc Truman qui a aidé Lincoln, et non Mary.

— Il est en effet plus probable que ce soit Truman. De Mary, on ne sait rien. Lincoln n'a passé qu'un seul autre appel, vers un téléphone à carte. On peut tracer les appels de ce genre de téléphones, mais ça demande plus de temps. Tu as besoin d'autre chose ?

— Le frère de Lincoln, Truman, tu sais s'il est sain d'esprit ?

— Tu me demandes s'il est dingue ? Ça, je n'en sais rien. Est-ce qu'il a un casier judiciaire ? Non. Pas même une contravention pour stationnement interdit. De son côté, Lincoln a eu toutes sortes d'ennuis avec la justice au cours des ans. De petits délits : vagabondage, trouble de l'ordre public, deux ou trois vols à l'étalage… Sur le papier, Truman a l'air, lui, de se tenir à carreau.

— Merci, Ethan.

David raccrocha et sortit de sa poche le téléphone à carte qu'il avait acheté la nuit précédente.

— Que vas-tu faire, maintenant ? lui demanda Glenn.

— Je vais prendre rendez-vous avec Truman Jefferson, mais je ne veux pas qu'il sache qui je suis. Je veux d'abord le rencontrer et m'assurer qu'il n'est pas cinglé. Je veux lui faire comprendre qu'il va avoir des problèmes, s'il continue à aider son frère. Ensuite, je vais appeler Olivia pour lui transmettre l'info.

Par chance, Truman Jefferson était libre dans l'après-midi. David lui dit s'appeler Smith et chercher à investir dans la pierre. La secrétaire de Truman lui donna un rendez-vous pour 13 h 30.

Olivia n'offrait pas la même disponibilité. Il tomba sur la boîte vocale et laissa un message :

— C'est moi. Il faut que je te parle d'une certaine Mary O'Reilly. Rappelle-moi. C'est très important.

— Et maintenant ? s'informa encore Glenn.

— Je vais remonter à l'appartement, pour me goinfrer de soupe, avant mon rendez-vous.

Glenn le suivit à l'intérieur de l'immeuble.

— Je vois que ça ouvre l'appétit, de trébucher sur un chat ! dit-il.

— Pas autant que de baffer un vieux grigou dans ton genre ! plaisanta David. Bon, tu viens ?

— Absolument ! J'adore la cuisine que fait ta mère…

Mercredi 22 septembre, 12 heures

Le gardien leur ouvrit la porte de l'appartement d'Eric et l'odeur les fit tous trois tressaillir. Une odeur qui n'était pas encore insupportable, mais déjà forte.

Noah posa une main compatissante sur l'épaule d'Olivia et la poussa doucement à l'intérieur. Elle avait bien besoin de cette manifestation de sympathie pour se décider à entrer.

Le corps était dans la chambre à coucher, étendu sur le dos en travers du lit, nu. Un petit sachet en plastique vide se trouvait sur la table de nuit.

— C'est bien Eric Marsh, dit le gardien. Je n'aurais jamais cru qu'il finirait ainsi.

— Comment pensiez-vous qu'il finirait ? lui demanda Noah, histoire de donner à Olivia le temps de se reprendre.

— J'ai toujours cru que son copain finirait par le tuer. Un vrai voyou, celui-là…

Olivia trouva étrange qu'on puisse décrire Joel comme un voyou, puis songea à l'autre ami.

— Vous voulez parler d'Albert ? lui demanda-t-elle.

Le gardien hocha la tête d'un air sombre, les yeux toujours rivés sur le cadavre.

— Oui… Ce cher Albert… J'ai toujours cru que son accent français était bidon, mais il l'imitait assez bien pour tomber les filles…

Noah haussa les sourcils.

— Nous pensions qu'Albert et Eric formaient un couple, objecta-t-il.

— Ils étaient amants, c'est vrai… Mais Albert avait sa propre clé et, quand Eric était sorti… C'est un opportuniste de première, vous savez. Peut-être qu'Eric a découvert qu'il le trompait…

— Est-ce qu'Albert le trompait avec Mary ? hasarda Olivia.

Le gardien réfléchit un bref instant.

— Jamais entendu ce nom-là ici. Mais si elle est jolie et riche, ça ne m'étonnerait pas.

— A quoi ressemble Albert ? demanda Noah.

— Un grand costaud. Il joue au hockey sur glace dans l'équipe de l'université. Un sacré défenseur, mais manquant de finesse, je trouve.

Il désigna une photo sur laquelle on voyait Eric bras dessus, bras dessous avec un grand jeune homme brun, beau garçon et terriblement large d'épaules.

— C'est lui, là, sur la photo, précisa le gardien.

Parfait, pensa Olivia, heureuse de tenir enfin une piste.

— Il va falloir faire venir le médecin légiste et la police scientifique dans cet appartement, dit-elle au gardien. Pouvez-vous nous attendre dehors ? Et, je vous en prie, pas un mot aux journalistes.

— Vous pouvez compter sur moi. Je n'ai que méfiance et mépris pour cette engeance.

Il recula en soupirant et ajouta :

— Le loyer était payé pour le mois en cours. C'est déjà ça… Il va falloir du temps pour que cette odeur se dissipe.

Noah le raccompagna jusqu'au palier, pendant qu'Olivia appelait le médecin légiste puis l'unité de scène de crime. Cela fait, elle s'accroupit près du lit et, prise d'une subite intuition, pointa le faisceau de sa lampe de poche sur le pubis d'Eric.

— Rien n'a bougé, plaisanta Noah, en revenant dans la pièce.

Elle leva les yeux vers lui.

— Un peu de sang séché, au même endroit que Joel…

— Le salaud… A en juger par cette photo, Albert est assez costaud pour avoir porté Joel sur ses épaules et l'avoir installé au volant de sa voiture.

— En se fondant sur l'emplacement de la fêlure, sur le crâne de Weems, Ian nous a dit que la personne qui l'avait assommé devait mesurer au moins un mètre quatre-vingt-cinq. Albert mesure largement plus, fit remarquer Olivia.

Elle scruta la pièce et ajouta :

— Aucune trace de lutte.

— Tu as l'air d'aller beaucoup mieux, maintenant.

— Une fois que j'ai vu le cadavre, ça passe et je me sens mieux, généralement. Merci de m'avoir forcée à avancer.

— De rien. Abbott m'a appelé pendant que je raccompagnais le gardien. Il s'est entretenu avec Kenny dans la maison sécurisée où celui-ci réside avec ses parents en ce moment. Il m'a dit que le garçon se souvient avoir vu un scanner de la police dans la camionnette du tueur.

— Il nous écoute…

— On dirait bien. Abbott tient donc à ce qu'il ignore tout ce qui pourrait concerner la localisation d'Austin Dent. Nous avons désormais une fréquence spéciale pour communiquer là-dessus. Autre chose… En passant par le salon, j'ai remarqué qu'on avait brûlé des papiers dans la cheminée… On dirait des schémas…

— Le meurtrier s'est débarrassé de preuves. Si nous trouvons les empreintes d'Albert dans cet appartement, il pourra toujours dire que c'est normal puisqu'il y vit… Il faut trouver un autre moyen de le confondre.

— Il a peut-être conservé son petit attirail de drogué. Je n'ai vu ni seringue, ni cuillères chauffées.

— Or il faut chauffer l'oxycodone pour le dissoudre dans l'eau et l'injecter, dit Olivia. L'assassin, quel qu'il soit, sait s'y prendre.

Elle ouvrit plusieurs tiroirs.

— Pas de téléphone portable, pas d'ordinateur…

— Dans la pièce voisine non plus. Notre prochaine étape sera le bureau des inscriptions de l'université. On y trouvera l'adresse d'Albert. Il ne doit pas y avoir beaucoup de joueurs prénommés Albert dans l'équipe de hockey…

— Il faudrait aussi retrouver Mary, et vite ! Le voisin nous a dit qu'elle venait souvent ici avec Joel. Avec des cartes enroulées… Certainement les papiers qui ont été brûlés dans la cheminée.

— Et si Albert se met à décimer ses troupes, cette demoiselle sera peut-être sa prochaine victime.

— Je pense qu'elle pourrait éclairer notre lanterne, au sujet du rapport entre Tomlinson et Blunt. Ces incendies en série sont incompréhensibles, sauf si le premier n'a servi qu'à faire diversion, en vue des autres.

— Sauf, comme Jessica Donahue et toi l'envisagiez hier, si les incendiaires ont des objectifs divergents. Quelqu'un a laissé des boules de verre sur les lieux des deux premiers incendies, mais pas du troisième. Un mobile écologiste relie donc le premier incendie au deuxième. Mais il n'y a que Tomlinson qui relie le deuxième au troisième.

— Joel était mort avant le deuxième incendie et Micki a dit qu'il y avait au moins trois personnes lors du premier, récapitula Olivia. Albert y était, car c'est le seul qui soit assez grand pour assommer Weems d'un coup au sommet du crâne. Joel y était aussi, comme l'atteste la présence de fumée dans ses poumons et de colle à moquette sur ses semelles…

Noah ouvrit le placard de la chambre.

— Ouah ! s'exclama-t-il. Ce jeune homme dépensait une véritable fortune en fringues !

Il s'accroupit et se releva au bout d'un instant, une chaussure de sport à la main.

— De la colle… Ils n'ont pas dû se rendre compte qu'ils avaient marché dedans, sinon ils se seraient débarrassés de leurs chaussures…

— Ainsi, Eric y était aussi… Ça fait trois. Kenny a dit qu'Austin avait vu un type s'enfuir en bateau. Ce qui pourrait faire quatre. Sauf si le type du bateau était Albert… Est-ce que c'est lui qui a tué Weems ?

Et qui a tué Kane ?

Elle sentit une bouffée de rage monter en elle, mais se maîtrisa aussitôt : non… quelque chose clochait…

— Des traces de colle entre le bâtiment et la clôture… Mais pas le moindre résidu de colle près du quai, de l'autre côté du bâtiment… Ce qui indique que ni Joel ni Eric ne sont allés par là, en sortant du bâtiment, après avoir déclenché l'incendie. Supposons que Joel se soit rebiffé et qu'Albert l'ait assommé sur place, lui aussi. Eric aurait-il pu porter Joel tout seul, sans laisser de traces de son fardeau, pendant qu'Albert filait de l'autre côté du bâtiment pour prendre la fuite à bord du bateau, abattant Weems au passage ?

Noah étudia le corps d'Eric.

— Il n'est pas très musclé. Il aurait pu porter Joel, surtout si la peur lui donnait de l'énergie. Mais il serait plus logique que ce soit Albert qui s'en soit chargé, surtout si c'est lui qui l'a assommé.

— Mary n'était pas sur le quai, parce que c'est un homme qu'a vu Austin. En fin de compte, c'est peut-être quand même Albert qui a pris la fuite en bateau, et Mary qui a aidé Eric à évacuer Joel.

— Peut-être, peut-être… Il faut retrouver Albert et Mary si on veut du concret.

Mercredi 22 septembre, 12 h 30

Austin se tenait dans l'ombre de l'impasse qui longeait un côté de la bibliothèque. De son poste d'observation, il pouvait voir arriver les voitures qui venaient de la rue. Derrière lui, la voie était fermée par une clôture grillagée de trois mètres de haut, et personne n'aurait pu arriver par là pour le surprendre.

Etant donné les circonstances, cette cachette était ce qu'il avait pu trouver de plus sûr.

Il retint son souffle, même si son estomac noué semblait lui annoncer ce qui allait se passer. La bibliothèque se trouvait à près de deux kilomètres de l'école des sourds. Pour que Kenny arrive à 12 h 30, il lui faudrait s'éclipser dix minutes avant la fin du cours d'anglais. Or Mme McCann n'était pas du genre à laisser ses élèves sortir à leur guise. Pas du tout, même… Il y avait donc fort peu de chances pour que Kenny arrive à l'heure.

Austin vit soudain une camionnette blanche se garer sur le parking. Un homme en sortit et contourna la voiture de sa mère.

Immobile dans sa cachette, Austin fixa le visage de l'homme qui avait abattu le vigile, l'homme qui avait déclenché l'incendie où Tracey avait trouvé la mort. Un pan de sa veste s'écarta fortuitement et il vit briller quelque chose de métallique à la ceinture du tueur. Ce type avait un pistolet. Le pistolet avec lequel il avait abattu le vigile.

L'homme s'arrêta pour jeter un regard circulaire au parking. Son visage était tout rouge, ses yeux luisaient de fureur. Puis il se remit à marcher.

Par ici, il vient par ici ! Oh, mon Dieu. Qu'est-ce que je vais faire ?

Fuir.

Mais il n'y avait pas d'issue à cette impasse et il n'avait que son dérisoire canif, tout émoussé, pour se défendre.

Ne bouge pas. Ne bouge surtout pas.

L'homme s'arrêta brusquement. Puis il revint à sa camionnette, monta dedans et démarra en trombe.

Austin s'adossa au mur de brique, tout tremblant. Pourquoi l'homme était-il parti aussi subitement ? Il était plus que temps pour lui de se placer sous la protection des flics ! Mais il avait peur de bouger. Peur de respirer. Peur que l'homme n'attende, un peu plus loin, qu'il émerge de sa cachette.

D'une main tremblante, il ouvrit son téléphone portable et trouva le SMS que lui avait envoyé le capitaine Abbott. Il écrivit précipitamment en réponse :

C'est Austin. J'ai besoin d'aide.

Puis il appuya sur la touche ENVOI.

Quelques secondes plus tard, il reçut une réponse :

Tu es où ?

Il hésita, puis se dit que, dans le pire des cas, les flics n'allaient pas lui tirer dessus, eux.

A la bibliothèque.

Abbot lui répondit :

Un policier va venir te chercher dans deux minutes. Reste où tu es, s'il te plaît.

Deux minutes, c'était trop long. L'homme allait revenir, Austin le savait. Il était allé garer sa camionnette un peu plus loin et il reviendrait à pied. Il envoya un message au faux Kenny :

Les flics sont venus. J'ai dû me barrer. Je me cache derrière Swindoll's.

Swindoll's était un vendeur de glaces italiennes, à cinq cents mètres de là.

Viens vite. J'ai peur.

Un instant plus tard, l'homme au pistolet lui répondit :

D'accord. Reste là. J'arrive.

Deux hommes en costumes sombres arrivèrent en courant sur le parking. L'un tenait une radio à la main. Des flics ! C'est eux, sans doute, qui avaient effrayé le tueur. Les jambes en coton, Austin sortit d'un pas chancelant à la lumière du soleil.

— Au secours ! cria-t-il de sa voix faible et éraillée, en espérant qu'ils l'entendraient.

Les deux flics en civil firent demi-tour et coururent vers lui. Austin s'accroupit derrière une voiture, de façon qu'on ne puisse pas le voir de la rue.

— Il arrive ! dit-il en signant.

Il tenta de prononcer ces mots en même temps, mais son cœur battait si fort que sa langue ne fonctionnait plus du tout.

— Il va me voir ! Il a une camionnette blanche, dit-il à gestes saccadés.

L'un des deux hommes se mit à courir, tandis que l'autre hochait la tête pour lui indiquer qu'il avait compris. Un instant plus tard, une voiture noire apparut sur le parking et il se retrouva installé sur la banquette arrière en un éclair. Il s'y blottit pour éviter d'être vu de l'extérieur. En regardant par-dessus le dossier du siège, il vit une voiture de patrouille se garer, gyrophare allumé. Les deux hommes en costume étaient en train de parler à deux flics en uniforme.

— Hé ! dit Austin, pour attirer leur attention.

Il mima le geste d'écrire.

L'un des deux civils sortit un calepin, en arracha une feuille de papier qu'il lui tendit avec un stylo.

« Il est venu ici, écrivit-il précipitamment. Il vous a vus et il est parti. Je lui ai envoyé un SMS pour lui dire que j'étais près de Swindoll's. »

Il rendit le papier au flic et montra du doigt la direction du marchand de glaces.

Le policier lui fit signe de rester baissé, puis il s'entretint un instant avec ses collègues, avant de rédiger une réponse sur la même feuille, posée sur le capot de la voiture.

« Pourquoi devais-tu le retrouver ici ? »

« Il s'est fait passer pour mon ami Kenny. Il m'a dit que vous vouliez m'arrêter. Je ne savais plus à qui me fier. J'ai décidé de le faire venir ici pour voir si c'était vraiment Kenny. Mais ce n'était pas lui. C'était l'homme qui a tué le vigile. »

Il tendit le papier à l'homme d'un geste las.

Le policier passa un appel sur son téléphone portable et dit quelque chose dans son émetteur radio. Puis il se remit à écrire sur son calepin, longuement, avant de tendre celui-ci à Austin.

« Je suis l'inspecteur Phelps. Tu es en sécurité, désormais. Continue à baisser la tête. Nous pensons que cet homme a un scanner de la police dans sa camionnette. Ton ami Kenny l'a vu hier soir, quand cet homme a tenté de l'enlever. Nous avons annoncé, sur la fréquence habituelle de la police, que nous avons retrouvé ta voiture mais que tu t'es enfui. Nous voulons que le conducteur de cette camionnette blanche continue à te chercher, pour qu'on puisse l'arrêter. Alors, ne bouge pas, reste baissé et ne te sers plus de ton téléphone. Dès que nous serons arrivés au commissariat, nous ferons venir un interprète de la langue des signes. »

Le cœur d'Austin se mit à battre plus lentement.

« Et ma mère ? » écrivit-il.

L'homme répondit :

« Mon capitaine va la contacter pour lui annoncer que tu es en sécurité. Elle nous rejoindra au commissariat. »

Austin se détendit un peu. Pour l'instant, il était en sûreté, mais l'assassin courait toujours.

« Comment les autres policiers vont-ils savoir qu'il faut l'arrêter ? Et où est Kenny ? » écrivit-il, avant de redonner le calepin à Phelps.

« Nous avons une fréquence spéciale, répondit celui-ci. Kenny se trouve dans une maison, sous protection de la police. Je reviens dans une minute. Continue à baisser la tête. »

L'inspecteur lui tendit le calepin et le reprit, dès qu'Austin eut lu ce qu'il venait d'y écrire. Puis il disparut, laissant l'adolescent derrière lui.

Il éteignit son scanner. Les flics avaient vu la voiture du garçon, mais, heureusement, celui-ci leur avait filé entre les doigts. Le quartier tout entier grouillait soudain de flics. Nul doute qu'ils cherchaient une camionnette blanche, après ce qui s'était passé la nuit précédente.

La bonne nouvelle, c'était que le môme était à pied, à présent. Il n'avait donc pas pu aller bien loin. La lenteur de la circulation aidant, il passa en roulant au pas devant le marchand de glaces.

Pas de gamin en vue. Il continua de rouler, passa devant l'école des sourds et s'arrêta sur le parking d'un petit supermarché. Il y avait tant de camionnettes blanches garées là, que son propre véhicule ne s'en distinguait pas.

Il descendit et se mit à marcher, cherchant des yeux le garçon. C'est alors qu'un bourdonnement lui annonça la réception d'un nouveau SMS sur son autre téléphone jetable. Il provenait du téléphone qu'il avait remis à Eric, à présent aux mains d'Albert.

« Va te faire enculer », tels étaient les termes, plutôt lapidaires, du message. Et il y avait une pièce jointe. En l'ouvrant, il resta un moment à fixer l'image qui s'affichait sur l'écran. Décidément, les choses allaient de mal en pis !

24

Mercredi 22 septembre, 13 heures

Olivia et Noah trouvèrent sans beaucoup de mal la résidence où logeait Albert : c'était celle devant laquelle stationnaient plusieurs voitures de police et les véhicules des secouristes.

— Je ne la sens pas trop bien, celle-là, dit Olivia à Noah.

— Dépêchons-nous, avant qu'ils ne chamboulent tout, répondit Noah, en se mettant à courir à petites foulées vers l'entrée de la résidence.

Ils montrèrent leurs insignes et montèrent sans tarder jusqu'à l'appartement d'Albert. Un policier en uniforme les attendait dans le salon.

— Le corps est dans la chambre, au fond, là-bas..., leur dit-il. C'est son colocataire qui l'a trouvé.

Il désigna un jeune homme qui se tenait à l'écart, le visage blême.

— Il a dit qu'il n'avait touché à rien.

— Nous aurons quelques questions à vous poser, déclara Noah à l'étudiant. Restez ici.

— Merde ! marmonna Olivia, lorsqu'elle atteignit la porte ouverte.

Le grand corps musculeux d'Albert était étendu sur le

lit double. Il était allongé sur le dos et nu, comme Eric. Un secouriste, agenouillé à son chevet, était en train de remballer son attirail.

— Il est mort, inspecteur, annonça-t-il à Olivia. Le médecin légiste sera plus précis, mais je peux déjà vous dire que son décès remonte à plusieurs heures. Je crois qu'il a trop pris de ça…

Il désigna la table de nuit, sur laquelle était posé un petit sachet en plastique qui contenait encore quelques gélules.

— C'est du Percocet, précisa-t-il.

Olivia sentit les émotions se bousculer en elle : la rage impuissante l'emportait sur la frustration et le dépit. Albert et Eric avaient tant de crimes sur la conscience… et jamais ils n'en répondraient devant la justice des hommes.

S'efforçant de contrôler sa colère, elle se pencha pour examiner de près le pubis d'Albert, ce qui lui valut un regard surpris du secouriste.

— Là, dit-elle. Même trace d'injection que sur les deux autres. Nom de Dieu…

— Il y a un message sur le bureau, lui fit remarquer le secouriste. A côté de l'imprimante…

— Mais là encore, ni téléphone portable, ni ordinateur… Etonnant, non ? ironisa Noah. Pas de signature sur le message. Il a été rédigé en français. Ça commence par « adieu » et ça se termine par « mon ami ». Le reste, je ne le comprends pas…

— J'ai un peu oublié mes cours de français, dit le secouriste, mais, ce qu'il dit, en gros, c'est : « Adieu monde cruel. Bientôt je te rejoindrai, mon amour. » Je parie que vous n'y croyez pas, à ce suicide causé par une déception sentimentale ?

— Non, dit Olivia sobrement. A partir de maintenant, on prend la relève. Merci.

— Et à la fin, il n'en resta plus qu'un seul, murmura Noah, lorsque le secouriste fut sorti de la pièce.

Olivia le regarda d'un air sombre.

— Ce serait Mary, alors, qui les aurait tous tués ?

— C'est la seule qui reste. Allons interroger le colocataire d'Albert. S'il ne connaît pas Mary, on demandera à l'administration de la cité U de nous laisser consulter les registres…

Le colocataire était visiblement bouleversé.

— Bonjour, lui dit Olivia d'une voix avenante. Je suis l'inspecteur Sutherland, et voici l'inspecteur Webster. Comment vous appelez-vous ?

— Bill… Bill Westmoreland.

— Albert, vous le connaissiez bien ?

— Non. Il ne dormait pas souvent ici. Il avait une relation avec un certain Eric. Un élève ingénieur… dont le paternel est plein aux as ! Il a son propre appartement en ville, et Albert y était souvent.

— Vous l'avez déjà vu avec quelqu'un d'autre ? Des filles ?

— Oui. Des fois. Mais pas récemment.

— Vous étiez ici, dans la matinée ? lui demanda Noah.

— Non. J'ai un cours à 9 heures. Albert était là, quand je suis parti. Il est resté souvent ici, ces derniers jours. Je crois qu'il s'est disputé avec Eric.

— Qu'est-ce qui vous fait dire ça ?

— D'habitude, il m'ignorait, mais, ces derniers jours, il avait l'air mécontent. Je l'ai perçu dans le ton de sa voix, pas dans ses propos. Il était en colère. Et quand il était de mauvais poil, je préférais l'éviter.

— Il était violent ? demanda Olivia.

Bill haussa les épaules.

— Il ne m'a jamais frappé, mais j'ai bien cru, certains jours, qu'il était à deux doigts de le faire.

— Connaissait-il une fille du nom de Mary ?

Bill secoua la tête de nouveau.

— Quand êtes-vous rentré de vos cours, aujourd'hui ?

— Vers 11 h 30. La porte de sa chambre était grande ouverte. Je l'ai aperçu du coin de l'œil et je me suis d'abord demandé ce qu'il fichait là, à poil. Ensuite, comme il ne bougeait pas, j'ai regardé mieux et je me suis rendu compte qu'il ne respirait pas. Alors j'ai appelé Police Secours et juste après, le gardien de la résidence.

— Merci pour votre aide, Bill. Vous avez un endroit où dormir ?

— Un ami qui a un appartement en ville pourra m'héberger. J'ai un examen dans deux heures. C'est vraiment la merde, cette histoire…

— Je crois que vous aurez droit à un examen de rattrapage, étant donné les circonstances, lui dit Noah. Un collègue va vous aider à faire votre valise. Ce n'est pas que nous ne vous fassions pas confiance, c'est juste la procédure…

Le visage de Bill se décomposa et la peur se lut subitement dans son regard. Il venait juste de comprendre.

— Il ne s'est pas suicidé ! s'écria-t-il. Oh, mon Dieu ! Il a été assassiné… Ici…

— L'enquête n'en est qu'à ses débuts, lui dit Noah calmement. Pour l'instant, je vous demande de ne rien dire à la presse. S'il vous plaît.

Une nouvelle lueur s'alluma dans les yeux de l'étudiant — d'avidité matoise, cette fois.

— Vous pouvez compter sur moi, assura-t-il.

Olivia et Noah prirent congé. Dans le couloir, Olivia se tourna vers son collègue, l'air fébrile.

— On a intérêt à trouver Mary avant qu'elle ne lise son nom sur internet ! Mais avant toute chose, il faut mettre Abbott au courant…

Noah appela Abbott, pendant qu'Olivia donnait quelques instructions au policier en faction.

— Ils ont retrouvé Austin ! s'empressa-t-il de lui annoncer, lorsqu'ils s'engouffrèrent dans l'ascenseur. Il est en route pour le commissariat.

— Où était-il ?

— Abbott ne l'a pas encore interrogé. Il nous rappellera quand il en saura davantage. Il m'a juste dit qu'il comptait retarder au maximum l'annonce de cette nouvelle. Il ne faut donc en parler à personne. Il voulait aussi savoir si la mère de Tracey Mullen était enfin arrivée de Floride.

— Il faut que je consulte ma messagerie… Dès qu'on sera dans la rue. Le réseau ne passe pas dans cet ascenseur.

Lequel était du genre lent et poussif… Arrivés au rez-de-chaussée, ils s'arrêtèrent devant le guichet d'accueil de la résidence universitaire.

— Les visiteurs doivent signer sur ce registre, et je fais une photocopie de leur permis de conduire, les informa la réceptionniste. Les étudiants passent leurs cartes d'étudiant devant le lecteur magnétique. Tenez, voici la liste de toutes les personnes qui sont venues la semaine dernière…

C'était une épaisse liasse de papier qu'Olivia considéra avec découragement.

— Vous pourriez vérifier un nom par ordinateur, s'il vous plaît ? Joel Fischer…

La réceptionniste entra le nom dans son registre électronique, puis secoua la tête.

— Non… Il n'est pas venu ici.

Ils la remercièrent et sortirent en plein soleil.

Noah repéra alors la camionnette d'un vendeur de sandwichs ambulant.

— Je vais aller nous chercher des sandwichs, proposa-t-il à Olivia. Il commence à faire faim ! Ecoute tes messages, en m'attendant.

Puis il s'éloigna à petites foulées.

Olivia consulta sa messagerie. Paige. Encore Paige. Mia avait passé trois appels. Elle avait appris la nouvelle de la mort de Kane et avait décidé de venir la rejoindre, pour la soutenir dans cette épreuve. Olivia se sentit un peu rassérénée. Mia la comprendrait. Quelques années auparavant, elle avait, elle aussi, perdu son partenaire, dans des conditions analogues.

Le dernier appel venait de David. Elle sauvegarda le message qu'il lui avait laissé, juste au moment où Noah revenait. Elle prit l'un des sandwichs qu'il lui présenta et se força à manger, en revenant à grandes enjambées vers la résidence universitaire.

— Je viens d'apprendre le nom de famille de Mary, dit-elle entre deux bouchées. O'Reilly. Voyons si cette réceptionniste bien obligeante peut nous en dire davantage sur elle…

— Comment tu l'a appris ?

— C'est David qui m'a laissé un message. Mais je ne sais pas comment il l'a su. Je pense d'ailleurs qu'il vaut mieux ne pas le savoir… Je le rappellerai un peu plus tard. Essayons d'abord de localiser cette Mary.

Noah soupira.

— Eve est en cours toute la matinée. Ça ne peut pas être elle qui l'a aidé.

— Ces gens de Chicago sont tellement habitués à bidouiller en ligne, dit Olivia, qu'on peut s'attendre à tout.

Elle s'interrompit et sourit tristement.

— Kane trouvait ça épatant…

— Mais ça l'est ! dit Noah d'un ton malicieux. Rien ne m'émoustille plus que de voir Eve bidouiller sur son ordinateur !

Olivia rit de bon cœur, et cela lui fit du bien.

— Je suis sûre que David nous racontera tout, plus tard.

Ils rentrèrent dans le hall. La réceptionniste ne cacha pas sa surprise en les voyant.

— Déjà de retour !

— En effet, lui dit Olivia. On a un autre nom, en fait… Est-ce que vous pourriez le chercher dans votre liste ? Mary O'Reilly…

— Mary Francesca O'Reilly, dit la réceptionniste, après avoir achevé sa recherche. Elle est en troisième année.

Elle sortit un plan du campus et ajouta :

— Sa résidence est à quatre minutes à pied d'ici.

Olivia lui adressa un large sourire, tandis que Noah appelait des renforts.

— Merci, lui dit-elle. Votre aide nous a été précieuse !

Mercredi 22 septembre, 13 h 30

Il se gara sur le petit parking de la sandwicherie, après avoir effectué plusieurs circonvolutions dans le quartier, pour s'assurer qu'il n'était pas suivi. Il gravit d'un pas traînant les marches qui menaient à son appartement, situé juste au-dessus du magasin. Il verrouilla la porte derrière lui et s'affala dans son fauteuil. Il avait traqué Austin en vain. Les flics avaient débarqué en masse et il avait dû battre en retraite.

Le garçon ne l'avait plus contacté depuis qu'il lui avait annoncé qu'il se trouvait près de la boutique du marchand de glaces. Il y était allé, mais ne l'avait pas vu. Il lui avait envoyé un nouveau SMS, toujours en se servant de la ligne de « Kenny ».

> Où es-tu ? Je t'ai cherché partout. La ville grouille de flics. Donne-moi de tes nouvelles.

Mais il n'avait pas eu de réponse. Il se rassurait en se disant que les flics ne l'avaient pas encore retrouvé. Il lui suffisait donc d'attendre qu'Austin se manifeste, pour lui tendre un nouveau piège. Son regard se posa sur le SMS qu'il avait reçu, et il ouvrit une nouvelle fois la pièce jointe. Une photo d'Albert, allongé nu sur un lit. Mort. Exactement comme Eric.

Et comme Joel.

Mary, Mary, Mary !

Il ne l'aurait pas crue capable de faire une chose pareille, mais qui d'autre ? C'était la seule survivante de la bande des Quatre. S'il diffusait la vidéo de l'incendie de la résidence du lac, les flics se rueraient chez elle en un éclair. Mais elle s'était fait clairement comprendre : l'existence même de la vidéo prouvait la présence d'une cinquième personne — *moi en l'occurrence.* Et il n'avait pas la naïveté de penser que les flics ne feraient pas le lien entre cette cinquième personne et la mort du vigile ou celle de l'inspecteur Kane.

La vidéo n'avait été utile qu'en ce qu'elle les avait effrayés et contraints à obéir à ses ordres. Mais, de la bande des Quatre, il ne restait plus qu'un membre. Qui se trouvait être une redoutable psychopathe.

Même s'il aurait adoré la voir croupir en prison jusqu'à la fin de ses jours, les choses en étaient arrivées au point où il était plus logique de l'éliminer pour la réduire au silence. Mais il manquait de sommeil, il était trop épuisé pour s'y mettre sur-le-champ. Quelques heures de repos l'aideraient à y voir plus clair. En espérant qu'Austin le contacte entre-temps.

Ensuite, il réglerait son compte à cette salope de Mary.

Mercredi 22 septembre, 13 h 30

— Elle n'est pas là.

Ce fut par ces mots qu'un policier en uniforme accueillit Olivia et Noah devant la porte du logis de Mary, à la résidence universitaire.

— Voici sa colocataire, Helen Sanford, ajouta-t-il.

Une jeune femme était assise sur un canapé, les mains jointes sur les genoux. Olivia s'assit à côté d'elle, pendant que Noah allait fouiller la chambre de Mary.

— Vous savez où elle est, Helen ?

— Non. Nous ne sommes pas amies, vous savez. Nous ne nous parlons que très peu. Mary n'est pas très sociable…

— Elle recevait des visiteurs ?

— Principalement son petit ami. Elle était vraiment bouleversée, en début de semaine.

— Bouleversée ? Qu'est-ce qui vous fait dire ça ?

— Elle a pleuré pendant des heures. Je l'entendais sangloter de l'autre côté de la cloison. Joel est mort lundi. Dans un accident de voiture.

— Est-ce qu'elle a de la famille dans la région ? Où aurait-elle pu aller ?

— Elle a un père… Et un frère… Qui est médecin, apparemment. Mais je crois que sa mère est morte.

— Inspecteur Sutherland ! l'appela Noah. Venez donc voir ça !

— Attendez-moi ici, dit Olivia à Helen.

Elle se rendit dans la chambre et regarda dans le tiroir du bureau que Noah venait d'ouvrir.

— Deux boules de verre…, dit-elle. Et des couches pour bébé. C'est comme ça qu'elle a récupéré le gel dont elle s'est servie, pour empêcher les boules d'éclater au feu.

— Et regarde ça !

Noah souleva le couvercle d'une petite boîte.

— Je l'ai trouvée derrière des livres sur l'étagère. C'est drôle, elle n'était pas bien cachée… Comme si elle avait été balancée précipitamment à cet endroit.

— Sa réserve de drogue et son attirail…

Du coton, des seringues et deux vieilles cuillères en fer-blanc qui avaient visiblement été maintes fois chauffées.

— C'est une toxico, donc, constata Olivia.

— Essayons de trouver son adresse fixe et envoyons-y une équipe. Elle y est peut-être.

— Mary était sur les lieux de l'incendie, dit Olivia. Et c'est donc sans doute Albert qui a tué Weems et Kane.

Une fois de plus, elle dut contenir sa révolte, avant de reprendre :

— Mais ça ne nous donne toujours pas le lien entre ces étudiants et Barney Tomlinson ou Dorian Blunt. A priori, je n'en vois aucun…

— Il faut interroger Mme Tomlinson pour en savoir plus à ce sujet. Mais d'abord, essayons de localiser Mary. Il faut demander à David comment il a trouvé son nom.

— Je vais l'appeler.

— Et moi, je vais lancer un avis de recherche au nom de Mary O'Reilly. Je vais aussi faire avertir les aéroports, au cas où elle aussi, elle achèterait un billet d'Air France…

*
* *

Mercredi 22 septembre, 13 h 30

— Merci de me recevoir, monsieur Jefferson, dit David en s'installant sur une chaise, face à l'imposant bureau de Truman Jefferson.

Il avait été introduit par une jeune femme qui l'avait annoncé sous le nom de M. Smith, avant de refermer discrètement la porte derrière lui.

— C'est toujours un plaisir de rencontrer de nouveaux clients, répondit obligeamment l'agent immobilier.

Il fit une grimace, en découvrant l'état du menton de David.

— C'est une vilaine coupure de rasoir, ça... Ça doit faire mal.

— En effet.

La douleur était encore très vive, et il était pris d'étourdissements, lorsqu'il bougeait la tête trop vivement.

Sa mère s'était mise dans tous ses états, lorsqu'il avait annoncé son intention de sortir. Elle était même allée jusqu'à lui prendre ses clés de voiture. Elle avait fini par accepter qu'il se rende à son rendez-vous, à condition que ce soit elle qui conduise. Evidemment, Glenn était venu aussi, et ils attendaient tous les deux, dans la voiture de Phoebe, que David ait terminé de s'entretenir avec le frère de Lincoln. Ensuite, ils comptaient passer voir Jeff à l'hôpital. Ce dernier avait fini par reprendre conscience et pouvait recevoir des visites.

— Alors, en quoi puis-je vous aider, monsieur Smith ?

David étudia le visage de Truman, son regard. Il vit les portraits de famille qui ornaient son bureau. S'il était schizophrène comme Lincoln, il le cachait bien.

— En fait, je ne m'appelle pas Smith. Mon nom est

Hunter. David Hunter. Je suis pompier. Hier, votre frère a pénétré par effraction dans une maison qu'on m'a prêtée et…

— A quoi rime tout ça ? l'interrompit Jefferson. Si vous voulez engager des poursuites…

— Ce n'est pas mon intention.

— Alors, pourquoi êtes-vous venu ?

— Monsieur, votre frère ne va pas bien.

— Dites-moi plutôt quelque chose que je ne sais pas, rétorqua l'agent immobilier d'une voix amère. Les policiers l'accusent d'avoir été le complice de ce terroriste, Preston Moss, et d'avoir déclenché des incendies… Le FBI est venu chez nous, ma mère en a pleuré. Je vous prie de ne pas mêler ma mère à cette affaire, s'il vous plaît… Elle ne va pas bien, elle non plus.

— J'en suis désolé, dit sincèrement David. Je n'ai aucune intention de nuire à votre famille. J'ai juste besoin de savoir qui a aidé Lincoln à me retrouver, hier.

Les yeux de Truman se mirent à luire de peur.

— Qui vous a dit qu'il a été aidé ? bredouilla-t-il.

— Je ne vais pas engager de poursuites, répéta David. Mais moi aussi, j'ai une famille. Lincoln est venu dans mon immeuble. Il a demandé à une de mes locataires où je me trouvais. Elle lui a dit que je dormais dans le chalet d'un ami. Or l'adresse de ce chalet ne figure pas dans l'annuaire. Et pourtant Lincoln a réussi à la trouver très rapidement…

— Il est loin d'être idiot, objecta Truman.

— Certes, mais sa santé mentale laisse à désirer, vous en conviendrez… Et il a arrêté de prendre ses médicaments. Je ne crois pas qu'il ait réussi à trouver seul l'adresse du chalet de mon ami. Si c'est vous qui l'avez aidé, je veux le savoir et je veux savoir pourquoi. Si ce n'est pas vous, il faut que je sache qui l'a aidé. S'il y a un autre fanatique en liberté qui estime que j'ai entaché le nom de Preston Moss, je dois prendre des mesures pour défendre ma famille ! Si Lincoln s'était rendu à mon loft d'abord, il serait tombé sur ma mère, pas sur moi. Et il était armé d'un pistolet, monsieur Jefferson !

Truman le dévisagea brièvement, avant de détourner les yeux.

— J'aimerais pouvoir dire que Lincoln ne ferait pas de mal à une mouche. Mais, à l'évidence, ce ne serait pas vrai…

David le fixa à son tour, perplexe, avant de comprendre ce qu'il avait voulu dire.

— Ce n'est pas lui qui m'a fait ça, le rassura-t-il, en se touchant le menton. Ça, c'est un accident de travail.

Truman s'affaissa dans son fauteuil, visiblement soulagé.

— Dieu merci… J'avais peur qu'il se bagarre… Mais j'ai tant de mal à lui faire prendre ses médicaments ! Je lui ai même trouvé du travail ici, pour pouvoir veiller sur lui, mais ce n'est pas facile. Il est en train de tuer ma mère de chagrin, avec ses excentricités. Cette fois, j'ai obtenu son accord pour que ce soit la justice qui s'occupe de Lincoln.

— C'est vous qui l'avez aidé, monsieur Jefferson ? lui demanda David une fois encore. Je vous en prie, je ne cherche qu'à connaître la vérité.

— Hier, Lincoln m'a appelé. Il avait besoin de retrouver un homme nommé Glenn Redman. Il m'a dit que c'était à cause du site internet. Comme Lincoln travaille sur mon propre site, j'ai cru qu'il parlait d'une facture en souffrance…

Il haussa les épaules, l'air abattu.

— J'étais occupé et j'ai demandé à Mary de voir ça avec lui. Elle m'a donné l'adresse et j'ai rappelé Lincoln. Et peu de temps après, ma mère m'a appelé, en larmes, pour m'annoncer qu'il avait été arrêté.

— Votre secrétaire s'appelle *Mary* ? Mary O'Reilly ?

— Oui. Mary travaille pour moi depuis l'été dernier. Pourquoi ?

Sans répondre, David ouvrit en grand la porte du bureau et se précipita dans la salle d'attente.

— Oh, mon Dieu !

Glenn était étendu sur le parquet, le cuir chevelu ensanglanté. La secrétaire était penchée au-dessus de lui et semblait le fouiller. En entendant la porte s'ouvrir, elle se leva brusquement et David vit la pâleur de son visage. Elle tenait un pistolet à la main.

Il se jeta sur elle, mais elle l'esquiva et, tenant l'arme des deux mains, fit feu. La balle alla se perdre dans un mur et Mary O'Reilly sortit en courant de l'agence immobilière. David se lança à sa poursuite mais dut plonger derrière une voiture, lorsqu'elle ouvrit de nouveau le feu. La balle vint ricocher sur le véhicule derrière lequel il s'était réfugié.

— Arrêtez ! hurla-t-il, en se remettant à courir.

Mais la jeune femme courait vite, très vite.

Elle ouvrit la portière du passager de la voiture de Phoebe et monta dedans d'un bond. Puis elle regarda David droit dans les yeux, tandis qu'il atteignait le véhicule, et colla le canon de son pistolet sur la tempe de Phoebe.

Il vit les lèvres de Mary remuer. Un seul mot :

— Démarrez !

Phoebe se recroquevilla sur son siège, mais Mary appuya l'arme plus fortement et la voiture se mit à bouger.

— Non ! hurla David.

Il se jeta sur le pare-chocs arrière. Mais ses bras ne saisirent que le vide, sous une pluie de gravier.

Il fit demi-tour et regagna l'agence immobilière en courant. Il y trouva Jefferson, agenouillé auprès de Glenn. Il était bouche bée, le regard fixe, visiblement en état de choc.

— Vos clés de voiture ! Donnez-moi vos clés de voiture !

Stupéfait, l'homme les lui tendit et David courut, en lui criant :

— Appelez Police Secours !

Il démarra la voiture de l'agent et se lança à la poursuite de Mary et de son otage. Le cœur battant à tout rompre, il sortit son téléphone d'une main fébrile, tout en appuyant comme un forcené sur l'accélérateur.

Mais la voiture de sa mère n'était nulle part en vue. Il composa en tremblant le 911, conduisant de plus en plus vite et se maudissant d'avoir accepté qu'elle l'accompagne à un tel rendez-vous.

— Quelle est la nature de votre problème ? entendit-il dans le récepteur.

— Ma mère vient d'être enlevée. Elle se trouve dans une Ford Taurus verte qui se dirige vers le nord, en direction de la nationale 35.

Il se remémora l'aspect de la voiture et son numéro d'immatriculation et fournit précipitamment tous ces détails.

— Elle se nomme Phoebe Hunter. Elle a été enlevée par Mary O'Reilly, qui est armée d'un pistolet.

Malgré les pulsations assourdissantes de son cœur, il parvint à parler plus ou moins posément.

— Il faut aussi envoyer des secours à l'agence immobilière Presidential Reality. Un homme de soixante-deux ans a reçu une blessure à la tête. Il est inconscient.

— Où vous trouvez-vous, monsieur ?

— Je suis en train de poursuivre la voiture de ma mère ! dit-il, sur le point de craquer. Dépêchez-vous et informez-en le capitaine Abbott et l'inspecteur Sutherland, de la brigade des homicides.

Il arriva à un carrefour et réalisa qu'il n'avait aucune idée de la direction qu'avait prise la Ford Taurus.

— Je ne les vois plus. Elles ne sont nulle part en vue, cria-t-il d'une voix désespérée.

— Monsieur, s'il vous plaît, retournez à l'endroit où a eu lieu l'enlèvement. Les secours vont arriver d'un moment à l'autre.

David s'arrêta dans une station-service, incapable de penser. Incapable, presque, de respirer. Il fixa son téléphone, espérant qu'il allait sonner et sursauta lorsque ce fut le cas.

C'était Olivia.

— Oh, mon Dieu, dit-il tout bas, en fixant le carrefour qu'il avait sous les yeux. Je ne les vois plus !

— Tu ne vois plus qui ? lui demanda Olivia d'un ton inquiet. David ? Qu'est-ce qui se passe ?

Elle n'était pas au courant. La standardiste n'avait pas eu le temps de l'avertir.

— Ma mère… Elle a été enlevée…

Il ajouta d'une voix faible :

— Par Mary O'Reilly.

— Quoi ? Où es-tu ?

— Je ne sais pas…

Il regarda autour de lui, aperçut des panneaux, inspira un bon coup et lui donna le nom des rues qui se croisaient à ce carrefour.

— Il faut que j'y retourne. Glenn est blessé.

— David… Arrête-toi et dis-moi tout !

Mais il était déjà en train de faire demi-tour.

— Tu as eu mon dernier message, au sujet de Mary O'Reilly ? lui demanda-t-il.

— Oui. Nous avons lancé un avis de recherche. Comment as-tu appris qu'elle était impliquée ?

— Pourquoi est-elle recherchée ?

— Comment as-tu appris qu'elle était impliquée ? répéta Olivia.

Elle n'avait pas répondu à sa question et David sentit son sang se glacer un peu plus.

— Lincoln est le webmestre du site internet dédié à Preston Moss, dit-il. Mary O'Reilly a payé les frais du site.

Olivia demeura silencieuse un instant.

— Je vois, dit-elle enfin. Où l'as-tu retrouvée ?

— Je suis allé rendre une visite au frère de Lincoln, Truman. C'est lui qui a aidé Lincoln à trouver l'adresse du chalet de Glenn. Mary est sa secrétaire.

Transi d'inquiétude, David arriva devant l'agence immobilière.

— Glenn est blessé, reprit-il. Je ne sais pas si c'est grave. Il faut que j'y aille. J'ai appelé Police Secours.

— Très bien, dit-elle doucement. Où es-tu, exactement ?

— Devant l'agence immobilière Presidential Reality.

Il se précipita dans l'agence. Truman était encore agenouillé auprès de Glenn. Il épongeait avec une serviette de bain le sang qui coulait de la blessure du vieil homme.

— Je dois raccrocher, dit-il à Olivia.

D'un geste automatique, il posa son téléphone portable et appuya du bout du doigt sur le cou de Glenn pour prendre son pouls.

Délicatement, il le fit ensuite rouler sur le flanc et découvrit ce que Mary avait essayé de récupérer.

— Son sac à main, murmura Jefferson. Votre ami lui a pris son sac. Mais pourquoi ?

David prit le sac et le mit de côté.

— Parlez-moi de Mary. Sortez son dossier professionnel pour pouvoir le remettre aux flics dès qu'ils seront arrivés.

Encore tout tremblant, Truman s'exécuta. Il ouvrit une armoire métallique et en sortit une chemise.

— Elle est venue me proposer ses services l'été dernier, après le brusque décès de mon ancienne secrétaire. Je n'ai même pas eu à publier une offre d'emploi. Ça me faisait un souci en moins, et je l'ai embauchée sur-le-champ.

David sentit un frisson lui parcourir l'échine.

— Votre ancienne secrétaire est morte brusquement ? Comment ça ?

— Elle a fait une chute mortelle dans un escalier. Elle commençait à prendre de l'âge… Elle a perdu l'équilibre.

Le regard de Truman se fit plus craintif encore.

— Mais pourquoi ? se lamenta-t-il. Mary a toujours très bien fait son travail et elle était sympa avec Lincoln…

— Comment ça ? demanda encore David.

— Elle savait le calmer quand il devenait agité. Les jours où il y avait peu de travail, ils bavardaient et semblaient s'entendre très bien.

Tout en appuyant sur la plaie de Glenn, David réfléchissait.

— De quoi parlaient-ils ?

Il aurait parié que c'était de Preston Moss.

— Je ne sais pas, répondit Truman. J'étais content de voir que Lincoln se tenait tranquille, ce qui me permettait de travailler en toute quiétude.

Il se redressa, l'air dérouté et angoissé, avant d'ajouter d'une voix hagarde :

— Tout ça, c'est à cause de Lincoln, c'est ça ? Qu'est-ce qui se passe ?

David entendit le hurlement des sirènes se rapprocher.

— C'est ce que nous aimerions tous savoir, monsieur Jefferson, dit-il d'un ton lugubre.

Les secouristes firent irruption dans la pièce.

— Qu'est-ce qui s'est passé ? demanda l'un d'eux.

Truman désigna le sol, au pied du bureau de Mary.

— Je crois qu'elle l'a frappé avec ça, dit-il, en désignant une coupe argentée.

C'était un trophée de meilleur vendeur. Il était maculé de sang.

David s'écarta pour laisser les secouristes faire leur travail. Il fouilla le bureau sans rien toucher ni déplacer.

— Glenn a dû entrer dans l'agence. Il n'est pas fichu de rester en place… Il a dû voir ça, dit-il, en désignant une fiche de paie au nom de Mary O'Reilly. Il a compris que c'était elle.

Truman montra du doigt le téléphone fixe sur le bureau.

— Elle avait allumé l'Interphone, pour écouter notre conversation… Elle avait compris que vous étiez venu pour parler de Lincoln… Mais qu'est-ce qui se passe, nom de Dieu ?

David fixa la fiche de paie, le souffle coupé par l'anxiété.

— Elle a enlevé ma mère.

Mercredi 22 septembre, 14 heures

Les mains crispées sur le volant, le cœur cognant affreusement dans sa poitrine, au point qu'elle craignait de faire un malaise, Phoebe Hunter s'efforçait de ne pas céder à la panique. Ce qui n'était pas facile, avec un pistolet braqué sur la tempe. La femme qui pointait son arme sur elle était jeune — l'âge de son petit-fils Tom, estima-t-elle, non sans un pincement au cœur —, elle avait à peine plus de vingt ans. Quand elle l'avait vue sortir en trombe de l'agence immobilière, elle avait commencé à manœuvrer, mais sa voiture était garée entre deux autres véhicules, et la jeune femme avait été plus vive qu'elle. En un éclair, elle était montée sur le siège du passager, la menaçant de son revolver, et lui avait ordonné de rouler.

— Qui êtes-vous ? lui demanda-t-elle au bout de quelques minutes, d'une voix tremblante.

— Tais-toi et roule !

— Vous allez me tuer ?

La jeune femme éclata d'un rire amer.

— Tu veux que je te tue ?

— Pas spécialement, répondit Phoebe. Mon ami était dans cette agence avec mon fils. Vous l'avez tué ?

— Non, je ne l'ai pas tué, mais si tu ne la fermes pas, c'est toi que je vais tuer ! Tourne à droite…

Phoebe obéit, guettant un endroit où elle pourrait s'arrêter.

— Je te déconseille fortement de jouer à ça ! lui dit la jeune femme.

— Laissez-moi partir… Je vous donne ma voiture et mon portable. Et je n'appellerai pas la police.

— Trop tard ! Ton vieux pote a déjà essayé de le faire. Mais je vais quand même prendre ton portable.

Elle attrapa le sac à main de Phoebe et fouilla dedans, trouva le téléphone, en ôta la batterie et jeta le tout sur la banquette arrière.

— Comme ça, les flics ne pourront pas te localiser…

Phoebe songea alors à tous les dangers qu'avaient courus certains des membres de sa famille au cours des années passées, frôlant parfois la mort. Elle avait toujours pensé que le plus difficile, c'était de se trouver dans la peau de celui qui attend des nouvelles de l'être cher, sans pouvoir rien faire pour le sauver. Elle avait tort. Le plus difficile, c'était de conserver son sang-froid, pour réfléchir vite et bien, et gagner du temps jusqu'à l'arrivée des policiers. Ce que tous, ils avaient fait.

Et c'est ce qu'il faut que je fasse aussi…

Elle se mit à prier, articulant à voix basse les paroles

d'espoir qu'elle avait si souvent prononcées pour le salut de ses proches.

— Qu'est-ce que tu baragouines ? lui demanda la jeune femme.

— Je prie.

— Eh bien, arrête. Personne ne va les entendre, tes prières…

— J'y crois, moi, murmura-t-elle. C'est l'essentiel.

Les policiers étaient déjà en train de la rechercher, elle le savait. Il ne fallait pas qu'elle cède à la peur. Il fallait plutôt qu'elle se concentre sur des points de repère, le long de la route, afin de pouvoir revenir sur ses pas, au cas où elle parviendrait à s'échapper.

La jeune femme alluma l'autoradio, et sélectionna une chaîne d'information en continu.

« Deux étudiants ont été retrouvés morts aujourd'hui, disait un journaliste. L'un dans son appartement, l'autre dans une résidence universitaire. La police recherche une jeune femme nommée Mary O'Reilly, comme témoin principal de ces décès. Si vous savez où Mary Francesca O'Reilly se trouve en ce moment, appelez la police. »

Phoebe jeta un coup d'œil à sa ravisseuse.

— Je suppose qu'il s'agit de vous.

Les mâchoires crispées, Mary lui répondit sèchement :

— Ferme-la et roule !

Mercredi 22 septembre, 14 h 15

Olivia trouva David accroupi sur le parquet de l'agence immobilière. Malgré son bronzage, elle le trouva blême. Une vilaine cicatrice lui fendait le menton et il y avait du sang sur sa chemise.

Elle s'assit à côté de lui.

— Tu vas bien ?

Son regard était absent.

— Glenn a vu le nom de Mary sur une fiche de paie, lui expliqua-t-il. Elle l'a frappé. Je l'ai poursuivie et elle m'a tiré dessus. Heureusement qu'elle ne tire pas bien…

Olivia lui prit le poignet et sentit son pouls, rapide et irrégulier.

— David, est-ce que tu te sens bien ? répéta-t-elle, inquiète.

Il ferma les yeux.

— Je l'ai poursuivie, mais je n'ai pas été assez rapide. Elle a enlevé ma mère.

Elle lui effleura l'avant-bras.

— C'est ton sang, là, sur la chemise, ou celui de Glenn ?

— Celui de Glenn.

— Je croyais que tu étais de service, aujourd'hui.

Il eut un petit rire amer.

— J'aurais dû… Maudit matou…

— J'ai du mal à te suivre, David.

— J'ai eu un accident du travail. Ma mère et Glenn sont venus me chercher à la caserne. J'étais censé me reposer, mais je ne tenais pas en place. J'ai obtenu des informations sur le site internet de Preston Moss. Ça fait dix ans que Lincoln le maintient en activité, sous le nom d'un professeur décédé.

— Tu as dit que Mary avait payé des frais à sa place. Tu as piraté ses données bancaires ?

— Oui. Et ensuite, je t'ai appelée pour te fournir l'info. Il y a plusieurs heures de ça…

S'apercevant qu'il avait parlé d'un ton accusateur, il détourna les yeux et dit aussitôt :

— Excuse-moi. Je ne te reproche rien.

— Je sais… Comment as-tu appris que le frère de Lincoln l'avait aidé ?

— Lincoln l'a appelé hier sur son portable.

— Parce que tu as aussi fouillé la mémoire du portable de Lincoln ?

Il hocha la tête, sans manifester le moindre regret.

— Chacun ses priorités, rétorqua-t-il. La tienne, c'était d'attraper un meurtrier. La mienne, c'était de m'assurer qu'un complice de Lincoln ne viendrait pas chez moi pour s'en prendre à mes proches.

C'était tout à fait son genre, ça. *Protéger les siens.*

— Quand as-tu compris que Mary était la secrétaire de Truman ?

— Il a mentionné son nom pendant notre entretien. Jusque-là, je ne le savais pas. Sinon, je t'aurais appelée tout de suite. Et je n'aurais jamais fait courir un tel risque à ma mère et à Glenn !

— Je sais, David, je sais. Un hélicoptère de la police d'Etat vient de décoller pour essayer de retrouver la voiture de ta mère.

— Pourquoi recherchez-vous Mary ?

Olivia soupira. David n'allait pas aimer ce qu'elle allait lui dire.

— Nous pensons qu'elle a tué au moins l'un des incendiaires… En fait, elle a probablement éliminé ses trois complices.

David ferma les yeux.

— Avec un pistolet ? demanda-t-il.

— Non.

— Ça m'aurait étonné, aussi. Elle raterait un éléphant dans un couloir. C'est ce qui me donne un peu d'espoir… Savoir qu'elle n'est pas à son aise avec les armes à feu. Peut-être qu'elle ne s'en servira pas…

— On va retrouver ta mère, David…, chuchota Olivia. Saine et sauve…

— Mary a réussi à se faire embaucher dans cette agence pour être près de Lincoln. Truman m'a dit que sa secrétaire précédente s'était tuée en chutant dans un escalier.

— Oh, non…

— Elle parlait souvent avec Lincoln. C'est comme ça qu'elle a dû apprendre que SPOT laissait des globes de verre, marqués des initiales V.E., sur les lieux de ses attentats.

— Comment est-elle arrivée jusqu'à lui ?

— Grâce au site internet, je suppose. Il faudrait demander ça à Lincoln.

Elle hocha la tête.

— Je n'y manquerai pas. Il faut que j'y aille, maintenant…

— Je viens avec toi, dit-il aussitôt.

Il lui jeta un regard plein de rage.

— Ce n'est pas négociable, précisa-t-il. Et tu auras peut-être besoin de mon aide.

Il esquissa un sourire amer et ajouta :

— Un pompier sauveur de chats, ça peut toujours servir…

— Olivia ! appela alors Noah. Viens voir…

Penché sur le bureau de Mary, il examinait le contenu de son sac à main. Lui aussi était très pâle. Phoebe Hunter était comme une mère pour Eve. Mais il avait déjà montré qu'il savait dominer ses émotions. Olivia savait qu'il ne craquerait pas.

— Des portables… Plein de portables…

De sa main gantée, il sortit également un lecteur MP3 du sac et le regarda sous tous les angles avant de l'allumer.

— Quelqu'un a tracé un « 1 » dessus, avec du vernis à ongles rouge, constata-t-il. Un icone s'affiche sur l'écran… C'est un fichier vidéo.

— Mets-le en marche, dit David.

Noah s'exécuta. Ils se regroupèrent tous les trois pour entendre le son de la vidéo au travers des écouteurs qui étaient branchés sur l'appareil. Le thème de *Mission impossible* en sortit, puis Olivia vit s'afficher la première image.

— Oh, mon Dieu, murmura-t-elle. C'est Tracey Mullen !

Sur le minuscule écran s'affichait le visage de la jeune fille, aplati contre la baie vitrée de la résidence en flammes, sa bouche béant sur un cri d'horreur muet.

— Quelqu'un a filmé toute la scène ! s'exclama David d'une voix épouvantée.

Tracey glissait maintenant hors champ. On ne voyait plus que ses mains qui s'accrochaient en vain à la surface lisse du verre incassable.

— C'est comme ça qu'elle a laissé les traces que j'ai vues sur la baie vitrée…, dit encore David.

Un nouveau plan montrait quatre personnes dont les visages étaient clairement visibles à la lueur de la lune.

— Joel, Mary, Eric et Albert, commenta Olivia. Joel semble vouloir revenir à l'intérieur. Eric et Albert le retiennent, et puis, regardez ! Albert le frappe au sommet du crâne.

— Ensuite, Albert et Eric le portent vers la clôture, dit Noah.

Ils virent Mary jeter un dernier regard à la baie vitrée, avant de suivre les garçons jusqu'à la clôture et de les aider à passer Joel, toujours inanimé, de l'autre côté.

— Comme nous l'avions imaginé…, murmura Olivia.

— Quelqu'un les a filmés, répéta David. Ils ont regardé Tracey mourir, sans rien tenter pour la sauver…

Noah lâcha un soupir.

— Il y avait donc une cinquième personne.

Un plan fixe succédait à la scène de l'incendie de la résidence du lac.

— L'entrepôt de Tomlinson, avant l'incendie, murmura David.

— Voilà le lien ! s'écria Noah. La cinquième personne les faisait chanter !

La vidéo s'achevait sur cette vue de l'entrepôt, avant sa destruction par les flammes.

Ils restèrent tous trois silencieux pendant un instant. Puis Olivia examina la collection de portables et choisit celui sur lequel était tracé un « 2 ».

— De nombreux SMS… Avec des pièces jointes… Ce sont des photos. L'entrepôt de Tomlinson en train de brûler. Et le corps d'Eric, dans la position où nous l'avons trouvé, dit-elle.

Elle ouvrit une autre pièce jointe.

— La maison où on a retrouvé le cadavre calciné de Dorian Blunt. Avant l'incendie qui s'est propagé à tout le quartier. Et là, regardez, une photo d'Albert, mort. Le message auquel elle est attachée est bref : « Va te faire enculer. » J'ai l'impression que Mary en a eu assez d'obéir au maître chanteur… C'est comme ça que les étudiants communiquaient avec lui. Il faut appeler Abbott immédiatement.

Ce fut Noah qui s'en chargea.

— Une cinquième personne est impliquée dans la série d'incendies, lui expliqua-t-il, dès que le capitaine eut décroché.

Il s'interrompit et fronça les sourcils, tandis qu'Abbott lui parlait.

— Mais, comment le saviez-vous ? lui demanda-t-il.

Il écouta la réponse, puis se tourna vers Olivia.

— Austin Dent est au commissariat. Bruce lui a montré des photos de Joel, d'Eric et d'Albert, et Austin lui a assuré que le meurtrier de Weems ne ressemblait à aucun d'entre eux.

Olivia rassembla le contenu du sac de Mary.

— Dis-lui qu'on arrive, fit-elle.

Elle leva les yeux vers David et lui demanda :

— Tu veux que je demande à un collègue de t'accompagner à l'hôpital, pour retrouver Glenn ?

— Non. Il faut que j'assiste à l'interrogatoire de Lincoln. Si je ne fais rien pour retrouver ma mère, je vais devenir fou !

Elle hocha la tête en espérant qu'Abbott et Jessica Donahue n'y verraient aucun inconvénient.

— Bon, alors, allons-y…, dit-elle.

25

Mercredi 22 septembre, 14 h 25

— Ralentis !

Phoebe tressaillit. C'était le premier mot que prononçait Mary depuis près d'une demi-heure. La jeune femme l'avait obligée à prendre des petites routes, où elles n'avaient croisé que de rares véhicules.

— Arrête-toi derrière cette voiture !

Il y avait une Lexus noire, garée sur le bas-côté, un peu plus loin.

Phoebe obéit, puis tenta une nouvelle fois d'amadouer sa ravisseuse.

— Je ne le dirai à personne, si vous me laissez là.

— Tu ne pourras rien dire à personne, de toute façon, parce que tu viens avec moi !

Phoebe ferma les yeux et demanda :

— Pourquoi ?

— Parce que j'aurai peut-être besoin de toi, lui répondit Mary.

Puis, enfonçant le canon de son pistolet dans ses côtes, elle ajouta :

— Si tu veux revoir ton fils un jour, je te conseille d'obéir. Sors de la voiture !

Phoebe s'exécuta. En sortant, elle sentit ses genoux flageoler.

— Je ne demande qu'à vous aider, vous n'avez pas besoin de me menacer.

Mary leva au ciel des yeux excédés.

— Avance !

Phoebe se mit à marcher, suivie de Mary.

— Maintenant, lui dit cette dernière, mets-toi à genoux à côté de la portière du conducteur et passe la main sous le châssis. Tu devrais trouver une boîte aimantée avec une clé à l'intérieur. Sors la clé et jette-la à mes pieds.

Phoebe s'agenouilla.

— Dépêche-toi un peu ! s'impatienta Mary.

— Je suis vieille, rétorqua Phoebe. Mes mouvements sont lents.

— Grouille-toi ou tu ne vivras plus très longtemps !

Phoebe farfouilla sous le châssis et tira subrepticement sur la chaînette qu'elle portait au cou. Dans l'espoir que la police le trouverait, elle laissa le fin collier orné d'une médaille pieuse tomber à terre et retira la clé de la boîte aimantée. Elle fut tentée un instant de jeter la clé au loin, mais se ravisa. Mary avait tué deux hommes. Phoebe ne doutait pas qu'elle la tuerait aussi.

David, que fais-tu ?

Elle se leva péniblement et tendit la clé à Mary.

— Que dirait votre mère, si elle savait que vous avez enlevé une vieille dame, Mary ?

Mary tressaillit, avant de lui arracher la clé des mains.

— Ma mère est morte !

— Oh… Je suis désolée…

— Pas la peine. C'est à cause de moi qu'elle est morte…

Mary déverrouilla la portière du passager et ajouta :

— Monte ! Ensuite tu roules et tu la fermes. C'est compris ?

Phoebe se glissa sur le siège du conducteur. Mary s'installa à côté d'elle, sans cesser de braquer son arme sur elle, puis elle lui jeta la clé. Le cœur battant, Phoebe l'attrapa au vol.

— Dites-moi la vérité… Vous avez vraiment tué votre mère, Mary ?

Mary secoua la tête, avant de répondre d'une voix tremblante :

— Non… C'était une façon de parler. Ce n'était pas vraiment ma faute, en réalité. Maintenant, roule, ou ce ne sera pas ma faute, une fois de plus…

Phoebe hocha la tête et démarra le moteur.

Mon Dieu… Et maintenant, que vais-je faire ?

Mercredi 22 septembre, 15 h 30

David attendait, assis au pupitre d'Olivia, les yeux fixés sur la baie vitrée qui donnait sur le bureau d'Abbott. Elle y travaillait en compagnie de ce dernier, Noah, Barlow et Micki. Ils lisaient et relisaient les SMS trouvés sur les portables abandonnés par Mary. Ils repassaient la vidéo de la résidence du lac. De temps à autre, Olivia levait les yeux et croisait son regard au travers de la baie vitrée, en secouant la tête.

Toujours pas de nouvelles de Phoebe.

Noah apporta un tableau blanc dans la pièce et David put les voir y inscrire la chronologie détaillée des faits. Chaque incendie, chaque meurtre… Mais pour lui, une seule chose était importante : retrouver sa mère saine et sauve.

Son estomac était noué. Il essayait de ne pas penser

aux photos qu'on lui avait montrées : les corps nus des deux étudiants assassinés. Mais ces images atroces le hantaient. La mort de Tracey Mullen avait été un accident, mais les autres… Mary O'Reilly était une tueuse froide et calculatrice. La pire espèce. Et cette tueuse avait enlevé sa mère, près de deux heures auparavant.

A l'heure qu'il était, il était impossible de déterminer où elles se trouvaient. Il avait fait le plein juste avant de se rendre à l'agence immobilière. La voiture de sa mère contenait donc assez de carburant pour atteindre la frontière canadienne.

Derrière lui, Tom arpentait le bureau frénétiquement. David l'avait appelé lors du trajet entre l'agence immobilière et le commissariat. Quand ils étaient arrivés, le jeune homme s'y trouvait déjà, le visage blême et l'air effaré.

— Je n'aurais jamais dû l'emmener avec moi, murmura David.

— Pas de ça, David ! Ce n'est pas ta faute. Tu n'y es pour rien. Le malheur peut nous frapper à tout moment… Il ne faut pas se laisser faire, c'est tout !

— J'aurais dû l'obliger à rester à la maison.

Tom s'affala dans le fauteuil de Kane.

— Elle ne t'aurait pas écouté, objecta-t-il. Tu t'es renseigné sur Truman Jefferson avant d'y aller ?

— Ethan s'en est chargé. Truman est un homme d'affaires intègre. Il n'a jamais eu le moindre ennui avec la justice.

— Tu vois ! Tu n'avais donc aucune raison de penser qu'il y avait un quelconque danger ! Ce n'était qu'une simple visite à un agent immobilier… Des fois, j'ai l'impression que tu te prends pour *lui*…

Perplexe, David croisa le regard irrité de son neveu.

— Que je me prends pour qui ?

— Pour Dieu ! s'écria Tom, en frappant le bureau du poing. Tu ne peux pas toujours jouer les héros, quand même !

Pris de court par la colère de Tom, aussi inattendue qu'injuste, David protesta :

— Ce n'est pas vrai !

— Pardon, David… Je n'aurais pas dû élever la voix, excuse-moi… Mais tu n'aurais jamais réussi à convaincre mamie de rester bien sagement à la maison, crois-moi ! Personne n'y serait arrivé. Alors arrête de te faire des reproches stupides et sers-toi plutôt de ton cerveau pour faire avancer les choses…

David ferma les yeux. La tirade était un peu rude, mais Tom n'avait pas tort.

— Que sait-on de Mary O'Reilly ? commença-t-il.

— En dehors du fait qu'elle est folle à lier ?

Tom tapota le sac qui contenait son ordinateur portable et ajouta :

— Sortons d'ici et essayons d'en savoir plus.

— Je vais prévenir Olivia. Je reviens tout de suite…

David frappa à la porte du bureau d'Abbott et Olivia en sortit. Elle le conduisit dans une salle d'interrogatoire inoccupée et referma la porte derrière eux.

— Rien de nouveau pour l'instant, lui dit-elle. Tous les services de police les recherchent. Le labo informatique est en train de remonter la trace des SMS qu'on a trouvés sur les divers téléphones, ainsi que celle des courriels contenus dans l'ordinateur portable qu'on a récupéré dans la voiture de Mary.

Elle leva les yeux et le regarda avec intensité.

— On retrouvera ta mère, David. Mary n'a aucun intérêt à la tuer.

— Et ce numéro de portable que Lincoln a appelé ? demanda-t-il d'une voix tendue.

— C'était celui du portable de Mary, qu'on a également retrouvé dans son sac à main. On a appelé le portable de ta mère à plusieurs reprises, mais on est tombés chaque fois sur la messagerie. On ne capte pas non plus le signal GPS qui nous permettrait de localiser l'appareil… Des inspecteurs sont en train d'interroger les voisines de Mary à la résidence universitaire, ses condisciples, toutes les personnes susceptibles de l'avoir côtoyée. On essaie de savoir où elle aurait pu aller.

Elle lui effleura la joue et ajouta :

— Il faudrait que tu te reposes, mais j'imagine que tu n'en as pas l'intention ?

— Je suis incapable de penser en ce moment, admit-il. Et j'ai du mal à respirer, tellement je suis tendu.

Elle lui caressa les lèvres du bout du pouce. Rien de sensuel. Un geste tendre juste pour l'apaiser.

— Alors laisse-moi réfléchir à ta place. Laisse-nous tous, ici, réfléchir à ta place… Va voir Glenn. Je te promets de t'appeler, dès que j'en saurai plus.

— Et Lincoln ?

— Le Dr Donahue est avec lui. On a dû le mettre sous sédatifs, ce matin. Il a entendu deux gardiens parler de l'incendie de la nuit dernière et il a complètement perdu la tête. La psychiatre m'a dit qu'elle arrangera un nouvel entretien avec lui, quand il sera un tant soit peu lucide. Je t'appellerai pour que tu puisses assister à l'entretien.

Il l'attira à lui, la serra fort dans ses bras.

— Je n'arrête pas de revoir ma mère avec ce pistolet contre la tempe…

— Je sais, murmura Olivia.

Elle resta un instant blottie contre lui, avant de se libérer de son étreinte.

— Il faut que j'y retourne… Je t'appelle dès que j'ai du nouveau. Promis… On la retrouvera, David !

Il savait qu'elle disait vrai et qu'elle allait faire tout son possible pour tenir sa promesse, mais il ne pouvait pas rester les bras ballants pendant ce temps-là. Il alla retrouver Tom.

— Allez, lui dit-il. Montre-moi ce que tu sais faire.

Mercredi 22 septembre, 15 h 45

Olivia regarda David et Tom se diriger vers l'ascenseur.

— Dur, dur…, murmura-t-elle.

Elle avait deux objectifs prioritaires à traiter en même temps : mettre hors d'état de nuire un homme qui tuait avec des balles et arrêter une femme qui tuait avec de la drogue. Ils étaient aussi dangereux l'un que l'autre, mais la femme détenait en outre un otage.

— Oui, c'est dur, approuva Abbott. Mais tâchons d'élaborer un plan.

Ils avaient examiné dans le détail les messages trouvés sur les téléphones portables des quatre étudiants, ce qui leur avait permis d'établir une chronologie détaillée des faits. Ils avaient établi également que ces derniers ignoraient la présence de Tracey Mullen dans l'immeuble, au moment où ils l'avaient incendié.

— Le premier incendie, ils l'ont allumé en croyant servir leur cause, dit Noah. Joel était le plus militant, mais c'est Mary, une amie de Lincoln, qui a laissé les boules de verre sur les lieux, en hommage à Moss.

— Mais elle n'avait que onze ans quand Moss a commis son dernier attentat, objecta Micki.

— Certes, mais c'est un personnage emblématique

dans les milieux extrémistes, lui répondit Barlow. Elle a dû entendre parler de lui. Peut-être par un prof ou un proche… Ou tout simplement en surfant sur internet.

Olivia relut à haute voix les renseignements collectés au sujet de la jeune femme, tant auprès de Truman Jefferson que de l'université.

— Elle a vingt-trois ans. Célibataire. Ses parents sont décédés. Elle s'est payé elle-même ses études, sans emprunt et sans bourse. Il faut bien qu'elle ait une source de revenus. Son boulot à l'agence immobilière ne suffit pas à payer son loyer et ses repas.

— Sur le formulaire de l'université, elle a laissé en blanc la case « à contacter en cas d'urgence », observa Noah. C'est une solitaire.

— Et une toxicomane, ajouta Olivia. Son dossier scolaire indique qu'elle est en troisième année de philo. Le printemps dernier, elle s'est inscrite à un cours d'éthique environnementale. C'est là qu'elle a rencontré Joel.

— Sa voiture, qu'elle avait garée devant l'agence, a été payée au comptant, dit Noah. A part son ordinateur portable, on n'y a rien trouvé de spécial. Pour le service des immatriculations, elle est domiciliée à la résidence universitaire.

— Et pendant les vacances d'été ? demanda Micki.

Olivia jeta un coup d'œil dans le dossier.

— Une boîte postale… Merde !

— Bon…, dit calmement Abbott. On a fait le tour de la question, et on n'avance pas. Passons au maître chanteur. Sa trajectoire et celle de Mary se croisent…

Olivia approuva.

— Le maître chanteur était au courant du projet d'incendie de la résidence du lac, puisqu'il s'est rendu sur place avec une caméra. Comment en a-t-il été informé ?

Il connaissait par ailleurs Barney Tomlinson et Dorian Blunt. Il y a forcément un rapport entre tous ces personnages, mais lequel ?

— C'est le maître chanteur qui a abattu le vigile, dit Micki. C'est lui qui se trouvait du côté du quai, là où Austin se cachait.

— Austin m'a expliqué qu'il s'est mis à courir, quand il a senti l'odeur de la fumée, reprit Abbott. Il a atteint la porte qui donne sur le quai, et c'est là qu'il s'est rendu compte que Tracey n'était plus avec lui. A aucun moment, il n'a vu les incendiaires, qui se trouvaient de l'autre côté du bâtiment. En revanche, il a vu le tueur contourner l'immeuble. Weems a alors tenté de lui barrer le passage, l'homme lui a tiré dessus et il est monté dans le bateau. Il a enlevé sa cagoule et est parti à toute vitesse.

Il posa un croquis sur la table et ajouta :

— Voici le portrait-robot du tueur.

— C'est le genre de visage banal que j'ai déjà vu mille fois, fit remarquer Olivia, après avoir examiné le dessin.

— Je sais mais, pour l'instant, c'est tout ce qu'on a.

Noah revint un moment à la chronologie, inscrite sur le tableau blanc.

— Le maître chanteur savait qu'Eric avait acheté un billet d'avion pour Paris, puisqu'il a envoyé un SMS à Albert pour lui communiquer l'horaire du vol. Comment l'a-t-il appris ?

— De la même manière qu'il a appris qu'une interprète nous assistait, dit Olivia. En le suivant.

Noah secoua la tête.

— Non, il n'a pas pu suivre Eric. Pas physiquement, en tout cas, parce que Eric a acheté son billet sur internet, par virement bancaire. Je pense qu'il avait directement accès aux données contenues dans son ordinateur.

Olivia se souvint subitement de son téléphone portable, posé à côté de celui de David sur la table de nuit.

— Ou dans son téléphone portable, dit-elle lentement. C'est pour ça qu'il prend les téléphones de ses victimes.

— Mais il n'a pas pris celui d'Eric, objecta Barlow. C'est Mary qui l'a pris, celui-là.

— C'est parce qu'il n'a pas tué Eric. C'est Mary qui l'a fait. Le maître chanteur avait besoin de communiquer avec Eric et lui a fourni un téléphone jetable.

— Mais ça n'explique pas comment il a su qu'Eric avait acheté un billet d'avion, dit Noah. Sauf s'il surveillait son portable.

Il se tourna vers Micki.

— Comment s'y est-il pris, à ton avis ?

— Il a trouvé le moyen de se procurer ses mots de passe et ses identifiants, répondit Micki. Je parie qu'il s'est servi d'une connexion sans fil non sécurisée.

— Comme il y en a dans les aéroports, les librairies, les cafés, dit Abbott.

Micki hocha la tête.

— Oui. Les usagers sont avertis que ce qu'ils envoient et reçoivent en ligne peut être capté par d'autres personnes. Mais ils ne se rendent souvent pas compte qu'un pirate informatique, pourvu des logiciels idoines, peut accéder à toutes les données contenues dans la mémoire de leurs appareils numériques.

— Donc, dit Noah, si Eric conservait ses données bancaires…

Micki prit le téléphone portable de l'étudiant, appuya sur quelques touches et poussa un petit cri de satisfaction.

— Oui, ses données bancaires sont bien dans la mémoire de son portable. J'y suis… Son compte a été vidé hier, à peu près au moment où Albert a reçu le SMS l'avertissant qu'il s'apprêtait à quitter le pays.

— Essayez de savoir où son argent est parti, fit Abbott d'une voix tendue.

— Il ne s'agit pas seulement de données bancaires, continua Micki. Il y a aussi des informations sur son fournisseur internet, ses mots de passe, ses identifiants… Une fois le maître chanteur en possession de ces renseignements, il a pu espionner les courriels à sa guise et tomber sur toutes sortes d'autres informations.

Elle fit défiler les messages conservés sur le téléphone et leur montra ce qu'elle avait trouvé, avant d'ajouter :

— Comme leur activisme pour la défense des zones humides. Regardez, là…. Tout y est… Voici le plan élaboré par Eric et Joel.

— Ou comme les liaisons adultérines, intervint Barlow. C'est pour ça qu'on a trouvé des photos de Tomlinson avec sa maîtresse sur son bureau, après son assassinat. Encore une histoire de chantage…

Un déclic se fit alors dans la tête d'Olivia.

— Les photos de Tomlinson…, dit-elle lentement. Ayant eu connaissance de cette liaison, le maître chanteur a pris ces photos bien avant celles que la détective a prises pour le compte de Louise Tomlinson.

— L'hiver dernier, compléta Micki. D'où les après-ski…

— Oui… Mais Louise détenait aussi les photos prises cet hiver, en fait. Je parie que le maître chanteur les lui a envoyées, parce que Tomlinson refusait de payer. C'est alors seulement qu'elle a engagé la détective privée — sans doute pour être sûre que les photos n'étaient pas truquées — et comme ça qu'elle a obtenu les photos plus récentes. Elle les a mêlées aux précédentes et a remis le tout à son avocat, en vue du divorce. Comme tu l'as dit,

Barlow, l'assassinat de Tomlinson était bien une exécution. Une vengeance.

— Mais comment le maître chanteur a-t-il pu croiser le chemin de gens aussi différents que Tomlinson, Blunt et Eric ? demanda Abbott. Et avoir eu accès à toutes ces informations, concernant leur vie ou leurs projets ?

— Je vais réexaminer les documents comptables et bancaires de Tomlinson, proposa Barlow. Et les comparer à ceux d'Eric et de Blunt. Ils ont peut-être dépensé de l'argent au même endroit.

— Ça peut nous aider à identifier le maître chanteur, en effet, approuva Olivia.

Donc, l'homme qui a tué Kane.

Elle voulait se concentrer sur cet homme, le retrouver. Et lui faire subir le sort qu'il méritait. Mais elle revoyait aussi le regard terrifié de David.

— Et Mary ? demanda-t-elle. Si Phoebe est encore vivante, c'est que Mary doit la maintenir en vie comme monnaie d'échange. Mais où la séquestre-t-elle ?

Noah se remit à étudier le dossier personnel de la jeune femme.

— Nous avons bien une ancienne adresse, dit-il, mais les collègues qui y sont allés n'y ont trouvé personne qui la connaisse. Elle a dû y habiter il y a longtemps. On n'a découvert aucune trace de la voiture de Phoebe Hunter dans le voisinage.

— Attendez ! s'écria tout à coup Olivia. Il y a quelque chose qui ne tourne pas rond… Son père n'est pas mort, contrairement à ce qui est dit dans ce dossier. Sa colocataire nous a déclaré qu'elle en avait un… Ainsi qu'un frère, d'ailleurs… Un frère médecin.

— Retournez sur le campus pour interroger une nouvelle fois cette colocataire, suggéra Abbott.

Olivia rassembla les feuilles du dossier et les rangea.

— Et Lincoln ? Ils étaient amis ou, du moins, ils se connaissaient et papotaient souvent ensemble. Peut-être qu'il a une idée sur l'endroit où elle peut se trouver.

— Jessica Donahue m'a assuré qu'elle nous préviendrait, dès qu'il serait en état d'être interrogé, dit Abbott.

— Je sais, dit Olivia. Mais Truman nous a dit que le FBI avait perquisitionné sa maison hier soir. Je parie que les agents fédéraux ont mis la main sur des fichiers, un ordinateur portable ou quelque chose de ce genre qui pourrait nous aider à comprendre comment Mary a rencontré Lincoln au départ.

Le regard d'Abbott s'assombrit.

— Lincoln relève encore de notre juridiction, pour la tentative de vol avec effraction et l'agression contre David Hunter.

— Allez dire ça à l'agent spécial Crawford ! dit Noah. Selon Truman Jefferson, c'est lui qui dirigeait la perquisition.

— Je n'y manquerai pas, répondit Abbott. Micki, essayez de savoir ce qu'il est advenu de l'argent d'Eric. Barlow, à vous de déterminer à quel endroit les chemins d'Eric, de Blunt et de Tomlinson ont pu se croiser. Tenez-moi informé… Et n'enlevez à aucun moment vos gilets pare-balles !

Mercredi 22 septembre, 16 h 05

David et Tom étaient installés au Deli.

— Il y a du monde aujourd'hui, fit remarquer David.

Tom leva les yeux de l'écran de son ordinateur portable et jeta un regard circulaire dans la salle.

— Oui… Les étudiants ne parlent que du type mort

qu'on a retrouvé à la cité U… Les flics parlent de Kane et les pompiers parlent de ton partenaire blessé ou… de toi.

— Super !

David attrapa l'unique sandwich qui se trouvait sur le plateau-repas posé devant eux, et le tendit à son neveu.

— Tiens, mange…

Tom fronça les sourcils en considérant le sandwich, constatant seulement que David ne s'en était pas acheté un pour lui-même.

— Où est le tien ?

— Pas faim.

Tom repoussa le plateau vers le milieu de la table.

— Moi non plus. Prends-en la moitié…

David parvint à avaler quelques bouchées, tout en observant Tom glisser sa carte wi-fi dans la fente de son ordinateur.

— Je ne comprends pas pourquoi cet endroit a autant de succès. La nourriture est tout juste mangeable.

— C'est quand même meilleur qu'au réfectoire, crois-moi, lui répondit Tom. Et la plupart des gens viennent surtout ici pour se retrouver…

Puis il désigna d'un geste tous les clients qui étaient penchés sur leurs ordinateurs portables et ajouta :

— Et parce que Kirby propose le wi-fi gratuit.

David regarda vers le comptoir et demanda :

— C'est lequel, Kirby ?

— Le gérant. Mais il n'est pas là, en ce moment. C'est celui qui papote avec les clients, et qui dit tout le temps « tchao tchao ».

— Ah, celui-là !

Tom leva les yeux vers lui.

— Tu ne l'aimes pas ? demanda-t-il.

David réprima une moue dégoûtée.

— Il en rajoute un peu, je trouve, dans le genre gargotier sympa… Surtout avec les garçons.

Tom haussa les épaules.

— Je crois que son numéro de dragueur est artificiel, dit-il. Il a de bons côtés. C'est lui qui a aidé Eve, il y a sept mois, quand ce soi-disant journaliste la suivait. Il lui a fait savoir que ce type avait parlé à la secrétaire de son professeur et l'avait suivie partout.

David s'en souvenait, en effet.

— Oui… Et cette information a aidé la police à sauver la vie d'Eve… Rien que pour ça, il peut me faire les yeux doux tant qu'il veut. Et c'est vrai, aussi, qu'il envoie toujours du café sur les lieux d'incendie, quand on y a passé toute la nuit.

Pourtant, il y avait quelque chose chez ce Kirby qui mettait David mal à l'aise.

— Ça y est, j'y suis ! s'écria Tom.

David regarda la carte wi-fi qui dépassait de l'ordinateur portable de son neveu.

— Si le wi-fi est gratuit ici, pourquoi te sers-tu de ta carte ?

Consterné par sa naïveté, Tom le dévisagea d'un air réprobateur.

— Ne me dis pas que tu utilises du wi-fi gratuit et non sécurisé ? lui demanda-t-il.

— Mais si. Pourquoi pas ?

— C'est la porte ouverte à toutes les intrusions ! Cette carte est sécurisée. Personne ne peut s'introduire dans mon disque dur, pendant que je suis en ligne. Et puis j'ai mis un revêtement spécial sur mon écran, qui oblige l'utilisateur à être bien en face pour voir ce qui s'y affiche.

— Tu es plutôt du genre méfiant, toi, hein ?

— Carrément !

Tom saisit le nom de Mary O'Reilly sur son moteur de recherche, et une fenêtre de liens apparut. Les deux premières pages ne contenaient que des références aux deux étudiants morts. En fait, il y en avait trois, David le savait. Mais la police avait gardé jusque-là le silence sur les causes exactes du décès de Joel Fischer.

Tom passa rapidement de page en page.

— Je ne trouve rien d'autre à son nom. Tu n'as pas d'autres infos sur elle ?

— Ethan m'a donné son numéro de sécu.

Il tourna l'ordinateur vers lui et saisit de mémoire ce numéro.

— On aurait dû commencer par là, grommela Tom. Résultats de la recherche : elle a vingt-trois ans, elle est célibataire. Pas de personne à charge. Elle n'a jamais contracté d'emprunt. Elle a un compte-chèques et un compte épargne.

— Tiens, ça, c'est l'autre adresse qu'Ethan m'a donnée, dit David, en désignant l'écran. La police a déjà vérifié. Mary n'y habite plus et les occupants actuels ne la connaissent pas. Tu peux te renseigner sur ceux qui étaient là avant eux ?

Tom ouvrit un site cadastral, saisit l'adresse en question et dit au bout d'un instant :

— Les propriétaires actuels y habitent depuis trois ans. La propriétaire précédente n'y habitait pas, mais la louait. Elle s'appelle Annie Walsh, elle est toujours vivante et elle habite à Minneapolis.

David s'était déjà levé.

*
* *

Mercredi 22 septembre, 16 h 35

Olivia et Noah sortirent de leur voiture et s'approchèrent d'un pas prudent de la Ford Taurus verte abandonnée. Ils étaient en route pour l'université, afin d'y interroger une nouvelle fois la colocataire de Mary, lorsqu'ils avaient été informés que la voiture de Phoebe avait été repérée sur une petite route de campagne.

Le policier qui les avait appelés était sur place. Il leur désigna un homme qui les attendait, l'air impassible.

— Ce monsieur habite à un kilomètre d'ici. Il a entendu parler de la victime à la radio.

— Nous l'interrogerons dans un instant, merci, dit Olivia.

Elle fit le tour de la voiture, s'attendant au pire.

— Pas de sang, apparemment… Les portières ne sont pas verrouillées…

L'estomac noué, elle ouvrit le coffre et fut soulagée de constater qu'il était vide.

— Ouf ! J'ai eu peur de trouver le corps de Phoebe là-dedans, dit-elle.

— Moi aussi, avoua Noah d'une voix troublée.

Olivia avança sur le bas-côté, au-delà de l'endroit où était garée la Ford. Elle vit quelque chose de doré briller sur le sol et s'arrêta brusquement. Du bout de son stylo, elle ôta la chaînette de la terre et la brandit.

— Noah ! C'est une médaille de saint Jude. Sais-tu si Phoebe en portait une au cou ?

— Je crois bien. Eve a exactement la même.

Olivia glissa le bijou dans un petit sachet en plastique qu'elle mit au fond de sa poche. Pour David. *Au cas où…* Mais elle n'osa même pas achever sa pensée.

— Des traces de pneus, remarqua-t-elle encore. Il y avait une autre voiture à cet emplacement.

Ils traversèrent la route et se présentèrent au témoin.

— Quand avez-vous remarqué cette voiture verte ?

— Il y a une demi-heure. Je revenais d'un rendez-vous en ville. Elle n'y était pas à l'aller, mais il y avait une autre voiture pas loin. Je suis passé par ici il y a deux heures, précisa-t-il.

— Quel genre, l'autre voiture ? demanda Noah.

— Une Lexus noire.

Puis il leur indiqua le numéro de la plaque minéralogique.

— J'étais disposé à leur donner une journée pour la déplacer, avant de la faire enlever, se justifia-t-il. Je l'ai remarquée aujourd'hui. A 22 heures, hier soir, je suis certain qu'elle n'y était pas.

Olivia appela le service des immatriculations et raccrocha au bout d'un instant, agacée.

— Merci, monsieur, dit-elle au témoin. Votre aide nous a été précieuse.

Elle revint en hâte à sa voiture et alluma la radio de bord. Noah la rejoignit aussitôt.

— C'était la voiture d'Eric, lui dit Olivia. On ne s'était même pas renseignés pour savoir s'il en avait une !

— C'est parce qu'on était pressés de retrouver Albert.

— Je sais bien…

Le mal était fait. Il ne servait à rien d'épiloguer sur cette boulette. Elle lança un avis de recherche sur la Lexus.

— Bon, reprit-elle. Nous savons que Phoebe a été ici, et qu'elle ne saignait pas. C'est une bonne chose. Maintenant, il nous reste à vérifier si la voiture d'Eric était équipée d'un GPS.

Mercredi 22 septembre, 17 h 05

— Merde ! enragea Olivia, en se garant devant la résidence universitaire. L'assistance routière d'Eric a été déconnectée hier. Le fournisseur a essayé de le contacter, mais n'a pas obtenu de réponse. Et pour cause…

— J'espère que la colocataire nous en dira plus.

Ils trouvèrent Helen dans la salle du conseiller pédagogique, où elle était en train de réviser.

— Helen, vous nous avez dit que vous aviez rencontré le père de Mary. C'était quand, exactement ?

— Juste après Noël, l'année dernière. Il lui avait acheté un cadeau et elle le lui a jeté à la figure. Elle l'a appelé « papa », en prononçant ce mot d'un ton railleur. Comme si c'était un bouffon…

— Qu'est-ce qu'il lui a donné, comme cadeau ?

— Dix billets de cinquante dollars. Je l'espionnais de temps en temps, j'avoue… Je partage ce logement avec le même groupe de filles depuis deux ans. Les autres sont sympas, mais Mary restait dans son coin et ne parlait à personne. Son attitude me paraissait mystérieuse. Alors, comme ce type est venu, j'ai été surprise. Elle aussi, apparemment.

— Elle n'est pas descendue pour aller le chercher à la réception ? demanda Noah. Je croyais que telle était la règle.

Helen haussa les épaules.

— Il faut croire qu'avec son insigne, il n'a pas eu à s'y plier.

Olivia eut un mauvais pressentiment.

— Quel insigne ? demanda-t-elle.

— Un insigne de la police, je crois. Demandez au gardien, à la réception. Il a peut-être gardé trace de cette visite. C'était au retour des vacances d'hiver… A la mi-janvier… Le type a dit que ça faisait dix ans et il a parlé de réconciliation. Mary lui a jeté son argent au visage et lui a dit qu'elle ne voulait rien de lui, et puis elle est allée se réfugier dans sa chambre, en larmes.

— Et le père, qu'est-ce qu'il a fait, ensuite ?

— Il a ramassé les billets et il est parti. J'espérais qu'il allait les laisser là, mais il s'en est bien gardé…

— Et le frère médecin ? demanda Noah.

— J'ai vu Mary prendre un somnifère, un soir. Elle m'a expliqué qu'elle avait du mal à dormir et que son frère lui avait fait une ordonnance. Je lui ai demandé s'il ne pourrait pas m'en faire une aussi, et elle m'a dit qu'elle lui demanderait. Elle n'en a plus jamais reparlé, et je n'ai pas osé revenir sur le sujet. Comme je vous l'ai déjà dit, nous n'étions pas du tout proches.

— Merci, dit Olivia.

Revenus dans le hall, ils demandèrent à la réceptionniste si elle pouvait trouver trace de la visite du policier, en se basant sur le patronyme de Mary et la date approximative que leur avait indiquée Helen.

— Bien sûr… On peut trier les visiteurs en fonction du type de pièce d'identité qu'ils nous présentent, leur indiqua la femme.

Elle effectua la recherche et tourna l'écran vers Olivia et Noah.

— La liste des visiteurs, cette semaine-là… Un seul d'entre eux a présenté un insigne officiel.

Olivia fixa l'écran et se tourna vers Noah, stupéfaite.

— Ça, ça change tout, dit-elle.

Mercredi 22 septembre, 17 h 15

— En quoi puis-je vous être utile, messieurs ?

Annie Walsh les accueillit avec un sourire chaleureux, qui rappela à David celui de sa mère.

Son cœur se serra.

Je vous en prie, mon Dieu, faites qu'elle s'en sorte indemne. Je vous en supplie. J'accomplirai toutes vos volontés...

— Messieurs ? répéta la vieille dame, en dévisageant ses visiteurs. Est-ce qu'il y a un problème ?

— Nous recherchons des informations sur une jeune femme qui a vécu dans un logement qui vous a appartenu, madame... Elle s'appelle Mary O'Reilly. C'était il y a au moins trois ans, peut-être davantage.

Il lui donna l'adresse du logement en question.

— Non, je n'ai jamais loué à une O'Reilly l'une de mes maisons.

Elle s'apprêtait à refermer la porte, lorsque David tendit la main. Prise de peur, la vieille dame sursauta.

— Je vous en prie, lui dit David. Nous ne sommes pas des criminels. Ma mère a été enlevée. Elle s'appelle Phoebe Hunter.

— C'est ma grand-mère, précisa Tom. Ils en ont parlé aux infos toute la journée.

Mme Walsh écarquilla les yeux.

— Oh, mon Dieu... Oui, j'ai entendu parler de ça ! Mes pauvres garçons... Mais je ne peux pas vous aider. Je ne connais personne du nom d'O'Reilly.

David réfléchit un instant et insista :

— Elle se prénomme Mary Francesca, en fait... Vous êtes sûre que ça ne vous dit rien ?

— Mary Francesca ? Mais bien sûr que je m'en souviens !

Pauvre petite… Elle a perdu sa mère, juste avant qu'ils ne viennent habiter dans la maison que je leur louais.

— Comment est-elle morte ? lui demanda David.

Mme Walsh hésita un instant, puis la compassion l'emporta sur la discrétion.

— Un vrai cauchemar, finit-elle par dire. Son père était au travail. Un intrus s'est introduit chez eux, et la mère de Mary Francesca a été matraquée à mort… Quelle horreur ! Le frère de Mary a été grièvement blessé. Mais il a survécu. Je crois qu'il a essayé de protéger sa mère. On a retrouvé Mary cachée dans un placard, le téléphone à la main. Elle avait tout entendu.

— Elle a appelé Police Secours ? demanda Tom.

— Non… Enfin, il paraît que non. Je n'ai jamais cherché à savoir si c'était vrai.

— C'est arrivé quand ?

— Oh, il y a bien dix ans, maintenant. Peut-être onze. Mary Francesca n'avait que douze ou treize ans, et Jonathan pas plus de seize ans.

— Vous pourriez nous aider à retrouver son père, M. O'Reilly. ?

— Je vous ai déjà dit qu'il n'y avait pas d'O'Reilly. Leur nom de famille était Crawford.

David en resta un moment interloqué.

— Qui est ce Crawford ? demanda Tom. David, qui est cet homme ?

— Un agent du FBI. Il a traqué Moss pendant des années.

Mme Walsh acquiesça :

— Oui, c'était bien ça, son boulot… Agent fédéral. Il était parti enquêter ailleurs, et l'un des criminels qu'il avait expédié en prison et qui venait d'être libéré est revenu pour se venger sur sa famille.

— Madame Walsh, est-ce que vous auriez l'adresse ou le numéro de téléphone de Jonathan ?

— Je n'ai plus aucune nouvelle d'eux depuis qu'ils ont déménagé, je suis désolée.

— Merci pour votre aide, madame.

— Monsieur Hunter ! dit-elle, lorsqu'ils eurent tourné les talons. Je vais prier pour votre mère.

— Merci.

En regagnant au pas de course sa voiture, David composa le numéro d'Olivia. Il tomba sur sa boîte vocale.

— Olivia, c'est David. Rappelle-moi vite ! L'agent Crawford est le père de Mary O'Reilly. Et elle a un frère. Rappelle-moi !

Ils montèrent dans le pick-up et Tom prit le volant.

— Où va-t-on, maintenant ? demanda-t-il.

— On va trouver Crawford. Je te parie qu'il attend que Lincoln soit en état d'être interrogé.

— Pourquoi Crawford n'a-t-il rien dit ? Il a bien dû apprendre que sa fille était recherchée. Il sait qu'elle a enlevé mamie. Pourquoi n'a-t-il rien dit ? Pourquoi ne s'est-il pas manifesté ?

— Je l'ignore. Mais je sais que je vais lui demander. Appuie sur le champignon, mon garçon.

Mercredi 22 septembre, 17 h 30

Il se réveilla en sursaut, et jeta un coup d'œil au réveille-matin. Il avait dormi beaucoup plus longtemps que prévu ! Ça n'allait pas, ça. Ça n'allait pas du tout ! Il se frotta le visage et prit son téléphone pour consulter ses messages. Pas de nouvelles d'Austin Dent. Où diable se planquait-il, ce petit con ?

Il pointa la télécommande vers le téléviseur et les infos en continu s'affichèrent sur l'écran. Toujours la même litanie : incendies en série, flic abattu, pompier blessé…

Il attendit, puis se détendit un peu, à l'annonce de la nouvelle suivante.

« Le jeune Austin Dent, âgé de seize ans, est toujours porté disparu. La police demande à toute personne ayant des informations à ce sujet… »

Parfait.

« Nous enchaînons sur l'enlèvement d'une femme par Mary O'Reilly. »

Quoi ?

« Mme Phoebe Hunter, une habitante de Chicago, a été forcée, sous la menace d'une arme, de servir de chauffeur à Mary O'Reilly dans sa cavale. La police recherche la jeune femme pour l'interroger au sujet de la mort suspecte de deux étudiants de Minneapolis. »

Il se leva lentement et posa son ordinateur portable sur le lit.

— Mais, c'est quoi, ça ? murmura-t-il.

« Mary O'Reilly roulerait en ce moment dans une Lexus noire. Elle est armée et considérée comme très dangereuse. Si vous avez des informations à ce sujet, appelez la police de Minneapolis au numéro qui s'affiche sur votre écran. »

Il jeta son téléphone portable sur le lit et se mit bien en face du téléviseur, les poings sur les hanches.

— Qu'est-ce que tu as encore fait, espèce de sale conne ?

Il se figea en entendant frapper à sa porte.

Promptement, il éteignit son ordinateur et glissa le sac plein de portables sous son lit. Il attendit sans bouger. C'était peut-être un représentant, qui finirait par se lasser.

Mais son visiteur se remit à frapper à la porte, plus fort cette fois.

— Ouvre ! Je sais que tu es là !

Il serra les dents en reconnaissant la voix.

Merci, Mary.

Il enfila un pantalon et marcha jusqu'à la porte, torse nu. A travers le judas, il reconnut l'homme qu'il cherchait à éviter depuis tant d'années.

L'homme portait toujours la même cravate et ses cheveux étaient toujours taillés en brosse, à la mode des années 1960. Il avait toujours le même costume noir, des chaussures impeccablement cirées et un pistolet à la hanche. Et il se trimballait encore avec un insigne qu'il prenait bien trop au sérieux. Un de ces jours, il en mourrait. *Et le plus tôt sera le mieux.*

Les coups sur la porte redoublèrent d'intensité, ainsi que la voix de l'homme.

— Ouvre ! Tout de suite !

Il obéit et accueillit son visiteur en penchant la tête de côté et en arborant un large sourire.

— Salut, papa. Ça fait un bail…

26

Mercredi 22 septembre, 17 h 45

Crawford le toisa d'un air dégoûté.

— Dieu merci, je ne suis pas ton père ! Tu es seul ?

— Tout à fait. Entre.

Il lui lança une œillade, comme au bon vieux temps.

Ce n'était que du cinéma, ces manières efféminées qu'il arborait avec les hommes. Un artifice. Au début, il avait adopté ce rôle pour faire enrager Crawford. Plus tard, il avait réalisé que les flics qui fréquentaient sa sandwicherie n'osaient pas, en bons machos complexés, le regarder dans les yeux, quand il faisait mine de les draguer. Une excellente façon de se rendre invisible. Exactement comme il le souhaitait !

— Ferme-la ! Tout ce que je veux savoir, c'est si tu as vu ta sœur, ces derniers temps ?

— Non, mais les infos, oui ! Elle a été vilaine Mary, très vilaine… Ça va nuire à ta carrière, tout ça !

Il pencha de nouveau la tête de côté, avec un sourire mauvais.

— C'était peut-être son intention depuis le début d'ailleurs, ajouta-t-il.

— Bien. C'est tout ce que je voulais savoir. A présent,

nous n'avons plus besoin de nous revoir, toi et moi. Plus jamais.

Il haussa les épaules nonchalamment.

— Très franchement, je suis même étonné que tu saches où j'habite, dit-il.

— Je l'ai toujours su. Ici, c'est ma ville. Je suis au courant de tout.

Il aurait voulu lui révéler, à ce fat, tout ce qu'il ignorait, au contraire. Mais cela n'aurait pas été judicieux.

— Ah oui, parce que tu te promènes avec ton insigne ? se contenta-t-il de dire.

— Toi, de toute façon, tu seras toujours un raté !

Il lui jeta un regard noir, entre ses yeux plissés. Sa colère, longtemps refoulée, remontait en force à la surface.

— C'est ça, tu as raison ! Heureusement que tu as un autre fils, un fils parfait, *lui*. Ah, mais j'oubliais… Il ne t'adresse plus non plus la parole… Et puis, il paraît que tu as été muté… Ce n'est donc plus ta ville. Dommage que tu ne puisses pas arrêter Mary. Ça t'aurait fait enfin une arrestation digne de ce nom. Un triple homicide tout frais, ça doit valoir bien plus qu'un pauvre petit meurtre, vieux de douze ans. A plus tard. Tchao, tchao !

Crawford s'en alla sans ajouter un mot et, tapi derrière le rideau de sa fenêtre, il l'observa regagner sa voiture. Mais Crawford se figea soudain et leva les yeux vers son appartement, en fronçant les sourcils.

Son estomac se noua. Il connaissait ce regard. Il le connaissait très bien. L'autre venait subitement de comprendre quelque chose. Mais quoi ?

Quelle gaffe ai-je commise ?

Il réfléchit un instant.

Et réalisa son erreur.

— Oh merde ! Merde !

Il enfila une chemise en vitesse, mit ses chaussures et prit son ordinateur portable. Ainsi que son pistolet. Dans tous les reportages télévisés qui passaient en boucle, seuls Albert et Eric avaient été présentés comme de possibles victimes de Mary. Pas Joel.

Je n'étais pas censé savoir qu'il s'agissait d'un triple homicide.

La police recherchait une camionnette blanche. Il monta donc dans sa voiture personnelle pour se lancer à la poursuite de Crawford. Peut-être penserait-il qu'il avait fait allusion au meurtre de Phoebe Hunter, supposant que Mary avait tué son otage. *Peut-être.* Mais il ne pouvait pas prendre un tel risque.

Il aperçut la voiture de Crawford et ralentit, gardant une distance suffisante pour ne pas être vu de lui. Il attendrait qu'il s'arrête pour le descendre.

Il en avait toujours eu envie, depuis que sa mère avait ramené cet homme chez eux. Il avait neuf ans à l'époque et s'était mis à le haïr d'emblée. Sa haine n'avait fait que croître depuis.

Il se demanda ce qui avait poussé Mary à agir comme elle l'avait fait. Elle s'était donné beaucoup de mal pour laisser les boules de verre sur les lieux des incendies. Et elle savait mieux que quiconque ce qu'impliquait cette découverte. Et qui cela attirerait comme un aimant.

Elle avait toujours été une manipulatrice. Mais apparemment, cette garce avait encore fait des progrès en la matière.

Loger une balle dans la tête de Crawford, ce serait presque aussi jouissif que de descendre Mary, ce qu'il comptait fermement faire ensuite. Parce qu'il savait, contrairement à son cher « papa », où elle avait dû se cacher.

*
* *

Mercredi 22 septembre, 18 heures

— Arrête-toi, je descends là, indiqua David à Tom d'une voix pressante, en désignant le commissariat.

Au cours des vingt-cinq dernières minutes, il n'avait cessé d'essayer de contacter Olivia, Noah et Abbott. En vain.

Tom s'arrêta le long du trottoir pour le laisser descendre.

— Je vais trouver une place et je te rejoins, lui dit-il.

David avait à peine posé un pied sur la chaussée que son corps tout entier se figea.

Crawford !

Pris d'une violente colère, il se mit à courir vers l'agent fédéral, lequel n'eut qu'un instant pour réaliser ce qui se passait. David le saisit par les deux revers de son veston noir et le souleva sans ménagement.

— Où est-elle ?

Il poussa sans ménagement Crawford contre le mur en brique du commissariat, et cria :

— Où est Mary, nom de Dieu ?

— David ! cria Tom derrière lui, en tentant de le retenir.

Le visage de Crawford était cramoisi.

— Arrêtez tout de suite ! Vous vous rendez coupable de violences à agent fédéral…

David le secoua de toutes ses forces. Il voyait rouge.

— Vous feriez mieux de me dire où trouver Mary, dit-il. Elle a enlevé ma mère.

— David !

C'était Olivia qui arrivait en courant du parking, suivie de Noah. Slalomant entre les voitures qui fonçaient sur la chaussée, elle traversa la rue et lui prit le bras.

— Pas comme ça. Lâche-le ! lui ordonna-t-elle.

David reposa Crawford sur le sol, puis lâcha lentement son veston. Il baissa les bras, mais ne recula pas d'un centimètre.

— Dites-leur, Crawford ! Dites-leur où trouver Mary !

— David… On est au courant, pour Mary et son frère. Calme-toi.

Elle prit son poing crispé dans sa main, et le serra un peu pour l'apaiser.

— On va découvrir la vérité, fais-moi confiance !

— Arrêtez-le ! hurla Crawford, cramoisi, à présent. Il vient d'exercer des violences sur un agent…

Olivia se tourna vers lui et le fusilla du regard.

— Si vous insistez là-dessus, je vous laisse vous débrouiller avec lui. Je le jure, espèce de salaud ! Vous saviez que Mary était impliquée…

Crawford cligna des yeux, déstabilisé.

— Je ne sais pas où elle se trouve, dit-il plus calmement. Je suis allé voir son frère, et il ne le sait pas non plus. Fichez-moi la paix.

— C'est votre fille ? demanda Tom d'une voix tremblante. C'est vraiment votre fille qui a enlevé ma grand-mère ?

— Ce n'est pas ma fille ! rétorqua Crawford d'un ton glacial. Je ne peux rien pour votre grand-mère.

David crut que son cerveau allait exploser sous l'effet de la rage.

— Mary a tué trois hommes et blessé mon meilleur ami. Les incendies dont elle s'est rendue complice ont causé la mort de cinq personnes… Ils ont détruit un pâté de maisons tout entier. Mon partenaire finira peut-être ses jours dans un fauteuil roulant par sa faute. Alors, je vous conseille de trouver un moyen de nous aider !

— Si j'étais vous, agent Crawford, je réfléchirais bien avant de répondre, intervint Noah, qui les avait rejoints.

Vous ne semblez pas vous soucier beaucoup de votre famille. Mais, pour nous, la famille, c'est sacré.

— Ce n'est pas ma fille ! répéta farouchement Crawford. J'ai épousé sa mère, mais ses deux tarés de rejetons ne sont pas les miens ! Elle me les a laissés sur les bras…

— Parce qu'elle a été assassinée…, dit David. Sur quoi enquêtiez-vous, la nuit où cet ancien détenu s'est introduit chez vous et a frappé votre épouse à mort ?

Crawford recula d'un pas, et heurta le mur en brique.

— Sur l'affaire Preston Moss.

— Barlow dit que vous êtes obsédé par cette affaire, murmura Olivia.

— C'est faux, je n'ai fait qu'exécuter ma mission. J'ai traqué sans répit un homme qui s'est rendu coupable d'incendies criminels… Un assassin.

— Eh bien, il est temps que vous arrêtiez de traquer Preston Moss et que vous nous aidiez à retrouver Mary, lui dit Olivia.

— Je ne sais pas où elle est, bon sang ! Mais je peux vous donner un tuyau, ajouta-t-il, une lueur finaude dans le regard.

— Lequel ?

— Vous avez identifié Mary et ses trois acolytes… Mais quelqu'un d'autre est impliqué dans ces incendies. Quelqu'un qui savait qu'elle avait tué le jeune Fischer. Je vous donne son nom, si vous me remettez Lincoln Jefferson.

Olivia le regarda d'un air incrédule.

— Ce Moss, vous êtes vraiment obsédé par lui, hein ? Vous n'imaginez pas l'envie que j'ai de vous planter là et de laisser David vous tuer à mains nues ! J'en ai plus qu'assez de vos petits jeux, de vos rétentions d'informations et de vos embrouilles ! Vous êtes un malade, Crawford. Vous ne méritez pas de porter votre insigne !

Elle sortit son téléphone portable de sa poche et s'éloigna de quelques pas.

— J'appelle le capitaine, ajouta-t-elle.

— Attendez ! lui cria-t-il.

Il la suivit et lui prit la main.

— Ne l'appelez pas… Je vais vous dire le nom…

Une détonation se fit entendre, et David se jeta en avant, plaquant Olivia et Crawford sur le trottoir. Partout autour d'eux, les passants s'étaient mis à hurler. Du coin de l'œil, il vit Tom se jeter sur deux femmes qui s'étaient approchées subrepticement pour assister à la scène.

Noah traversa la rue en courant, et David entendit des pneus crisser sur la chaussée, puis deux autres coups de feu. Il resta accroupi au-dessus de Crawford et Olivia, tandis que les portes du commissariat s'ouvraient en grand et que six policiers en sortaient, arme au poing.

Tout tremblant, il se redressa.

— Olivia ? Olivia ? murmura-t-il.

Il repoussa Crawford et son cœur s'arrêta de battre un instant, lorsqu'il découvrit la jeune femme couverte de sang. Elle ne bougeait plus.

— Olivia !

Il prit son pouls à la base du cou et put enfin relâcher l'air qui lui gonflait les poumons.

— Son pouls est régulier, dit-il au policier qui s'était accroupi à côté de lui. Je m'en occupe. Allez voir s'il n'y a pas d'autres blessés.

Le policier se leva. David prit ensuite le pouls de Crawford et constata qu'il était mort. Le sang jaillissait d'une large plaie à la poitrine. La balle lui avait traversé le torse et était venue se ficher quelque part dans l'épaule d'Olivia.

David déboutonna en hâte son chemisier pour constater

les dégâts. Il poussa un soupir de soulagement en voyant qu'elle portait un gilet pare-balles en kevlar.

— Qu'est-ce qui s'est passé ? lui demanda Abbott, en s'agenouillant à ses côtés.

— Elle a perdu connaissance en heurtant le trottoir de la tête, je pense. Tout ce sang doit être celui de Crawford.

Il lui ôta le gilet pare-balles avec précaution, lui maintenant l'épaule. Il vit un hématome naissant, qui promettait d'être impressionnant, mais pas de plaie béante ni de sang. Juste un pan de peau douce et lisse.

— La balle s'est fichée dans le gilet, dit-il.

— Dieu merci ! fit Abbott, qui était encore plus pâle qu'Olivia. Deux inspecteurs tués en deux jours, ça aurait été trop pour moi !

Olivia remua légèrement en gémissant. Elle porta la main à son front.

— Ouille !

David lui prit délicatement la main, soulagé de savoir qu'elle n'était que légèrement blessée. Son feutre était de guingois sur sa tête et il le lui enleva, pour le poser à côté d'elle.

— Tu vas avoir un œuf de pigeon au front et un gros bleu à l'épaule, mais il n'y a pas de plaie.

— Tant mieux, murmura-t-elle. Tu as déjà assez de points de suture pour deux.

Il en avait oublié sa douleur au menton ! D'un geste hésitant, il passa sa main sur sa cicatrice et constata avec soulagement qu'aucun point n'avait cédé.

— Tu peux te redresser ? demanda-t-il à Olivia.

Elle hocha la tête et il l'aida à s'asseoir sur le trottoir. Il céda au besoin de la serrer contre lui un instant. Il la sentit frissonner, ou peut-être était-ce lui qui tremblait ainsi.

— Et Crawford ? demanda-t-elle.

— Il est mort.

Il n'éprouvait qu'un seul regret à l'égard de ce dernier : ne pas l'avoir fait parler plus tôt.

Noah s'accroupit à côté d'eux. Il était essoufflé.

— La balle a été tirée d'une Explorer marron, dernier modèle. Je lui ai couru après, mais il a réussi à s'échapper. J'ai son numéro et je viens d'appeler le service des immatriculations. Ils vont me rappeler incessamment.

— Mais qu'est-ce qui s'est passé ? demanda Abbott.

— Crawford était le beau-père de Mary, lui expliqua Olivia. Je vous ai appelé pour vous le dire, mais vous étiez en réunion avec le grand patron. Crawford nous a dit qu'il ne savait pas où elle était… Mais il allait nous révéler le nom du cinquième suspect, au moment où il a été abattu.

— Il connaissait le nom du maître chanteur, et il ne nous l'a pas dit d'emblée ?

— Il a essayé de nous échanger son tuyau, contre la garde de Lincoln.

— Salopard ! dit Abbott, en considérant le corps de Crawford avec dégoût.

Les pensées se bousculaient dans la tête de David.

— Il nous a dit qu'il avait parlé au frère de Mary et que celui-ci ne savait pas non plus où elle se trouvait. Et si Jonathan avait menti ? S'il était impliqué ?

— Qui est Jonathan ? demanda Olivia.

— Le frère de Mary, répondit David.

Olivia se releva péniblement.

— Non… Le frère de Mary est médecin et se prénomme Andy.

— Elle a donc deux frères, dit-il. Et l'un d'eux s'appelle Jonathan.

Il leur relata ce que Tom et lui avaient appris de la bouche de Mme Walsh.

— Crawford parlait forcément de ce Jonathan, alors, reprit Olivia. Il n'a pas pu aller voir Andy, parce que je viens d'avoir ce dernier au téléphone, en venant ici. Il se trouve dans le Wisconsin actuellement et va venir, pour nous aider à retrouver Mary.

— Et d'ici là, il faut mettre la main sur Jonathan, dit David d'un ton lugubre.

Mercredi 22 septembre, 18 h 20

Il aurait préféré exécuter Crawford d'une balle dans la tête, mais il n'avait pas pu s'en approcher suffisamment. Il avait été obligé de choisir une cible plus large, surtout en tirant d'une voiture en mouvement et en tenant le volant d'une main. Crawford avait échangé quelques mots avec Sutherland.

Mais s'il lui avait parlé de moi, ils seraient tous immédiatement montés dans leur voiture pour venir m'arrêter.

Il ne risquait donc rien. Pour l'instant, du moins…

Il gara sa voiture et prit son pistolet ainsi que son ordinateur portable. Webster avait eu le temps de noter le numéro d'immatriculation. Mais cela n'avait aucune importance, puisqu'il prenait toujours la précaution de remplacer les plaques d'origine par des plaques volées. Toutefois, il était beaucoup trop risqué de continuer à rouler dans cette voiture, alors que tous les flics de la région étaient sur les dents. Il en volerait une et s'en servirait pour aller trouver Mary dans sa cachette.

Ensuite, il serait temps de filer. Il avait fait de bonnes affaires dans cette ville, il s'était perfectionné dans son art. Il irait chercher ses faux papiers dans son coffre et recommencerait enfin sa vie sous des latitudes plus hospitalières. Ses comptes en banque dans des paradis fiscaux l'attendaient…

Mercredi 22 septembre, 18 h 30

La porte de la salle de réunion s'ouvrit sur David. Olivia leva les yeux et le regretta aussitôt. Les murs de la pièce tanguaient autour d'elle, lui donnant le mal de mer. David referma derrière lui et elle lut dans son regard l'atroce angoisse qui ne l'avait pas quitté, depuis que Mary avait enlevé sa mère.

Il posa sur la table la poignée d'objets qu'il avait apportés.

— Du paracétamol, des sacs de glace, un T-shirt propre de la part de Micki et un gilet pare-balles tout propre de la part d'Abbott. Mais il faudra quand même que tu ailles passer une radio, lui dit-il.

Elle entreprit d'ôter son chemisier, pressée de ne plus baigner dans le sang de Crawford. Elle eut du mal à déboutonner sa manche droite et David vint à sa rescousse.

Il fixa d'un air crispé le trou qu'avait fait la balle dans l'étoffe du chemisier.

— Excuse-moi, David… J'aurais dû arracher cette information à Crawford. Si je n'avais pas été si furieuse, nous connaîtrions maintenant l'identité du maître chanteur. Et nous saurions peut-être où se trouve Mary…

Elle ferma les yeux, affligée.

David resta silencieux, tout en achevant de lui enlever son chemisier et lui posant un sac de glace sur l'épaule.

— Il faut que tu gardes ce sac au moins vingt minutes, finit-il par dire. Ensuite, tu pourras mettre ton nouveau gilet pare-balles. Tu vas avoir un peu de mal à bouger l'épaule…

Il n'avait pas réagi aux excuses d'Olivia et cela la

piqua au vif. Mais qu'aurait-il pu dire ? Que ce n'était pas grave ? Mais si, c'était grave, justement ! Elle s'était laissé emporter par la colère et avait agi d'une manière impulsive. Indigne d'un policier chevronné… Crawford était mort, emportant ses informations avec lui. S'ils ne retrouvaient pas Phoebe à temps…

David ne me pardonnera jamais. Et je ne me le pardonnerai jamais…

— C'est mon bras gauche. Je peux encore tirer, dit-elle.

Elle avala un comprimé de paracétamol et pressa un deuxième sac de glace sur son front.

— Il faut que je me remette d'aplomb. Merci pour les premiers soins.

Il l'aida à se relever et la retint un instant, alors qu'elle se sentait prête à repartir.

— Olivia, attends. Regarde-moi… Tu ne pouvais pas savoir que Crawford était sur le point d'être exécuté, lui dit-il. J'aurais voulu qu'il crache le morceau, certes. Mais, à ta place, j'aurais fait exactement la même chose. Lincoln a commis un acte horrible, il y a douze ans, et il est juste qu'il paie pour son crime… Mais Crawford… Crawford était pire que lui, à sa façon.

Elle frissonna et se colla contre lui.

— Nous retrouverons Mary quand même, dit-elle.

Il l'enlaça et ils restèrent blottis l'un contre l'autre un moment, puisant dans cette étreinte force et réconfort.

— Ne sors pas d'ici sans ton gilet pare-balles, murmura-t-il d'une voix inquiète. Promets-le-moi !

Elle l'embrassa.

— Je ne prendrai pas de risques. Ne t'inquiète pas. Il faut que j'y retourne, maintenant.

Elle sortit de la salle de réunion et tomba sur Louise Tomlinson qui émergeait de l'ascenseur.

— Mme Tomlinson ?

— Inspecteur Sutherland, il faut que je vous parle ! C'est très important ! J'ai appris la mort de l'inspecteur Kane… Je suis vraiment désolée…

— Merci, lui répondit Olivia. Je travaille désormais avec l'inspecteur Webster sur le meurtre de votre mari. Suivez-moi, s'il vous plaît…

Elle conduisit Louise Tomlinson dans le bureau d'Abbott, où Noah, Micki et Barlow étaient assis autour de la grande table ronde.

— Abbott est avec les gens du FBI… Ils discutent de l'exécution de Crawford, lui dit Noah, sans lever les yeux.

Il était en train d'examiner une feuille sortie de l'imprimante d'un air préoccupé.

— J'ai obtenu la liste détaillée des appels passés sur les portables de Blunt et de Tomlinson. Barlow et Micki sont en train d'étudier leurs relevés bancaires.

Olivia se racla la gorge pour attirer leur attention.

— Je suis avec Mme Tomlinson. Madame Tomlinson, je vous présente l'inspecteur Webster et les sergents Barlow et Ridgewell.

Les trois policiers levèrent brusquement les yeux. Puis Noah se leva.

— Madame Tomlinson, asseyez-vous, je vous prie, lui dit-il. Et d'abord, toutes mes condoléances…

Louise s'assit sur la chaise qu'il lui désigna.

— Voilà ce qui m'amène…, commença-t-elle. J'ai reçu tôt ce matin, chez moi, une visite. Un jeune homme qui prétendait être journaliste est venu m'interroger sur mon mari et sur l'état de ses finances. Il s'est mis à poser des questions très personnelles sur les raisons de mon divorce, et je lui ai demandé de quitter ma maison. Heureusement que mon fils était là ! Ce jeune homme était très costaud et il cherchait visiblement à m'intimider. Cette visite m'a fortement inquiétée et mon fils a insisté pour que je prenne un somnifère et me repose un moment. Quand je me suis réveillée quelques heures plus tard, j'ai regardé les informations à la télé, et j'ai vu la photo de ce même jeune homme.

— A quoi ressemblait-il ? lui demanda Olivia, qui s'efforçait de contenir son excitation.

— A ça !

Louise sortit de son sac à main une feuille de papier pliée en quatre.

— J'ai trouvé ça sur internet, précisa-t-elle. Il fallait que j'en aie le cœur net, que je sache si c'était vraiment le même homme.

Olivia déplia la feuille et réprima un soupir.

— Albert !

Louise hocha la tête.

— J'ai appris sa mort il y a une heure à peine. Et je ne savais pas que l'inspecteur Kane était mort, lui aussi. Mon fils essaie de me rassurer. Mais quand j'ai vu tout ce qui s'était passé, je me suis dit qu'il fallait que je vous en parle. A en juger par les questions qu'il m'a posées, cet Albert savait que mon mari était soumis à un chantage.

Elle avait dit cela comme si le chantage en question n'avait rien de surprenant pour elle.

— Comment avez-vous appris que votre mari vous trompait, madame ?

— Un soir, pendant qu'il se déshabillait, j'ai remarqué que son caleçon était à l'envers. Je lui ai plié et rangé ses caleçons pendant trente ans et je savais qu'il était à l'endroit le matin, quand Barney s'était habillé. Je me suis mise alors à l'observer plus attentivement et j'ai décelé d'autres signes. Au cours d'un déjeuner en ville, une amie m'a donné les coordonnées d'une détective privée. Une semaine plus tard, elle m'apportait les photos. Le lendemain, j'ai reçu une autre enveloppe par la poste. J'étais sous le choc… Voir Barney avec cette fille… Les images n'étaient pas étiquetées. J'ai cru que c'était la détective qui me les avait envoyées aussi. Mais, maintenant, après la visite de ce jeune homme… Je n'en suis plus si sûre.

— Elles ont été prises à des moments différents, dit Micki. Celles que vous avez reçues par la poste ont été prises en hiver, et celles que vous a remises la détective datent de la fin de l'été.

Louise fronça les sourcils.

— Je n'avais pas remarqué, dit-elle. Je ne les ai pas regardées de près. J'en étais incapable.

— Vous avez rassemblé toutes les photos et les avez remises à votre avocat, c'est ça ? lui demanda Olivia.

— Oui. Si j'y avais pensé hier, je vous l'aurais dit.

Les yeux humides, elle ajouta :

— J'ai vu l'incendie meurtrier de cette nuit à la télévision. Je sais qu'un pompier a été grièvement blessé et que votre partenaire a été abattu. Je suis vraiment désolée…

Olivia lui prit la main et la serra affectueusement.

— Vous ne pouviez pas savoir. L'essentiel, c'est que vous soyez venue. Vous avez parlé de vos soupçons concernant votre mari à votre amie, ainsi qu'à la détective, forcément. Quelqu'un d'autre était-il au courant ?

— Non. J'avais toutes les raisons de penser que Barney ferraillerait dur, s'il apprenait que je connaissais ses frasques, tout comme il se douterait que je ne le supporterais pas et demanderais le divorce… Je craignais qu'il prenne des mesures préventives et s'empare de tout notre argent. Il fallait que je pense à notre fils, à son avenir. Je n'ai donc rien dit, jusqu'à ce que mon avocat ait déposé la demande de divorce.

— Où avez-vous déjeuné avec votre amie, le jour où vous lui en avez parlé ?

— Dans une sandwicherie, près de l'hôpital où je suis bénévole. Le Deli.

Olivia vit le regard de Barlow s'illuminer et sentit aussitôt son pouls s'accélérer.

— Ce serait ça, le lien ? Le Deli ? lui demanda-t-elle.

Barlow hocha la tête.

— Il y a toutes les chances. Aussi bien Blunt que Tomlinson y ont payé des repas avec leurs cartes de crédit.

— Et on a retrouvé un gobelet du Deli dans la poubelle d'Eric, ajouta Micki. Quelqu'un aurait pu s'y asseoir à côté d'eux et intercepter leurs échanges en ligne et leurs données. Procurons-nous la vidéo que la caméra de sécurité du Deli a enregistrée, le jour où Mme Tomlinson y a déjeuné avec son amie. On verra bien sur qui on tombe.

Olivia était déjà sur le départ, mais Noah la retint.

— Le Deli n'est équipé que d'une seule caméra, dirigée sur le tiroir-caisse, objecta-t-il. Souvenez-vous… Nous avons déjà fait la même demande au gérant, il y a sept mois, quand on recherchait les victimes du Tueur aux robes rouges.

Elle se rassit, dépitée.

— Tu as raison, admit-elle. Eh merde…

— Je ne crois pas avoir remarqué qui était assis près de nous, dit Louise. Désolée. Si vous voulez m'hypnotiser ou quelque chose dans ce genre-là, ne vous gênez pas.

Olivia fronça les sourcils. Une idée venait de naître dans son esprit. *Non, ça paraît impossible. Mais sait-on jamais ?*

— Madame Tomlinson, je vous remercie d'être venue.

Il faut que je vous demande à présent d'attendre un moment dans le hall, s'il vous plaît.

Elle fit signe à la secrétaire d'Abbott et lui dit :

— Faye, pouvez-vous apporter un café à Mme Tomlinson ? Merci.

Lorsque Louise fut sortie de la pièce, elle ressortit le portrait-robot de l'homme qu'Austin avait vu.

Oui, ça pourrait être lui.

Elle souleva le dessin pour l'examiner de plus près.

— « Merci d'être venu. Tchao tchao », dit-elle.

Micki eut un hoquet de surprise.

— Non, sans blague ! s'exclama-t-elle. Kirby ?

— Non, dit Noah, en secouant énergiquement la tête. C'est impossible. Il a aidé Eve l'année dernière !

Puis il ferma les yeux et ajouta :

— Grâce à une conversation qu'il avait entendue. Merde…

Micki se cala dans son siège, toujours aussi stupéfaite.

— Il offre le wi-fi gratuit. Moi-même, je m'en suis servie… Oh, mon Dieu !

— Il aurait pu être au volant de l'Explorer marron, dit Noah. Même stature, même morphologie…

— Envoyons des unités au Deli, dit Olivia. S'il y retourne, il faut être prêt.

Barlow décrocha le téléphone du bureau d'Abbott.

— Je m'en charge.

Olivia fixa le dessin un instant.

— Austin… Nous n'avons jamais annoncé qu'on l'avait retrouvé, dit-elle.

— Kirby pense peut-être qu'il est toujours dans la nature, suggéra Micki.

— Et il était prêt à tout pour le faire taire. Il n'a pas hésité à tuer Kane.

Olivia ferma les yeux et essaya de se concentrer, malgré la migraine qui lui vrillait le crâne.

— Et si nous lui envoyions un message à partir du portable d'Austin, pour lui demander un rendez-vous à « Kenny » ? proposa-t-elle.

— Oui, comme ça, on pourrait guetter son arrivée et l'arrêter, approuva Noah.

— Ou on pourrait le laisser filer et le suivre… Il pourrait nous mener à Mary.

— Il pourrait tout aussi bien se mettre en cavale et se réfugier en France ou ailleurs ! objecta Micki. Je ne veux pas le rater, ce coup-ci.

— Moi non plus ! rétorqua Olivia. Il a tué Kane… Je veux l'éventrer et le regarder saigner jusqu'à sa dernière goutte de sang ! Mais Phoebe est toujours entre les mains de Mary. Si quelqu'un a une meilleure idée, qu'il le dise !

— Il a déjà tué cinq personnes, dit Noah. Je ne veux pas que Phoebe soit la sixième. Demandons son avis à Abbott d'abord. De toute façon, on a besoin de son accord.

Barlow raccrocha.

— Pas de Kirby au Deli, et pas d'Explorer marron non plus. Mais il y a une camionnette blanche garée à l'arrière du bâtiment.

— Je vais demander un mandat de perquisition, pour la camionnette et pour le bâtiment, dit Micki. Occupez-vous de lui tendre le piège, en utilisant le portable d'Austin. Nous trouverons un moyen de le suivre à la trace sans le perdre.

Olivia se leva. Elle aperçut David et Tom, debout près de sa table de travail.

— Il ne faut pas le perdre, dit-elle. Il faut absolument trouver où se cache Mary !

— Tu vas leur dire ? lui demanda Noah, en désignant Tom et David.

— Je vais leur confier qu'on soupçonne fortement Kirby d'être le maître chanteur, mais pas qu'on va lui tendre un piège. Je ne veux pas leur donner de faux espoirs.

Noah lui tapota l'épaule — celle sur laquelle il n'y avait pas de sac de glace.

— Il faut que j'aille voir Abbott pour prendre les dispositions nécessaires. Assieds-toi et repose-toi pendant quelques minutes. Je reviens tout de suite.

— Non, je ne vais pas me reposer. Pour obtenir à coup sûr un mandat d'arrêt, il va nous falloir une identification formelle de Kirby par Austin. Je vais mêler la photo de son permis de conduire à un lot de cinq autres photos et les montrer à Austin. On se retrouve ici.

Mercredi 22 septembre, 18 h 30

Mary désigna à Phoebe une petite route et lui dit :

— Arrête-toi et sors de la voiture.

Phoebe obéit et ce faisant, sentit ses articulations craquer. Elle poussa un petit gémissement en se redressant, puis inspira profondément. Une forte odeur de bois calciné flottait dans l'air. Elle ne pouvait pas voir la résidence incendiée, mais comprit qu'elle ne devait pas en être très loin. Elles avaient effectué tant de circonvolutions qu'elle ne savait pas où elle se trouvait exactement. Au bord d'un lac, certes, mais il y en avait tant dans la région… « Le Minnesota, terre des dix mille lacs. » Et dire qu'elle avait cru, en lisant ce slogan, que le dépliant de l'agence de tourisme exagérait !

— Pourquoi sommes-nous venues ici ? demanda-t-elle à Mary.

Je ne retrouverai jamais mon chemin, même si j'arrive à m'échapper.

— Avance ! fut la réponse de la jeune femme, qui lui enfonça le canon de son pistolet dans les reins.

Elles avaient garé la Lexus sur une petite route qui paraissait inutilisée depuis un certain temps. Les arbres étaient plantés si serrés et leur feuillage était si épais, qu'elles perdirent la voiture de vue au bout d'une vingtaine de mètres de marche. Phoebe avait mal aux pieds et elle avait un besoin pressant d'aller aux toilettes.

— C'est encore loin ?

— Non, dit Mary d'une voix crispée.

Ses mains tremblaient. Elle était de plus en plus tendue.

— Mary, il faut que je sache... Les journalistes disent que vous avez tué ces garçons... C'est vrai ?

— Oui.

Le sang de Phoebe se glaça.

— Mais pourquoi ?

— Eric allait filer. Il voulait se réfugier en France et comptait nous faire porter le chapeau, à Albert et moi. Il s'est servi de moi pour sauver sa peau. Il croyait tout savoir, mais en définitive, ce n'était qu'un poltron. On ne me manipule pas, moi !

— Comment l'avez-vous su ?

— Je suis allée le chercher chez lui pour qu'on se rende ensemble à l'enterrement de Joel. Il n'y était pas... Mais comme Joel avait sa clé et que je l'avais récupérée, je suis entrée.

— Joel est mort, lui aussi ?

— Oui. Dans un accident de voiture.

Phoebe fronça les sourcils, fouillant dans sa mémoire.

— Ah, oui... Joel... J'en ai entendu parler aux informations.

Elle se remémora aussi des bribes de conversation entre Glenn et David, qu'elle avait entendues par hasard. Elle n'y avait guère prêté attention sur le moment, mais, à présent, elles lui paraissaient plus claires.

— Vous l'aimiez, Joel ?

— Oui. Il était toujours prêt à s'engager pour une bonne cause.

Elle remuait nerveusement sa main libre, tout en marchant.

— Servir de bonnes causes, c'est louable...

— C'était moi, sa cause. Et maintenant, il est mort.

Le ton sur lequel elle avait prononcé ces paroles donna la chair de poule à Phoebe.

— Vous l'avez tué, lui aussi ?

Mary ne répondit pas et Phoebe comprit ce que signifiait ce silence.

— Je vois. Et l'autre ?

Les yeux de Mary se plissèrent de colère.

— Albert ? Ce salaud... Il m'a menacée de me tordre le cou si je ne lui obéissais pas. Personne ne me parle comme ça. Personne ne me manipule. Personne !

— Je m'en souviendrai, dit Phoebe d'un ton pince-sans-rire. Et Lincoln ? Lui aussi, il a essayé de vous manipuler ?

— Non.

La voix de Mary s'était subitement radoucie.

— Lincoln était amoureux de moi...

Phoebe songea à cet homme, que son fils avait décrit comme pitoyable et tourmenté.

— Et vous, vous l'aimiez ?

— Pas autant que lui m'aimait. Mais il le croyait, quand il n'avait pas pris ses médicaments.

— Mon fils m'a dit que Lincoln est un malade mental.

— C'est vrai.

— Il m'a dit aussi que le FBI le recherchait pour des incendies.

— Oui… Ils n'ont pas pu le retrouver, avec tout leur armement sophistiqué, avec leurs gadgets électroniques et leurs satellites-espions ! Mais moi, j'y suis arrivée, se vanta-t-elle. Oui, c'est vrai, je me suis servie de lui. Mais je ne le laisserai pas le tuer…

— Comment ça ? Qui veut tuer qui ?

— Tais-toi et marche. On est presque arrivées. Tu vois cette cabane, là-bas ? C'est là qu'on va.

Mercredi 22 septembre, 18 h 50

— Ce n'est qu'une égratignure, dit Tom entre ses dents.

Il s'était arraché un lambeau de peau en plongeant pour protéger les deux passantes, quand avait été tiré le coup de feu fatal à Crawford.

— Pas la peine d'être aux petits soins comme ça avec moi, ajouta-t-il d'un ton légèrement agacé.

— Il le faut… C'est le seul moyen pour moi de ne pas perdre la tête.

David acheva de panser la main du jeune homme et leva les yeux vers la baie vitrée derrière laquelle Olivia les observait. Une nouvelle bouffée d'angoisse lui déchira les entrailles.

— On se croirait dans un avion quand il y a des turbulences, et que les hôtesses de l'air n'arrivent plus à masquer leur peur, murmura Tom, les yeux rivés sur Olivia.

— La peur ne nous ramènera pas ma mère. Que sait-on de Mary ?

— Qu'elle en voulait à mort à son beau-père.

— Parce qu'elle le tient pour responsable de la mort de sa mère. Elle adorait sa mère.

— Si c'est le cas, peut-être qu'elle ne fera aucun mal à mamie, dit Tom avec une pointe d'espoir dans la voix.

— Peut-être, acquiesça David.

C'était peut-être illusoire, mais cet espoir l'aidait à conserver un minimum de sang-froid.

— Quoi d'autre ? demanda-t-il.

— Nous savons que Mary et Joel se sont rencontrés dans un cours d'éthique de l'environnement, dit Olivia dans son dos.

Il voulut lui céder sa chaise, mais elle se percha sur le bureau.

— Et nous savons, continua-t-elle, qu'elle est bouleversée parce qu'elle a tué Joel.

— Elle y croyait, murmura Tom. Elle croyait aux théories de Preston Moss.

— Ou peut-être a-t-elle pensé que recommencer à déclencher des incendies à la manière de Moss serait une bonne manière de se venger de Crawford, suggéra David. Elle a réussi à retrouver Lincoln, grâce au site internet. Puis elle a gagné sa confiance et il lui a donné des informations que nul autre que lui ne pouvait connaître. Je me demande qui a proposé d'incendier la résidence du lac… Joel ou Mary ?

— Je parie que c'est plutôt Mary, dit Olivia. Et qu'elle a réussi à le persuader que c'était lui qui en avait eu l'idée…

Elle s'interrompit et hésita un instant avant d'ajouter :

— Nous pensons aussi savoir qui est Jonathan. Ou du moins qui est le maître chanteur…

— Qui ? demanda David.

— Je sais que ça paraît incroyable, mais ce serait Kirby… Le patron du Deli. Toutes les victimes du maître chanteur y sont allées. Grâce au wi-fi gratuit, Kirby a pu avoir accès à leurs courriels. Et il correspond parfaitement à la description faite par Austin.

— Tu vois, David, commenta Tom, je t'avais bien dit qu'il fallait se méfier du wi-fi gratuit ! Et dire que tu m'as traité de parano…

— Tu es méfiant, mais ça ne me dérange pas.

— Pourquoi n'allons-nous pas au Deli pour l'arrêter, alors ?

— Il n'y est pas, répondit Olivia. Et il nous faut un mandat dont je dois m'occuper tout de suite. Vous devriez aller manger quelque chose ou boire un café. Mais pas au Deli. Promettez-le-moi. Je ne veux pas que Kirby flaire quelque chose et qu'il nous file entre les doigts.

Elle regarda David avec insistance et ajouta :

— Ne perdez pas espoir !

— Vous mijotez quelque chose, lui dit-il d'un ton suspicieux.

— On a plus d'un tour dans notre manche, dit-elle, en posant son index sur ses lèvres. Pas de questions ? Je ne voulais même pas t'en dire autant. Je ne veux pas que tu souffres.

— Pourquoi m'en parler, alors ? murmura-t-il.

Elle lui lança un regard accablé.

— Je veux simplement que tu saches que je fais tout mon possible pour retrouver ta mère, David…

Il lui prit la main et la pressa contre ses lèvres.

— J'en suis certain, dit-il.

— Allez manger, murmura-t-elle. Laissez-nous faire notre boulot Et faites-nous confiance…

David la regarda s'éloigner et se leva péniblement. Il avait l'impression d'avoir vieilli d'un million d'années.

— On n'est pas passés voir Glenn à l'hôpital ! dit-il soudain.

— J'y suis allé, moi, répondit Tom. Pendant que tu faisais son pansement à Olivia. Il a l'air de s'en être bien remis. Les médecins comptent le laisser rentrer chez lui demain matin. Il m'a demandé de te dire de continuer à chercher mamie et de ne pas perdre de temps à lui rendre visite à l'hôpital.

— Alors, allons-y !

— On fait quoi ? On part à la recherche de mamie ou on va manger un morceau d'abord ?

— Les deux, dit David d'une voix sombre.

Ils prirent l'ascenseur et sortirent du commissariat. David ne put réprimer un frisson en revoyant les traces de sang qui maculaient encore le trottoir. Une zone interdite au public, tout autour du bâtiment, était délimitée par un ruban jaune, derrière lequel s'agglutinaient des badauds.

La mort avait frôlé Olivia de près, une fois encore. Elle aurait pu mourir « dans l'exercice de ses fonctions », comme Kane. Et si elle avait été épargnée ce jour-là, ce n'était que partie remise. La mort la guettait. *La semaine prochaine,* se dit-il avec effroi. *Le mois prochain. A tout moment dans l'avenir.*

— Au fond de moi-même, je voudrais l'empêcher de rester sur la trajectoire des balles, songea-t-il à haute voix.

— Et tu ne crois pas qu'elle préférerait, elle, que tu évites la trajectoire des poutres enflammées ? commenta Tom. Et elle aurait raison. Mais personne n'oserait te le demander, ni elle ni moi.

— Oui, on est comme ça, l'un et l'autre.

— Elle est prudente, quand même. Dana, elle, ne l'a jamais été.

Et c'est en cela qu'Olivia est différente.

Elle éprouvait le même besoin de protéger autrui, sans en faire tout un drame et sans frôler à tout instant la tragédie. Olivia accomplissait sa mission avec efficacité. En gardant son sang-froid. Elle faisait ce qu'il fallait faire, et elle connaissait son métier.

La sonnerie d'un téléphone tira David de ses pensées et il mit un instant à réaliser qu'elle provenait de sa poche. Il en sortit le téléphone à carte, dont il avait oublié l'existence.

— Allô ?

— David Hunter ? C'est Truman Jefferson. Excusez-moi de vous déranger…

— Mais vous ne me dérangez pas. Il y a un problème ?

— Après votre départ, les policiers m'ont retenu à l'agence tout l'après-midi, le temps d'inspecter les lieux. Je suis rentré chez moi ensuite pour essayer de travailler un peu. Et je suis tombé sur des photos que Lincoln a prises. L'une de ses tâches, au sein de notre petite entreprise, consiste à prendre des photos de maisons à vendre pour les présenter en ligne sur notre site internet. Mais l'une des maisons qu'il a prises en photo ne figure pas sur notre liste d'offres. Je ne reconnais pas du tout l'endroit. C'est une cabane située près d'une sorte de parc. Sur certaines de ces photos, on aperçoit un lac à l'arrière-plan. Je sais, dans cette région, c'est assez courant… Mais je tenais à vous en parler, parce que Mary figure sur deux ou trois de ces photos. Je pense qu'ils ont dû y aller ensemble. Je voulais vous mettre au courant.

— Pouvez-vous me décrire ce parc ?

— C'est un vieux parc à l'ancienne, comme ceux de mon enfance. Il y a un bac à sable, une rangée de balançoires métalliques, un manège… Vous savez, de ceux qui ressemblent à une soucoupe volante.

— Oui, je vois.

Et, en effet, il savait de quel parc Truman voulait parler. Il l'avait vu, le lundi matin, lorsqu'il avait emmené Olivia dans la nacelle. Elle avait pris des photos des alentours. Cela aiderait grandement les enquêteurs à localiser l'endroit, en vue d'une intervention.

— Cette cabane a-t-elle un aspect particulier ? demanda-t-il encore.

Il était revenu à la voiture, et s'installa sur le siège du passager, faisant signe à Tom de démarrer.

— A la résidence du lac, lui dit-il.

— Il y a un auvent vert à l'arrière de la cabane, lui dit Truman. Mais je ne vois pas de numéro de rue. Désolé.

— Il n'y a pas de quoi être désolé, au contraire. Cette information nous sera très précieuse !

— Mary ne s'y trouve peut-être pas, mais c'est un endroit qu'elle et Lincoln avaient l'air d'apprécier, en tout cas.

— Vous avez vu Lincoln ?

— On m'a permis de lui rendre visite tout à l'heure, mais il était trop drogué pour me parler. La psychiatre m'a dit que vous aviez été très gentil avec lui. Je tiens à vous en remercier.

— Il n'y a pas de quoi. Si vous avez du nouveau, n'hésitez pas à m'appeler.

— Attends, dit Tom. Demande-lui s'il peut scanner ces photos et me les envoyer à mon adresse électronique.

— Sans problème, confirma Truman, après que David lui eut donné l'adresse en question. Je m'en occupe immédiatement. Bonne chance. Et soyez prudent !

— Merci.

David referma son téléphone et ferma les yeux, pour mieux visualiser l'endroit vers lequel ils se dirigeaient.

— C'est l'une des cabanes qui bordent le lac, près de la résidence incendiée. J'ai fait monter Olivia dans la nacelle avant-hier, pour qu'elle ait une idée de la disposition des lieux, et j'ai vu ce parc. De la nacelle, il était à onze heures et demie. On ne verra pas l'auvent de la route. Il faudra passer par l'arrière.

— Tu as une arme ? lui demanda Tom.

— Non. Et j'espère que Mary ne s'est pas trop améliorée au tir, depuis tout à l'heure…

Il composa le numéro d'Olivia et lâcha un juron, lorsqu'il tomba sur sa boîte vocale, une fois de plus.

— C'est David, dit-il dans le récepteur. Je sais peut-être où elles se trouvent. Regarde les photos que tu as prises de la nacelle, lundi. Il s'agit d'une cabane avec un auvent vert. Rappelle-moi.

Il appela ensuite le standard du commissariat et fournit la même information à la standardiste.

Puis il boucla sa ceinture de sécurité et dit à Tom :

— Roule plus vite, mon garçon !

Mercredi 22 septembre, 19 h 10

Le soleil se couchait… Pour la première fois de sa vie, Phoebe douta de son étoile et se demanda si David ou la police n'allaient pas arriver trop tard. Mary était à présent terriblement agitée. Elle arpentait la pièce, les bras croisés sur sa poitrine comme pour se protéger du froid. Phoebe avait repéré divers points de piqûre sur ses bras et elle avait compris que la jeune femme était toxicomane et qu'elle commençait à être en manque. Elle n'avait pas lâché son pistolet, mais elle le tenait négligemment par le canon, et non plus par la crosse, comme si elle n'avait plus conscience de la sorte d'objet qu'elle tenait.

Elle l'avait obligée à se garer à un petit kilomètre de la

cabane où elles se cachaient à présent. Elle était visiblement familière des lieux. Elle était allée tout droit à une fenêtre non verrouillée et avait forcé Phoebe à entrer par là. Puis elle l'avait attachée à une chaise avec le cordon du store de cette même fenêtre, ainsi que David en avait usé avec Lincoln Jefferson.

Si je m'en sors vivante, David et Glenn trouveront ça drôle, j'en suis sûre.

Essaie de la calmer, si c'est encore possible. Gagne du temps…

— Si vous me détachez, je vous ferai une bonne petite tasse de thé, lui proposa Phoebe. Je vois qu'il y a une bouilloire sur le four…

Mary lui lança un regard incrédule.

— Tu es folle, toi ! Je te ligote, et tu veux quand même être sympa avec moi ?

— Pour être tout à fait franche, si ce pistolet était dans ma main, je m'en servirais pour vous tirer dessus. J'essaierais de ne pas vous tuer, mais je ferais en sorte que vous ne puissiez pas me poursuivre. Mais ce n'est pas moi qui le tiens… Et vous m'avez tout l'air d'avoir besoin de quelque chose de chaud.

— Tu es une drôle de femme, Phoebe.

Ses lèvres tremblaient, ses yeux étaient hagards.

— Je ne veux pas te tuer, ajouta-t-elle.

— Je préférerais que vous ne me tuiez pas, moi aussi, Mary. Que comptez-vous faire de moi ? Vous n'avez appelé personne… Vous n'avez formulé aucune exigence…

Mary eut un petit rire crispé.

— Dans les films, les preneurs d'otage demandent toujours qu'on les laisse partir au Mexique…

— Mais vous serez toujours sur vos gardes. Vous vivrez dans la peur. Ce ne sera pas une vie.

— En prison, ce ne serait pas une vie non plus.

— Vous êtes face à un choix difficile, c'est sûr. Mais il faut que vous vous décidiez vite… Vous n'allez pas pouvoir vous cacher éternellement.

Mary regarda autour d'elle d'un air nostalgique.

— Je rêvais de vivre ici. Dans cette cabane…

— Quand ça ? lui demanda doucement Phoebe.

— Quand j'étais petite… Ma mère et mon père… Je parle de mon vrai père… Ils aimaient venir ici avec nous, mon frère et moi… On y a passé de bonnes vacances… Des vacances heureuses en famille, comme les autres gens…

— Quel âge aviez-vous ?

— Quatre ans. J'en avais cinq, quand mon père est mort.

Elle serra les dents avant d'ajouter :

— C'est alors que ma mère l'a épousé, *lui*.

— Qui ça, ma belle ?

— Crawford. Il avait déjà un fils : Andy. J'aimais bien Andy, mais Crawford… Avec lui, il fallait que tout soit toujours parfait. Il fallait faire nos lits. Se lever à l'aube. Avoir de bonnes notes dans toutes les matières. Je l'ai détesté dès le premier instant !

— Mais ta mère devait l'aimer.

— Ma mère n'avait pas de famille. Elle était au chômage. Après la mort de mon vrai père, on s'est retrouvés dans une misère noire. On survivait grâce aux bons de nourriture de l'aide sociale…

— Mon mari est mort quand mon benjamin était encore à l'école. Ça a été dur.

Mary s'était remise à arpenter la pièce, le pistolet toujours à la main.

— Comment est-il mort ? demanda-t-elle.

— Dans un accident de voiture. L'un de mes fils était avec lui. Il est resté paralysé pendant quelques années.

Le visage de Mary s'assombrit.

— Comme le pompier blessé dans l'incendie de la nuit dernière, dit-elle. Je ne voulais pas que ça tourne comme ça. Je ne voulais pas déclencher les deux autres incendies. Mais Eric et Albert m'ont obligée à participer.

Elle avait prononcé ces mots comme une enfant blessée, et Phoebe se dit qu'elle était restée une petite fille meurtrie par le décès de son père. Mais cette enfant blessée avait tué à maintes reprises, et elle tenait présentement un pistolet à la main. Cette enfant blessée devait être mise hors d'état de nuire, par tous les moyens.

Si j'y suis contrainte, je la tuerai.

Pour l'heure, elle ne pouvait compter que sur son sang-froid et sur son instinct, qui lui disait que cette jeune femme avait besoin d'une mère.

— Je vous crois, Mary, reprit-elle. Mais le mal est fait. Vos actes ont eu des conséquences tragiques. Deux personnes sont mortes dans l'incendie de la résidence du lac.

Mary secoua la tête.

— Non, non… Nous ne savions pas que la fille se trouvait dans l'immeuble. Et c'est quelqu'un d'autre qui a tué le vigile. Ce n'est pas moi…

— Mon fils a frôlé la mort, cette nuit-là. Il a failli faire une chute de trois étages. Il n'en aurait pas réchappé.

— C'est donc lui qui a rattrapé la boule au vol. Je ne voulais pas lui faire de mal, vous savez…

— Mais que pensiez-vous qu'il arriverait, en incendiant ces bâtiments, Mary ? Pensiez-vous que le feu s'éteindrait de lui-même ? Quand un incendie se déclare, les pompiers interviennent, figurez-vous. C'est leur métier. Et ils y risquent leurs vies.

— Il n'y a eu aucun blessé parmi les pompiers, objecta Mary, comme si cela pouvait excuser son geste.

— Pas dans la nuit de dimanche à lundi… Mais la nuit dernière ? David a de nouveau frôlé la mort et son partenaire ne retrouvera peut-être jamais l'usage de ses jambes. Sans compter ces gens qui sont morts ou qui ont été grièvement blessés dans l'incendie de leur maison ! Ne me dites pas cette fois que vous ne vouliez faire de mal à personne ! s'indigna-t-elle.

Elle vit la jeune femme tressaillir. Satisfaite d'avoir marqué un point, elle ajouta, d'une voix plus douce :

— Il faut que vous filiez ou que vous vous rendiez, Mary. Je ne vois pas d'autre alternative.

— Eric voulait partir en France. J'aurais dû lui laisser la vie sauve pour qu'il m'emmène avec lui…

Mary n'éprouvait aucun remords pour le meurtre de son camarade, elle regrettait seulement de ne pas avoir été plus prévoyante ! Phoebe sentit son sang se glacer. La jeune femme n'hésiterait pas à se débarrasser d'elle, le cas échéant…

— Que comptez-vous faire de moi, au juste ? demanda-t-elle.

Mary posa le pistolet sur le comptoir.

— Commencer par vous faire taire !

Elle se mit à fouiller dans les tiroirs de la cuisine. Elle en revint avec une paire de ciseaux et un gros rouleau de ruban adhésif.

— C'est Lincoln qui a apporté ça, la dernière fois qu'on est venus ensemble ici. Il a réparé les balançoires avec.

Elle lui posa rudement un bout du ruban sur la bouche, tira la chaise sur laquelle elle se trouvait ligotée de l'autre côté du canapé et la renversa sur le côté.

— Comme ça, je ne te vois plus et je ne t'entends plus !

Phoebe s'efforça d'ignorer la douleur qui vrillait ses articulations raidies par l'âge. Elle venait de comprendre que, contrairement à ce qu'elle pensait quelques minutes auparavant, Mary n'avait pas l'intention de la tuer. Elle l'avait poussée aussi loin que possible et tout ce que la jeune femme avait fait, c'était la réduire au silence avec un simple morceau d'adhésif.

La porte vitrée coulissante n'était qu'à un ou deux mètres. Si Mary s'endormait et si elle-même pouvait se rapprocher de cette porte, elle parviendrait peut-être à l'ouvrir… C'était affreusement frustrant d'être si près d'une voie d'évasion tout en étant dans l'incapacité d'en profiter.

David, il est grand temps que tu viennes me tirer de là !

27

Mercredi 22 septembre, 19 h 15

— Voilà qui est fait…

Olivia venait de coller la photo de Kirby au milieu de cinq autres portraits. Austin et sa mère étaient en chemin pour la brigade. L'identification formelle et l'obtention d'un mandat d'arrêt seraient bientôt choses faites.

— Bon, j'ai envoyé un SMS au pseudo-Kenny, à partir du portable d'Austin, lui annonça Noah. Le SWAT* et les tireurs de précision sont déjà à leurs postes autour du lieu de rendez-vous. Nous avons choisi un secteur qui sera désert ce soir. Je me charge de superviser le dispositif. Toi, rentre chez toi et repose-toi.

— Dès qu'Austin aura identifié Kirby.

Trop nerveuse pour rester inactive, Olivia consulta ses messages. Elle effaça directement ceux des journalistes et écouta celui de David. Elle sortit son appareil photo du tiroir de son bureau avant même la fin du message.

* Les SWAT (*Special Weapons and Tactics*) sont des unités d'intervention de la police américaine, spécialisées dans les opérations paramilitaires, à l'instar du GIGN et du GIPN en France (NdT).

— Noah ! David sait où Mary a pu aller… Une cabane au bord du lac de la résidence incendiée…

— David et Tom y sont allés tout seuls ? demanda-t-il.

Elle le regarda d'un air paniqué.

— A ton avis ?

Ils se précipitèrent vers la sortie, mais la voix d'Abbott brisa leur élan :

— Où est-ce que vous courez, comme ça ?

— David pense savoir où est Mary !

— Où est votre gilet pare-balles ? demanda Abbott à Olivia.

Elle porta la main à son épaule et réalisa que le sac de glace s'y trouvait encore.

— Je l'ai laissé dans la salle de réunion… Va chercher la voiture, dit-elle à Noah, je te rejoins en bas.

Mercredi 22 septembre, 19 h 25

— C'est là…

David désigna un auvent vert, à une centaine de mètres devant eux. Ils s'étaient garés le plus près possible, puis avaient crapahuté dans l'épaisse forêt qui bordait le lac.

— J'aimerais bien avoir des jumelles, dit David.

— Moi, j'aimerais bien avoir une arme à feu, marmonna Tom. Quel est le plan ?

— Je ne sais pas. Enfin, pas encore… Dépêchons-nous… Je voudrais être certain que ma mère va bien… On avisera sur place.

Ils avancèrent sous le couvert des arbres et des broussailles, jusqu'à se trouver à la limite du jardin, derrière la cabane.

De là, au travers d'une porte vitrée coulissante, ils

aperçurent Phoebe, par terre, derrière le canapé. Elle était attachée à une chaise renversée et bâillonnée.

— Elle bouge ? demanda Tom d'une voix oppressée.

— Je n'y vois rien. Reste ici… Je vais m'approcher. S'il y a du grabuge, pars en courant… Tu m'as bien entendu, Tom ? Pars en courant !

— Où sont les flics ?

— Je ne sais pas. En route, j'espère, et sans sirènes ni gyrophares !

Il avança précautionneusement vers la maison, puis longea l'arrière de la cabane à croupetons. Il jeta un coup d'œil à l'intérieur et son soulagement fut tel qu'il faillit crier de joie.

Sa mère remuait les pieds ! Elle était attachée par les chevilles à la chaise. Ses bras étaient liés aux poignets derrière le dossier. Il n'y avait ni sang ni blessure visible. Il pouvait trancher ses liens et la libérer en moins de dix secondes.

Mais Mary n'était pas loin, juste dans la cuisine, faisant tourner une cuillère en bois dans une casserole. Elle avait vue sur la porte-fenêtre. Le pistolet était posé sur le comptoir, juste à côté d'elle. Si elle voyait la porte coulisser, elle pouvait tirer au jugé et l'atteindre ou atteindre sa mère.

Il fit signe à Tom de le rejoindre. Ce dernier emprunta le même chemin que lui, et vint se placer à ses côtés, restant accroupi dans la pénombre.

— Elle est indemne, murmura David. Mais Mary est armée. Il faut faire diversion.

— Il faudrait un flingue…

— Eh bien, nous n'en avons pas. Alors on s'en passera. Va vite de l'autre côté de la cabane et ramasse ce que tu trouveras de plus gros : une pierre, une branche, peu importe… Jette-la de toutes tes forces contre la fenêtre de la cuisine et pars en courant. Si tu parviens à toucher Mary, tant mieux. Sinon, il faut espérer que le bris de la vitre la surprendra assez pour que je puisse rentrer dans la cabane sans qu'elle s'en aperçoive et délivrer ma mère.

— Mais si elle s'en rend compte ?

— Je ferai sortir ma mère.

— Et tu prendras une balle…

— Ça n'arrivera pas si tu vises bien. C'est toi le champion de basket, non ? Alors, le roi du panier, fais juste comme si c'était un lancer de la ligne des trois points…

— Ce plan est idiot. Tu vas te faire tuer !

— Tu en as un meilleur ?

Tom serra les dents.

— Non.

— Alors va…

Il commençait à s'éloigner, toujours à croupetons, lorsque David le retint par le bras.

— Attends… J'entends une voiture…

Tom lâcha un soupir de soulagement.

— Enfin la cavalerie !

— Chut ! fit David, en tendant l'oreille. Ce n'est pas une voiture de flics.

Le son que faisait le moteur lui semblait suspect.

— Elle a un problème d'allumage, précisa-t-il.

— Quoi ?

— Elle roule sur trois pattes. Une bougie encrassée. Attends…

— Et mamie ?

— Si tu y vas maintenant, tu risques de te faire tuer. Attends. Fais-moi confiance.

Ils entendirent la porte de la cabane s'ouvrir brusquement, un cri aigu et la voix qui avait tant de fois demandé à David combien de sucres il voulait dans son café.

— Salut, sœurette… Je t'ai manqué ?

— Et maintenant ? chuchota Tom. On fait quoi ?

Le nouveau venu dévisageait Mary en souriant. Son apparition lui avait causé un choc, d'autant qu'il la menaçait d'un pistolet. Elle jeta un coup d'œil au sien, posé sur le comptoir.

— N'y pense même pas, lui dit-il.

— Comment… Comment as-tu su, Jonathan ? lui demanda Mary, effarée.

— Su quoi ? Que tu étais là ? Ma pauvre Mary… Je me suis dit que tu n'avais pas choisi d'incendier la résidence du lac par hasard.

Il regarda autour de lui et reprit :

— Cette cabane n'a pas beaucoup changé depuis que papa et maman nous y emmenaient en été. Je parie que tu as réussi à convaincre Joel que c'était lui qui avait eu cette riche idée. Sauver les zones humides…

Il lut dans les yeux de sa sœur qu'elle avait compris.

— C'était *toi* ! Tu étais là, dimanche soir et tu nous as filmés ! C'est toi qui nous as forcés à déclencher les autres incendies. Toi qui nous as fait chanter !

— C'est exact.

Il hocha la tête d'un air suffisant et répéta :

— C'est tout à fait exact. Je dois avouer que je me suis demandé à quel jeu tu jouais… jusqu'à ce qu'on parle de ces boules de verre. Bien vu, sœurette… Le vieux est tombé dans le panneau. Il s'est dit qu'il allait enfin mettre un point final à son enquête… Ah, tu l'as bien eu ! Respect !

— Je voulais qu'il pense avoir enfin atteint son Graal…

— Il a pu le penser pendant trente secondes, mais les boules étaient trop différentes. Même un con comme lui pouvait comprendre que les incendiaires n'étaient que des imitateurs.

Elle secoua la tête.

— Non. Je connaissais des détails que personne d'autre ne connaissait. Crawford croit bien avoir affaire aux adeptes de Moss. Il croit qu'il tient un suspect qui peut le mener à lui, mais il va droit dans le mur.

— Ah bon ?

Il dut admettre que sa curiosité était éveillée.

— Comment est-ce que tu as trouvé ces informations ?

— J'ai envoyé des e-mails au webmestre du site dédié à Moss. Je l'ai flatté, je lui ai dit que j'admirais Moss. Il a accepté de me rencontrer et m'a fait confiance. Grâce à ses confidences, j'ai pu piéger Crawford. Je voulais qu'il croie que son rêve allait enfin s'accomplir…

Site internet, courriels… Kirby se dit qu'elle avait décidément su adapter ses manigances aux nouvelles technologies.

— Et ensuite ?

— Je sais maintenant où se cache Moss depuis toutes ces années… J'aurais forcé Crawford à me supplier pour que je lui dise où le trouver, comme maman a supplié son meurtrier. Ensuite, je l'aurais tué.

— Eh bien, tu vas pouvoir mourir tranquille, Mary… Ce salaud est mort. Je m'en suis chargé.

Il dirigea son pistolet vers la tête de sa sœur et la jeune femme, déjà pâle, perdit complètement son reste de couleurs.

— Tu m'as piégé il y a dix ans, et aujourd'hui, tu vas le payer !

Elle fit un pas en arrière.

— Je ne l'ai jamais voulu, Jonathan… Je n'ai jamais pensé que ça se passerait comme ça.

— Je n'en doute pas un instant. Tu ne penses jamais plus loin que le bout de ton nez. Où est la vieille ? Ton otage ? Elle s'appelle Hunter, hein ? Je parie qu'elle est de la famille de ce joli pompier qui a rattrapé ta boule de verre au vol. Où l'as-tu mise ? Dans un placard ?

Elle secoua la tête.

— Je l'ai déjà tuée. J'ai laissé son corps dans la voiture.

— Encore une belle connerie ! Elle aurait pu te servir de monnaie d'échange. Grâce à elle, tu aurais pu t'enfuir en France…

Il s'esclaffa avant d'ajouter :

— Eric était un imbécile. C'est toi qui l'as tué, ou c'est Albert ?

— Je les ai tous tués, dit-elle, en fixant le pistolet braqué sur elle.

— Même Joel ? Je pensais que c'était Albert qui s'en était chargé…

Elle ferma les yeux et ne répondit pas tout de suite.

— Joel était en train de perdre les pédales. Il allait nous balancer… Je lui ai d'abord donné un cachet pour qu'il se calme, un somnifère.

— Puis tu as pensé qu'en se réveillant, il serait toujours rongé par les remords. Il était hanté par le visage de cette fille à la fenêtre. Il avait perdu le goût de vivre. Alors, tu as décidé de lui faciliter les choses. Ou plutôt, de *te* les faciliter. Je dois reconnaître que tu n'as pas changé.

— Non, ce qui s'est passé, je ne le voulais pas, dit-elle d'une voix désespérée. J'étais paralysée par la peur.

— Dans le placard, avec le téléphone sans fil à la main… Si j'avais su que tu te comporterais comme ça, j'aurais appelé les flics moi-même… Mais je t'ai donné le téléphone… Et, moi, j'ai dû affronter à mains nues un ancien taulard ivre de vengeance et armé d'une barre de fer.

Il fit un pas vers elle et ajouta :

— Un ancien taulard que *tu* avais fait venir…

Mary secoua la tête.

— Non ! Il voulait se venger de Crawford. Il m'avait assuré qu'il tuerait Crawford. Pas maman, surtout pas maman…

— Mais Crawford n'était pas à la maison… Il était en train de traquer Moss. Et l'ancien taulard s'est contenté de ce qu'il a trouvé… Et il a fallu que je voie maman se faire massacrer par cette brute, avant qu'il n'achève d'exercer sa vengeance sur moi. Ce qui m'a valu un mois d'hôpital.

— Je sais…

— Mais oui, bien sûr, j'oubliais… Tu y étais ! Planquée dans le placard ! Tu as tout entendu… Tu as entendu l'ancien taulard t'appeler… A plusieurs reprises… Il connaissait ton prénom.

Il se pencha vers elle, les yeux débordant de haine.

— Tu croyais vraiment que personne n'en saurait jamais rien ?

Elle recula d'un pas en vacillant.

— Tu le savais ?

— Mais oui, je le savais. Quand je suis sorti de l'hôpital, j'ai appris que les flics avaient arrêté le meurtrier. Il allait prendre perpétuité, il ne sortirait jamais de prison. Mais je me souvenais qu'il avait crié ton nom… J'aurais voulu l'avoir rêvé, mais je savais bien que c'était vrai. Alors je suis allé lui rendre visite au parloir et je lui ai demandé comment il connaissait ton nom et pourquoi il t'avait appelée…

— Il t'a parlé des lettres ?

— Oui. Que pensais-tu qu'il allait arriver, en écrivant à des taulards pour leur dire que tu détestais ton beau-père et leur proposer ton aide pour le tuer ? Pourquoi as-tu fait ça ?

— Parce que j'avais treize ans et que je pensais qu'ils ne sortiraient jamais de prison ! cria-t-elle.

Elle s'effondra sur le sol en sanglotant.

— Je pensais que s'ils sortaient quand même, ils s'en prendraient à Crawford. C'était lui qui les avait expédiés en prison. Pas moi. Ce n'est pas ma faute.

— Ce n'est jamais ta faute, hein ? Jamais !

Horrifié, David vit Kirby faire le tour du comptoir, en braquant son arme sur la tête de Mary. Il songea au sang-froid avec lequel il avait abattu Crawford devant un commissariat. Il ne faisait aucun doute que Mary serait sa prochaine victime. Il jeta un coup d'œil à sa mère, toujours attachée à la chaise renversée. Kirby ne savait pas encore qu'elle était là, mais il ne pouvait pas prendre le risque d'attendre qu'il s'en aperçoive. Une fois que le pistolet serait braqué sur la tête de sa mère, il serait trop tard.

Kirby ne voudrait laisser aucun témoin de ce règlement de comptes familial derrière lui.

David regarda ses mains vides, regrettant amèrement de ne pas avoir d'arme digne de ce nom. Il n'avait sur lui qu'un canif, bien dérisoire en l'occurrence.

Il entendait le moteur de la voiture de Kirby tourner devant la porte d'entrée de la cabane et son esprit échafauda un plan.

— Tom, dit-il à voix très basse, voici ce que je veux que tu fasses…

Il lui exposa son idée, ajoutant :

— Ne discute pas. Fais-moi confiance. C'est possible ?

Tom hocha la tête en tremblant.

— Oui, dit-il.

Kirby lança un regard dégoûté à sa sœur.

— Qu'est-ce qui t'a décidée à agir ? Après toutes ces années, pourquoi est-ce que tu as voulu, subitement, te venger de Crawford ?

Elle leva la tête et le regarda avec les yeux d'une biche aux abois.

— Il est venu me voir. Le jour du dixième anniversaire de la mort de maman… Il m'a donné de l'argent. Il m'a dit qu'il voulait faire amende honorable. Mais comment aurait-il pu se racheter, après le mal qu'il avait fait ? S'il avait été là, le jour où maman est morte, il l'aurait sauvée…

Il n'en crut pas ses oreilles.

— Tu es vraiment cinglée, ma pauvre fille ! Tu fais venir un dangereux criminel dans notre maison, et tu reproches à Crawford d'avoir été absent ? Ça me ferait presque regretter de l'avoir buté. Sauf qu'il ne m'a jamais cru, quand j'ai essayé de lui dire quel rôle tu avais joué dans la mort de maman.

— Tu lui as dit ?

— Mais oui, et il n'a pas voulu m'écouter. Tu avais tant de chagrin… Comment pouvais-je inventer de tels mensonges ? Et puis, tu ressembles tant à maman… Il ne pouvait pas croire que tu étais si… mauvaise.

— Tu lui as dit ? répéta-t-elle.

— Tu es sourde en plus d'être folle ? Oui, je lui ai dit, mais il m'a traité de menteur. Il n'osait plus me regarder en face, parce que j'avais fait ce qu'il aurait dû faire : j'ai essayé de la sauver, pendant que tu te planquais dans le placard ! Si tu en étais restée là, rien de tout ça ne serait arrivé. Mais il a fallu que tu laisses cette maudite boule de verre… Tchao tchao, Mary.

— David ne répond toujours pas !

Olivia serrait son téléphone portable d'une main crispée et regardait défiler les cabanes et les chalets qui bordaient le lac. Ils n'étaient plus très loin…

— Et ces deux inconscients qui sont en train de jouer

les justiciers ! marmonna Noah. Pourvu qu'on n'arrive pas trop tard…

— C'est sa mère… Quand Eve s'est trouvée en danger, toi aussi, tu as joué les justiciers…

— C'était différent. J'étais flic, j'avais un pistolet et je savais m'en servir. David et Tom n'ont pas d'armes.

Olivia n'en était que trop consciente.

— David sait se débrouiller, dit-elle, en espérant de tout son cœur que ce soit vrai.

Elle examina l'écran de son appareil photo, pour comparer l'image aérienne du lac et de ses alentours avec le paysage qu'ils traversaient à vive allure. Oui, ils n'étaient plus loin. Il y avait une cabane, à quelques minutes de route à peine, qui semblait enfin correspondre.

Elle la vit bientôt apparaître parmi le feuillage et aperçut une silhouette qui rampait autour, pour arriver devant l'entrée.

— C'est Tom ! s'écria-t-elle.

Elle vit le jeune homme monter dans une berline à l'arrêt, dont le moteur tournait encore.

— Mais qu'est-ce qu'il fait ?

— Je n'en sais rien, dit Noah. Mais ça ne me dit rien qui vaille !

Puis une détonation retentit et Noah appuya à fond sur la pédale d'accélérateur, faisant littéralement décoller leur voiture pendant un instant.

Tom fit rouler la berline en marche arrière. Puis, ayant laissé la portière du conducteur grande ouverte, il fonça droit sur la cabane. Le véhicule fit une embardée et Tom bondit hors de son siège juste à temps. Il atterrit sur la pelouse en roulant, et se releva avec la grâce d'un danseur de ballet. Il se mit à courir vers l'arrière de la cabane, juste au moment où Noah freinait brusquement. Ils étaient arrivés.

Olivia sortit précipitamment de la voiture et suivit Tom en courant, l'arme au poing.

David vit avec horreur Kirby appuyer sur la détente et Mary s'effondrer. Et puis, l'instant d'après, la cabane trembla sur ses fondations.

C'est maintenant… Vas-y !

Le cœur battant, le canif à la main et la tête couverte par le sweat de Tom pour se protéger, David donna un coup d'épaule dans la porte vitrée et passa au travers dans un fracas de verre brisé, sous les yeux ébahis de sa mère.

— Ça va ? murmura-t-il.

Elle hocha la tête, puis ferma les yeux, laissant couler de grosses larmes de soulagement, tandis que David tranchait ses liens et lui ôtait son bâillon. Puis il la prit dans ses bras et la propulsa hors de la cabane, à travers la porte béante.

Elle atterrit dans les bras de Tom qui l'attendait de l'autre côté. *Bien joué, mon garçon.* Tom avait suivi ses instructions dans le moindre détail. *Tirons-nous de là, maintenant.*

David allait franchir à son tour la porte fracassée, mais Kirby bondit par-dessus le canapé, le saisit au cou et le tira violemment en arrière. Ils perdirent l'équilibre et tombèrent tous deux sur le sol, jonché d'éclats de verre.

David sentit la froide morsure de l'acier sur sa nuque.

— Lève-toi, Hunter ! Les mains en l'air ! Tu me cherchais, tu m'as trouvé. Jette ton arme !

David se releva lentement, comptant les secondes qui passaient. Tom et sa mère s'étaient éclipsés, sans que l'autre les voie.

N'arrêtez pas de courir avant d'être en sûreté ! Surtout n'arrêtez pas !

— Je n'ai pas d'arme, dit-il.

Kirby lui passa un bras autour du cou et serra fort, menaçant de lui briser les cervicales. Puis il le força à pencher la tête en arrière, pendant qu'il le fouillait.

— Mais c'est vrai, ça ! constata-t-il. Un vrai héros… Un peu inconscient quand même… Me foncer dessus, comme ça, sans flingue…

David voulut lui saisir le bras et lui faire une clé, mais Kirby lui enfonça plus avant le canon de son arme dans la nuque.

— J'ai dit : les mains en l'air !

David suffoquait.

— Les flics sont en route, articula-t-il dans un filet de voix.

Kirby éclata de rire.

— Bien tenté ! Mais non, ils ne sont pas en route, et tu sais pourquoi ? Parce qu'ils m'attendent en ville. Ils me prennent pour un con et me croient incapable de flairer un traquenard !

— Je ne suis pas au courant. De quoi parlez-vous ?

Il tendit le cou vers l'arrière et parvint à respirer un peu plus normalement. Kirby était plus grand qu'il n'y paraissait, lorsqu'on le voyait derrière son comptoir à la sandwicherie. Plus costaud, aussi.

Je l'ai sous-estimé. Je ne l'ai jamais vraiment jaugé, en fait. Il me mettait mal à l'aise et je préférais éviter son regard.

— De leur petite ruse. Un SMS soi-disant d'Austin… « Au secours. J'ai peur. Il faut que je te voie », railla-t-il, d'une voix flûtée.

C'était donc ça, le tour qu'Olivia avait dans sa manche… Visiblement, ça n'avait pas marché comme prévu.

— Comment savez-vous que c'est une ruse ? Aux

dernières nouvelles, ils n'avaient pas retrouvé le gamin. Il est malin, apparemment…

— Parce que ces connards de flics cernent ma sandwicherie. Ça grouille de flics dans tout le quartier. Ils ne sont pas discrets, ces enfoirés.

— Il y a pourtant beaucoup de flics dans votre clientèle. Ils vous achètent souvent du café et des beignets…

— Petit malin, va ! Tu riras moins dans un instant… Merde !

Il donna un coup de pied rageur à la chaise renversée.

— C'est quoi, ça ?

David ne cilla pas. Il ne dit pas un mot. Kirby ignorait que sa mère avait été attachée à cette chaise et qu'elle s'y trouvait encore, lorsqu'il avait fait irruption dans la cabane. Pour une raison connue de Dieu seul, Mary avait menti et dit à son frère qu'elle l'avait déjà tuée. Or, en ce moment même, Tom et Phoebe devaient être arrivés à mi-chemin de l'endroit où était garée leur voiture. Il avait fait jurer à Tom qu'il ne l'attendrait pas. Qu'il continuerait à fuir.

« Même si je ne vous ai pas rejoints… C'est compris, Tom ? Tu le feras ? »

Il lui fallait encore gagner un peu de temps, pour qu'ils soient tous deux dans la voiture et véritablement hors de danger.

— Elle m'a menti, cette salope ! Elle ne l'a pas tuée…

Il pressa le canon de son pistolet sur la tempe de David.

— Où elle est ?

David s'efforçait de conserver son calme, essayant de gagner encore quelques instants, pour donner le temps à Tom et à Phoebe de se mettre en sûreté.

— De quoi parlez-vous ? dit-il.

— Tu me prends pour un con ? Il y a de la corde par terre. Avance !

Il le poussa vers la porte vitrée, le força à la franchir et ils se retrouvèrent dans le patio.

— Madame Hunter ! hurla-t-il. Revenez, ou je flingue votre fils ! Je n'ai plus rien à perdre ! Contrairement à vous !

Non, maman, ne l'écoute pas ! Ne reviens pas !

David pria pour qu'elle soit déjà hors de portée de voix. Malheureusement, sa mère avait une excellente ouïe… Elle allait venir, c'était certain. Tom serait avec elle, et ils allaient mourir tous les trois.

Olivia, tu l'as écouté, ton répondeur ? Qu'est-ce que tu fous ?

Il retint son souffle, tendit l'oreille, guettant le moindre signe de retour de sa mère.

Rien.

Dieu merci !

— Tant pis, marmonna Kirby. Elle n'a pas pu aller bien loin de toute façon. Quant à toi, tu es cuit, Hunter…

David sentit son estomac se nouer. La perspective de la mort lui parut soudain beaucoup plus difficile à accepter qu'il ne l'aurait cru. *Pourtant, je traverse tous les jours des incendies, prêt à mourir…* Mais là, la situation était différente. Il n'était habité par aucune excitation, il ne sentait monter aucune bouffée d'adrénaline. Il ne ressentait que peur et effroi.

Maintenant ! Jette-toi sur lui maintenant !

Il pivota brusquement et se laissa tomber de tout son poids sur Kirby, lui saisissant le poignet dans leur chute commune. Sa tête heurta le sol du patio et il vit le paysage tanguer autour de lui, mais il se concentra pour ne pas lâcher le poignet de son agresseur, l'empêchant ainsi de lui tirer dessus.

Poussant un cri de rage, Kirby lui agrippa le col et lui cogna la tête contre le sol cimenté. La douleur lui vrilla le crâne, mais David ne lâcha pas le poignet de Kirby. Ils roulèrent sur le côté, luttant pour la possession de l'arme. David parvint à plaquer Kirby au sol, mais l'homme avait le doigt sur la détente, et David avait le plus grand mal à maintenir le canon de l'arme pointé ailleurs que vers lui.

Il inspira profondément et ses idées se clarifièrent. Avec l'énergie du désespoir, il lui expédia un coup de poing en plein visage, mais Kirby riposta aussitôt en tordant le col de sa chemise jusqu'à enfoncer ses phalanges dans son cou.

J'étouffe...

Il se tortilla pour échapper à l'étreinte mortelle, mais celui-ci la resserrait inexorablement.

Je suffoque...

Sa vision se troubla de milliers de points lumineux ; il agrippa la main qui l'asphyxiait et tira dessus, mais Kirby tenait bon.

J'ai besoin de mes deux mains. Mais si je le lâche, il va tirer. Et je mourrai. Non. Pas aujourd'hui. Détends ta gorge.

C'est ce qu'il fit et un filet d'air pénétrait ainsi par ses narines.

C'est alors qu'il sentit un parfum de chèvrefeuille.

Elle est là !

Dans sa tête, il l'imaginait, prête à tirer, visant son adversaire, mais n'osant pas tirer tant qu'il était collé à lui. *Lâche le pistolet. Et écarte-toi.*

Ce qu'il fit. Il lâcha brusquement le poignet et roula prestement sur le côté. Kirby roula avec lui, son autre main toujours serrée sur son col. Du coin de l'œil, il vit le pistolet pivoter au poing de Kirby...

Vers moi.

Il fixa le canon et se raidit.

La détonation les fit tressaillir tous les deux, puis David

sentit Kirby s'effondrer partiellement sur lui, tué sur le coup. Ebahi, il resta un instant immobile, fixant le trou que la balle lui avait fait à la tempe. Puis il ôta la main molle de Kirby de son cou et roula sur le dos. Il resta allongé, les yeux fermés, pour reprendre son souffle. Lorsqu'il se força à les rouvrir, Olivia tenait toujours son pistolet à deux mains et le pointait toujours sur la tête de Kirby. Son visage était totalement inexpressif. Puis, lentement, elle baissa son arme et la rangea dans son étui.

David s'agenouilla péniblement et prit le pouls de Kirby.

— C'est tout pour aujourd'hui, murmura-t-il.

Olivia s'agenouilla à côté de lui et lui caressa les joues du bout des doigts.

— Dans quel état tu t'es mis ! dit-elle.

Il grimaça lorsqu'elle lui toucha la nuque. Puis il fronça les sourcils, en voyant qu'elle avait du sang sur les doigts.

— Tu saignes…

Maintenant que le combat était terminé et que la montée d'adrénaline s'était dissipée, la douleur se faisait sentir.

— Je me suis cogné le crâne en tombant, grommela-t-il.

Puis, se passant la main sur le menton :

— Et ma cicatrice s'est rouverte ! Oh, putain, ça fait mal…

— J'imagine.

Elle effleura ses tempes du bout des lèvres.

— Je ne pouvais pas tirer sans risquer de te toucher. Comment as-tu compris ce qu'il fallait faire ?

— J'ai senti une odeur de chèvrefeuille et j'ai su que tu étais là.

Elle plaqua son front contre le sien.

— J'avais peur qu'il te tue, toi aussi, murmura-t-elle.

Il la prit dans ses bras, absorbant le frisson qui lui parcourait le corps.

— Il n'y est pas arrivé. Tu ne l'as pas laissé faire, dit-il.

— Liv ?

Noah se tenait sur le seuil de la porte fracassée. Il était en train de ranger son arme. Olivia recula et jeta un coup d'œil au corps de Kirby avant de se tourner vers son partenaire.

— Kirby est mort, lui annonça-t-elle.

— Je sais, j'ai tout vu.

Il hocha la tête et ajouta :

— Joli coup. Ça va, David ?

Olivia se releva et répondit à sa place :

— Il faut appeler une ambulance.

— Mais non, pas la peine ! dit David, en se levant à son tour.

Il lutta un instant contre la nausée et l'engourdissement avant de demander :

— Où sont Tom et ma mère ?

— J'ai appelé le SAMU, poursuivit Noah. Une équipe de secouristes arrive dans cinq minutes. Ta mère est dans notre voiture, et Tom est avec elle. Elle va aussi bien que possible.

David laissa échapper un soupir de soulagement.

— Kirby l'a appelée et j'avais peur qu'elle ne revienne. Il l'aurait tuée, elle aussi.

— Nous étions déjà là, lui apprit Noah. Nous l'avons entendu l'appeler. Phoebe a bien failli revenir, mais j'ai réussi à la convaincre de nous faire confiance. Et de nous laisser faire notre boulot de flics.

David ferma les yeux. Une sensation d'intense soulagement se mêlait à la douleur qui lui vrillait le crâne.

— Merci, dit-il.

— Et Mary ? demanda Olivia. Où est-elle ?

— Dans la cuisine. Elle est morte. Kirby lui a tiré une balle dans la tête.

Olivia soupira.

— Nous n'aurons jamais le fin mot de l'histoire, dit-elle avec dépit.

— En tout cas, on en sait déjà beaucoup plus, lui dit David.

Et il leur relata ce qu'il avait entendu de la conversation entre le frère et la sœur.

— En invitant un ex-taulard à la maison, Mary a joué avec le feu, commenta Noah. On peut difficilement reprocher à Kirby son ressentiment. Mais pour le reste…

— C'était un asocial, dit Olivia. Il tuait sans états d'âme.

Olivia, aussi, vient de tuer sans états d'âme, se dit David. Mais c'était complètement différent. Il songea à la présence d'esprit dont elle avait fait montre et il se sentit fier d'elle. Il épousseta sa chemise, parsemée de petits éclats de verre, et dressa l'oreille en entendant une sirène déchirer le silence.

— Pourquoi les flics ont-ils mis autant de temps à arriver ? demanda-t-il.

— Ils ne disposaient pas de la vue aérienne que j'avais sur mon appareil, dit Olivia. Les cabanes avec un auvent vert, ce n'est pas ça qui manque dans le coin… Ils cherchaient au sol dans le secteur. Un hélicoptère était sur le point de décoller… J'ai pu leur communiquer l'adresse exacte juste avant que Tom ne fonce dans la façade avec la voiture. Pourquoi a-t-il fait ça, au fait ?

— Pour faire diversion. Je n'ai pas trouvé d'autre moyen d'occuper Kirby, pendant que je sortais ma mère de là. Il venait de tuer sa sœur. Mary lui avait dit qu'elle avait déjà tué ma mère, mais je craignais qu'il n'ait un doute et se mette à la chercher. Il fallait que j'agisse.

— Mary lui a dit qu'elle avait déjà tué ta mère ? Elle lui a menti ?

— Oui. Kirby est entré en pointant d'emblée son arme sur elle. Il lui a demandé où se trouvait son otage et si elle l'avait enfermée dans un placard. Mais Mary a menti.

— C'est parce qu'elle ne voulait pas qu'il me tue…

David se retourna. Phoebe était là, dans le patio, Tom à ses côtés. Elle était très pâle, mais paraissait indemne.

— Maman !

Il l'étreignit d'abord légèrement, pour la ménager, mais ne put s'empêcher de la serrer plus fort, lorsqu'elle se mit à pleurer.

— Tu es blessée ?

— Non.

Elle secoua la tête.

— Non, répéta-t-elle. Je vais bien. Mais quand il m'a appelée… Cet homme qui a tué sa propre sœur… Ce monstre… J'étais sûre qu'il allait te tuer.

— Moi aussi, murmura David, j'ai cru qu'il allait me tuer. Mais je m'en suis sorti. Je vais bien. Tu vas bien. Tout va bien.

— Oui !

Elle recula un peu pour bien le regarder, et fit la grimace, en découvrant les plaies et bosses dont son visage était couvert.

— Je ne pouvais pas attendre plus longtemps dans cette voiture, lui dit-elle. Oh, mon chéri, dans quel état tu es !

— Quelques égratignures, tout au plus. Elles disparaîtront vite. Tu es sûre que tu te sens bien ?

— Tu l'aurais vue cavaler, tout à l'heure ! intervint Tom d'un ton malicieux. J'avais du mal à la suivre. Heureusement que Noah nous a fait signe que c'était fini !

Il en fallait davantage pour convaincre David. Il toisa sa mère de la tête aux pieds.

— Il faudrait demander son avis à un médecin.

— Je n'ai pas besoin…, commença Phoebe.

Mais David l'interrompit aussitôt et lui lança un regard insistant.

— Fais-le pour moi… S'il te plaît.

— J'irai voir un médecin à condition que tu ailles en voir un aussi. Donnant, donnant !

David ne put réprimer un sourire.

— Tu m'as déjà fait le coup quand j'avais six ans.

— Tu t'en souviens ? Tu étais tombé d'un arbre et je croyais que tu t'étais cassé un bras. Ça a marché, ce jour-là… Et ça devrait marcher aujourd'hui, non ?

Elle se tourna vers Olivia et la regarda avec adoration.

— Merci.

— C'est moi qui vous remercie pour nous avoir fait confiance. Je sais que ça a dû être terriblement angoissant d'attendre le dénouement comme vous venez de le faire.

Phoebe leva une main tremblante vers le visage d'Olivia et lui effleura doucement le menton.

— Vous avez sauvé la vie de mon fils…

Olivia ferma les yeux brièvement, comme si elle absorbait une sorte de fluide à son contact.

— Tout le plaisir était pour moi, dit-elle.

Elle jeta un coup d'œil au cadavre de Kirby et ajouta :

— A tous points de vue.

Puis elle leva les yeux vers David et lui dit :

— Toi, il faut que tu te fasses recoudre !

Il palpa la grosse bosse qui s'était formée à la base du crâne d'Olivia, qui tenta en vain de masquer un tressaillement de douleur.

— A condition que tu te fasses soigner, toi aussi, lui dit-il. Tu as frôlé la commotion cérébrale.

— Je ne peux pas y aller tout de suite, protesta-t-elle. Je viens de tuer un homme. Je vais devoir rédiger un rapport détaillé.

— Ce rapport peut certainement attendre quelques heures, n'est-ce pas, Noah ? demanda Phoebe.

— Absolument, dit ce dernier. Vas-y, Olivia. Je m'occuperai de tout, ici.

David prit Olivia par la taille.

— Viens, lui chuchota-t-il à l'oreille. Tout est fini. Je serai aux petits soins avec toi…

Elle se colla contre lui et il se sentit tout de suite mieux.

— On sera aux petits soins l'un pour l'autre, rectifia-t-elle.

28

Jeudi 23 septembre, 14 heures

— Excusez-moi, je cherche l'inspecteur Sutherland...

David détourna les yeux de la baie vitrée qui donnait sur le bureau d'Abbott, dans lequel l'équipe était en plein débriefing, depuis près d'une heure. Une petite femme en robe noire était en train de traverser la grande salle de travail de la brigade des homicides. A son approche, David se leva pour l'accueillir. Les yeux de la femme étaient rougis par les pleurs, ses traits tendus. Elle tenait dans ses mains un grand carton. D'instinct, David sut qui elle était. Et il devina ce qu'il y avait dans le carton.

— L'inspecteur Sutherland est en débriefing, lui dit-il.

Abbott avait appelé Olivia, alors qu'elle s'apprêtait à déjeuner avec ses proches. Il requérait sa présence pour examiner certains détails, avant de boucler le dossier. David avait insisté pour l'accompagner, sachant pourtant qu'il allait faire le pied de grue en attendant la fin de la réunion. Il avait décelé dans son regard des signes de tension et craignait qu'après la réunion, Olivia ne se mette à rédiger des rapports et autres travaux de paperasse — alors qu'elle venait juste de se voir accorder un congé pour se remettre de sa blessure et de ses émotions. Il avait donc tenu à l'accompagner au commissariat, bien résolu à l'empêcher de se remettre au travail.

— C'est justement elle que j'attends, précisa-t-il à la femme. Voulez-vous parler à un autre inspecteur ?

— Non, je vous remercie… Mais je vous reconnais… Vous êtes le pompier qui a rattrapé la fameuse boule de verre au vol.

— Oui, madame. David Hunter, se présenta-t-il.

— Et moi, Jennie Kane…

— Je m'en doutais. Toutes mes condoléances, Jennie…

— Merci.

Elle avait prononcé ce simple mot d'un ton résolu, comme si elle réapprenait à l'employer.

— En fait, je ne suis pas venue pour déranger les inspecteurs, ajouta-t-elle. Je ne suis même pas sûre d'être capable de leur parler.

Elle redressa le menton et lui demanda :

— Vous êtes le petit ami d'Olivia ?

— Oui, madame.

Elle esquissa un pâle sourire.

— Et votre mère ? Comment va-t-elle ?

— Elle va bien.

Il aurait voulu lui proposer de s'asseoir, mais il sentait qu'elle avait hâte de repartir.

— Je peux faire quelque chose pour vous ? lui demanda-t-il.

Elle hocha de nouveau la tête, d'un air soulagé cette fois.

— Oui… Je voudrais donner ça à Olivia. Dites-lui que c'était son chapeau préféré. Dites-lui…

Sa voix était si mal assurée qu'elle dut s'interrompre pour inspirer profondément, avant de reprendre :

— Dites-lui qu'elle était aussi sa collègue préférée. De tous les débutants qu'il a formés, c'était elle avec qui il s'entendait le mieux.

Elle lui remit le carton d'une main tremblante et David le prit avec le plus grand respect.

— Il s'inquiétait pour elle. Moi aussi… Mais vous veillerez bien sur elle, j'en suis sûre !

Ce n'était pas une question.

— Oui, madame, je vous le promets.

— Bien. Merci.

Et elle s'éclipsa comme elle était venue, sans que personne d'autre ait eu le temps de remarquer sa présence.

Quelques minutes plus tard, la porte du bureau d'Abbott s'ouvrit et les enquêteurs sortirent l'un après l'autre, retournant vaquer à leurs affaires.

Noah regagna sa table de travail, un épais dossier à la main.

— Micki et ses collègues de la police scientifique ont examiné le disque dur de l'ordinateur de Kirby, lui dit-il. Voici la liste des victimes de ses chantages.

— Tout ça ? Vous allez leur annoncer la nouvelle ?

— Il le faut bien. La plupart de ces personnes continuaient à lui verser de l'argent. Tu aurais vu le matériel dont il se servait… Des micros partout dans la sandwicherie, branchés sur des enregistreurs numériques à l'étage. Il va nous falloir plusieurs semaines pour compulser toutes ces données.

Olivia entra à son tour, et s'affala d'un air las sur sa chaise.

— On a retrouvé ce petit gadget dans sa poche, dit-elle. Avec ça, il pouvait écouter n'importe quelle conversation, dans sa boutique. Je me suis creusé la tête pour me rappeler ce que j'avais bien pu dire à Kane, quand on y faisait la queue pour boire un café, pendant toutes ces années. C'est là qu'on avait donné rendez-vous à Val, l'interprète, par exemple. C'est comme ça qu'il a dû comprendre qu'elle nous assistait.

— On sait où il l'a emmenée, finalement ? lui demanda David.

— Oui. Micki a trouvé du sang dans sa camionnette, du même groupe que celui de Val. Ensuite, elle a découvert un GPS dans le véhicule. Les collègues de la police scientifique ont travaillé toute la nuit pour déterminer l'endroit où il aurait pu l'emmener. Ils ont découvert qu'il avait été à la campagne.

Elle ferma les yeux un instant, puis les rouvrit, et David y lut une immense tristesse.

— Micki et Bruce sont allés fouiller le secteur avec Brie et Gus, poursuivit-elle. Ils n'ont pas mis longtemps à retrouver son corps.

— Olivia…

— Il l'a torturée.

— Ce n'est pas ta faute, ma chérie.

— Je sais. Mais, quand même… Bruce a dû annoncer la nouvelle à ses enfants.

— Et Andy Crawford, qu'est-ce qu'il a dit ? demanda-t-il, histoire de changer de sujet.

Il avait remarqué que ce dernier se trouvait dans le bureau d'Abbott à l'arrivée d'Olivia et qu'il y était resté une demi-heure avant de quitter les lieux, le visage sombre. Il ne lui avait pas dit le moindre mot, en sortant du bureau.

— Quand nous lui avons dit que Mary était toxico, il a eu du mal à nous croire. Mais il nous a confirmé qu'il lui avait prescrit du Percocet, au début de ses études, après une opération dentaire. Il ne la voyait jamais et ne se doutait pas qu'elle était accro. Mais il finançait son addiction, sans le savoir. Il réglait toutes ses factures, lui donnait de l'argent de poche et ne lui posait jamais de questions.

Il se sentait un peu coupable à son égard, parce que son père avait consacré toute l'épargne familiale à lui payer des études de médecine, sans rien laisser pour Jonathan et elle. Mary le mettait mal à l'aise, nous a-t-il dit aussi. Il préférait l'éviter.

— Pourquoi ne t'a-t-il pas parlé de Jonathan, quand tu l'as appelé, hier ?

— Andy vient de nous déclarer qu'il n'avait pas eu de nouvelles de Jonathan depuis qu'il avait quitté le foyer familial. Il était étudiant en médecine, à l'époque, et avait trop à faire pour se soucier de lui. Il a précisé qu'il préférait qu'il en soit ainsi. Et puis, quand je lui ai demandé où pouvait se trouver Mary, je n'ai pas pensé qu'il pouvait y avoir un autre frère.

— Un autre frère qu'elle détestait et qui le lui rendait bien, murmura David, en songeant au dialogue qu'il avait entendu et à sa conclusion tragique.

— C'est le moins qu'on puisse dire. Heureusement que ta mère et toi avez entendu ce qu'ils se sont raconté. Sinon, on n'aurait jamais connu le pourquoi de cette affaire.

— Et les chantages ? demanda encore David. Quand ont-ils commencé ?

— En étudiant la comptabilité de Kirby/Jonathan, il semble qu'il ait commencé à travailler à mi-temps au Deli quand il était étudiant. Puis il a interrompu ses études pour y travailler à plein temps et en est devenu ensuite le gérant.

Noah tapota l'épais dossier qu'il était en train de feuilleter et précisa :

— Ce qui correspond à l'époque de ses premiers chantages.

— Il gagnait beaucoup plus ainsi, commenta David. C'est immoral, mais pragmatique.

— Oh, il était très pragmatique ! renchérit Noah d'un

ton glacial. Il connaissait les limites à ne pas franchir, il ne prenait pas de risques inconsidérés.

Il brandit un DVD et poursuivit :

— On a trouvé ça dans le tiroir de sa table de nuit. C'est la première victime que j'ai retrouvée pendue dans son appartement, en février dernier. Nous savions qu'elle avait rencontré son meurtrier dans un café. Notre principal suspect, à l'époque, se rendait au Deli tous les jours. On a donc demandé à Kirby de nous remettre les enregistrements vidéo de ses caméras de surveillance. Il a prétendu qu'il n'avait qu'une seule caméra, dirigée vers le tiroir-caisse, mais il nous a menti, on le sait maintenant. Il a vu la victime le soir de sa mort. Il a vu l'assassin la suivre. Il savait.

— Et il n'a rien dit. Mais il a quand même prévenu Eve, se souvint David, qu'elle était suivie par ce type qui se faisait passer pour un journaliste. C'est un peu grâce à lui que la vie d'Eve a pu être sauvée.

— Je ne sais pas pourquoi il a fait ça, admit Noah. On en saura peut-être davantage en examinant toutes ces données.

— J'en sais assez, moi, dit Olivia entre ses dents. Il a tué Kane. Il a tué Weems. Il a tué Tomlinson et Blunt. Et Crawford et Mary. Et il a bien failli tuer David aussi !

— Mais je suis encore là, Liv.

— Oui.

Elle baissa les yeux un instant, avant de le regarder bien en face.

— Abbott a interrogé les parents de Tracey Mullen hier, pendant qu'on recherchait ta mère, reprit-elle. Il leur a montré le rapport d'autopsie indiquant des actes de maltraitance. Les parents se sont d'abord accusés mutuellement, mais la mère a fini par avouer. Elle s'était fâchée contre Tracey, parce que celle-ci refusait d'utiliser son nouvel implant cochléaire. Tracey laissait l'appareil dans un tiroir. Le nouveau mari de sa mère était furieux d'avoir dépensé tant d'argent pour l'opération, alors que la jeune fille ne faisait pas le moindre effort pour apprendre à s'en servir. La mère s'est énervée et lui a tordu le bras, en lui disant que, puisqu'elle avait du mal à s'exprimer dans la langue des signes, il fallait qu'elle se serve de son implant… Depuis, elle se sent coupable et en souffre terriblement.

— Fera-t-elle l'objet de poursuites judiciaires ? demanda David.

— Oui. Son cas a été signalé aux autorités judiciaires de Floride.

— C'est pour ça que Tracey a fait une fugue et a voulu retrouver Austin Dent. Mais pourquoi n'a-t-elle rien dit à son père ?

— Parce qu'elle avait seize ans et qu'elle avait peur. Et qu'elle était amoureuse d'Austin. Austin m'a tout confirmé, d'ailleurs : Tracey fuyait sa mère et elle avait peur que son père ne fasse une bêtise, si elle lui en parlait. Je me demande bien ce que Kirby aurait fait, si Tracey n'avait pas été dans l'immeuble au moment de l'incendie. Aurait-il pu obliger Mary et ses complices à déclencher d'autres incendies ? Il n'aurait pas été chercher Kenny à l'école des sourds, si Tracey et Austin n'avaient pas été impliqués malgré eux dans cette affaire. Val serait encore vivante. Ainsi que Kane…

— Il ne faut pas raisonner comme ça, Olivia, lui dit doucement David. Tu ne peux pas faire porter la responsabilité de la mort de Kane à la mère de Tracey. Tous ces faits sont liés entre eux, mais tant de facteurs sont intervenus…

— Je sais. Mais j'ai du mal…

— Je te comprends… Liv, tu as eu une visite pendant la réunion… Jennie est venue.

— Pourquoi ne m'as-tu pas prévenue ?

— Parce qu'elle n'est pas venue pour parler. Elle t'a apporté ceci…

Il posa le carton devant elle et la vit fixer l'objet d'un œil ému.

— Je ne peux pas accepter, murmura-t-elle.

— Olivia… Elle veut que tu le gardes.

Olivia sortit d'une main tremblante le chapeau du carton.

— C'était son préféré, dit-elle.

— Jennie m'a dit que tu étais sa collègue préférée.

Les paupières gonflées de larmes, Olivia demanda :

— Qu'est-ce que je dois en faire ?

David prit le feutre qui coiffait le buste de la déesse grecque.

— Porte le tien et mets celui-ci à sa place.

Elle le regarda avec étonnement.

— Mais je le verrai tous les jours…

Il ne dit rien, lui laissant prendre seule la décision.

Il ne lui fallut pas longtemps. Elle posa délicatement le feutre de Kane sur la tête de la déesse.

— Oui… Comme ça, on pourra tous le voir tous les jours… C'est bien.

Puis elle leva les yeux vers David et murmura :

— Merci.

— De rien. Il faudrait le nettoyer, ton chapeau. Il y a du sang sur le bord.

— C'est le sang de Crawford, dit-elle, en rangeant le chapeau maculé dans le carton. Kane m'a offert ce feutre quand j'ai résolu ma première affaire d'homicide. Il m'a dit : « Bien joué », en me le remettant.

Elle sourit en y repensant.

— Dans la bouche de Kane, c'était un grand compliment.

— Son enterrement aura lieu samedi, les informa Noah. Les honneurs lui seront rendus, avec fanfare en uniforme et cornemuses…

Olivia regarda le chapeau de son ancien coéquipier en souriant tristement.

— Il aurait aimé ça… Surtout la fanfare en uniforme, avec leurs souliers vernis trop serrés. Il se serait moqué d'eux. Allons-y, maintenant. Jessica Donahue a appelé pendant la réunion. Lincoln est sorti de sa léthargie et souhaite te parler, dit-elle à David.

Elle gratifia Noah d'une tape dans le dos.

— A demain, partenaire !

— C'est officiel ? demanda David.

Noah ferait un bon coéquipier pour Olivia. Il veillerait sur elle. Et Olivia veillerait sur lui aussi.

— Ce qui veut dire qu'Eve et moi, on dormira mieux ce soir…

Noah fit mine de s'offusquer et David ne put réprimer un petit rire.

— Dans nos lits respectifs, évidemment, blagua-t-il.

Noah sourit.

— J'avais compris. Et comment va ton partenaire à toi, Zell ?

— Il recommence à sentir légèrement ses orteils, ce qui est plutôt bon signe. Les médecins ne peuvent pas encore dire si son état va s'améliorer. Dans tous les cas, il va rester en arrêt maladie pendant longtemps. Je vais avoir, moi aussi, un nouveau partenaire… Quand j'aurai repris le boulot, dès qu'on m'aura enlevé ces maudits points de suture. Ma mère va préparer un grand dîner dans mon loft ce soir, pour honorer la présence de la famille qui est venue au grand complet de Chicago. Tu en es ?

— Je n'y manquerai pas, lui dit Noah. Ta mère est un vrai cordon-bleu. C'est elle qui t'a appris à cuisiner, je parie ?

— Tout ce que je sais, c'est elle qui me l'a appris, mon cher… Tout ce qui est vraiment utile, en tout cas.

David posa un bras sur l'épaule d'Olivia.

— Allons voir Lincoln et finissons-en. J'ai hâte de revoir mes frères et sœurs.

Jeudi 23 septembre, 15 h 15

Lucide et débarbouillé, Lincoln Jefferson paraissait un tout autre homme. Dans un coin de la salle d'interrogatoire se tenait l'agent spécial John Temple, qui respirait le bon sens. Ce qui n'était pas plus mal. David savait que de l'autre côté de la glace sans tain, une petite cohorte assistait à la scène : d'autres agents du FBI, le psychiatre référent de Lincoln, son frère Truman et Olivia. L'avocat de Lincoln était assis à ses côtés.

— Salut, Lincoln, comment vas-tu aujourd'hui ?

Pendant un instant, Lincoln ne dit rien. Il se contenta de l'observer d'un œil vif, voire perçant.

— Je vais bien, dit-il enfin. Et toi ?

— Un peu cabossé, mais j'y survivrai.

— Tant mieux. J'ai demandé à te voir pour te remercier. Je me suis introduit chez toi et je t'ai menacé, mais tu as été sympa avec moi. Plus sympa que tu n'aurais dû l'être…

— C'est normal.

— On m'a dit que Mary était morte, dit-il encore d'une voix émue.

— Oui, son frère l'a tuée. Je suis désolé. Truman m'a dit qu'elle était ton amie.

— Je l'aimais. Je prenais mes médicaments pour elle. Mais j'ai découvert qu'elle avait quelqu'un d'autre.

— Joel ?

— Oui. Je les ai vus ensemble, à la fac, il y a quinze jours. Elle ne savait pas que j'étais là… Ça m'a déprimé, et j'ai arrêté de prendre mes médicaments. Quand j'ai appris qu'une boule de verre avait été trouvée dans cet incendie, et que des gens avaient été tués, j'ai pété un plomb… Je ne me souviens même pas de ce que j'ai fait.

— Tu ne te souviens pas du chalet de mon ami, au bord du lac ?

— Non. J'ai lu le rapport de police. C'est comme ça que j'ai su que tu avais été sympa avec moi. Et j'y ai lu aussi tout ce que j'ai dit…

— « Toujours là », murmura David.

Lincoln ferma brièvement les yeux.

— Je vis avec mes remords depuis si longtemps… J'évitais de prendre mes médicaments pour ne plus voir son visage, mais ça ne marchait pas. Elle était toujours là… J'ai fait des aveux complets, j'ai tout raconté sur cet incendie que nous avons déclenché, il y a douze ans. Il est temps pour moi d'assumer ce que j'ai fait. Malheureusement, je ne vois pas comment je pourrais me racheter.

David songea à son propre désarroi et à tout ce qu'il avait ressenti, après avoir révélé son secret à Olivia. Il y avait trouvé de l'apaisement, mais il avait aussi compris qu'on ne pouvait pas remonter le temps.

— Je te comprends. Comment l'avais-tu rencontrée, Mary ?

— Elle m'a contacté en m'envoyant des e-mails sur le site. Elle avait l'air sincère. Elle croyait à notre cause, ou du moins c'est ce que j'ai cru. Les flics m'ont dit qu'elle me manipulait pour se venger de son beau-père… Et Truman m'a dit que la police allait rouvrir le dossier du décès de son ancienne secrétaire, parce qu'elle soupçonne un homicide. Je n'avais jamais perçu ce côté sombre, chez elle. Mais je sais maintenant qu'elle tuait des gens. Délibérément.

— Sache quand même qu'elle a dit à ma mère qu'elle ne laisserait pas Crawford te tuer. Elle projetait d'ailleurs de le tuer elle-même.

— Merci de me le dire. J'étais vraiment amoureux d'elle. Je n'avais jamais parlé à personne de Preston mais, avec elle, je n'ai pas su tenir ma langue.

— Tu lui faisais confiance.

— Oui, comme un idiot.

— Non, Lincoln. Ça n'a rien d'idiot que d'accorder sa confiance à quelqu'un qu'on aime. C'est elle qui a abusé de toi.

Lincoln haussa les épaules.

— Quoi qu'il en soit, je lui ai tout dit. Dans le détail. C'est comme ça qu'elle a su qu'il fallait laisser des globes de verre sur les lieux d'un incendie pour pouvoir faire croire qu'il avait été déclenché par Preston.

— Et qu'il fallait graver les initiales V. E. dessus pour que la piste soit encore plus plausible… Lincoln, juste avant de mourir, elle a dit à son frère qu'elle savait où se cachait Preston Moss…

Lincoln sourit.

— Je sais, ce gars du FBI, qui est bien sympa lui, voudrait aussi savoir où il est… C'est pour ça que tu es là. Je ne voulais pas le leur dire avant de te rencontrer.

Il désigna le calepin et le stylo de son avocat.

— Puis-je ? demanda-t-il.

David le vit alors dessiner un plan détaillé qu'il acheva en traçant une croix désignant un point précis.

— Le lendemain de l'incendie, il y a douze ans, je

suis allé voir Preston. Il avait une cabane où nous nous réunissions, un endroit connu de nous seuls, ses partisans les plus dévoués. On se retrouvait là et on l'écoutait parler, un peu comme les disciples du Christ. Il était fascinant. Bref, le lendemain de l'incendie, j'y suis allé. On s'était dispersés après avoir déclenché la mise à feu, comme toujours. Mais quand j'ai entendu à la radio qu'il y avait eu une morte, je n'en ai pas cru mes oreilles. Je suis revenu sur les lieux de l'incendie et j'ai vu son corps… Ça m'a fait un choc terrible.

— Je peux imaginer ce que tu as ressenti, lui dit David posément. C'est le genre de drame qui peut hanter un homme à vie…

Lincoln acquiesça.

— Pour toujours, dit-il. Pour toujours… Ensuite, je suis allé à la cabane secrète et j'y ai trouvé Preston. Il avait avalé le contenu d'un flacon de cachets. Il était mort. C'était horrible. Je n'arrivais plus à faire fonctionner ma tête. J'ai agi comme un automate. J'ai mis son corps dans ma voiture et je suis allé l'enterrer.

Il posa le doigt sur son plan et précisa :

— Là. J'y vais souvent… Sa tombe est intacte.

— Et la cabane où vous vous réunissiez ?

— J'y ai mis le feu. Une fin digne d'un repaire d'incendiaires…

— Et ensuite ?

Lincoln haussa les épaules.

— Le temps a passé et j'ai commencé à perdre le sens du réel. J'en étais conscient et ça me terrifiait. Je croyais que je devenais fou parce que Dieu me punissait.

Ça aussi, je le comprends, Lincoln…

— Merci, Lincoln, de m'avoir dit tout ça.

Lincoln le regarda d'un air égal.

— Je ne me souviens pas être allé chez toi, mais je me souviens de ta voix. Je me souviens de… ta compassion. Quand tu me parlais, je me sentais… rassuré.

— Je suis content d'avoir pu te faire du bien. Bonne chance. Sincèrement…

Lincoln lui adressa un sourire un peu triste et dit :

— Je n'en doute pas.

David lui serra la main et regarda les gardiens l'emmener hors de la pièce. L'agent spécial Temple prit le plan que Lincoln avait dessiné.

— Merci, monsieur Hunter, dit-il sobrement.

— Je n'ai pas fait grand-chose. Enfin, pas vraiment… Vous comptez publier un communiqué quand vous serez certains que ce sont bien les restes de Moss qui se trouvent dans cette tombe ? Je connais plus d'un pompier à qui ça permettra de tourner la page.

— Bien sûr, dit l'agent fédéral. Moi, je connais plus d'un collègue qui est dans le même cas. Et comme on m'a dit qu'on vous attendait pour fêter cet heureux dénouement en famille, je vais vous laisser filer, maintenant. Je suis content que vous vous en soyez tirés, votre mère et vous.

— Et moi donc !

David retrouva Olivia dans la salle d'observation. Elle était au téléphone.

— Bon, je te quitte, dit-elle dans le récepteur. Moi aussi, je t'aime.

Les yeux luisants, elle raccrocha.

— C'était Mia. Ça faisait plusieurs jours qu'elle essayait de me joindre. Elle m'a dit qu'elle avait travaillé toute la nuit sur un dossier, pour pouvoir passer le week-end ici. Elle arrive ce soir. Je lui ai dit qu'elle pourrait séjourner chez moi, avec Reed et les enfants. Je suppose que nous, nous pourrons dormir au chalet…

David lui sourit.

— Pas de problème ! Ça me fera plaisir de la revoir.

— Tu changeras peut-être d'avis quand tu la verras... Je crois qu'elle a deux mots à te dire. Elle n'avait pas compris que nous nous étions « connus bibliquement ». Où est-ce qu'elle est allée pêcher cette expression ?

— Dans la bouche de Paige. C'est une expression à elle.

— Ah, je vois...

— Alors, comme ça, elle a deux mots à me dire ?

— Ho ! Tu as terrassé Lincoln et Kirby. Tu es un pompier intrépide, un sauveur de chats. Tu n'as pas peur de Mia, quand même ?

— Je ne sais pas. Les sœurs, ça peut faire du dégât...

— Ne t'inquiète pas. Je te protégerai.

Vendredi 24 septembre, 2 h 55

Olivia entendit la porte du chalet s'ouvrir et se refermer. Elle était assise sur le quai, au bord du lac. Elle essuya ses joues humides du revers de la manche. Les planches du quai vibrèrent sous les pas de David.

Il s'assit à côté d'elle et lui posa un bras sur l'épaule. Elle se blottit contre lui. Cela faisait bien longtemps qu'elle n'avait pas ressenti une telle impression de sécurité. La soirée avait été rythmée par les rires et les plaisanteries. Toute la famille de David était de la fête. Les frères et les sœurs, les nièces et les neveux. Le clan Hunter l'avait agacée, au mariage de Mia, avec leurs manières turbulentes. *Mais maintenant... j'en fais partie.*

Rayonnante de fierté, Phoebe Hunter, une main sur l'épaule d'Olivia, l'avait présentée comme étant « la femme qui avait sauvé la vie de David ». Et Olivia avait compris qu'elle ne songeait pas seulement à la bagarre avec Kirby en prononçant ces mots.

Mia était arrivée une heure après le début des agapes. Elle avait aussitôt entraîné David à part, en le toisant d'un œil sévère. Mais elle avait dû trouver bonnes ses explications, puisque il avait survécu à cet aparté. Mia était une vraie tigresse, mais elle avait un cœur d'or et Olivia était heureuse d'avoir une telle sœur.

Mia lui avait promis de rester pour les obsèques de Kane.

J'aurai besoin de ton soutien, Mia…

Car, malgré la joie qui régnait autour d'elle, malgré l'affection dont elle se sentait entourée, Olivia demeurait continuellement, et atrocement, consciente de l'absence de son grand ami.

— Je ne voulais pas te réveiller, murmura-t-elle.

David déposa un baiser sur son front.

— Ce n'est pas toi. L'effet des analgésiques s'est dissipé et la douleur m'a réveillé.

— J'ai fait un cauchemar. Kirby t'avait tué et tu étais étendu par terre. Et ensuite tu t'es transformé en Kane… Alors je suis venue m'asseoir ici pour penser à lui. Pour regretter son absence. Pour essayer de comprendre comment j'aurais pu éviter sa mort. Si seulement j'étais arrivée plus tôt…

— Olivia, il est normal que Kane te manque. Mais ressasser sans cesse ce que tu aurais pu faire, ou ne pas faire, n'a aucun sens.

Elle esquissa un pâle sourire et dit :

— C'est l'hôpital qui se moque de la charité !

— Peut-être. C'est vrai que tu m'as dit la même chose, et tu avais raison. Tu as fait tout ton possible. Tout. Tu es une excellente professionnelle.

Elle consentit à s'en persuader, puisqu'il le voulait.

— Merci, murmura-t-elle.

— Tu es trop exigeante avec toi-même, tu sais…

— Oui, sans doute. Mais toi aussi…

— Eh bien, il faut que nous arrêtions d'être comme ça. Faisons déjà notre possible, ça devrait suffire.

— Ça ne pourra jamais suffire, chuchota-t-elle. Je me suis confiée à Jessica Donahue… J'ai des crises de panique sur les scènes de crime. Depuis l'affaire de la Fosse…

— C'est le contraire qui m'aurait choqué, lui répondit-il d'un ton neutre, comme pour souligner qu'elle n'avait pas à en avoir honte. Et qu'est-ce qu'elle a dit ?

— Que le plus dur, c'est de l'admettre.

— Elle a raison. Je suis fier de toi, ce n'est pas facile de parler de ces choses-là à une inconnue.

— Je crois que ça a été plus dur de t'en parler, à toi, à l'instant.

— Pourquoi ?

— Parce que ton avis compte plus que le sien. Je ne voulais pas que tu penses que je suis…

Elle hésita de nouveau avant de hausser les épaules.

— Que je suis moins bien.

— Moins bien que quoi ? Moins bien que qui ? Viens avec moi. Il faut que je te montre quelque chose…

Il se leva et l'aida à se hisser sur ses pieds, puis il la conduisit dans la maisonnette. De retour dans la chambre, il fouilla en hâte son sac marin.

— Regarde ça, dit-il.

C'était une lettre du corps des pompiers de la ville de Minneapolis.

« Cher Monsieur Hunter,

» Nous avons reçu votre demande d'emploi. Nous vous informerons dès qu'un poste sera libre. »

Elle leva les yeux vers lui, perplexe.

— Pourquoi me montrer cette lettre ?

Il ne répondit pas et Olivia relut la lettre. Et vit la date. Elle le fixa d'un œil ému.

— A peine un mois après le mariage de Mia ! s'exclama-t-elle.

— En fait, j'ai posé ma candidature une semaine après. Ils ont mis du temps à me répondre.

— Tu étais prêt à quitter ton boulot pour moi ? Dès le début ?

— Oui. Ça faisait longtemps que je te cherchais, mais je ne m'en suis aperçu qu'après t'avoir rencontrée. Je me suis dit que si je trouvais le courage de te contacter après cette nuit, il fallait que j'en assume toutes les conséquences. Quoi qu'il arrive… J'ai toujours espéré que ça finirait comme ça. Toi et moi, ensemble… Après une longue journée… Comme ça, quoi. Sauf que j'espère que toutes nos journées ne seront pas aussi longues que celle-là !

— David…

Elle ne trouvait pas les mots.

— Tu m'as demandé si je serais intéressé par Dana, si elle était libre de nouveau. J'ai pensé te montrer cette lettre, à ce moment-là. Mais après ce que je t'avais dit cette nuit-là, j'avais peur de me heurter à un mur. Je n'ai toujours pas le droit d'exiger que tu me croies. Mais, dès l'instant où je t'ai rencontrée, j'ai su ce que je voulais. *Qui* je voulais. Si j'avais connu tes sentiments, je n'aurais jamais attendu si longtemps pour me manifester. Excuse-moi, Olivia. Si je pouvais remonter le temps…

Elle examina son visage. Il était tout cabossé après une chute sur un chat, et un combat à mains nues. Mais David était toujours le plus bel homme qu'elle ait jamais vu. A l'extérieur comme à l'intérieur.

— Alors, ne perdons plus une seule minute à ressasser le passé, proposa-t-elle.

Elle lui passa les bras autour du cou et l'embrassa. Elle voulait n'être que tendresse, mais il se blottit contre elle et le baiser devint plus ardent. Beaucoup plus ardent.

Il la fit reculer jusqu'au lit et s'allongea avec elle.

— Que veux-tu ? lui demanda-t-il d'une voix rauque.

Tout, je veux tout.

— Toi, c'est toi que je veux !

Leurs précédents ébats avaient été précipités. Explosifs. Cette fois, ils firent l'amour lentement. Leurs yeux restèrent ouverts tandis qu'ils ondulaient, se délectant de la lente montée du plaisir. Olivia eut un orgasme fusionnel qui l'emporta comme une vague puissante et majestueuse, pendant lequel plus rien au monde n'existait que David. Lorsqu'il jouit aussitôt après, ce fut en prononçant son nom.

Ils restèrent ensuite collés l'un contre l'autre un long moment. L'âme en paix, Olivia ressentait un réconfort absolu. Comme une rémission. C'était cela, aussi, qu'ils pouvaient se donner l'un à l'autre. Encore et à jamais.

REMERCIEMENTS

Au lieutenant Kate Czaja et à ses collègues de la caserne de pompiers numéro 2 du comté de Charlotte, pour m'avoir permis de visiter vos locaux et pour avoir répondu à mes questions sur votre métier. Vous êtes merveilleux !

A Katrina Gibson, pour l'aide qu'elle m'a apportée sur la lutte contre les incendies dans les zones nordiques.

A Ginny Czaja, pour m'avoir présenté sa charmante fille Kate.

A Julia Roper, pour son aide avec les locutions latines. *Gratias tibi ago.*

A Beth Miller et Rita Grindle, pour leurs lumières sur la foi juive.

A Sonie Lasker, pour l'aide qu'elle m'a apportée sur les scènes de combat.

A Marc Conterato, pour tout ce qui concerne la médecine.

A Danny Agan, pour avoir répondu à mes nombreuses questions sur les procédures policières et pénales.

A Robin Hue, pour tout.

A Ray Conterato, Terri Bolyard et Jean Mason pour leur soutien indéfectible.

A Cheryl Wilson et Betina Krahn pour leurs conseils et leur patience tandis que j'imaginais la trame de ce roman.

Et comme d'habitude, toutes les erreurs sont de ma seule responsabilité.

A paraître le 1er septembre

Best-Sellers n°478 • suspense

Jamais je ne t'abandonnerai - Antoinette van Heugten

Danielle Parkman, une brillante avocate qui élève seule son fils Max, est complètement désemparée face aux crises de colère de plus en plus fréquentes et incontrôlables de l'adolescent. Malgré tout, elle refuse le diagnostic posé par les médecins de la meilleure clinique psychiatrique de l'Iowa. Certes, Max souffre d'une forme d'autisme rare, mais il n'est pas dangereux. Elle en est certaine. Jusqu'à ce qu'elle le retrouve inconscient et couvert de sang à côté d'un jeune patient sauvagement assassiné. Séparée de force de son enfant, Danielle s'accroche à l'idée que Max est innocent. Mais peut-elle vraiment en être sûre ? Et si son fils était bien le meurtrier ? Soutenue par Tony Sevillas, un séduisant avocat qui semble prêt à tout pour défendre sa cause, Danielle décide de braver la peur et le doute pour découvrir la vérité – et sauver son fils d'une justice qui ne voit en lui que le coupable idéal.

Best-Sellers n°479 • suspense

Les disparues du bayou - Brenda Novak

Depuis l'enlèvement de sa petite sœur Kimberly, seize ans plus tôt, Jasmine Stratford a enfoui ses souffrances au plus profond d'elle-même et s'est dévouée corps et âme à son métier de profileur. Mais son passé ressurgit brutalement lorsqu'elle reçoit un colis anonyme contenant le bracelet qu'elle avait offert à Kimberly pour ses huit ans. Bouleversée, elle se lance alors dans une enquête qui la conduit à La Nouvelle-Orléans. Sur place, elle ne tarde pas à découvrir un lien effrayant entre le meurtre récent de la fille d'un certain Romain Fornier et le kidnapping de sa petite sœur. Prête à tout pour découvrir la vérité, Jasmine prend contact avec Romain Fornier, seul capable de l'aider à démasquer le criminel. Elle se heurte alors à un homme mystérieux, muré dans le chagrin et vivant dans le bayou comme un ermite. Un homme qu'elle va devoir convaincre de l'aider à affronter le défi que leur a lancé le tueur : *« Arrêtez-moi »*.

Best-Sellers n°480 • paranormal

La nuit écarlate - Heather Graham

Lors d'un voyage en Transylvanie, Jessica Fraser, jeune psychologue, est oppressée par la sensation d'être constamment épiée. Une appréhension qui grandit encore en elle et que viennent bientôt confirmer de terrifiants incidents survenus au cœur de la forêt des Carpates. Comme si la forêt était hantée par des créatures malfaisantes. De retour chez elle à La Nouvelle–Orléans, Jessica, encore sous le choc de cette étrange expérience, fait la connaissance de Bryan McAllister, professeur d'Histoire ancienne. Et lorsque Bryan lui parle de ses recherches sur un culte satanique déjà à l'œuvre en Transylvanie et sur le point d'atteindre les Etats-Unis, l'inquiétude ne la quitte plus. Irrésistiblement attirée par cet homme qui la déstabilise pourtant profondément, Jessica accepte d'aider Bryan à dévoiler la vérité. Leur quête les entraîne des bars confinés du Quartier français de La Nouvelle-Orléans vers des forêts obscures, là où l'on craint de se perdre et de prononcer le mot tant redouté…celui de *vampire*.

BestSellers

Best-Sellers n°481 • roman

La maison des secrets - Emilie Richards

En emménageant dans une maison au bord de l'eau, sur la presqu'île de Happiness Key, en Floride, Dana Turner souhaite simplement offrir un havre de paix à sa fille Lizzie. Jamais elle ne se serait attendue au sentiment profond de bonheur qui la gagne dès leur installation. Car non seulement ses voisines l'accueillent chaleureusement, mais Pete Knight, un homme séduisant et attentionné, lui fait une cour assidue. Pourtant, Dana a toutes les raisons redouter que ce bien-être ne soit éphémère, car un passé douloureux la condamne à déménager sans cesse, dès que les questions sur sa vie se font trop pressantes. L'ennui, c'est que cette fois-ci, sa petite Lizzie semble plus heureuse que jamais, tandis qu'elle-même s'attache chaque jour d'avantage à Pete. Alors doit-elle encore fuir, au risque d'avoir le cœur brisé et de faire à nouveau souffrir Lizzie ? Ou peut-elle enfin dévoiler le secret qu'elle garde précieusement enfoui au plus profond de son cœur, et se donner, ainsi qu'à Lizzie, la chance de sourire pleinement à la vie ?

Best-Sellers n°482 • suspense

Dans l'ombre du danger - Maggie Shayne

Traumatisée pendant l'adolescence par son père, un homme odieux et violent Dawn Jones a quitté Shadow Falls cinq ans plus tôt, espérant oublier les souvenirs douloureux liés à sa ville natale. Pourtant, lorsqu'elle apprend que le policier Brya Kendall, son seul et unique amour de jeunesse, est accusé du meurtre de sa petite amie, elle décide immédiatement de retourner dans le Vermont pour lui venir e aide. Bryan, qui n'a jamais cessé de hanter ses nuits, est incapable de commettr un crime, elle en est persuadée. Mais à peine est-elle de retour qu'un nouvea meurtre vient frapper la tranquille petite communauté. Et tandis que la peur gagn les habitants, Dawn sent monter en elle une impression étrange et angoissante celle d'être observée dans chacun de ses gestes par le tueur.

Best-Sellers n°483 • thriller

Tourmentée - Pamela Callow

Hantée par la mort de sa jeune sœur, fragilisée par une rupture amoureuse mai décidée à aller de l'avant, Kate Lange se lance à corps perdu dans sa carrièr d'avocate, en Nouvelle-Ecosse. Mais le meurtre horrible de Lisa, la petite-fille d l'une de ses clientes venue lui demander conseil au sujet de l'adolescente, raviv ses blessures secrètes : aurait-elle pu empêcher ce drame ? Est-elle responsable d cette mort – comme de celle de sa petite sœur, morte 15 ans auparavant dans u accident de voiture dont elle seule a réchappé ? Tourmentée par le poids de se doutes, déterminée à faire la lumière sur le meurtre de Lisa, Kate décide de mene sa propre enquête. Quitte à risquer sa carrière en s'exposant aux critiques acerbe et au regard d'acier de l'intransigeant Randall Barrett, son directeur de cabinet. E sans savoir que le danger est toujours là. Car le tueur, lui, a déjà repéré sa nouvell proie…

Best-Sellers n°484 • historique

La rebelle de Longwood - Susan Wiggs

Picardie, 1414.

Mariée précipitamment pour échapper à l'époux anglais que son oncle veut lui imposer, Belliane, châtelaine de Longwood, savoure silencieusement sa victoire. Car si son mariage avec Lazare Mondragon ne lui apportera jamais la passion à laquelle toute femme aspire, il lui permettra, croit-elle, de protéger Longwood de son ennemi éternel, l'Angleterre. Hélas, dès leur nuit de noces, Belliane découvre que Lazare ne lui donnera jamais d'enfant : s'il l'a épousée, c'est pour capter son héritage au profit de son propre fils.

Bien décidée à se battre pour garder Longwood, Belliane voit son espoir renaître lorsqu'elle rencontre Rand, un chevalier. Au fil de leurs rendez-vous secrets, Rand la guide sur le chemin de la sensualité, éveillant en elle une femme libre, rebelle et passionnée. Et suscitant au plus profond de son cœur le désir de concevoir un héritier pour Longwood. Sans imaginer que le piège qu'elle a si ardemment voulu éviter va maintenant se refermer sur elle…

Best-Sellers n°485 • historique

Piège d'émeraude - Nicola Cornick

Yorkshire, 1810.

Alice Lister est révoltée par la proposition de l'arrogant Miles Vickery. Certes, un an plus tôt, elle s'est éprise du marquis avec une passion naïve, convaincue qu'il était un homme courageux, loyal, sincère... Mais, après une cour passionnée de plusieurs mois, Miles s'est montré sous son vrai jour en disparaissant sans un mot d'explication pour poursuivre une héritière plus riche qu'elle. Depuis, Alice lui a clairement fait comprendre qu'elle ne voulait plus jamais le revoir. Alors comment ce chasseur de dot ose-t-il se présenter chez elle et lui demander sa main ? La croit-il assez sotte pour se laisser tromper une nouvelle fois ? Quoi qu'il en soit, Alice est déterminée à l'éconduire sans ménagement. Mais, alors qu'elle savoure déjà sa vengeance, le mufle abat sa dernière carte : si elle refuse de l'épouser, il dévoilera son appartenance aux Glory Girls. Un secret qui pourrait bien l'envoyer tout droit en prison…

Composé et édité par les
éditions Harlequin
Achevé d'imprimer en juin 2011

CPI
BRODARD & TAUPIN

La Flèche
Dépôt légal : juillet 2011
N° d'imprimeur : 63555

Imprimé en France